Hij hoort bij jou

Anna Todd bij Boekerij:

AFTER
Hier begint alles
Je kan niet leven zonder hem
Hij hoort bij jou
Voor altijd

www.boekerij.nl

Anna Todd

After

#3 Hij hoort bij jou

BOEKERIJ

ISBN 978-90-225-7297-9
ISBN 978-94-023-0380-3
NUR 302

Oorspronkelijke titel: *After We Fell*
Vertaling: Jeannet Dekker
Ontwerp oorspronkelijk omslag: Editorial Grupo Planet
Nederlandse adaptatie: Baqup
Omslagbeeld: Shutterstock
Zetwerk: CeevanWee, Amsterdam

Voor J, die van me houdt op een manier waarvan de meeste mensen alleen maar kunnen dromen.

En voor alle Hardins van deze wereld,
die het verdienen dat ook hun verhaal wordt verteld.

Proloog

∞

Tessa

Ik staar deze vreemde man recht in zijn vertrouwde gezicht en word overvallen door herinneringen.

Vroeger zat ik vaak het blonde haar van mijn barbiepop te kammen en wenste dan dat ik die pop was: zij had het gemaakt. Ze was mooi, ze zag er altijd goed verzorgd uit, ze was precies wie ze moest zijn. Haar ouders zijn vast heel trots, dacht ik vaak. Haar vader was ongetwijfeld de directeur van een groot bedrijf en reisde de wereld rond om voor zijn gezin de kost te verdienen, terwijl haar moeder thuisbleef en het huishouden deed.

Barbies vader kwam nooit schreeuwend thuis, zwaaiend op zijn benen. Hij stond nooit zo hard tegen haar moeder te brullen dat Barbie zich in de plantenkas verstopte om te ontkomen aan de herrie en de borden die in stukken vielen. En als bij haar ouders toevallig wel een onbeduidend en gemakkelijk op te lossen misverstand ontstond, kon ze altijd nog rekenen op het gezelschap van Ken, haar perfecte blonde vriend die bij haar in de kas kwam zitten.

Barbie was perfect, dus ze moest wel een perfect leven met perfecte ouders hebben.

Mijn vader, de man die me negen jaar geleden in de steek heeft gelaten, staat hier voor me, smerig en vermoeid. Heel anders dan hij zou moeten zijn, heel anders dan ik me hem herinner. Hij staart me aan, met een glimlach op zijn gezicht, en er komt een volgende herinnering bij me op.

Mijn vader, op de avond dat hij vertrok... Het gezicht van mijn moeder, als uit steen gehouwen. Ze huilde niet. Ze stond daar maar te wachten totdat hij naar buiten zou lopen. Op die avond werd ze een andere vrouw. Daarna was ze niet langer dezelfde hartelijke moeder. Ze werd onaardig, afstandelijk, ongelukkig.

Maar zij was er wel voor me, terwijl hij had besloten om me in de steek te laten.

1

∞

Tessa

'Pap?' De man die hier voor me staat, kan met geen mogelijkheid mijn vader zijn, ook al zijn het zijn vertrouwde bruine ogen die me aankijken.

'Tessie?' Zijn stem klinkt heser dan in mijn vage herinneringen.

Hardin kijkt me met fonkelende ogen aan en richt zijn blik dan weer op mijn vader.

Mijn vader. Hier, in deze achterbuurt, gehuld in smerige vodden.

'Tessie? Ben je het echt?' vraagt hij.

Ik kan geen vin verroeren. Ik weet niet wat ik moet zeggen tegen deze dronken man die het gezicht van mijn vader heeft.

Hardin legt een hand op mijn schouder om mijn aandacht te trekken. 'Tessa...'

Ik zet een stap in de richting van de glimlachende, vreemde man. Zijn bruine baard is doorschoten met grijs en de tanden die hij bloot lacht, zijn niet zo wit en schoon als ik me herinner... Wat is er met hem gebeurd? Het laatste sprankje hoop dat mijn vader misschien net als Ken zijn leven heeft gebeterd, dooft in me uit, en het besef dat deze man mijn vader is, doet meer pijn dan zou moeten.

'Ik ben het,' zegt iemand, en het duurt even voordat ik besef dat ik die woorden uitspreek.

Hij stapt naar voren en slaat zijn armen om me heen. 'Niet te geloven! Hier ben je dan. Ik heb je geprobeerd...'

Hij valt stil omdat Hardin hem van me af trekt en ik naar achteren stap, niet goed wetend hoe ik moet reageren.

De vreemde man – *mijn vader* – kijkt even ongelovig en argwanend van Hardin naar mij, maar dan neemt hij weer een nonchalante houding aan en stapt hij tot mijn opluchting naar achteren.

'Ik ben al maanden naar je op zoek,' zegt hij. Hij strijkt met zijn hand over zijn voorhoofd en laat een vieze veeg achter.

Hardin gaat voor me staan, klaar om toe te slaan. 'Ik was hier,' zeg ik, met een blik langs Hardins schouder. Ik ben blij dat Hardin me kan beschermen en besef dan dat hij hier waarschijnlijk helemaal niets van begrijpt.

Mijn vader bekijkt hem even van top tot teen. 'Jeetje, Noah is wel veranderd, zeg.'

'Nee, dit is Hardin,' zeg ik.

Mijn vader schuifelt wat heen en weer en komt dichter naar me toe. Hij is nu zo dichtbij dat ik hem kan ruiken, en ik zie dat Hardin verstijft.

Hardin en Noah zijn zo verschillend dat je hen onmogelijk met elkaar kunt verwarren, maar misschien heeft de drank hem minder helder gemaakt. De man slaat een arm om me heen. Hardin werpt me een blik toe, maar ik schud bijna onmerkbaar mijn hoofd om hem op afstand te houden.

'Wie is dat?' Mijn vader houdt zijn arm zo lang om mijn schouder geslagen dat ik me er ongemakkelijk onder voel. Hardin trekt een gezicht alsof hij elk moment uit zijn vel kan springen, maar ik besef dat hij niet echt kwaad is. Hij heeft gewoon geen flauw idee wat hij moet zeggen of doen.

Dat geldt ook voor mij. 'Hij is mijn... Hardin is mijn...'

'Vriend. Ik ben haar vriend,' maakt hij mijn zin voor me af.

De man spert zijn bruine ogen open en bekijkt Hardin eens goed. 'Leuk je te leren kennen, Hardin. Ik ben Richard.' Hij steekt een vuile hand uit om die van Hardin te schudden.

'Eh... Ja, van hetzelfde.' Hardin is duidelijk erg... in de war.

'Wat doen jullie hier?'

Ik maak van de gelegenheid gebruik om naast Hardin te gaan staan, die weer tot zichzelf komt en me naar zich toe trekt.

'Hardin heeft hier een tattoo laten zetten,' antwoord ik als vanzelf. Mijn verstand kan niet echt bevatten wat er allemaal gebeurt.

'Ah... Leuk. Ik ben hier zelf ook weleens geweest.'

Beelden van mijn vader die elke morgen voordat hij naar zijn werk vertrok een kop koffie dronk, doemen in mijn geest op. Toen zag hij er heel anders uit dan nu. Toen sprak hij heel anders en liet hij zeker geen tattoos zetten. Niet toen ik zijn kleine meid was.

'Ja, mijn vriend Tom doet dat soort dingen.' Hij stroopt de mouw van zijn trui op om de schedel op zijn onderarm te laten zien.

Die afbeelding lijkt in eerste instantie niet bij hem te passen, maar wanneer ik hem iets aandachtiger bekijk, verander ik van mening.

'O...' is alles wat ik uit kan brengen.

Dit voelt allemaal zo ongemakkelijk. Dit is mijn vader, de man die mij en mijn moeder in de steek heeft gelaten. En nu staat hij hier voor me... Dronken. En ik weet niet wat ik ervan moet denken.

Ik wil het niet toegeven, maar diep in mijn hart vind ik dit best spannend. Zodra mijn moeder me vertelde dat hij weer in de buurt was, hoopte ik stiekem op een weerzien. Ik weet dat het raar is, zelfs stom, maar op een bepaalde manier lijkt hij beter dan vroeger. Hij is dronken en waarschijnlijk dakloos, maar ik heb hem meer gemist dan ik had gedacht, en misschien heeft hij het de laatste tijd gewoon moeilijk gehad. Wie ben ik om deze man te veroordelen? Ik weet immers vrijwel niets van hem.

Ik kijk van hem naar de straat om ons heen en zie tot mijn verbijstering dat het leven daar gewoon doorgaat. Ik had kunnen zweren dat de tijd stil was blijven staan toen mijn vader opeens voor ons opdook.

'Waar woon je nu?' vraag ik.

Hardin heeft zijn uitdagende blik op mijn vader gericht en houdt hem in de gaten alsof die een gevaarlijk roofdier is.

'Ik heb niet echt een eigen plek.' Hij veegt met zijn mouw zijn voorhoofd af.

'O.'

'Ik had een baan bij Raymark, maar ik ben ontslagen,' zegt hij.

Ik kan me vaag herinneren dat ik de naam Raymark vaker heb gehoord. Volgens mij is het een of andere fabrikant. Heeft hij in een fabriek gewerkt?

'Wat heb jij allemaal gedaan? Hoe lang is het nu geleden... Een jaar of vijf?'

Ik voel Hardin naast me verstijven wanneer ik 'Nee, negen' antwoord.

'Negen? Het spijt me, Tessie.' Hij praat een beetje onduidelijk.

Ik voel me zo ellendig nu ik de koosnaam hoor die hij gebruikte toen het leven nog goed was. Toen hij me nog op zijn schouders tilde en met me door onze kleine tuin rende. Voordat hij ons in de steek liet. Ik weet niet wat ik hiervan moet denken. Ik wil huilen omdat ik hem zo lang niet meer heb gezien, ik wil lachen omdat het zo ironisch is dat ik hem nu hier tegenkom, en ik wil tegen hem schreeuwen omdat hij me in de steek heeft gelaten. Het is verwarrend om hem nu zo te zien. Ik herinner me hem als een alcoholist, maar hij had toen een kwade dronk en leek in niets op de man die nu glimlachend zijn tattoos laat zien en mijn vriend de hand schudt. Misschien is hij veranderd en vriendelijker geworden...

'Ik geloof dat het tijd is om te gaan,' zegt Hardin met een blik op mijn vader.

'Het spijt me echt heel erg, het was niet alleen maar mijn schuld. Je moeder... Je weet hoe ze is,' zegt hij verdedigend, wapperend met zijn handen. Dan vervolgt hij smekend: 'Toe, Theresa, geef me nog een kans.'

'Tessa...' zegt Hardin op waarschuwende toon naast me.

'Geef ons even een momentje,' zeg ik tegen mijn vader. Ik pak Hardin bij zijn arm en trek hem een paar meter met me mee.

'Waar ben je in vredesnaam mee bezig? Je gaat toch niet...' begint hij.

'Hij is mijn vader, Hardin.'

'Hij is godverdomme een dakloze alcoholist,' bijt hij me geërgerd toe.

De tranen prikken in mijn ogen. Hij heeft gelijk, maar het doet pijn. 'Ik heb hem negen jaar niet gezien.'

'Precies. Omdat hij je in de steek heeft gelaten. Het is zonde van je tijd, Tessa.' Hij kijkt over mijn schouder naar mijn vader.

'Dat kan me niet schelen. Ik wil horen wat hij te zeggen heeft.'

'Ga je gang. Als je hem maar niet bij ons thuis uitnodigt of zo.' Hij schudt zijn hoofd.

'Als ik dat zou willen, kun je me niet tegenhouden. En als hij wil komen, dan mag hij dat. Het is ook mijn huis,' snauw ik. Ik kijk naar mijn vader in zijn vuile kleren, die naar het plaveisel voor hem staat te staren. Wanneer heeft hij voor het laatst in een bed geslapen? Iets gegeten? Mijn hart doet pijn bij die gedachte.

'Je denkt er toch niet echt over om hem mee naar huis te nemen?' Hardin haalt met het bekende gefrustreerde gebaar zijn vingers door zijn haar.

'Alleen voor vanavond. Hij hoeft niet bij ons in te trekken of zo. We kunnen wat lekkers voor hem koken,' opper ik. Mijn vader kijkt op. Onze blikken kruisen elkaar, maar wanneer hij begint te lachen kijk ik de andere kant op.

'Koken? Jezus, Tessa, hij is aan de drank, je hebt hem al bijna tien jaar niet meer gezien... en je wilt voor hem koken?'

Uit schaamte voor zijn uitbarsting pak ik hem bij zijn kraag en trek hem naar me toe. Met lage stem zeg ik: 'Hij is mijn vader, Hardin, en ik heb met mijn moeder gebroken.'

'Dat betekent nog niet dat je deze vent in je leven moet toelaten. Dit kan alleen maar verkeerd aflopen, Tess. Je bent veel te aardig tegen lui die het niet verdienen.'

Ik wijs hem er niet op dat zijn opmerking wel erg ironisch is. 'Dit is belangrijk voor me.' Ik zie dat zijn blik zachter wordt.

Hij slaakt een zucht en trekt gefrustreerd aan zijn warrige haar. 'Jezus, Tess, dit is gedoemd te mislukken.'

'Dat kun je niet weten, Hardin,' fluister ik met een blik op mijn vader, die zijn hand door zijn baard haalt. Ik weet dat Hardin waarschijnlijk gelijk heeft, maar ik moet mezelf de kans geven om deze man te leren kennen, of in elk geval om te luisteren naar wat hij te zeggen heeft.

Ik loop terug naar mijn vader en vraag met een stem die trilt van de zenuwen: 'Heb je zin om vanavond bij ons te komen eten?'

'Meen je dat?' roept hij uit. Er verschijnt een hoopvolle uitdrukking op zijn gezicht.

'Ja.'

'Oké! Ja, oké!' Hij glimlacht, en heel even zie ik de man die ik van vroeger ken. De man die hij was voordat hij begon te drinken, bedoel ik.

Hardin zegt geen woord wanneer we met ons drieën naar de auto lopen. Ik weet dat hij kwaad is en ik begrijp ook waarom. Maar ik weet ook dat zijn vader ten goede is veranderd: hij is nu zelfs hoofd van een onderwijsinstelling. Is het naïef van me dat ik net zo'n verandering in mijn vader hoop te zien?

Bij de auto aangekomen vraagt mijn vader: 'Hé, is die van jou? Dat is toch een Capri? Van eind jaren zeventig?'

'Klopt.' Hardin gaat achter het stuur zitten.

Mijn vader gaat tot mijn opluchting niet in op Hardins afgemeten antwoord. De radio staat zacht, maar zodra Hardin gas geeft, reiken we allebei op hetzelfde moment naar de volumeknop om de ongemakkelijke stilte met muziek te verdrijven.

Tijdens de rit naar huis vraag ik me af hoe mijn moeder hierop zou reageren, maar die gedachte bezorgt me zulke koude rillingen dat ik me in plaats daarvan op de aanstaande verhuizing naar Seattle probeer te concentreren.

Daar word ik alleen maar nerveuzer van, want ik heb geen idee hoe ik die plannen met Hardin moet bespreken. Ik doe mijn ogen dicht en laat mijn hoofd tegen het raampje rusten. Hardin legt een warme hand op die van mij, en dat brengt me tot rust.

Op de parkeerplaats van ons appartementencomplex kijkt mijn vader vanaf de achterbank met open mond naar buiten. 'Jeetje, wonen jullie hier?'

Hardin werpt me een subtiele blik toe die zo veel zegt als 'daar gaan we dan' en ik antwoord: 'Ja, al een paar maanden.'

In de lift worden mijn wangen warm onder Hardins beschermende blik, en ik werp hem even een glimlachje toe, in de hoop dat dat hem milder stemt. Het lijkt te werken, maar het voelt zo ongemakkelijk om een vreemde in ons huis toe te laten dat ik bijna spijt krijg van mijn uitnodiging. Daar is het nu echter te laat voor.

Hardin maakt de voordeur open en loopt zonder om te kijken naar binnen. Hij beent zonder iets te zeggen naar de slaapkamer.

'Ik ben zo terug,' zeg ik tegen mijn vader. Ik draai me om en laat hem alleen in de gang achter.

'Mag ik even naar het toilet?' roept hij me achterna.

'Ja, natuurlijk. Dat is daar in de gang.' Ik wijs zonder te kijken naar de bewuste deur.

In de slaapkamer zit Hardin op het bed zijn schoenen uit te trekken. Hij kijkt naar de deur en gebaart dat ik die dicht moet doen.

'Ik weet dat je boos op me bent,' zeg ik zacht. Ik loop naar hem toe.

'Dat klopt.'

Ik neem zijn gezicht tussen mijn handen en strijk met mijn duimen over zijn wangen. 'Dat hoeft niet.'

Zijn ogen vallen dicht omdat hij mijn voorzichtige aanraking zo prettig vindt, waarna hij zijn armen om mijn middel slaat. 'Hij zal je pijn doen. Dat wil ik gewoon voorkomen.'

'Hij kan me geen pijn doen. Wat kan hij me in vredesnaam aandoen? Ik heb hem al eeuwen niet meer gezien.'

'Waarschijnlijk staat hij nu zijn zakken vol te proppen met onze spullen,' merkt Hardin verontwaardigd op, wat me een gegiechel ontlokt. 'Dat is niet grappig, Tessa.'

Ik zucht en hef zijn kin op, zodat hij me moet aankijken. 'Kun je het alsjeblieft van een zonniger kant bekijken? Het is al moeilijk genoeg zonder dat jij ook nog gaat zitten mokken.'

'Ik mok niet. Ik probeer je te beschermen.'

'Dat hoeft niet. Hij is mijn vader.'

'Maar hij...'

'Toe?' Ik strijk met mijn duim over zijn lip en zie zijn uitdrukking verzachten.

Hij zucht en antwoordt ten slotte: 'Goed, laten we hem maar gaan voeren. Het is wel duidelijk dat hij zijn kostje al een hele tijd uit vuilnisbakken heeft moeten halen.'

Mijn glimlacht verdwijnt en mijn onderlip begint onwillekeurig te trillen. Het ontgaat hem niet.

'Het spijt me. Niet huilen.' Hij slaakt een zucht. Sinds we mijn vader voor die tattoozaak zijn tegengekomen heeft hij alleen maar gezucht. Hardins bezorgdheid – die, net als al zijn emoties, wordt gekleurd door woede – maakt de situatie alleen maar onwerkelijker.

'Ik meende alles wat ik zei, maar ik zal niet al te lullig doen.' Hij staat op en drukt een kus op mijn mondhoek. Bij het verlaten van de slaapkamer mompelt hij: 'Laten we de bedelaar gaan voeren.' Daar wordt mijn humeur niet bepaald beter van.

De man in de woonkamer lijkt daar helemaal niet op zijn plaats en staart wat om zich heen, onder andere naar onze planken vol boeken.

'Ik ga iets te eten maken. Wil je soms even tv-kijken?' vraag ik.

'Kan ik je ergens mee helpen?' biedt hij aan.

'Eh, ja hoor.' Ik lach aarzelend en hij loopt mee naar de keuken. Hardin blijft op veilige afstand in de woonkamer, zoals ik al had verwacht.

'Ik kan gewoon niet geloven dat je nu volwassen bent en op jezelf woont,' zegt mijn vader.

Ik pak een tomaat uit de koelkast en probeer tegelijkertijd mijn verwarde gedachten op een rijtje te zetten. 'Ik studeer, aan WCU. Hardin ook,' zeg ik, maar om voor de hand liggende redenen vermeld ik niet dat hij binnenkort waarschijnlijk van de universiteit wordt getrapt.

'Echt? WCU? Wauw.' Hij gaat aan de tafel zitten, en ik zie dat hij de viezigheid van zijn handen heeft gewassen. De vuile veeg is van zijn voorhoofd verdwenen en de natte plek op de schouder van zijn overhemd doet vermoeden dat hij heeft geprobeerd ook daar een vlekje weg te werken. Hij is bovendien zenuwachtig. Nu ik dat weet, voel ik me iets beter.

Ik wil hem bijna over Seattle en alle komende spannende gebeurtenissen in mijn leven vertellen, maar daar heb ik het nog niet eens met Hardin over gehad. Het plotselinge weerzien met mijn vader betekent een nieuwe verandering in mijn leven. Ik vraag me af hoeveel problemen ik er nog bij kan hebben voordat alles om me heen zal instorten.

'Ik wou dat ik dat had kunnen meemaken. Ik heb altijd al geweten dat je iets van jezelf zou maken.'

'Maar je was er niet,' zeg ik afgemeten. Zodra ik die woorden uitspreek, word ik door schuldgevoel overvallen, maar ik wil ze niet terugnemen.

'Dat weet ik, maar nu ben ik er wel, en ik hoop dat ik mijn afwezigheid goed kan maken.'

Die eenvoudige woorden zijn eerlijk gezegd een tikje wreed omdat ze me hoop geven. Misschien is hij helemaal niet zo'n nare man. Misschien hoeft hij alleen maar te stoppen met drinken.

'Ben je... Drink je nog?'

'Ja.' Hij kijkt naar zijn voeten. 'Niet zo veel als vroeger. Ik weet dat het niet zo overkomt, maar ik heb een paar zware maanden achter de rug... Dat is alles.'

Hardin verschijnt in de deuropening van de keuken. Ik weet dat hij zijn best doet om zich er niet mee te bemoeien en hoop dat het hem gaat lukken.

'Ik heb je moeder een paar keer gezien.'

'O ja?'

'Ja. Ze wilde niet zeggen waar je was. Ze ziet er erg goed uit,' zegt hij.

Dit is zo raar, dat hij iets over mijn moeder zegt. Ik hoor haar stem in mijn hoofd, ik hoor haar zeggen dat deze man ons in de steek heeft gelaten. Deze man is de reden dat ze vandaag de dag is wie ze is.

'Wat is er... tussen jullie twee gebeurd?' Ik leg de kipfilets in de pan en luister naar de sissende en spattende olie, wachtend op een antwoord. Ik wil me na zo'n onomwonden en onverwachte vraag niet omdraaien en hem aankijken, maar ik kon die vraag gewoon niet tegenhouden.

'We pasten gewoon niet bij elkaar. Ze wilde altijd meer dan ik haar kon geven, en je weet hoe ze is.'

Dat weet ik inderdaad, maar het zint me niet dat hij op zo'n afwijzende toon over haar praat. In een poging de schuldvraag bij hem in plaats van bij mijn moeder te leggen, draai ik me om en vraag: 'Waarom heb je nooit gebeld?'

'Dat heb ik gedaan. Zo vaak. Ik heb je elk jaar op je verjaardag een cadeautje gestuurd. Dat heeft ze je zeker niet verteld?'

'Nee.'

'Nou, het is wel zo. Dat heb ik gedaan. Ik heb je al die tijd zo ontzettend gemist. Ik kan gewoon niet geloven dat je hier nu voor me staat,' zegt hij met trillende stem. Dan staat hij met stralende ogen op en loopt naar me toe. Ik weet niet hoe ik moet reageren. Ik ken deze man niet eens meer, als ik hem ooit al heb gekend.

Hardin loopt de keuken in om me van hem te kunnen afschermen, en weer ben ik blij dat hij tussenbeide komt. Ik weet niet wat ik hiervan moet denken, maar ik wil afstand tussen mij en deze man scheppen.

'Ik weet dat je me het niet kunt vergeven.' Hij snikt bijna.

Een gevoel van verslagenheid overvalt me. 'Dat is het niet. Ik heb gewoon even tijd nodig voordat ik je weer in mijn leven toelaat. Ik ken je niet eens,' zeg ik tegen hem.

Hij knikt. 'Dat weet ik, dat weet ik.' Hij gaat weer aan tafel zitten en laat mij verdergaan met koken.

2

∞

Hardin

Dat waardeloze stuk vreten dat toevallig Tessa's moeder heeft bezwangerd weet zonder tussendoor adem te halen twee borden met eten weg te werken. Ik geloof echt wel dat hij omviel van de honger, want hij leeft immers op straat, en ik heb heus wel te doen met lui die het niet meezit in het leven, maar deze vent is gewoon een zuiplap die zijn kind in de steek heeft gelaten, dus wat mij betreft kan hij de klere krijgen.

Nadat hij wat water heeft gedronken, kijkt hij mijn meisje stralend aan. 'Je kunt erg goed koken, Tessie.'

Ik denk dat ik ga schreeuwen als hij haar nog één keer Tessie noemt.

'Dank je.' Ze glimlacht, want ze is nu eenmaal aardig. Ik kan merken dat dat gelul van hem tot haar door begint te dringen en al die emotionele scheurtjes opvult die zijn vertrek van al die jaren geleden daar heeft veroorzaakt.

'Ik meen het. Misschien kun je me een keer het recept geven.'

Waarom? Zodat je het kunt klaarmaken in de keuken die je niet hebt?

'Ja, hoor,' zegt ze. Ze staat op om haar bord af te ruimen en pakt meteen het mijne mee.

'Dan ga ik maar. Heel erg bedankt voor het eten,' zegt die lul, en hij staat op.

'Nee, je kunt wel... Je mag vannacht wel blijven slapen als je wilt. Dan brengen we je morgen wel... naar huis,' zegt ze langzaam, niet goed wetend welke woorden je in een situatie als deze gebruikt.

Ik weet heel goed dat ik dit helemaal niks vind.

'Dat zou fijn zijn.' Die zak wrijft over zijn armen en snakt waarschijnlijk naar een borrel.

Tessa glimlacht. 'Mooi. Dan pak ik even een kussen en wat lakens uit de slaapkamer.' Ze kijkt naar haar vader en naar mij en vraagt, waarschijnlijk omdat ze heel goed weet hoe ik me voel: 'Jullie redden het wel even zonder mij, hè?'

Haar vader begint te lachen. 'Ja, ik wil hem sowieso wat beter leren kennen.'

O nee, dat wil je helemaal niet.

Ze fronst bij het zien van mijn gezicht en loopt de keuken uit, ons samen achterlatend.

'En, Hardin, waar heb je mijn Tessa leren kennen?' vraagt hij. Ik hoor dat ze de deur dichtdoet en wacht een paar tellen om er zeker van te zijn dat ze ons niet kan horen. 'Hardin?' herhaalt hij.

'Ik wil even een paar dingen duidelijk maken,' snauw ik. Ik leun over de tafel heen waardoor hij heel erg schrikt. 'Ze is niet jóúw Tessa, ze is míjn Tessa. En ik weet verdomme wat je van plan bent, dus denk maar niet dat ik erin trap.'

Hij steekt gedwee zijn handen omhoog. 'Ik denk helemaal niets, ik...'

'Wat wil je? Geld?'

'Wat? Nee, natuurlijk niet. Ik wil mijn dochter vaker zien.'

'Daar heb je negen jaar lang de kans toe gekregen, maar je zit hier omdat je haar toevallig op een parkeerplaats tegen het lijf liep. Je hebt niet bepaald naar haar lopen zoeken,' bijt ik hem toe. In gedachten leg ik mijn handen om zijn nek.

'Dat weet ik.' Hij schudt zijn hoofd en slaat zijn ogen neer. 'Ik heb heel veel fouten gemaakt, dat weet ik, maar ik wil het goedmaken.'

'Je bent dronken. Je bent godverdomme dronken, ook nu je hier in mijn keuken zit. Ik weet heel goed hoe een alcoholist eruitziet en heb geen medelijden met een man die zijn gezin in de steek laat en zijn leven negen jaar later nog niet op orde heeft.'

'Ik weet dat je goede bedoelingen hebt en ik ben blij dat je het voor mijn dochter opneemt, maar ik ga dit niet verknallen. Ik wil haar gewoon beter leren kennen... en jou ook.'

Ik zwijg en probeer mijn woedende gedachten tot bedaren te brengen.

'Je bent veel aardiger als zij erbij is,' merkt hij zachtjes op.

'Je speelt nog slechter toneel als zij er niet bij is,' kaats ik terug.

'Je hebt het volste recht om me te wantrouwen, maar geef me alsjeblieft een kans. Doe het voor haar.'

'Als je haar op de een of andere manier kwetst, ben je er geweest.' Ik zou me misschien schuldig moeten voelen omdat ik Tessa's vader bedreig, maar ik voel alleen maar woede en wantrouwen voor deze waardeloze zuiplap. Mijn instinct zegt me dat ik haar moet beschermen en niet aardig moet doen tegen een dronken vreemde.

'Ik zal haar niet kwetsen,' belooft hij.

Ik rol met mijn ogen en neem een slok uit mijn glas water.

Hij denkt dat met die opmerking de kous af is en probeert een grapje te maken: 'Weet je, tijdens een gesprek als dit horen de rollen eigenlijk omgedraaid te zijn.'

Maar ik ga er niet op in en loop naar de slaapkamer. Ik kan niet anders, want anders treft Tessa me straks aan met mijn handen rond de nek van haar vader.

3

∞

Tessa

Ik heb net een kussen, een deken en een handdoek gepakt wanneer Hardin de slaapkamer binnenstormt.

'Goed, wat is er gebeurd?' vraag ik, wachtend op zijn uitbarsting, wachtend totdat hij zal klagen dat ik mijn vader heb gevraagd te blijven logeren zonder eerst met hem te overleggen.

Hardin loopt naar het bed, gaat liggen en kijkt me dan aan. 'Niets. We hebben een goed gesprek gehad. En toen besloot ik dat ik wel genoeg tijd aan onze gast had besteed en kwam ik hiernaartoe.'

'Je hebt toch niet rot tegen hem gedaan?' Ik ken mijn vader amper. Het laatste wat ik wil, is nog meer spanning.

'Ik heb hem met geen vinger aangeraakt.' Hij doet zijn ogen dicht.

'Dan ga ik hem een deken brengen en mijn excuses aanbieden voor jouw gedrag. Zoals ik wel vaker heb moeten doen,' zeg ik geërgerd.

In de woonkamer tref ik mijn vader zittend op de vloer aan, pulkend aan de gaten in zijn jeans. Hij kijkt op wanneer ik binnenkom. 'Je mag wel op de bank gaan zitten,' zeg ik. Ik leg het bundeltje op de leuning van de bank.

'Ik... Nou, ik wil je bank niet vies maken.' Hij bloost van schaamte.

Mijn hart trekt pijnlijk samen. 'Maak je daar maar geen zorgen over. En je kunt hier douchen. Voor vannacht kun je vast wel wat kleren van Hardin lenen.'

Hij kijkt me niet aan, maar protesteert zwakjes: 'Ik wil geen misbruik van jullie maken.'

'Dat doe je niet. Ik zal wat kleren voor je zoeken, ga jij maar douchen. Hier heb je een handdoek.'

Hij glimlacht zwakjes. 'Dank je. Ik ben zo blij dat ik je weer zie. Ik heb je zo gemist... en hier ben je dan.'

'Hopelijk was Hardin niet al te onbeleefd tegen je. Hij is nogal...'

'Beschermend?' maakt hij mijn zin af.

'Zoiets, ja. Soms kan hij erg bot uit de hoek komen.'

'Dat geeft niet. Ik ben een vent, ik kan het wel hebben. Hij komt voor je op, en dat kan ik hem niet kwalijk nemen. Hij kent me niet. Sterker nog, jij kent me ook niet. Hij doet me denken aan iemand die ik ooit heb gekend...' Mijn vader valt stil en glimlacht.

'Aan wie dan?'

'Aan mezelf... Ik was ooit ook zo. Ik had alleen respect voor degenen die dat volgens mij hadden verdiend, en ik maaide iedereen omver die volgens mij in de weg stond. Ik was net zo prikkelbaar als hij. Het enige verschil is dat hij meer tattoos heeft dan ik.' Hij grinnikt. Het geluid wekt herinneringen tot leven die ik al heel lang was vergeten.

Ik geniet van dat gevoel en lach met hem mee totdat hij opstaat en de handdoek pakt. 'Dan ga ik nu die douche nemen.'

Ik zeg tegen hem dat ik kleren voor hem ga zoeken en die voor de deur van de badkamer zal neerleggen.

In de slaapkamer ligt Hardin nog steeds op het bed, met zijn ogen dicht en zijn knieën opgetrokken.

'Hij staat onder de douche. Ik heb tegen hem gezegd dat jij hem wel wat kleren kunt lenen.'

Hij gaat rechtop zitten. 'Waarom?'

'Omdat hij geen kleren heeft.' Ik loop naar het bed en steek mijn handen naar hem uit om hem te kalmeren.

'Ja hoor, Tessa, geef hem mijn kleren maar,' zegt hij op barse toon. 'Moet ik soms ook mijn helft van het bed afstaan?'

'Je moet nú ophouden. Hij is mijn vader en ik wil hem beter leren kennen. Dat jij het jouw vader niet kunt vergeven betekent nog niet dat je mag verhinderen dat ik een relatie met de mijne opbouw,' antwoord ik op even harde toon.

Hardin staart me aan, met zijn groene ogen tot spleetjes geknepen. Ongetwijfeld moet hij heel erg zijn best doen om hatelijke opmerkingen voor zich te houden.

'Daar gaat het niet om. Jij bent veel te naïef. Hoe vaak moet ik je dat nog zeggen? Niet iedereen verdient je vriendelijkheid, Tessa.'

'Alleen jij zeker?' snauw ik. 'Jij bent de enige die ik van alles moet vergeven en het voordeel van de twijfel moet gunnen? Wat een gelul. En het is ook nog eens behoorlijk egoïstisch van je.' Ik graaf in zijn onderste la naar een joggingbroek. 'En weet je, ik ben liever een naïef iemand die het goede in anderen ziet dan een klootzak die denkt dat iedereen het op hem heeft gemunt.'

Ik pak een shirt en een paar sokken en storm de slaapkamer uit. Terwijl ik het stapeltje kleren voor de deur van de badkamer neerleg, hoor ik naast het geluid van het water ook mijn vader zachtjes zingen. Ik druk mijn oor tegen de deur en kan bij het horen van dat prachtige geluid een glimlach niet onderdrukken. Ik weet nog dat mijn moeder altijd zei dat ze zijn gezang zo irritant vond, maar ik vind het mooi.

Ik zet de tv in de woonkamer aan en leg de afstandsbediening op de tafel om aan te geven dat hij mag kijken naar wat hij maar wil. Kijkt hij eigenlijk wel tv?

Ik ruim de keuken op en zet de kliekjes voor hem neer, voor het geval hij later nog trek krijgt. Wanneer heeft hij voor het laatst een echte maaltijd gehad, vraag ik me opnieuw af.

Ik hoor nog altijd het water lopen in de badkamer. Hij geniet vast van zijn warme douche, wat mijn vermoeden bevestigt dat hij al heel lang niet meer in bad is geweest.

Wanneer ik eindelijk terugkom in de slaapkamer zit Hardin met de nieuwe leren map op zijn schoot die ik voor hem heb gekocht. Ik loop langs zonder naar hem te kijken, maar dan voel ik zijn vingers rond mijn arm.

'Kunnen we even praten?' vraagt hij. Hij legt de map opzij en trekt me naar zich toe, zodat ik tussen zijn benen kom te staan.

'Zeg het maar.'

'Het spijt me dat ik zo lullig deed, oké? Ik weet gewoon niet wat ik hiervan moet denken.'

'Van wat? Er is niets veranderd.'

'Jawel. Er zit een man in mijn huis die we geen van beiden echt kennen en die jou na al die jaren beter wil leren kennen. Mijn eerste opwelling is in de verdediging schieten. Dat weet je.'

'Dat snap ik wel, maar je moet niet zulke nare dingen zeggen. Dat hij een bedelaar is en dergelijke. Daar heb je me echt mee gekwetst.'

Hij duwt met zijn handen de mijne uit elkaar, vlecht zijn vingers door de mijne en trekt me nog dichter naar zich toe. 'Het spijt me, schat, echt waar.' Hij brengt mijn handen naar zijn mond en kust langzaam al mijn knokkels. Zodra ik zijn zachte lippen voel, zakt mijn woede.

Ik trek een wenkbrauw op. 'Dus je houdt op met die gemene opmerkingen?'

'Ja.' Hij draait mijn hand om en volgt met zijn vinger de lijntjes op mijn handpalm.

'Dank je.' Ik kijk naar zijn lange vinger die naar mijn pols gaat en dan terug naar mijn vingertoppen.

'Wees voorzichtig, oké? Want ik zal niet aarzelen om...'

'Maar hij lijkt toch in orde? Ik bedoel, hij is aardig,' onderbreek ik op zachte toon zijn ongetwijfeld agressieve belofte.

Hardin houdt zijn vingers stil. 'Dat weet ik niet. Het lijkt er wel op, ja.'

'Toen ik klein was, was hij niet zo aardig.'

Hardin kijkt me met vonkende ogen aan, maar zijn woorden klinken nu vriendelijker. 'Zeg dat soort dingen alsjeblieft niet als hij zo dicht in de buurt is. Ik doe mijn best om me te beheersen, maar vraag niet te veel van me.'

Ik ga op zijn schoot zitten, en hij gaat liggen met mij tegen zich aan.

'Morgen is de grote dag.' Hij zucht.

'Ja,' fluister ik tegen zijn arm, genietend van zijn warmte. Morgen wordt beslist of Hardin wel of niet wordt weggestuurd omdat hij Zed in elkaar heeft geslagen. Het wordt niet onze beste dag.

Opeens golft er paniek door me heen omdat ik moet denken aan het berichtje dat Zed me heeft gestuurd. Dat was ik door de onverwachte ontmoeting met mijn vader helemaal vergeten. Toen we op Steph en

Tristan stonden te wachten, begon mijn mobieltje te trillen. Hardin stond me zwijgend aan te staren toen ik het bericht las, maar gelukkig vroeg hij niet wat er aan de hand was.

KAN IK JE MORGENOCHTEND SPREKEN? ONDER VIER OGEN GRAAG luidde het bericht van Zed.

Ik weet niet wat ik daarvan moet denken, ik weet niet eens of ik überhaupt met hem moet gaan praten nu hij Tristan heeft verteld dat hij aangifte tegen Hardin gaat doen. Ik hoop dat hij dat alleen maar heeft gezegd om indruk op hem te maken, om zijn goede naam te houden. Ik weet niet wat ik zal doen als Hardin in de problemen komt – echt in de problemen. Ik weet dat ik Zed een antwoord moet sturen, maar het lijkt me geen goed idee om met Zed af te spreken of onder vier ogen met hem te praten. Hardin zit al genoeg in de problemen, dat hoef ik niet erger te maken.

'Luister je wel?' Hardin geeft me een por, en ik kijk op uit zijn troostende omhelzing.

'Nee, sorry.'

'Waar denk je aan?'

'Aan van alles: morgen, de beschuldigingen, dat ze je misschien wegsturen, Engeland, Seattle, mijn vader...' Ik slaak een zucht. 'Alles.'

'Maar je gaat toch wel met me mee? Om te horen wat ze beslissen?' Zijn stem klinkt zacht maar gespannen.

'Als je dat wilt,' zeg ik.

'Ik heb je nodig.'

'Dan ben ik er.' Ik moet van onderwerp veranderen en zeg: 'Niet te geloven dat je echt die tattoo hebt laten zetten. Laat nog eens zien.'

Hij duwt me zachtjes van zich af, zodat hij zich kan omdraaien. 'Trek mijn shirt eens omhoog.'

Ik trek zijn zwarte T-shirt zo ver omhoog dat zijn hele rug wordt ontbloot. Daarna schuif ik het witte verband opzij dat de pas aangebrachte woorden bedekt.

'Er zit wat bloed op het verband,' zeg ik tegen hem.

'Dat is normaal,' zegt hij, geamuseerd door mijn onwetendheid.

Met mijn vinger volg ik de omtrek van de rode plek op zijn huid, en ik neem de perfecte woorden in me op. Dit is mijn nieuwe favoriet, de tattoo die hij voor mij heeft genomen. De perfecte woorden, woorden die zo veel voor mij betekenen, en blijkbaar ook voor hem. Maar ze worden bedorven door het nieuws dat ik hem nog steeds niet heb verteld, namelijk dat ik naar Seattle verhuis. Dat ga ik hem morgen vertellen, zodra we hebben gehoord of hij wel of niet op WCU mag blijven. Ik beloof mezelf voor de zoveelste keer dat ik het echt ga vertellen, want hoe langer ik ermee wacht, hoe kwader hij zal zijn.

'Is dat serieus genoeg voor je, Tessie?'

Ik kijk hem boos aan. 'Noem me niet zo.'

'Ik heb een hekel aan die bijnaam.' Hij draait zijn hoofd om, zodat hij me liggend op zijn buik kan aankijken.

'Ik ook, maar dat wil ik nog niet tegen hem zeggen. En die tattoo is inderdaad serieus genoeg.'

'Zeker weten? Want ik kan altijd teruggaan en je portret eronder laten zetten.' Hij lacht.

'Je laat het!' Ik schud mijn hoofd, waardoor hij nog harder moet lachen.

'Zeker weten dat dit voldoende is?' Hij gaat rechtop zitten en trekt zijn shirt naar beneden. 'Geen huwelijk,' voegt hij eraan toe.

'Je hebt toch geen tattoo laten zetten als alternatief voor een huwelijk?' Ik weet niet wat ik daarvan moet denken.

'Nee, niet echt. Ik heb het gedaan omdat ik dat wilde, en omdat ik al een tijdje geen tattoo meer had genomen.'

'Wat attent.'

'Ik heb het ook voor jou gedaan, om je duidelijk te maken dat ik dit wil.' Hij maakt een gebaar naar ons allebei en neemt mijn hand in de zijne. 'Wat we nu hebben wil ik nooit meer verliezen. Ik heb het eerder verloren, en zelfs nu heb ik het nog niet helemaal terug, al kan ik merken dat ik aardig op weg ben.'

Zijn hand is warm en voelt zo goed rond de mijne.

'Dus wederom gebruik ik de woorden van een man die veel romantischer is dan ik om duidelijk te maken wat ik bedoel.' Hij glimlacht opgewekt, maar ik zie de angst achter die lach.

'Ik denk dat Darcy jouw gebruik van zijn beroemde woorden verschrikkelijk zou vinden,' zeg ik plagend.

'Ik denk dat hij me een high five zou geven,' schept hij op.

Mijn lach klinkt geforceerd. 'High five? Dat zou Fitzwilliam Darcy nooit doen.'

'Denk je dat een high five te min voor hem is? Echt niet. Als hij nu hier was, zou hij een biertje met me drinken. Dan zouden we tegen elkaar zeggen dat jullie vrouwen zo koppig zijn dat we er helemaal gek van worden.'

'Jullie mogen je gelukkig prijzen dat jullie ons hebben, want niemand anders zou het met jullie uithouden.'

'Is dat zo?' vraagt hij uitdagend. Door zijn lach verschijnen er kuiltjes in zijn wangen.

'Jazeker.'

'Ik neem aan dat je gelijk hebt. Maar ik zou je meteen omruilen voor Elizabeth.'

Ik pers mijn lippen opeen en trek een wenkbrauw op, vragend om een uitleg.

'Alleen maar omdat ze mijn mening over het huwelijk deelt.'

'Maar ze is uiteindelijk wel getrouwd,' breng ik hem in herinnering.

Met een erg on-Hardinachtige beweging grijpt hij me bij mijn heupen en duwt me op het bed, zodat mijn hoofd terechtkomt op de berg sierkussens waaraan hij zo'n hekel heeft – en waaraan hij me voortdurend herinnert. 'Zo is het genoeg! Darcy mag jullie allebei hebben!' Zijn lach schalt door de kamer, en de mijne klinkt even krachtig.

Op dit soort momenten, wanneer we kibbelen over romanpersonages en hij lacht als een kind, verdwijnt de ellende die we elkaar hebben aangedaan naar de achtergrond. Deze momenten beschermen me tegen de harde werkelijkheid die we tijdens onze relatie hebben ervaren en tegen al die hindernissen waarop we nog zullen stuiten.

'Zo te horen is hij klaar met douchen,' zegt Hardin voorzichtig.

'Ik ga hem welterusten wensen.' Ik maak me los uit Hardins greep, plant een snelle kus op zijn voorhoofd en loop naar de woonkamer.

Hardins kleren zien er vreemd uit op het lijf van mijn vader, maar ze passen beter dan ik had verwacht.

'Nogmaals bedankt voor de kleren. Ik zal ze morgen bij mijn vertrek achterlaten,' zegt hij tegen me.

'Dat hoeft niet. Neem ze maar mee... als je ze kunt gebruiken.'

Hij gaat op de bank zitten en laat zijn handen op zijn schoot rusten. 'Je hebt al genoeg voor me gedaan. Veel meer dan ik heb verdiend.'

'Het geeft echt niet.'

'Je hebt veel meer begrip dan je moeder.' Hij glimlacht.

'Ik weet niet of ik op dit moment begrip voor wat dan ook heb, maar ik doe mijn best.'

'Meer vraag ik niet, alleen wat tijd om mijn kleine meid... Of nee, mijn volwassen dochter te leren kennen.'

Ik glimlach gespannen. 'Ja, dat wil ik ook.'

Ik weet dat hij nog een lange weg te gaan heeft, en vanavond ga ik hem zeker nog niet alles vergeven. Maar hij is mijn vader, en ik heb niet genoeg energie om hem te haten. Ik wil geloven dat hij kan veranderen, want dat heb ik vaker zien gebeuren. De vader van Hardin bijvoorbeeld heeft zijn leven volledig gebeterd, al kan Hardin hun pijnlijke verleden nog altijd niet loslaten. Ik heb Hardin ook zien veranderen. En aangezien hij zo'n beetje het toonbeeld van koppig is, heb ik hoop voor mijn vader, al is die nog zo diep gezonken.

'Hardin mag me niet. Daar zal ik nog een hele kluif aan hebben.'

Ik grinnik om de ironische ondertoon. 'Ja, dat zeker.' Ik kijk de gang in en zie mijn vriend in zijn effen zwarte kleren staan. Hij kijkt ons fronsend en argwanend aan.

4

∞

Tessa

'Zet uit,' gromt Hardin zodra de wektoon door de donkere slaapkamer schalt.

Mijn vingers tasten naar mijn mobieltje, en eindelijk, na een veeg van mijn duim over het scherm, houdt het vervelende geluid op. Ik ga rechtop zitten. Mijn schouders voelen zwaar aan omdat de last van de komende dag me naar beneden dreigt te trekken. Vandaag beslist de universiteit of Hardin wel of niet mag blijven, vandaag wordt duidelijk of Zed aangifte doet, en vandaag zal ik weten hoe Hardin reageert op mijn besluit om Vance Publishing te volgen naar Seattle en op mijn vraag of hij mee wil gaan, ook al heeft hij duidelijk gemaakt dat hij de pest aan die stad heeft.

Ik weet niet wat me het bangst maakt. Tegen de tijd dat ik het licht in de badkamer aandoe en mijn gezicht met koel water besprenkel, kom ik tot de slotsom dat aangifte van geweldpleging het ergste is. Als Hardin wordt veroordeeld en moet zitten, heb ik geen idee wat ik moet doen, of wat hij zou doen. Alleen al de gedachte maakt me misselijk. Opnieuw denk ik aan Zeds vraag of hij me vanmorgen kan spreken, en mijn hoofd tolt van alle zaken die hij mogelijk met me wil bespreken, zeker omdat hij de laatste keer dat we elkaar zagen heeft gezegd dat hij verliefd op me is geworden.

Ik adem in en uit in de zachte handdoek die aan de muur hangt. Moet ik Zed een antwoord sturen om in elk geval te ontdekken wat hij te zeggen heeft? Misschien kan hij uitleggen waarom hij Tristan heeft verteld dat hij aangifte wil doen, maar dat tegenover mij heeft ontkend. Ik voel me schuldig omdat ik hem heb gevraagd het niet te doen, zeker als je bedenkt hoe Hardin hem heeft toegetakeld, maar ik hou van Hardin, en Zed was, zeker in het begin, net als Hardin van plan om de weddenschap te winnen. Ze zijn geen van beiden echt onschuldig.

Voordat ik te lang kan nadenken over de mogelijke gevolgen stuur ik Zed een berichtje. Ik wil Hardin alleen maar helpen. Dat zeg ik telkens weer tegen mezelf nadat ik het berichtje heb verzonden en me druk maak over mijn haar en make-up.

Ik zie dat de deken keurig opgevouwen over de leuning van de bank ligt en voel dat de moed me in de schoenen zinkt. Is hij al weg? Hoe kan ik hem in vredesnaam bereiken...

Maar dan hoor ik het zachte geluid van een keukenkastje dat wordt geopend en voel ik me beter. Ik loop het donkere vertrek in, doe het licht aan en zie mijn vader zo schrikken dat hij een lepel op de betonnen vloer laat vallen.

'Sorry, ik wilde zo stilletjes mogelijk doen.' Hij buigt zich snel om de lepel op te pakken.

'Het geeft niet, ik was al wakker. Je had best het licht aan mogen doen.' Ik lach zacht.

'Ik wilde niemand wakker maken. Ik wilde een kommetje ontbijtgranen nemen, is dat goed?'

'Ja, natuurlijk.' Ik doe het koffiezetapparaat aan en kijk op de klok. Over een kwartier moet ik Hardin wakker maken.

'Wat ben je vandaag van plan?' vraagt hij met zijn mond vol Frosted Flakes, het lievelingsontbijt van Hardin.

'Nou, ik heb college en Hardin heeft een gesprek met het bestuur van de universiteit.'

'Het bestuur? Dat klinkt serieus...'

Ik kijk mijn vader aan en vraag me af of ik het hem zal vertellen, maar dan bedenk ik dat ik nu eenmaal ergens moet beginnen. 'Hij heeft gevochten op de campus.'

'En daarom moet hij bij het bestuur komen? In mijn tijd kreeg je een standje, en dat was het dan.'

'Hij heeft het nodige vernield, vooral dure spullen, en hij heeft de neus van een andere student gebroken.' Ik zucht en roer een lepel suiker door mijn koffie. Die energie kan ik vandaag wel gebruiken.

'Zo, zo. Waarom vochten ze?'

'Om mij. Het zat er al een tijdje aan te komen, en op een bepaald moment... barstte de bom.'

'Nou, dan vind ik Hardin nog aardiger dan gisteravond.' Hij straalt. Ik ben blij dat hij mijn vriend steeds meer ziet zitten, maar liever niet om deze reden. Geweld lijkt me geen goede basis voor een vriendschap.

Ik schud mijn hoofd en drink mijn halve kop leeg. De warme drank brengt mijn overspannen zenuwen tot bedaren.

'Waar komt hij vandaan?' Hij wekt de indruk dat hij Hardin echt beter wil leren kennen.

'Engeland.'

'Dat dacht ik al aan het accent te horen, al hoor ik soms niet het verschil tussen Engels en Australisch. Woont zijn familie daar nog steeds?'

'Zijn moeder wel. Zijn vader woont hier. Hij is de rector van WCU.'

Er verschijnt een nieuwsgierige blik in zijn bruine ogen. 'Dat maakt weggestuurd worden wel erg pijnlijk.'

'Inderdaad.' Ik slaak een zucht.

'Kent je moeder Hardin ook?' vraagt hij. Hij neemt een flinke hap uit zijn kommetje.

'Ja, en ze haat hem.' Ik frons.

'"Haat" lijkt me wel erg sterk uitgedrukt.'

'Geloof me, dat is niet sterk genoeg.' Het doet inmiddels veel minder pijn dat de relatie tussen mij en mijn moeder zo slecht is. Ik weet niet of dat een goed teken is of niet.

Mijn vader legt zijn lepel neer en knikt een paar keer. 'Ze kan behoorlijk koppig zijn, maar ze maakt zich gewoon zorgen om je.'

'Dat hoeft niet. Ik red me wel.'

'Nou, dan moet je maar wachten totdat ze weer bijdraait. Je moet niet hoeven kiezen tussen je vriend en je moeder.' Hij glimlacht. 'Je oma moest ook helemaal niets van mij hebben. Waarschijnlijk ligt ze nu nog te fronsen in haar graf.'

Dit is allemaal zo vreemd, hier met mijn vader in de keuken zitten kletsen met een kom ontbijtgranen en koffie erbij. 'Het is moeilijk omdat we altijd zo dik waren met elkaar... Of in elk geval zo dik als mogelijk was, voor iemand als zij.'

'Ze wilde altijd dat je net zo zou worden als zij, daar werkte ze al aan toen je nog klein was. Ze is geen slecht mens, Tessie. Ze is alleen maar bang.'

Ik kijk hem verwonderd aan. 'Waarvoor?'

'Voor alles. Ze is bang de controle te verliezen. Ik twijfel er niet aan dat ze doodsbang was toen ze jou met Hardin zag en besefte dat ze niet langer de baas over je is.'

Ik staar naar de lege kop voor me. 'Ben je daarom weggegaan? Omdat ze alles in de hand wilde houden?'

Mijn vader zucht zacht. Het is een dubbelzinnig geluid. 'Nee, ik ben weggegaan omdat ik mijn eigen problemen had en we niet goed bij elkaar pasten. Maak je over ons maar niet druk.' Hij grinnikt. 'Maak je liever druk over jezelf en over die herrieschopper van een vriend van je.'

Ik kan me niet voorstellen dat de man voor me en mijn moeder ooit in staat waren een gesprek te voeren. Ze zijn allebei zo anders. Dan kijk ik op de klok en zie dat het bijna acht uur is.

Ik sta op en zet mijn kop in de vaatwasser. 'Ik moet Hardin wakker maken. Ik heb gisteravond je kleren gewassen. Ik ga me nu even aankleden en zal ze je dan geven.'

Ik loop de slaapkamer in en zie dat Hardin al wakker is. Wanneer hij een zwart T-shirt over zijn hoofd trekt, vraag ik: 'Kun je niet beter iets nets aantrekken?'

'Waarom?'

'Omdat je moet verschijnen voor een bestuur dat gaat beslissen of je wel of geen toekomst als student hebt. Een zwart T-shirt wekt de indruk dat je niet echt je best hebt gedaan. Je kunt je daarna wel verkleden, maar ik vind dat je nu iets nets moet aantrekken.'

'Kút.' Hij spreekt het woord overdreven uit en gooit zijn hoofd in zijn nek.

Ik loop langs hem naar de kast en pak zijn zwarte overhemd en broek.

'Niet die nette broek. Alsjeblieft niet.'

Ik geef hem de broek aan. 'Het is maar voor even.'

Hij houdt het kledingstuk vast alsof het kernafval is. 'Als ze me durven weg te sturen terwijl ik hierin kom opdagen, steek ik die complete campus in de fik.'

'Overdrijf niet zo.' Ik rol met mijn ogen, maar hij trekt met een zuur gezicht de broek aan.

'Is ons huis nog altijd een daklozenopvang?'

Ik laat het overhemd vallen, met hangertje en al, en been naar de deur.

Met een woest gebaar haalt hij zijn vingers door zijn haar. 'Jezus, Tess, sorry. Ik ben op van de zenuwen en kan niet eens even neuken om rustig te worden omdat je vader op onze bank ligt.'

Zijn schunnige woorden wekken mijn hormonen tot leven, maar hij heeft gelijk: het is lastig dat mijn vader in de kamer naast ons zit. Ik loop naar Hardin, wiens lange vingers worstelen met het bovenste knoopje van zijn overhemd, en duw zachtjes zijn handen opzij. 'Laat mij maar,' zeg ik.

Zijn blik verzacht, maar ik weet dat hij in paniek begint te raken. Ik vind het vreselijk om hem zo te zien, dit is zo ongewoon. Normaal gesproken is hij zo beheerst en trekt hij zich nergens iets van aan. Zelfs wanneer het om mij gaat, weet hij zijn gevoelens goed te verbergen.

'Het komt allemaal goed, schatje. We vinden wel een oplossing.'

'Schatje?' Zijn glimlach verschijnt even snel als de blos op mijn wangen.

'Ja... schatje.' Ik trek het kraagje van zijn overhemd recht, en hij buigt zich voorover om het puntje van mijn neus te kussen.

'Je hebt gelijk. In het ergste geval verhuizen we naar Engeland.'

Ik ga niet op zijn opmerking in en loop terug naar de kast om mijn kleren uit te zoeken. 'Wat denk je, zou ik mee naar binnen mogen?' vraag ik, niet goed wetend wat ik aan moet trekken.

'Wil je dat?'

'Ja, als dat mag.' Ik kies voor de nieuwe paarse jurk die ik morgen naar Vance had willen dragen. Ik kleed me uit en trek zo snel mogelijk de jurk aan. Daarna trek ik zwarte schoenen met hoge hakken aan en loop naar Hardin toe, met mijn jurk tegen mijn bovenlijf aan gedrukt. 'Wil je me even helpen?' Ik draai hem mijn rug toe.

'Je kwelt me expres.' Zijn vingers dansen over mijn blote schouders en over mijn rug naar beneden, een spoor van kippenvel achterlatend.

'Sorry.' Mijn mond is droog.

Hij trekt langzaam de rits omhoog, en ik huiver wanneer hij zijn lippen achter in mijn nek drukt. 'We moeten gaan,' zeg ik.

Hij kermt en drukt zijn vingers in mijn heupen. 'Ik wil onderweg mijn vader bellen. Moeten we de... jouw vader onderweg ergens afzetten?'

'Ik ga het hem meteen vragen. Neem jij mijn tas mee?' vraag ik, waarop hij knikt.

'Tess?' roept hij wanneer ik de deurknop vastpak. 'Ik vind die jurk leuk. En jou. Nou, ik hou natuurlijk van je... en van je nieuwe jurk,' ratelt hij. 'Ik hou van jou en van je chique kleren.'

Ik maak een kniebuiging en draai een rondje, zodat hij me kan bewonderen. Ik vind het niet leuk voor Hardin dat hij zo zenuwachtig is, maar ik vind het aan de andere kant ook wel fijn omdat dat me eraan herinnert dat hij niet bikkelhard is.

In de woonkamer tref ik mijn vader op de bank aan, waar hij opnieuw in slaap is gevallen. Ik weet niet of ik hem wakker moet maken of hem hier moet laten zitten totdat we terug zijn van de campus.

'Laat hem maar,' zegt Hardin, die achter me komt staan en mijn gedachten raadt.

Ik leg een briefje voor hem neer waarin ik laat weten hoe laat we weer terugkomen en zet onze telefoonnummers erbij. Ik denk niet dat hij een mobieltje heeft, maar voor het geval dat.

De rit naar de campus is kort, te kort, en Hardin ziet eruit alsof hij elk moment kan gaan schreeuwen of slaan. Op de parkeerplaats kijkt hij of hij Kens auto ergens ziet staan.

'Hij wilde ons hier treffen.' Hardin kijkt voor de vijfde keer in vijf minuten op het scherm van zijn telefoon.

'Daar is hij.' Ik wijs naar een zilverkleurige auto die net komt aanrijden.

'Eindelijk. Waarom duurde dat verdomme zo lang?'

'Wees alsjeblieft aardig tegen hem, hij doet dit voor jou,' smeek ik.

Hij zucht geërgerd, maar knikt wel.

Ken heeft zijn vrouw Karen en Hardins stiefbroer Landon meegebracht. Dat verbaast Hardin, maar ik glimlach opgelucht. Ik vind het fijn dat ze hem zo steunen, ook al probeert hij de indruk te wekken dat hij hun hulp niet nodig heeft.

'Heb je niets beters te doen?' vraagt Hardin aan Landon wanneer ze naar ons toe komen.

'Hoe zit het met jou?' kaatst Landon terug, en daar moet Hardin om lachen.

Nu Karen hen zo hoort praten, glimlacht ze met een opgewektheid die volkomen in tegenspraak is met het gezicht dat ze trok toen ze uit Kens auto stapte.

Tijdens de wandeling naar het bestuursgebouw zegt Ken: 'Hopelijk duurt het niet lang. Ik heb Jan en alleman gebeld en aan zo veel mogelijk touwtjes getrokken, dus ik hoop op een goede afloop.' Hij blijft even staan en wendt zich tot Hardin. 'Laat mij binnen het woord doen. Ik meen het.' Hij wacht op een instemmend antwoord van zijn zoon.

'Goed, hoor,' zegt Hardin zonder tegen hem in te gaan.

Ken knikt en duwt de zware houten deuren open om ons allemaal binnen te laten. Hij kijkt over zijn schouder en zegt streng: 'Het spijt me, Tessa, maar je mag niet mee de kamer in. Je mag buiten op de gang wachten.' Hij draait zich om en glimlacht vriendelijk.

Hardin schiet echter meteen in de stress. 'Hoe bedoel je, ze mag niet mee de kamer in? Ik heb haar nodig!'

'Dat weet ik. Het spijt me, maar het is alleen voor familie,' legt zijn vader uit. Hij gaat ons voor door de gang. 'Tenzij ze getuige was geweest, maar zelfs dan is het een ernstig geval van belangenverstrengeling.'

Ken blijft voor een vergaderruimte staan en zegt nadenkend: 'Natuurlijk is het in mijn geval ook belangenverstrengeling, omdat ik de rector ben. Maar je bent ook mijn zoon.'

Ik wend me tot Hardin. 'Hij heeft gelijk. Het is beter zo. En het komt wel goed,' verzeker ik hem.

Hij laat mijn hand los en knikt, om vervolgens een vernietigende blik op zijn vader te werpen. Die slaakt een zucht en zegt: 'Hardin, probeer alsjeblieft...'

Hardin steekt een hand op. 'Ja, ja, dat zal ik doen.' Hij zoent me op mijn voorhoofd.

Wanneer ze met hun vieren naar binnen lopen, wil ik Landon vragen of hij samen met mij wil blijven wachten, maar ik weet dat Hardin hem binnen nodig heeft, ook al zal hij dat niet toegeven. Ik voel me zo nutteloos hierbuiten op de gang terwijl daarbinnen een stel stoffige heren in pakken beslissen over Hardins toekomst als student. Nou, misschien is er een manier om hem te helpen...

Ik pak mijn mobieltje en stuur Zed een bericht. IK BEN BIJ HET BESTUURSGEBOUW, KUN JE KOMEN? Ik staar naar het scherm, wachtend op een antwoord, dat nog geen minuut later volgt. IK KOM ERAAN.

IK WACHT BUITEN, antwoord ik.

Na een laatste blik op de deur loop ik naar buiten. Het is koud, te koud om buiten te wachten in een knielange jurk, maar ik heb niet veel keuze.

Ik sta een tijdje te wachten en wil net weer naar binnen gaan wanneer Zeds oude pick-uptruck de parkeerplaats op komt rijden. Hij stapt uit, gekleed in een zwarte sweater en donkere verwassen jeans. Hoewel ik hem gisteren nog heb gezien, schrik ik van de beurse plekken op zijn gezicht.

Hij steekt zijn handen in de zak voor op zijn sweater. 'Hoi.'

'Hoi. Bedankt dat je wilde komen.'

'Het was mijn idee, weet je nog?' Hij glimlacht, waardoor ik me iets meer op mijn gemak voel.

Ik glimlach ook. 'Ja, je hebt gelijk.'

'Ik wil het hebben over wat je in het ziekenhuis zei,' gaat hij verder.

Dat is nu net wat ik ook wil. 'Ik ook.'

'Jij eerst.'

'Steph zei dat je tegen Tristan hebt gezegd dat je aangifte wilde doen.' Ik probeer niet naar zijn beurse en bloeddoorlopen ogen te kijken

'Dat klopt.'

'Maar je hebt tegen mij gezegd dat je géén aangifte zou doen. Waarom heb je tegen me gelogen?' Ik weet zeker dat de pijn te horen is in mijn trillende stem.

'Ik heb niet gelogen. Toen ik dat zei, meende ik het.'

Ik stap dichter naar hem toe. 'Waarom ben je van gedachten veranderd?'

Hij haalt zijn schouders op. 'Vanwege heel veel dingen. Ik moest denken aan alles wat hij mij, en jou, heeft aangedaan. Ik wil niet dat hij er zo gemakkelijk van afkomt. Dat verdient hij niet.' Hij wijst naar zijn eigen gezicht. 'Moet je dit zien.'

Ik weet niet goed wat ik nu tegen Zed moet zeggen. Hij heeft het volste recht om kwaad te zijn op Hardin, maar ik wil zo graag dat hij afziet van gerechtelijke stappen.

'Hij heeft al genoeg problemen met het bestuur,' zeg ik, in de hoop dat dat hem van gedachten kan laten veranderen.

'Dat valt wel mee. Steph heeft me verteld dat zijn vader de rector is,' zegt hij minachtend.

Verdomme, Steph, had je je mond niet kunnen houden? Ik knik instemmend. 'Maar dat betekent niet dat ze het hem niet erg lastig kunnen maken.'

Door mijn opmerking neemt zijn ergernis alleen maar toe. 'Jeetje, Tessa, waarom sta je altijd meteen klaar om hem te verdedigen? Het maakt niet uit wat hij doet, jij springt meteen voor hem in de bres.'

'Dat is niet waar,' lieg ik.

'Dat is wel waar!' Vol ongeloof steek hij zijn handen op. 'Dat weet je zelf ook! Je zegt dat je zult nadenken over mijn advies om het uit te maken, maar een paar dagen later zie ik je weer met hem bij de tattoozaak. Dat slaat nergens op.'

'Ik weet dat je het niet begrijpt, maar ik hou van hem.'

'Als je zo veel van hem houdt, waarom neem je dan de benen naar Seattle?'

Zijn woorden laten me niet koud. Ik zwijg even en zeg dan: 'Ik neem niet de benen. Ik verhuis vanwege mijn carrière.'

'Hij gaat niet met je mee. In ons vriendengroepje wordt echt wel gepraat, hoor.'

Wat? 'Dat was hij wel van plan,' lieg ik, maar ik merk dat Zed mijn leugen doorziet.

Met een uitdagende blik in zijn ogen kijkt hij even opzij en dan weer recht in mijn gezicht. 'Als jij tegen me kunt zeggen dat je niets voor me voelt, en dan bedoel ik echt helemaal niets, dan doe ik geen aangifte.'

Op dat moment lijkt de lucht kouder te worden en de wind aan te trekken. 'Wat?'

'Je hebt me wel verstaan. Zeg tegen me dat ik je met rust moet laten en nooit meer contact met je moet zoeken, en dan doe ik geen aangifte.' Zijn verzoek doet me denken aan iets wat Hardin lang geleden tegen me zei.

'Maar dat wil ik niet. Ik wil contact met je houden,' geef ik toe.

'Wat wil je nu eigenlijk?' vraagt hij. Droefheid en woede kleuren zijn stem. 'Want je lijkt net zo in de war als ik! Je stuurt steeds berichtjes en spreekt met me af; je zoent me, je slaapt in hetzelfde bed als ik... Je komt altijd naar mij toe als hij je pijn heeft gedaan! Wat wil je nu eigenlijk van me?'

Ik dacht dat ik in het ziekenhuis duidelijk genoeg was geweest. 'Ik weet niet wat ik van jou wil, maar ik hou van hém, en dat zal altijd zo blijven. Het spijt me dat ik niet helemaal duidelijk ben geweest, maar ik...'

'Vertel me dan eens waarom je over een week naar Seattle vertrekt en hem nog steeds niets hebt verteld!' roept hij, zwaaiend met zijn armen.

'Dat weet ik niet... Zodra ik de kans krijg, ga ik het hem vertellen.'

'Nee, dat ga je niet, want je weet dat hij het dan uitmaakt,' snauwt Zed, die langs me heen kijkt.

'Hij... Nou...' Ik weet niet wat ik moet zeggen, bang dat Zed gelijk heeft.

'Nou, weet je wat, Tessa? Je kunt me later bedanken.'

'Waarvoor?' Ik zie een gemeen lachje rond zijn lippen verschijnen.

Zed steekt zijn arm uit en wijst achter me, en er trekt een rilling door me heen. 'Omdat hij het nu van mij heeft gehoord.'

Ik weet dat ik, als ik me nu omdraai, Hardin achter me zal zien staan. Ik ben er zeker van dat ik hem ondanks de harde winterse wind gejaagd kan horen ademen.

5

∞

Hardin

Ik loop naar buiten. Een snijdende wind blaast om me heen en voert het geluid mee van een stem die ik hier nooit had verwacht te zullen horen. Ik heb net zitten luisteren naar heel veel mensen die heel veel nare dingen over me zeiden, zonder dat ik iets terug kon zeggen. Nu wil ik alleen nog maar de stem horen van mijn meisje, mijn engel.

En die hoor ik, maar ik hoor ook zíjn stem. Ik sla de hoek om, en inderdaad, daar staat hij. Daar staan zíj. Tessa en Zed.

Wat doet hij verdomme hier? Waarom staat Tessa hier verdomme met hem te praten? Wat heeft ze niet begrepen toen ik 'blijf godverdomme uit zijn buurt' zei?

Die vuile hond begint met stemverheffing tegen haar te praten, dus ik loop snel naar hen toe. Niemand schreeuwt tegen haar. Maar dan zegt hij iets over Seattle... en blijf ik stokstijf staan. *Tessa gaat naar Seattle?*

En Zed weet dat, maar ik niet?

Dit kan niet. Dit kan gewoon niet. Ze zou nooit weggaan zonder iets tegen me te zeggen...

Terwijl ik mijn overspannen gedachten op een rijtje probeer te zetten, kijkt Zed me spottend aan, met die woeste ogen en die achterlijke grijns van hem. Tessa draait zich akelig langzaam naar me om en kijkt me aan. Haar blauwgrijze ogen zijn groot en haar pupillen worden snel groter.

'Hardin...' Ik zie dat ze mijn naam zegt, maar haar stem klinkt zwak en wordt weggeblazen door de wind.

Ik weet niet wat ik moet zeggen en blijf zo staan. Mijn mond valt open, gaat dicht, valt weer open, in een eindeloos patroon, totdat de woorden eindelijk van mijn lippen rollen. 'Dus dit was je plan?' weet ik uit te brengen.

Ze strijkt haar haar uit haar gezicht. Haar mond verandert in een streep, en ze wrijft met haar handen over haar over elkaar geslagen armen.

'Nee! Zo is het niet, Hardin, ik...'

'Jullie zijn wel een achterbaks stel, hè? Jij...' Ik wijs naar die klootzak. 'Je vreet voortdurend van alles uit, achter mijn rug om, alleen maar om mijn meisje te kunnen versieren. Godverdomme telkens weer. Het maakt niet uit wat ik zeg, het maakt niet uit hoe vaak ik die klotekop van je in elkaar ram, je komt elke keer weer terug gekropen, als een godvergeten kakkerlak.'

Tot mijn grote verbazing durft hij iets te zeggen. 'Ze...'

'En jij...' Ik wijs naar het blonde meisje dat mijn wereld onder de scherpe hak van haar zwarte schoen gevangenhoudt. 'Jij... Jij blijft maar spelletjes met me spelen, je doet o zo betrokken, maar ondertussen was je de hele tijd van plan om me in de steek te laten! Je weet dat ik nooit naar Seattle zou gaan, en toch wil je verhuizen – zonder het tegen mij te zeggen!'

Ze kijkt me met een glazige blik aan en zegt smekend: 'Daarom heb ik je nog niets verteld, Hardin, omdat...'

'Hou godverdomme je bek,' zeg ik. Haar hand gaat naar haar borst, alsof mijn woorden haar pijn doen.

Misschien is dat ook zo. Misschien wil ik dat ook, zodat zij voelt wat ik voel.

Hoe kan ze me zo vernederen, nota bene waar Zed bij staat?

'Wat moet hij hier?' vraag ik aan haar.

Er is geen spoor van zijn voldane grijns te bekennen wanneer ze even naar hem kijkt en dan weer naar mij. 'Ik heb hier met hem afgesproken.'

Ik deins terug, zogenaamd verrast. Of misschien ben ik echt verrast; ik kan niet benoemen wat er zo snel door me heen gaat. 'Nou, daar gaan we dan! Het is wel duidelijk dat er iets bijzonders is tussen jullie twee.'

'Ik wilde alleen maar met hem over de aangifte praten. Ik probeer je te helpen, Hardin. Luister alsjeblieft naar me.' Ze loopt naar me toe en strijkt opnieuw haar haar uit haar gezicht.

Ik schud mijn hoofd. 'Je lult uit je nek! Ik heb het hele gesprek gehoord. Als je hem niet wilt, zeg dat dan nu tegen hem, waar ik bij ben.'

Haar met tranen gevulde ogen smeken me om toe te geven en haar niet te vernederen waar hij bij is, maar ik laat me niet ompraten. 'Goed, dan is het nu voorbij tussen ons.' Mijn eigen woorden branden als zuur in mijn mond.

'Ik wil je niet, Zed,' zegt ze, maar ze kijkt mij aan. Haar woorden klinken gehaast, paniekerig, en ik weet dat ze haar pijn doen.

'Helemaal niet?' vraag ik. Ik grijns net zoals Zed eerder deed.

'Helemaal niet.' Ze fronst, en Zed haalt zijn handen door zijn haar.

'Je wilt hem nooit meer zien,' draag ik haar op. 'Kijk hem aan en zeg dat tegen hem.'

Zed is echter degene die iets zegt. 'Hardin, hou op. Laat het. Ik heb het begrepen. Je hoeft niet mee te doen met zijn misselijke spelletjes, Tessa. Ik snap het al.' Hij ziet er meelijwekkend uit, als een verdrietig kind.

'Tessa...' begin ik, maar wanneer ze naar me opkijkt, zie ik iets in haar blik waardoor ik bijna bezwijk. Walging. Ze walgt van me.

Ze zet een stap in mijn richting. 'Nee, Hardin, dat doe ik niet. Niet omdat ik samen met hem wil zijn, want dat wil ik niet. Ik hou van jou, alleen van jou, maar je wilt hiermee alleen maar iets bewijzen, en het is naar en wreed en ik doe er niet aan mee.' Ze bijt op de binnenkant van haar wang, in een poging haar tranen tegen te houden.

Waar ben ik in vredesnaam mee bezig?

Met een ongekende felheid vervolgt ze: 'Ik ga nu naar huis. Als je met me over Seattle wilt praten, kun je me daar vinden.' Na die woorden draait ze zich om en loopt weg.

'Hoe wil je thuiskomen?' roep ik haar na.

Zed steekt een arm naar haar uit. 'Ik breng haar wel,' zegt hij.

En daardoor knapt er iets in me. 'Je mag blij zijn dat ik door jou al diep in de shit zit, want anders had ik je nu in elkaar geramd. En daarmee bedoel ik niet dat ik je arm of je been had gebroken, nee, ik had je kop stukgeslagen op de straat zodat het bloed...'

'Hou op!' Tessa draait zich om en drukt haar handen tegen haar oren.

'Tessa, als je...' begint Zed zacht.

'Zed, ik ben blij met alles wat je voor me hebt gedaan, maar je moet nu echt ophouden.' Ze probeert streng te klinken, maar dat lukt niet.

Na een laatste zucht draait hij zich met een ruk om en loopt weg.

Ik loop naar de auto, en natuurlijk komen mijn vader en Landon op dat moment naar buiten. Shit. Ik hoor het getik van Tessa's hakken achter me.

'We gaan,' zeg ik voordat zij iets kunnen zeggen.

'Ik bel je later wel,' zegt ze tegen Landon.

'Je gaat woensdag toch wel, hè?' vraagt hij haar.

Ze glimlacht, maar het is een gemaakt lachje dat de paniek in haar ogen moet verhullen. 'Ja, natuurlijk.'

Landon kijkt me kwaad aan, zich duidelijk bewust van de spanning tussen ons.

Weet hij wat ze van plan is? Waarschijnlijk wel. De kans is groot dat hij haar heeft geholpen.

Ik stap in en probeer niet eens mijn ongeduld te verbergen.

'Ik bel je,' zegt ze opnieuw tegen Landon. Ze zwaait mijn vader gedag voordat ze instapt. Zodra ze haar gordel vastmaakt, zet ik de muziek uit.

'Ga je gang,' zegt ze zonder enige emotie.

'Wat?'

'Ga je gang. Schreeuw maar tegen me. Dat wil je toch?'

Ik ben met stomheid geslagen door wat ze zegt. Ja, ik was inderdaad van plan om tegen haar te gaan schreeuwen, maar ik ben van mijn stuk gebracht nu ik hoor dat ze dat vanzelfsprekend vindt.

Maar natuurlijk vindt ze dat. Het gebeurt namelijk altijd. Zo ben ik...

'En?' Haar lippen vormen een strakke lijn.

'Ik ga niet tegen je schreeuwen.'

Ze kijkt me even aan en richt haar blik dan op iets buiten de auto.

'Ik weet niet wat ik anders moet doen, behalve tegen je schreeuwen... Dat is het probleem.' Ik slaak een verslagen zucht en laat mijn voorhoofd tegen het stuur rusten.

'Ik heb dit niet met opzet achter je rug om gedaan, Hardin.'

'Daar lijkt het anders wel op.'

'Dat zou ik je nooit aandoen. Ik hou van je. Dat begrijp je wel als we het uitpraten.'

Nu mijn woede de overhand krijgt, ketsen haar woorden van me af. 'Wat ik begrijp, is dat je gaat verhuizen – snel. Ik weet niet eens wanneer, en we wonen nog wel samen, Tessa. We slapen godverdomme in hetzelfde bed, en je gaat er zomaar vandoor? Ik heb altijd al geweten dat je dat zou doen.'

Ik hoor de klik van haar autogordel en voel dan dat haar hand mijn schouder naar achteren duwt. Binnen een paar tellen zit ze op mijn schoot, met haar blote dijen rond mijn benen geklemd, haar koude armen rond mijn nek geslagen en haar betraande gezicht tegen mijn borst gedrukt.

'Ga van me af.' Ik probeer haar armen van me los te maken.

'Waarom denk je altijd dat ik je in de steek zal laten?' Ze verstevigt haar greep.

'Omdat dat nu eenmaal zo is.'

'Ik ga niet naar Seattle omdat ik niet bij jou wil zijn. Ik ga voor mezelf en voor mijn carrière. Dat ben ik altijd al van plan geweest, en dit is een unieke kans. Ik heb het aan meneer Vance gevraagd toen wij probeerden uit te zoeken hoe we verder moesten gaan. Ik heb het je zo vaak willen vertellen, maar of je viel me in de rede of je wilde het niet over serieuze dingen hebben.'

Het enige waaraan ik kan denken, is dat ze straks haar koffers pakt en niets anders achterlaat dan een of ander lullig briefje op het aanrecht. 'Hoe durf je mij de schuld te geven.' Ik klink minder overtuigend dan mijn bedoeling was.

'Ik geef jou niet de schuld, maar ik wist wel dat je me niet zou steunen, terwijl je weet hoe belangrijk dit voor me is.'

'Wat ga je nu doen? Als je verhuist, kan ik niet met je samen zijn. Ik hou van je, Tessa, maar ik ga niet met je naar Seattle.'

'Waarom niet? Je weet niet eens of je die stad leuk vindt of niet. We kunnen het toch proberen? Als je het niets vindt, kunnen we altijd nog naar Engeland gaan. Misschien,' zegt ze, haar neus ophalend.

'Jij weet ook niet of je Seattle leuk vindt.' Ik kijk haar met een lege blik aan. 'Het spijt me, maar je moet kiezen: mij of Seattle.'

Ze kijkt even naar me op en gaat dan zonder iets te zeggen op de passagiersstoel zitten.

'Je hoeft niet meteen de knoop door te hakken, maar je hebt niet veel tijd meer.' Ik geef gas en rijd het parkeervak uit.

'Niet te geloven dat je me laat kiezen.' Ze kijkt me niet aan.

'Je weet wat ik van Seattle vind. En je mag blij zijn dat ik me zo-even heb ingehouden toen ik je met hem zag.'

'Ik mag blij zijn?' zegt ze op schampere toon.

'Het is toch al een kutdag, laten we er verder geen ruzie over maken. Ik wil vrijdag je antwoord horen. Tenzij je er dan natuurlijk al vandoor bent.' Van die gedachte krijg ik koude rillingen.

Ik weet dat ze voor mij zal kiezen. Ze moet wel. Dan gaan we naar Engeland, weg van al dit gezeik. Ze heeft geen woord gezegd over de colleges die ze vandaag mist, en daar ben ik blij om, want ik heb geen zin om daar ook nog eens ruzie over te maken.

'Je bent wel erg egoïstisch,' zegt ze beschuldigend.

Daar ga ik niet tegen in, want ze heeft gelijk. Ik zeg wel: 'Nou, je zou ook kunnen zeggen dat het egoïstisch is om te verzwijgen dat je gaat verhuizen. Waar ga je trouwens wonen? Heb je al een huis?'

'Nee, ik wilde morgen verder gaan zoeken. We gaan woensdag een paar dagen weg met jouw familie.'

Het duurt even voordat ik besef waar ze het over heeft. 'We?'

'Je zei dat je...'

'Ik moet nog even bekomen van dat gedoe met Seattle, Tessa.' Ik weet dat ik een klootzak ben, maar dit is gewoon ziek. 'En vergeet niet dat jij Zed hebt gebeld,' voeg ik eraan toe, waardoor ik het nog erger maak.

Tijdens de rest van de rit zegt Tessa niets meer. Ik kijk een paar keer haar kant op om er zeker van te zijn dat ze nog wakker is.

'Blijf je je mond houden?' vraag ik bij het naderen van de parkeerplaats van onze... míjn woning.

'Ik weet niet wat ik moet zeggen.' Haar stem klinkt zacht, verslagen.

Pas nu ik de auto parkeer, begrijp ik wat er aan de hand is. *Shit*. 'Hoe lang blijft je vader nog hangen?'

'Ik weet niet waar hij anders heen moet...' zegt ze zonder me aan te kijken.

We stappen uit en ik zeg: 'Nou, als we dadelijk boven zijn, vraag ik wel waar ik hem kan afzetten.'

'Nee, ik breng hem wel,' mompelt ze.

Hoewel mijn meisje naast me loopt, lijkt ze mijlenver weg te zijn.

6

∞

Tessa

Hardin stelt me zo teleur dat ik niet eens wil ruziën en hij is zo kwaad op me dat hij niet eens met me kan praten zonder te schreeuwen. Hij heeft het nieuws beter verwerkt dan ik had verwacht, maar hoe kan hij me zo voor het blok zetten? Hij weet hoe belangrijk Seattle voor me is, maar hij vraagt me rustig om dat voor hem op te geven. Dat is nog het ergste. Hij zegt dat hij per se bij me wil zijn, dat hij niet zonder me kan leven, maar hij stelt me toch een ultimatum. Dat is niet eerlijk.

'Als hij er met onze spullen vandoor is...' begint Hardin bij de deur.

'Hou op.' Hopelijk hoort hij aan mijn stem hoe moe ik ben en gaat hij er verder niet op door.

'Ik zeg het alleen maar.'

Ik steek mijn sleutel in het slot en draai hem om, me heel even afvragend of Hardins schrikbeeld waar kan zijn. Per slot van rekening ken ik die man niet eens.

Zodra we naar binnen lopen, verdwijnt elk spoor van achterdocht. Mijn vader hangt over de armleuning van de bank, met zijn mond open, luid snurkend.

Zonder een woord te zeggen loopt Hardin naar de slaapkamer. Ik ga naar de keuken om een glas water te pakken en over mijn volgende stap na te denken. Het laatste wat ik wil, is ruziën met Hardin, maar ik ben het zat dat hij alleen maar aan zichzelf denkt. Ik weet dat hij is veranderd en heel erg zijn best heeft gedaan, maar het gevolg van al die kansen die ik hem heb gegeven is een eindeloze cyclus van uitmaken en goedmaken waarvan zelfs Catherine Earnshaw genoeg zou krijgen. Ik weet niet hoe lang ik mijn hoofd boven water kan houden als ik voortdurend moet vechten tegen de vloedgolf die we een relatie noemen. Elke keer wanneer ik eindelijk denk dat ik weet hoe ik moet watertrappelen, word ik door de zoveelste ruzie met Hardin naar beneden getrokken.

Even later sta ik op en kijk naar mijn vader. Hij snurkt op een manier die ik grappig zou vinden als ik niet zo was afgeleid. Ik neem een besluit en loop naar de slaapkamer.

Hardin ligt op zijn rug met zijn armen onder zijn hoofd gevouwen naar het plafond te staren. Ik wil net iets zeggen wanneer hij de stilte verbreekt.

'Ik ben weggestuurd. Voor het geval je je dat afvraagt.'

Ik draai me snel naar hem om. Mijn hart bonst. 'Wat?'

'Ja, dat heb je goed gehoord.' Hij haalt zijn schouders op.

'Wat vreselijk. Ik had er eerder naar moeten vragen.' Ik was er zo zeker van dat Ken dit wel kon oplossen. Ik heb zo met Hardin te doen.

'Het geeft niet. Jij had het te druk met Zed en je verhuizing naar Seattle, weet je nog?'

Ik ga op de rand van het bed zitten, zo ver mogelijk bij hem vandaan, en probeer op mijn tong te bijten. Tevergeefs. 'Ik wilde hem vragen hoe het met die aangifte zat. Hij zegt dat hij nog steeds...'

Hij onderbreekt me, zijn wenkbrauwen spottend opgetrokken. 'Ik heb hem wel gehoord. Ik stond erbij, nietwaar?'

'Hardin, ik heb genoeg van die houding van je. Ik weet dat je van streek bent, maar je moet eens ophouden zo neerbuigend te doen.' Ik praat langzaam en hoop dat het op die manier tot hem doordringt.

Hij is even van zijn stuk gebracht, maar herstelt zich snel. 'Pardon?'

Ik probeer zo neutraal en streng mogelijk te kijken. 'Je hebt me wel gehoord. Houd eens op zo te praten.'

'Sorry hoor, maar ik ben net van de universiteit getrapt, tref jou samen met Zed aan en hoor ook nog dat je naar Seattle vertrekt. Mag ik dan kwaad zijn?'

'Ja, kwaad wel, maar geen klootzak. Ik had gehoopt dat we hierover konden praten en het voor de verandering eens als volwassenen konden oplossen.'

'Wat bedoel je daar nu weer mee?' Hij gaat rechtop zitten, maar ik blijf op afstand.

'Dat ik dacht dat we na een half jaar heen-en-weren misschien een probleem konden oplossen zonder dat een van ons wegloopt of iets kapotgooit.'

'Een half jaar?' Zijn mond valt open.

'Ja, een half jaar.' Ik voel me zo ongemakkelijk dat ik zijn blik vermijd. 'Nou, sinds we elkaar hebben leren kennen.'

'Ik wist niet dat het al zo lang was.'

'Nou, het is een half jaar.' Het voelt als een heel leven.

'Zo lang voelt het niet...'

‘Is dat soms het probleem? Gaan we al te lang met elkaar?’ Ik kijk hem eindelijk recht in zijn groene ogen.

‘Nee, Tessa, ik vind het gewoon een vreemd idee. Ik heb nooit een echte relatie gehad, dus een half jaar is lang.’

‘Nou, we hadden niet de hele tijd iets met elkaar. We waren meestal bezig met ruziemaken of elkaar ontlopen,’ breng ik hem in herinnering.

‘Je had best wel lang iets met Noah, hè?’

Zijn vraag verbaast me. We hebben het een paar keer over mijn relatie met Noah gehad, maar zo’n gesprek duurde doorgaans niet langer dan vijf minuten en eindigde abrupt omdat Hardin zo jaloers was.

‘We zijn al zo lang als ik me kan herinneren de beste vrienden geweest, maar pas halverwege de middelbare school kregen we verkering. Ik denk dat we dat daarvoor misschien ook al hadden maar dat nog niet beseften.’ Ik houd Hardin nauwlettend in de gaten, wachtend op een reactie.

Nu ik over Noah praat, besef ik dat ik hem mis – niet in de romantische betekenis van het woord, maar zoals je familieleden kunt missen die je een tijdlang niet hebt gezien.

‘O.’ Hij laat zijn handen in zijn schoot rusten, waardoor ik ze vast wil pakken. ‘Hadden jullie vaak ruzie?’

‘Soms. Maar meestal ging dat over welke film we wilden zien, of dat hij me te laat kwam ophalen.’

Hij blijft naar zijn handen kijken. ‘Dus anders dan bij ons?’

‘Ik denk dat geen stel ruziemaakt zoals wij.’ Ik probeer hem met een glimlach gerust te stellen.

‘Wat deed je verder? Met hem, bedoel ik,’ zegt hij.

Nu zie ik bijna een klein jongetje op Hardins plek op het bed zitten, een jongetje met fonkelende groene ogen en bevende handen.

Ik haal even mijn schouders op. ‘Niet echt veel. Samen huiswerk maken, heel veel films kijken. Ik denk dat we eerder goede vrienden waren.’

‘Je hield van hem,’ brengt het jongetje me in herinnering.

‘Niet op de manier waarop ik van jou hou,’ zeg ik tegen hem, zoals ik dat al ontelbare keren eerder heb gedaan.

‘Had je Seattle voor hem opgegeven?’ Hij pulkt aan de ruwe huid rond zijn nagels. Wanneer hij opkijkt, is de blik in zijn ogen onzeker.

Dus daarom hebben we het over Noah: Hardins gebrek aan zelfvertrouwen heeft er weer toe geleid dat hij zichzelf vergelijkt met wie of wat ik volgens hem nodig heb.

'Nee.'

'Waarom niet?'

Ik reik naar zijn hand om zijn kinderlijke bezorgdheid te laten verdwijnen.

'Omdat ik dan helemaal niet had hoeven kiezen. Hij heeft altijd al geweten wat mijn dromen en plannen waren.'

'Ik heb niets in Seattle.' Hij zucht.

'Mij... Je zou mij hebben.'

'Dat is niet genoeg.'

O... Ik wend me van hem af.

'Ik weet dat het bezopen klinkt, maar het is wel zo. Ik heb daar niets, maar jij hebt een nieuwe baan en zult allemaal nieuwe vrienden krijgen...'

'Jij zou ook een nieuwe baan hebben. Christian zei dat hij je een baan wil aanbieden. En we zouden samen nieuwe vrienden kunnen maken.'

'Ik wil niet voor hem werken, en degenen met wie jij bevriend zou raken zijn waarschijnlijk heel anders dan degenen die ik als vrienden zie. Het zou gewoon heel anders zijn.'

'Dat weet je niet. Ik ben ook bevriend met Steph.'

'Alleen maar omdat jullie een kamer deelden. Ik wil niet verhuizen, Tessa, zeker niet omdat ik nu net ben weggestuurd. Het ligt veel meer voor de hand dat ik terugga naar Engeland en daar mijn studie afmaak.'

'Het gaat niet alleen om wat jij wilt.'

'Dat moet jij zeggen, zeker nu je achter mijn rug om met Zed hebt afgesproken.'

'O ja? Jij en ik hebben nog niet eens besloten of we weer samen zijn. Ik heb gezegd dat ik weer hier kom wonen en jij hebt gezegd dat je me beter zou behandelen.' Ik sta op en begin over de betonnen vloer te ijsberen. 'Maar jij hebt hem achter mijn rug om in elkaar geslagen, waardoor je uiteindelijk bent weggestuurd, dus als er iemand is die zijn mond moet houden, ben jij het.'

'Je hebt dit voor me verzwegen!' zegt hij met stemverheffing. 'Je wilde me in de steek laten, zonder me iets te vertellen!'

'Dat weet ik, en dat spijt me, maar in plaats van te bekvechten over wie hier het meest in de fout is gegaan kunnen we beter naar een compromis zoeken.'

'Jij...' Hij valt stil en staat op van het bed. 'Je hebt geen...'

'Wat?' dring ik aan.

‘Ik weet het niet, ik kan niet eens helder nadenken omdat ik zo kwaad op je ben.’

‘Het spijt me dat je er zo achter moet komen, maar ik weet niet wat ik verder moet zeggen.’

‘Dat je niet gaat.’

‘Die keuze ga ik nu niet maken. Dat kun je niet van me verlangen.’

‘Wanneer dan wel? Ik ga niet zitten wachten...’

‘Wat ga je dan doen? Wil je weg? Hoe zit het met “Vanaf nu wil ik nooit meer van je gescheiden zijn”?’

‘Wil je daar nu echt over beginnen? Je vond het zeker geen goed idee om iets over Seattle te zeggen voordat ik die tattoo liet zetten? De ironie ontgaat me niet.’ Hij zet een stap in mijn richting, uitdagend.

‘Dat wilde ik wel!’

‘Maar je deed het niet.’

‘Hoe vaak ga je dat nog zeggen? We kunnen er de hele dag over blijven bekvechten, maar daar heb ik de fut niet voor. Ik heb er genoeg van,’ zeg ik.

‘O ja? Jij hebt er genoeg van?’ Hij lacht half.

‘Ja.’ Het is waar. Ik heb genoeg van ruziën over Seattle. Het is verstikkend en frustrerend en ik heb er schoon genoeg van.

Hij pakt een zwarte sweater uit de kast, trekt die over zijn hoofd en doet dan zijn schoenen aan.

‘Waar ga je naartoe?’ wil ik weten.

‘Weg van hier,’ zegt hij verontwaardigd.

‘Hardin, je hoeft niet weg te gaan,’ roep ik, maar hij doet zonder iets te zeggen de deur open.

Het is dat mijn vader in de woonkamer zit, want anders was ik hem achterna gegaan en had ik hem gedwongen om te blijven.

Al heb ik er eerlijk gezegd genoeg van om telkens maar achter hem aan te gaan.

7

∞

Hardin

Tessa's vader is inmiddels wakker en zit met zijn armen over elkaar geslagen op de bank uit het raam te staren.

'Kan ik je een lift geven?' vraag ik. Niet dat ik daar erg veel zin in heb, maar ik wil hem al helemaal niet hier met haar alleen laten.

Hij heft met een ruk zijn hoofd op, schijnbaar geschrokken. 'Eh, ja, als je dat niet erg vindt?' vraagt hij.

'Nee, hoor,' zeg ik snel.

'Goed. Kan ik Tessie nog even gedag zeggen?' Hij kijkt naar de slaapkamer.

'Ja, hoor. Ik wacht wel in de auto.'

Ik loop naar buiten, niet goed wetend waar ik naartoe moet gaan nadat ik die sukkel ergens heb afgezet, maar ik weet dat het voor geen van ons beiden goed is als ik hier blijf. Ik ben kwaad op mezelf. Ik weet dat het niet alleen aan haar te wijten is, maar ik ben eraan gewend om naar iedereen uit te halen. En omdat zij altijd bij me in de buurt is, is zij het gemakkelijkste doelwit. Dat maakt mij een lul van een vent, dat weet ik. Ik blijf naar de ingang van ons appartementencomplex turen, wachtend op Richard. Als hij niet snel komt, laat ik hem hier achter. Maar dan zucht ik bij die gedachte, want ik wil hem niet met haar alleen laten.

Ten slotte komt de Vader van het Jaar naar buiten, de mouwen van zijn overhemd naar beneden trekkend. Ik had gedacht dat hij mijn kleren zou aantrekken die Tessa hem heeft gegeven, maar hij draagt zijn eigen kleren van gisteren, die nu gewassen zijn. Tessa is verdomme altijd veel te aardig.

Zodra hij het portier opent, zet ik de radio harder, in de hoop dat de muziek elke poging tot een gesprek van zijn kant in de kiem zal smoren.

Helaas niet. 'Ze zei dat je voorzichtig moet zijn,' zegt hij zodra hij is gaan zitten. Hij maakt zijn gordel vast op een manier alsof hij me wil laten zien hoe je dat doet. Alsof hij verdomme een stewardess is. Ik knik even en draai de straat op.

'Hoe ging het vandaag?' vraagt hij.

'Wil je dat echt weten?' Ik trek een wenkbrauw naar hem op.

'Ik vroeg het me gewoon af.' Hij tikt met zijn vingers op zijn been. 'Ik ben blij dat ze met je mee is gegaan.'

'Oké.'

'Ze lijkt heel veel op haar moeder.'

Ik werp hem een blik toe. 'Echt niet. Ze lijkt helemaal niet op dat mens.' Wil hij soms op de snelweg uit de auto worden gegooid?

Hij lacht. 'Ik bedoel haar goede kanten. Ze is erg koppig, net als Carol. Ze weet wat ze wil, maar Tessie is veel vriendelijker, milder.'

Daar gaan we weer, met dat 'Tessie'.

'Ik hoorde jullie ruziemaken. Daar werd ik wakker van.'

Ik rol met mijn ogen. 'Sorry dat we je om twaalf uur 's middags wakker maakten terwijl je op onze bank lag te pitten.'

Wederom gegrinnik. 'Ik snap het al, man, je bent kwaad op de wereld. Dat was ik ook. Jezus, dat ben ik nog steeds. Maar je hoeft niet langer zo kwaad te zijn als je iemand vindt die je gezeik kan verdragen.'

Nou, als je het zo goed weet, moet je me maar eens vertellen wat ik moet doen als jouw dochter degene is die me zo kwaad maakt 'Hoor eens, ik geef toe dat je niet zo erg bent als ik dacht, maar ik heb je niet om goede raad gevraagd. Dit is zonde van je tijd.'

'Ik geef je geen goede raad. Ik spreek uit ervaring. Ik zou het niet leuk vinden als het uit raakt tussen jullie.'

Dat raakt het niet, sukkel. Ik probeer duidelijk te maken wat ik bedoel. Ik wil bij haar zijn en dat gaat ook gebeuren, maar ze moet wel doen wat ik zeg en met me meegaan. Het maakt me zo ongelooflijk kwaad dat ze Zed hierbij heeft betrokken, ook al deed ze het volgens haar om een goede reden.

Ik zet die rotradio uit. 'Je kent me niet eens, en haar ook niet. Wat kan het jou schelen?'

'Ik weet dat je goed voor haar bent.'

'O ja?' antwoord ik, uiterst sarcastisch. Gelukkig naderen we het deel van de stad waar hij rondhangt en zal dit afschuwelijke gesprek snel afgelopen zijn.

'Ja.'

Dan besef ik – al zal ik dit nooit aan iemand toegeven – dat het eigenlijk best fijn is om een ander te horen zeggen dat ik goed voor haar ben, ook al is degene die het zegt haar dronken lapzwans van een vader. Ik word er net zo blij van.

‘Ga je haar nog een keer zien?’ vraag ik, om er snel aan toe te voegen: ‘En waar moet ik je precies afzetten?’

‘O, ergens in de buurt van waar we elkaar gisteren hebben ontmoet. Ik zie vanaf daar wel verder. En ja, ik hoop haar vaker te zien. Ik heb heel wat goed te maken.’

‘Zeg dat wel,’ beaam ik.

De parkeerplaats naast de tattoosalon is verlaten, maar het is dan ook nog maar één uur ’s middags.

‘Kun je me aan het einde van de straat afzetten?’ vraagt hij.

Ik knik en rijd langs de zaak. Aan het einde van de straat zie ik alleen een kroeg en een sjofele wasserette.

‘Bedankt voor de lift.’

‘Ja.’

‘Zin om mee te gaan?’ Richard knikt naar de kleine kroeg.

Iets drinken met Tessa’s aan drank verslaafde dakloze vader lijkt me op dit moment niet de slimste keuze, maar ik blink nu eenmaal niet uit in het nemen van verstandige beslissingen. ‘Wat zou het,’ mompel ik. Ik zet de motor af en loop achter hem aan naar binnen. Ik heb toch niets beters te doen.

Binnen is het donker en ruikt het naar schimmel en whisky. Ik loop achter hem aan naar de smalle bar en pak een kruk, maar ik laat tussen ons een zitplaats vrij. Een vrouw van middelbare leeftijd, gehuld in – dat hoop ik tenminste – de kleren van haar tienerdochter loopt naar ons toe en schuift zonder iets te zeggen een klein glas met whisky met ijs naar Richard toe.

‘En jij?’ Haar schorre stem is lager dan die van mij.

‘Hetzelfde.’

In mijn gedachten hoor ik Tessa luid en duidelijk zeggen dat ik dit niet moet doen. Ik negeer het, ik negeer háár.

Ik hef mijn glas, we proosten en nemen allebei een slok. ‘Hoe kun je je drank veroorloven als je niet eens een baan hebt?’ vraag ik.

‘Ik krijg de drank voor niks omdat ik hier om de dag schoonmaak.’ De schaamte is duidelijk hoorbaar.

‘Waarom stop je niet met drinken en zoek je een echte baan?’

‘Dat weet ik niet. Ik heb het echt wel geprobeerd.’ Hij staart met geloken ogen naar zijn glas, en heel even lijken zijn ogen op de mijne en zie ik er een schaduw van mezelf in. ‘Ik hoop dat het gemakkelijker gaat als ik mijn dochter vaker zie.’

Ik knik en neem niet eens de moeite om een vinnige opmerking te maken. In plaats daarvan pak ik het koele glas vast. Ik gooi mijn hoofd in mijn nek en voel het bekende branden van de whisky in mijn keel. Ik drink het glas leeg en schuif het over de deels opgepoetste bar naar de vrouw toe, die me aankijkt en nog eens inschenkt.

8

∞

Tessa

'Je vader?' zegt Landon vol ongeloof aan de andere kant van de lijn.

Ik was vergeten dat ik hem nog niet heb kunnen vertellen dat ik mijn vader heb ontmoet.

'Ja, we liepen hem gisteren tegen het lijf...'

'Hoe is het met hem? Wat zei hij? Hoe was het?'

'Hij...' Ik weet niet waarom, maar ik vind het gênant om Landon te vertellen dat mijn vader nog steeds drinkt. Ik weet dat hij me nooit zou veroordelen, maar het maakt me toch nerveus.

'Is hij nog...'

'Ja, hij is nog aan de drank. Hij was dronken toen we hem tegenkwamen. We hebben hem mee naar huis genomen en hij heeft vannacht hier geslapen.' Ik wikkel een lok haar rond mijn wijsvinger.

'En dat vond Hardin goed?'

'Hij had er niks over te zeggen. Dit is ook mijn huis,' snauw ik, maar omdat ik daar meteen spijt van heb, voeg ik eraan toe: 'Het spijt me. Ik heb het gewoon gehad met Hardin die denkt dat hij de baas over me kan spelen.'

'Tessa, wil je dat ik naar je toe kom?' Landon is zo aardig, dat hoor je gewoon aan zijn stem.

'Nee, ik stel me aan.' Ik slaak een zucht en kijk de slaapkamer rond. 'Ik kom wel naar jou toe. Dan haal ik de laatste les van vandaag nog.' Ik kan nu wel wat yoga gebruiken, om nog maar te zwijgen over een kop koffie.

Tijdens mijn gesprek met Landon kleed ik me om voor yoga. Het lijkt zo zonde om voor één les helemaal naar de campus te rijden, maar ik heb geen zin om hier te blijven wachten totdat Hardin terugkomt van waar hij ook zit.

'Meneer Soto vroeg vandaag waarom je niet naar college was gekomen, en Ken zei dat Soto een verklaring over Hardins gedrag heeft afgelegd. Wat heeft dat te betekenen?' vraagt hij.

'Vroeg Soto dat? Ik weet het niet... Hij heeft al eerder aangeboden hem te helpen, maar ik wist niet dat hij het meende. Ik denk dat hij hem gewoon aardig vindt?'

'Aardig? Hardin?' Landon begint te lachen, en onwillekeurig lach ik met hem mee.

Ik bind mijn haar in een paardenstaart en laat daarbij mijn mobieltje in de wasbak vallen. Vloekend raap ik het op, nog net op tijd om Landon te horen zeggen dat hij vóór zijn volgende college nog even in de bieb gaat zitten. Daarna hangen we op en wil ik Hardin met een berichtje laten weten wat ik ga doen, maar ik verander van gedachten en sluit de app af.

Hij draait wel bij, wat Seattle betreft. Hij moet wel.

Tegen de tijd dat ik op de campus aankom, is de wind weer opgestoken en heeft de lucht een lelijke grijze kleur gekregen. Nadat ik een koffie heb gehaald, heb ik nog een half uur voordat mijn yogales begint, maar omdat de bieb helemaal aan de andere kant van het terrein ligt, heb ik geen tijd om Landon op te zoeken. Ik besluit voor het lokaal van meneer Soto te blijven wachten. Zijn college is toch zo voorbij...

Mijn gedachten worden onderbroken door de vloedgolf aan studenten die uit het lokaal de gang in stroomt. Ik til mijn tas op mijn schouder en baan me een weg tegen de stroom in. De docent, die met zijn rug naar me toe staat, is net bezig zijn leren jack aan te trekken. Hij draait zich naar me om en begroet me met een glimlach. 'Tessa Young.'

'Dag, meneer Soto.'

'Wat brengt jou hier? Wil je weten welk onderwerp we vandaag hebben behandeld?'

'Nee, dat heeft Landon me al verteld. Ik wilde u even bedanken.' Ik schuifel ongemakkelijk heen en weer op de hakken van mijn gympen.

'Waarvoor?'

'Omdat u bereid was een verklaring over Hardin af te leggen. Ik weet dat hij niet altijd even aardig tegen u is geweest, dus ik stel het erg op prijs.'

'Het spreekt voor zich. Iedereen heeft recht op goed onderwijs, ook de heethoofden onder ons.' Hij lacht.

'Ja, dat is zo.' Ik glimlach en kijk het lokaal rond, niet goed wetend wat ik nu moet zeggen.

'En bovendien had Zed het verdiend,' voegt hij er opeens aan toe.

Wat?

Ik kijk hem weer aan. 'Hoe bedoelt u?'

Meneer Soto knippert een paar keer met zijn ogen en heeft zichzelf dan weer onder controle. 'Niets, alleen dat... Ik bedoel dat Hardin ongetwijfeld een goede reden had om achter hem aan te gaan, dat is alles. Ik moet nu gaan, ik heb nog een vergadering, maar bedankt voor je komst. Ik zie je woensdag weer.'

'Ik ben er woensdag niet. Ik ga een paar dagen op vakantie.'

Dat wuift hij met een snel gebaar weg. 'O, nou, veel plezier dan. Ik zie je wel weer als je terug bent.' Hij loopt snel weg en ik vraag me af wat hij in vredesnaam bedoelde.

9

∞

Hardin

Voor de vierde keer sinds onze binnenkomst gaat mijn onwaarschijnlijke drinkmaatje Richard naar de wc. Ik heb het vermoeden dat Betsy de barmeid hem wel ziet zitten, wat me een erg ongemakkelijk gevoel geeft.

'Nog eentje?' vraagt ze.

Met een knikje antwoord ik de gezette vrouw. Het is nu na tweeën en ik heb al vier glazen op, wat niet eens zo erg zou zijn als het geen vier glazen whisky met een paar kleine ijsblokjes betrof.

Mijn gedachten zijn een warboel en mijn woede is nog niet afgezakt. Ik weet niet meer op wie ik kwaad moet zijn, of waarom, en dus laat ik de redenen voor wat ze zijn en stel ik vast dat de wereld in het algemeen de klere kan krijgen.

'Alsjeblieft.' De barmeid schuift een glas naar me toe en Richard gaat op de kruk naast me zitten. Ik had gedacht dat hij de betekenis van de lege kruk wel zou begrijpen. Blijkbaar niet.

Hij draait zich naar me om en haalt een hand door zijn ruige baard. Dat maakt een vreselijk geluid. 'Heb je er nog eentje voor mij besteld?'

'Je moet je scheren,' luidt mijn enigszins benevelde mening.

'Hier?' Hij doet het nog eens, dat gebaar met zijn hand.

'Ja. Het staat je niet,' zeg ik.

'Maakt me niet uit, het is lekker warm.' Hij lacht, en ik neem een slok om te voorkomen dat ik meelach.

'Betsy!' roept hij. Ze knikt en pakt zijn lege glas van de bar. Dan kijkt hij mij aan. 'Ga je me nog vertellen waarom je drinkt?'

'Nee.' Ik draai rondjes met mijn glas, waardoor de ijsblokjes tegen het glas tikken.

'Goed, geen vragen dus. Alleen drank,' zegt hij een tikje verlekkerd.

De haat die ik voor hem voelde, is grotendeels verdwenen. Dat wil zeggen, totdat ik denk aan een blond meisje van tien dat zich in haar moeders plantenkas heeft verstopt. Ze heeft een angstige blik in haar grote blauwgrijze ogen... en dan komt een blonde jongen in zo'n achterlijk vest haar redden.

'Eén vraag,' dringt hij aan, waarop ik uit mijn gedachten opschrik.

Ik haal diep adem en neem een grote slok om te voorkomen dat ik iets heel stoms doe. Nog stommer dan drinken met de verslaafde vader van mijn vriendin, bedoel ik. Dat stomme gezin met hun achterlijke vragen. 'Eentje,' zeg ik.

'Ben je vandaag echt van de universiteit getrapt?'

Ik kijk even naar de neonverlichting die Pabst-bier aanprijst, nadenkend over die vraag en wensend dat ik die vier, nee, vijf borrels niet had gedronken. 'Nee. Maar zij denkt van wel,' beken ik.

'En waarom denkt ze dat?'

Nieuwsgierige zak. 'Omdat ik haar dat heb verteld.' Ik richt mijn blik op hem en zeg, mijn ogen doods: 'Dat zijn wel genoeg bekentenissen voor één dag.'

'Zoals je wilt.' Hij glimlacht en tikt met zijn glas tegen het mijne, maar ik trek het hoofdschuddend terug. Aan zijn lach kan ik zien dat hij niet had verwacht dat ik met hem zou proosten en dat hij dat grappig vindt. Nou, ik vind hem irritant.

Een vrouw van zijn leeftijd komt aangelopen en gaat op de kruk naast hem zitten. Ze slaat een magere arm rond zijn schouder en hij begroet haar hartelijk. Ze ziet er niet uit als een dakloze, maar ze kent hem blijkbaar goed. Waarschijnlijk zit hij het grootste deel van de tijd in deze aftandse tent. Ik maak gebruik van het feit dat hij is afgeleid en kijk op mijn mobieltje of Tessa heeft gebeld of een bericht heeft gestuurd, maar nee, niets.

Ik ben opgelucht, maar ook geërgerd omdat ze geen contact heeft gezocht. Opgelucht omdat ik dronken ben, maar geërgerd omdat ik haar nu al mis. Bij elk glas whisky dat naar binnen verdwijnt, neemt mijn verlangen naar haar toe en is haar afwezigheid des te pijnlijker.

Verdomme, wat heeft ze met me gedaan?

Ze is zo godvergeten irritant en weet me altijd op de kast te jagen, net of ze altijd maar zit te bedenken hoe ze me kan stangen. Dat is waarschijnlijk ook zo. Ze zit nu vast in kleermakerszit op het bed, met die achterlijke agenda van haar op schoot, een pen tussen haar tanden en een tweede achter haar oor, van alles te bedenken waarmee ze me helemaal gek kan maken.

We zijn nu een half jaar samen. Een half jaar. Dat is godvergeten lang, langer dan ik ooit had gedacht met een meisje samen te kunnen zijn. Goed, we waren weliswaar niet de hele tijd een stel, en een groot deel van die tijd heb ik besteed aan – nee, verpest met – bij haar uit de buurt blijven.

Richard onderbreekt mijn gedachten. 'Dit is Nancy.'

Ik knik naar de vrouw en staar dan weer naar de donkere houten toog.

'Nancy, deze goedgemanierde jongeman heet Hardin. Hij is de vriend van Tessa,' zegt hij trots.

'Tessa heeft een vriend? Is ze er ook? Ik wil haar zo graag leren kennen. Richard heeft me zo veel over haar verteld!'

'Ze is er niet,' grom ik.

'Wat jammer. Hoe was haar verjaardag? Dat was toch vorig weekend?' vraagt ze.

Wat?

Richard kijkt me aan en vraagt me duidelijk zonder woorden om mee te gaan in de leugen die hij haar blijkbaar heeft verteld. 'Leuk, hoor,' antwoordt hij in mijn plaats voordat hij zijn glas leegdrinkt.

'Mooi zo,' zegt Nancy, en dan wijst ze naar de ingang van de kroeg. 'O, daar is ze!'

Mijn blik schiet naar de deur. Heel even denk ik dat ze Tessa bedoelt, maar dat kan niet. Ze kent Tessa niet eens. Er loopt een broodmager meisje met blond haar naar ons toe. Het wordt veel te vol in dit hol.

Ik houd mijn lege glas omhoog. 'Nog eentje.'

Na wat gerol met ogen en een gefluisterd 'Klootzak' krijg ik nog een drankje.

'Dit is mijn dochter Shannon,' zegt Nancy tegen me.

Shannon bekijkt me van top tot teen met ogen die beplakt lijken met spinnen. Die meid is echt veel te zwaar opgemaakt.

'Shannon, dit is Hardin,' zegt Richard, maar ik doe geen moeite haar te begroeten.

Maanden geleden zou ik in elk geval wat aandacht hebben besteed aan dit wanhopige mokkel. Misschien had ik me zelfs door haar laten pijpen in de smerige wc hier. Nu wil ik dat ze gewoon ophoudt met me aanstaren.

'Veel lager zal niet lukken, tenzij je het uittrekt,' zeg ik wanneer ze heel irritant aan de zoom van haar topje blijft trekken, in een poging het kleine beetje decolleté dat ze heeft onder de aandacht te brengen.

'Pardón?' zegt ze verontwaardigd. Ze plant haar handen op haar magere heupen.

'Je hebt me wel verstaan.'

'Hé, hé, rustig maar,' zegt Richard, die zijn handen opsteekt.

Na die woorden gaan Nancy en haar sloerie van een dochter op zoek naar een tafeltje.

'Graag gedaan,' zeg ik tegen hem, maar hij schudt zijn hoofd.

'Je bent een onsympathieke klootzak.' Voordat ik kan antwoorden, voegt hij eraan toe: 'En zo zie ik het graag.'

Drie glazen later lazer ik bijna van mijn kruk. Richard, die drinken letterlijk als een dagtaak ziet, lijkt hetzelfde probleem te hebben, want hij leunt vervaarlijk mijn kant op.

'Dus toen ik de volgende dag vrijkwam, moest ik drie kilometer lopen! Natuurlijk begon het te regenen...'

Hij gaat verder met zijn verhaal over de laatste keer dat hij werd gearresteerd. Ik ga verder met drinken en doe net alsof hij het niet tegen mij heeft.

'Als je wilt dat ik je geheim bewaar, kun je me op zijn minst vertellen waarom je Tessie hebt wijsgemaakt dat je wel bent weggestuurd,' zegt hij ten slotte.

Ik wist wel dat hij daar weer over zou beginnen als ik lam was. 'Het is gemakkelijker als ze dat denkt,' geef ik toe.

'Waarom?'

'Omdat ik wil dat ze met me mee naar Engeland gaat en ze niet staat te springen bij dat idee.'

'Ik snap het niet.' Hij knijpt in de brug van zijn neus.

'Je dochter wil me in de steek laten en dat laat ik niet gebeuren.'

'Dus je hebt gezegd dat je van de universiteit bent gestuurd omdat je hoopt dat ze dan met je mee naar Engeland gaat?'

'Zo'n beetje wel, ja.'

Hij kijkt even in zijn glas en dan weer naar mij. 'Dat is echt dom.'

'Dat weet ik.' En zo klinkt het ook als je het hardop zegt, maar in mijn overspannen gedachten is het volkomen logisch.

'Wie ben jij trouwens om mij advies te geven?' zeg ik ten slotte tegen hem.

'Niemand. Ik wil alleen maar zeggen dat je, als je zo doorgaat, net zo zult eindigen als ik.'

Ik wil tegen hem zeggen dat hij moet oprotten en zich met zijn eigen zaken moet bemoeien, maar wanneer ik naar hem opkijk, zie ik dezelfde gelijkenis als vlak na onze binnenkomst hier. Verdomme.

'Je mag niks tegen haar zeggen,' breng ik hem in herinnering.

'Ik houd mijn mond.' Hij wendt zich tot Betsy. 'Nog een rondje.'

Ze glimlacht naar hem en schenkt onze glazen vol, maar ik heb genoeg gehad. 'Ik hoef niet meer. Je hebt nu al drie ogen,' zeg ik tegen hem.

Hij haalt zijn schouders op. 'Des te meer voor mij.'

Ik ben zo'n waardeloos vriendje, denk ik, me afvragend wat Tessie – shit, nee, Tessa – nu doet.

'Ik ben een waardeloze vader,' zegt Richard.

Ik ben te dronken om denken te kunnen onderscheiden van praten, dus ik weet niet of dit toeval is of dat ik hardop sprak...

'Opschuiven,' zegt een barse mannenstem links van Richard.

Ik kijk opzij en zie een kleine man met een nog vollere baard dan mijn drinkmaatje.

'Er zijn geen krukken vrij, man,' antwoordt Richard langzaam.

'Daarom moet je dus opschuiven,' zegt de man dreigend.

Verdomme, niet nu. Niet dit.

'We blijven zitten,' zijn de woorden waarmee ik de man afwijs.

Vervolgens maakt hij de fout om Richard bij zijn kraag te grijpen en hem met geweld overeind te trekken.

10

∞

Tessa

Na yoga loop ik terug naar mijn auto, een wandeling die veel langer lijkt te duren dan gewoonlijk. Tijdens het mediteren hoefde ik niet te denken aan Hardin die is weggestuurd of aan mijn verhuizing naar Seattle, maar buiten de muren van het zaaltje voel ik die last opnieuw, en wel tien keer zo zwaar.

Zodra ik de parkeerplaats verlaat, begint mijn mobieltje op de stoel naast me te trillen. Hardin.

'Hallo?' Ik stop en zet de auto in z'n vrij.

Maar er klinkt een barse vrouwenstem door de speaker, die mijn hart laat stilstaan. 'Spreek ik met Tessa?'

'Ja.'

'Mooi. Ik heb je vader hier, en je...'

'Haar... vriend...' hoor ik Hardin op de achtergrond kermen.

'Ja, je vriendje,' zegt ze bits. 'Je kunt die twee maar beter komen halen voordat iemand de politie belt.'

'De politie? Waar zijn ze?' Ik zet de auto in z'n een.

'In Dizzy's op Lamar Avenue. Weet je waar dat is?'

'Nee, maar ik google het wel.'

'Ja, zo zijn jullie.'

Ik ga er niet op in, maar hang op en zoek de routebeschrijving op. *Waarom zitten Hardin en mijn vader om drie uur 's middags in een kroeg? Waarom zijn ze eigenlijk samen?*

Ik snap er niks van. Wat heeft de politie ermee te maken? Wat hebben ze uitgespookt? Dat had ik de vrouw moeten vragen. Ik hoop maar dat ze niet met elkaar hebben gevochten, want dat is wel het laatste wat we kunnen gebruiken.

Tegen de tijd dat ik bij de kroeg aankom, heb ik me van alles in het hoofd gehaald. Dat Hardin mijn vader heeft omgebracht, of mijn vader Hardin, maar het lijkt me een goed teken dat er geen politieauto's voor de deur staan. Ik parkeer vlak voor de ingang en ren naar binnen, wensend dat ik een trui in plaats van een T-shirt had aangetrokken.

'Daar is ze!' roept mijn vader uitbundig.

Aan de manier waarop hij naar me toe strompelt, kan ik zien dat hij stomdronken is.

'Je had het moeten zien, Tessie!' Hij klapt in zijn handen. 'Hardin heeft er eentje flink op zijn lazer gegeven!'

'Waar is...' begin ik, maar op dat moment gaat de deur van de wc open en komt Hardin naar buiten. Hij veegt zijn bloederige handen af aan een handdoekje vol rode vlekken.

'Wat is er gebeurd?' roep ik vanaf de andere kant van de kroeg.

'Niets... Rustig maar.'

Ik loop naar hem toe. Mijn mond valt open. 'Heb je gedronken?' vraag ik. Ik houd mijn hoofd scheef, zodat ik zijn ogen kan zien. Die zijn bloeddoorlopen.

Hij wendt zijn blik af. 'Misschien.'

'Dit is niet te geloven.'

Hij probeert mijn hand te pakken, maar ik sla mijn armen over elkaar.

'Hé, je zou me moeten bedanken. Ik heb het voor je vader opgenomen. Als ik er niet was geweest, had hij er vast ook zo bij gezeten.' Hij wijst naar een man die op de vloer zit en een zak ijs tegen zijn wang drukt.

'Ik ga je helemaal nergens voor bedanken. Het is nog niet eens avond en je hebt al flink zitten pimpelen. Nota bene met mijn vader. Wat is er in vredesnaam met je aan de hand?' Ik wend me van hem af en loop terug naar de bar, waar mijn vader is gaan zitten.

'Je moet niet zo boos op hem zijn, Tessie. Hij houdt van je,' verdedigt mijn vader hem.

Wat is hier verdorie aan de hand?

Hardin loopt naar me toe, maar ik bal mijn vuisten en roep: 'Wat? Jullie hebben samen zitten zuipen en zijn nu opeens boezemvrienden? Jullie kunnen beter allebei de drank laten staan!'

'Schatje,' zegt Hardin in mijn oor. Hij probeert zijn arm om me heen te slaan.

'Hé,' zegt de vrouw achter de bar, die een tik geeft op het hout om mijn aandacht te trekken. 'Haal die twee hier eens weg.'

Ik knik tegen haar en kijk kwaad naar de twee dronken idioten die nu mijn verantwoording zijn. De rode vlek op mijn vaders wang doet vermoeden dat iemand hem daar een tik heeft gegeven en Hardins handen beginnen al op te zwellen.

'Je kunt vanavond bij ons slapen om nuchter te worden, maar dit gedrag is onacceptabel.' Ik kijk hen allebei streng aan. Het zijn net kleine kinderen. 'Dat geldt voor jullie allebei.'

Ik loop het stinkende kroegje uit en sta al bij mijn auto voordat zij bij de deur aankomen. Hardin kijkt mijn vader boos aan wanneer die zoekend naar steun zijn schouder vastgrijpt. Ik stap in mijn auto, walgend van deze vertoning.

Hardins dronkenschap maakt me nerveus. Ik weet hoe hij is als hij dronken is, en ik geloof niet dat ik hem ooit zo bezopen heb gezien, zelfs niet op die avond toen hij het servies kapot heeft gesmeten. Ik mis de tijd toen Hardin op feestjes alleen maar water dronk. We hebben al genoeg problemen, en hij gooit alleen maar olie op het vuur door te drinken.

Blijkbaar is mijn vader van een kwade alcoholist veranderd in eentje die aan een stuk door moppen zit te tappen, waarvan het grootste deel smakeloos en irritant is. Tijdens de rit naar huis zit hij veel te hard om zichzelf te lachen en doet Hardin zelfs af en toe met hem mee. Zo had ik me deze dag helemaal niet voorgesteld. Ik weet niet waarom Hardin mijn vader opeens aardig vindt, maar nu ze allebei midden op de dag dronken zijn, kan hun 'vriendschap' me gestolen worden.

Thuis laat ik mijn vader achter in de keuken, waar hij nog meer van Hardins Frosted Flakes wegwerkt, en loop ik naar de slaapkamer, de plek waar de meeste van onze ruzies lijken te beginnen en te eindigen.

'Tessa,' begint Hardin zodra ik de deur dichtdoe.

'Niet doen,' zeg ik op kille toon.

'Je moet niet boos worden. We hebben alleen maar iets gedronken.' Zijn toon is speels, maar ik ben niet in de stemming.

'"Alleen maar iets gedronken"? Met mijn vader, een alcoholist met wie ik een relatie probeer op te bouwen? Die ik wilde laten nadenken over nuchter worden? Je hebt met hém "iets gedronken"?'

'Schatje...'

Ik schud mijn hoofd. 'Hou op met je "schatje". Ik vind dit niet oké.'

'Er is niets gebeurd.' Hij pakt mijn arm vast en wil me naar zich toe trekken, maar ik duw hem van me af, waardoor hij op het bed valt.

'Hardin, je hebt weer gevochten!'

'Dat stelde niet zo veel voor. Wat maakt dat nou uit?'

'Dat maakt heel veel uit. Voor mij wel.'

Hij kijkt met bloeddoorlopen groene ogen naar me op en vraagt: 'Waarom laat je me in de steek? Als je zo veel om me geeft?'

Mijn hart zakt iets dieper weg in mijn borst. 'Ik laat je niet in de steek. Ik vraag je met me mee te gaan.' Ik slaak een zucht.

'Maar dat wil ik niet,' jammert hij.

'Dat weet ik, maar dit is het enige wat ik nog heb. Afgezien van jou dan.'

'Ik zal met je trouwen.' Hij wil mijn hand pakken, maar ik doe een stap naar achteren.

Mijn adem stokt. Ik weet zeker dat ik dat niet goed heb verstaan. 'Wát?' Ik steek mijn handen op om hem af te weren.

'Ik zei dat ik met je zal trouwen, als je dat wilt.' Hij staat op en loopt naar me toe.

Hij is onder invloed, dus die woorden betekenen niets, maar ze maken me toch blij. 'Je bent dronken,' zeg ik.

Hij zegt dit alleen maar omdat hij bezopen is, en dat is nog erger dan niets zeggen.

'Ja, en? Ik meen het wel.'

'Nee, je meent het niet.' Ik schud mijn hoofd en ontwijk hem nogmaals.

'Jawel. Ik bedoel natuurlijk niet nu meteen, maar... over een jaar of zes?' Hij krabt nadenkend met zijn duim over zijn voorhoofd.

Ik rol met mijn ogen. Mijn hart mag dan opgewonden kloppen, deze laatste ontwijkende woorden en dit aanbod om over een 'jaar of zes' te trouwen maken wel duidelijk dat hij het niet echt meent, al doet hij nog zo zijn dronken best om me van het tegendeel te overtuigen. 'We kijken wel hoe je er morgen over denkt,' zeg ik, maar ik weet zeker dat hij het zich morgen niet meer kan herinneren.

'Heb je dan ook die broek aan?' Er verschijnt een ondeugende grijns rond zijn lippen.

'Nee, en hou op over die stomme broek.'

'Jij hebt hem aan. Je weet wat ik van die broek vind.' Hij kijkt naar zijn schoot, wijst ernaar en trekt dan plagend zijn wenkbrauwen op.

De speelse, plagende en dronken Hardin is best wel schattig... maar niet schattig genoeg om me van gedachten te laten veranderen.

'Kom hier,' zegt hij, zogenaamd fronsend.

'Nee. Ik ben nog altijd kwaad op je.'

'Kom op, Tessie, je hoeft niet boos te zijn.' Lachend wrijft hij met de rug van zijn hand over zijn ogen.

'Als een van jullie me nog een keer zo noemt, dan...'

'Tessie, wat is er, Tessie? Vind je Tessie geen leuke naam, Tessie?'

Hardins grijns wordt breder, en hoe langer ik naar hem staar, hoe meer vastbesloten ik ben.

'Mag ik die broek nog uittrekken?'

'Nee. Ik had vandaag al genoeg aan mijn hoofd, en jou mijn broek laten uittrekken staat niet op mijn lijstje. Ik had je willen vragen mee te gaan, maar jij had het te druk met zuipen met mijn vader, dus ik ga wel alleen.'

'Je gaat ergens naartoe?' Zijn stem klinkt hees door de drank.

'Ja.'

'Toch niet in die kleren?'

'Jawel. Ik bepaal zelf wel wat ik draag.' Ik pak een sweater en loop naar de deur. 'Tot straks. Doe niks doms, want ik kom jou noch mijn vader uit de cel halen.'

'Wat ben je gevat. Leuk, maar ik weet nog wel leukere dingen die je met die mond kunt doen.' Wanneer ik niet op zijn grove opmerking reageer, zegt hij kirrend: 'Blijf bij me.'

Ik loop de kamer en onze woning uit voordat hij me kan overhalen te blijven. Ik hoor hem 'Tessie' roepen wanneer ik bij de deur aankom en sla mijn hand voor mijn mond om te voorkomen dat ik begin te giechelen. Dat is mijn probleem: wanneer het om Hardin gaat, is mijn verstand niet meer in staat goed van slecht te onderscheiden.

11

∞

Tessa

Ik loop naar mijn auto, maar ik wens dat ik in de slaapkamer was gebleven, bij Hardin in zijn speelse stemming. Ik heb echter nog veel te veel te doen. Ik moet de makelaar terugbellen over het appartement in Seattle, een paar spullen kopen voor het uitstapje met Hardins familie en, het allerbelangrijkste, eens goed nadenken over Seattle. Toen Hardin over trouwen begon, veranderde ik bijna van gedachten, maar ik weet dat hij het niet over de korte termijn had. Ik doe mijn uiterste best om zijn woorden niet al te serieus te nemen en me er niet door te laten beïnvloeden, maar dat is moeilijker dan ik had gedacht.

Ik zal met je trouwen, als je dat wilt.

Ik was verbaasd, of eigenlijk verbijsterd, toen hij dat zei. Hij leek zo kalm en klonk zo onbewogen, alsof hij zei wat we vanavond gaan eten. Ik weet echter wel beter: ik weet dat hij de wanhoop nabij is. Hij bood het alleen maar aan omdat hij dronken was en wil voorkomen dat ik naar Seattle verhuis. Toch blijf ik zijn woorden maar in gedachten herhalen. Dat is zielig, ik weet het, maar zo voel ik me nu eenmaal, tegen beter weten in.

Tegen de tijd dat ik bij Target aankom, heb ik Sandra (ik geloof dat ze zo heet) nog steeds niet gebeld over het appartement. Op de foto's op de website ziet het er leuk uit. Niet zo groot als mijn huidige woning maar ruim genoeg, en ik kan de huur in mijn eentje opbrengen. Er is geen bakstenen muur vol boekenplanken, wat ik zo leuk vind aan ons huidige appartement, maar deze woning kan ermee door.

Ik ben er klaar voor, voor Seattle. Ik ben klaar voor de volgende stap in mijn leven, voor de toekomst waarop ik al mijn hele leven heb gewacht.

Ik slenter door de winkel, dagdromend over Seattle en mijn leven daar, en al snel heb ik een winkelmandje gevuld met dingen die ik juist niet nodig heb voor een paar dagen weg. Tabletten voor de vaatwasser, tandpasta, een nieuwe stoffer en blik. Waarom koop ik dat soort dingen als ik toch ga verhuizen? Ik leg de stoffer en blik terug, net als een paar kleurige sokken die ik zonder nadenken heb gepakt. Als Hardin niet met me meegaat, moet ik helemaal opnieuw beginnen en nieuwe borden en dergelijke kopen. Gelukkig is de woning die ik op internet heb gevonden gemeubileerd, dus dat scheelt weer zeker tien dingen op mijn lijstje.

Na mijn bezoek aan Target weet ik niet goed wat ik moet doen. Ik wil niet terug naar huis, naar Hardin en mijn vader, maar ik kan nergens anders naartoe. Ik wil niet naar het huis van Ken en Karen omdat ik al drie dagen met hen en Landon ga doorbrengen. Ik heb echt meer vrienden nodig. Eentje zou al genoeg zijn. Ik zou Kimberly kunnen bellen, maar die heeft het ongetwijfeld druk met haar eigen verhuizing. Mazzelaar. Het bedrijf van Christian is de reden voor haar verhuizing naar Seattle, maar afgaande op de manier waarop hij naar haar kijkt, weet ik dat hij haar naar om het even waar zou volgen.

Ik blader door de contacten op mijn telefoon, zoekend naar Sandra, en tik bijna Stephs naam in.

Ik vraag me af wat ze aan het doen is. Hardin wordt vast helemaal gek als ik haar bel. Aan de andere kant, het is niet aan hem om te bepalen wat ik wel en niet kan doen. Hij is zelf degene die midden op de dag dronken aan het vechten slaat.

Ik besluit haar te bellen. En ze neemt snel op.

'Tessa! Wat ben jij aan het doen?' zegt ze. Ze moet hard praten om boven de stemmen op de achtergrond uit te komen.

'Niets. Ik zit op de parkeerplaats bij Target.'

'Nou, dat klinkt spannend.' Ze lacht.

'Niet echt. Wat ben jij aan het doen?'

'Niets. Ik ga een hapje eten met een vriendin.'

'O. Nou, bel me later anders maar,' zeg ik.

'Heb je zin om met ons mee te gaan? We gaan gewoon naar de Applebee's, hoor, die ene bij de campus.'

Het eten daar is lekker en ik heb vandaag nog niets gegeten.

'Goed dan. Als je dat tenminste niet erg vindt?' zeg ik.

Op de achtergrond hoor ik het portier van een auto dichtvallen. 'Natuurlijk niet! Schiet op, we zijn er over een kwartiertje.'

Op weg naar de campus bel ik Sandra en spreek haar voicemail in. Ik kan niet ontkennen dat ik opgelucht ben dat ik haar voicemail krijg in plaats van haarzelf, maar ik weet niet goed waarom.

In Applebee's is het zo druk dat ik Stephs knalrode haar niet meteen in het oog krijg en de serveerster om hulp moet vragen.

'Met hoeveel zijn jullie?' Ze glimlacht vriendelijk.

'Drie, denk ik?' Steph had het over haar vriendin.

'Nou, ik heb toevallig een tafeltje vrij, dus ik kan jullie daar neerzetten.' Het meisje glimlacht weer en pakt drie menukaarten uit het rek achter haar.

Ik volg haar naar het tafeltje achter in het restaurant en blijf daar op Steph wachten. Ik kijk op mijn mobieltje om te zien of Hardin contact met me heeft gezocht, maar nee. Waarschijnlijk is hij inmiddels bewusteloos. Dan kijk ik op en voel ik de adrenaline door mijn lijf gieren bij de aanblik van knalroze haar.

12

∞

Hardin

Ik doe het keukenkastje open, op zoek naar iets te eten. Ik moet iets hebben wat de drank in mijn lijf als een spons kan opzuigen.

'Ze is erg boos op ons.' Richard slaat me gade.

'Ja, dat klopt.' Ik moet wel lachen bij de gedachte aan haar gezicht, rood van woede, en aan haar gebalde vuisten. Ze was zo pissig.

Dat is niet grappig... Of nou ja, dat is het wel, maar dat zou het niet moeten zijn.

'Blijft mijn dochter vaak lang boos?'

Ik kijk hem even aan. Het is raar, een vader die een vriendje naar de gewoonten van zijn dochter vraagt. 'Blijkbaar niet, want je zit in onze keuken al mijn ontbijtgranen op te eten.' Ik schud met de lege doos.

Hij glimlacht. 'Je hebt ongetwijfeld gelijk,' zegt hij.

'Dat heb ik meestal.' Ik kan niet verder van de waarheid zitten. 'Het is wel balen dat je nu opduikt, net nu ze binnen een week gaat verhuizen.' Ik zet een plastic bakje in de magnetron. Ik weet niet zeker wat erin zit, maar ik ben uitgehongerd en te dronken om voor mezelf te koken, en Tessa kan het nu niet voor me doen. *Wat moet ik in vredesnaam beginnen als zij me in de steek laat?*

'Dat is waar,' zegt hij met een grimas, 'maar gelukkig is Seattle niet zo ver weg.'

'Engeland wel.'

Na een lange stilte zegt hij: 'Ze gaat niet naar Engeland.'

Ik kijk hem pissig aan. 'Wat weet jij er verdomme nou van? Je kent haar net, wat is het, twee dagen?' Ik wil helemaal losgaan, maar dan onderbreekt het irritante piepje van de magnetron ons.

'Ik ken Carol. Die zou nooit naar Engeland gaan.'

Dus hij hangt weer de irritante zatlap uit, net als gisteren.

'Tessa is haar moeder niet, en ik ben jou niet.'

'Oké,' zegt hij schouderophalend.

13

∞

Tessa

Molly.

Ik hoop met heel mijn hart dat dit puur toeval is, maar dan zie ik Steph achter haar opduiken en zak ik weg op het bankje.

'Hoi, Tessa!' zegt Steph. Ze gaat tegenover me zitten en schuift dicht tegen de muur aan, zodat haar 'vriendin' naast haar kan gaan zitten. *Waarom nodigt ze me uit om samen met haar en Molly te lunchen?*

'Tijd niet gezien,' zegt die slet tegen me.

Ik weet niet wat ik tegen haar of tegen Steph moet zeggen. Ik wil opstaan en weglopen, maar in plaats daarvan glimlach ik aarzelend en zeg alleen maar 'Ja'.

'Heb je al besteld?' vraagt Steph, die het helemaal lijkt te ontgaan dat ze mijn grootste vijand – of nee, mijn enige vijand – heeft meegebracht.

'Nee.' Ik haal mijn mobieltje uit mijn tas.

'Je hoeft hem niet te bellen, ik bijt niet,' zegt Molly gniffelend.

'Ik wilde Hardin niet bellen,' zeg ik tegen haar. Ik wilde hem een berichtje sturen, dat is iets heel anders.

'Het zal wel,' zegt ze lachend.

'Hou eens op,' zegt Steph kortaf. 'Molly, je hebt beloofd dat je aardig zou doen.'

'Waarom ben je eigenlijk gekomen?' vraag ik aan het meisje aan wie ik een grotere hekel heb dan aan wie ook ter wereld.

Ze haalt haar schouders op. 'Ik heb trek,' zegt ze droog, duidelijk spottend met mijn emoties.

Ik pak mijn sweater en wil opstaan. 'Ik kan maar beter gaan.'

'Nee, blijf zitten, toe. Als je eenmaal verhuisd bent, zie ik je nooit meer,' zegt Steph pruilend.

'Wat?'

'Je gaat toch over een paar dagen verhuizen?'

'Wie heeft je dat verteld?'

Molly en Steph kijken elkaar even aan, en dan antwoordt Steph: 'Zed, geloof ik, maar dat doet er niet toe. Ik had gedacht dat je het zelf wel zou vertellen.'

'Dat wilde ik ook doen, maar ik had nogal veel aan mijn hoofd. Ik wilde het je nu vertellen...' Ik kijk naar Molly, alsof die een verklaring vormt voor mijn aarzeling.

'Je had het me eerder moeten vertellen. Ik was je eerste vriendin hier.' Steph steekt haar onderlip naar voren, waardoor ik me schuldig voel, maar het ziet er ook erg grappig uit. Ik ben blij dat een serveerster komt vragen wat we willen drinken.

Terwijl Steph en Molly hun glazen frisdrank bestellen, tik ik een berichtje voor Hardin in: JE BENT VAST BUITEN WESTEN, MAAR IK ZIT IETS TE ETEN MET STEPH, EN ZE HEEFT MOLLY BIJ ZICH. Ik druk op versturen en kijk op naar de twee meiden.

'En, heb je zin in de verhuizing? Wat gaan Hardin en jij doen?' vraagt Steph.

Ik kijk schouderophalend om me heen. Ik ga mijn relatie niet bespreken in het bijzijn van de dienares van Satan zelf.

'Je kunt het heus wel zeggen waar ik bij ben. Geloof me, dat saaie leventje van jou kan me geen zak schelen,' zegt Molly spottend. Ze neemt een slok water.

'Ik moet jou op je woord geloven?' Ik lach en voel dat mijn telefoon begint te trillen.

KOM NAAR HUIS, luidt het antwoord van Hardin.

Ik weet niet wat voor antwoord ik had verwacht, maar zijn goede raad, of liever gezegd het gebrek eraan, stelt me teleur.

NEE, IK HEB HONGER, luidt mijn berichtje terug.

'Hoor eens, jij en Hardin zijn best een leuk stel samen, maar verder laat jouw relatie me compleet koud,' deelt Molly me mede. 'Bovendien heb ik het nu te druk met mijn eigen relatie.'

'Mooi. Fijn voor je.' Ik heb met die sukkel te doen, wie hij ook is.

'Nu we het er toch over hebben, Molly, wanneer stel je hem eindelijk eens aan ons voor?' vraagt Steph aan haar vriendin.

Molly maakt een achteloos gebaar. 'Dat weet ik niet. Nu nog niet, in elk geval.'

De serveerster komt onze drankjes brengen en noteert wat we willen eten. Zodra ze weg is, wendt Molly zich tot mij, haar echte prooi. 'Maar goed, ben je niet vreselijk kwaad op Zed?' vraagt ze. 'Hij kan er nu voor zorgen dat Hardin de bak in draait.'

Ik verslik me bijna in mijn water. De gedachte aan Hardin in de gevangenis bezorgt me koude rillingen. 'Ik doe mijn best om dat te voorkomen.'

'Veel succes. Tenzij je van plan bent om met Zed te neuken is er weinig wat je kunt doen.' Ze lacht opnieuw spottend en tikt met haar neongroene nagel op tafel.

'Dat zal niet gebeuren,' zeg ik grommend.

IK HEB HIER OOK IETS WAT JE IN JE MOND KUNT STOPPEN. KOM NAAR HUIS VOORDAT ER IETS GEBEURT WAARVAN IK JE NIET KAN REDDEN.

Me redden? Waarvan? Van Molly en Steph? Steph is mijn vriendin, en ik heb al vaker bewezen dat ik Molly aankan. Ze is een irritante griet die ik niet kan uitstaan, maar in tegenstelling tot vroeger ben ik niet langer bang voor haar.

Uit Hardins schunnige berichtje blijkt wel dat hij nog steeds dronken is. IK MEEN HET, KOM NAAR HUIS, voegt hij eraan toe wanneer ik niet meteen antwoord.

Ik stop het toestel terug in mijn tas en richt mijn aandacht op de twee meiden.

'Je hebt het al vaker gedaan, dus wat maakt het uit?' zegt Molly.

'Wat bedoel je?' vraag ik.

'Hé, ik veroordeel je niet. Ik heb ook met Hardin geneukt. En met Zed,' brengt ze me in herinnering.

Ik kan het wel uitschreeuwen van ergernis. 'Ik ben niet met Zed naar bed geweest,' zeg ik met opeengeklemde kiezen.

'Mm-hmm...' zegt Molly, en Steph kijkt haar kwaad aan.

'Heeft iemand dat soms gezegd? Dat ik met Zed naar bed ben geweest?' vraag ik.

'Nee,' zegt Steph voordat Molly antwoord kan geven. 'En genoeg over Zed. Ik wil meer weten over Seattle. Gaat Hardin ook mee?'

'Ja,' lieg ik. Ik wil zeker waar Molly bij is niet toegeven dat Hardin weigert mee te gaan.

'Dus dan zijn jullie er allebei vandoor? Wat zal dat raar zijn.' Steph fronst even.

Na alles wat ik op WCU heb meegemaakt zal het vreemd zijn om op een nieuwe campus opnieuw te moeten beginnen. Dat is echter wel wat ik nodig heb: een nieuwe start. Dit stadje herbergt te veel herinneringen aan verraad en onoprechte vriendschappen.

'We moeten dit weekend bij elkaar komen. Voor een laatste feestje,' zegt Steph.

Ik kerm. 'O nee, geen feest.'

'Nee, nee, geen groot feest, alleen ons groepje.' Ze kijkt me met een smekende blik aan. 'Zeg nu zelf, als we elkaar waarschijnlijk nooit meer zullen zien, moet Hardin toch de kans krijgen om een laatste keer lol te maken met zijn vrienden?'

Ik zwijg even en richt mijn blik op de bar, zodat ik haar niet hoef aan te kijken.

Molly verbreekt de stilte. 'Ik ben er niet bij hoor, dus daar hoef je je geen zorgen over te maken.'

Ik kijk hen weer aan. Op hetzelfde moment zet de serveerster de borden voor ons neer, maar ik heb geen trek meer. *Wordt er echt beweerd dat ik met Zed naar bed ben geweest? En heeft Hardin dat gerucht ook gehoord? Probeert Zed Hardin echt de gevangenis in te krijgen?* Mijn hoofd tolt.

Steph pakt een paar frietjes en zegt met volle mond: 'Bespreek het maar met Hardin en laat het me weten. We kunnen bij iemand thuis afspreken, bij Tristan en Nate of zo. Dan hoef je niet bang te zijn dat er rare lui komen.'

'Ik zal het vragen... Ik weet niet of hij ja zegt.' Ik haal mijn mobieltje uit mijn tas en kijk naar het scherm. Drie gemiste oproepen, en het bericht NEEM EENS OP.

IK GA NA HET ETEN METEEN WEG, RUSTIG MAAR. DRINK WAT WATER, antwoord ik, en dan speel ik nog wat met mijn frietjes.

De spanning wordt Molly duidelijk te veel, want ze kwettert als een pan die overkookt. 'Nou, hij kan maar beter ja zeggen. Wij zijn heel lang zijn vrienden geweest voordat jij hem hebt verpest.'

'Ik heb hem niet verpest.'

'Jawel. Hij is nu heel anders. Hij belt ons niet eens meer.'

'Zijn zogenaamde vrienden bellen hem anders ook niet,' zeg ik minachtend. 'De enige van wie hij nog weleens iets hoort, is Nate.'

'Dat komt omdat wij weten...' begint Molly, maar Steph steekt een hand op en zegt kermend: 'Jezus, zo is het wel genoeg.' Ze wrijft over haar slapen.

'Ik vraag wel of ze de rest van mijn eten willen inpakken en ga dan naar huis. Dit was geen goed idee,' zeg ik tegen haar. Ik snap sowieso niet waarom ze Molly heeft meegebracht; ze had me op zijn minst kunnen waarschuwen.

Steph kijkt me vol begrip aan. 'Het spijt me, Tessa. Ik dacht dat jullie beter met elkaar zouden kunnen opschieten nu ze niet langer probeert om met Hardin te neuken.' Ze kijkt even naar Molly, die haar schouders ophaalt.

'We kúnnen ook beter met elkaar opschieten. In elk geval beter dan eerst,' zegt Molly.

Ik wil die zelfvoldane uitdrukking van haar gezicht meppen, maar Stephs ringtoon onderbreekt mijn gewelddadige gedachten.

Er verschijnt een verwonderde uitdrukking op haar gezicht. Dan zegt ze: 'Hardin probeert me te bellen.' Ze houdt het toestel voor me omhoog, zodat ik het zelf kan zien.

'Ik heb zijn berichtjes niet beantwoord. Ik bel hem zo wel terug,' zeg ik.

Ze knikt en drukt de oproep weg.

'Jezus, wat een stalker.' Molly bijt in een frietje.

Ik bijt op mijn beurt op mijn tong en vraag de serveerster om een doosje. Ik heb mijn eten amper aangeraakt, maar ik wil midden in een restaurant geen scène schoppen.

'Denk er alsjeblieft over na, over zaterdag. Het hoeft geen feestje te zijn, we kunnen er ook een etentje van maken,' biedt Steph aan. Dan toont ze me haar beste glimlach. 'Toe?'

'Ik kijk wat ik kan doen, maar we zijn tot zaterdagmorgen de stad uit.'

Ze knikt vriendelijk. 'Oké. Kies jij maar hoe laat.'

'Bedankt. Ik laat het je nog wel weten,' zeg ik tegen haar, en dan betaal ik de rekening.

Ik heb er niet echt zin in, maar ze heeft gelijk: we zullen hen nooit meer zien, zeker nu Hardin ook vertrekt. Hij wil weliswaar niet naar Seattle verhuizen, maar nu hij van de universiteit is gestuurd, kan hij hier niet blijven. En hij verdient een laatste avondje met zijn vrienden.

'Hij belt alweer,' zegt Steph tegen me. Ze probeert niet te verbergen dat ze het grappig vindt.

'Zeg maar dat ik onderweg ben.' Ik sta op en loop naar de deur.

Wanneer ik omkijk, zie ik dat Steph en Molly zitten te praten en dat Stephs telefoon op de tafel voor hen ligt.

14

∞

Hardin

'Tessa, als je me niet terugbelt, kom ik je zoeken, dronken of niet,' zeg ik dreigend, en dan smijt ik mijn telefoon iets te hard op de bank neer, zodat het toestel van de rugleuning stuitert en op de betonnen vloer valt.

'Ze komt wel terug,' zegt die lul van een vader van haar behulpzaam.

'Dat weet ik ook wel!' roep ik tegen hem. Ik pak mijn telefoon en zie dat het scherm gelukkig nog heel is. Ik kijk die zuipschuit even kwaad aan en been dan naar de slaapkamer.

Waarom zit die zak hier ook alweer? En waar zit Tessa, verdomme? Dat kan nooit goed aflopen, Tessa en Molly samen aan een tafel.

Net wanneer ik probeer te bedenken hoe ik haar moet gaan zoeken, zonder sleutels of auto en met een promillage dat ver boven de wettelijk toegestane grens ligt, hoor ik de voordeur opengaan.

'Hij, eh, is even gaan liggen,' zegt Richard op luide toon. Hij klinkt veel te opgewekt, en ik vermoed dat hij me wil waarschuwen dat ze eraan komt.

Ik trek de deur eerder open dan zij en steek mijn arm uit om haar naar binnen te trekken. Ze kijkt helemaal niet bezorgd en lijkt al helemaal niet onder de indruk van de diepe frons op mijn gezicht.

'Waarom nam je niet op?' wil ik weten.

'Omdat ik je al had laten weten dat ik zo naar huis kwam. En dat was ook zo.'

'Je had moeten opnemen. Ik maakte me zorgen.'

'Zorgen?' Ze is duidelijk verbaasd over mijn woordkeuze.

'Ja, zorgen. Wat moest je in vredesnaam met Molly?'

Ze zet haar tas op de rugleuning van de stoel. 'Al sla je me dood. Steph vroeg of ik zin had om iets te gaan eten en bracht haar mee.'

Die verrekte Steph. 'Jezus, waarom deed ze dat? Deed ze rot tegen je?'

'Niet rotter dan anders.' Ze trekt een wenkbrauw op en kijkt me aan.

'Wat een rotstreek van Steph. Wat zeiden ze allemaal?'

'Ik geloof dat er roddels over me worden verteld.' Ze gaat fronsend zitten en begint haar schoenen uit te trekken.

'Wat? Wat voor roddels?'

Ik bedoel eigenlijk: wie moet ik ombrengen?

Shit, ik ben nog altijd dronken. Hoe kan dat? Het is minstens drie uur geleden. Ik kan me vaag herinneren dat het een uur duurt voordat je lijf een borrel heeft afgebroken, dus dat betekent dat ik de komende tien uur de lul ben. Dat wil zeggen, als ik het me goed herinner.

'Heb je me wel gehoord?' Tessa klinkt kalm, zelfs bezorgd.

'Nee, sorry,' mompel ik.

Ze wordt rood. 'Volgens mij wordt er beweerd dat Zed en ik... Je weet wel.'

'Wat bedoel je?'

'Dat we... met elkaar naar bed zijn geweest.' Haar blik is bezorgd en haar stem klinkt zacht.

'Wie beweert dat?' Ondanks de woede die langzaam in me opvlamt, probeer ik net zo zacht te praten als zij.

'Er wordt geroddeld. Dat zeiden Steph en Molly.'

Ik weet niet wat ik moet doen, haar troosten of mijn woede de vrije loop laten. Ik ben te dronken voor dit soort gezeik.

Ze legt haar handen in haar schoot en slaat haar ogen neer. 'Ik wil niet dat mensen dat van me denken.'

'Trek je er niets van aan. Ze zijn te stom om te schijten. Als er inderdaad wordt geroddeld, wordt vast wel duidelijk dat het niet waar is.' Ik trek haar mee naar het bed. 'Maak je maar niet druk.'

'Ben je niet boos op me?' Haar grijsblauwe ogen kijken me recht aan.

'Jawel,' zeg ik. 'Ik ben boos omdat je niet opnam, en omdat die trut van een Steph ook niet opnam. Maar ik ben niet boos vanwege roddels, of in elk geval niet op jou. Ze hebben het waarschijnlijk uit hun duim gezogen omdat ze niks beters te doen hebben.' Ik ben behoorlijk pissig omdat Steph en Molly allerlei onzin tegen Tessa hebben uitgekraamd, alleen maar om haar te kwetsen.

'Ik snap niet waarom ze samen met Molly was. Die me er natuurlijk aan moest herinneren dat ze met jou naar bed is geweest.' Ze krimpt in elkaar. Ik ook.

'Ze is gewoon een stomme slet die niets anders te doen heeft dan herinneringen ophalen aan de tijd dat ik haar helemaal suf neukte.'

'Hardin,' zegt Tess kermend. Ze is duidelijk niet blij met die omschrijving die weinig te wensen overlaat.

'Sorry. Je snapt wel wat ik bedoel.'

Ze maakt haar armband los en legt die op het bureau. 'Ben je nog dronken?'

'Een beetje.'

'Een beetje?'

Ik glimlach. 'Een beetje erg.'

'Je bent zo raar.' Ze rolt met haar ogen en haalt die verrekte agenda uit de la van het bureau.

'Hoezo?' Ik loop naar haar toe en ga achter haar staan.

'Je bent dronken, maar je doet helemaal niet moeilijk. Ik bedoel, je was kwaad toen ik niet opnam, maar nu ben je...' Ze kijkt naar me op. '"Vol begrip" over dat gedoe met Molly is denk ik de juiste term.'

'Wat had je dan van me verwacht?'

'Ik weet het niet... Dat je zou gaan schreeuwen? Als je dronken bent, ben je niet bepaald een toonbeeld van kalmte,' zegt ze zacht.

Ik weet dat ze me niet van streek wil maken, maar ze wil me ook duidelijk maken dat ze niet om de hete brij heen zal draaien. 'Ik ga niet tegen je schreeuwen. Ik wil gewoon niet dat je met die twee omgaat. Je weet hoe ze zijn, zeker Molly, en ik wil niet dat je gekwetst wordt.' Ik voeg eraan toe, elk woord benadrukkend: 'Op wat voor manier dan ook.'

'Nou, dat hebben ze niet gedaan, maar... Ik weet dat het stom klinkt, maar ik wilde gewoon eens met een vriendin lunchen.'

Ik wil tegen haar zeggen dat Steph niet bepaald de ideale vriendin is, maar ik weet dat ze verder niemand heeft, afgezien van Landon en mij... en Noah.

En Zed.

Of nee, Zed telt niet meer mee. Dat gezeik is nu afgelopen, en ik ben er vrij zeker van dat hij zich niet snel meer zal laten zien.

15

∞

Tessa

Het verbaast me dat Hardin zo kalm is, maar daardoor kan ik me in elk geval ontspannen. Hij slaat zijn benen over elkaar en leunt achterover op zijn handen. Ik weet niet goed of ik, nu hij een goede bui heeft, over Seattle moet beginnen of dat ik beter kan wachten.

Maar als ik het uitstel, weet ik niet wanneer er zich een volgend goed moment zal aandienen.

Ik kijk even naar hem, zie dat zijn groene ogen me gadeslaan, en besluit er langzaam op aan te sturen. 'Steph wil een afscheidsfeestje geven,' zeg ik, en ik wacht op zijn reactie.

'Gaat ze ergens anders studeren of zo?'

'Nee, het is voor mij,' leg ik uit, waarbij ik verzuim hem te vertellen dat ik bij Steph de indruk heb gewekt dat hij meegaat naar Seattle.

Hij kijkt me aan. 'Je hebt verteld dat je gaat verhuizen?'

'Ja. Waarom niet?'

'Omdat je de knoop nog niet hebt doorgehakt?'

'Hardin, ik ga naar Seattle.'

Hij haalt achteloos zijn schouders op. 'Je kunt er nog even over nadenken.'

'Hoe dan ook, wat vind je van het idee van een feestje? Ze zei dat we er ook een etentje van kunnen maken, gewoon bij Nate en Tristan thuis in plaats van in het dispuutshuis,' leg ik uit, maar Hardin is nog altijd onder invloed en lijkt me niet meer te horen. Ik kijk naar mijn verhuisplan voor volgende week. Hopelijk belt Sandra me snel terug over die woning, want anders heb ik niet eens een dak boven mijn hoofd en zal ik in een of andere motelkamer uit een koffer moeten leven. Ik heb een hekel aan motels.

'Nee, we gaan niet,' zegt hij tot mijn verbazing.

Ik draai me naar hem om. 'Wat? Waarom niet? Een etentje is niet zo erg. Dan hoeven we in elk geval niet een van die vreselijke spelletjes als *truth or dare* of Zuigen en Blaten te spelen.'

Hij grinnikt en kijkt duidelijk geamuseerd naar me op. 'Zuigen en Blazen, Tess.'

'Je weet wat ik bedoel! Het zal de laatste keer zijn dat we... Nou ja, dat we hen allemaal zien. Ze zijn op een bepaalde manier toch vrienden van me geworden.' Ik denk liever niet aan hoe mijn 'vriendschap' met dat groepje is begonnen.

'We hebben het er later wel over. Ik krijg hier koppijn van,' zegt hij kermend.

Ik slaak een verslagen zucht. Uit zijn toon kan ik opmaken dat hij het gesprek niet wil voortzetten.

'Kom eens hier.' Hij gaat op de matras zitten en spreidt zijn armen.

Ik sla de agenda dicht en loop naar het bed, en zodra ik tussen zijn benen ga staan, pakken zijn handen me bij mijn heupen.

Hij kijkt met een scheef lachje naar me op. 'Moet jij niet kwaad op me zijn?'

'Het wordt me allemaal te veel, Hardin,' geef ik toe.

'Hoe komt dat?'

Ik steek mijn armen omhoog. 'Door alles. Seattle, een nieuwe campus, het vertrek van Landon, het feit dat jij bent weggestuurd...'

'Ik heb gelogen,' zegt hij simpel, en hij drukt zijn gezicht tegen mijn buik.

Wat nu weer? 'Wat?' Ik vlecht mijn vingers door zijn haar en trek zijn hoofd omhoog, zodat hij me moet aankijken.

Hij haalt zijn schouders op. 'Ik heb gelogen. Ze hebben me niet weggestuurd.'

Ik doe een stap naar achteren. Hij probeert me naar zich toe te trekken, maar ik geef niet toe. 'Waarom?'

'Dat weet ik niet, Tessa.' Hij staat op. 'Ik was nogal van streek toen ik jou buiten met Zed zag staan en hoorde dat je naar Seattle gaat.'

Mijn mond valt open. 'Dus je zei dat ze je hadden weggestuurd omdat je kwaad op me was?'

'Ja. Nou, en er was nog een reden.'

'O ja?'

Hij slaakt een zucht. 'Je wordt vast kwaad.' Zijn ogen zijn nog rood, maar hij lijkt snel te ontnuchteren.

Ik sla mijn armen over elkaar. 'Ik denk het wel, ja. Voor de draad ermee.'

'Ik hoopte dat je je zo schuldig zou voelen dat je mee zou gaan naar Engeland.'

Ik weet niet wat ik van zijn bekentenis moet denken. Ik zou van streek moeten zijn. Dat ben ik ook. Ik ben ontzettend kwaad. Wat een lef, om me zo'n schuldgevoel aan te praten dat ik mee zou gaan naar Engeland. Hij had van het begin af aan eerlijk moeten zijn... maar ondanks alles voel ik me toch iets beter omdat ik dit van hemzelf hoor en zijn leugens niet op de gebruikelijke manier aan het licht komen.

Hij kijkt me vragend aan. 'Tessa?'

Ik kijk hem aan en schiet bijna in de lach. 'Eerlijk gezegd ben ik verbaasd dat je al open kaart speelt voordat ik het van een ander heb kunnen horen.'

'Ik ook.' Hij komt naar me toe, legt zijn hand in mijn hals en spreidt zijn vingers uit over mijn kaak. 'Wees alsjeblieft niet kwaad op me. Ik ben een klootzak.'

Ik adem krachtig uit, maar geniet van zijn aanraking. 'Dat is een vreselijk excuus.'

'Ik verdedig mezelf niet. Ik ben een lul. Dat weet ik, maar ik hou van je en heb genoeg van al dat gezeik. Ik wist dat je er vroeg of laat achter zou komen, zeker nu je een paar dagen met de familie van mijn vader op stap gaat.'

'Dus je hebt het me verteld omdat je wist dat ik er toch wel achter zou komen?'

'Ja.'

Ik trek mijn hoofd terug en kijk hem aan. 'En anders zou je het hebben verzwegen? In de hoop dat ik uit medelijden mee zou gaan naar Engeland?'

'Eigenlijk wel, ja...'

Wat moet ik daar in vredesnaam op zeggen? Ik wil tegen hem zeggen dat hij knettergek is, dat hij mijn vader niet is en eens moet ophouden me te manipuleren, maar ik blijf gewoon staan, met mijn mond open. 'Je kunt me niet door middel van leugens dwingen bepaalde dingen te doen.'

'Ik weet het, dat is gestoord,' zegt hij, met een bezorgde blik in zijn groene ogen. 'Ik snap niet waarom ik ben zoals ik ben. Maar ik wil je niet verliezen, en ik ben wanhopig.'

Aan zijn uitdrukking kan ik zien dat hij niet echt begrijpt hoe zijn gedrag overkomt. 'Nee, dat snap je inderdaad niet, want anders zou je niet hebben gelogen.'

Hardin pakt me bij mijn heupen. 'Tessa, het spijt me, echt waar. Maar je moet wel toegeven dat we allebei wat beter zijn geworden in dit relatiegedoe.'

Hij heeft gelijk. Op een bepaalde rare manier zijn we inderdaad beter gaan communiceren. Het is nog steeds niet echt een normale relatie, maar normaal zijn we nooit geweest.

'Dus als ik met je zou trouwen... ga je dan nog niet met me mee?'

Mijn hart begint onbeheerst te bonzen, zo hard dat ik zeker weet dat hij dat kan horen. Maar ik zeg simpelweg: 'Daar hebben we het nog wel over als je weer nuchter bent.'

'Zo dronken ben ik niet.'

Ik geef hem glimlachend een klopje op zijn wang. 'Wel te dronken voor een gesprek als dit.'

Glimlachend trekt hij me naar zich toe. 'Wanneer kom je terug uit Sand Point?'

'Jij gaat niet mee?'

'Ik weet het nog niet.'

'Je zei van wel. We zijn nog nooit samen op reis geweest.'

'En Seattle dan?' zegt hij.

Ik moet lachen. 'Daar kwam je onaangekondigd opdagen en was je de volgende dag weer vertrokken.'

Hij haalt een hand door mijn haar. 'Dat zijn maar details.'

'Ik wil echt graag dat je meegaat. Landon gaat binnenkort verhuizen.' Alleen al die gedachte doet me pijn.

'Ja, en?' zegt hij hoofdschuddend.

'En ik weet zeker dat je vader het ook heel leuk zou vinden.'

'Ach, mijn vader. Die is gewoon van de kaart omdat ze me een of andere stomme boete hebben gegeven en me een academische proeftijd hebben toegekend. Nog één misser, en dan kan ik echt mijn biezen pakken.'

'Waarom ga je dan niet met me mee en in Seattle studeren?'

'Ik wil het woord "Seattle" vanavond niet meer horen. Het was een lange dag en ik heb nu vreselijke koppijn...' Hij drukt een kus op mijn voorhoofd.

Ik trek mijn hoofd terug. 'Je hebt samen met mijn vader zitten zuipen en gelogen over je studie, dus als ik het over Seattle wil hebben, dan hebben we het over Seattle,' zeg ik op scherpe toon.

Hij glimlacht. 'En jij hebt me met die broek uitgedaagd en bent er daarna in naar buiten gegaan. En je nam niet op toen ik belde.' Hij wrijft met zijn duim over mijn onderlip.

'Je hoeft me niet zo vaak te bellen. Dat is verstikkend. Molly noemde je zelfs een stalker,' zeg ik, maar ik lach onder zijn zachte aanraking.

'O ja?' Hij blijft de vorm van mijn lippen volgen, die onwillekeurig uiteenwijken.

'Ja,' zeg ik ademloos.

'Hmm...'

'Ik weet heel goed wat je aan het doen bent.' Ik steek mijn hand uit en trek zijn hand van mijn heup. Zijn vingers glijden namelijk al onder de tailleband van mijn broek.

Hij glimlacht. 'Wat dan?'

'Je probeert me af te leiden, om te voorkomen dat ik kwaad op je blijf.'

'Werkt dat al?'

'Niet echt. Bovendien zit mijn vader in de kamer hiernaast en ga ik echt niet met je vrijen als hij ons kan horen.' Ik reik om hem heen en geef hem een speelse tik op zijn billen.

Het gevolg is dat hij me naar zich toe trekt. 'O, dus je bedoelt net als toen ik hier...' Hij wijst naar het bed. 'Met je heb geneukt toen je moeder op de bank lag te slapen?' Hij stoot zachtjes tegen me aan. 'Of die keer dat ik met je neukte in mijn vaders badkamer, of de talloze keren dat ik met je heb geneukt terwijl Karen, Landon en mijn vader elders op dezelfde verdieping zaten?' Hij steekt een hand uit en raakt zachtjes mijn dij aan. 'O wacht, je bedoelt natuurlijk net als die ene keer toen ik je op je werk over je bureau legde en...'

'Goed, goed, ik snap het al!' Ik bloos en hij begint te lachen.

'Kom op, Tessie, ga eens liggen.'

'Je bent niet goed wijs.' Ik stap lachend bij hem vandaan.

'Waar ga je naartoe?' zegt hij fronsend.

'Kijken wat mijn vader aan het doen is.'

'Waarom? Zodat je daarna terug kunt komen en...'

'Nee! Jeetje, ga slapen of zo!' roep ik uit. Ik ben blij dat hij nog steeds speels is, maar ondanks zijn bekentenis ben ik nog altijd geïrriteerd omdat hij tegen me heeft gelogen en uit pure koppigheid niet eens over Seattle *wíl* praten.

Toen ik thuiskwam van Applebee's twijfelde ik er niet aan dat hij kwaad zou zijn omdat ik zijn berichten niet had beantwoord. Ik had nooit verwacht dat we het zouden uitpraten en dat hij zou bekennen dat hij had gelogen. Misschien heeft Steph hem verteld dat ik onderweg was, zodat hij de tijd had om te kalmeren. Aan de andere kant, toen ik naar haar omkeek, zag ik haar telefoon op tafel liggen...

‘Wat zei je zo-even, dat Steph niet opnam toen je belde?’ vroeg ik.

‘Ja, hoezo?’ Hij kijkt me niet-begrijpend aan.

Ik haal mijn schouders op, niet goed wetend wat ik moet zeggen. ‘Ik vroeg het me gewoon af.’

‘Hoezo?’ Zijn stem klinkt vreemd.

‘Ik heb tegen haar gezegd dat ze je moest vertellen dat ik onderweg naar huis was en vraag me af waarom ze dat niet heeft gedaan.’

‘O.’ Hij wendt zijn blik af en pakt een beker van de ladekast. Dit hele gesprek is erg ongemakkelijk: Steph die hem niet heeft verteld dat ik onderweg was, Hardin die mijn blik mijdt.

‘Ik ga bij mijn vader zitten. Kom je ook?’

‘Ja, ik moet me alleen even verkleden.’

Ik knik en pak de deurknop vast.

‘Hoe zit het nu met je vader? Hij is net weer terug in je leven, en nu ga jij weg?’

Door die woorden blijf ik als verstijfd staan. Het is niet dat ik daar niet eerder aan heb gedacht, maar het voelt niet goed dat Hardin die vraag als een pijl op me afvuurt nu ik met mijn rug naar hem toe sta.

Het duurt even voordat ik de kamer verlaat. In de woonkamer ligt mijn vader weer te slapen. Comazuipen is blijkbaar erg vermoeiend. Ik zet de tv uit en loop naar de keuken om een glas water te pakken. Hardins woorden over mijn naderende vertrek en het weerzien met mijn vader blijven door mijn hoofd spoken, maar ik wil mijn toekomst niet laten beïnvloeden door een vader die ik negen jaar lang niet heb gezien. Als de omstandigheden anders waren geweest, zou ik mijn besluit misschien hebben heroverwogen, maar hij is degene die mij in de steek heeft gelaten.

Wanneer ik weer voor de deur van de slaapkamer sta, hoor ik Hardins stem aan de andere kant.

‘Wat was dat voor gezeik, eerder vandaag?’ zegt hij op gedempte toon.

Ik druk mijn oor tegen de deur. Ik zou gewoon naar binnen kunnen lopen, maar ik heb het gevoel dat dit gesprek niet voor mijn oren is bestemd. En dat betekent dat ik het dolgraag wil horen.

‘Kan me geen zak schelen, het had niet mogen gebeuren. Nu is ze hartstikke van streek, en jij zou...’

De rest van de zin kan ik niet verstaan.

‘Verkloot dit nou niet,’ snauwt hij.

Tegen wie heeft hij het? En wat heeft diegene verkeerd gedaan? Heeft hij het tegen Steph? Of, erger nog, tegen Molly?

Ik hoor voetstappen naderen en schiet snel de badkamer in, de deur achter me dichttrekkend.

Een paar tellen later tikken zijn knokkels tegen het hout. 'Tessa?'

Ik doe de deur open, in het besef dat ik er ongetwijfeld geschrokken uitzie. Mijn hart bonst tegen mijn ribben en mijn maag draait zich om. 'O hoi, ik was bijna klaar,' zeg ik met een klein stemmetje.

Hardin trekt een wenkbrauw op. 'Oké...' Hij kijkt de gang in. 'Waar is je vader? Ligt hij te slapen?'

'Eh, ja,' zeg ik.

Hij begint breeduit te grijnzen. 'Nou, kom dan maar mee terug naar de slaapkamer.' Hij pakt mijn hand en trekt me zachtjes mee.

Nu ik achter Hardin aan naar de slaapkamer loop, dringt de paranoia als een oude bekende mijn gedachten binnen.

16

∞

Tessa

Het piepkleine hoekje in mijn gedachten waar mijn gezond verstand zetelt probeert de rest van mijn brein, dat uitsluitend door Hardin wordt ingenomen, te waarschuwen. Mijn verstand, of wat daar nog van over is, maakt me duidelijk dat ik vragen moet stellen, dat ik dit niet zomaar kan negeren. Dat doe ik al te vaak.

Dat is het piepkleine hoekje. De rest wint. Want heb ik echt zin in ruzie, wil ik hem echt beschuldigen van iets wat mogelijk een misverstand is? Misschien was hij simpelweg kwaad op Steph omdat ze Molly had meegebracht. Hij gaf vrij gemakkelijk toe dat hij heeft gelogen over het feit dat hij was weggestuurd, dus waarom zou hij nu over iets anders liegen?

Hardin gaat op het bed zitten, pakt mijn handen vast en trekt me naar zich toe, zodat ik op zijn schoot kan gaan zitten. 'Goed, we hebben alle belangrijke onderwerpen besproken en je vader ligt te pitten. Dan moeten we onze tijd maar op een andere manier vullen...' Zijn brede lach is bespottelijk, maar aanstekelijk.

'Kun je alleen maar aan seks denken?' antwoord ik. Ik duw speels tegen zijn borst.

Hij gaat achterover op het bed liggen, met een hand op mijn rug en de andere rond mijn dij, en trekt me zo boven op zich. Ik ga schrijlings op hem zitten, met mijn bovenbenen aan weerszijden van de zijne, en hij trekt me nog verder naar zich toe, zodat onze gezichten elkaar bijna raken.

'Nee, ik kan ook aan andere dingen denken. Bijvoorbeeld aan hoe die lippen zich voor me zullen openen...' Hij strijkt met zijn mond langs die van mij. Ik proef een zweem van munt wanneer hij me kust. De druk is intens genoeg om een elektrische schok door me heen te zenden, maar ook teder genoeg om me naar meer te laten verlangen.

'Ik denk aan mijn gezicht, begraven tussen jouw dijen terwijl jij...' begint hij, maar ik steek mijn hand uit en sla die voor zijn mond. Maar dan steekt hij speels zijn tong uit om mijn handpalm te likken en trek ik mijn hand weer terug.

'Jakkes.' Ik trek mijn neus op en veeg mijn natte hand af aan zijn zwarte shirt.

'Ik zal stilletjes doen,' zegt hij zacht. Hij heft zijn heupen op van de matras en drukt ze tegen me aan. 'Dat kan jij niet bepaald zeggen.'

'Mijn vader...' protesteer ik, maar met minder overtuiging dan eerst.

'Kan me geen zak schelen. Dit is ons huis, en als het hem niet zint, kan hij oprotten.'

Ik kijk hem half serieus aan. 'Doe niet zo onbeleefd.'

'Dat doe ik niet, maar ik wil je en ik moet je kunnen krijgen wanneer ik maar wil,' zegt hij.

Ik rol met mijn ogen. 'Daar heb ik ook nog iets over te zeggen. Het is immers mijn lijf.' Ik doe net alsof mijn hart niet als een razende bonst en ik niet word gekweld door dat bekende pijnlijke verlangen.

'Ja, natuurlijk, maar ik weet wat er gebeurt als ik dit doe...' Hij steekt zijn hand tussen ons in en laat die onder de tailleband van mijn broek en in mijn slipje verdwijnen. 'Want weet je, ik wist al dat je er klaar voor zou zijn zodra ik over iets anders begon wat je in je mond kon stoppen...'

Ik druk mijn lippen op de zijne om zijn schunnige praat te onderbreken, en hij slokt het gehijg op dat hij opwekt door met zijn vingers heel lichtjes over mijn clitoris te strijken. Hij raakt me amper aan, als een opzettelijke kwelling.

'Alsjeblieft,' zeg ik sissend.

Hij drukt harder en laat een gladde vinger in me verdwijnen. 'Dacht ik al,' zegt hij plagend, zijn vinger op en neer bewegend.

Hij houdt veel te snel op met die beweging en legt me naast zich neer. Voordat ik bezwaar kan maken, gaat hij rechtop zitten, grijpt naar de tailleband van mijn broek – die broek waar hij zo gek op is – en trekt het kledingstuk snel naar beneden. Ik duw mijn heupen omhoog om hem te helpen, en hij trekt ook mijn slipje uit.

Zonder iets te zeggen maakt hij me duidelijk dat ik bij het hoofdeinde moet gaan liggen. Ik schuif op mijn ellebogen naar achteren en laat mijn rug tegen het hoofdeinde rusten. Hij gaat op zijn buik voor me liggen en haakt beide armen rond mijn dijen om ze te spreiden.

Hij lacht zelfgenoegzaam. 'Probeer stil te zijn.'

Ik wil met mijn ogen rollen, maar dan voel ik zijn warme adem – aanvankelijk zacht, maar dan steeds intenser naarmate hij dichterbij komt. Zonder me te waarschuwen laat hij zijn tong over me heen gaan. Ik reik om me heen naar een van de sierkussens, het gele dat Hardin regelmatig als lelijk bestempelt, en druk het tegen mijn gezicht om de kreetjes te smoren die onwillekeurig van mijn lippen rollen nu zijn tong steeds sneller beweegt.

Opeens wordt het kussen van mijn gezicht getrokken. 'Nee, schat, kijk naar me,' beveelt Hardin, en ik knik langzaam. Hij brengt een duim naar zijn lippen, zijn tong glijdt over me heen. Dan legt hij zijn hand weer tussen mijn dijen om mijn allergevoeligste plekje aan te raken. Mijn benen verstijven – zijn aanraking voelt verrukkelijk tegen mijn clitoris, zijn vinger beweegt in trage kringetjes en de vederlichte aanraking van zijn vingertop is als een marteling.

Ik gehoorzaam en kijk op hem neer, zoals hij daar tussen mijn dijen ligt, met zijn slordige haar naar achteren gestreken zodat het in een kuifje boven zijn voorhoofd staat. Een eenzame lok valt naar voren wanneer hij zijn hoofd buigt, maar hij strijkt hem weg. Nu ik zijn mond deels in het echt en deels in mijn verbeelding op me voel, wordt de sensatie alleen maar sterker, en ik weet gewoon dat ik niet stil kan zijn nu de ontlading langzaam dichterbij komt. Ik druk een hand tegen mijn mond, grijp met de andere zijn haar vast en beweeg mijn heupen in de richting van zijn tong. Dit voelt gewoon te lekker.

Ik trek aan zijn haar en voel hem tegen me kreunen, waardoor ik steeds dichter bij...

'Harder,' zegt hij, happend naar adem.

Wát?

Hij reikt naar de hand die ik in zijn haar heb begraven en legt de zijne erop, zodat hij bij de wortels... Hij wil dat ik aan zijn haar trek?

'Doe het,' zegt hij met een verlangende blik, en dan beweegt hij zijn vingers in steeds snellere kringetjes en buigt zijn hoofd om de beweging met zijn tong te herhalen. Ik trek hard aan zijn haar en hij kijkt naar me op. Zijn ogen vallen even dicht. Wanneer hij ze weer opent, zie ik dat ze de fonkelende groene kleur van jade hebben. Zijn blik houdt de mijne gevangen, maar het wordt wazig voor mijn ogen en heel even zie ik niets.

'Kom dan, schatje,' fluistert hij.

Het ontgaat me niet dat zijn hand tussen zijn dijen verdwijnt. Ik houd het niet langer wanneer ik zie dat zijn hand zijn harde pik streelt en hij zichzelf tegelijk met mij tot een orgasme brengt. Ik denk niet dat ik ooit zal wennen aan het gevoel dat hij me geeft. Nu ik zie dat hij zichzelf aanraakt, nu ik zijn warme adem tegen me aan voel, steeds zwaarder...

'Je smaakt zo ontzettend lekker,' zegt hij kreunend. Zijn hand beweegt sneller tussen mijn benen. Ik voel amper dat mijn tanden diep in mijn handpalm dringen terwijl ik blijf genieten van mijn hoogtepunt, nog steeds aan zijn haar trekkend.

Ik knipper met mijn ogen. En dan nog eens, traag.

Wanneer ik weer tot mezelf kom, voel ik dat hij zijn gewicht verplaatst en zijn hoofd op mijn buik legt. Ik doe mijn ogen open en zie dat zijn ogen dicht zijn. Zijn borstkas gaat door zijn oppervlakkige ademhaling snel op en neer.

Ik trek hem aan zijn schouder omhoog en probeer tussen zijn benen te kruipen.

Hij houdt op met bewegen en kijkt me aan. 'Ik, eh... ben al klaar,' zegt hij.

Ik staar hem aan.

'Ik ben al klaargekomen...' Zijn stem klinkt zwaar van vermoeidheid.

'O.'

Hij schenkt me een luie, half dronken glimlach en staat op van het bed. Hij loopt naar de ladekast en haalt een wit sportbroekje uit de onderste la.

'Ik moet natuurlijk wel even douchen en andere kleren aantrekken.' Hij wijst naar het kruis van zijn jeans waar in de donkere stof duidelijk een natte plek te zien is.

'Net als vroeger?' Ik glimlach.

Hij lijkt me aan en glimlacht ook. Hij loopt naar me toe en drukt een zoen op mijn voorhoofd, gevolgd door een zoen op mijn mond. 'Wat fijn dat je het nog kunt,' zegt hij, en dan loopt hij naar de deur.

'Dat jíj het nog kunt,' verbeter ik hem. Hij loopt hoofdschuddend de kamer uit.

Ik pak mijn kleren, die op het voeteneinde liggen, en hoop met heel mijn hart dat mijn vader nog steeds ligt te slapen, of dat hij, mocht hij wel wakker zijn, Hardin op weg naar de badkamer niet tegen het lijf loopt. Een paar tellen later hoor ik de deur van de badkamer dichtvallen en sta ik op om mijn kleren aan te trekken.

Eenmaal aangekleed kijk ik of er een voicemail van Steph is, maar dat is niet zo. Wat ik wel zie, is het envelopje in de hoek van het scherm dat aangeeft dat er een nieuw tekstbericht is. Misschien heeft ze het druk en besloot ze me een berichtje te sturen.

Ik open het en lees: IK MOET JE SPREKEN.

Ik slaak een zucht wanneer ik de naam van de afzender zie staan: ZED.

Ik wis het berichtje en leg mijn telefoon terug op het bureau. Dan krijgt mijn nieuwsgierigheid de overhand en kijk ik of ik Hardins mobieltje ergens zie liggen. Mijn hart begint te bonzen wanneer ik denk aan de vorige keer toen ik in zijn telefoon heb zitten snuffelen. Dat is toen niet goed afgelopen.

Maar ik weet dat hij deze keer niets verborgen houdt. Dat hoeft ook niet. We gaan nu heel anders met elkaar om dan toen. Hij heeft een tattoo voor me laten zetten... Hij wil alleen niet voor mij verhuizen. Ik hoef me nergens zorgen over te maken. Toch?

Omdat ik zijn mobieltje niet op het bureau zie liggen, kijk ik in de la, maar ook daar ligt het niet. Hij heeft het vast meegenomen naar de badkamer. Want dat is helemaal niet raar, of wel?

Ik hoef me nergens zorgen over te maken. Ik ben gewoon gestrest en paranoïde, zeg ik tegen mezelf.

Voordat ik verder in het moeras van zorgen kan wegzinken, breng ik mezelf in herinnering dat ik sowieso niets te zoeken heb in zijn mobieltje en dat ik woedend zou worden als hij dat bij mij deed.

Dat doet hij waarschijnlijk ook. Ik heb hem alleen nog niet betrapt.

De deur van de badkamer gaat open, en ik spring op alsof ik word betrapt bij iets wat niet mag. Hardin beent met ontbloot bovenlijf en op blote voeten naar binnen, slechts gekleed in de sportbroek waaronder de zwarte rand van zijn boxershort zichtbaar is.

'Gaat het?' vraagt hij. Hij wrijft met een witte handdoek over zijn drijfnatte haar. Ik vind zijn haar zo leuk als het nog nat is: dan lijkt het zwart en is het contrast met zijn groene ogen echt verrukkelijk.

'Ja, hoor. Jij hebt ook niet lang gedoucht.' Ik ga op de stoel zitten. 'Ik had je viezer moeten maken,' zeg ik in een poging hem af te leiden van de trilling in mijn stem.

'Ik wilde niet te lang bij je vandaan zijn,' zegt hij zonder veel overtuiging.

Ik glimlach. 'Je hebt zeker trek?'

'Ja,' bekent hij met een geamuseerde grijns. 'Ik heb honger gekregen.'

'Dat dacht ik al.'

'Je vader slaapt nog. Laten we hem hier alleen achter als we een paar dagen weg zijn?'

Opwinding verdrijft al mijn mogelijke zorgen. 'Je gaat toch mee?'

'Ja, ik denk het wel, maar als het echt zo erg wordt als ik vermoed, blijf ik maar een nachtje.'

'Goed,' zeg ik vol begrip, maar vanbinnen juich ik omdat ik weet dat hij niet eerder zal vertrekken. Hij wil gewoon stoer doen.

Hij likt zijn lippen af, waardoor ik moet denken aan zijn hoofd tussen mijn dijen. 'Mag ik je iets vragen?' zeg ik.

Hij kijkt me recht aan en knikt. 'Ja.' Hij gaat op het bed zitten.

'Toen je... Ik bedoel, kwam dat omdat ik aan je haar trok?'

'Wat?' Hij lacht half.

'Vond je het lekker toen ik aan je haar trok?' Ik bloos.

'Ja.'

'O.' Ik word nu vast zo rood als een biet.

'Vind je dat raar? Dat ik dat lekker vond?'

'Nee, ik was gewoon nieuwsgierig,' antwoord ik eerlijk.

'We hebben allemaal bepaalde voorkeuren tijdens seks, en dat vind ik toevallig lekker. Al besef ik dat nu pas.' Hij glimlacht, helemaal niet van zijn stuk gebracht door dit gespreksonderwerp.

'O ja?' Ik vind het een spannend idee dat hij door mij iets nieuws heeft ontdekt.

'Ja,' zegt hij. 'Ik bedoel, er hebben wel vaker meiden aan mijn haar getrokken, maar met jou is het anders.'

'O,' zeg ik voor de zoveelste keer, maar nu voel ik me minder goed.

Mijn reactie ontgaat Hardin, die me met een nieuwsgierige blik in zijn groene ogen aankijkt. 'Is er iets wat jij lekker vindt en wat ik nog niet heb gedaan?'

'Nee, ik vind alles wat jij doet lekker,' zeg ik zacht.

'Ja, dat weet ik, maar is er iets waar je weleens aan hebt gedacht, maar wat we nog niet hebben gedaan?'

Ik schud mijn hoofd.

'Je hoeft je nergens voor te schamen, liefje. Iedereen fantaseert.'

'Ik niet.' Ik geloof althans van niet. Mijn ervaring beperkt zich tot Hardin en tot wat wij hebben gedaan.

'Vast wel,' zegt hij glimlachend. 'We weten het alleen nog niet, maar daar komen we wel achter.'

Ik voel de vlinders in mijn buik, maar weet niet wat ik moet zeggen.

Dan onderbreekt de stem van mijn vader ons gesprek. 'Tessie?'

Gelukkig klinkt het alsof hij nog in de woonkamer zit en niet in de gang staat.

Hardin en ik staan allebei op.

'Ik moet naar de wc,' zeg ik.

Hij knikt, ondeugend grijnzend, en loopt naar mijn vader in de woonkamer.

In de badkamer zie ik Hardins telefoon op de rand van de wastafel liggen.

Ik weet dat ik het niet moet doen, maar ik kan me niet beheersen. Ik zoek meteen naar de lijst met gesprekken, maar die is leeg. Alle details zijn gewist. Er verschijnt helemaal niets op het scherm. Ik probeer het nog eens en zoek dan naar zijn berichten.

Niets. Hij heeft alles gewist.

17

∞

Tessa

Wanneer ik met de telefoon in mijn hand de badkamer uit kom, zitten Hardin en mijn vader allebei aan de keukentafel.

'Ik val van de graat, schatje,' zegt Hardin tegen me.

Mijn vader kijkt me schaapachtig aan. 'Ik heb ook wel trek...' begint hij op onzekere toon.

Ik leg mijn handen op de rugleuning van Hardins stoel en hij legt zijn hoofd in zijn nek, zodat mijn vingers zijn vochtige haar raken. 'Dan stel ik voor dat jullie voor jezelf iets te eten maken,' zeg ik. Ik leg de telefoon voor hem op tafel.

Hij kijkt me volkomen uitdrukkingsloos aan. 'Oké...' Hij staat op en loopt naar de koelkast. 'Heb jij trek?' vraagt hij.

'Ik heb nog wat over van Applebee's.'

'Ben je kwaad omdat ik vandaag met hem ben gaan drinken?' vraagt mijn vader.

Ik kijk hem aan. Ik wist al hoe hij was toen ik hem hier uitnodigde, dus ik zeg op zachtere toon: 'Ik ben niet kwaad, maar ik wil niet dat het een gewoonte wordt.'

'Dat gebeurt niet. En bovendien ga jij toch verhuizen,' brengt hij me in herinnering.

Ik kijk naar de man aan de andere kant van de tafel, die ik nog maar twee dagen ken, en loop zonder antwoord te geven naar de koelkast om het vriesvak open te doen. 'Wat wil je eten?' vraag ik aan Hardin.

Hij kijkt me onderzoekend aan en probeert duidelijk mijn stemming te peilen. 'Kip of zo... We kunnen ook iets bestellen.'

Ik zucht. 'Laten we dat maar doen.' Ik wil niet kortaf doen, maar ik blijf maar denken aan wat er in zijn telefoon kan hebben gestaan en waarom hij dat wilde wissen.

Zodra het besluit om iets te bestellen is genomen, kibbelen Hardin en mijn vader over de vraag of het pizza of chinees moet worden. Hardin heeft trek in pizza en wint uiteindelijk door mijn vader eraan te herinneren wie er betaalt. Mijn vader is helemaal niet beledigd en wuift Hardins opmerkingen lachend weg.

Het is zo raar om die twee samen te zien. Na het vertrek van mijn vader droomde ik vaak wanneer ik mijn vrienden en vriendinnen samen met hun vader zag over een weerzien met de mijne. In mijn gedachten leek hij op de man die ik uit mijn jeugd kende, en zeker niet op een dakloze met een alcoholprobleem. Ik dacht aan hem als een man die 's morgens vroeg met een aktetas vol belangrijke papieren naar zijn auto liep, een beker koffie in zijn hand. Ik had niet gedacht dat hij nog steeds zo zou lijden onder een drankprobleem en niet eens een dak boven zijn hoofd zou hebben. Ik kan me niet eens voorstellen dat mijn moeder en deze man een gesprek kunnen voeren, laat staan dat ze jaren man en vrouw waren.

'Hoe heb je mijn moeder eigenlijk leren kennen?' vraag ik, opeens hardop denkend.

'Op de middelbare school,' antwoordt hij.

Hardin pakt zijn mobieltje en loopt de kamer uit om pizza te bestellen. Of om iemand te bellen wiens nummer hij vervolgens meteen wist.

Ik ga tegenover mijn vader aan de tafel zitten. 'Hoe lang gingen jullie met elkaar voordat jullie trouwden?' vraag ik.

'Twee jaar maar. We zijn jong getrouwd.'

Het voelt ongemakkelijk om zulke vragen te stellen, maar ik weet dat ik van mijn moeder geen antwoorden kan verwachten.

'Waarom?'

'Heeft je moeder je dat nooit verteld?' vraagt hij.

'Nee, we hadden het nooit over je. Ze klapte altijd meteen dicht als ik over jou begon.' Ik zie dat zijn uitdrukking van nieuwsgierig in beschaamd verandert.

'O.'

'Sorry,' zeg ik, al weet ik niet goed waarvoor ik me verontschuldig.

'Nee, ik snap het wel. Ik kan het haar niet kwalijk nemen.' Hij doet even zijn ogen dicht en opent ze dan weer. Hardin komt de keuken in en gaat naast me zitten.

'Om je vraag te beantwoorden: we zijn jong getrouwd omdat ze in verwachting raakte en je grootouders zo de pest aan me hadden dat ze me uit haar buurt probeerden te houden. En dus zijn we snel getrouwd.' Hij glimlacht bij de herinnering.

'Jullie zijn getrouwd om mijn grootouders dwars te zitten?' vraag ik met een glimlach.

Mijn grootouders, mogen ze rusten in vrede, waren een tikje... intens.

Erg intens. Herinneringen uit mijn kindertijd behelzen onder andere een uitbrander tijdens het eten omdat ik het waagde iets te zeggen, en het bevel om mijn schoenen uit te trekken voordat ik bij hen naar binnen liep. Op mijn verjaardag ontving ik een onpersoonlijke kaart met binnenin een obligatie – niet echt het ideale cadeau voor een kind van acht.

Mijn moeder was in feite een kloon van mijn grootmoeder, die haar best deed om even perfect te zijn als haar eigen moeder, of, bedenk ik me opeens, zo perfect als ze zich haar eigen moeder altijd heeft voorgesteld. Mijn moeder kan echter iets minder goed haar kalmte bewaren.

Mijn vader moet lachen. 'Ja, in zekere zin hebben we dat gedaan om hen dwars te zitten, maar je moeder wilde altijd al trouwen. Ze heeft me bijna naar het altaar gesleept.' Hij lacht opnieuw. Hardin kijkt even naar mij en lacht dan mee.

Ik kijk hem boos aan omdat ik gewoon weet dat hij iets gevats wil zeggen over het feit dat ik hem tot een huwelijk dwing.

Ik wend me weer tot mijn vader. 'Wilde jij dan niet trouwen?' vraag ik.

'Ik kan het me niet meer zo goed herinneren. Ik weet nog wel dat ik het doodeng vond om op mijn negentiende vader te worden.'

'En terecht. We zien allemaal wat ervan geworden is,' merkt Hardin op.

Opnieuw kijk ik hem kwaad aan, maar mijn vader rolt slechts met zijn ogen.

'Ik zou het jullie niet meteen aanraden, maar er zijn genoeg jongelui die het aankunnen.' Hij steekt met een verontschuldigend gebaar zijn handen omhoog. 'Daar hoorde ik alleen niet bij.'

'O,' zeg ik. Ik kan me niet voorstellen hoe het is om op deze leeftijd een kind te krijgen.

Hij glimlacht, duidelijk bereid om zo veel mogelijk met me te delen. 'Had je nog meer vragen, Tessie?'

'Nee... Dat was het denk ik wel,' zeg ik. Ik voel me niet helemaal op mijn gemak bij hem, maar tegenover mijn moeder zou ik me helemaal opgelaten voelen.

'Nou, als er nog iets is, zeg je het maar. Vind je het erg als ik voordat de pizza komt nog even een douche neem?'

'Natuurlijk niet. Ga je gang,' zeg ik.

Het voelt alsof hij hier al veel langer is dan twee dagen. Er is zo veel gebeurd sinds ik hem ben tegengekomen: Hardin is van de universiteit gestuurd en toch niet, ik heb Zed op de parkeerplaats gesproken, ik heb met Steph en Molly afgesproken en ontdekt dat Hardin zijn gesprekken wist – het is gewoon te veel. Het voelt alsof er nooit een einde zal komen aan de voortdurend toenemende hoeveelheid problemen in mijn leven.

'Wat is er?' vraagt Hardin zodra mijn vader in de gang is verdwenen.

'Niets.' Ik sta op en kan een paar stappen zetten voordat hij me tegenhoudt door me bij mijn middel te pakken en me naar zich toe te draaien.

'Ik ken je maar al te goed. Vertel eens wat er mis is,' zegt hij zacht, met zijn beide handen rond mijn middel.

Ik kijk hem recht in zijn ogen. 'Jij.'

'Ik... Wát? Vertel,' draagt hij me op.

'Je doet raar. En je hebt je gesprekken en berichten gewist.'

Hij trekt een geërgerd gezicht en knijpt dan met zijn vingers in de brug van zijn neus. 'Wat moet jij trouwens in mijn telefoon?'

'Je gedroeg je zo verdacht en dus...'

'En dus vond je het oké om tussen mijn spullen te snuffelen? Je weet toch dat ik dat niet wil hebben?'

De verontwaardigde uitdrukking op zijn gezicht is zo brutaal en ziet er zo geoefend uit dat mijn bloed begint te koken. 'Ik weet dat ik dat niet moet doen, maar je moet me er ook geen reden toe geven. En als je niets te verbergen hebt, maakt het toch niet uit? Ik zou het helemaal niet erg vinden als je in mijn telefoon keek. Ik heb niets te verbergen.' Ik haal de mijne uit mijn zak en steek hem die toe, maar dan vraag ik me opeens bezorgd af of ik dat laatste berichtje van Zed wel heb gewist. Ik raak in paniek, maar Hardin maakt een gebaar alsof mijn mobieltje een lastige mug is.

'Je zit gewoon excuses te verzinnen omdat je zelf zo gestoord bent.' Zijn woorden doen pijn.

Ik weet niet wat ik moet zeggen. Of nee, ik heb heel veel te zeggen, maar mijn mond kan de woorden niet vormen. Ik duw zijn handen van me af en ren weg. Hij zei dat hij me goed genoeg kende om te weten of er iets mis met me is. Nou, ik ken hem goed genoeg om te weten of ik hem op iets dreig te betrappen of niet. Of het nu om een klein leugentje gaat of om een weddenschap over mijn maagdelijkheid, het patroon is altijd hetzelfde: eerst gedraagt hij zich verdacht, vervolgens wordt hij kwaad en verdedigend als ik het onderwerp aansnijd, en ten slotte haalt hij verbaal naar me uit.

'Blijf hier,' brult hij me achterna.

'Blijf daar,' zeg ik voordat ik in de slaapkamer verdwijn.

Een tel later verschijnt hij echter in de deuropening. 'Ik vind het niet prettig als je aan mijn spullen zit.'

'Ik vind het niet fijn dat ik het gevoel krijg dat ik dat móét doen.'

Hij doet de deur dicht en leunt ertegenaan. 'Dat hoef je ook niet. Ik heb die lijst gewist... Het ging per ongeluk. Je hoeft je er echt niet druk over te maken.'

'Want dat zou "gestoord" zijn?'

Hij slaakt een zucht. 'Dat meende ik niet echt.'

'Dan moet je het ook niet zeggen. Want ik weet niet wat je wel en niet meent.'

'Hou dan op met aan mijn spullen zitten. Want ik weet niet of ik je kan vertrouwen of niet.'

'Het zal wel.' Ik ga aan het bureau zitten.

'Het zal wel,' bauwt hij me na, en hij gaat op het bed zitten.

Ik weet niet of ik hem moet geloven. Aan de ene kant klopt er niets van, maar aan de andere kant weer wel. Misschien heeft hij alles per ongeluk gewist, misschien had hij Steph aan de lijn. De flarden van het gesprek die ik heb opgevangen laten mijn verbeelding op volle toeren draaien, maar ik wil Hardin er niet naar vragen omdat ik niet wil dat hij weet dat ik het heb gehoord. Hij zou me toch niet vertellen waar ze het over hebben gehad.

'Ik wil niet dat we geheimen voor elkaar hebben. Die fase zijn we toch wel voorbij,' breng ik hem in herinnering.

'Dat weet ik, ja. Maar shit, er zijn geen geheimen. Jij doet gewoon idioot.'

'Dat moet je niet zeggen. Je zou beter moeten weten dan een ander zo te noemen.' Ik heb meteen spijt van mijn woorden, maar hij lijkt niet van zijn stuk gebracht.

'Het spijt me, oké? Je bent niet gek.' Hij glimlacht. 'Je kijkt alleen maar in mijn telefoon.'

Ik dwing mezelf ook te glimlachen en probeer mezelf ervan te overtuigen dat hij gelijk heeft en dat ik er inderdaad te veel achter zoek. In het ergste geval houdt hij iets voor me verborgen. Daar kom ik dan uiteindelijk toch wel achter, dus het heeft geen zin om er nu moeilijk over te doen. Tot nu toe ben ik overal achter gekomen.

In gedachten herhaal ik die logica keer op keer totdat ik overtuigd ben.

Mijn vader roept iets vanuit de woonkamer en Hardin zegt: 'Ik denk dat de pizza er is. Je blijft toch niet de hele avond boos op me, hè?'

Maar hij loopt weg zonder dat ik de kans krijg antwoord te geven.

Ik draai mijn stoel om en kijk naar de plek waar ik mijn telefoon heb neergelegd. Nieuwsgierig pak ik het toestel op en inderdaad, er is weer een bericht van Zed. Deze keer neem ik niet de moeite het te lezen.

De volgende dag is mijn laatste dag op het oude kantoor, en ik rijd langzamer dan gewoonlijk naar mijn werk. Ik wil elke straat en elk gebouw onderweg in me opnemen. Deze betaalde stage was een droom die uitkwam. Ik weet dat ik in Seattle ook voor Vance ga werken, maar hier is het allemaal begonnen. Hier is mijn carrière begonnen.

Ik loop de lift uit en zie Kimberly aan haar bureau zitten, omringd door grote stapels bruine dozen.

'Goedemorgen!' zegt ze opgewekt.

'Goedemorgen.' Ik slaag er niet in om even vrolijk te klinken. Ik klink eerder nerveus en niet op mijn gemak.

'Klaar voor je laatste week hier?' vraagt ze terwijl ik een klein plastic bekertje met koffie vul.

'Ja, of eigenlijk mijn laatste dag. Ik heb de rest van de week vrij omdat ik een paar dagen wegga,' breng ik haar in herinnering.

'O ja, dat was ik bijna vergeten. Wauw! Je laatste dag! Ik had een kaart of zo voor je moeten halen.' Ze glimlacht. 'Aan de andere kant, die kan ik ook volgende week op het nieuwe kantoor aan je geven.'

Ik moet lachen. 'Ben jij er klaar voor? Wanneer vertrekken jullie?'

'Op vrijdag. Ons nieuwe huis is al helemaal ingericht.'

Ik twijfel er niet aan dat het nieuwe huis van Kimberly en Christian erg mooi is, groot en modern, net zoals hun huidige huis. Kimberly's verlovingsring fonkelt in het licht, en zonder het te willen moet ik er elke keer weer naar kijken.

'Ik wacht nog steeds totdat die vrouw van dat appartement me terugbelt,' zeg ik.

Ze draait zich naar me om. 'Wat? Heb je nog geen onderdak gevonden?'

'Jawel, en ik heb haar alle gegevens al gestuurd. We moeten alleen de details van het huurcontract nog doornemen.'

'Je hebt nog maar zes dagen.' Kimberly trekt een verontrust gezicht.

'Dat weet ik, en ik heb alles onder controle,' verzeker ik haar en ik hoop dat het waar is.

Een paar maanden geleden zou ik alles nog tot in detail hebben gepland, maar ik ben de laatste tijd zo gestrest dat ik me niet kan concentreren, ook niet op mijn verhuizing naar Seattle.

'Goed, maar laat het me weten als ik iets voor je kan doen,' biedt ze aan voordat ze haar aandacht richt op de rinkelende telefoon op haar bureau.

Op mijn werkkamer staan een paar lege dozen op de vloer. Ik heb zo weinig persoonlijke bezittingen dat inpakken niet lang hoeft te duren, en twintig minuten later plak ik net de laatste doos dicht wanneer er op de deur wordt geklopt. 'Kom binnen,' zeg ik luid.

Heel even vraag ik me af of het Hardin is, maar als ik me omdraai, zie ik Trevor in de deuropening staan, gekleed in een lichte jeans en een effen wit T-shirt. Ik ben er zo aan gewend hem in een net pak te zien dat ik altijd even van mijn stuk ben gebracht wanneer ik hem in vrijetijdskleding zie.

'Klaar voor de grote verhuizing?' vraagt hij wanneer ik een doos probeer op te tillen die ik veel te vol heb ingepakt.

'Bijna. En jij?'

Hij loopt naar me toe, neemt de doos van me over en zet die op het bureau.

'Dank je.' Glimlachend veeg ik mijn handen af aan mijn groene jurk.

'Ik ben er klaar voor. Zodra we hier klaar zijn, vertrek ik.'

'Dat is fantastisch. Ik weet dat je al sinds ons laatste bezoek aan Seattle uitkijkt naar de verhuizing.'

Ik voel dat ik begin te blozen en zie dat voor hem hetzelfde geldt. Tijdens ons laatste bezoek aan Seattle nam Trevor me mee uit eten, waarna ik zijn kus weigerde en Hardin hem bedreigde en duwde. Ik heb geen idee waarom ik nu over die stad begon.

Hij kijkt me aan met een blik die niets verraadt. 'Dat was een interessant weekend. En ik weet dat jij er ook zin in hebt. Je wilde altijd al in Seattle wonen.'

'Ja, ik kan niet wachten.'

Trevor kijkt om zich heen. 'Ik weet dat het mijn zaken niet zijn, maar gaat Hardin met je mee?'

‘Nee.’ Mijn mond geeft al antwoord voordat mijn verstand de vraag heeft verwerkt. ‘Of nou, ik weet het nog niet. Hij zegt dat hij dat niet wil, maar ik hoop dat hij van gedachten verandert...’ Ik blijf ratelen en praat veel te snel, en Trevor lijkt niet helemaal op zijn gemak en propt zijn handen in zijn zakken voordat hij me ten slotte onderbreekt.

‘Waarom wil hij niet mee?’

‘Dat weet ik ook niet, maar ik hoop dat hij toch gaat.’ Ik slaak een zucht en ga op mijn leren bureaustoel zitten.

Trevors blauwe ogen kijken me recht aan. ‘Hij is gek als hij dat niet doet.’

‘Hij is sowieso gek.’ Ik probeer de toenemende spanning in de kamer weg te lachen.

Hij lacht ook en schudt zijn hoofd. ‘Nou, ik kan maar beter voortmaken, dan kan ik dadelijk vertrekken. Maar ik zie jou zeker in Seattle.’

Met een glimlach verlaat hij mijn kamer, maar ik voel me om de een of andere reden schuldig. Ik pak mijn telefoon en stuur Hardin een berichtje om hem te laten weten dat Trevor even met me is komen babbelen. Voor de verandering vind ik Hardins jaloezie nu eens aantrekkelijk. Misschien wordt hij nu zo jaloers op Trevor dat hij alsnog besluit om naar Seattle te verhuizen. Het lijkt me onwaarschijnlijk, maar ik klamp me toch vast aan de ijdele hoop dat hij wellicht van gedachten verandert. De klok tikt door; zes dagen is niet veel tijd om een verhuizing te plannen, al zal het, gezien Kens functie, voor Hardin niet moeilijk zijn om over te stappen naar een andere universiteit.

Zes dagen is voor mij ook niet veel, maar ik ben klaar voor Seattle. Ik moet wel. Dit is mijn toekomst, die ik niet om Hardin heen kan plannen als hij weigert water bij de wijn te doen. Ik heb hem een redelijk voorstel gedaan: we verhuizen eerst samen naar Seattle, en als dat niet gaat, kunnen we altijd nog naar Engeland verhuizen. Maar hij wilde er niet eens over nadenken, hij wees het meteen af. Ik hoop dat hij tijdens de korte vakantie met zijn familie zal inzien dat hij samen met mij, Landon, Ken en Karen nieuwe dingen kan proberen en dat het echt niet zo ingewikkeld is om iets leuks en positiefs te doen.

Aan de andere kant, het gaat hier wel om Hardin. En bij hem gaat niets gemakkelijk.

Het gerinkel van de telefoon op mijn bureau doet me opschrikken uit mijn gespannen gepieker over Seattle. ‘Je hebt bezoek,’ zegt Kimberly in mijn oor, en mijn hart springt op bij de gedachte aan een weerzien met Hardin.

We hebben elkaar een paar uur geleden nog gezien, maar ik mis hem nu al, zoals altijd. 'Stuur Hardin maar door. Het verbaast me dat hij jou eerst liet bellen,' zeg ik.

Kimberly klakt met haar tong. 'Eh, het is Hardin niet.'

Heeft Hardin soms mijn vader hiernaartoe gebracht? 'Is het een man met een baard?'

'Nee... een jongeman... van Hardins leeftijd,' fluistert ze bijna.

'Met blauwe plekken op zijn gezicht?' vraag ik, hoewel ik het antwoord al weet.

'Ja. Moet ik hem wegsturen?'

Ik wil haar niet dwingen om Zed weg te sturen, die bovendien niets verkeerd heeft gedaan – behalve Hardin negeren toen die zei dat hij uit mijn buurt moest blijven. 'Nee, het is goed. Hij is een vriend van me. Stuur hem maar door.'

Wat moet hij hier? Ik heb niet op zijn bericht geantwoord, maar wat kan er zo dringend zijn dat hij er een rit van bijna drie kwartier voor over heeft?

Ik hang op en vraag me even af of ik Hardin moet laten weten dat Zed er is, maar dan gooi ik mijn telefoon in mijn bureaula en schuif die dicht. Zo'n beetje het laatste wat ik wil, is Hardin die op hoge poten hiernaartoe komt. Dan zal hij zijn woede niet kunnen beheersen en de laatste dag op mijn werk verpesten door een scène te schoppen.

En het laatste wat ik wil, is dat hij weer wordt gearresteerd.

18

∞

Tessa

Ik doe de deur van mijn kamer open en zie Zed als een engel des doods op de gang staan. Hij is gekleed in een rood met zwart geruite trui, donkere jeans en gympen. Zijn gezicht is nog steeds opgezwollen, maar de bloeduitstortingen rond zijn ogen en neus zijn niet langer donkerpaars, maar groenig blauw.

'Hoi... Sorry dat ik zomaar kom binnenvallen,' zegt hij.

'Is er iets mis?' vraag ik. Ik loop terug naar mijn bureau.

Hij blijft even ongemakkelijk in de deuropening staan en loopt dan naar binnen. 'Nee. Of nou, eigenlijk wel. Ik probeer je al sinds gisteren te pakken te krijgen, maar je beantwoordt mijn berichten niet.'

'Dat weet ik. Hardin en ik hebben nu al zo veel aan ons hoofd dat ik me geen nieuwe problemen op de hals wil halen, en hij wil niet meer dat ik met jou praat.'

'Je laat hem bepalen met wie je wel en niet mag praten?' Zed gaat in de stoel voor mijn bureau zitten, en ik neem erachter plaats. Hierdoor lijkt ons gesprek opeens heel officieel en veel serieuzer. Het voelt niet ongemakkelijk, maar wel heel formeel.

Ik kijk uit het raam voordat ik antwoord geef. 'Nee, dat is het niet. Ik weet dat hij erg dominant kan zijn en de zaken soms verkeerd aanpakt, maar het is niet zijn schuld dat ik geen vrienden meer met je wil zijn. Ik zou ook niet willen dat hij tijd doorbracht met iemand voor wie hij bepaalde gevoelens koestert.' Ik zie dat Zed zijn ogen openspert.

'Wat zei je?'

Verdorie. 'Niks, ik bedoelde gewoon...' De spanning stijgt en ik voel de muren op me afkomen. Waarom zei ik dat? Niet dat het niet waar is, maar het zal de situatie niet veel beter maken.

'Je koestert gevoelens voor me?' Bij elke lettergreep lichten zijn ogen verder op.

'Nee... Nou, eerst wel. Ik weet het niet,' zeg ik onsamenhangend. Ik kan mezelf wel slaan omdat ik zonder nadenken heb gesproken.

'Het is niet erg als het niet zo is, maar je hoeft er niet over te liegen.'

'Ik lieg niet. Ik heb inderdaad iets voor je gevoeld. Misschien nog steeds, ik weet het niet. Het is allemaal erg verwarrend. Jij zegt altijd de juiste dingen en je bent er altijd voor me. Dan is het niet vreemd om zulke gevoelens te ontwikkelen. Ik heb je al eerder verteld dat ik om je geef, maar we weten allebei dat het zinloos is.'

'Waarom?' vraagt hij. Ik weet niet hoe vaak ik hem nog moet afwijzen voordat hij begrijpt wat ik bedoel.

'Omdat er geen toekomst voor ons is. Ik kan niet met je samen zijn. En ook niet met een ander. Alleen met hem.'

'Dat zeg je alleen maar omdat hij je gevangenhoudt.'

Ik probeer de woede te onderdrukken die langzaam in me opkomt nu ik hem zo over Hardin hoor praten. Het is zijn goed recht om een hekel aan Hardin te hebben, maar ik vind het niet prettig dat hij insinueert dat ik geen vrije wil heb of machteloos ben wanneer het om mijn eigen relatie gaat.

'Nee, dat zeg ik omdat ik van hem hou. Ik ben liever niet bot tegen je, maar ik kan niet anders. Ik wil je niet onnodig aan het lijntje houden. Ik weet dat je niet snapt waarom ik ondanks alles bij hem blijf, maar ik hou heel erg veel van hem en hij houdt me niet gevangen. Ik wil met hem samen zijn.'

Dat is waar. Alles wat ik tegen Zed zeg, is waar. Of Hardin nu wel of niet meegaat naar Seattle, we blijven bij elkaar. We kunnen skypen en in het weekend afspreken totdat hij naar Engeland vertrekt. Hopelijk wil hij tegen die tijd geen afscheid meer nemen.

Misschien zal Hardin door de afstand aardiger worden, en minder bot. Misschien kan ik hem dan overhalen bij me te komen wonen. Het verleden heeft me geleerd dat we slecht bij elkaar uit de buurt kunnen blijven en altijd weer naar elkaar toe trekken, of we nu willen of niet. Ik kan me amper een tijd herinneren waarin mijn leven niet om deze man draaide. Ik kan me geen bestaan zonder hem voorstellen, hoe vaak ik dat ook probeer.

'Ik geloof niet dat hij je de kans geeft om na te denken over wat je wilt of wat goed voor je is,' zegt Zed vol overtuiging, al beeft zijn stem. 'Hij geeft alleen om zichzelf.'

'Je hebt het mis. Ik weet dat jullie ruzie hebben...'

'Nee, daar weet je helemaal niets van,' zegt hij snel. 'Als dat wel zo was...'

'Hij houdt van mij en ik van hem,' onderbreek ik hem. 'Het spijt me dat je erbij betrokken bent geraakt. Het spijt me heel erg. Ik heb je nooit pijn willen doen.'

Hij fronst. 'Dat zeg je telkens weer, en toch gebeurt het.'

Ik vind confrontaties vreselijk, zeker wanneer het iemand betreft om wie ik geef, maar als ik nu geen open kaart speel, zullen Zed en ik nooit een streep kunnen zetten onder deze... Hoe moet ik het noemen? Situatie? Misverstanden? Slechte timing?

Ik kijk Zed aan, in de hoop dat hij aan mijn ogen kan zien dat ik het meen. 'Het was niet mijn bedoeling. Het spijt me.'

'Je hoeft niet voortdurend sorry te zeggen. Ik wist dit al toen ik besloot hiernaartoe te komen. Je hebt me buiten voor het bestuursgebouw duidelijk gemaakt hoe je je voelt.'

'Waarom ben je dan gekomen?' vraag ik zacht.

'Omdat ik je wilde spreken.' Hij kijkt om zich heen en dan weer naar mij. 'Laat maar. Ik weet niet eens waarom ik ben gekomen.' Hij zucht.

'Zeker weten? Een paar minuten geleden leek je nog vrij zeker van je zaak.'

'Nee, het heeft geen zin, zoals je al zei. Het spijt me dat ik ben gekomen.'

'Het geeft niet, je hoeft je niet te verontschuldigen,' zeg ik.

Dat blijven we allebei zeggen, denk ik.

Hij wijst naar de dozen op de vloer. 'Dus je gaat wel?'

'Ja, ik ben bijna klaar voor vertrek.'

De spanning is inmiddels tastbaar, en we lijken geen van beiden te weten wat we moeten zeggen. Zed staart door het raam naar de grijze lucht en ik staar naar het tapijt achter hem.

Ten slotte staat hij op en zegt hij, hoewel ik hem amper kan verstaan omdat hij zo verdrietig klinkt: 'Dan ga ik maar. Sorry dat ik ben gekomen. Veel succes in Seattle, Tessa.'

Ik sta ook op. 'Sorry voor alles. Ik wou dat het anders had kunnen zijn.'

'Ik ook. Meer dan je kunt weten,' zegt hij.

Ik heb zo met hem te doen. Hij is altijd zo lief voor me geweest, maar ik heb hem alleen maar aan het lijntje gehouden en afgewezen.

'Weet je al of je aangifte gaat doen of niet?' Dit is niet het juiste moment, maar ik denk niet dat we ooit nog contact zullen hebben.

'Nee, dat ga ik niet doen. Ik ben er helemaal klaar mee en heb geen zin het nog langer voort te laten slepen. En bovendien heb ik al eerder, toen je tegen me zei dat je me nooit meer wilde zien als ik wel aangifte deed, gezegd dat ik het niet zou doen.'

Opeens vermoed ik dat ik in huilen zal uitbarsten als Zed op een bepaalde manier naar me kijkt. 'Ja,' zeg ik zacht. Ik voel me net Estella in *Great Expectations* die zo met de gevoelens van Pip speelt. Nu staat mijn eigen Pip voor me en kijkt me met zijn karamelkleurige ogen aan. En dit is een rol die ik niet echt wil spelen.

'Het spijt me echt, van alles. Ik wilde dat we vrienden konden zijn,' zeg ik.

'Ik ook, maar jij mag geen vrienden hebben.' Hij strijkt zijn vingers over zijn onderlip en knijpt er even in.

Ik besluit zijn opmerking te negeren, want dit gaat niet over wat ik wel of niet 'mag', maar ik neem me wel voor dit met Hardin te bespreken. Hij moet weten dat ik het vervelend vind dat anderen denken dat hij me van alles verbiedt.

Als op bevel gaat het mobieltje op mijn bureau en wordt de stilte tussen mij en Zed verbroken. Ik steek mijn vinger op om aan te geven dat hij moet wachten en neem op.

'Tessa,' hoor ik Hardins ruwe stem zeggen. *Shit.*

'Hoi,' zeg ik met bevende stem.

'Gaat het?'

'Ja, hoor.'

'Zo klinkt het niet,' zegt hij. *Waarom kent hij me zo goed?*

'Het gaat prima,' verzeker ik hem. 'Ik ben alleen wat afgeleid.'

'Oké. Hoor eens, ik wil even weten wat ik met je vader moet beginnen. Ik heb je al een bericht gestuurd, maar je antwoordde niet. Ik heb nog van alles te doen en weet niet of ik hem hier kan achterlaten.'

Ik kijk even naar Zed. Hij is voor het raam gaan staan en kijkt me niet aan. 'Ik weet het niet. Kun je hem niet meenemen?' Mijn hart bonst.

'God, nee zeg.'

'Laat hem dan maar thuis.' Ik wil een einde aan dit gesprek maken. Ik ga Hardin vertellen dat Zed langs is gekomen, maar ik weet dat hij uit zijn vel zal springen als hij hoort dat Zed nu bij me is.

'Goed. Dan los jij het maar op als je weer thuis bent.'

'Oké. Nou, dan zie ik je daar wel...'

Opeens schalt er muziek door mijn kamer, en het duurt even voordat ik besef dat het Zeds telefoon is. Hij steekt zijn hand in zijn zak en zet het toestel uit, maar het is Hardin niet ontgaan.

'Wie is dat? Wiens telefoon is dat?' wil hij weten.

Ik krijg het ijskoud, maar dan denk ik er even over na. Ik zou niet bang of nerveus moeten worden omdat Hardin ontdekt dat Zed hier is. Ik heb niets verkeerd gedaan. Zed is hier en hij gaat zo weer weg. Hardin ergert zich al als Trevor komt buurten, en dat terwijl een collega elk moment langs moet kunnen komen.

'Dat is toch verdomme niet Trevor?'

'Nee, het is Trevor niet. Het is Zed.' Ik houd mijn adem in.

Er valt een stilte. Ik moet op mijn scherm kijken om er zeker van te zijn dat de verbinding niet is verbroken.

'Hardin?'

'Ja.' Hij ademt moeizaam uit.

'Heb je me verstaan?'

'Ja, Tessa, dat heb ik.'

Goed, waarom staat hij dan niet tegen me te schreeuwen en dreigt hij niet om Zed te vermoorden?

'Oké...'

'Dank je, ik zie je thuis wel.' Hardin hangt op.

Ik leg enigszins verwonderd de hoorn op de haak. Zed draait zich naar me om en zegt: 'Sorry, ik weet dat hij kwaad op je zal worden.'

'Nee, dat wordt hij niet. Het is oké,' zeg ik, hoewel dat een leugen is. Maar het klinkt goed. Hardins reactie heeft me van mijn stuk gebracht. Ik had nooit gedacht dat hij zo kalm zou blijven en had juist verwacht dat hij meteen hiernaartoe zou komen. Hopelijk doet hij dat niet alsnog.

Zed loopt opnieuw naar de deur. 'Goed. Nou, dan ga ik maar.'

'Zed, bedankt voor je komst. Ik denk niet dat ik je voor mijn vertrek nog een keer zie.'

Hij draait zich om. Ik zie een emotie vonken in zijn ogen, maar die verdwijnt voordat ik kan bepalen wat ik zag. 'Ik wil niet beweren dat mijn leven eenvoudiger is geworden sinds ik jou heb leren kennen, maar ik zou het niet anders willen. Ik zou het zo weer doen; de ruzies met Hardin, de vrienden die ik ben kwijtgeraakt, alles. Ik zou het weer doen, voor jou,' zegt hij. 'Dat is echt iets voor mij: een meisje leren kennen dat haar hart al aan een ander heeft verpand.'

Zoals altijd raken zijn woorden me. Hij is steevast eerlijk, en dat kan ik waarderen.

'Dag, Tessa,' zegt hij.

Zijn woorden zijn veel meer dan een simpel afscheid, maar ik mag er niet te veel in horen. Als ik iets verkeerds zeg, of als ik überhaupt iets zeg, zal ik weer de verkeerde indruk bij hem wekken.

'Dag, Zed.' Ik glimlach aarzelend, en hij zet een stap in mijn richting.

Heel even raak ik in paniek omdat ik denk dat hij me wil kussen, maar dat is niet zo. Hij slaat zijn armen om me heen, in een sterke, maar korte omhelzing, en drukt een lichte zoen op mijn voorhoofd. Daarna stapt hij meteen naar achteren en grijpt naar de deurknop, bijna alsof hij steun zoekt.

'Wees voorzichtig, oké?' Hij doet de deur open.

'Ja. Maar Seattle valt best mee.' Ik glimlach. Het voelt alsof ik ergens een streep onder heb gezet en hij het nu kan afsluiten.

Hij fronst even en draait zich om, klaar om weg te lopen. Wanneer hij de deur achter zich dichtdoet, hoor ik hem zachtjes zeggen: 'Ik had het niet over Seattle.'

19

∞

Tessa

Zodra de deur dichtvalt en Zed – voorgoed – is verdwenen, doe ik mijn ogen dicht en laat ik mijn hoofd tegen de rugleuning van de stoel rusten. Ik weet niet wat ik voel. Mijn emoties wervelen als een wolk vol verwarring om me heen. Aan de ene kant ben ik opgelucht omdat er nu een einde is gekomen aan de spanning tussen Zed en mij, maar aan de andere kant voelt het ook alsof ik iets heb verloren. Zed was de enige van Hardins zogenaamde vrienden die er altijd voor me is geweest, en het is een vreemde gedachte dat ik hem nooit meer zal zien. Zonder dat ik het wil, rollen de hete tranen over mijn wangen, maar ik probeer me te beheersen. Ik mag hier niet om huilen. Ik moet blij zijn dat ik het boek Zed eindelijk kan sluiten en kan wegstoppen op een plek waar het stof kan vergaren omdat ik het nooit meer zal openslaan.

Het is niet zo dat ik met hem samen wil zijn of van hem houd. Ik zou hem nooit verkiezen boven Hardin. Maar ik geef om hem en wens dat het anders had kunnen lopen. Ik wilde dat we onze relatie puur platonisch hadden kunnen houden. Misschien had ik hem dan niet zo rigoureus uit mijn leven hoeven bannen.

Ik weet niet waarom hij hiernaartoe kwam, maar ik ben blij dat hij is vertrokken voordat hij iets ging zeggen wat mij aan het twijfelen kon brengen of Hardin kon kwetsen.

De telefoon op mijn bureau gaat. Ik schraap mijn keel voordat ik opneem, maar mijn 'Hallo' klinkt desalniettemin behoorlijk zielig.

Hardins stem is helder en duidelijk. 'Is hij er nog?'

'Nee.'

'Zit je te huilen?'

'Ik heb gewoon...' begon ik.

'Wát?' dringt hij aan.

'Ik weet het niet. Ik ben blij dat het voorbij is.' Ik veeg opnieuw mijn ogen af.

Hij slaakt een zucht aan zijn kant van de lijn en verbaast me dan door 'Ik ook' te zeggen.

De tranen stromen niet langer, maar mijn stem klinkt verschrikkelijk. 'Dank je.' Ik val even stil. 'Omdat je zo begripvol bent.'

Dat ging veel beter dan ik had verwacht, maar ik weet niet of ik opgelucht of enigszins bezorgd moet zijn. Ik besluit voor opgelucht te kiezen en breng mijn laatste uren bij Vance zo rustig mogelijk door.

Rond een uur of drie komt Kimberly even bij me kijken. Achter haar staat een meisje dat ik nog nooit eerder op kantoor heb gezien.

'Tessa, dit is Amy, mijn vervangster,' zijn de woorden waarmee Kimberly het stille maar erg knappe meisje voorstelt.

Ik sta op van de plek waar ik net heb zitten lezen en probeer Amy met een vriendelijke glimlach op haar gemak te stellen. 'Hoi, Amy. Ik ben Tessa. Je zult het hier heel erg naar je zin hebben.'

'Dank je! Ik vind het nu al erg leuk,' zegt ze opgewonden.

Kim lacht. 'Nou, ik doe wel alsof ik haar een rondleiding door het gebouw geef, maar ik wilde eigenlijk even komen kletsen.'

'Het is wel duidelijk dat je haar aan het klaarstomen bent als je opvolgster,' zegt ik plagend.

'Hé, het heeft zo zijn voordelen om de verloofde van de baas te zijn,' grapt Kim terug.

Achter haar schiet Amy in de lach, en dan neemt Kimberly haar mee een volgende gang in. Mijn laatste dag hier is eindelijk voorbij, maar ik wilde dat de tijd langzamer ging. Ik zal dit kantoor missen en zie er een beetje tegen op om naar huis en naar Hardin te gaan.

Ik kijk nog één keer om me heen. Mijn blik valt als eerste op het bureau en mijn buikspieren spannen zich wanneer ik word overvallen door herinneringen aan mij en Hardin op dat bureau. Het lijkt zo extreem: seks hebben op kantoor, waar elk moment iemand binnen kan komen. Ik was zo afgeleid door Hardin dat ik nergens anders meer aan kon denken... en dat lijkt in mijn dagelijks leven een vast patroon te zijn.

Op weg naar huis loop ik nog even bij Conner's binnen voor een paar boodschappen. Ik koop net genoeg voor het eten van vanavond; morgenochtend vertrekken we immers, en we blijven een paar dagen weg. Ik ben opgewonden en nerveus tegelijk. Ik hoop dat Hardin tijdens een uitstapje van twee dagen met zijn familie zijn woede onder controle weet te houden, maar omdat de kans daarop klein is, hoop ik maar dat de boot zo groot is dat we alle vijf wat ruimte voor onszelf hebben.

Eenmaal thuis steek ik mijn sleutel in het slot, duw de voordeur met mijn voet open en til de boodschappentassen naar binnen. Het is een bende in de woonkamer. De salontafel ligt bezaaid met wikkels en lege waterflesjes. Mijn vader en Hardin zitten ieder aan een uiteinde van de bank.

'Hoe ging het vandaag, Tessie?' vraagt mijn vader. Hij steekt zijn nek uit om me aan te kunnen kijken.

'Goed. Het was mijn laatste dag op dat kantoor,' zeg ik, hoewel hij dat al weet. Ik begin de rommel van de tafel en de vloer op te rapen.

'Ik ben blij dat je een goede dag hebt gehad,' zegt mijn vader.

Ik kijk naar Hardin, maar hij ontwijkt mijn blik en blijft naar de tv staren.

'Ik ga eten koken en een douche nemen,' meld ik, en mijn vader loopt achter me aan naar de keuken.

Hij kijkt vol belangstelling toe terwijl ik de tassen uitpak en het bakje gehakt en de doos tacoschelpen op het aanrecht zet. Ten slotte zegt hij: 'Een van mijn vrienden kan me later vanavond ophalen, als je dat goed vindt. Ik weet dat jullie vanaf morgen een paar dagen weg zijn.'

'Dat is goed. We kunnen je ook morgenochtend afzetten, als dat beter uitkomt,' bied ik aan.

'Nee, dat hoeft niet. Je hebt al zo veel voor me gedaan. Je hoeft alleen maar te beloven dat je het me laat weten als je weer terug bent.'

'Oké... maar hoe kan ik je bereiken?'

Hij wrijft in zijn nek. 'Gewoon rondrijden op Lamar? Meestal hang ik daar ergens rond.'

'Goed, dan doe ik dat.'

'Dan bel ik nu mijn vriend om te zeggen dat hij me kan komen halen.' Hij loopt de keuken uit.

Ik hoor Hardin plagend tegen mijn vader zeggen dat hij alle telefoonnummers wel uit zijn hoofd moet leren omdat hij geen mobieltje heeft en rol met mijn ogen wanneer mijn vader begint over 'vroeger, toen er nog helemaal geen mobieltjes waren'.

Taco's met gehakt is een simpel recept waar je niet echt je aandacht bij hoeft te houden. Ik zou willen dat Hardin naar de keuken kwam om me gezelschap te houden, maar het is waarschijnlijk beter als hij bij mijn vader blijft totdat die wordt opgehaald. Ik dek de tafel en roep hen allebei. Hardin komt als eerste binnen en kijkt me amper aan, gevolgd door mijn vader.

Mijn vader gaat zitten en zegt: 'Chad komt zo. Ik wil jullie nogmaals bedanken dat ik hier mocht slapen. Dat was heel erg aardig.' Hij kijkt van Hardin naar mij. 'Heel erg bedankt, Tessie, H-bom,' voegt hij eraan toe. Uit de blik van Hardin kan ik opmaken dat die bijnaam een grapje tussen hen is.

'Graag gedaan,' zeg ik.

'Ik ben zo blij dat we elkaar weer hebben gevonden,' zegt hij. Hij begint met smaak te eten.

'Ik ook...' Ik glimlach, nog steeds niet helemaal in staat om te geloven dat deze man mijn vader is. De man die ik negen jaar lang niet heb gezien en aan wie ik zo'n hekel had gekregen, zit nu in mijn keuken samen met mij en mijn vriend te eten.

Ik kijk even naar Hardin, in de verwachting dat hij een botte opmerking zal maken, maar hij eet zonder iets te zeggen door. Zijn zwijgen drijft me tot waanzin. Zei hij maar iets... het maakt niet uit wat.

Soms is zijn zwijgzaamheid erger dan zijn geschreeuw.

20

∞

Hardin

Na het eten zegt Tessa haar vader een tikje stijfjes voor de laatste keer gedag en gaat dan douchen. Ik was van plan samen met haar een douche te nemen, maar het duurt akelig lang voordat die vriend van Richard hem komt ophalen.

'Komt hij vandaag nog of...' begin ik.

Richard knikt wel twintig keer, maar kijkt dan enigszins bezorgd naar buiten. 'Hij zei dat hij zo zou komen. Misschien is hij verdwaald of zo.'

'Ja, dat zal wel,' zeg ik.

Hij glimlacht. 'Ga je me missen?'

'Zover wil ik niet gaan.'

'Nou, misschien kan ik een baan vinden en jullie in Seattle komen opzoeken.'

'We gaan geen van beiden naar Seattle.'

Hij kijkt me onderzoekend aan. 'Ja, dat zal wel,' zegt hij op zijn beurt.

Ons irritante gesprek wordt onderbroken door een klop op de deur. Hij doet open en ik sta op. Wie weet moet ik hem een zetje naar buiten geven.

'Bedankt dat je me kunt komen halen,' zegt Tessa's vader tegen zijn vriend, die in de deuropening blijft staan maar wel naar binnen kijkt. Hij is lang en heeft zwart haar dat hij in een vieze, vettige paardenstaart draagt. Zijn wangen zijn ingevallen, zijn kleren versleten, en de nagels van zijn vieze, magere handen zien zwart van het vuil.

Jezus.

'Dit is het huis van je dochter?' vraagt hij. Ik hoor een zeker ontzag in de schorre stem die bij zijn verschijning past.

Die vent is geen alcoholist.

'Ja. Niet verkeerd, hè? Ik ben zo trots op haar.' Richard glimlacht.

De andere vent klopt hem op zijn schouder en knikt instemmend. 'En wie is dat?' vraagt hij.

Ze kijken allebei naar mij. Richard glimlacht. 'O, die daar? Dat is Hardin, Tessies vriendje.'

'Oké. Ik ben Chad,' zegt hij op een toon alsof hij een plaatselijke beroemdheid is die ik wel moet kennen.

Nee, geen alcoholist. Veel erger.

'Oké,' zeg ik. Ik kijk naar zijn ogen terwijl ze door de woonkamer lopen, blij dat Tessa onder de douche staat en haar de kennismaking met deze griezel bespaard blijft.

Maar dan hoor ik de deur van de badkamer opengaan en vloek ik in mezelf. Te vroeg gejuicht. Chad stroopt de lange mouwen van zijn overhemd op om aan zijn armen te kunnen krabben. Heel even voel ik me net Tessa omdat ik opeens de neiging krijg alles grondig schoon te maken.

'Hardin?' klinkt haar stem door de gang.

'Jullie kunnen maar beter gaan,' zeg ik zo dreigend mogelijk tegen het sjofele tweetal.

'Ik wil haar wel leren kennen,' zegt Chad met een onheilspellende twinkeling in zijn ogen. Ik moet me tot het uiterste beheersen om te voorkomen dat ik dit gratenpakhuis de gang door sleep en uit het raam naar buiten smijt.

'Nee. Dat wil je niet.'

Richard kijkt me aan. 'Goed... goed... we gaan al.' Hij leidt zijn vriend naar buiten. 'Tot ziens, Hardin, en nogmaals bedankt. Blijf weg uit de bajes.' En na een zelfgenoegzaam lachje om die laatste opmerking loopt hij onze woning uit.

'Hardin?' roept Tessa opnieuw. Ze komt de woonkamer in.

'Ze zijn net weg.'

'Wat is er mis?' vraagt ze.

'Wat er mis is? Nou, eens kijken. Zed kwam langs op je werk en die zatlap van een vader van je heeft net een of andere griezel ons huis laten zien.' Ik zwijg even en voeg er dan aan toe: 'Weet je zeker dat je vader alleen maar drinkt?'

'Hoe bedoel je?' Haar T-shirt – of nou ja, mijn T-shirt – glijdt van haar schouder. Ze trekt het omhoog en gaat op de bank zitten. 'Hoe bedoel je, of hij alleen maar drinkt?'

Ik kijk haar aan. Ik sta niet bepaald te springen om haar te vertellen dat haar vader misschien aan meer dan alcohol verslaafd is. Hij ziet er niet zo slecht uit als die lul die hem zo-even kwam ophalen, maar ik heb er geen goed gevoel bij.

'Ik weet het niet,' zeg ik. 'Laat maar. Ik zat hardop te denken.'

'Oké...' antwoordt ze zacht.

Ik ken haar goed genoeg om te weten dat ze zich niet eens heeft afgevraagd of haar vader misschien aan de drugs is en dat ze uit mijn opmerking zeker niet zal opmaken dat ik dat wel denk.

'Ben je boos op me?' vraagt ze zacht en veel te timide.

Ik weet dat ze verwacht dat ik elk moment kan ontploffen en heb om die reden een gesprek vermeden. 'Nee.'

'Zeker weten?' Ze kijkt me met die grote prachtige ogen aan, me smekend om iets te zeggen.

Haar trucje werkt.

'Nee. Ik weet het niet. Echt niet. Ik ben heel erg kwaad, dat zeker, maar ik heb geen zin in ruzie. Ik probeer te veranderen, nietwaar? Ik probeer kalm te blijven en niet bij het minste of geringste te flippen.' Ik wrijf over mijn nek. 'Al is dit geen kattenpis. Ik heb je zo vaak gezegd dat je uit Zeds buurt moet blijven, maar je luistert niet.' Ik kijk haar met een kille blik aan; niet omdat ik gemeen wil zijn, maar omdat ik haar reactie wil zien wanneer ik eraan toevoeg: 'Wat zou je ervan vinden als ik jou dat aandeed?'

Ze krimpt voor mijn ogen ineen. 'Dat zou ik vreselijk vinden. Ik weet dat het verkeerd was,' zegt ze zonder zich te verdedigen.

Dat had ik zeker niet verwacht. Ik had gedacht dat ze zou gaan schreeuwen en het zoals altijd voor die lul van een Zed zou opnemen. 'Ja, dat was het zeker.' Dan slaak ik een zucht. 'Maar als je hem inderdaad hebt verteld dat het voorbij is, dan moet dat genoeg zijn. Ik heb mijn uiterste best gedaan om hem uit je buurt te houden, maar hij geeft niet op. Dus nu moet jij degene zijn die hem uit je buurt houdt.'

'Het is voorbij, echt waar. Ik zal hem nooit meer zien.'

Ze kijkt naar me op, en ik huiver bij de gedachte aan ons telefoongesprek van eerder die dag, toen ze in tranen was vanwege hun afscheid.

'We gaan zaterdag niet naar dat feestje,' zeg ik.

Haar gezicht betrekt. 'Waarom niet?'

'Omdat het me geen goed idee lijkt.' Dat wéét ik gewoon.

'Ik wil wel gaan.' Haar volle lippen vormen een dunne streep.

'We gaan niet,' zeg ik nogmaals.

Ze recht haar rug en gaat tegen me in. 'Als ik wil, dan ga ik.'

Godskolere, wat is ze toch eigenwijs. 'Kunnen we het er verdomme later over hebben? Als je wilt dat ik morgen meega op die kutboot kunnen we maar beter de nodige zooi inpakken.'

Ze glimlacht speels. 'Kun je nog grover zijn?'

Ik glimlach bij de gedachte dat ik haar eigenlijk over mijn knie zou moeten leggen omdat ze zo brutaal is. Dat zou ze waarschijnlijk nog lekker vinden ook, als ik haar op mijn schoot leg en haar net hard genoeg op haar billen tik om haar huid roze te laten kleuren...

'Hardin?'

Ik schuif mijn perverse gedachten opzij. Ze zou ongetwijfeld haar handen voor haar gezicht slaan als ik haar zou vertellen welke fantasie er door mijn hoofd gaat.

21

∞

Tessa

Ik pak Hardin bij zijn arm en schud hem deze keer ruw door elkaar. 'Hardin! Opstaan, nu! Anders komen we nog te laat.'

Ik ben al helemaal aangekleed en heb onze tassen in de auto gezet, zodat hij zo lang mogelijk kon blijven liggen. Sterker nog, ik heb onze tassen gisteravond al ingepakt omdat ik wist dat hij er een zooitje van zou maken.

'Ga... niet,' kermt hij.

'Sta alsjeblieft op!' jammer ik, aan zijn arm trekkend. God, waarom kan hij geen ochtendmens zijn, net als ik?

Hij drukt een kussen tegen zijn gezicht, maar ik pak het af en smijt het op de vloer. 'Nee, ga weg,' kreunt hij.

Ik kies voor een andere tactiek en leg mijn hand voor op zijn boxershort. Hij is gisteravond met zijn jeans aan in slaap gevallen, en het heeft me de nodige moeite gekost om die uit te trekken zonder hem wakker te maken. Maar nu ligt hij er kwetsbaar bij, als een gemakkelijke prooi.

Mijn nagels strijken over de getatoeëerde huid vlak boven de tailleband... Hij geeft geen krimp.

Ik steek mijn hand in zijn boxershort en hij doet zijn ogen open.

'Goedemorgen,' zegt hij met een verlangende glimlach.

Ik trek mijn hand terug en sta op. 'Kom overeind.'

Hij gaapt overdreven en kijkt naar zijn boxershort. 'Zo te zien heeft een bepaald lichaamsdeel dat al gedaan.' Wanneer hij verder niet opkijkt, neem ik aan dat hij doet alsof hij weer slaapt, en al snel maakt hij overdreven snurkende geluiden. Het komt helemaal niet goed uit, maar het is wel heel schattig en speels. Hopelijk blijft hij de rest van de week zo, al zou ik al blij zijn met de rest van de dag.

Ik steek opnieuw mijn hand in zijn boxershort. Zijn ogen gaan open en kijken me aan met de blik van een speelse pup, maar ik zeg 'Dacht het niet' en trek mijn hand terug.

'Niet eerlijk,' jammert hij.

Toch staat hij op en trekt zijn jeans van gisteren aan. Dan loopt hij naar de ladekast om een zwart shirt te pakken. Hij kijkt even naar mij, legt het terug en pakt een wit exemplaar. Hij haalt zijn vingers door zijn haar, zodat het rechtop blijft staan, en strijkt het dan weer plat.

'Heb ik nog tijd om mijn tanden te poetsen?' vraagt hij op sarcastische toon, met een stem die hees klinkt van de slaap.

'Ja, maar schiet op, ik wil zo vertrekken,' beveel ik. Ik loop nog even snel een rondje door de woning om te kijken of we niets vergeten zijn.

Een paar minuten later komt Hardin de woonkamer in en kunnen we eindelijk gaan.

Ken, Karen en Landon staan op hun oprit op ons te wachten.

Ik draai het raampje naar beneden. 'Sorry dat we een paar minuten te laat zijn,' zeg ik verontschuldigend. We parkeren de auto naast hen.

'Dat geeft niet. Het lijkt ons gewoon beter als we allemaal in één auto gaan, het is nogal een lange rit,' zegt Karen glimlachend.

'Kolere, nee toch,' fluistert Hardin naast me.

'Kom maar.' Ze wijst naar de zwarte SUV die de andere helft van de oprit vult. 'Die heb ik van Ken voor mijn verjaardag gekregen, en ik gebruik hem veel te weinig.'

'Kut, nee,' zegt Hardin op luidere toon.

'Het komt wel goed,' zeg ik zachtjes tegen hem.

'Tessa...' begint hij.

'Hardin, ga nu niet moeilijk zitten doen, alsjeblieft,' smeek ik. Ik knipper verleidelijk met mijn ogen, in de hoop dat dat zal werken.

Hij kijkt me even aan, en dan verzacht zijn uitdrukking. 'Goed dan. Je mag je wel verrekte gelukkig prijzen dat ik van je hou.'

Ik knijp even in zijn hand. 'Dank je.' Dan wend ik me tot Karen. 'Dat is goed,' zeg ik glimlachend voordat ik de motor uitzet.

Hardin zet onze tassen achter in Karens SUV en blijft aan één stuk door fronsen.

'Dit wordt leuk!' zegt Landon lachend wanneer ik instap.

Hardin merkt op dat hij niet naast Landon gaat zitten en neemt naast mij plaats op de achterbank. Ken rijdt de oprit af en Karen zet de radio aan en begint zachtjes mee te zingen.

'Jezus, het lijkt wel alsof we in een of andere gare comedy zijn beland.' Hardin legt zijn hand op die van mij en trekt ze dan allebei op zijn schoot.

22

∞

Tessa

'Wisconsin!' zegt Karen op luide toon. Ze klapt in haar handen en wijst op een passerende vrachtwagen.

Ik kijk naar Hardins ontzette gezicht en kan een lach niet onderdrukken. 'Godsamme,' zegt hij vol minachting, en hij legt zijn hoofd achterover tegen de leuning.

'Stil nou! Zij heeft er lol in,' zeg ik streng.

'Texas!' roept Landon.

'Doe dat portier eens open, dan kan ik naar buiten springen,' gaat Hardin verder.

'Stel je niet zo aan,' zeg ik plagend. Ik kijk hem aan. 'Ze is nogal gek op het nummerbordenspel, en wat dan nog? Jullie hebben meer met elkaar gemeen dan je denkt. Per slot van rekening spelen jij en je vrienden ook altijd van die kinderachtige spelletjes. truth or dare, weet je nog?'

Voordat Hardin een gevat antwoord kan geven, roept Karen uit: 'We staan gewoon te popelen om jullie de boot en het hutje te laten zien!'

Ik kijk haar aan. 'Hutje?' vraag ik.

'Ja, we hebben een blokhut aan het water. Je vindt het vast geweldig, Tessa,' zegt ze.

Ik had gedacht dat we op een boot moesten slapen en ben blij dat het niet zo is.

'Ik hoop dat het zonnig blijft, al mogen we voor februari niet klagen. In de zomer is het natuurlijk nog mooier. Misschien kunnen we dan nog eens gaan?' Ken kijkt in de achteruitkijkspiegel.

'Ja,' antwoorden Landon en ik gelijktijdig.

Hardin rolt met zijn ogen. Blijkbaar wil hij gedurende de rest van de rit de rol van pruilend, nukkig kind blijven spelen.

'Ben je al helemaal voorbereid op Seattle, Tessa?' vraagt Ken. 'Ik heb Christian gisteren nog gesproken. Hij kijkt uit naar je komst.'

Ik voel dat Hardin naar me kijkt, maar daar laat ik me niet door tegenhouden. 'Zodra we terug zijn, begin ik met inpakken, maar ik heb me al ingeschreven voor de colleges aan de nieuwe universiteit,' zeg ik tegen hem.

'Die campus is niks vergeleken met die van mij,' zegt Ken plagend, en Karen lacht. 'Nee hoor, het is een erg leuke campus. Laat het me maar weten als ik iets voor je kan doen.'

Ik glimlach, blij dat hij aan mijn kant staat. 'Dank je, dat zal ik zeker doen.'

'Nu we het er toch over hebben,' gaat hij verder, 'we krijgen volgende week een nieuwe docent uit Seattle. Hij vervangt een van onze docenten voor het vak religies.'

'O, wie dan?' vraagt Landon, die me met opgetrokken wenkbrauwen aankijkt.

'Soto, die jonge vent.' Ken kijkt opnieuw in de achteruitkijkspiegel. 'Jij hebt nu ook college van hem, hè?'

'Ja,' bevestigt Landon.

'Ik kan me niet meer herinneren waar hij gaat werken, maar hij heeft elders een aanstelling gekregen,' zegt Ken.

'Mooi zo,' mompelt Landon binnensmonds, maar ik hoor het wel en lach even naar hem. We zijn geen van beiden gesteld op Soto's stijl van lesgeven en zijn gebrek aan academische nauwgezetheid, al vond ik zijn opdracht om een dagboek bij te houden wel erg leuk.

Karen onderbreekt met zachte stem mijn gedachten. 'Heb je al een woning gevonden?'

'Nee, ik had een appartement, of dat dacht ik althans, maar ik heb niets meer van die vrouw gehoord. Het was echt ideaal: een niet te hoge huur en vlak bij mijn werk,' antwoord ik.

Naast me schuift Hardin heen en weer. Eigenlijk wil ik eraan toevoegen dat hij niet meegaat naar Seattle, maar omdat ik hoop hem tijdens dit uitstapje te kunnen overhalen zeg ik niets.

'Weet je, Tessa, ik heb vrienden in Seattle en kan er wel voor zorgen dat je voor maandag onder de pannen bent, als je dat wilt,' biedt Ken aan.

'Nee,' zegt Hardin snel.

'Nou, dat zou ik heel erg fijn vinden,' zeg ik, Ken in de spiegel aankijkend. 'Anders ben ik een vermogen kwijt aan een hotel totdat ik iets heb gevonden.'

Hardin maakt een afwijzend gebaar. 'Het is niet nodig. Sandra belt haar vast wel terug.'

Dat is vreemd, denk ik, hem aankijkend. 'Hoe weet jij hoe ze heet?'

'Wat?' Hij knippert een paar keer met zijn ogen. 'O, omdat je haar naam een keer of honderd hebt laten vallen.'

'O,' zeg ik. Hij legt zijn hand op mijn dij en knijpt zachtjes.

'Nou, als je wilt dat ik iemand bel, moet je het zeggen,' biedt Ken opnieuw aan.

Na een minuut of twintig kijkt Karen met een opgetogen gezicht naar ons om. 'Wat dachten jullie van een potje Ik zie, ik zie wat jij niet ziet?'

Rond Landons mond vormt zich een grijns. 'Ja, Hardin, wat denk jij daarvan?'

Hardin leunt tegen me aan, met zijn hoofd op mijn schouder en zijn arm om me heen. 'Voor mij niet. Ik bedoel, dat klinkt allemaal heel leuk, maar het is tijd voor mijn dutje. Ik weet zeker dat Tessa en Landon graag meespelen.'

Hoewel hij de spot drijft met het spelletje moet ik wel glimlachen omdat hij me in het bijzijn van anderen wil aanraken. Ik weet nog goed dat hij bij zijn vader thuis mijn hand alleen onder tafel wilde vasthouden, maar nu doet hij dat rustig waar zijn familie bij is.

'Goed, dan begin ik,' zegt Karen. 'Ik zie ik zie wat jij niet ziet, en het is... blauw!' kirt ze.

Hardin grinnikt zachtjes naast me. 'Het overhemd van Ken,' fluistert hij, dichter tegen me aankruipend.

'Het scherm van de navigatie?' raadt Landon.

'Nee.'

'Kens overhemd?' vraag ik.

'Ja! Tessa, nu ben jij aan de beurt.'

Hardin geeft me even een kneepje, maar ik zie vooral Karens brede lach. Ze beleeft wel heel veel plezier aan die afgezaagde spelletjes, maar ze is zo lief dat ik het niet over mijn hart kan verkrijgen om niet mee te doen.

'Ik zie ik zie wat jij niet ziet en het is...' Ik kijk neer op Hardin. 'Zwart.'

'Hardins ziel!' roept Landon, en ik schiet in de lach.

Hardin doet een oog open en steekt zijn middelvinger op naar zijn stiefbroer.

'Je hebt gelijk!' roep ik giechelend uit.

'Nou, misschien kunnen jullie je mond houden en mij en mijn zwarte ziel laten slapen,' zegt hij, met zijn ogen dicht.

We schenken geen aandacht aan hem en spelen verder. Binnen een paar minuten klinkt Hardins ademhaling zwaarder en begint hij zachtjes te snurken in mijn nek. Hij mompelt iets en zakt dan verder onderuit, legt zijn hoofd op mijn schoot en slaat zijn andere arm rond mijn middel. Landon ziet dat als een aanbeveling en gaat dwars over de middelste bank liggen. Al snel is ook hij onder zeil. Zelfs Karen houdt haar mond en dommelt in.

Ik kijk uit het raam, genietend van de rust en van het weelderige landschap dat aan ons voorbijtrekt.

'We zijn er bijna, nog een paar kilometer,' zegt Ken tegen niemand in het bijzonder.

Ik knik bevestigend en haal mijn vingers door Hardins zachte haar. Zijn oogleden trillen even wanneer ik hem aanraak, maar hij wordt niet wakker. Ik laat mijn hand langzaam over zijn rug gaan en kijk naar hem, zo vredig slapend, met zijn armen stevig om me heen geslagen.

Even later slaan we een smalle straat in die geheel wordt omzoomd door hoge dennen. Ik kijk zwijgend naar buiten. We slaan een volgende straat in en gaan de hoek om, en dan is opeens de kust te zien. Het is prachtig.

Het glanzende blauwe water en het land vormen een prachtig contrast, maar het gras is bruin en dood omdat de winter in Washington strenger was dan gewoonlijk. Ik kan me gewoon niet voorstellen hoe mooi het hier 's zomers moet zijn.

'Daar zijn we dan.' Ken rijdt een lange oprit op.

Ik kijk door de voorruit naar buiten en zie een grote blokhut. Het is duidelijk dat de familie Scott onder 'hutje' iets anders verstaat dan ik. De blokhut is geheel uit donker kersenhout opgetrokken en heeft zowaar een verdieping. Een witgeschilderde veranda slingert zich rond de hele begane grond.

'Hardin, word eens wakker.' Ik strijk met mijn wijsvinger over zijn kaak.

Hij doet zijn ogen open en knippert snel, heel even in de war. Dan gaat hij rechtop zitten en wrijft in zijn ogen.

'Liefje, we zijn er,' zegt Ken tegen zijn vrouw. Ze heft haar hoofd op en haar zoon doet hetzelfde.

Nog steeds een tikje slaperig draagt Hardin onze tassen naar binnen. Ken wijst hem waar onze kamer is. Ik loop achter Karen aan naar de keuken terwijl Landon zijn tassen naar zijn kamer brengt.

Het gewelfde plafond van de woonkamer wordt in de keuken op kleinere schaal herhaald. Het duurt even voordat ik zie wat er zo ongewoon aan deze keuken is, maar dan zie ik dat het een kleinere, even fraai vormgegeven versie van hun keuken thuis is.

'Wat is het hier mooi,' zeg ik tegen Karen. 'Bedankt dat je ons hebt uitgenodigd.'

'Ik moet jou bedanken. Het is fijn eindelijk gezelschap te hebben.' Glimlachend trekt ze de koelkast open. 'We vinden het heerlijk dat jullie er zijn. Ik had nooit kunnen denken dat Hardin ooit met de familie op vakantie zou gaan. Ik weet dat het maar voor een paar dagen is, maar het betekent zo veel voor Ken.' Ze spreekt op zachte toon, zodat alleen ik haar kan verstaan.

'Ik ben er ook blij om. Ik denk dat hij zich wel zal vermaken.' Hopelijk worden mijn woorden waarheid nu ik ze hardop heb uitgesproken.

Karen draait zich om en pakt met een hartelijk gebaar mijn hand vast. 'Ik zal je zo missen wanneer je naar Seattle vertrekt. Ik heb niet veel tijd met Hardin kunnen doorbrengen, maar ik zal hem ook missen.'

'Ik zit niet aan de andere kant van de wereld. Het is maar een paar uur rijden,' maak ik haar duidelijk. En mezelf eigenlijk ook.

Ik zal haar en Ken missen. En ik mag van mezelf niet eens aan Landons naderende vertrek denken. Ik vertrek weliswaar al naar Seattle voordat hij naar New York gaat, maar ik vind het vreselijk dat hij zo ver weg zal zijn. In Seattle zit ik in elk geval nog in dezelfde staat, maar New York is zo vreselijk ver weg.

'Ik hoop het maar. Als Landon ook weg is, zal ik me erg eenzaam voelen. Ik ben bijna twintig jaar lang moeder geweest...' Haar ogen vullen zich met tranen. 'Het spijt me, ik ben gewoon zo trots op hem.' Ze bet haar ogen met haar vingers om de tranen te stoppen en kijkt dan de keuken rond, alsof ze zich beter zal voelen als ze iets te doen heeft. 'Misschien willen jullie drie even een paar boodschappen bij de winkel verderop doen? Dan kan Ken de boot in orde maken.'

'Ja, natuurlijk willen we dat,' zeg ik.

De drie mannen komen de keuken in en Hardin gaat achter me staan. 'Ik heb de bagage op het bed gezet, zodat jij ze kunt uitpakken. Ik doe het anders toch maar verkeerd.'

'Dank je.' Ik ben blij dat hij het niet eens heeft geprobeerd. Hij propt de kleren graag lukraak in laden, en daar word ik gek van. 'Ik heb tegen Karen gezegd dat wij wel even boodschappen kunnen doen terwijl je vader de boot in orde maakt.'

'Ja hoor.' Hij haalt zijn schouders op.

'Jij gaat ook mee.' Ik wend me tot Landon, die knikt.

'Landon weet wel waar de winkel is, even verderop in de straat. Jullie kunnen lopend gaan of met de auto. De sleutels hangen bij de deur,' zegt Ken wanneer we naar buiten lopen.

Het weer is vandaag erg fraai, en door de zon voelt het warmer dan het zo vroeg in het jaar zou moeten zijn. De hemel is helder blauw. Ik hoor de golven ruisen en ruik bij elke windvlaag het zout in de lucht. We besluiten naar het winkeltje aan het einde van de straat te lopen, en ik voel me lekker in mijn jeans en blouse met korte mouwen.

'Wat is het hier mooi. Het is net of we in ons eigen wereldje zitten,' zeg ik tegen Hardin en Landon.

'Dat zitten we ook. In februari komt er echt geen hond naar dat klotestrand,' merkt Hardin op.

'Nou, ik vind het hier fijn.' Ik negeer zijn houding.

'Maar goed...' Landon kijkt even naar Hardin, die naast ons op het grindpad tegen een steentje schopt. 'Dakota doet deze week auditie voor een kleine voorstelling.'

'Echt?' roep ik uit. 'Wat goed!'

'Ja, ze heeft er erg veel zin in. Ik hoop dat ze die rol krijgt.'

'Maar ze is toch net met die opleiding begonnen? Waarom zouden ze die rol aan een amateur geven?' vraagt Hardin zich hardop af.

'Hardin...'

'Het gaat er niet om of ze een amateur is of niet. Ze is een erg goede danseres die al haar hele leven aan ballet doet,' kaatst Landon terug.

Hardin steekt met een grappig gebaar zijn handen omhoog. 'Sorry hoor, ik bedoelde er niks mee.'

Maar Landon verdedigt zijn geliefde. 'Zeg dan niks. Ze heeft erg veel talent en zal die rol krijgen.'

Hardin rolt met zijn ogen. 'Ja, hoor... Jezus.'

'Ik vind het geweldig dat je haar zo steunt.' Ik glimlach naar Landon in een poging de spanning tussen hem en Hardin te verbreken.

'Dat zal ik altijd doen, wat ze ook onderneemt. Daarom verhuis ik ook naar New York.' Landon kijkt naar Hardin.

Hardins kaak verstrakt. 'Dus dat zijn jullie van plan? Twee tegen een? Nou, reken dan verdomme maar niet op mij. Ik wilde niet eens mee op deze klotevakantie.' Hardin spuugt de woorden uit.

We blijven alle drie staan, en Landon en ik kijken Hardin aan. Ik vraag me af hoe ik hem kan kalmeren, maar dan zegt Landon opeens: 'Nou, dan had je thuis moeten blijven. Het is sowieso veel leuker zonder een chagrijn als jij.'

Ik sper mijn ogen open. Landon is nooit zo bot. Ik heb de neiging om het voor Hardin op te nemen, maar ik zeg niets. Bovendien heeft Landon gelijk. Hardin moet dit uitstapje niet verpesten door zonder reden te gaan lopen mokken.

'Pardon? Jij bent degene die verdomme flipt omdat ik je erop wijs dat je vriendinnetje een amateur is.'

'Nee, jij begon al in de auto met dwarsliggen,' zegt Landon.

'Ja, omdat die moeder van je maar bleef meezingen met verdomme elk liedje op de radio en zo nodig de namen van staten moest roepen...' Hardins stem zwelt vervaarlijk aan. '... terwijl ik verdomme van het uitzicht probeerde te genieten.'

Hij wil op Landon duiken, maar ik ga tussen de twee in staan. Landon haalt diep adem en kijkt Hardin uitdagend aan. 'Mijn moeder probeert het voor ons allemaal leuk te maken!'

'Nou, misschien moet ze wat minder haar best doen.'

'Hou op, allebei. Jullie kunnen niet de hele tijd blijven ruziën. Dat houdt niemand vol, dus hou gewoon op,' zeg ik smekend. Ik wil niet moeten kiezen tussen mijn vriend en mijn beste kameraad.

Ze kijken elkaar een paar gespannen momenten lang aan, waardoor ik bijna in de lach schiet. Het zijn net twee echte broers, al doen ze nog zo hun best om dat niet te zijn.

'Oké,' zegt Landon ten slotte met een zucht.

'Goed,' zegt Hardin snuivend.

Tijdens de rest van de wandeling zeggen we niets. De enige geluiden komen van Hardin, die tegen steentjes blijft schoppen, en van Landon, die zachtjes neuriet. De stilte na de storm... of misschien ervoor.

Of, denk ik, tussen twee stormen in.

'Wat trek jij aan op de boot?' vraag ik aan Landon wanneer we over de oprit terug naar de blokhut lopen.

'Een korte broek, denk ik. Het is nu warm, maar ik neem ook een joggingpak mee.'

'O.' Ik wilde dat het nog warmer was, zodat ik een badpak kon dragen. Ik heb niet eens een badpak, maar het lijkt me leuk om er samen met Hardin een te kopen.

Ik kan me nu al voorstellen hoe hij zich dan gedraagt: hij zal aan een stuk door grove en schunnige opmerkingen maken en waarschijnlijk samen met mij in de kleedkamer eindigen.

En ik zou hem waarschijnlijk niet tegenhouden.

Ik moet echt ophouden met aan zulke dingen te denken, zeker wanneer Landon over het weer loopt te kletsen en ik in elk geval de indruk zou moeten wekken dat ik naar hem luister.

'Die boot is zo groot, niet normaal,' zegt Landon.

'O...' Ik krimp in elkaar. Nu het boottochtje steeds dichterbij komt, krijgen mijn zenuwen de overhand.

Landon en ik lopen naar de keuken om de boodschappen uit te pakken, maar Hardin verdwijnt zonder een woord te zeggen in de slaapkamer.

Landon kijkt over zijn schouder in de richting waarin zijn stiefbroer is verdwenen. 'Ik geloof dat Seattle nogal gevoelig bij hem ligt. Hij heeft nog steeds niet bevestigd dat hij meegaat, hè?'

Ik kijk om me heen om er zeker van te zijn dat niemand ons kan horen. 'Nee, niet echt.' Ik bijt beschaamd op mijn onderlip.

'Ik snap het niet.' Landon kijkt in de tassen. 'Waarom wil hij niet mee? Wat is er zo vreselijk aan Seattle? Heeft hij daar iets vervelend meegemaakt?'

'Nee... Nou, niet dat ik weet...' begin ik, maar dan denk ik aan Hardins brief. Ik kan me niet herinneren of hij iets heeft gezegd over nare ervaringen in Seattle. Of heeft hij die soms weggelaten?

Ik denk het niet. Ik hoop het niet. Ik kan niet nog meer verrassingen verdragen.

'Nou, er moet toch iets zijn. Normaal gesproken kan hij niet eens zonder jou naar het toilet, dus ik kan me niet voorstellen dat hij je zomaar laat verhuizen. Ik had gedacht dat hij zijn best zou doen om je bij hem in de buurt te houden, en dan bedoel ik ook echt zijn uiterste best,' zegt Landon met nadruk.

'Ik ook.' Ik slaak een zucht. Waarom is Hardin zo koppig? 'En hij gaat wel zonder mij naar het toilet. Soms,' grap ik.

Landon lacht met me mee. 'Hij heeft vast een verborgen camera in je kleren verstopt, zodat hij kan zien waar je bent.'

'Camera's zijn niets voor mij. Ik ben eerder iemand voor een zendertje.' Hardins stem laat me schrikken. Ik kijk op en zie hem in de deuropening van de keuken staan.

'Bedankt, je hebt zojuist mijn stelling bewezen,' zegt Landon, maar Hardin schudt grinnikend zijn hoofd. Godzijdank lijkt hij iets minder chagrijnig.

'Waar is die boot? Ik heb er genoeg van om naar jullie geklaag over mij te luisteren.'

'We klaagden niet, we maakten een grapje.' Ik loop naar hem toe om hem een knuffel te geven.

'Dat is niet erg. Ik doe hetzelfde wanneer jij er niet bij bent,' zegt hij spottend, al hoor ik een zekere ernst in zijn stem.

23

∞

Tessa

'De steiger wiebelt een beetje, maar hij is nog stevig genoeg. Ik moet er eens een mannetje naar laten kijken...' zegt Ken nadenkend wanneer we achter hem aan naar de aangemeerde boot lopen.

Het uitzicht is ongelooflijk. De achtertuin van de blokhut grenst direct aan het water. Golven slaan stuk op de rotsen langs de vloedlijn en ik kruip in een opwelling weg achter Hardin.

'Wat is er?' vraagt hij zacht.

'Niets. Ik ben alleen een beetje zenuwachtig.'

Hij draait zich naar me om en steekt zijn handen in de achterzakken van mijn jeans. 'Het is gewoon water, schatje. Er kan je niets gebeuren.'

Hij glimlacht, maar ik weet niet of hij de spot met me drijft of niet. Pas wanneer zijn lippen langs mijn wang strijken, verdwijnt mijn twijfel.

'Ik was vergeten dat je niet van water houdt.' Hij trekt me naar zich toe.

'Jawel hoor... in een zwembad.'

'En riviertjes?' Zijn ogen fonkelen geamuseerd.

Ik glimlach bij de herinnering. 'Eentje maar.'

Die dag was ik ook zenuwachtig, en Hardin wist me alleen maar het water in te krijgen door me te beloven dat hij dan antwoord zou geven op een van de vele vragen die ik hem wilde stellen. Die dagen lijken nu iets uit het verleden – uit een erg ver verleden – maar onze levens worden nog altijd beheerst door geheimen.

Hardin pakt mijn hand en we lopen achter de anderen aan naar de steiger. Aan het einde ervan ligt het bijzonder indrukwekkende vaartuig op ons te wachten. Ik heb niet veel verstand van boten, maar ik weet dat het geen jacht is. Het schip is groter dan de vissersboten die ik in mijn leven heb gezien.

'Wat groot,' fluister ik tegen Hardin.

'Ssst. Je mag in het bijzijn van mijn familie niet over mijn pik praten,' zegt hij plagend.

Ik geniet van zijn speelse maar knorrige stemming, en zijn lach is aanstekelijk. Dan kraken de planken van de steiger onder mijn voeten en grijp ik Hardin geschrokken vast.

'Kijk uit waar je loopt,' roept Ken, die op het trapje tussen de steiger en de boot stapt.

Hardin legt een hand op mijn rug en helpt me het trapje op. Ik probeer mezelf wijs te maken dat het niet veel anders is dan het trapje van een glijbaan in de speeltuin, en niet iets wat aan een enorme boot hangt. Het enige wat voorkomt dat ik over de gammele steiger terugren naar de hut en me onder het bed verstop, is Hardins geruststellende hand op mijn rug.

Ken helpt ons aan boord, en daar zie ik hoe mooi de boot is, met al dat witte hout en karamelkleurige leer. Er zijn meer dan genoeg zitplaatsen voor ons allemaal.

Ken wil zijn zoon ook aan boord helpen, maar Hardin wuift hem weg. Eenmaal aan dek kijkt hij om zich heen en merkt op effen toon op: 'Leuk, jouw boot ziet er beter uit dan het huis van mijn moeder.'

Kens trotse glimlach verdwijnt van zijn gezicht.

'Hardin,' fluister ik, aan zijn hand trekkend.

'Sorry,' zegt hij verongelijkt.

Ken slaakt een zucht, maar hij lijkt het excuus van zijn zoon te aanvaarden en loopt naar de andere kant van de boot.

'Gaat het?' Hardin buigt zich naar me toe.

'Ja, maar doe alsjeblieft een beetje aardig. Ik ben al misselijk.'

'Ik ben aardig. Ik heb al "Sorry" gezegd.' Hij gaat op een van de bankjes zitten en ik neem naast hem plaats.

Landon pakt de tas met boodschappen en buigt zich voorover om blikjes fris en zakjes met snacks uit te pakken. Ik kijk over de boot heen naar de zee. Het is prachtig. De zon danst over het water.

'Ik hou van je,' zegt Hardin zachtjes in mijn oor.

De motor van de boot komt zacht zoemend tot leven en ik schuif dichter naar Hardin toe. 'Ik hou van je,' zeg ik op mijn beurt, nog steeds naar het water kijkend.

'Als we ver genoeg de zee op gaan, zien we misschien wel dolfijnen, of, als we heel veel geluk hebben, een walvis!' zegt Ken op luide toon.

'Een walvis kan deze boot zo omvergooien,' merkt Hardin op. Ik hap naar adem bij de gedachte, waarop hij verontschuldigend 'Sorry' zegt.

Hoe verder we van de kust gaan, hoe rustiger ik word. Dat is vreemd; ik had het tegenovergestelde verwacht, maar zo ver van het vasteland komt er een zekere kalmte over me.

'Zien jullie hier vaak dolfijnen?' vraag ik aan Karen, die van haar frisdrank nipt.

Ze glimlacht. 'Nee, tot nu toe nog maar één keer. Maar we doen ons best!'

'Ik kan niet geloven dat het zulk mooi weer is. Het lijkt wel juni.' Landon trekt zijn T-shirt over zijn hoofd.

'Wil je soms bruin worden?' vraag ik met een blik op zijn bleke lijf.

'Of solliciteer je naar de functie van spook?' voegt Hardin eraan toe.

Landon rolt met zijn ogen, maar gaat niet op Hardins opmerking in. 'Ja, al heb ik in de stad niets aan een bruin lijf.'

'Het is dat het water zo koud is, anders hadden we dicht bij de kust kunnen gaan zwemmen,' zegt Karen.

'Misschien van de zomer,' breng ik haar in herinnering, en ze knikt blij.

'Gelukkig hebben we in de blokhut een jacuzzi,' zegt Ken.

Genietend van het moment kijk ik op naar Hardin, maar hij zit zwijgend voor zich uit te staren.

'Kijk daar eens!' Ken wijst achter ons.

Hardin en ik draaien ons allebei om, en het duurt even voordat ik zie wat hij bedoelt. Een school dolfijnen springt door het water. Ze zijn niet erg dichtbij, maar wel zo dicht in de buurt dat we kunnen zien dat ze allemaal gelijktijdig door de golven bewegen.

'Wat een mazzel!' Karen lacht.

De wind blaast mijn haar in mijn gezicht, zodat ik heel even niets kan zien, maar Hardin steekt een hand uit en stopt het weg achter mijn oor.

Het zijn altijd die simpele dingen, zoals me even gedachteloos aanraken, waardoor ik vlinders in mijn buik krijg.

'Dat was geweldig,' zeg ik tegen hem wanneer de dolfijnen voorbij zijn gezwommen.

'Ja, dat was het zeker.' Hij klinkt verbaasd.

Na twee uur vol gesprekken over boten, de prachtige zomers aan dit deel van de kust, sport en een onhandige opmerking over Seattle die Hardin vrijwel meteen de kop indrukt, brengt Ken ons terug naar de kust.

'Dat was toch niet zo erg?' vragen Hardin en ik elkaar op hetzelfde moment.

'Nee, dat niet.' Hij helpt me lachend de steiger op.

De zon heeft zijn sporen achtergelaten op zijn wangen en de brug van zijn neus, en de wind heeft zijn haar in de war geblazen. Hij ziet er zo knap uit dat het pijn doet.

We lopen door de achtertuin, en ik kan er alleen maar aan denken dat ik dat vredige gevoel dat ik daarnet buiten op het water had dolgraag wil vasthouden.

Eenmaal binnen in de blokhut zegt Karen: 'Ik ga iets te eten klaarmaken. Jullie hebben vast honger.' Ze verdwijnt in de keuken.

Wij blijven allemaal zwijgend en tevreden staan. Ten slotte vraagt Hardin aan zijn vader: 'Wat is hier verder nog te doen?'

'Nou, in het stadje is een leuk restaurant waar ik morgen met jullie wil gaan eten. Er is een ouderwetse bioscoop, een bibliotheek...'

'Dus allemaal doodsaaie dingen?' Hardins woorden zijn bot, maar zijn toon is speels.

'Het is een leuk plaatsje. Je zou het een kans moeten geven,' zegt Ken, verre van beledigd.

We lopen met ons vieren naar de keuken en blijven daar staan terwijl Karen een grote schaal vol broodjes en fruit klaarmaakt. Hardin, die vandaag overdreven aanhalig is, slaat een arm om mijn middel.

Misschien doet deze plek hem goed.

Na het eten help ik Karen in de keuken met opruimen en limonade maken terwijl Landon en Hardin bespreken hoe erg de literatuur van tegenwoordig is. Ik moet wel lachen wanneer Landon Harry Potter noemt, want daardoor begint Hardin aan een vijf minuten durende preek over het feit dat hij die boeken nooit heeft gelezen en dat ook niet zal doen, terwijl Landon zijn uiterste best doet hem van gedachten te laten veranderen.

Nadat de limonade gretig is opgedronken zegt Ken tegen ons: 'Karen en ik gaan een paar uur bij vrienden van ons op bezoek die een hut even verderop hebben. Als jullie zin hebben, mogen jullie wel mee.'

Hardin kijkt me vanaf de andere kant van de kamer aan en ik wacht op zijn antwoord. 'Nee, laat maar,' zegt hij, me nog altijd aankijkend.

Landon kijkt even van Hardin naar mij. 'Ik wil graag mee,' zegt hij, maar ik weet zeker dat ik hem even voldaan naar Hardin zie lachen voordat hij opstaat en zich bij Ken en zijn moeder voegt.

24

∞

Hardin

Ik denk dat ze nooit zullen vertrekken, maar wanneer het eindelijk zover is, trek ik haar naast me op de bank.

'Had je geen zin om te gaan?' vraagt ze.

'Jezus, nee. Waarom zou ik dat in vredesnaam willen? Ik ben liever hier. Alleen met jou.' Ik strijk het haar uit haar nek. Ze kronkelt en huivert even onder mijn lichte aanraking. 'Of had jij soms zin om met een stel doodsaaie volwassenen rond te hangen die alleen maar over doodsaaie onderwerpen zitten te zeiken?' vraag ik. Mijn lippen strijken langs haar kaak.

'Nee.' Haar ademhaling klinkt nu al anders.

'Zeker weten?' Ik druk plagend mijn neus in haar hals en spoor haar aan om haar hoofd om te draaien.

'Ik weet niet. Misschien is daar leuker dan hier,' zegt ze.

Ik lach in haar hals en kus de plekjes waar mijn adem voor kippenvel heeft gezorgd. 'Dat denk ik niet. We hebben een bubbelbad op onze kamer, weet je nog?'

'Ja, maar daar hebben we niets aan, want ik heb geen badpak...' begint ze.

Ik zuig zachtjes aan haar hals en probeer me haar in badpak voor te stellen.

Shit.

'Dat heb je niet nodig,' fluister ik.

Ze legt haar hoofd in haar nek en kijkt me aan alsof ik gek ben. 'Jawel! Ik ga echt niet zonder kleren in een bubbelbad zitten.'

'Waarom niet?' Het klinkt erg leuk.

'Omdat je familie hier ook is.'

'Ik snap niet waarom je die altijd als excuus gebruikt...' Mijn hand gaat naar haar schoot en drukt tegen de naad van haar jeans. 'Soms krijg ik de indruk dat je het leuk vindt.'

'Dat ik wat leuk vind?' Ze zit verdomme bijna te hijgen.

'Dat je betrapt kunt worden.'

'Waarom zou iemand dat leuk vinden?'

'Dat vinden heel veel mensen leuk. Het maakt het extra spannend, snap je?' Ik oefen meer druk uit op het plekje tussen haar benen, die ze tegen elkaar probeert te klemmen. Ze vecht tegen haar verlangen omdat ze denkt dat dat verkeerd is.

'Nee, dat is... Ik weet het niet, maar ik vind het niks,' liegt ze. Ik weet zeker dat ze het wel spannend vindt.

'Dat zal wel...'

'Echt niet!' roept ze verdedigend uit. Haar wangen zijn rood en haar ogen zijn groot van schaamte.

'Tess, je mag het opwindend vinden. Het is eerlijk gezegd best wel geil,' verzeker ik haar.

'Ik vind van niet.'

Ja hoor, Tessa. 'Oké, dan niet.' Ik steek met een verslagen gebaar mijn handen omhoog. Ze kermt even omdat het contact wordt verbroken. Ik wist wel dat ze het nooit zou toegeven, maar het was het proberen waard.

'Kom je bij me in de jacuzzi zitten?' vraag ik. Ik trek mijn hand weg.

'Ik kom wel op de rand zitten.'

'Ook goed.' Glimlachend sta ik op. Ik weet nu al dat ze naast me in de jacuzzi zal eindigen, maar ze zal zich moeilijker over laten halen dan andere meisjes. Opeens besef ik dat ik nog nooit met een meisje in een jacuzzi heb gezeten, naakt of niet.

Ze pakt met haar kleine hand mijn pols vast en loopt met me mee naar de kamer die we de komende dagen de onze mogen noemen. Ik wilde deze kamer in eerste instantie hebben omdat er een balkon is, maar zodra ik de jacuzzi zag, werd het mijn doel om haar erin te krijgen.

Het bed is trouwens ook niet verkeerd. Een tikje aan de kleine kant, maar we slapen toch altijd dicht tegen elkaar aan.

'Ik vind het hier heerlijk. Het is zo rustig.' Ze gaat op het bed zitten om haar schoenen uit te trekken.

Ik doe de dubbele deuren naar het balkon open. 'Het gaat wel.' Het zou veel beter zijn als mijn vader, zijn vrouw en Landon hier niet waren.

'Je vader had het over een restaurant, maar ik heb helemaal niets om aan te trekken.'

Ik haal mijn schouders op en buig me voorover om de kraan van het bubbelbad open te draaien. 'Dan gaan we niet.'

'Ik wil wel. Ik had het alleen graag geweten toen ik mijn spullen pakte.'

'Dat is hun fout.' Ik probeer vast te stellen of alles goed werkt. 'En anders gaan we in een spijkerbroek. Volgens mij is het hier allemaal nogal informeel.'

'Ik weet het niet.'

'Nou, we kunnen ook kijken of we ergens in dit gat een kledingwinkel kunnen vinden,' bied ik aan.

Ze glimlacht. 'Waarom heb je zo'n goed humeur?' Ze trekt een wenkbrauw op.

Ik steek een vinger in het water. Het bad warmt erg snel op en het water heeft bijna de juiste temperatuur. 'Geen idee... Ik heb het gewoon.'

'Oké... Moet ik me zorgen maken?' vraagt ze. Ze komt naast me op het balkon staan.

'Nee. Ja.' Ik gebaar naar de rieten stoel die naast de jacuzzi staat. 'Wil je in elk geval bij me komen zitten terwijl ik geniet van de ontspanning die alleen gloeiend heet water kan bieden?'

Ze knikt lachend en gaat zitten. Ik zie dat ze met die onschuldige ogen van haar naar me kijkt wanneer ik mijn T-shirt over mijn hoofd trek en mijn broek uitdoe. Mijn boxershort laat ik aan, die mag zij uittrekken.

'Zeker weten dat je er niet bij wilt?' Ik til mijn been over de rand en laat me in het water zakken. *Tering, dat is heet.* Een paar tellen later voelt het minder verzengend aan en leun ik met mijn rug tegen het harde plastic.

'Zeker weten,' zegt ze. Ze kijkt naar het bos om ons heen.

'Er is niemand die ons kan zien. Dacht je echt dat ik je zou vragen je uit te kleden als dat wel zo was?' vraag ik. 'Ik bedoel, je weet hoe jaloers ik kan zijn.'

'En als ze nu thuiskomen?' vraagt ze, zacht, alsof iemand haar kan horen.

'Ze zeiden dat ze een paar uur weg zouden blijven.'

'Ja, maar...'

'Ik dacht dat je van het leven wilde genieten?' plaag ik mijn prachtige meisje.

'Ja, dat wil ik.'

'En toch zit je daar te pruilen terwijl ik van het uitzicht geniet,' merk ik op.

'Ik pruil niet,' zegt ze, met een nog grotere pruillip.

Ik lach tevreden naar haar omdat ik weet dat ze zich dan nog meer zal ergeren. 'Goed dan,' zeg ik. Ik doe mijn ogen dicht en zie nog net dat ze haar lippen tuit. 'Ik voel me hier best wel eenzaam. Misschien moet ik mezelf maar helpen.'

'Ik heb niets om aan te trekken.'

'Déjà vu,' merk ik op. Voor de tweede keer die dag moet ik aan onze ervaringen bij de rivier denken.

'Ik...'

'Jezus, kom er gewoon bij,' zeg ik zonder mijn ogen open te doen of mijn toon te veranderen. Ik doe alsof het onvermijdelijk is dat ze erbij komt, want we weten allebei dat dat het geval is.

'Oké, ik kom al!' zegt ze. Ze probeert de indruk te wekken dat ze zich ergert en dit niet zo graag wil als ik.

Dit was niet zo lastig als ik had gevreesd. Ik doe mijn ogen open en verslik me bijna. Ze trekt net haar shirt over haar hoofd, en natuurlijk draagt ze die verrekte rode beha.

'Doe die beha uit,' zeg ik.

Ze kijkt opnieuw om zich heen, en ik schud mijn hoofd. Het enige wat ze vanaf dit balkon kan zien, zijn bomen en water.

'Doe hem eens uit, schatje,' zeg ik vleiend.

Ze knikt en laat de bandjes van haar armen glijden.

Ik krijg nooit genoeg van haar. Het maakt niet uit hoe vaak ik haar aanraak en met haar neuk en haar kus en haar vasthoud; het zal nooit genoeg zijn, ik wil altijd meer. Het gaat niet eens alleen om de seks, al hebben we die vaak genoeg; het komt omdat ik de enige ben met wie ze dit ooit heeft gedaan, de enige die ze zo vertrouwt dat ze er op dit verrekte balkon naakt bij durft te lopen.

Waarom verkloot ik het dan telkens? Ik wil het niet verkloten, niet met dit meisje.

Haar jeans eindigt naast haar T-shirt en haar beha op de stoel. Natuurlijk vouwt ze alles netjes op.

'Je slipje ook,' merk ik op.

'Jij hebt anders je onderbroek nog aan,' kaatst ze terug voordat ze in het bad stapt. 'Au!' roept ze kermend uit. Ze trekt even haar voet terug en laat zich dan langzaam zakken. Zodra ze in het water zit, slaakt ze een zucht. Haar lichaam is nu aan de temperatuur gewend.

'Kom eens hier.' Ik steek mijn handen naar haar uit en trek haar op mijn schoot.

Ik vermoed dat de oncomfortabele plastic zitjes toch nog nuttig kunnen zijn. Nu ik haar lichaam tegen dat van mij voel, in combinatie met het borrelende water, wil ik dat slipje van haar lijf rukken.

'In Seattle zou het altijd zo kunnen zijn.' Ze slaat haar armen om mijn hals.

'Hoe bedoel je, "zo"?' Het laatste wat ik wil, is over dat klote-Seattle lullen. Als ik die hele stad van de kaart kon vegen, deed ik dat.

'Zoals dit, hier.' Ze gebaart naar ons beiden. 'Wij met ons tweeën, geen problemen met jouw vrienden, geen Molly, geen verleden. Alleen jij en ik, samen in een nieuwe stad. We kunnen opnieuw beginnen, Hardin. Jij en ik.'

'Zo eenvoudig is het niet,' zeg ik.

'Dat is het wel. Geen Zed meer.'

'Ik dacht dat je met me kwam neuken, en niet over Zed praten,' zeg ik plagend.

Ze verstijft. 'Sorry, ik...'

'Rustig maar, ik maak een grapje. In elk geval over Zed.' Ik trek haar boven op me, zodat ze schrijlings op mijn schoot zit, met haar blote bovenlichaam tegen dat van mij. 'Je bent alles voor me. Dat weet je, hè?' Ik herhaal de vraag die ik haar zo vaak heb moeten stellen.

Deze keer geeft ze geen antwoord. In plaats daarvan laat ze haar ellebogen op mijn schouders rusten en vlecht haar vingers door mijn haar. Dan kust ze me.

Ze wil het zo graag. Dat wist ik wel.

25

∞

Hardin

Ik probeer haar bijna naakte lichaam dichter naar me toe te trekken wanneer ze me nog inniger kust. Ze grijpt mijn armen vast en ik laat mijn hand tussen haar dijen glijden.

Het heeft geen zin om tijd te verspillen.

'Je had dit uit moeten trekken,' zeg ik, trekkend aan haar dunne, doorweekte slipje.

Ze lacht even ademloos voordat ze mijn vingers in zich voelt dringen en ze naar adem hapt. Ik smoor haar gekreun door mijn mond op de hare te drukken. Ze neemt mijn onderlip tussen haar lippen, waardoor ik het bijna niet meer uithoud. Ze is zo godvergeten sexy en verleidelijk, en ze doet er niet eens haar best voor.

Wanneer ze met haar heupen begint te wiegen en tegen mijn hand aan begint te rijden, pak ik haar pols en trek haar van mijn schoot. Ik laat haar met haar benen gespreid naast me in het water zakken, zonder dat mijn vingers ophouden haar te liefkozen.

Dat stomme slipje begint behoorlijk op mijn zenuwen te werken.

Ze schrikt even en begint dan te pruilen omdat ik mijn vingers uit haar trek en rond haar slipje haak. Ik ruk het snel naar beneden, zodat zij het met haar ene voet van zich af kan schoppen. Ik kijk het heel even na wanneer het door het stromende water wordt weggevoerd naar de andere kant van het bad. Het is fascinerend om te zien dat die laatste hindernis zo gemakkelijk wegdrijft.

Maar al snel pakt Tessa mijn pols vast en dwingt me haar opnieuw aan te raken.

'Wat wil je?' vraag ik op indringende toon. Ik wil de woorden uit haar mond horen.

'Jou.' Ze glimlacht liefjes en spreidt haar benen nog verder, waarmee ze laat zien hoe lekker schunnig ze echt is.

'Draai je dan maar om,' zeg ik.

Ik geef haar niet de kans om te reageren en draai haar om. Ze slaakt een kreet, waardoor ik heel even schrik, maar dan zie ik dat haar poesje recht voor de waterstraal zit. Natuurlijk zit ze te kreunen. Nog even en ze zal het verdomme op een gillen zetten.

Ik laat me achter haar op mijn knieën zakken. Ik vind het zo lekker om haar zo te nemen. In deze houding voel ik zo veel van haar en kan ik die zachte huid op haar rug aanraken en aandacht besteden aan elke spier die onder die huid beweegt – en zie haar telkens weer naar adem happen wanneer ik in haar stoot.

Ik strijk haar haar opzij, druk me tegen haar aan en dring langzaam dieper in haar. Ze kromt haar rug. Ik neem haar borsten in mijn handen en begin langzaam in en uit haar te bewegen.

Jezus, het voelt zo lekker, beter dan ooit. Dat komt vast door dat warme water dat om ons heen borrelt terwijl ik in en uit haar glijd. Ze kreunt, en ik laat mijn hand tussen ons in glijden om er zeker van te zijn dat de waterstraal haar nog altijd raakt. Ze houdt haar ogen stijf dicht en haar mond valt open. De knokkels van haar vingers worden wit omdat ze de rand van het bad zo stevig vastgrijpt.

Ik wil sneller bewegen en in haar beuken, maar ik dwing mezelf dit langzame, martelende tempo aan te houden.

'Hardin,' zegt ze kreunend.

'God, het is alsof ik eindelijk alles van je kan voelen.' Zodra ik die woorden heb uitgesproken, trek ik me in paniek uit haar terug.

Een condoom.

Verdomme, ik heb niet eens aan een condoom gedacht. Wat doet ze met me?

'Wat is er?' vraagt ze hijgend. Haar gezicht is bedekt met een waas van vocht.

'Ik heb geen condoom gebruikt!' Ik haal mijn handen door mijn natte haar.

'O,' zegt ze bedaard.

'"O"? Hoe bedoel je, "O"?'

'Dan doe je toch een condoom om?' stelt ze voor, met een wazige blik in haar grote ogen.

'Daar gaat het niet om!' Ik sta op. Ze zegt niets. 'Als ik er nu niet aan had gedacht, had ik je zwanger kunnen maken.'

Ze knikt begrijpend. 'Dat is zo, maar je dacht er wel aan.'

Waarom is ze zo godvergeten kalm? Zíj wil zo graag naar Seattle verhuizen, en een baby zou dat plan compleet verpesten. *Wacht eens even...*

'Wil je dat soms? Hoop je dat ik wel met je meega als ik je zwanger maak?' Ik klink godverdomme als een aanhanger van allerlei samenzweringstheorieën, maar ik zou zomaar gelijk kunnen hebben.

Ze draait zich lachend om. 'Dat meen je niet!' Ze probeert haar armen om me heen te slaan, maar ik ontwijk haar.

'Dat meen ik wel.'

'Toe nou, dat slaat nergens op. Kom hier, liefje.' Ze probeert me opnieuw vast te pakken, maar ik ontwijk haar opnieuw en ga aan de andere kant van de jacuzzi zitten.

Aan haar gezicht is duidelijk te zien hoe gekwetst ze is. Ze bedekt haar borsten met haar handen en vraagt: 'Jij bent degene die het condoom vergeet, maar je denkt dat ík stiekem zwanger probeer te worden?' Ongelovig schudt ze haar hoofd. 'Je zou jezelf eens moeten horen.'

Nou, het zal niet de eerste keer zijn dat een of andere geschifte meid dat probeert. Ik glijd iets dichter naar haar toe, maar ze gaat op haar knieën op het bankje zitten. Ik kijk haar onbewogen aan en zeg niets.

Ze staat op, kijkt me met haar ogen vol tranen aan en stapt het bad uit. 'Ik ga een douche nemen.' Ze loopt naar binnen, de slaapkamer in, en smijt de balkondeur achter zich dicht. Even later hoor ik ook de deur van de badkamer met een klap dichtvallen.

'Kut!' roep ik. Ik sla met mijn vlakke hand op het borrelende water, al biedt dat weinig verlichting. Ik moet echt leren op mijn woorden te letten. Dit is niet een of ander willekeurig gestoord mokkel, dit is Tessa. Wat is er verdomme met me aan de hand? Waarom ben ik zo godvergeten achterdochtig? Het komt door dat schuldgevoel over Seattle, dat zorgt ervoor dat ik mijn verstand verlies, of wat daar van over is.

Ik moet dit goedmaken. Dat moet ik in elk geval proberen. Dat ben ik haar verschuldigd, zeker nu ik haar net van het allerstomste heb beschuldigd wat je kunt bedenken.

Gek genoeg wenste ik zelf ook dat ik het was vergeten...

Nee. Nee, dat is niet zo. Ik wil gewoon niet dat ze weggaat, maar ik weet niet wat ik verder moet doen. Ik heb alles gedaan wat ik kon, afgezien van haar thuis opsluiten. Dat idee is weliswaar een paar keer bij me opgekomen, maar ik denk niet dat ze daar iets voor zou voelen. En bovendien zou ze dan vast een tekort aan vitamine D oplopen. En niet langer naar yogales kunnen... en die yogabroek dus niet meer dragen.

Ik moet nu naar binnen gaan en mijn excuses aanbieden omdat ik me als een klootzak heb gedragen en haar in verlegenheid heb gebracht. En dat moet ik doen voordat de anderen thuiskomen. Misschien heb ik geluk en verdwalen ze in het bos.

Eerst moet ik echter nog iets anders doen. Ik stap uit het bad en loop de slaapkamer in. Ik heb het steenkoud, met alleen mijn doorweekte boxershort aan. Ik kijk van mijn telefoon naar de deur van de aangrenzende badkamer. Het water stroomt nog steeds, dus ik pak mijn mobieltje en een deken van de rugleuning van de stoel en loop terug het balkon op.

Ik blader door mijn contacten naar Samuel, een naam die ik als afleidingsmanoeuvre heb gekozen. Ik weet niet eens waarom ik haar nummer heb bewaard, waarschijnlijk omdat ik vermoedde dat ik haar ooit zou moeten terugbellen. Ik heb haar naam veranderd omdat ik weet dat Tessa vroeg of laat onvermijdelijk gaat zitten snuffelen. Ik dacht echt dat ze me op heterdaad had betrapt toen ze naar mijn gewiste gesprekken vroeg en me aan de telefoon tegen Molly hoorde schreeuwen.

Eigenlijk heb ik liever dat ze Molly in mijn lijst met gesprekken ziet staan dan deze persoon.

26

∞

Tessa

Ik kan niet geloven dat Hardin het lef had me ervan te beschuldigen dat ik zwanger probeer te worden. Denkt hij echt dat ik hem, of mezelf, dat ooit zou aandoen? Het is gewoon absurd, het is te achterlijk om over na te denken.

Het was allemaal zo fijn, zo ongelooflijk lekker, totdat hij opeens over dat condoom begon. Hij had gewoon dat bad uit moeten stappen en er eentje moeten pakken; ik weet dat hij een heel pak in zijn bagage heeft gestopt. Dat heb ik hem zelf zien doen, nadat ik onze spullen had gepakt.

Hij is waarschijnlijk ongelooflijk gefrustreerd vanwege Seattle en reageerde daarom nogal overdreven. En ik misschien ook wel. En omdat mijn ergernis over Hardins botte opmerkingen ons... moment in het bad heeft verpest, heb ik nu een warme douche nodig. Zodra het water over mijn gespannen spieren stroomt, komen mijn zenuwen tot rust en kan ik weer helder denken. We hebben ons allebei aangesteld, hij meer dan ik, en die hele ruzie was niet nodig. Ik wil de shampoo pakken, maar besef dan pas dat ik in mijn haast om van hem weg te komen mijn toilettas ben vergeten. Fantastisch.

'Hardin?' roep ik. Hij kan me vast niet horen, niet met dat stromende water en het geborrel van het bubbelbad, maar ik trek toch het gebloemde douchegordijn opzij en blijf op hem staan wachten. Wanneer hij na een paar tellen niet in de deuropening verschijnt, pak ik een handdoek en wikkel die om me heen. Gevolgd door een spoor van waterdruppels loop ik naar de tassen die op het bed in de slaapkamer staan, maar dan hoor ik Hardins stem.

Ik versta niet goed wat hij zegt, maar ik herken wel zijn toon: dit is geforceerde vriendelijkheid, dit is Hardin die probeert beleefd te klinken maar tegelijkertijd zijn ergernis onderdrukt. En dat vertelt me dat dit gesprek zo belangrijk voor hem is dat hij niet zichzelf kan zijn.

Ik loop zachtjes over de houten vloer en hoor dat hij zijn mobieltje op handsfree heeft gezet. Aan de andere kant van de lijn zegt een stem: 'Omdat ik makelaar ben en het mijn taak is lege appartementen te vullen.'

Hardin zucht. 'Nou, heb je verder nog iets wat leegstaat?'

Wacht even, Hardin probeert een appartement voor me te regelen? Die gedachte is even schokkend als opwindend. Hij legt zich blijkbaar eindelijk neer bij de verhuizing naar Seattle en probeert me voor de verandering eens te helpen in plaats van me dwars te zitten.

De vrouw aan de andere kant van de lijn, die, zo besef ik, een bekende stem heeft, antwoordt: 'Je gaf me anders de indruk dat die vriendin van je, die Tessa, iemand was aan wie ik beter niet te veel tijd moest besteden en zeker geen woning moest verhuren.'

Wat? Wacht... is dat...

Dat zou hij nooit doen.

'Nou ja, het zit zo... Ze is niet zo erg als ik zei. Ze heeft geen woning in puin achtergelaten en is 'm ook niet gesmeerd zonder de huur te betalen,' zegt hij.

Mijn maag draait zich om. *Hij heeft het wel gedaan.*

Ik duw de deuren open, storm het balkon op en roep het eerste wat bij me opkomt: 'Wat ben je toch een zieke, egoïstische klootzak!'

Hardin draait zich met een ruk naar me om. Hij trekt wit weg, zijn mond valt open. Het mobieltje klettert op de planken van het balkon. Hij staart me aan alsof ik een of ander vreselijk wezen ben dat op het punt staat hem te verslinden.

'Hallo?' klinkt de stem van Sandra door de speaker.

Hij bukt zich om het toestel op te rapen en haar stil te krijgen.

Woede golft door me heen. 'Hoe kon je? Hoe kon je dat doen?'

'Ik...' begint hij.

'Nee, ik wil je smoesjes niet horen! Waar was je verdomme mee bezig?' Ik gebaar driftig naar hem en ren dan terug de slaapkamer in.

Hij rent me achterna en zegt smekend: 'Tessa, luister naar me.'

Ik draai me om. Het doet pijn, maar ik voel me ook sterk en gekwetst en woedend. 'Nee, luister jij nu maar naar míj, Hardin,' zeg ik met opeengeklemde kaken. Ik probeer mijn stem zo laag mogelijk te laten klinken, maar het lukt niet. 'Ik ben het zat. Ik ben het zat dat jij alles in mijn leven wat niet om jou draait probeert te verpesten!' krijs ik. Ik bal mijn vuisten.

'Dat wilde ik helemaal niet...'

'Hou je kop! Hou godverdomme je kop! Je bent de meest egoïstische, arrogante... Je bent gewoon... Bah!' Ik kan niet eens helder denken. De woedende woorden rollen zonder nadenken van mijn lippen en ik wapper met mijn handen.

'Ik weet niet wat ik dacht, maar ik probeerde het op te lossen.'

Ik zou niet eens verbaasd moeten zijn. Niet echt. Ik had kunnen weten dat Hardin iets te maken had met Sandra's plotselinge gebrek aan communicatie. Hij weet niet van ophouden, en ik ben het spuugzat.

'Dit is nu precies wat ik bedoel. Je doet altijd wel iets. Je houdt altijd wel iets voor me geheim. Je probeert altijd nieuwe manieren te bedenken om me te controleren, en ik kan er niet meer tegen! Het gaat te ver.' Ik kan me niet inhouden en begin te ijsberen. Hardin kijkt me behoedzaam aan. 'Het is niet erg als je een beetje beschermend bent, en een ruzie af en toe kan ik ook wel hebben. Ik kan het zelfs hebben als je de helft van de tijd de klootzak uithangt, omdat ik weet dat je diep in je hart het beste met me voorhebt. Maar dit gaat te ver. Nu probeer je mijn toekomst te verpesten, en dat pik ik godverdomme niet!'

'Het spijt me,' zegt hij. Ik weet dat hij dat meent, maar...

'Je zegt verdomme altijd dat het je spijt! En het is altijd hetzelfde liedje: je doet iets, je houdt het voor me verborgen, je zegt iets, ik moet huilen, dan zeg jij sorry, en hup, alles is weer vergeven.' Ik wijs met een driftig gebaar naar hem. 'Maar deze keer niet.'

Ik wil Hardin het liefste een mep in zijn gezicht geven, maar ik kijk om me heen, zoekend naar iets anders waarop ik mijn woede kan botvieren. Ik pak een kussen vol ruches van het bed en smijt het op de vloer. Dan doe ik hetzelfde met een tweede kussen. Het tempert de woede in me niet echt, maar ik zou me nog beroerder voelen als ik Karens spullen kapot zou maken.

Dit is zo vermoeiend. Ik weet niet hoeveel meer ik nog kan verdragen voordat ik helemaal instort.

Nee, ik gá verdomme niet instorten. Ik doe doorgaans niet anders, en daar heb ik genoeg van. Ik moet zelf de scherven van mijn leven bijeenrapen en keurig aan elkaar plakken. En het vervolgens voor Hardin verborgen houden om te voorkomen dat hij opnieuw alles kapotmaakt.

'Ik ben dat eindeloze gedraai in kringetjes zo zat. Dat heb ik je al eerder verteld, maar je luistert niet. Je bedenkt telkens weer nieuwe manieren om in datzelfde kringetje rond te draaien, en ik ben het zat. Ik ben het verdomme spuugzat!'

Ik weet niet of ik ooit eerder zo kwaad op hem ben geweest. Ja, hij heeft erger op zijn geweten, maar daar heb ik me overheen kunnen zetten. We hebben nooit eerder dit punt bereikt. Ik was er zeker van dat hij niet langer dingen voor me verborgen hield en dat hij begreep dat hij zich niet met mijn carrière moest bemoeien. Deze kans betekent alles voor me. Ik heb mijn leven lang kunnen zien wat er gebeurt als een vrouw niets voor zichzelf heeft. Mijn moeder heeft nooit iets gehad wat ze zelf had verdiend, wat helemaal van haar was, en ik wil dat wel. Ik moet dit doen. Ik moet deze kans grijpen om te bewijzen dat ik, hoe jong ik ook ben, een eigen leven kan opbouwen, iets wat mijn moeder nooit is gelukt. Dit laat ik me niet afpakken, niet zoals mijn moeder haar kansen zijn ontnomen.

'Je bent... mij zat?' Zijn stem beeft en breekt dan. 'Je zei dat je het zat bent...'

Ik weet niet wat ik zat ben. Ik zou hem zat moeten zijn, maar ik ken mezelf en weet dat ik op dit moment beter geen antwoord op die vraag kan geven. Normaal gesproken zou ik nu zitten janken en het hem met een kus vergeven... maar vandaag niet.

'Ik word hier verdomme doodmoe van en ik kan er niet meer tegen. Zo kan ik niet doorgaan. Je wilde voorkomen dat ik naar Seattle zou gaan!'

Hardin blijft zwijgend voor me staan. Ik haal diep adem en verwacht dat mijn woede zal afzakken, maar dat gebeurt niet. Het gevoel wordt alleen maar heviger, totdat het letterlijk rood voor mijn ogen wordt. Ik kijk naar de kussens en stel me voor dat het glazen vazen zijn die in scherven op de vloer liggen. Iemand anders mag de troep opruimen. Het probleem is alleen dat die taak altijd op mijn bordje belandt. Hij zal nooit het risico nemen dat hij zich snijdt, ook niet om mij te sparen.

'Sodemieter op!' schreeuw ik tegen hem.

'Nee, het spijt me, oké, ik...'

'Sodemieter godverdomme een eind op. Nú,' bijt ik hem toe.

Hij kijkt me aan alsof hij geen flauw idee heeft wie ik ben. Misschien is dat ook zo.

Ineengedoken loopt hij de kamer uit. Ik smijt de deur achter hem dicht en loop dan terug naar het balkon. Daar ga ik in de rieten stoel naar de zee zitten staren, in de hoop dat ik er rustig van word.

Er komen geen tranen, alleen herinneringen. Herinneringen en spijt.

27

∞

Hardin

Ik weet dat ze doodop is. Dat zie ik aan het gezicht dat ze trekt, elke keer wanneer ik het verkloot. De ruzie met Zed, de leugens over mijn toekomst op de universiteit... Elke gebeurtenis eist haar tol. Ze denkt dat ik dat niet merk, maar dat is wel zo.

Waarom heb ik Sandra in vredesnaam op handsfree gezet? Als ik dat niet had gedaan, had ik deze klerezooi eerst kunnen oplossen en haar er daarna pas over hoeven vertellen. Dan was ze niet zo overstuur geweest.

Ik had niet gedacht aan wat Tessa zou doen als ze erachter zou komen, en ik had me zeker niet afgevraagd waar ze moest gaan wonen als ze toch zou vertrekken. Ik denk dat ik erop rekende dat een controlfreak als zij haar verhuizing zou uitstellen als ze geen dak boven haar hoofd zou hebben.

Echt geweldig gedaan, Hardin.

Ik bedoelde het goed. Nou, op dat moment niet, maar nu wel. Ik weet dat ik me niet met haar huizenjacht had mogen bemoeien en dat het een kutstreek van me was, maar ik ben gewoon ten einde raad en wil niet dat ze weggaat. Ik weet wat er in Seattle gaat gebeuren. Het kan nooit goed aflopen.

Ik geef, en dat is echt iets voor mij, een harde klap tegen de wand naast me. 'Kut!'

En natuurlijk is die wand godverdomme van echt hout gemaakt en doet het ontzettend zeer. Ook dat is echt iets voor mij. Ik klem mijn andere hand rond mijn vuist en moet me beheersen om niet nog eens uit te halen, hoe onlogisch dat ook is. Ik mag van geluk spreken dat ik niks heb gebroken. Het wordt natuurlijk wel een bloeduitstorting, maar dat is niks nieuws.

Ik ben dat eindeloze gedraai in kringetjes zo zat. Dat heb ik je al eerder verteld, maar je luistert niet. Ik been de trap af en werp me als een dwars kind op de bank. Dat ben ik ook, ik ben godverdomme net een klein kind. Dat weet zij, dat weet ik... Tering, dat weet iedereen. Ik kan het net zo goed op een T-shirt laten drukken.

Ik moet gewoon naar haar toe gaan en het nogmaals uitleggen, maar eerlijk gezegd knijp ik 'm nogal. Ik heb haar nog nooit zo kwaad gezien.

Ik moet hier weg. Als Tessa me niet had gedwongen om 'gezellig' met de hele familie mee te rijden, had ik nu al kunnen vertrekken en een einde kunnen maken aan dit rotreisje. Ik wilde toch al niet mee.

De boot was niet eens zo erg... maar het hele uitstapje in het algemeen is klote, en nu is ze pissig op me en is het zinloos om hier nog langer te blijven. Ik staar naar het plafond, niet goed wetend wat ik nu moet doen. Ik kan hier niet blijven, want ik weet wat er dan gebeurt: dan ga ik weer naar boven om Tessa nog verder het bloed onder de nagels vandaan te halen.

Ik moet een wandelingetje maken. Dat doen normale mensen ook wanneer ze kwaad zijn. Die slaan niet tegen muren en gooien niks stuk.

Ik moet wel iets aantrekken voordat ik naar buiten ga, maar ik kan niet terug naar boven. Dan draait ze me letterlijk de nek om.

Zuchtend sta ik op. Het is dat Tessa's reactie me zo verwart, want anders zou ik me vast veel schuldiger voelen over wat ik nu ga doen.

Ik duw de deur van Landons kamer open en rol meteen met mijn ogen. Zijn kleren liggen in een keurig stapeltje op het bed. Het zou me niets verbazen als hij op het punt stond om die netjes op te ruimen toen zijn moeder en mijn vader hem meesleepten.

Ik zoek tussen die afzichtelijke kleren naar iets zonder zo'n klotekraagje en vind ten slotte een effen blauw T-shirt en een zwarte joggingbroek.

Echt geweldig. Ik ben nu zo diep gezonken dat ik Landons kleren moet lenen. Hopelijk blijft Tessa niet te lang kwaad, maar ik heb voor de verandering eens geen idee wat er nu gaat gebeuren. Een dergelijke felle reactie had ik niet verwacht, en het ergste was niet eens wat ze tegen me zei, maar de manier waarop ze naar me keek. Die blik zei meer dan duizend woorden en maakte me banger dan haar woorden me ooit hadden kunnen maken.

Ik kijk even naar de deur van wat tot twintig minuten geleden onze kamer was. Dan komt mijn favoriete stiefbroer binnen. Godzijdank alleen.

'Waar is mijn vader?' vraag ik hem.

'Zijn dat mijn kleren?' vraagt hij, duidelijk verbaasd.

'Eh, ja. Het kon even niet anders, dus zeg verder maar niks.' Ik haal mijn schouders op. Aan de lach op zijn gezicht te zien was hij dat namelijk wel van plan.

'Goed... Wat heb je nu weer uitgevreten?'

Wát? 'Waarom denk je dat ik iets verkeerd heb gedaan?'

Zijn wenkbrauw gaat omhoog.

'Oké... Nou, ik heb iets, eh, heel erg stoms gedaan,' zeg ik geërgerd. 'Maar ik heb geen zin in gezeik van jou, dus je hoeft je er niet mee te bemoeien.'

'Ook goed.' Hij haalt zijn schouders op en loopt weg.

Ik had gehoopt dat hij zich er wel mee zou bemoeien. Soms heeft hij namelijk best goed advies. 'Wacht even!' roep ik. Hij draait zich om. 'Je wilt niet weten wat er is gebeurd?'

'Je zei zelf dat je er niet over wilt praten,' antwoordt hij.

'Ja, maar ik... Tja.' Ik weet niet wat ik moet zeggen.

Hij kijkt me aan alsof ik twee hoofden heb. 'Wil je soms dat ik je vraag wat er is?' Hij kijkt blij verrast, maar godzijdank doet hij er niet lullig over.

'Ik heb...' begin ik, maar dan zie ik Karen en mijn vader over de oprit lopen.

'Wat heb je?' vraagt Landon met een blik over zijn schouder.

'Laat maar.' Ik haal geërgerd mijn vingers door mijn vochtige haar.

‘Hoi, Hardin. Waar is Tessa?’ vraagt Karen.

Waarom vraagt iedereen dat altijd aan mij? Denken ze dat ik echt niet verder dan een paar meter uit haar buurt kan blijven?

De aanzwellende pijn in mijn borst herinnert me eraan dat ik dat inderdaad niet kan.

‘Ze doet een dutje,’ lieg ik. Ik wend me tot Landon. ‘Ik ga even een wandelingetje maken. Let jij op haar?’

Hij knikt.

‘Waar ga je naartoe?’ vraagt mijn vader wanneer ik langs hen loop.

‘Naar buiten,’ snauw ik, en ik versnel mijn pas.

Een paar weggetjes verder blijf ik bij een stopbord staan en besef ik dat ik geen flauw idee heb waar ik ben of hoe ik de weg terug naar de blokhut moet vinden. Ik weet alleen dat ik al een tijdje onderweg ben en dat al die kronkelweggetjes achterlijk veel op elkaar lijken.

Ik heb inmiddels echt de schurft aan dit dorp.

Het leek allemaal veel minder erg toen ik Tessa's haar zag dansen in de wind en haar met een tevreden lachje rond haar lippen naar het glanzende water zag staren. Ze zag er net zo kalm uit als de golven die zo ver van de kust rustig en onverstoorbaar bewogen totdat onze boot de rust kwam verstoren. Nu kolkt het water om ons heen en klotst het woedend tegen onze boot, maar het zal spoedig weer tot bedaren komen, totdat een volgende golf zich aandient.

Een meisjesstem verdrijft de herinnering aan Tessa's licht gebruinde huid. ‘Ben je verdwaald of zo?’

Ik draai me om en zie tot mijn verbazing een meisje staan. Ze is van mijn leeftijd, schat ik, en heeft bruin haar dat net zo lang is als dat van Tessa. Ze is helemaal in haar eentje. Ik kijk om ons heen. Er is hier niets, alleen een verlaten grindweg en bos.

‘En jij?’ antwoord ik. Ik zie dat ze een lange rok draagt.

Glimlachend loopt ze naar me toe. Ze moet gestoord zijn, want anders zou ze op zo'n verlaten plek als deze nooit een volslagen vreemde aanspreken die er zo uitziet als ik.

‘Nee, ik ben ontsnapt.’ Ze strijkt haar haar achter haar oor.

‘Je bent weggelopen? Op, wat is het, je twintigste?’ Dan kan ze maar beter opsodemieteren. Het laatste wat ik wil, is een kwaaie vader tegenkomen die op zoek is naar zijn chic geklede tienerdochter.

‘Nee.’ Ze lacht. ‘Ik studeer, maar ik ben op bezoek bij mijn ouders. En ik verveel me daar dood.’

'O, nou, leuk voor je. Veel succes dan.' Ik draai me om en wil weglopen.

'Je gaat de verkeerde kant op,' roept ze me na.

'Kan me niet schelen,' zeg ik.

En ik kreun wanneer ik haar voetstappen op het grind achter me hoor.

28

∞

Tessa

Ik ben doodop van al dat geruzie met Hardin. Ik weet niet goed wat ik nu moet doen en wat mijn volgende stap moet zijn. Het voelt alsof ik al maandenlang over hetzelfde pad achter hem aan loop, maar ik weet niet eens of we wel een bestemming hebben. We zijn nog net zo de weg kwijt als in het begin.

'Tessa?' De stem van Landon zweeft door de kamer het balkon op.

'Ik ben hier,' antwoord ik, blij dat ik een korte broek en een sweater heb aangetrokken. Hardin plaagt me daar altijd mee, maar op dit soort momenten zijn dat fijne kleren, niet te warm en niet te koud.

'Hoi,' zegt hij. Hij loopt het balkon op en gaat in de stoel naast me zitten.

'Hoi.' Ik kijk hem even aan en staar dan weer naar het water.

'Gaat het?'

Ik moet even over zijn vraag nadenken. Gaat het? *Nee.* Komt het weer goed? *Ja.*

'Ja, deze keer wel, denk ik.' Ik trek mijn knieën op naar mijn borst en sla mijn armen eromheen.

'Wil je erover praten?'

'Nee. Ik wil ons uitstapje niet bederven met mijn problemen. Het gaat echt wel.'

'Oké. Maar als je erover wilt praten, kan dat.'

'Dat weet ik.' Ik kijk hem even aan en hij glimlacht geruststellend. Ik zou niet weten wat ik zonder hem moest beginnen.

Dan spert hij zijn ogen open en wijst naar iets. 'Is dat...'

Ik volg zijn blik. 'O god!' Ik spring overeind, grijp het rode slipje dat nog altijd in het bubbelbad drijft en prop het in de zak voor op mijn sweater.

Landon bijt op zijn onderlip om zijn lach in te houden, maar ik kan de mijne niet tegenhouden. We barsten allebei in lachen uit; hij oprecht, ik vooral uit schaamte. Maar ik zit liever zo met Landon te lachen dan dat ik, zoals ik zo vaak doe, na een ruzie met Hardin ga zitten huilen.

29

∞

Hardin

Ik baal er ontzettend van dat er rond dit dorp niets anders te vinden is dan grind en bomen. Die onbekende griet loopt nog altijd achter me aan en mijn ruzie met Tess zit me nog steeds ontzettend dwars.

'Ben je van plan om me door het hele dorp achterna te lopen?' vraag ik aan dat lastige mens.

'Nee, ik ga terug naar het huisje van mijn ouders.'

'Nou, doe dat dan maar in je eentje.'

'Jij bent ook niet erg beleefd,' merkt ze op.

'O nee?' Ik rol met mijn ogen, hoewel ze mijn gezicht niet kan zien. 'Er is me verteld dat beleefdheid een van mijn beste eigenschappen is.'

'Dan heeft iemand zitten liegen.' Ze begint achter me te giechelen.

Ik schop tegen een steentje, voor de verandering eens blij dat Tessa zo netjes is. Als ze me niet had gedwongen om bij de voordeur van de hut mijn schoenen uit te trekken, had ik nu op Landons gympen moeten rondlopen. Niet echt een goede look. Bovendien ben ik er vrij zeker van dat hij veel kleinere voeten heeft dan ik.

'Waar kom jij vandaan?' vraagt ze.

Ik negeer haar en blijf doorlopen. Volgens mij moet ik bij het volgende stopbord naar links. Dat hoop ik in elk geval.

'Uit Engeland?'

'Ja,' zeg ik. Dan besluit ik dat ik het net zo goed kan vragen. 'Welke kant moet ik op?' Ik draai me om en zie haar naar rechts wijzen. Natuurlijk.

Haar ogen zijn lichtblauw en haar rok is zo lang dat de zoom het grind onder haar voeten raakt. Ze doet me aan Tessa denken... of eigenlijk aan Tessa toen ik haar net had leren kennen. Nu draagt mijn Tessa niet langer zulke afzichtelijke kleren. Ze heeft ook haar woordenschat behoorlijk vergroot: dat is geheel en al aan mij te danken omdat ze me meer dan eens de huid heeft moeten volschelden.

'Ben jij hier ook met je ouders?' Haar stem klinkt laag, zelfs lief.

'Nee... Of nou ja, min of meer wel.'

'Ze zijn "min of meer" je ouders?' Ze glimlacht. Ze zegt 'ze zijn' en niet 'het zijn', en ook dat doet me aan Tessa denken.

Ik kijk nogmaals naar het meisje om er zeker van te zijn dat ze echt bestaat en niet een of andere geest is die me een lesje moet leren, zoals in *Christmas Carol*.

'Ik ben hier met mijn familie en mijn vriendin. Ik heb een vriendin,' zeg ik waarschuwend. Ik kan me niet voorstellen dat een meisje zoals zij belangstelling heeft voor een jongen als ik, maar dat dacht ik ooit ook van Tessa.

'Oké...' zegt ze.

'Oké.' Ik ga sneller lopen en maak zo de afstand tussen haar en mij groter. Ik sla rechts af, zij volgt mijn voorbeeld. We duiken allebei de berm in wanneer er een auto passeert, en ze weet me weer in te halen.

'Waar is ze nu dan? Je vriendin?' vraagt ze.

'Die doet een dutje.' Het is logisch om haar dezelfde leugen te vertellen als ik mijn vader en Karen heb verteld.

'Hmm...'

'Hoezo, "hmm"?' Ik kijk haar aan.

'Niets, hoor.' Ze staart voor zich uit.

'Je loopt al de helft van de tijd achter me aan. Als je iets wilt zeggen, doe dat dan,' zeg ik geërgerd.

Ze speelt met iets wat ze in haar handen houdt en kijkt naar de grond. 'Je wekt de indruk dat je aan iets probeert te ontsnappen of dat je je wilt verstoppen... Ik weet het niet. Laat maar.'

'Ik verstop me niet. Ze zei dat ik moest opsodemieteren, dus dat heb ik gedaan.' Wat snapt deze Tessa-imitatie er nou van?

Ze kijkt naar me op. 'Waarom heeft ze je weggestuurd?'

'Ben je altijd zo nieuwsgierig?'

Ze glimlacht. 'Ja,' zegt ze met een knikje.

'Ik heb de pest aan nieuwsgierige mensen.' Tessa uitgezonderd, natuurlijk, maar hoeveel ik ook van haar hou, soms wil ik haar mond dichtplakken om een einde te maken aan die eindeloze ondervragingen. Ze is echt de opdringerigste persoon die ik ooit heb ontmoet.

Of nee, ik lieg. Ik ben dol op haar nieuwsgierigheid; vroeger had ik er een hekel aan, maar nu snap ik het. Ik wil ook alles over haar weten... wat ze denkt, wat ze doet, wat ze wil. En tot mijn ontzetting besef ik dat ik tegenwoordig meer vragen stel dan zij.

'En, ga je het me nog vertellen?' dringt het meisje aan.

'Hoe heet je?' vraag ik op mijn beurt, zodat ik geen antwoord hoef te geven.

'Lillian.' Ze laat het voorwerp vallen dat ze in haar handen houdt.

'Ik ben Hardin.'

Ze strijkt haar haar achter haar oor. 'Vertel eens over je vriendin.'

'Waarom?'

'Omdat je van streek lijkt, en met wie kun je beter praten dan met een vreemde?'

Ik wil niet met haar praten. Ze lijkt te veel op Tessa, dat geeft me een ongemakkelijk gevoel. 'Dat lijkt me geen goed idee.'

'En alles voor je houden is dat wel?' Dat is een zinnige vraag. Iets te zinnig.

'Hoor eens, je... Je lijkt me heel aardig, maar ik ken jou niet en jij kent mij niet, dus ik ga echt niet mijn hart bij je uitstorten.'

Ze fronst. En zucht. 'Ook goed.'

Ten slotte zie ik het hellende dak van mijn vaders blokhut in de verte. 'Nou, daar moet ik zijn,' zeg ik bij wijze van afscheid.

'Echt? Wacht... Is Ken jouw vader?' Ze slaat met haar kleine hand tegen haar voorhoofd.

'Ja, hoezo?' vraag ik verbaasd.

We blijven allebei aan het begin van de oprit staan. 'Wat ben ik toch stom! Ik had het kunnen weten. Dat accent en zo.' Ze lacht.

'Ik snap het niet.' Ik kijk haar aan.

'Jouw vader en die van mij kennen elkaar goed. Ze hebben samen gestudeerd of zoiets. Ik heb net een uur lang moeten luisteren naar de verhalen over hun gloriedagen.'

'Jezus, dat is wel erg toevallig.' Ik lach aarzelend en voel me nu veel meer bij haar op mijn gemak dan een paar minuten geleden.

Ze lacht opgewekt. 'Dus we zijn eigenlijk helemaal geen vreemden voor elkaar.'

30

∞

Tessa

'Koekjes,' antwoorden Landon en ik tegelijk.

'Dan worden het koekjes.' Karen doet glimlachend het keukenkastje open.

Karen is altijd wel met iets bezig: bakken, braden, grillen. Niet dat je me hoort klagen, want ze kan ontzettend goed koken.

'Het is inmiddels al donker. Ik hoop niet dat hij verdwaalt,' zegt Ken.

Landon haalt slechts zijn schouders op met een gebaar dat *Zo is Hardin nu eenmaal* uitdrukt.

Hardin is al bijna drie uur weg, maar ik doe mijn uiterste best om kalm te blijven. Ik weet dat hij niets mankeert, want als hem iets was overkomen, zou ik het weten. Ik weet niet hoe ik dat moet verklaren, maar diep in mijn hart weet ik dat dat het geval zou zijn.

Dus daar ben ik niet bang voor. Ik ben wel bang dat hij in zijn frustratie op zoek is gegaan naar de plaatselijke kroeg. Ik zou het vreselijk vinden als hij straks stinkend naar drank naar binnen komt stommelen, ook al heb ik hem zelf weggestuurd. Maar dat was omdat ik ruimte nodig had, ruimte om na te denken en tot bedaren te komen. Aan dat nadenken ben ik alleen nog niet toegekomen, dat probeer ik koste wat kost te vermijden.

'Misschien kunnen we vanavond of anders morgen met z'n allen in de jacuzzi gaan zitten,' stelt Karen voor.

Landon spuugt een slok frisdrank terug in zijn beker en ik wend snel mijn blik af, bijtend op mijn wang. De herinnering aan Landon die mijn slipje in het bubbelbad zag drijven ligt nog zo vers in mijn geheugen dat ik vuurrood word.

'Karen, lieverd, ik denk niet dat de jongelui samen met ons in de jacuzzi willen zitten.' Ken lacht en Karen glimlacht ook, waarschijnlijk omdat ze begrijpt dat we ons er ongemakkelijk onder zouden voelen.

'Ja, je hebt gelijk.' Lachend begint ze het deeg in kleinere bolletjes te verdelen en trekt dan haar neus op. 'Ik vind dat voorgemengde deeg maar niets.'

Landon en ik zaten net midden in een gesprek over Dakota en de woning die hij met haar gaat delen toen zijn moeder en Ken eindelijk thuiskwamen en zeiden dat ze op weg naar huis Hardin tegen het lijf waren gelopen. Blijkbaar had hij gezegd dat ik een dutje deed. Het leek me het beste om dat spelletje mee te spelen en zei dus maar dat ik wakker was geworden toen Landon binnenkwam.

Sinds Hardin de hut heeft verlaten, zit ik me af te vragen waar hij is en hoe laat hij terug zal komen. Aan de ene kant wil ik hem helemaal niet meer zien, maar aan de andere kant – en dat gevoel is sterker – wil ik zeker weten dat hij niets doet wat onze kwetsbare relatie nog verder in gevaar kan brengen. Ik ben nog steeds ontzettend kwaad omdat hij zich met mijn verhuizing naar Seattle heeft bemoeid en ik heb geen idee wat ik daaraan ga doen.

31

∞

Hardin

'Je hebt er een stokje voor gestoken dat ze een woning kon huren?' vraagt Lillian. Haar mond valt open.

'Ik zei toch dat het gestoord was,' breng ik haar in herinnering.

Er komt ons op weg naar de hut van haar ouders opnieuw een stel koplampen tegemoet. Ik wilde eigenlijk teruggaan naar de hut van mijn vader, maar tot nu toe heeft Lillian bewezen dat ze erg goed kan luisteren, dus toen ze vroeg ik mee terug naar haar hut wilde lopen zodat we ons gesprek konden voortzetten, zei ik ja. Hopelijk koelt Tessa tijdens mijn afwezigheid voldoende af en wil ze straks weer met me praten.

'Je had me niet verteld hoe gestoord je echt bent. Ik kan het haar niet kwalijk nemen dat ze kwaad op je is.' Natuurlijk kiest die meid Tessa's kant.

Ik kan me niet voorstellen wat ze zou zeggen als ze zou horen wat ik Tessa het afgelopen half jaar heb aangedaan.

'En wat ga je eraan doen?' vraagt ze. Ze doet de voordeur van de hut van haar ouders open en gebaart dat ik binnen kan komen, alsof we dat eerder hebben afgesproken.

Zodra ik over de drempel stap, zie ik dat dit niet zomaar een huisje is. Het is nog groter dan dat van mijn vader. Rijke stinkerds.

'Ze zitten zeker boven,' zegt ze zodra we verder naar binnen lopen.

'Wie zitten boven?' vraagt een vrouwenstem. Lillian trekt even een gezicht voordat ze zich omdraait naar een vrouw van wie ik vermoed dat het haar moeder is. Ze lijken sprekend op elkaar, ondanks het verschil in leeftijd. 'Wie is dit?' vraagt ze.

Op dat moment komt een man van middelbare leeftijd in een poloshirt en kaki broek de woonkamer in.

Echt geweldig. Ik had nooit mee naar binnen moeten gaan. Ik vraag me af wat Tessa hiervan zou vinden. Zou ze het erg vinden? Ze was behoorlijk kwaad op me en is altijd al stikjaloers op Molly geweest. Maar dit meisje is Molly niet. Ze is heel anders.

'Mam, pap, dit is Hardin, de zoon van Ken.'

Er verschijnt een brede grijns op het gezicht van de man. 'Ik vroeg me al af wanneer we met jou zouden kennismaken!' roept hij met een bekakt Brits accent uit. Nou, dat verklaart van welke universiteit hij mijn vader kent.

Hij loopt naar me toe en klopt me op mijn schouder. Ik doe een stapje naar achteren, wat bij hem een lichte frons opwekt, al lijkt hij een dergelijke reactie te hebben verwacht. Mijn vader heeft hem vast voor me gewaarschuwd. Die gedachte maakt me bijna aan het lachen.

'Liefje,' zegt hij tegen zijn vrouw. 'Dit is de zoon van Trish.'

'U kent mijn moeder?' vraag ik aan hem voordat ik zijn vrouw aankijk.

'Ja, ik kende haar al voordat ze jouw moeder was,' zegt de vrouw met een glimlach. 'We waren alle vijf met elkaar bevriend.'

Lillians vader kijkt haar aan. 'Lieverd...'

'Je lijkt sprekend op haar! Je hebt alleen de ogen van je vader. Ik heb haar niet meer gezien sinds ik naar Amerika ben verhuisd. Hoe is het met haar?'

'Goed. Ze heeft een nieuwe vriend.'

'Echt?' zegt ze verrukt. 'Wat fijn voor haar. Doe haar maar de groeten van me.'

'Oké,' zeg ik. Deze lui glimlachen veel te veel. Het is verdomme alsof je met drie Karens in een kamer zit, alleen zijn deze gasten nog irritanter en minder charmant. 'Nou, ik moest maar eens gaan,' zeg ik tegen Lillian, voordat het allemaal nog ongemakkelijker wordt.

'Nee, nee, je mag wel blijven. We gaan toch naar boven,' zegt Lillians vader. Hij slaat zijn arm om het middel van zijn vrouw en leidt haar de kamer uit.

Lillian kijkt het tweetal na en kijkt dan naar me op. 'Sorry, ze zijn nogal...'

'Nep?' antwoord ik in haar plaats. Ik weet dat dat gebleekte witte lachje van die vent de nodige bullshit moet verhullen.

'Ja, behoorlijk.' Ze loopt lachend naar de bank en gaat zitten.

Ik blijf ongemakkelijk bij de deur staan.

'Vindt je vriendin het niet erg dat je hier bent?' vraagt ze.

'Geen idee. Waarschijnlijk wel,' kreun ik. Ik haal met een geërgerd gebaar mijn vingers door mijn haar.

'Wat zou jij ervan vinden als zij hetzelfde deed? Een beetje rondhangen met een jongen die ze net had leren kennen?' Zodra die woorden haar mond verlaten, welt de woede in me op.

'Dan zie ik dat bekende rode waas,' antwoord ik grommend.

'Dat dacht ik al.' Ze lacht zelfvoldaan en klopt op de bank naast haar.

Ik haal diep adem en ga op het andere uiteinde van de bank zitten. Ik weet niet goed wat ik van haar moet denken. Ze is ontzettend bot en best wel irritant.

'Dus je bent zeg maar het jaloerse type?' vraagt ze. Ze zet grote ogen op.

'Ik denk het wel.' Ik haal mijn schouders op.

'Je vriendin zou het vast niet leuk vinden als je me zou zoenen.' Ze schuift naar me toe en ik spring op van de bank. Ik ben al halverwege de deur wanneer ze in lachen uitbarst.

'Wát?' Ik probeer niet al te hard te praten.

'Ik zit je gewoon in de maling te nemen. Geloof me, ik heb echt geen belangstelling voor je.' Ze glimlacht. 'En het is een opluchting dat het gebrek aan belangstelling wederzijds is. Kom, ga zitten.'

Ze heeft misschien heel wat trekjes gemeen met Tessa, maar ze is lang niet zo lief... en ook niet zo onschuldig. Ik ga op de stoel tegenover de bank zitten. Ik ken deze griet niet goed genoeg om te weten of ik haar kan vertrouwen. Ik zit hier alleen maar omdat ik geen zin heb in wat er bij mijn vader thuis op me wacht. En Lillian is weliswaar een vreemde, maar ze is ook een neutrale derde, in tegenstelling tot Landon, die Tessa's boezemvriend is. Het is best fijn dat ik met iemand kan praten die me niet per se wil veroordelen. En omdat ze zelf ook een tikje geschift lijkt, snapt ze misschien beter hoe ik in elkaar zit.

'Vertel me nou maar waarom je niet naar Seattle wilt. Wat is er zo erg aan die stad?'

'Niets specifieks. Ik heb er vervelende dingen meegemaakt, maar het is meer dan dat. Ik weet dat ze daar helemaal tot bloei zal komen,' antwoord ik, hoewel ik besef hoe gestoord dat klinkt. Maar dat kan me geen zak schelen. Deze meid heeft me een uur lang lopen stalken, dus als er iemand gestoord is, is zij het.

'Is dat zo erg?'

'Nee. Dat wil ik natuurlijk ook voor haar. Maar ik wil er deel van uitmaken.' Ik slaak een zucht. Ik mis Tessa vreselijk, ook al heb ik haar een paar uur geleden nog gezien. En ik mis haar nog meer omdat ik weet dat ze heel erg kwaad op me is.

'Dus je gaat niet met haar mee naar Seattle omdat je een rol in haar leven wilt spelen? Dat slaat nergens op,' zegt ze, waarmee ze me wijst op wat overduidelijk is.

'Ik weet dat je het niet snapt, en zij snapt het ook niet, maar ze is de enige die ik heb. Ze is letterlijk de enige in mijn leven om wie ik iets geef, en ik kan haar niet verliezen. Zonder haar heb ik niets meer.' *Waarom vertel ik haar dit eigenlijk?* 'Ik weet dat het hartstikke achterlijk klinkt.'

'Nee, niet echt.' Ze lacht meelevend, en ik wend mijn blik af. Medeleven is wel het laatste wat ik wil.

Het licht bij de trap gaat uit en ik kijk Lillian aan. 'Moet ik weg?'

'Nee hoor. Mijn vader vindt het vast geweldig dat ik je mee naar huis heb genomen,' zegt ze, zonder een spoor van sarcasme in haar stem.

'Waarom?'

'Omdat hij al sinds ik hem heb voorgesteld aan Riley hoopt dat we uit elkaar gaan.'

'Hij moet hem niet?'

'Haar.'

'Wat?'

'Hij moet haar niet,' zegt ze, en ik glimlach bijna naar haar.

Ik vind het vervelend voor haar dat haar vader haar relatie niet accepteert, maar ik moet bekennen dat ik ongelooflijk opgelucht ben.

32

∞

Tessa

Landon heeft net verteld dat ze zo dicht bij de campus gaan wonen dat ze naar college kunnen lopen. Ze hebben geen auto nodig en hij hoeft zelfs niet elke dag met de metro.

'Nou, ik ben blij dat je in die miljoenenstad niet hoeft te rijden. Gelukkig maar.' Karen legt haar hand op de schouder van haar zoon.

Hij schudt zijn hoofd. 'Ik ben een prima chauffeur. Beter dan Tessa,' zegt hij plagend.

'Zo erg ben ik niet. Ik ben in elk geval beter dan Hardin,' merk ik op.

'Nou, dát is iets om over op te scheppen.' Landons toon is speels.

'Ik maak me geen zorgen over jouw rijstijl, maar over die krankzinnige taxi's,' zegt Karen, als een echte moederkloek.

Ik pak een koekje van het bordje op het aanrecht en kijk opnieuw naar de voordeur. Daar zit ik al de hele tijd naar te kijken, wachtend totdat Hardin terugkomt. Mijn woede heeft in de loop van de avond langzaam plaatsgemaakt voor bezorgdheid.

'Goed, bedankt dat je me het even hebt laten weten. Ik zie je morgen weer,' zegt Ken, die met zijn telefoon aan zijn oor de keuken binnenkomt.

'Wie was dat?'

'Max. Hardin zit met Lillian bij hen thuis,' zegt hij.

Mijn maag draait zich om. 'Lillian?' vraag ik, voordat ik me kan inhouden.

'Dat is de dochter van Max. Ze is van jouw leeftijd.'

Waarom zit Hardin bij de dochter van de buren? Kent hij haar? Heeft hij iets met haar gehad?

'Hij zal zo wel thuiskomen.' Ken fronst even en kijkt me aan, waardoor ik vermoed dat hij niet heeft nagedacht over het effect dat zijn woorden op me zouden hebben. Ik voel me nog ongemakkelijker nu blijkt dat híj zich ongemakkelijk voelt.

'Ja,' zeg ik met verstikte stem. Ik sta op van mijn kruk. 'Ik... Ik ga maar eens naar bed.' Ik probeer kalm te blijven, maar ik voel de woede in me opwellen. Ik moet hier weg voordat ik begin te koken.

'Ik loop wel met je mee,' biedt Landon aan.

'Nee, dat hoeft niet. Echt niet. Ik was al vroeg op, dat waren we allemaal, en het is al laat,' zeg ik. Hij knikt, maar ik zie aan hem dat hij me niet gelooft.

Wanneer ik onder aan de trap sta, hoor ik hem zeggen: 'Hij is hartstikke stom.'

Ja, Landon, dat is hij.

Ik doe de balkondeuren dicht en loop naar de ladekast om mijn pyjama te pakken. Mijn gedachten zijn zo'n warboel dat het me moeite kost me op mijn kleren te concentreren. Niets lijkt een goede vervanging voor Hardins gedragen kleren, maar ik weiger het witte T-shirt aan te trekken dat over de leuning van de stoel hangt. Ik moet verdorie toch in mijn eigen kleren kunnen slapen? Ik staak mijn gesnuffel in de laden en besluit in mijn korte broek en sweater in bed te kruipen.

Wie is dat geheimzinnige meisje bij wie Hardin zit? Vreemd genoeg maak ik me drukker over huisvesting in Seattle dan over haar. Als hij onze relatie in gevaar wil brengen door vreemd te gaan, moet hij dat zelf weten. Ja, het zou me kapotmaken, en ik denk niet dat ik er ooit van zou herstellen.

Ik kan het me gewoon niet voorstellen. Ik kan me niet voorstellen dat hij vreemdgaat. Ondanks alles wat hij me in het verleden heeft aangedaan, zie ik het gewoon niet. Niet na zijn brief, niet na zijn smeekbede om vergiffenis. Ja, hij is bazig, veel te bazig, en hij weet niet wanneer hij moet ophouden om zich met mijn leven te bemoeien, maar zijn bemoeizucht is er vooral op gericht om mij bij zich te houden. Het is geen poging tot ontsnappen, en dat is vreemdgaan wel.

Nadat ik een uur naar het plafond heb liggen staren en alle houten balken in het halfronde gebeitste oppervlak heb geteld, is mijn woede nog altijd niet afgezakt.

Ik weet niet of ik nu al met hem wil praten, maar ik weet wel dat ik de slaap niet kan vatten zolang hij niet terug is. Hoe langer hij wegblijft, hoe sterker mijn jaloezie wordt. Die dubbele houding ontgaat me niet. Als ik bij een jongen zat, zou Hardin waarschijnlijk zo flippen dat hij het halve bos rondom de hut in de fik zou steken. Ik wil lachen om dat bespottelijke idee, maar ik heb er de fut niet voor. In plaats daarvan doe ik mijn ogen dicht, hopend dat de slaap snel zal komen.

33

∞

Hardin

‘Wil je iets drinken?’ vraagt Lillian.

‘Ja, hoor.’ Ik haal mijn schouders op en kijk op de klok.

Ze staat op en loopt naar een zilverkleurig serveerwagentje. Ze pakt een van de flessen en laat die snel aan me zien, zoals de assistente bij een quiz de prijzen toont. De fles cognac die ze ontkurkt, kost waarschijnlijk meer dan de gigantische tv die aan de wand hangt. Ze kijkt me met gespeeld medeleven aan. ‘Je kunt niet altijd de lafaard uithangen, weet je dat?’

‘Hou je mond.’

‘Je lijkt echt ontzettend veel op haar.’ Ze giechelt.

‘Op Tessa? Echt niet. En hoe zou jij dat nou kunnen weten?’

‘Nee, niet op Tessa. Op Riley.’

‘Hoe bedoel je?’

Lillian schenkt de donkere drank in een bol glas, geeft het aan mij en gaat weer op de bank zitten.

‘Neem jij niets?’ vraag ik.

Ze schudt deftig haar hoofd. ‘Ik drink niet.’

Natuurlijk niet. En ik zou dat ook niet moeten doen, maar de lichtzoete, indringende geur van de cognac verdrijft de laatste bezwaren uit mijn gedachten.

‘Ga je me nog vertellen waarom ik op haar lijk?’ Ik kijk haar verwachtingsvol aan.

‘Het is gewoon zo. Zij zit er ook altijd zo nors bij, kwaad op de hele wereld.’ Ze zet een overdreven emo-gezicht op en trekt haar benen onder zich op.

‘Nou, misschien heeft ze redenen om kwaad te zijn,’ verdedig ik haar vriendin, die ik niet eens ken. Dan drink ik het halve glas leeg. De drank is sterk, perfect gerijpt, en ik voel het branden tot in mijn tenen.

Lillian geeft geen antwoord, maar tuit haar lippen en staart in gedachten verzonken naar de wand achter me.

‘Weet je, ik ben niet echt een type voor dit soort zelfhulpgezeur,’ zeg ik.

Ze knikt. 'Dat had ik ook niet verwacht, maar je kunt op zijn minst bedenken hoe je Tamara het best je excuses kunt aanbieden.'

'Ze heet Tessa,' snauw ik, opeens geërgerd door die vergissing.

Glimlachend strijkt ze haar bruine haar over haar schouder. 'Sorry, Tessa. Ik heb een nichtje dat Tamara heet, vandaar.'

'Waarom denk je eigenlijk dat ik mijn excuses ga aanbieden?' Ik klak met mijn tong, wachtend op haar antwoord.

'Dat meen je niet! Natuurlijk moet je haar je excuses aanbieden!' zegt ze op luide toon. 'Je moet haar in elk geval vertellen dat je met haar meegaat naar Seattle.'

Ik kerm. 'Ik ga niét mee naar Seattle.' *Wat is dat toch met Tessa en Tessa Twee die maar blijven zeiken over Seattle?*

'Nou, dan hoop ik dat ze zonder je gaat,' zegt ze kortaf.

Ik kijk naar het meisje van wie ik dacht dat ze het misschien zou begrijpen. 'Wat zei je nou?' Ik zet het glas zo snel op de tafel dat de inhoud deels over de rand gutst.

Lillian trekt een wenkbrauw op. 'Ik hoop dat ze toch gaat, zeker nu je ervoor hebt gezorgd dat ze geen dak boven haar hoofd heeft.'

'Het is maar goed dat het me geen zak kan schelen wat jij ervan vindt.' Ik sta op, klaar om weg te gaan. Ik weet dat ze gelijk heeft, maar ik ben het gezeik zat.

'Het kan je wel iets schelen, maar dat wil je niet toegeven. Ik heb geleerd dat degenen die het hardst proberen de indruk te wekken dat iets hen koud laat zich eigenlijk juist heel druk maken.'

Ik pak het glas op en drink het in een teug leeg voordat ik naar de deur loop. 'Je weet geen zak van me,' zeg ik met opeengeklemde kaken.

Lillian staat op en slentert naar me toe. 'Jawel. Zoals ik al zei, je bent net Riley.'

'Nou, dan heb ik met haar te doen omdat ze met zo'n...' Ik wil naar dit meisje uitvallen, maar ik houd me in. Ze heeft niets verkeerd gedaan, ze heeft zelfs geprobeerd om me te helpen en verdient mijn woede niet.

Ik slaak een zucht. 'Het spijt me, oké?' Ik loop terug de woonkamer in en laat me op de bank vallen.

'Zie je nu wel, je excuses maken is helemaal niet zo moeilijk.' Lillian loopt glimlachend naar het serveerwagentje en pakt de fles cognac voor me. 'Je kunt duidelijk nog een borrel gebruiken.' Glimlachend pakt ze mijn lege glas.

Na mijn derde glas mompel ik: 'Tessa vindt het vreselijk wanneer ik drink.'

'Word je gemeen als je drinkt?'

'Nee,' antwoord ik spontaan, maar omdat ik merk dat ze echt belangstelling heeft, denk ik opnieuw over haar vraag na.

'Soms wel.'

'Hmm...'

'Waarom drink jij niet?' vraag ik.

'Dat weet ik niet. Ik doe het gewoon niet.'

'En je vriendje...' begin ik, maar dan verbeter ik mezelf: 'Sorry, vriendin. Drinkt zij wel?'

Ze knikt. 'Soms. Niet zo vaak als vroeger.'

'O.' Die Riley en ik hebben meer gemeen dan ik dacht.

'Lillian?' roept haar vader, en dan hoor ik de trap kraken.

Ik ga rechtop zitten en schuif instinctief verder bij haar vandaan. Zij kijkt omhoog. 'Ja, pap?'

'Het is bijna één uur. Ik denk dat je bezoek maar eens moest gaan.'

Eén uur? Jezus.

'Goed.' Ze knikt en kijkt me aan. 'Hij vergeet soms dat ik volwassen ben,' fluistert ze, duidelijk geërgerd.

'Ik moet sowieso vertrekken. Tessa vermoordt me nog,' klaag ik. Ik sta op, maar mijn benen werken niet zo goed mee.

'Je mag morgen best terugkomen, Hardin,' zegt de vriend van mijn vader wanneer ik bij de deur aankom.

'Bied je verontschuldigingen aan en denk nog eens na over Seattle,' brengt Lillian me in herinnering.

Ik ben echter vastbesloten haar advies te negeren en loop naar buiten, het stoepje af en de geplaveide oprit op. Had ik maar net zo'n baan als haar vader; hij bulkt duidelijk van het geld.

Buiten is het aardedonker. Ik zie bijna geen hand voor ogen. Aan het einde van de oprit zie ik in de verte de buitenlampen van mijn vaders hut, die me naar zijn oprit en uiteindelijk naar zijn veranda leiden.

Ik duw tegen de hordeur, die krakend opengaat, en vloek zacht. Het laatste wat ik wil, is dat mijn vader wakker wordt en de cognac ruikt. Aan de andere kant, misschien wil hij ook wel een borrel.

Mijn innerlijke Tessa geeft me onmiddellijk een standje voor die cynische gedachte, en ik knijp even in de brug van mijn neus om haar uit mijn hoofd te verdrijven.

Bij het uittrekken van mijn schoenen gooi ik bijna een lamp om. Ik moet steun zoeken bij de muur om mijn evenwicht te bewaren en weet uiteindelijk mijn schoenen naast die van Tessa te zetten. Met het zweet in mijn handen loop ik zo langzaam mogelijk de trap op. Ik ben niet echt dronken, maar wel aangeschoten, en ik weet dat ze nog meer van streek zal zijn dan eerder vandaag. Ze was al behoorlijk overstuur, en nu ik zo lang ben weggebleven – en ook nog heb gedronken – zal ze helemaal flippen. Eigenlijk ben ik nu best wel... bang voor haar. Ze werd eerder vandaag zo kwaad op me, toen ze me uitschold en zei dat ik moest opsodemieteren.

De deur van onze gedeelde kamer kraakt bij het opengaan, maar ik probeer zo stilletjes mogelijk naar binnen te glippen, zonder haar wakker te maken.

Helaas. De lamp op het nachtkastje gaat aan en Tessa richt een koele blik op mij.

'Sorry... ik wilde je niet wakker maken,' zeg ik verontschuldigend.

Er verschijnt een geërgerd trekje rond haar volle lippen. 'Ik sliep niet,' deelt ze me mee.

Mijn borst verstrakt. 'Het is al laat, ik weet het. Sorry.' Ik kan niet goed articuleren.

Ze knijpt haar ogen tot spleetjes. 'Heb je gedronken?'

Ondanks haar slaperige uitdrukking is haar blik helder. Nu ik het zachte licht van de lamp over haar gezicht zie spelen, wil ik naar haar toe lopen en haar aanraken.

'Ja,' zeg ik, wachtend totdat ze kwaad zal worden.

Ze strijkt zuchtend een paar losse plukjes haar van haar voorhoofd. Mijn toestand lijkt haar niet te verbazen of te verontrusten.

Een halve minuut later sta ik nog altijd op een woede-uitbarsting te wachten.

Maar er komt niets.

Ze blijft gewoon in bed zitten, achteroverleunend op haar ellebogen, en staart me met een mismoedige blik aan. Ik blijf midden in de kamer staan, niet op mijn gemak.

'Ga je nog iets zeggen?' vraag ik ten slotte, in de hoop dat we deze akelige stilte kunnen verbreken.

'Nee.'

'Huh?'

'Ik ben doodmoe en jij bent dronken. Er is verder niets te zeggen,' zegt ze emotieloos.

Ik ben altijd bang dat er een moment komt waarop ze zo kwaad is dat ze mijn gezeik niet langer pikt, en eerlijk gezegd schijt ik bagger omdat ik vrees dat we dat moment nu hebben bereikt.

'Ik ben niet dronken. Ik heb maar drie glazen gehad. Dat stelt niks voor, dat weet je.' Ik ga op de rand van het bed zitten en voel een koude rilling over mijn rug trekken wanneer ze dichter bij het hoofdeinde gaat zitten, verder uit mijn buurt.

'Waar zat je?' Haar stem klinkt zacht.

'Bij de buren.'

Ze blijft me aankijken, wachtend op meer.

'Bij ene Lillian. Haar vader heeft samen met mijn vader gestudeerd, we raakten aan de praat, en van het een kwam het ander...'

'O god.' Tessa knijpt haar ogen dicht, drukt haar handen tegen haar oren en trekt haar benen op naar haar borst.

Ik steek mijn handen naar haar uit, grijp allebei haar polsen vast en leg haar handen voorzichtig terug in haar schoot. 'Nee, dat bedoel ik helemaal niet. Mijn god. We hadden het over jou.' Ik wacht totdat ze met haar ogen zal rollen of op een andere manier blijk zal geven van haar ongeloof.

Ze doet haar ogen open en kijkt me aan. 'Over mij?'

'Over Seattle.'

'Je hebt het met haar over Seattle gehad, maar je wilt het niet met mij bespreken?'

Tessa klinkt niet kwaad, alleen maar nieuwsgierig, en ik snap er echt geen zak van. Het is niet zo dat ik met die griet wílde praten, ze dwong me er min of meer toe, maar ik ben blij dat ze dat heeft gedaan.

'Zo is het niet gegaan. Jij had me weggestuurd,' zeg ik tegen het meisje tegenover me dat sprekend op Tessa lijkt maar zich helemaal niet als Tessa gedraagt.

'En je hebt de hele tijd bij haar gezeten?' Ze zet haar tanden in haar trillende lip.

'Nee, ik ben een wandelingetje gaan maken en kwam haar toevallig tegen.' Ik steek mijn hand uit en strijk haar haar uit haar gezicht, en ze trekt zich niet voor me terug. Haar huid voelt warm aan en haar wangen lijken te gloeien in het gedempte licht. Ze drukt haar gezicht tegen mijn handpalm, en haar oogleden vallen trillend dicht wanneer ik met mijn duim over haar jukbeen strijk. 'Ze lijkt heel erg op jou.'

Jezus, ik had helemaal niet gedacht dat dit zo zou gaan. Ik had me verdomme voorbereid op een volgende wereldoorlog.

'Dus je vindt haar aardig?' Ze doet haar grijze ogen een klein stukje open, zodat ze me kan aankijken.

'Ja, ze is wel oké.' Ik haal mijn schouders op en ze doet opnieuw haar ogen dicht.

Ik ben behoorlijk van mijn stuk gebracht door haar kalmte, en dat, in combinatie met de gerijpte cognac, zorgt voor een bijzonder verwarde Hardin.

'Ik ben moe.' Ze trekt mijn hand van haar wang.

'Ben je niet kwaad?' vraag ik. Er klopt iets niet, maar ik weet niet goed wat. Stomme drank.

'Ik ben gewoon moe,' antwoordt ze. Ze laat zich achterover op het kussen vallen.

Goed...

Een alarmbel... Nee, een hele batterij sirenes begint in mijn hoofd te loeien nu ik besef dat er geen enkele emotie in haar stem te horen is. Ze verzwijgt iets. En ik wil verdomme weten wat.

Ze valt echter in slaap – of doet alsof – en ik kan niets anders doen dan de signalen negeren. Het is al laat. Als ik haar nu te veel onder druk zet, zal ze me opnieuw wegsturen, en dat kan ik niet aan. Zonder haar kan ik niet slapen, en ik mag blij zijn dat ze me na dat gekloot met Sandra überhaupt nog in haar buurt laat komen. Ik ben ook blij dat de drank me zo slaperig maakt dat ik niet de hele nacht zal liggen piekeren over de vraag wat haar zo bezighoudt.

34

∞

Tessa

In de verte komt de zon op en vult de kamer met ochtendlicht. Mijn blik gaat van de balkondeuren, waarvoor geen gordijnen hangen, naar mijn buik, waarop Hardins arm rust. Zijn volle lippen wijken iets uiteen, zodat zachte geluidjes ontsnappen. Ik weet niet of ik hem uit bed moet duwen of zijn bruine haar van zijn voorhoofd moet strijken en mijn lippen op de blozende huid moet drukken.

Ik ben kwaad, ik ben zo ontzettend kwaad op Hardin vanwege alles wat er gisteravond is gebeurd. Hij had het lef om pas om half twee thuis te komen, stinkend naar drank, zoals ik al had gevreesd. De zoveelste draad in dit verstrikkende web. En dan is er nog een meisje dat blijkbaar op mij lijkt en met wie hij uren heeft doorgebracht. Volgens hem hebben ze alleen maar zitten praten, maar het probleem is niet dat ik niet geloof dat het bij praten is gebleven. Het probleem is dat Hardin weigert met mij over Seattle of aanverwante onderwerpen te praten, maar er blijkbaar wel urenlang met haar over wil kletsen.

Ik weet niet wat ik ervan moet denken. Ik heb sowieso genoeg van al dat gepieker. Er is altijd wel een probleem dat moet worden opgelost, een onenigheid waar we ons overheen moeten zetten. En ik ben het zat. Ik ben het spuugzat. Ik hou meer van Hardin dan ik kan bevatten, maar ik weet niet hoeveel langer ik dit nog volhoud. Ik kan me niet bij elk probleem afvragen of hij dronken thuiskomt. Ik wilde tegen hem schreeuwen, een kussen naar zijn hoofd gooien en hem duidelijk maken dat hij een ontzettende lul is, maar het begint me eindelijk te dagen dat je maar een beperkt aantal keren ruzie kunt maken over een bepaald onderwerp voordat je er geen fut meer voor hebt.

Ik weet niet wat ik moet doen nu hij niet mee wil naar Seattle, maar ik weet wel dat in bed blijven liggen ook niet helpt. Ik til Hardins arm op, wurm me onder hem vandaan en leg zijn arm daarna voorzichtig op het kussen naast hem. Hij kreunt in zijn slaap, maar gelukkig beweegt hij alleen maar en wordt hij niet wakker.

Ik pak mijn telefoon van het nachtkastje en loop zachtjes naar de balkondeuren, die bijna geruisloos opengaan. Met een opgeluchte zucht doe ik ze achter me dicht. Buiten is het veel koeler dan gisteren, maar het is nog vroeg.

Met de telefoon in mijn hand denk ik na over mijn woonsituatie in Seattle, die op het moment niet-bestaand is. Mijn verhuizing wordt lastiger dan ik had verwacht, en eerlijk gezegd vraag ik me af of het al dat gedoe waard is. Maar dan spreek ik mezelf streng toe omdat ik dat durf te denken. Dit is nu precies Hardins bedoeling: hij wil het me zo moeilijk maken dat ik er uiteindelijk van afzie en bij hem blijf.

Dat gaat dus niet gebeuren.

Ik open de browser op mijn telefoon en wacht ongeduldig totdat Google is geladen. Ten slotte loop ik terug naar binnen, vol ergernis over mijn stokoude en uiterst langzame toestel, en pak Hardins mobieltje van de stoel.

Als hij nu wakker wordt en ziet dat ik aan zijn telefoon zit, zwaait er wat. Maar ik ben niet geïnteresseerd in zijn gesprekken of berichten. Ik wil alleen maar internet gebruiken.

Ze is wel oké. Terwijl ik naar woningen in Seattle zoek, blijven zijn woorden over die Lillian door mijn hoofd spoken.

Ik schud mijn hoofd om de herinnering te verjagen en concentreer me op een luxe appartement waarvan ik mocht willen dat ik het kon betalen. Ik blader door naar het volgende, een woning met één slaapkamer die de ingang deelt met de buren. Zeker nu ik hoogstwaarschijnlijk in mijn eentje in Seattle moet gaan wonen, vind ik dat geen prettig idee. Ik strijk nog een paar keer over het scherm en vind ten slotte een woning met één slaapkamer in een hoge flat. Die is een klein beetje boven mijn budget, maar als ik iets minder aan boodschappen uitgeef, moet het lukken.

Ik voer het nummer in op mijn telefoon en blijf door de lijst bladeren, geplaagd door visioenen van een huizenjacht samen met Hardin. Ik zie ons samen op het bed zitten, ik in kleermakerszit en hij met zijn lange benen voor zich uitgestrekt en zijn rug tegen het hoofdeinde. Ik zou hem de ene woning na de andere laten zien, en hij zou met zijn ogen rollen en mopperen dat het zo veel werk is, maar ik zou hem af en toe zien glimlachen, zijn blik gericht op mijn lippen. En nadat hij me zou hebben verzekerd dat ik er zo schattig uitzie als ik opgetogen ben, pakt hij mijn laptop van me af en verzekert me dat hij het ideale huis voor ons tweeën kan vinden.

Maar dat zou te simpel zijn. Te gemakkelijk. Een half jaar geleden was mijn leven nog simpel en gemakkelijk. Mijn moeder hielp me een kamer in een studentenflat te vinden, en voordat ik mijn eerste stap op de campus van Washington Central zette, was alles tot in de puntjes geregeld.

Mijn moeder... Ik kan er niets aan doen, maar ik mis haar. Ze weet niet dat ik mijn vader heb ontmoet, maar ik weet wel dat ze kwaad zou zijn als ze dat wist. Dat weet ik gewoon.

Voordat ik van gedachten kan veranderen, kies ik haar nummer.

'Hallo?' zegt ze ontspannen.

'Mam?'

'Wie moet er anders opnemen?'

Ik heb nu al spijt van dit gesprek. 'Hoe gaat het?' vraag ik zacht.

Ze slaakt een zucht. 'Goed. Ik heb het nogal druk.'

'Wat is er allemaal gebeurd?' *Heeft ze het gehoord, van mijn vader?* Als dat niet zo is, is dit niet het juiste moment om haar dat te vertellen, besluit ik.

'Niets bijzonders. Ik maak veel overuren, we hebben een nieuwe dominee... O ja, Ruth is overleden.'

'Ruth Porter?'

'Ja, ik wilde je nog bellen.' Haar koele toon wordt iets warmer.

Noahs oma Ruth was een van de liefste vrouwen die ik ooit heb gekend. Ze was altijd ontzettend aardig en maakte, de baksels van Karen niet meegerekend, de lekkerste chocoladekoekjes ter wereld.

'Hoe gaat het met Noah?' durf ik te vragen. Hij had een erg goede band met zijn oma, dus dit moet zwaar voor hem zijn. Ik heb mijn grootouders nooit zo goed gekend. De ouders van mijn vader waren al overleden voordat ik oud genoeg was om me hen te herinneren, en de ouders van mijn moeder waren sowieso geen types voor een innige relatie.

'Hij heeft het erg moeilijk. Je moet hem bellen, Tessa.'

'Ik...' Ik wil zeggen dat dat niet gaat, maar dan val ik stil. Waarom kan ik hem eigenlijk niet bellen? Dat kan wel, en dat ga ik doen ook. 'Dat zal ik doen. Ik ga hem nu meteen bellen.'

'Echt?' Ze klinkt duidelijk verbaasd. 'Nou, wacht in elk geval maar tot na negenen,' raadt ze me aan, en haar toon doet me glimlachen. Ik weet dat zij ook glimlacht, aan de andere kant van de lijn. 'Hoe gaat het met je studie?'

'Ik verhuis maandag naar Seattle,' beken ik. Ik hoor iets op de grond vallen.

'Wat?'

'Dat heb ik je toch verteld?' *Dat héb ik toch verteld, of niet?*

'Nee, dat heb je niet. Je hebt gezegd dat het bedrijf waarvoor je werkt naar Seattle verhuist, maar je hebt me nooit verteld dat je voorgoed vertrekt.'

'Sorry. Ik heb het erg druk gehad met de verhuizing en met Hardin.'

Op uitermate beheerste toon vraagt ze: 'Hij gaat met je mee?'

'Dat... dat weet ik nog niet.' Ik slaak een zucht.

'Gaat het wel? Je klinkt een beetje van streek.'

'Het gaat prima,' lieg ik.

'Ik weet dat het de laatste tijd niet echt koek en ei tussen ons was, maar ik blijf je moeder, Tessa. Als er iets is, kun je er altijd met me over praten.'

'Het gaat echt goed. Ik heb het alleen nogal druk met de verhuizing en de overplaatsing naar een nieuwe campus.'

'O, dat? Daar hoef je je geen zorgen over te maken. Je was altijd al een uitblinker. Dat zal je altijd zijn,' zegt ze stellig.

'Dat weet ik, maar ik ben al zo gewend aan deze campus. Ik ken de docenten en ik heb hier vrienden... Een paar.' Ik heb niet echt vrienden die ik zal missen, behalve Landon. En misschien Steph... maar vooral Landon.

'Tessa, hier hebben we jarenlang naartoe gewerkt. Kijk eens naar jezelf en naar wat je in zo'n korte tijd hebt bereikt. Je kunt trots op jezelf zijn.'

Haar woorden verbazen me zo dat ik ze even moet verwerken.

'Dank je,' mompel ik.

'Zodra je verhuisd bent, moet je me bellen. Dan kom ik op bezoek, want ik verwacht niet dat je op korte termijn hier langs zult komen,' zegt ze.

'Dat zal ik doen.' Ik negeer haar scherpe toon.

'Ik bel je later wel terug, ik moet nu naar mijn werk. Vergeet Noah niet te bellen.'

'Nee, ik bel hem over een paar uur wel.'

Wanneer ik ophang, wordt mijn aandacht getrokken door een beweging op het balkon. Ik kijk op en zie Hardin staan, gekleed in zijn gebruikelijke zwarte T-shirt en zwarte jeans. Hij loopt op blote voeten en heeft zijn blik op mij gericht.

'Wie was dat?' vraagt hij.

'Mijn moeder,' antwoord ik. Ik trek mijn knieën op tot aan mijn borst.

'Waarom belde ze?' Hij pakt de leuning van de lege stoel vast en trekt die met een piepend geluid dichter naar me toe voordat hij gaat zitten.

'Ik heb haar gebeld,' antwoord ik zonder hem aan te kijken.

'Waarom ligt mijn telefoon hier?' Hij pakt het toestel van mijn schoot en kijkt ernaar.

'Ik had internet nodig.'

'O,' zegt hij op een toon alsof hij me niet gelooft.

Als hij toch niets te verbergen heeft, wat maakt het hem dan uit?

'Je zei dat je over een paar uur iemand gaat bellen. Wie dan?' vraagt hij.

Ik kijk hem aan. 'Noah,' antwoord ik droogjes.

Hij knijpt zijn ogen halfdicht. 'Dacht het niet.'

'Dacht het wel.'

'Waarom moet je hem bellen?' Hij legt zijn handen op zijn knieën en leunt naar voren. 'Je hoeft hem helemaal niet te spreken.'

'Oké, dus jij kunt urenlang bij een ander zitten en dronken worden, maar...'

'Hij is je ex,' onderbreekt hij me.

'En hoe weet ik dat zij niet een van jouw exen is?'

'Omdat ik geen exen heb, weet je nog?'

Ik maak een geërgerd geluidje. Mijn eerdere vastberadenheid is verdwenen, en ik word opnieuw boos. 'Goed, een van die meiden met wie je ooit heb geneukt, zo goed? Hoe dan ook,' vervolg ik, op lage en nadrukkelijke toon, 'jij gaat me niet vertellen wie ik wel en niet mag bellen. Ex of niet.'

'Ik dacht dat je niet kwaad op me was.'

Ik slaak een zucht en staar voor me uit over het water, zodat ik zijn priemende groene ogen niet hoef te zien. 'Dat ben ik niet, echt niet. Je deed precies wat ik van je had verwacht.'

'En dat was...'

'Urenlang wegblijven en dronken thuiskomen.'

'Je stuurde me weg.'

'Dat betekent niet dat je dronken thuis moet komen.'

'Daar gaan we weer,' zegt hij kermend. 'Ik wist wel dat je je mond niet zou houden, zoals je gisteravond deed.'

'Mijn mond houden? Weet je, dat is jouw probleem: je verwacht dat ik mijn mond houd. Maar die tijd is voorbij.'

'Hoe bedoel je?' Hij leunt voorover, zijn gezicht te dicht bij dat van mij.

'Ik heb het gewoon gehad, met alles.' Ik maak een dramatisch gebaar en sta op. 'Jij kunt wat mij betreft doen wat je wilt, maar je zult een ander moeten zoeken die je buien verdraagt zonder er iets van te zeggen, want ik ben er klaar mee.' Ik wend me van hem af.

Hij springt overeind, pakt mijn arm vast en trekt me zachtjes terug. 'Hou op,' zegt hij bevelend. Hij legt een grote hand op mijn middel en de andere op mijn arm. Ik wil me losrukken, maar dan trekt hij me tegen zijn borst. 'Hou eens op met tegenstribbelen. Je gaat helemaal nergens naartoe.'

Ik probeer me los te rukken. Zijn lippen veranderen in een strakke lijn.

'Als je me loslaat, ga ik weer zitten,' zeg ik. Ik wil eigenlijk niet toegeven, maar ik wil het niet voor de anderen verpesten. Als ik nu naar beneden ga, zal Hardin geheid achter me aan komen en zal het ermee eindigen dat we in het bijzijn van zijn familie staan te ruziën.

Hij laat me snel los en ik laat me weer op de stoel vallen. Hij gaat tegenover me zitten en kijkt me verwachtingsvol aan, met zijn ellebogen op zijn knieën.

'Wat?' snauw ik.

'Dus je laat me echt in de steek?' fluistert hij.

Dat verzacht mijn barse stemming een beetje. 'Als je daarmee Seattle bedoelt: ja.'

'Maandag?'

'Ja, maandag. Ik heb dit al zo vaak met je besproken. Ik weet dat je dacht dat je mij kon ontmoedigen,' zeg ik woedend, 'maar dat gaat je niet lukken, wat je ook doet.'

'Wat ik ook doe?' Hij kijkt me door zijn dikke wimpers heen aan.

Ik zal met je trouwen, zei hij toen hij dronken was. Bedoelt hij dat nu ook? Ik wil het hem dolgraag vragen, nu, hier, maar dat kan ik niet. Ik denk niet dat ik klaar ben voor zijn nuchtere antwoord.

'Hardin, wat wil je koste wat kost vermijden in Seattle?' vraag ik in plaats daarvan.

Zijn blik schiet weg van de mijne. 'Niets belangrijks.'

'Hardin, ik kan je dit vertellen: als blijkt dat er nog iets is wat je voor me verborgen hebt gehouden, praat ik nooit meer met je,' zeg ik, en ik meen het. 'Ik heb genoeg van al dat gezeik.'

'Er is niets, Tessa. Er wonen een paar oude vrienden van me die ik liever niet tegenkom omdat ze bij mijn vorige leven horen.'

'Je vórige leven?'

'Het leven dat ik had voordat ik jou leerde kennen, toen ik zoop en met iedere meid neukte die ik tegenkwam,' zegt hij. Wanneer ik ineenkrimp, voegt hij er 'Sorry' aan toe, maar dan vervolgt hij: 'Er zijn geen grote geheimen, maar wel nare herinneringen. Maar dat is niet de reden dat ik niet wil verhuizen.'

Ik wacht totdat hij ter zake komt, maar hij zegt verder niets. 'Nou, vertel me dan de reden maar. Want ik snap er niks van.'

Hij kijkt me recht aan. Zijn gezicht verraadt geen enkele emotie. 'Waarom wil je een uitleg hebben? Ik wil niet verhuizen en ik wil niet dat je zonder mij gaat.'

'Nou, dat is niet genoeg. Ik ga wél. En weet je wat? Ik wil niet eens meer dat je meegaat.' Ik schud mijn hoofd.

'Wát?' Zijn ogen worden donker.

'Ik wil niet dat je meegaat,' zeg ik zo kalm mogelijk. Ik sta op uit de stoel, trots dat ik dit gesprek kan voeren zonder te schreeuwen. 'Je hebt je best gedaan om dit voor me te verpesten. Dit is altijd al een droom van me geweest, en je hebt zo je best gedaan om roet in het eten te gooien. Je hebt een gebeurtenis waarnaar ik zo ontzettend heb uitgekeken veranderd in iets waaraan ik niet eens meer wil denken. Ik zou opgetogen moeten zijn, blij dat ik mijn dromen kan waarmaken, maar in plaats daarvan heb jij ervoor gezorgd dat ik helemaal alleen ben en niet eens een dak boven mijn hoofd heb. Dus nee, ik wil niet dat je meegaat.'

Zijn mond gaat open en weer dicht. Dan staat hij op en begint hij over de houten vloer van het balkon te ijsberen. 'Je...' begint hij, maar dan blijft hij staan, alsof hij van gedachten verandert.

Maar dit is Hardin, voor wie nooit iets verandert, en dus kiest hij voor hardere, lelijkere woorden. 'Je... Weet je, Tessa, alleen mensen zoals jij geven iets om zo'n kutstad als Seattle. Wie droomt er nu zijn hele leven van om verdomme naar dat achterlijke Seattle te verhuizen? In Washington, godbetert. O, o, wat een ambitie,' zegt hij grommend. Hij haalt diep adem. 'En voor je het vergeet, je hebt die kans geheel en al aan mij te danken. Hoeveel studenten denk je dat er een betaalde stage krijgen? Niemand! De meeste mensen mogen blij zijn als ze na hun afstuderen een betaalde stage kunnen vinden.'

'Daar gaat het verdomme niet om.' Ik rol met mijn ogen, vanwege hem en het lef dat hij heeft.

'Waar gaat het dan wel om, ondankbaar...'

Ik doe een stap naar voren, en voordat ik goed en wel besef wat ik doe, haal ik naar hem uit.

Maar Hardin is te snel, grijpt me bij mijn pols en houdt mijn hand op een paar centimeter van zijn wang tegen.

'Niet doen,' zegt hij waarschuwend. Zijn stem klinkt bars, vervuld van woede, en ik wilde dat hij me niet had tegengehouden. Zijn naar munt ruikende adem strijkt over mijn wangen. Hij ademt ingespannen en probeert zich te beheersen.

Kom maar op, Hardin, daag ik hem in gedachten uit. Ik ben niet onder de indruk van zijn zware ademhaling of nare woorden. Ik kan hem uitstekend van repliek dienen.

'Zo kun je niet tegen anderen praten, niet zonder voor de gevolgen in te staan.' Mijn woorden klinken laag en zelfs dreigend.

'Gevolgen?' Hij kijkt me met fonkelende ogen aan. 'Ik heb mijn hele leven al te maken met gevolgen.'

Ik vind het vreselijk dat hij met de eer van mijn stage strijkt, ik vind het vreselijk dat we zo aan elkaar staan te trekken. Ik vind het vreselijk dat hij me zo kwaad maakt dat ik hem wil slaan, en ik vind het vreselijk dat het voelt alsof ik de controle verlies over iets wat ik misschien niet eens echt heb gehad. Ik kijk naar hem op. Hij houdt nog altijd mijn pols vast, net stevig genoeg om te voorkomen dat ik opnieuw naar hem uithaal, maar hij ziet er gekwetst en tegelijkertijd gevaarlijk uit. Zijn blik heeft iets uitdagends wat me misselijk maakt.

Hij brengt mijn hand naar zijn borst, zonder zijn blik van mijn gezicht los te maken. 'Je weet niets van gevolgen.'

Dan loopt hij weg, nog altijd met die blik in zijn ogen, en mijn hand valt langs mijn zij neer.

35

∞

Hardin

Wat denkt ze verdomme wel? Denkt ze echt dat ze dit soort dingen tegen me kan zeggen, alleen maar omdat ik niet naar Seattle wil verhuizen? En ze wil niet eens dat ik ga?

Ze heeft me zelf gevraagd om mee te gaan naar die kutstad, en nu haalt ze zomaar naar me uit? Dacht het niet. Tijdens ons gesprek verscheen er voor mijn ogen ook een rood waas, maar ik was echt geschokt toen ze me probeerde te slaan. Toen ik haar daarnet alleen liet, stond ze me aan te kijken met opengesperde ogen en pupillen die groot waren van woede, en ik moest echt weglopen, weg van dat gezeik.

Nu zit ik in het kleine koffietentje in dit dorp. De koffie smaakt naar teer en die rare muffin die ik erbij heb besteld is nog erger. Ik haat dit klotegat waar je verdomme niks fatsoenlijks kunt krijgen.

Ik scheur drie suikerzakjes tegelijk open boven mijn kopje en roer met het plastic lepeltje. Het is te vroeg voor dit soort ellende.

'Goedemorgen,' zegt een bekende stem. Het is niet de stem die ik wil horen.

'Wat moet jij hier?' Ik rol met mijn ogen wanneer Lillian naast me komt staan.

'Nou, jij bent ook geen ochtendmens,' zegt ze uiterst vriendelijk. Ze gaat tegenover me zitten.

'Ga weg,' zeg ik nors. Ik kijk om me heen. Er staat een rij tot aan de deur en vrijwel alle tafeltjes in het kleine koffiehuis zijn bezet. Waarschijnlijk zou ik iedereen die in de rij staat een plezier doen door hun te vertellen dat ze beter naar een Starbucks even verderop kunnen rijden, want de kwaliteit hier is ruk.

Ze kijkt me aandachtig aan. 'Je hebt nog niet je excuses aangeboden, hè?'

'Jezus, wat ben jij nieuwsgierig.' Ik knijp met mijn vingers in de brug van mijn neus.

Ze glimlacht. 'Eet je die nog op?' Ze wijst naar de keiharde muffin voor me.

Ik schuif hem naar haar toe en ze breekt er een stukje af. 'Ik zou dat niet eten als ik jou was,' waarschuw ik haar, maar ze doet het toch.

'Zo erg is het niet,' liegt ze. Ik zie gewoon dat ze de muffin wil uitspugen, maar ze slikt het stukje dapper door. 'Ga je me nog vertellen waarom je Tamara nog niet je excuses hebt aangeboden?'

'Ze heet Tessa, verdomme, als je nog eens...'

'Rustig, ik maakte maar een grapje.' Ze giechelt tevreden.

'Ha. Ha.' Ik drink mijn kopje leeg.

'Maar goed, waarom heb je dat nog niet gedaan?'

'Weet ik niet.'

'Dat weet je wel,' dringt ze aan.

'Wat kan jou dat nou schelen?' Ik leun voorover, en ze schuift naar achteren op haar stoel.

'Dat weet ik niet... Omdat je blijkbaar van haar houdt en je mijn vriend bent.'

'Je vriend? Ik ken je niet eens, en je kent mij zeker niet,' verklaar ik.

Haar kalme uitdrukking verandert even, en ze knippert langzaam met haar ogen. Als ze nu gaat huilen, sla ik iemand in elkaar. Zo veel gedoe kan ik op de vroege ochtend niet aan.

'Hoor eens, je bent best oké. Maar dit...' Ik wijs op mezelf en op haar, '... is geen vriendschap. Ik heb geen vrienden.'

Ze houdt haar hoofd scheef. 'Je hebt geen vrienden? Niet een?'

'Nee, ik heb mensen met wie ik ga feesten en ik heb Tessa.'

'Je hebt in elk geval één vriendin.'

'Waarom zouden jij en ik vrienden worden? We gaan morgenmiddag weer naar huis.'

Ze haalt haar schouders op. 'Tot die tijd kunnen we vrienden zijn.'

'Jij hebt blijkbaar ook niet al te veel vrienden.'

'Niet echt. Riley mag de meesten van mijn vrienden niet.'

'En? Wat maakt dat nu uit?'

'Ik ga minder vaak met mijn vrienden om dan ik zou willen omdat ik geen ruzie met haar wil.'

'Sorry hoor, maar Riley klinkt als een echte bitch.'

'Dat mag je niet zeggen.' Lillian begint te blozen, en voor het eerst zie ik bij haar een andere emotie dan kalmte of alwetendheid.

Ik begin met mijn kopje te spelen, blij dat ik een ander gevoel bij haar kan opwekken. 'Ik zeg het alleen maar. Ik zou me niet door een ander laten vertellen met wie ik wel of niet vrienden kan zijn.'

'Dus je wilt beweren dat Tessa ook vrienden heeft met wie ze van alles onderneemt zonder dat jij erbij bent?' Ze trekt een wenkbrauw op, en ik wend mijn blik af, nadenkend over haar vraag.

Ze heeft vrienden... ze heeft Landon. 'Ja.'

'Jij telt niet.'

'Nee, ik niet. Landon.'

'Landon is je stiefbroer. Die telt ook niet.'

Steph is wel een vriendin van Tessa, maar niet echt, en Zed... Die is geen probleem meer. 'Ze heeft mij,' zeg ik.

Ze lacht zelfgenoegzaam. 'Dat dacht ik al.'

'Wat maakt het uit? Zodra we hier weg zijn en een nieuw leven zijn begonnen, kan ze nieuwe vrienden maken. We kunnen samen nieuwe vrienden maken.'

'Ja, hoor. Het probleem is alleen dat jullie niet op dezelfde plek gaan wonen,' brengt ze me in herinnering.

'Ze gaat met mij mee. Ik weet het, op dit moment ziet het er niet naar uit, maar je kent haar niet. Ik wel, en ik weet dat ze niet zonder me kan leven.'

Lillian kijkt me bedachtzaam aan. 'Weet je, er is een groot verschil tussen niet zonder iemand kunnen leven en van iemand houden.'

Dat mokkel weet niet eens waar ze over praat, want dit slaat nergens op. 'Ik wil het niet meer over haar hebben. Als je vrienden wilt zijn, moet ik meer weten over jou en Regan.'

'Riley,' zegt ze op scherpe toon.

Ik grinnik zacht. 'Irritant, hè?'

Lillian kijkt me zogenaamd boos aan, maar vertelt dan hoe ze haar vriendin heeft leren kennen. Ze zaten tijdens de introductieweek van de universiteit in dezelfde groep. In het begin was Riley nogal bot geweest, maar toen had ze, tot verbazing van hen allebei, een versierpoging ondernomen. En blijkbaar is Riley nogal jaloers en opvliegend. Klinkt bekend.

'Als we ruzie hebben, komt dat vooral door haar jaloezie. Ze is altijd bang dat ik haar in de steek zal laten. Ik heb geen idee waarom, want zij is altijd degene die de aandacht trekt, van zowel jongens als meisjes, en ze valt op allebei.' Ze slaakt een zucht. 'Dus zij heeft meer te kiezen.'

'En jij?'

'Nee, ik heb nooit iets met een jongen gehad.' Ze trekt haar neus op. 'Nou ja, toen ik veertien was, omdat ik het gevoel had dat het zo hoorde. Mijn vriendinnen zaten te zeuren dat ik nooit een vriendje had.'

'Waarom zei je niet gewoon dat je op meiden valt?' vraag ik.

'Zo simpel is het niet.'

'Dat zou het wel moeten zijn.'

Ze glimlacht. 'Ja, dat is waar, maar zo werkt het niet. En trouwens, mijn enige vriendinnen tot nu waren Riley en nog een ander meisje.' Dan verdwijnt haar glimlach. 'Riley heeft al heel vaak verkering gehad.'

De rest van de ochtend en de hele middag breng ik zo door, luisterend naar de problemen van die meid. Maar ik vind het niet zo erg. Het is fijn om te weten dat ik niet de enige met dit soort problemen ben. Lillian doet me heel erg aan Tessa en Landon denken. Als die twee één persoon konden zijn, zouden ze Lillian zijn. Ik vind haar gezelschap eigenlijk wel fijn, al zal ik dat nooit toegeven. Ze is een buitenstaander, net als ik, maar ze veroordeelt me niet omdat ze me amper kent. Het is een komen en gaan van klanten, en telkens wanneer er een blond meisje naar binnen loopt, kijk ik op, in de hoop dat het mijn blonde meisje is.

Er klinkt een grappig deuntje. 'Dat zal mijn vader zijn, die belt omdat...' Lillian kijkt naar haar mobieltje. 'Shit, het is al vijf uur,' zegt ze geschrokken. 'We moeten gaan. Of nou ja, ik moet gaan. En ik heb niks om aan te trekken vanavond.'

'Waar moet je naartoe?'

'Uit eten. Je weet toch dat we uit eten gaan met jouw ouders?'

'Karen is niet mijn...' begin ik, maar dan besluit ik niets te zeggen. Ze weet het al.

Ik sta op en loop met haar mee naar een kledingwinkeltje vol bonte jurken en opzichtige sieraden. Het ruikt er naar mottenballen en zout water.

'Er is helemaal niks leuks,' zegt ze kermend. Ze houdt een knalroze jurk met ruches omhoog.

'Dat is afzichtelijk,' zeg ik. Ze knikt en hangt de jurk terug.

Ik vraag me af wat Tessa nu aan het doen is. Vraagt ze zich af waar ik ben? Ik weet zeker dat ze denkt dat ik bij Lillian zit, en dat is ook zo, maar ze hoeft zich nergens zorgen over te maken. Dat weet ze.

Of nou nee, dat weet ze niet. Ik heb haar niet verteld dat Lillian een vriendin heeft.

'Tessa weet niet dat je lesbisch bent,' flap ik eruit wanneer ze me een met kraaltjes bestikte zwarte jurk laat zien.

Ze werpt me een kalme blik toe en haalt haar hand over de jurk.

'Ik ga je echt geen kledingadvies geven, dus je kunt net zo goed ophouden,' kerm ik.

Ze rolt met haar ogen. 'Waarom heb je het haar niet verteld?'

Ik peuter even aan een halsketting met veren. 'Ik weet het niet. Ik dacht er niet aan.'

'Nou, ik ben heel erg gevleid dat mijn seksuele voorkeur zo onbelangrijk voor je is,' zegt ze zogenaamd dankbaar, met haar hand tegen haar hals. 'Maar je kunt het haar maar beter vertellen.' Ze glimlacht. 'Geen wonder dat ze je bijna een klap heeft verkocht.'

Ik wist wel dat ik haar dat niet had moeten vertellen. 'Hou je mond. Ik zal het haar wel vertellen als...' Al kan het in mijn voordeel zijn om het niet te doen. 'Misschien,' voeg ik eraan toe.

Lillian rolt opnieuw met haar ogen. Ze doet dat bijna net zo vaak als Tessa.

'Zij doet moeilijk en ik weet wat ik doe, oké?' Dat denk ik tenminste. Ik weet precies wat ik moet doen om te krijgen wat ik wil.

'Je moet je nog wel even verkleden. We gaan vanavond naar een walgelijk chique tent,' zegt ze waarschuwend. Ze draait de jurk aan het hangertje heen en weer en kijkt ernaar.

'O nee, zeg. Denk je echt dat ik meega?'

'Waarom niet? Of wil je het vrouwtje soms nog pissiger maken?'

Haar woorden brengen me even van mijn stuk. 'Het vrouwtje? Zo moet je haar niet noemen.'

Ze houdt een wit button-downoverhemd tegen mijn borst. 'Trek in elk geval een mooi overhemd aan, anders zal mijn vader de hele avond tegen je gaan zitten zeiken.' Ze loopt het kleedhokje in.

Een paar minuten later komt ze in de zwarte jurk weer naar buiten. Die staat haar goed – zo is ze best een lekker ding – maar ik vraag me meteen af hoe die jurk Tessa zou staan. Bij Tessa zou hij veel strakker zitten; ze heeft grotere tieten en bredere heupen dan Lillian, dus ze zou die jurk veel beter vullen.

'Deze is in elk geval niet zo lelijk als de andere kleren hier,' zeg ik bij wijze van compliment. Ze rolt weer met haar ogen en steekt haar middelvinger naar me op voordat ze het gordijn van het hokje dichttrekt.

36

∞

Tessa

Ik kijk in de lange spiegel en vraag Landon: 'Weet je zeker dat dit kan?'

'Ja, natuurlijk,' zegt hij met een glimlach. 'Maar vergeet niet dat ik ook maar een vent ben.'

Ik slaak een zucht en grinnik dan. 'Dat weet ik. Sorry. Ik kan er ook niks aan doen dat je mijn enige vriend bent.'

De donkere, fonkelende jurk voelt vreemd aan op mijn huid. De stof is stug en de kraaltjes schuren een beetje wanneer ik me beweeg. Het kleine boetiekje in het dorp bood echter niet veel keuze, en ik wilde zeker niet rondlopen in een jurk van knalroze tule. Hardins voorstel om jeans te dragen was niet bepaald bruikbaar.

'Denk je dat hij nog op tijd terug is? Voordat we vertrekken?' vraag ik aan Landon.

Hardin heeft, zoals wel vaker, na onze ruzie de benen genomen en is nog niet terug. Hij heeft ook niets van zich laten horen. Waarschijnlijk zit hij bij die geheimzinnige meid met wie hij zo graag onze problemen bespreekt. Dat meisje met wie hij beter kan praten dan met zijn eigen vriendin. Hij was zo kwaad dat het me niet zou verbazen als hij iets met haar zou doen, gewoon om mij dwars te zitten.

Nee... dat zou hij nooit doen.

'Ik heb eerlijk gezegd geen idee,' zegt Landon. 'Ik hoop maar van wel, want anders zal mijn moeder erg teleurgesteld zijn.'

'Ja.' Ik steek nog een haarspeld in mijn knotje en pak mijn mascara van het plankje in de badkamer.

'Hij draait wel weer bij. Hij is gewoon koppig.'

'Ik weet alleen niet of wij wel bijdraaien.' Ik strijk met het borsteltje over mijn wimpers. 'Ik voel gewoon dat ik op knappen sta. Weet je hoe ik me gisteravond voelde, toen hij me vertelde dat hij bij een andere meid had gezeten?'

'Nou?' Hij kijkt me niet-begrijpend aan.

'Dit lijkt me het einde van het turbulente liefdesverhaal.' Ik probeer een grapje te maken, maar het mislukt.

'Het is raar om juist jou zoiets te horen zeggen,' merkt hij op. 'Hoe voel je je?'

'Een beetje boos, maar meer niet. Het voelt alsof ik verdoofd ben en ik niks meer voel. Ik heb gewoon niet de fut om dit te blijven doen. Ik begin te geloven dat hij een verloren zaak is, en dat breekt mijn hart.' Ik mag niet huilen van mezelf.

'Niemand is een verloren zaak. Dat denken ze alleen maar, en om die reden doen ze niet beter hun best.'

'Zijn jullie klaar?' roept Karen vanuit de woonkamer. Landon verzekert haar dat we over een paar minuten naar beneden komen. Ik trek een paar nieuwe schoenen aan, zwarte met hoge hakken en een bandje rond de enkel. Helaas zitten ze niet zo goed als ze eruitzien. Op dit soort momenten mis ik de Toms die ik elke dag droeg.

Hardin is nog steeds niet opgedoken wanneer we in de auto stappen. 'We kunnen echt niet langer wachten,' zegt Ken met een teleurgestelde frons.

'Het geeft niet. We nemen wel iets te eten voor hem mee,' biedt Karen op vriendelijke toon aan. Ze weet dat dat geen oplossing is, maar ze wil haar man graag geruststellen.

Landon kijkt me even aan, en ik maak hem met een glimlach duidelijk dat het goed met me gaat. Hij probeert me de hele rit lang af te leiden met opmerkingen over onze medestudenten en grapjes over hoe ze tijdens college zijn, zeker tijdens een vak als religies.

Wanneer Ken bij het restaurant parkeert, zie ik dat het om iets heel bijzonders gaat. Aan de buitenkant lijkt het restaurant nog het meest op een enorme blokhut, maar de binnenkant is heel anders dan het houten exterieur. Vanbinnen is alles modern en strak, uitgevoerd in zwart en wit, met grijze accenten op de wanden en de vloer. Het licht is zo gedempt dat het bijna te donker is, maar dat is wel sfeervol. Mijn jurk blijkt onverwacht te schitteren. De kraaltjes fonkelen als diamanten in het licht, en dat lijkt niemand te ontgaan.

'De naam is Scott,' zegt Ken tegen de knappe vrouw aan de balie.

'De rest van uw gezelschap is er al.' Ze glimlacht tanden bloot die zo wit zijn dat we bijna worden verblind.

'Gezelschap?' vraag ik aan Landon. Hij haalt zijn schouders op.

We lopen achter de vrouw aan naar een tafel in de hoek. Ik vind het vreselijk dat iedereen naar me kijkt vanwege mijn jurk. Ik had dat monsterlijke roze geval moeten kiezen, daarin had ik vast minder de aandacht getrokken. Een man van middelbare leeftijd gooit zijn glas om wanneer we langslopen, waarop Landon me dichter naar zich toe trekt om me uit de buurt van die griezel te houden. De jurk valt tot vlak boven mijn knie en is echt niet te bloot, maar hij is wel gemaakt voor iemand met kleinere borsten dan ik. Bij mij fungeert de ingebouwde beha als een soort push-up die me een duizelingwekkend decolleté geeft.

'Dat werd tijd,' zegt een onbekende mannenstem. Ik tuur om Karen heen om te zien wie dat zegt.

Een man van wie ik vermoed dat hij Kens vriend is, staat op om hem de hand te schudden. Mijn blik gaat naar zijn echtgenote rechts van hem, die Karen met een glimlach begroet. Naast haar zit een meisje. Hét meisje, besef ik instinctief, en ik ben meteen misselijk. Ze is knap, erg knap.

En ze draagt precies dezelfde jurk als ik.

Natuurlijk.

Ondanks het schemerlicht zie ik hoe helderblauw haar ogen zijn, en wanneer ze naar me glimlacht, is ze zelfs nog mooier. Ik word zo afgeleid door mijn opwellende jaloezie dat het me bijna ontgaat dat Hardin vlak naast haar zit, gekleed in een wit button-downoverhemd.

37

∞

Hardin

'O jeetje...' fluistert Lillian. Ik schrik op uit mijn gepeins over mijn eerdere ruzie met Tessa en kijk op, nieuwsgierig naar de reden voor haar opengesperde ogen.

Tessa.

In een jurk... In die jurk waarin me ik haar had voorgesteld. En daarin lijken haar toch al grote borsten... Jezus. Ik knipper snel met mijn ogen en probeer mezelf onder controle te krijgen voordat ze bij onze tafel aankomt. Heel even ben ik er zeker van dat ik hallucineer; ze ziet er zo sexy uit, nog veel verleidelijker dan in mijn fantasie. Iedere man hierbinnen draait zich naar haar om en eentje gooit zelfs zijn glas om. Ik grijp de rand van de tafel vast en ben er zeker van dat die klootzak haar gaat aanspreken. Als hij dat doet, dan ga ik...

'Dát is Tessa? O god.' Lillian zit bijna te kwijlen.

'Zit haar niet zo aan te gapen,' waarschuw ik, maar ze schiet in de lach.

De man die zijn glas heeft omgegooid blijft mijn meisje volgen met zijn blik.

'Rustig aan,' zegt Lillian. Ze raakt zachtjes mijn hand aan. Ik grijp de tafel zo stevig vast dat mijn knokkels vol littekens wit worden.

Landon trekt Tessa dichter tegen zich aan, weg van die lul en zijn vrouw. Ze kijkt glimlachend naar hem op, waarna hij haar nog dichter naar zich toe trekt. *Wat heeft dat godverdomme te betekenen?*

Tessa blijft achter Landon staan terwijl de ouders van Lillian en Karen en Ken dat hele ritueel van handjes schudden uitvoeren, hoewel ze elkaar pas nog hebben gezien, want ja, zo beleefd zijn ze. Voordat ik besef wat er gebeurt, richt Tessa haar blik op Lillian en zie ik haar ogen groot worden. Dan slaat ze haar ogen neer. Ze is jaloers.

Mooi. Daar had ik al op gehoopt.

38

∞

Tessa

Paniek golft door me heen nu ik Hardin naast dat meisje zie zitten. Hij keurt me zelfs geen blik waardig wanneer ik tegenover hem naast Landon plaatsneem.

'En wie ben jij?' vraagt de vriend van Ken glimlachend. Aan zijn toon kan ik horen dat hij zo'n man is die denkt dat hij beter is dan alle anderen hier.

'Ik ben Tessa.' Ik glimlach even en knik. 'Een vriendin van Landon.'

Mijn blik schiet naar Hardin, die zijn lippen samenperst tot een dunne lijn. Nou, het is duidelijk dat hij hier gezellig met de dochter van deze man zit te kletsen, dus waarom zou ik de pret voor hen bederven?

'Aangenaam, Tessa. Ik ben Max en dit is Denise.' Hij gebaart naar de vrouw naast hem.

'Wat leuk je te leren kennen,' zegt Denise. 'Jullie zijn zo'n fraai stel.'

Hardin begint te kuchen. Of misschien stikt hij wel. Ik wil niet naar hem kijken om te zien wat... Maar ik kan er niets aan doen. Ik kijk toch en zie dat hij me met een kwade blik in zijn samengeknepen ogen aankijkt.

Landon moet lachen. 'O, maar we zijn geen stel, hoor.' Hij kijkt ook naar Hardin, alsof hij verwacht dat die iets zal zeggen.

Natuurlijk doet hij dat niet. Het meisje kijkt een tikje verdwaasd en lijkt niet op haar gemak. Mooi. Hardin buigt zich naar haar toe en fluistert iets in haar oor, waarna ze glimlachend haar hoofd schudt. *Wat is er in vredesnaam aan de hand?*

'Ik ben Lillian. Leuk je te leren kennen,' zegt ze met een vriendelijk lachje.

Trut.

'Insgelijks,' weet ik terug te zeggen. Mijn hart bonst in mijn borstkas en mijn blik is wazig. Het is dat we aan dezelfde tafel als Hardins familie en Kens vrienden zitten, want anders had ik nu mijn drankje in Hardins gezicht gegooid en had hij niet eens de kans gekregen om mijn klap af te weren. We krijgen allemaal een menukaart aangereikt, en ik wacht totdat een van de lege glazen voor me met water is gevuld. Ken en Max beginnen een gesprek over de keuze tussen kraanwater en flessenwater.

'Weet je al wat je wilt eten?' vraagt Landon een paar minuten later zacht. Ik weet dat hij me probeert af te leiden van Hardin en zijn nieuwe vriendinnetje.

'Ik... ik weet het niet,' fluister ik. Ik kijk naar het duur uitziende, handgeschreven menu. Ik kan me niet voorstellen dat ik een hap door mijn keel krijg, want mijn maag voelt als een kolkende zee en mijn ademhaling is gejaagd.

'Wil je soms liever naar huis?' fluistert hij in mijn oor. Ik kijk naar de andere kant van de tafel. Hardins blik kruist heel even de mijne voordat hij zich weer tot Lillian wendt.

Ja, ik wil heel graag naar huis en meteen tegen Hardin zeggen dat hij nooit meer een woord met me hoeft te wisselen.

'Nee, ik blijf hier.' Ik recht mijn rug en druk die tegen de leuning van de stoel.

'Mooi,' zegt Landon goedkeurend. Op hetzelfde moment verschijnt er een knappe ober naast onze tafel.

'We willen graag een fles van uw beste witte wijn,' zegt de vriend van Ken tegen hem, waarop de ober knikt. Hij wilt net weglopen wanneer Max hem terugroept. 'We waren nog niet klaar met bestellen,' zegt hij. Hij bestelt een groot aantal voorafjes. De namen van die gerechten zeggen me niets, maar ik vermoed dat ik er toch niet veel van zal eten.

Ik doe mijn uiterste best om niet naar Hardin te kijken, maar dat is verrekte moeilijk. Waarom is hij samen met haar gekomen? Hij zit er ook zo netjes gekleed bij: mijn hart breekt ongetwijfeld als blijkt dat hij geen jeans draagt, maar een nette broek. Ik heb doorgaans minstens een uur nodig om Hardin zover te krijgen dat hij iets anders aantrekt dan zwarte jeans en een T-shirt, maar nu zit hij in een wit overhemd naast dit meisje.

'Ik zal u even de tijd geven om het menu te bekijken. Mocht u vragen over de gerechten hebben, dan vraagt u maar naar Robert,' zegt de ober. Hij kijkt even mijn kant op, en ik zie zijn mond een stukje openvallen.

Snel wendt hij zijn blik af, maar dan kijkt hij me toch weer aan. Dat komt door deze jurk en dit stomme decolleté. Ik glimlach aarzelend en onhandig naar hem. Hij lacht terug, maar er kruipt wel een dieprode blos vanuit zijn nek omhoog naar zijn wangen.

Ik verwacht dat hij Hardin aan zal kijken, maar dan besef ik dat het door de tafelschikking lijkt alsof Landon en ik een stelletje zijn en Hardin bij Lillian hoort. Mijn maag draait zich opnieuw om.

'Hé, neem die bestelling op of ga weg,' onderbreekt Hardin mijn gedachten.

'S-sorry,' stamelt Robert. Hij maakt zich haastig uit de voeten.

Alle blikken gaan in de richting van Hardin en bijna iedereen kijkt hem afkeurend aan. Karen ziet er opgelaten uit, en Ken ook.

'Die komt wel weer terug. Dat is zijn werk,' zegt Max schouderophalend. Hij vindt het gedrag van Hardin blijkbaar acceptabel.

Ik kijk Hardin boos aan, maar dat kan hem niets schelen. Hij gaat te veel op in die verrekte blauwe ogen. Nu ik hem zo naast haar zie zitten, heb ik het gevoel dat hij een vreemde voor me is en dat ik stoor bij een intiem moment van een stelletje dat veel van elkaar houdt. Ik proef gal achter in mijn keel en slik die snel weg, blij dat Robert met de wijn en emmers met ijs naar onze tafel komt. Deze keer heeft hij een collega bij zich, waarschijnlijk voor morele steun. Of ter bescherming.

Hardin zit hem onafgebroken aan te staren met een brutaliteit die mij met mijn ogen doet rollen. Hoe durft hij zo naar die arme jongen te kijken, terwijl hij zelf nota bene aan die kant van de tafel zit en doet alsof hij mij helemaal niet kent.

Een nerveuze Robert schenkt mijn glas tot aan de rand vol en ik bedank hem zachtjes. Deze keer glimlacht hij verlegen voordat hij verdergaat met Landons glas. Ik heb Landon tot nu toe alleen op de bruiloft van Ken en Karen zien drinken, en zelfs toen hield hij het bij één glas champagne. Als Hardins gedrag me niet zo van streek had gemaakt, had ik de wijn afgeslagen om in het bijzijn van Ken en Karen nuchter te blijven, maar het was een lange dag, en ik denk dat ik dit etentje niet kan overleven zonder een glas wijn.

Ken legt zijn hand op zijn glas en zegt 'Nee, dank je' wanneer Robert naast hem komt staan.

Ik kijk even naar Hardin, me afvragend of hij een gemene opmerking over zijn vader zal maken, maar hij zit alweer op zachte toon met Lillian te praten.

Ik snap er helemaal niets van. Waarom doet hij dit? Ja, we hadden ruzie, maar dit gaat te ver.

Ik neem een flinke slok. De wijn is koel en fris en heerlijk zoet op mijn tong. De verleiding is groot om het hele glas meteen weg te klokken, maar ik houd me in. Het laatste wat ik kan gebruiken, is ten overstaan van iedereen dronken en emotioneel worden. Hardin zegt geen nee tegen de drank, maar Lillian wel. Hij rolt met zijn ogen en maakt een plagende opmerking tegen haar, en ik moet mijn blik van hen afwenden om te voorkomen dat ik in huilen uitbarst en op de prachtig gebeitste hardhouten vloer ineenzak.

'... klom Max tegen de muur op. Hij was zo dronken dat de bewakers hem naar beneden moesten halen!' zegt Ken, en iedereen rond onze tafel begint te lachen.

Behalve Hardin natuurlijk.

Ik wikkel wat pasta rond mijn vork en neem nog een hapje. Ik probeer me te concentreren op de heerlijke verse pasta die er rond de tanden van mijn vork zo fraai uitziet. Als ik dat niet doe, ga ik naar Hardin zitten kijken.

'Volgens mij heb je een bewonderaar,' zegt Denise tegen me. Ik kijk op en volg haar blik. Robert, die bezig is de tafel naast ons af te nemen, kijkt naar me.

'Let maar niet op hem. Gewoon een ober die meer wil dan hij kan krijgen,' zegt Max met een glibberig lachje, me verbazend met zijn ongevoelige opmerking.

'Páp.' Lillian kijkt haar vader kwaad aan.

Hij glimlacht naar haar en snijdt zijn steak aan. 'Sorry, lieverd, maar het is gewoon zo... Een meisje dat zo mooi is als Tessa hier moet haar tijd niet verspillen aan iemand met een horecabaantje.'

Als hij hierna zijn mond had gehouden, had ik me misschien kunnen inhouden, maar Max blijft doorgaan met neerbuigende opmerkingen maken. Hij merkt niet dat die ons een ongemakkelijk gevoel geven, of misschien kan het hem niets schelen. Ten slotte heb ik er zo'n genoeg van dat ik mijn vork op mijn bord laat kletteren.

'Niet doen,' zegt Hardin tegen me. Het zijn de eerste woorden die hij vanavond tegen me zegt.

Ik kijk hem even geschrokken aan, maar dan richt ik mijn blik weer op Max, me afvragend wat ik moet doen. Hij is een botte zak en ik heb bijna een heel glas wijn op. Waarschijnlijk kan ik het beste mijn mond houden, zoals Hardin ook al zei.

'Zo mag je niet over anderen praten.' Lillian kijkt haar vader aan.

Hij haalt zijn schouders op en mompelt: 'Het zal wel.' Hij zwaait even met zijn mes en neemt een hap van zijn steak. 'Ik wil niemand beledigen.'

Naast hem veegt zijn vrouw met het linnen servet haar mondhoeken af. Ze lijkt zich opgelaten te voelen.

'Ik moet meer wijn hebben,' zeg ik tegen Landon, die glimlachend zijn halflege glas naar me toe schuift. Het gebaar maakt mij ook aan het glimlachen. 'Ik wacht wel totdat Robert langskomt. Maar toch bedankt.'

Ik kijk onderzoekend om me heen en voel dat Hardin naar me kijkt, maar ik zie de blonde ober nergens en pak dus zelf maar de fles om mijn glas vol te schenken. Tegen mijn verwachting in maakt Max geen gevatte opmerking. Hardin staart koeltjes voor zich uit en Lillian praat met haar moeder. Ik droom even weg en stel me voor dat Hardin naast me zit, met zijn hand op mijn dij, en dat hij een brutale opmerking maakt die me in de lach doet schieten en hevig laat blozen.

Ik voel me een beetje licht in het hoofd wanneer ik de laatste hapjes van mijn bord opeet en mijn tweede glas wijn leegdrink. Landon zit met Max en Ken te praten, natuurlijk over sport. Ik staar naar het gedessineerde tafelkleed en probeer in de zwarte en witte kronkels gezichten of andere afbeeldingen te zien. Een van de patroontjes doet me denken aan de letter H, en ik volg de vorm keer op keer met mijn vinger. Opeens houd ik daarmee op en kijk snel op, doodsbenauwd dat hij het geeft gezien, maar Hardin kijkt niet eens naar me. Hij heeft alleen maar oog voor haar.

'Ik ga even een frisse neus halen,' zeg ik tegen Landon, en ik sta op. Hardin kijkt op van zijn gesprek wanneer hij mijn stoel over de houten vloer hoort schrapen, maar hij herstelt zich snel en probeert de indruk te wekken dat hij slechts naar de ober zocht voordat hij zich weer tot dat nieuwe meisje van hem richt.

39

∞

Tessa

Mijn hakken tikken luid op het hardhout wanneer ik in mijn waas van dronkenschap naar de achterdeur van het restaurant loop. Als we dichter bij huis zaten, was ik nu meteen vertrokken, had ik mijn koffers gepakt en had ik in Seattle een hotelkamer genomen totdat ik een woning had gevonden.

Ik ben het zo spuugzat dat Hardin me telkens dit soort dingen aandoet. Het is pijnlijk en gênant, en dat weet hij, want dat is precies de reden dat hij het doet. Dat heeft hij min of meer toegegeven: hij gedraagt zich zo omdat hij weet dat hij me op die manier kan treffen.

Ik duw de deur open en hoop maar dat ik niet een of ander alarm activeer. De avondlucht voelt koel aan na de bedompte sfeer binnen, en na het ongemakkelijke gesprek met mijn saaie tafelgenoten voel ik dat ik hier tot rust kom.

Ik laat mijn ellebogen op een stenen muurtje rusten en kijk naar het bos. Het is hier bijna aardedonker. Het restaurant ligt op een beschutte open plek tussen de bomen, op een prachtige locatie, maar op dit moment, nu ik me toch al gevangen voel, kan ik mijn omgeving niet echt waarderen.

'Gaat het?' hoor ik een stem achter me vragen.

Ik draai me om en zie Robert in de deuropening staan, met een stapel borden in zijn hand.

'Ja, hoor. Ik had even wat frisse lucht nodig,' zeg ik.

'Het is behoorlijk fris buiten.' Hij glimlacht. Het is een beleefde en behoorlijk hartverwarmende glimlach.

Ik lach terug. 'Ja, best wel.'

We blijven allebei zwijgend staan. Het voelt een tikje ongemakkelijk, maar dat vind ik niet erg. Aan tafel voelde het nog ongemakkelijker.

Een paar tellen later neemt hij opnieuw het woord. 'Ik heb je hier nog niet eerder gezien.' Hij zet de borden voorzichtig op een lege tafel en loopt naar me toe. Nog geen meter verder laat hij zijn ellebogen ook op het muurtje rusten.

'Ik ben hier op bezoek. Voor het eerst.'

'De zomer is een veel beter seizoen. In februari moet je niet komen, en in november en december eigenlijk ook niet... Of in januari.' Blozend stamelt hij: 'Je... je begrijpt wat ik bedoel.' Dan maakt hij een geluidje dat op gegrinnik lijkt.

Ik probeer niet te lachen om hem of om zijn rode wangen. 'Het is hier 's zomers vast prachtig.'

'Jij ook.' Hij spert zijn ogen open. 'Het is prachtig, bedoel ik. Hier,' verbetert hij zichzelf. Hij strijkt met zijn hand over zijn gezicht.

'Woon je hier in de buurt?' vraag ik om hem af te leiden. Zijn gezelschap is verfrissend; het is fijn om met iemand te praten die niet zo intimiderend is. Hardin wil altijd het middelpunt zijn en is vaak behoorlijk dominant.

Mijn vraag weet hem te kalmeren. 'Ja, geboren en getogen. En jij?'

'Ik studeer aan WCU, maar volgende week stap ik over naar de universiteit in Seattle.' Het voelt alsof ik er een eeuwigheid op heb gewacht totdat ik die woorden kan uitspreken.

'Wauw, Seattle. Dat is niet niks.' Hij glimlacht.

Ik lach ook. 'Sorry, ik word nogal lacherig van wijn,' flap ik er uit.

Hij kijkt me met een brede glimlach aan. 'Nou, gelukkig lach je niet om mij.' Zijn blik glijdt over mijn gezicht, en ik wend me af. Hij kijkt over zijn schouder naar het restaurant. 'Je kunt maar beter teruggaan voordat je vriendje je komt zoeken.'

Ik draai me ook om, zodat ik door het raam naar binnen kan kijken. In de deftige eetzaal zit Hardin nog steeds met Lillian te praten.

'Geloof me, er komt echt niemand naar me zoeken,' zeg ik met een zucht. Mijn onderlip begint te trillen nu de moed me steeds verder in de schoenen zinkt.

'Hij ziet er zonder jou behoorlijk verloren uit,' probeert Robert me gerust te stellen.

Ik zie dat Landon om zich heen kijkt en niemand heeft om mee te praten. 'O, maar hij is mijn vriendje niet. Ik ben met die andere jongen, die met al die tattoos.' Ik zie Robert met een niet-begrijpende uitdrukking op zijn vriendelijke gezicht naar Hardin en Lillian kijken. Kronkelende zwarte lijnen piepen boven de kraag van Hardins overhemd uit. Ik vind dat wit hem goed staat en kijk graag naar de sporen van inkt die onder de lichte stof te zien zijn.

'Eh, weet hij ook dat hij je vriendje is?' vraagt Robert, zijn wenkbrauw opgetrokken.

Ik ruk mijn blik los van Hardin, die zelfvoldaan zit te lachen. Het is zo'n lachje waarbij de kuiltjes in zijn wang zichtbaar worden, zo'n lachje dat vroeger alleen voor mij was bestemd. 'Ik begin me hetzelfde af te vragen.' Ik druk mijn handen tegen mijn gezicht en schud mijn hoofd. 'Het is nogal ingewikkeld,' zeg ik gekweld.

Blijf kalm, trap er niet in. Deze keer niet.

Robert haalt zijn schouders op. 'Nou, soms is het heel bevrijdend om je problemen met een volslagen vreemde te bespreken.'

We kijken allebei naar de tafel die ik heb verlaten. Alleen Landon lijkt te merken dat ik er niet meer ben.

'Moet je niet aan het werk?' vraag ik, maar ik hoop dat het niet zo is. Robert is weliswaar ouder dan ik, maar hij kan hoogstens een jaar of drieëntwintig zijn.

Hij toont me een uiterst zelfverzekerde glimlach en zegt: 'Ja, maar ik kan wel een potje breken bij de eigenaar.' Het klinkt als een grapje dat hij alleen zelf begrijpt.

'O.'

'Als dat je vriendje is, wie is dan dat meisje?'

'Dat is Lillian.' Ik hoor het venijn in mijn stem. 'Ik ken haar niet, en hij eigenlijk ook niet... Of nou ja, zo te zien inmiddels wel.'

Robert kijkt me recht aan. 'Dus hij heeft haar meegebracht om jou jaloers te maken?'

'Dat weet ik niet, maar het werkt in elk geval niet. Hoewel, ik ben best wel jaloers. Ik bedoel, moet je haar nu zien. Ze draagt net zo'n jurk als ik, maar haar staat hij veel en veel beter.'

'Nee, dat is niet waar,' zegt hij zacht. Ik bedank hem in gedachten.

'Tot aan gisteren ging het allemaal goed. Voor ons doen althans. Vanmorgen hebben we lopen ruziën, maar dat doen we zo vaak. Ik bedoel, we hebben voortdurend ruzie, maar ik weet niet wat er deze keer anders is. Maar dat is het wel, het voelt anders dan ons gebruikelijke gekissebis, en nu negeert hij me, net zoals hij deed toen we elkaar nog maar net kenden.' Ik besef dat ik het meer tegen mezelf heb dan tegen deze vreemde met zijn nieuwsgierige blauwe ogen. 'Dat klinkt idioot, ik weet het. Het komt door de wijn.'

Rond zijn mondhoeken verschijnt een glimlach, en hij schudt zijn hoofd. 'Nee, het klinkt helemaal niet idioot.' Roberts glimlach ontlokt mij ook een lach. Met een knikje naar mijn tafel voegt hij eraan toe: 'Hij kijkt naar je.'

Met een ruk hef ik mijn hoofd op. En inderdaad, Hardin heeft zijn blik gericht op mij en mijn nieuwe zielknijper. Zijn ogen fonkelen zo heftig dat ik letterlijk ineenkrimp.

'Misschien kun je maar beter naar binnen gaan,' zeg ik waarschuwend tegen Robert. Ik verwacht dat Hardin elk moment van de tafel kan opstaan en naar buiten komt rennen om Robert over het muurtje het bos in te slaan.

Dat doet hij echter niet. Hij blijft zitten, met zijn vingers rond de steel van zijn wijnglas. Hij kijkt me nog een keer aan en tilt dan zijn vrije hand op, zodat hij die op de leuning van Lillians stoel kan laten rusten. *O god.* Mijn borstkas voelt strak aan nu ik zie hoe gevoelloos hij is.

'Het spijt me,' zegt Robert.

Ik was bijna vergeten dat hij naast me staat.

'Het geeft niet. Ik speel dit soort spelletjes al een half jaar met hem.' Ik krimp ineen bij die bekentenis en neem het mezelf uiterst kwalijk dat ik mijn lesje niet na een maand, of twee, of drie, heb geleerd. Dan had ik nu niet hier samen met een vreemde staan kijken naar Hardin die schaamteloos zit te flirten met een ander meisje. 'Sorry, ik snap ook niet waarom ik je dit allemaal vertel.'

'Hé, ik vroeg er zelf naar,' brengt hij me op vriendelijke toon in herinnering. 'En er is nog veel meer wijn, als je wilt.' Zijn lach is vriendelijk en speels.

'Ik kan zeker nog wel wat meer gebruiken,' zeg ik knikkend, me afwendend van het raam. 'Overkomt je dit vaak, dat aangeschoten meisjes over hun vriendje staan te klagen?'

Hij grinnikt. 'Nee, het zijn meestal rijke oude kerels die klagen dat hun steak niet medium rare is.'

'Zoals die ene met die rode stropdas die bij mij aan tafel zit.' Ik gebaar naar Max. 'Wat is dat een lul, zeg.'

Robert knikt instemmend. 'Ja, zeker. Ik wil niet lastig doen, maar iemand die een salade terugstuurt omdat er te veel olijven in zitten is per definitie een lul.'

We moeten allebei lachen. Ik druk de rug van mijn hand tegen mijn mond om te voorkomen dat mijn lach ook mijn tranen zal bevrijden.

'Ja! En hij meent het ook echt, want daarna hield hij een hele preek tegen ons waarin hij uitlegde wat hij van olijven vindt.' Ik laat mijn stem zakken om die irritante vader van die irritante griet beter te kunnen imiteren. '"Een overdaad aan olijven is de doodsteek voor de verfijnde en toch ook aardse smaak van de rucola".'

Robert moet zo hard lachen dat hij bijna dubbelklapt. Met zijn handen op zijn knieën kijkt hij naar me op en zegt met een stem die nog veel meer op die van Max lijkt: '"Ik wil er graag vier. Drie is veel te weinig en vijf is veel te veel – het gaat om een balans van smaken!"'

Ik moet zo hard lachen dat ik er buikpijn van krijg. Ik weet niet hoe lang we zo staan te lachen, maar dan hoor ik opeens een deur opengaan en kijken Robert en ik allebei instinctief op... en zien we Hardin in de deuropening staan.

Ik recht mijn rug en strijk mijn jurk glad. Ik heb het gevoel dat ik iets verkeerd heb gedaan, al is dat niet zo.

'Stoor ik soms?' vraagt Hardin op barse toon, alle aandacht opeisend.

'Ja,' antwoord ik. Gelukkig klinkt mijn stem even beslist als ik had gehoopt, maar mijn ademhaling is nog altijd onregelmatig omdat ik zo hard moest lachen en mijn hoofd voelt wazig omdat ik heb gedronken. En mijn hart doet pijn vanwege Hardin.

Hardin kijkt Robert aan. 'Ik zie het.'

Robert heeft nog altijd een glimlach op zijn gezicht en zijn ogen fonkelen van humor. Hardin doet zijn best hem te intimideren, maar Robert is niet onder de indruk. Hij knippert niet eens met zijn ogen. Zelfs hij heeft genoeg van Hardins gezeik, en dat terwijl het zijn beroep is om aardig te zijn. Hier, buiten het zicht van de andere gasten, laat hij openlijk merken dat hij Hardins belachelijke houding vermakelijk vindt.

'Wat moet je?' vraag ik aan Hardin.

Hij kijkt me aan, zijn lippen vertrokken tot een strakke lijn. 'Ga naar binnen,' draagt hij me op, maar ik schud mijn hoofd. 'Tessa, hou eens op met die spelletjes. We gaan.'

Hij pakt me bij mijn arm, maar ik trek die weg en blijf staan. 'Ik zei nee. Ga jij maar terug naar binnen. Je vriendinnetje mist je vast heel erg,' sis ik.

'Jij...' Hardin kijkt weer naar Robert. 'Jij bent degene die terug naar binnen moet. Onze glazen zijn leeg.' En dan knipt hij op de meest beledigende manier met zijn vingers.

'Mijn dienst zit erop, maar je bent zo charmant dat je vast wel iemand anders kunt vinden die je drankjes wil verzorgen,' zegt Robert schouderophalend.

Hardin lijkt even van zijn stuk gebracht. Hij is er niet aan gewend dat mensen hem tegenspreken, zeker vreemden niet.

'Goed, ik zal het anders formuleren...' Hij stapt naar Robert toe. 'Blijf godverdomme uit haar buurt. Ga naar binnen voordat ik je bij dat achterlijke kutkraagje grijp en je kop tegen dat muurtje ram.'

'Hardin!' zeg ik verwijtend. Ik ga tussen het tweetal in staan.

Maar Robert lijkt niet onder de indruk. 'Ga je gang,' zegt hij langzaam en vol zelfvertrouwen. 'Maar je moet wel weten dat het hier echt een dorp is. Mijn vader is de sheriff, mijn opa is rechter, en ze hebben niet geaarzeld om mijn oom wegens openlijke geweldpleging achter slot en grendel te zetten. Dus als je mijn hersens wilt inslaan...' Hij haalt zijn schouders op. 'Je gaat je gang maar.'

Mijn mond is opengevallen, maar ik lijk hem niet te kunnen sluiten. Hardin kijkt met een moordzuchtige blik van Robert naar mij en naar de gasten binnen, maar hij lijkt niet te weten wat hij moet doen.

'We gaan,' zegt hij ten slotte weer tegen mij.

'Ik ga niet.' Ik doe een stap naar achteren, maar dan wend ik me tot Robert en vraag: 'Kun je ons even wat tijd onder vier ogen geven?'

Hij knikt langzaam en werpt Hardin een laatste boze blik toe voordat hij naar binnen verdwijnt.

'En, was je van plan om nu met de ober te neuken?' Hardin trekt een lelijk gezicht.

Ik doe nog een stap naar achteren en moet mijn uiterste best doen om niet te breken onder zijn blik. 'Kun je alsjeblieft je mond houden? We weten allebei hoe dit afloopt. Jij blijft me beledigen. Ik loop weg. Je komt me achterna en belooft niet langer bot te zijn. We gaan terug naar de hut en slapen samen.' Ik rol met mijn ogen en hij lijkt even volkomen van zijn stuk gebracht, maar zoals altijd herstelt hij zich snel.

Hij gooit lachend zijn hoofd in zijn nek en zegt alleen maar: 'Je hebt het mis.' Hij loopt terug naar de deur. 'Dat ga ik niet doen. Je lijkt te zijn vergeten hoe het normaal gesproken gaat: je gaat tekeer vanwege iets wat ik heb gezegd, je loopt weg en ik kom je achterna om met je te kunnen neuken. En jij,' voegt hij er met een sinistere blik aan toe, 'laat dat altijd gebeuren.'

Mijn mond valt ontzet open. Ik moet het muurtje vastpakken om te voorkomen dat ik door zijn venijnige woorden in elkaar zak. 'Wat?' vraag ik, naar adem happend, maar nu is die koude lucht nergens te vinden.

'Zo is het toch? Je kunt niet wegblijven. Waarschijnlijk omdat ik lekkerder neuk dan wie dan ook.' Zijn toon is wreed en afgemeten.

'Waarom?' verbeter ik mijn eerdere vraag. 'Ik bedoelde: waarom zeg je dit nu? Omdat ik niet met je mee wil gaan naar Engeland?'

'Ja en nee.'

'Je keert je tegen me omdat ik weiger Seattle voor je op te geven?' Mijn ogen prikken, maar ik ga niet huilen. 'Jij komt samen met háár hiernaartoe...' Ik maak een gebaar naar Lillian, die binnen aan tafel zit, '... en je zegt allerlei hatelijke dingen tegen me? Ik dacht dat we die tijd hadden gehad. Ik dacht dat je niet zonder me kon leven? Ik dacht dat je je best zou doen om me goed te behandelen?'

Hij wendt zijn blik af, en heel even, een onherkenbaar moment lang, zie ik een diepere emotie achter zijn hatelijke blik.

'Er is een groot verschil tussen niet zonder iemand kunnen leven en van iemand houden,' zegt hij.

Daarna loopt hij weg, en zo weet hij het laatste restje respect dat ik voor hem had te vernietigen.

40

∞

Hardin

Ik wilde haar pijn doen, ik wilde haar een kutgevoel geven, net zoals ik dat had toen ik opkeek van de tafel en haar zag lachen. Ze stond daarbuiten godverdomme te lachen, terwijl ze tegenover me aan tafel had moeten zitten, bedelend om mijn aandacht. Het kon haar zo te zien geen zak schelen dat ik zo tegen Lillian zat te slijmen. Ze had het veel te druk met die rot-ober en zijn gezeik.

En dus ging ik heel erg nare dingen bedenken, waarvan ik zeker was dat ze haar konden kwetsen. Ik moest denken aan iets wat Lillian die ochtend had gezegd, en dat wakkerde mijn woede verder aan. Ik zei het voordat ik mezelf kon tegenhouden. *Er is een groot verschil tussen niet zonder iemand kunnen leven en van iemand houden.*

Ik wil die woorden bijna terugnemen... maar niet helemaal. Ze verdient ze, echt waar. Ze had nooit moeten zeggen dat ze niet langer wil dat ik meega naar Seattle. Ze zei dat ik me tegen haar had gekeerd, maar dat is niet zo. Ik ben er voor haar, ik sta aan haar kant. Zij is degene die me bij elke gelegenheid in de steek probeert te laten.

'Ik ga naar huis,' zeg ik zodra ik bij de tafel aankom. Zes paar ogen kijken me aan, en Landon rolt even met de zijne voordat hij zijn blik op de deur richt. 'Ze is buiten,' zeg ik op sarcastische toon. Wat mij betreft loopt hij naar haar toe om haar met fluwelen handschoentjes aan te pakken. Ik ga het in elk geval niet doen.

'Wat heb je nu weer uitgevreten?' Hij heeft het lef om me dat ten overstaan van de anderen te vragen.

Ik kijk hem kwaad aan. 'Bemoei je er verdomme niet mee.'

'Hardin,' zegt mijn vader waarschuwend. Nee hè, niet hij ook nog. Iedereen is godverdomme tegen me, lijkt het. Als mijn vader het tegen me op wil nemen, kan hij het krijgen.

'Ik ga ook.' Lillian staat op.

'Nee,' snauw ik, maar ze negeert me en loopt achter me aan naar de uitgang van het restaurant.

'Wat is er in vredesnaam aan de hand?' vraagt ze zodra we buiten zijn.

Zonder mijn pas te vertragen roep ik over mijn schouder: 'Ze stond buiten met die lul te praten. Dát was er aan de hand.'

'En toen? Wat zei ze toen je haar vertelde dat ze van mij niets te vrezen heeft?' Ze struikelt bijna op haar hoge hakken, maar ik blijf echt niet staan om haar te helpen. Ik probeer te bepalen waar ik naartoe moet. Ik had godverdomme in mijn eigen auto moeten komen, maar nee hoor, Tessa moest haar zin weer eens krijgen. *Het zal eens niet zo zijn.*

'Dat heb ik haar niet verteld.'

'Waarom niet? Heb je enig idee wat ze nu denkt?'

'Het zal me aan mijn reet roesten wat zij denkt. Ik hoop dat ze denkt dat ik met je ga neuken.'

Ze blijft staan. 'Waarom? Waarom wil je dat ze dat denkt? Je houdt toch van haar?'

Geweldig. Nu keert Lillian zich ook al tegen me. Ik draai me naar haar om. 'Omdat ze een keer moet leren dat...'

Ze steekt haar hand op. 'Hou op. Ze hoeft helemaal niets te leren. Volgens mij ben jij degene die iets moet leren. Wat heb je tegen dat arme kind gezegd?'

'Wat jij vanmorgen tegen me zei, dat er een groot verschil is tussen niet zonder iemand kunnen leven en van iemand houden,' zeg ik.

Ze schudt verward haar hoofd. 'Heb je dat tegen haar gezegd? Dat je niet zonder haar kunt leven, maar dat je niet van haar houdt?'

'Ja. Dat zeg ik toch net?' Tessa Twee moet nu echt oprotten, want ze begint me net als Originele Tessa behoorlijk op de zenuwen te werken.

'Wauw,' zegt ze, en dan begint ze te lachen.

Nu lacht zij me ook uit? 'Wat? Wat is er zo grappig?' schreeuw ik bijna.

'Je snapt er echt helemaal niks van,' zegt ze spottend. 'Toen ik dat vanmorgen tegen je zei, had ik het niet over jou, maar over háár. Ik bedoelde dat het feit dat jij denkt dat ze niet zonder je kan niet per se betekent dat ze van je houdt.'

'Wat?'

'Jij denkt dat ze je niet verlaat omdat ze zo veel van je houdt en niet zonder je kan, maar in werkelijkheid houd je haar gevangen, en dáárom gaat ze niet weg: niet omdat ze van je houdt, maar omdat je haar het gevoel geeft dat ze zonder jou niets is.'

'Niet waar... Ze houdt wel van me.' Dat weet ik, en daarom kan ze elk moment achter me aan komen.

Lillian spreidt haar armen. 'O ja? Waarom zou ze, als je haar opzettelijk kwetst?'

Ik heb zo'n genoeg van dit gezeik. 'Je bent wel de laatste die me een of andere achterlijke preek moet geven.' Ik gebaar woest met mijn armen, net zoals zij zo-even deed. 'Jouw vriendinnetje is nu waarschijnlijk met een ander aan het neuken terwijl jij hier de relatietherapeut uithangt voor Tessa en mij,' zeg ik grommend.

Lillian spert haar ogen open en doet een stap naar achteren... net zoals Tessa eerder deed. Haar blauwe ogen vullen zich met tranen en glanzen in het donker. Ze schudt haar hoofd en loopt terug naar de parkeerplaats van het restaurant.

'Waar ga je naartoe?' roep ik boven het geluid van de wind uit.

'Terug naar binnen. Tessa is misschien dom genoeg om dat gezeik van je te pikken, maar ik niet.'

Bijna volg ik dit meisje van wie ik dacht dat ze... mijn vriendin was? Ik weet het niet, maar ik had het gevoel dat ik haar kon vertrouwen, ook al ken ik haar nog maar twee dagen.

Krijg de tering. Ik volg niemand meer. Tessa niet, en Tessa Twee ook niet. Ze kunnen allebei de klere krijgen, ik kan zonder hen.

41

∞

Tessa

Mijn borstkas doet zeer, mijn keel is droog en mijn hoofd tolt. Hardin heeft me zo-even min of meer verteld dat hij niet van me houdt en me alleen maar achternazit omdat hij met me naar bed wil. Het ergste is nog dat ik weet dat hij het niet meent. Ik weet dat hij van me houdt. Echt. Op zijn manier houdt hij meer van mij dan van wie dan ook. Dat heeft hij me in het afgelopen half jaar keer op keer laten zien. Maar hij heeft me ook duidelijk gemaakt dat hij tot het uiterste zal gaan om me pijn te doen en me te verzwakken, alleen maar omdat zijn ego gekwetst is. Als hij van me zou houden zoals het hoort, zou hij me nooit opzettelijk pijn doen.

Dat kan hij niet menen, dat het hem alleen om de seks te doen is. Hij ziet me toch niet uitsluitend als een speeltje, of wel? Bij hem is de waarheid even veranderlijk als zijn stemmingen. Hij meende het vast niet. Maar hij zei het met zo veel overtuiging, hij knipperde niet eens met zijn ogen. Ik weet het echt niet meer. Ondanks al die ruzies, tranen en gaten in onze muren ben ik me altijd blijven vastklampen aan de gedachte dat hij van me houdt.

Zonder dat hebben we niets meer. En zonder hem ben ik niets meer. Onze ontvlambare en onnavolgbare karakters zijn ons te veel geworden, zeker omdat we nog zo jong zijn.

Er is een groot verschil tussen niet zonder iemand kunnen leven en van iemand houden. Die woorden snijden keer op keer door mijn hoofd.

Ik ben terug naar binnen gelopen, maar de lucht is te bedompt, te dik en te zwaar, en het gelach van de gasten heeft opeens iets sinisters. Ik kijk om me heen, zoekend naar de uitgang. De glazen deuren zijn gesloten, maar ik duw ze open en adem de koele lucht in. Pas wanneer ik buiten naar het donker zit te staren, omringd door de stilte van de avond, komen mijn gedachten langzaam tot rust.

Ik merk pas dat de deur open is gegaan wanneer Robert naast me staat. 'Ik heb iets voor je.' Hij houdt de fles wijn omhoog en beweegt hem speels heen en weer. Hij laat zijn ene schouder zakken, en er verschijnt een brede glimlach op zijn knappe gezicht.

Ik verbaas mezelf door terug te lachen, écht te lachen, hoewel ik het vanbinnen uitschreeuw en huilend in een hoekje weg wil kruipen.

'Om mijn verdriet weg te drinken?' Ik steek mijn handen uit naar de fles met het witte etiket. Het is dezelfde wijn die Max eerder heeft besteld, en dat betekent dat hij vast een fortuin kost.

Lachend duwt Robert de fles in mijn handen. 'Daar is drank toch voor?' De fles voelt koud aan, maar mijn handen zijn toch al gevoelloos door de februarikilte.

'Glazen.' Hij steekt glimlachend zijn handen in de diepe zakken van zijn schort. 'Echte wijnglazen pasten er niet in, dus we moeten het hiermee doen.' Hij geeft me een plastic bekertje aan, dat ik omhooghoud terwijl hij de fles ontkurkt en inschenkt.

'Dank je.' Ik breng het volle bekertje naar mijn lippen.

'We kunnen ook binnen gaan zitten. Een deel van de eetzaal is al gesloten, dus daar is wel plek,' zegt Robert voordat hij een slokje neemt.

'Ik weet het niet.' Ik richt mijn blik op de tafel binnen.

'Hij is al weg.' Het medeleven in zijn stem is overduidelijk. 'En zij ook,' voegt hij eraan toe. 'Wil je erover praten?'

'Nee, niet echt.' Ik haal mijn schouders op. 'Vertel me maar wat meer over deze wijn.' Ik wil het over een neutraal onderwerp hebben dat me niet depressief maakt.

'Deze? Eh, nou, eh, oud en perfect gerijpt?' Hij lacht, en ik lach mee. 'Ik ben goed in wijn drinken, maar minder goed in hele verhalen erover houden.'

'Dat geeft niet,' zeg ik. Ik zet het bekertje aan mijn lippen en drink het zo snel mogelijk leeg.

'Eh,' zegt hij, met een blik op iets achter me. Zodra ik zijn nerveuze gezicht zie, ben ik meteen misselijk, bang dat het Hardin is die meer gif komt spuwen. Maar wanneer ik me omdraai, zie ik Lillian in de deuropening staan, die duidelijk niet goed weet of ze naar me toe moet komen.

'Wat moet je?' vraag ik. Ik probeer mijn jaloezie in bedwang te houden, maar dat valt niet mee met al die alcohol in mijn lijf. Robert pakt mijn bekertje voordat de wind het omver kan blazen en schenkt het opnieuw vol. Ik heb de indruk dat hij zichzelf probeert bezig te houden om niet te hoeven denken aan de dramatische of ongemakkelijke situatie die ons te wachten staat.

'Kan ik je even spreken?' vraagt Lillian.

'Wat valt er te bespreken? Voor mij is alles glashelder.' Ik neem een grote slok uit mijn beker.

Gek genoeg hapt ze niet. Ze loopt alleen maar naar me toe en zegt onomwonden: 'Ik ben lesbisch.'

Wat? Als Robert zijn blauwe ogen niet op me had gericht, had ik mijn wijn in mijn bekertje uitgespuugd. Ik kijk van hem naar haar en slik langzaam.

'Het is echt zo. Ik heb een vriendin. Hardin en ik zijn gewoon vrienden.' Ze fronst. 'Als je het al zo kunt noemen.'

Ik ken die blik. Hij heeft haar blijkbaar net afgebekt.

'Maar waarom...' begin ik. *Spreekt ze de waarheid?* 'Maar jullie besprongen elkaar bijna.'

'Nee, hij was gewoon een beetje... aanhalig, zou je kunnen zeggen. Hij legde alleen maar zijn arm op mijn stoel omdat hij je jaloers wilde maken.'

'Waarom zou hij dat doen?' vraag ik. Maar ik ken het antwoord al: hij wilde me pijn doen.

'Ik zei dat hij het je moest vertellen. Het spijt me als je dacht dat er iets tussen ons was. Dat is niet zo. Ik heb een relatie. Met een meisje.'

Ik rol met mijn ogen en steek Robert mijn bekertje toe voor meer. 'Je leek je er anders niet ongemakkelijk onder te voelen,' merk ik op scherpe toon op.

Met een eerlijke, smekende blik in haar ogen zegt ze: 'Dat was niet mijn bedoeling. Ik zat niet echt te letten op wat hij deed. Het spijt me heel erg als ik je heb gekwetst.'

Ik probeer redenen te bedenken om tegen haar tekeer te gaan, maar het lukt me niet. Het is een grote opluchting om te horen dat Lillian niet op jongens valt, en ik had dat graag eerder geweten, maar het verandert niets aan mijn oordeel over Hardin. Sterker nog, het maakt zijn gedrag alleen maar weerzinwekkender, omdat hij me met opzet jaloers probeerde te maken en er nog eens een schepje bovenop deed door de hatelijkste opmerkingen te maken die hij kon verzinnen. Hem met haar zien flirten was lang niet zo pijnlijk als hem horen zeggen dat hij niet van me houdt.

Robert vult mijn beker. Ik neem een slokje en kijk Lillian aan. 'Waarom besloot je het me nu wel te vertellen? Hij heeft je zeker een grote mond gegeven?'

Ze glimlacht aarzelend en komt bij ons staan. 'Ja, dat klopt.'

'Daar is hij goed in,' zeg ik.

Ze knikt. Ik kan merken dat ze een beetje nerveus is en blijf mezelf eraan herinneren dat niet zij, maar Hardin het probleem is.

'Heb je nog meer bekertjes?' vraag ik aan Robert, die met een trotse glimlach knikt. Ik voel wat vlinders in mijn buik, maar dat komt vast van de wijn.

'Niet in mijn zakken, maar ik kan er wel eentje halen,' biedt hij aan. 'We kunnen misschien sowieso beter naar binnen gaan. Je lippen zien blauw van de kou.'

Ik kijk naar hem op en laat mijn blik op zijn lippen rusten. Die zijn vol en roze en zien er zacht uit. Waarom zit ik naar zijn lippen te kijken? Dat komt er dus van als ik aan de wijn zit. Ik wil naar Hardins lippen kijken, maar die lijkt ze de laatste tijd alleen maar te gebruiken om tegen me te schreeuwen.

'Zit hij nog binnen?' vraag ik aan Lillian, die haar hoofd schudt. 'Goed, laten we dan maar naar binnen gaan. Ik moet Landon trouwens ook redden, zeker uit de handen van die Max,' zeg ik zonder nadenken. Dan kijk ik Lillian snel aan. 'Shit. Sorry.'

Ze verbaast me door te lachen. 'Dat geeft niet. Ik weet dat mijn vader een lul is.'

Ik reageer niet. Ze vormt weliswaar geen bedreiging voor mijn relatie met Hardin, maar dat betekent niet dat ik haar aardig hoef te vinden, al lijkt ze me wel oké.

'Gaan we nog naar binnen of...' Robert wiegt op de hakken van zijn nette zwarte schoenen heen en weer.

'Ja.' Ik klok de rest van de wijn weg en loop naar binnen. 'Ik ga Landon halen. Mag je hier wel drinken? In je werkkleding?' vraag ik aan mijn nieuwe vriend. Ik wil hem niet in de problemen brengen. Ik ben aangeschoten, en de gedachte dat zijn vader hem kan arresteren maakt me aan het giechelen.

'Wat?' Hij kijkt me onderzoekend aan.

'Niks,' lieg ik.

In het restaurant lopen Lillian en ik naar de tafel van ons gezelschap. Ik leg mijn handen op de rugleuning van Landons stoel en hij kijkt naar me op.

'Gaat het?' vraagt hij zacht, terwijl Lillian met haar ouders praat.

Ik haal mijn schouders op. 'Ja, het gaat wel.' Maar alleen maar omdat ik bijna dronken ben van al die wijn. 'Heb je zin om bij ons te komen zitten? We gaan wat zitten kletsen en nog wat drinken... Nog wat meer drinken, bedoel ik.'

'Wie? Zij ook?' Landon kijkt naar Lillian aan de andere kant van de tafel.

'Ja, ze... Ze is wel oké.' Ik wil niet ten overstaan van iedereen zeggen op wie ze wel en niet valt.

'Ik heb tegen Ken gezegd dat ik samen met hem en Max bij Max thuis naar de wedstrijd ga kijken, maar als je liever hebt dat ik hier blijf, doe ik dat.'

'Nee...' Ik wil dat hij blijft, maar hij hoeft zijn plannen voor mij niet te wijzigen. 'Het geeft niet. Ik dacht alleen dat je misschien geen zin had om bij hen te blijven zitten,' fluister ik.

Hij glimlacht. 'Klopt, maar Ken wil graag dat ik meega omdat Max voor de tegenstander is. Het lijkt hem denk ik leuk om elkaars team af te kraken.' Dan leunt hij naar me toe, zodat alleen ik hem kan verstaan. 'Weet je zeker dat je iets met hem wilt gaan drinken? Hij lijkt me erg aardig, maar hij is zijn leven niet zeker als Hardin erachter komt.'

'Hij kan zijn mannetje wel staan,' verzeker ik hem. 'Veel plezier met de wedstrijd.' Ik buig me voorover en druk mijn lippen op Landons wang, maar dan trek ik me meteen snel terug en sla mijn hand voor mijn mond. 'Sorry, ik weet niet waarom...'

'Het geeft niet.' Landon lacht.

Ik kijk om me heen en zie tot mijn opluchting dat de anderen druk in gesprek zijn, zodat mijn beschamende blijk van genegenheid onopgemerkt is gebleven.

'Wees voorzichtig, Tessa, oké? En bel me als er iets is.'

'Doe ik. En als je je verveelt, kom je maar hiernaartoe.'

'Dat zal ik doen.' Hij glimlacht. Ik weet dat hij zich niet zal vervelen als hij samen met Ken naar de wedstrijd gaat kijken. Hij doet, in tegenstelling tot Hardin, wel graag iets samen met de enige vaderfiguur in zijn leven.

'Pap, ik ben volwassen,' hoor ik Lillian beledigd aan de overkant van de tafel zeggen.

Max schudt streng zijn hoofd. 'Je gaat met ons mee terug naar huis. Ik wil niet dat je hier 's avonds over straat zwerft. Mijn besluit staat vast.' Het is duidelijk dat hij zo'n man is die altijd de baas over anderen wil spelen. Als ik nog meer wijn had gedronken, had ik er vast iets over gezegd, maar ik wil Ken en Karen niet in verlegenheid brengen.

'Tessa, ga je met ons mee?' vraagt Karen.

'Nee, als het goed is, wil ik nog even blijven.' Hopelijk vindt ze dat niet erg. Ik zie haar eerst naar Lillian kijken en dan naar Robert, die een stukje achter me staat. Ik krijg de indruk dat ze niet weet dat Lillian niet op jongens valt en dat ze zich ergert aan Hardins gedrag.

'Dat is goed. Veel plezier.' Ze glimlacht goedkeurend.

'Mooi.' Ik lach terug en loop weg zonder afscheid te nemen van Max en zijn vrouw.

'Ik ben zover. Zij mag niet blijven,' zeg ik tegen Robert.

'Ze mág niet?'

'Haar vader is een lul. Maar ik vind het niet erg, want ik weet niet goed wat ik van haar moet vinden. Ze doet me aan iemand denken, ik weet alleen niet aan wie...' Die gedachte glipt weg. Ik loop achter Robert aan naar een verlaten hoek van het restaurant. In dit afgeschermde gedeelte staan een paar tafels die niet zijn gedekt, op onaangestoken kaarsen en peper-en-zoutvaatjes na.

We gaan zitten en het beeld van Zeds gewonde gezicht schiet even door mijn gedachten. 'Weet je zeker dat je iets met me wilt drinken?' vraag ik aan Robert. 'Hardin kan terugkomen, en hij kan niet altijd zijn handen thuishouden...'

'Ik weet het zeker,' antwoordt Robert. Hij schenkt opnieuw onze plastic bekertjes vol en we proosten. Het zachte plastic deukt een beetje in en maakt niet zo'n tinkelend geluid als glas, maar dit klinkt, in tegenstelling tot de andere dingen in dit kille restaurant, een stuk gezelliger.

42

∞

Hardin

Ik bel verdomme elk taxibedrijf tussen dit gat en de universiteit om een ritje naar huis te regelen, maar natuurlijk wil niemand komen omdat het veel te ver is. Ik zou de bus kunnen nemen, maar openbaar vervoer is niet echt mijn ding. Ik weet nog dat ik altijd ineenkromp wanneer

Steph zei dat Tessa met de bus naar het winkelcentrum of naar Target was. Zelfs toen ik Tessa nog niet mocht... Nou, toen ik dácht dat ik haar niet mocht... vond ik het helemaal geen prettig idee dat ze tussen allerlei griezels in de bus zat.

Er is heel veel veranderd sinds de tijd dat ik Tessa liep te sarren en te pesten om een reactie uit te lokken. Toch? Maar dan denk ik aan het gezicht dat ze trok toen ik haar op het balkon van het restaurant achterliet... en besef ik dat er niets is veranderd. Ik ben niet veranderd.

Ik kwel het meisje van wie ik houd. Dat is precies wat ik doe, maar ik lijk er niet mee te kunnen ophouden. Niet dat het uitsluitend mijn schuld is; het is net zo goed haar schuld. Zij blijft maar zeiken dat ik mee moet naar Seattle, terwijl ik duidelijk heb gemaakt dat ik dat echt niet ga doen. In plaats van tegen me in te gaan zou ze haar spullen moeten inpakken en met mij mee naar Engeland moeten gaan. Ik blijf hier niet, ook niet nu de universiteit me laat blijven. Ik heb genoeg van Amerika, ik maak hier alleen maar ellende mee. Ik ben het zat om mijn vader de hele tijd te zien. Ik ben alles hier zat.

'Kijk uit waar je loopt, lul.' Het geluid van een vrouwenstem in het donker laat me schrikken.

Ik kan nog net op tijd voor het mens uitwijken. 'Kijk jij dan ook uit waar je loopt,' zeg ik terug, zonder af te remmen. *Wat moet dat wijf hier trouwens voor Max zijn hut?*

'Wat moet je?' zegt ze.

Ik draai me naar haar om, en op hetzelfde moment wordt de bewegingsmelder geactiveerd en gaat de lamp op de veranda aan. Nu kan ik haar goed zien: bruine huid, krullen, gescheurde jeans, motorlaarzen.

'Laat me raden: jij bent Riley?' Ik rol met mijn ogen.

Ze plant een hand in haar zij. 'En wie ben jij wel niet?'

'Juist, Riley dus. Als je Lillian zoekt, die is er niet.'

'Waar zit ze? En hoe weet jij dat ik haar zoek?' vraagt het meisje uitdagend.

'Omdat ik net met haar heb geneukt.'

Ze verstijft en laat haar hoofd zakken, zodat de duisternis haar trekken onzichtbaar maakt. 'Wát zei je?' Ze doet een stap naar voren.

Ik houd mijn hoofd scheef en kijk haar aan. 'Jezus, ik zit je gewoon een beetje te stangen. Ze zit met haar ouders in het restaurant even verderop.'

Riley kijkt op en blijft staan. 'Oké, maar waar ken jij haar van?'

‘Ik heb haar gisteren voor het eerst ontmoet. Haar vader heeft samen met die van mij gestudeerd, geloof ik. Weet ze dat je hier bent?’

‘Nee, ik probeer haar al een tijdje te pakken te krijgen, maar sinds ze hier in de rimboe zit, neemt ze niet meer op.’ Ze gebaart naar het bos om ons heen. ‘Ik denk dat die teringlijer van een pa van haar dat wel prima vindt.’

Ik slaak een zucht. ‘Ja, hij is een lul eerste klas. Mag je haar wel zien van hem?’

Ze kijkt me even boos aan. ‘Wat ben jij nieuwsgierig, zeg.’ Maar dan lacht ze trots en voldaan. ‘Ja, dat mag. Hij is weliswaar een lul, maar ook een laffe lul. Hij schijt bagger voor me.’

Ik zie koplampen in het donker en stap het gras op. ‘Daar zijn ze,’ zeg ik tegen haar.

De auto rijdt de oprit op en houdt halt, en Lillian springt bijna vanuit de auto in Rileys armen.

‘Hoe ben jij hier gekomen?’ kirt ze bijna.

‘Met de auto,’ zegt haar vriendin droogjes.

‘Hoe heb je me weten te vinden? Ik heb al een week geen bereik.’ Ze drukt haar gezicht in Rileys nek, en ik zie de barstjes in Rileys ruwe bolster verschijnen. Ze strijkt liefdevol met haar hand over Lillians rug.

‘Het is maar een klein dorpje, lieverd. Zo moeilijk was het niet.’ Ze trekt zich even terug, zodat ze Lillian kan aankijken. ‘Gaat je vader nog moeilijk doen omdat ik er ben?’

‘Nee. Of nou ja, misschien. Maar je weet dat hij je niet zal wegsturen.’

Ik kuch even. Dit weerzien geeft me een ongemakkelijk gevoel. ‘Eh, nou, dan ga ik maar,’ zeg ik, terwijl ik weg begin te lopen.

‘Dag,’ zegt Riley. Lillian zegt niets.

Een paar minuten later komt de blokhut van mijn vader in zicht en loop ik de oprit op. Tessa kan elk moment thuiskomen, en ik wil binnen zijn voordat de SUV de oprit op rijdt. Ze is ongetwijfeld in tranen, en dat betekent dat ik een goed excuus moet bedenken.

Ik sta net op de veranda wanneer Karen en Lillians moeder aan komen rijden en uit de auto stappen. ‘Waar zijn de anderen?’ vraag ik, zoekend naar Tess.

‘O, je vader en Landon zijn met Max mee naar huis. Ze wilden een of andere sportwedstrijd zien.’

‘Waar is Tessa?’ Paniek welt in me op.

‘Die zit nog in het restaurant.’

'Wat?' *Godskolere.* Dat was niet de bedoeling. 'Ze zit bij hem, hè?' vraag ik aan de twee vrouwen, hoewel ik het antwoord al weet. Ze zit bij die blonde klootzak, dat zoontje van de sheriff van dit dorp.

'Ja,' zegt Karen, en als ik niet samen met haar hier in de rimboe had gezeten, had ik haar de huid vol gescholden omdat ze een lachje probeert te onderdrukken.

43

∞

Tessa

'Dus dat is min of meer mijn levensverhaal,' besluit Robert met een brede glimlach. Zijn lach is warm en eerlijk, bijna als de lach van een kind, en op een bepaalde manier vertederend.

'Dat was... interessant.' Ik pak de wijnfles van tafel en keer die om boven mijn bekertje. Er komt niets uit.

'Leugenaar,' zegt hij plagend, en ik barst in een door wijn aangevuurd gegiechel uit. Zijn levensverhaal was kort en leuk. Niet saai, niet opwindend, maar gewoon normaal. Zijn ouders zijn nog bij elkaar, zijn moeder is schooljuf, zijn vader is sheriff. Na een studie aan een klein *college*, twee stadjes verderop, besloot hij geneeskunde te gaan studeren. Hij werkt hier alleen maar omdat hij op de wachtlijst staat voor de medische faculteit van de University of Washington. En omdat hij in het duurste restaurant in de wijde omgeving goed kan verdienen.

'Je had ook naar WCU moeten gaan,' zeg ik, maar hij schudt zijn hoofd. Hij staat op en steekt een wijsvinger omhoog om aan te geven dat hij zo terugkomt. Ik leun achterover en blijf wachten. Met mijn hoofd tegen de houten leuning kijk ik op naar het plafond. Dit gedeelte is versierd met afbeeldingen van wolken, kastelen en cherubijntjes. De engel recht boven me slaapt. Ze heeft een blos op haar wangen en een bos blonde krullen. In haar slaap liggen haar witte vleugeltjes bijna helemaal plat. Naast haar zit een jongen – ik neem aan dat het een jongen is – die naar haar kijkt, zijn zwarte vleugels achter hem uitgespreid.

Hardin.

'Echt niet,' zegt Robert opeens, mijn gedachten onderbrekend. 'Daar bieden ze niet de vakken aan die ik wil volgen. Bovendien wordt mijn studie deels verzorgd door de universiteit in Seattle, en op WCU kun je veel minder vakken uit Seattle volgen.'

Ik kijk op en zie dat hij een nieuwe fles wijn heeft gepakt. 'Ben je er weleens geweest? Op de campus in Seattle?' Ik wil dolgraag meer weten over mijn nieuwe onderkomen. Alles is beter dan naar die enge engeltjes op het plafond staren.

'Ja, één keer. Die is niet groot, maar wel erg gezellig.'

'Ik ga er maandag beginnen, maar ik heb nog niet eens woonruimte gevonden.' Ik lach, al is mijn slechte planning absoluut niet grappig.

'Deze maandag? Als in: het is nu donderdag, dus het is al heel snel maandag?'

'Ja.' Ik knik.

'En studentenhuisvesting?' Hij ontkurkt de fles.

Ik heb nog niet eens – niet één keer – aan een kamer in een studentenflat gedacht. Ik nam aan... of nou ja, hóópte dat Hardin met me mee zou gaan, en in een studentenflat kun je niet samenwonen.

'Ik heb geen zin om op de campus te wonen, zeker niet nu ik weet hoe het is om op jezelf te wonen.'

Hij knikt en schenkt in. 'Dat is waar. Als je eenmaal van de vrijheid hebt geproefd, kun je niet meer terug.'

'Zeg dat wel. Als Hardin nu ook naar Seattle zou gaan...' Ik val stil. 'Laat maar.'

'Dus jullie gaan voor een langeafstandsrelatie?'

'Nee, dat zou nooit werken.' Pijn welt op in mijn borstkas. 'Het lukt ons niet eens op korte afstand.' Ik moet van onderwerp veranderen, anders zit ik straks nog zielig te snikken. Snikken, dat is best wel een gek woord.

'Snikken,' zeg ik hardop. Ik pak mijn lip tussen mijn duim en wijsvinger vast.

'Vermaak je je een beetje?' Robert zet glimlachend een vol bekertje wijn voor me neer. Ik knik, nog altijd lachend. 'Ik moet bekennen dat het in tijden niet zo leuk is geweest op mijn werk.'

'Vind ik ook,' beaam ik. 'Of nou ja, dat zou ik ook vinden, als ik hier werkte.' Ik ben niet meer te volgen. 'Ik drink niet zo vaak. Wel meer dan vroeger, maar niet zo veel dat ik er echt goed tegen kan, dus ik word best wel snel dronken,' zeg ik op zangerige toon. Ik houd het bekertje vlak voor mijn gezicht.

'Dat komt me bekend voor. Ik ben niet echt een drinker, maar als een mooie meid een rotavond heeft, maak ik graag een uitzondering,' zegt hij dapper, maar dan begint hij hevig te blozen. 'Ik bedoelde alleen maar... Ahh...' Hij slaat zijn handen voor zijn gezicht. 'Bij jou in de buurt flap ik er ook van alles uit.'

Ik steek mijn handen over de tafel naar hem uit en trek de zijne van zijn gezicht vandaan. Hij krimpt even in elkaar, en wanneer hij me aankijkt, lijken zijn blauwe ogen bijzonder helder.

'Ik heb het gevoel dat ik weet wat je denkt,' zeg ik hardop, zonder na te denken.

'Misschien weet je dat inderdaad,' fluistert hij bij wijze van antwoord. Hij likt met zijn tong langs zijn lippen.

Ik weet dat hij me wil zoenen. Dat zie ik aan zijn gezicht, dat zie ik aan zijn eerlijke ogen. Hardins blik is altijd zo ondoorgrondelijk dat het me moeite kost zijn gedachten te peilen, en dat lukt me nooit echt, hoewel ik dat zo hard nodig heb. Ik leun dichter naar Robert toe en hij leunt naar mij toe. We zijn alleen door het tafeltje van elkaar gescheiden.

'Als ik niet zo veel van hem hield, zou ik je kussen,' zeg ik zacht. Ik trek me niet terug, maar ik kom ook niet dichterbij. Hoe dronken ik ook ben, en hoe hevig mijn woede jegens Hardin ook is, ik kan het niet. Ik kan niet met een andere jongen zoenen. Ik wil het wel, maar ik kan het niet.

Zijn linkermondhoek gaat omhoog in een scheef lachje. 'En als ik niet wist hoeveel je van hem houdt, zou ik je je gang laten gaan.'

'Oké...' Ik weet niet wat ik verder moet zeggen. Ik ben dronken en onhandig en ik weet niet hoe ik me moet gedragen in de buurt van jongens. Ik weet alleen hoe ik me in de buurt van Hardin en Zed moet gedragen, want die twee lijken op een bepaalde manier op elkaar. Robert is anders dan andere jongens die ik ken, op Landon na. Landon is lief en vriendelijk, en mijn gedachten buitelen over elkaar heen vanwege een bijna-kus met een ander dan Hardin.

'Sorry.' Ik leun weer achterover, en hij doet hetzelfde.

'Het geeft niet. Ik heb liever dat we niet zoenen dan dat we het wel doen en je er spijt van krijgt.'

'Je bent een rare,' zeg ik tegen hem. Ik had een ander woord moeten kiezen, maar nu is het te laat. 'Dat bedoel ik positief,' verbeter ik mezelf.

'Jij ook.' Hij grinnikt. 'Toen ik je voor het eerst zag, in die jurk, dacht ik dat je een of ander rijk verwend nest zonder een greintje karakter was.'

'Sorry, hoor. Rijk ben ik zeker niet.' Ik lach.

'En je bent ook geen verwend nest,' voegt hij eraan toe.

'En ik heb best wel karakter.' Ik haal mijn schouders op.

'Het kan ermee door,' plaagt hij glimlachend.

'Je bent ontzettend aardig.'

'Waarom zou ik dat niet zijn?'

'Dat weet ik niet.' Ik raak mijn bekertje aan. 'Sorry, ik weet dat ik stom klink.'

Hij kijkt even verwonderd en zegt dan: 'Dat klink je helemaal niet. En je hoeft je niet voortdurend te verontschuldigen.'

'Hoe bedoel je?' vraag ik. Ik ben me er vaag van bewust dat ik de hele rand van het bekertje heb gesloopt. De tafel voor me ligt bezaaid met witte stukjes plastic.

'Je blijft je maar verontschuldigen voor alles wat je zegt. In het afgelopen uur heb je minstens tien keer "Sorry" gezegd. Je hebt niets verkeerd gedaan, dus je hoeft nergens excuses voor aan te bieden.'

Door zijn woorden schaam ik me, maar zijn blik is zo vriendelijk en zijn stem klinkt helemaal niet kritisch of geërgerd. 'Sorry...' zeg ik in een opwelling. 'Zie je wel! Ik weet niet eens waarom ik dat doe.' Ik stop een losse lok haar weg achter mijn oor.

'Ik kan het wel raden, maar dat doe ik niet. Als je maar weet dat het nergens voor nodig is,' zegt hij eenvoudig.

Ik adem diep in en laat mijn adem dan weer ontsnappen. Het is zo ontspannend om een gesprek te voeren zonder dat ik de hele tijd bang hoef te zijn dat ik de ander kwaad maak.

'Maar goed, vertel me eens iets meer over je nieuwe baan in Seattle,' zegt hij, en ik ben dankbaar voor de verandering van onderwerp.

44

∞

Hardin

'Waar denk je dat ik naartoe ga?' roep ik naar Karen. Ik steek met een geërgerd gebaar mijn handen omhoog.

Ze deinst terug op het trapje naar de veranda en zegt: 'Ik wil me er niet mee bemoeien, Hardin, maar denk je niet dat je haar voor de verandering beter met rust kunt laten? Ik wil je niet van streek maken, maar ik vermoed dat het niet goed zal aflopen als jij daar nu herrie gaat schoppen. Ik weet dat je haar wilt zien, maar...'

'Je weet helemaal niets,' bijt ik haar toe.

De vrouw van mijn vader krimpt een beetje ineen. 'Sorry, Hardin, maar ik vind dat je haar vanavond met rust moet laten,' zegt ze, op een toon alsof ze mijn moeder is.

'O ja? Zodat ze verdomme vreemd kan gaan?' Gefrustreerd trek ik aan mijn haar. Tessa heeft bij het eten al een glas wijn gedronken, of eigenlijk anderhalf, en ze kan echt niet tegen alcohol.

'Denk je echt dat ze...' begint Karen, maar dan zegt ze: 'Laat maar. Doe waar je zin in hebt, dat doe je toch altijd.' Ze kijkt even naar de vrouw van Max en trekt haar knielange jurk recht. 'Wees voorzichtig, lieverd,' zegt ze met een geforceerde glimlach, en dan loopt ze met haar vriendin de veranda op.

Nu dit probleem is opgelost kan ik mijn aanvankelijke plan in werking stellen. Ik loop met grote passen terug naar het restaurant, vastbesloten om Tessa naar buiten te slepen. Niet letterlijk, natuurlijk, maar ze gaat wel met me mee. Wat een gezeik, en dat allemaal omdat ik een condoom vergat. Daardoor is deze ellende begonnen. Ik had Sandra eerder kunnen bellen om die woning te regelen, of ik had een ander huis voor Tessa kunnen zoeken... maar dat zou ook niet werken. Seattle gaat gewoon niet door. Al duurt het langer dan ik had gedacht om dat Tessa duidelijk te maken en is het verre van simpel.

Ik snap nog steeds niet waarom ze niet met Karen en de moeder van Lillian mee is gereden. Ik was er zeker van dat ze zo van streek was dat ze me zou willen spreken. Het komt natuurlijk door die ober. Wat heeft hij tegen haar gezegd? Waarom is ze daar gebleven en niet terug naar mij gekomen? Wat ziet ze in hem?

Omdat ik even bij moet komen, ga ik op een van de grote rotsblokken zitten die de rand van het erf afbakenen. Misschien kan ik maar beter niet halsoverkop naar binnen stormen. Misschien moet ik Landon sturen om haar te gaan halen. Ze luistert beter naar hem dan naar mij. Maar dan vervloek ik mijn eigen stomme idee omdat ik weet dat hij daarvoor niet te porren zal zijn. Hij zal de kant van zijn moeder kiezen, hij zal me als zwak afschilderen en zeggen dat ik haar met rust moet laten.

Maar dat kan ik niet. Na twintig minuten op dat koude stuk steen voel ik me alleen maar beroerder, en niet beter. Ik kan alleen maar denken aan hoe ze op dat balkon voor me terugdeinsde, aan hoe zorgeloos ze met hem stond te lachen.

Wat moet ik tegen haar zeggen? Hij lijkt me zo'n klootzak die zal proberen te voorkomen dat ik haar mee naar buiten sleep. Ik heb geen zin om met hem op de vuist te gaan, en als ik maar hard genoeg schreeuw, zal ze wel met me meegaan, gewoon om een knokpartij te vermijden. Dat hoop ik tenminste. Tot nu toe heeft ze vanavond niet echt gedaan wat ik had verwacht.

Dit is allemaal zo kinderachtig: mijn gedrag, de manier waarop ik haar gevoelens manipuleer. Dat weet ik ook wel, maar ik weet niet hoe ik moet veranderen. Ik hou van haar. Jezus, wat hou ik veel van die meid. Maar ik heb geen idee hoe ik haar bij me moet houden.

In werkelijkheid houd je haar gevangen, en dáárom gaat ze niet weg: niet omdat ze van je houdt, maar omdat je haar het gevoel geeft dat ze zonder jou niets is.

Lillians woorden spelen keer op keer door mijn hoofd, als een plaat die blijft hangen. Ik sta op en loop naar het einde van de oprit. Het is inmiddels takkekoud en dit achterlijke overhemd is veel te dun. Tessa had niet eens een jasje bij zich, en die jurk – die verrekte jurk – is zo kort dat ze vast sterft van de kou. Ik kan maar beter een jasje voor haar...

Stel dat hij haar zijn jasje aanbiedt? Ik bal mijn vuisten bij de gedachte, getroffen door een golf van jaloezie.

Je houdt haar gevangen, en dáárom gaat ze niet weg: niet omdat ze van je houdt...

Dat kutwijf van een Tessa Twee en haar psychologische gezeik. Ze weet niet eens waar ze het over heeft. Tessa houdt van me. Dat zie ik in haar blauwgrijze ogen wanneer ze naar me kijkt. Dat voel ik aan haar vingertoppen wanneer ze de lijnen volgt die op mijn huid zijn getekend. Dat voel ik wanneer haar lippen de mijne raken. Ik weet wat het verschil is tussen liefde en gevangenschap, tussen liefde en verslaving.

Ik onderdruk de lichte paniek die me opnieuw in bezit dreigt te nemen. Ze houdt van me. Echt. Tessa houdt van me. Als ze dat niet deed, zou ik me geen raad weten. Ze moet van me houden en er voor me zijn. Ik heb nog nooit iemand zo dichtbij laten komen, ze is de enige van wie ik weet dat ze altijd onvoorwaardelijk van me zal houden. Zelfs mijn moeder krijgt af en toe genoeg van mijn gekloot, maar Tessa vergeeft het me altijd, wat ik ook uitvreet. Ze is er altijd voor me als ik haar nodig heb. Die koppige, lastige en halsstarrige meid is mijn hele wereld.

'Wat ben jij aan het doen, griezel?' hoor ik een stem in het donker zeggen.

'O, dat meen je verdomme niet,' kerm ik. Ik draai me om en zie Riley over de oprit van Max' hut lopen. Ik moet beter opletten. Ik had niet eens gezien dat ze hierbuiten rondliep.

'Wat moet jij hier op de oprit?' wil ze weten.

'Waar is Lillian?'

'Dat gaat je niks aan. Waar is Tessa?' kaatst ze met een lachje terug. Lillian moet haar over onze ruzie hebben verteld. *Geweldig.*

'Gaat jou niks aan. Wat moet jij buiten?'

'Wat moet jij buiten?' Riley moet echt eens aan haar houding gaan werken.

'Ben je altijd zo'n bitch?'

Ze knikt een paar keer overdreven. 'Ja, eigenlijk wel.' Ik had gedacht dat ze kwaad zou worden na mijn vraag, maar ze lijkt het niet erg te vinden. Ze weet zelf natuurlijk ook wel dat ze een trut is. 'En ik hang hier rond omdat Lillian net in slaap is gevallen en ik helemaal gek word van haar vader, jouw vader en die sukkel van een broer van je.'

'En daarom dwaal je in februari buiten in het donker rond?'

'Ik heb een jas aan.' Om haar woorden kracht bij te zetten trekt ze aan de zoom van het kledingstuk. 'Ik ben op zoek naar die kroeg die ik op weg hiernaartoe heb gezien.'

'Waarom pak je niet gewoon de auto?'

'Omdat ik wil drinken. En zie ik eruit als iemand die het weekend in de bak wil doorbrengen?' zegt ze minachtend. Ze passeert me en kijkt zonder haar pas te vertragen naar me om.

'Wat ben jij van plan?'

'Tessa halen. Die zit bij... Laat maar.' Ik ben het zo zat om anderen te vertellen wat ik ga doen.

Nu blijft Riley wel staan. 'Het was echt een kutstreek om te verzwijgen dat Lillian op meiden valt.'

'Ze heeft het je verteld. Natuurlijk,' zeg ik.

'Ze vertelt me altijd alles. Je bent echt een ontzettende lul.'

'Het is een lang verhaal.'

'Je wilt niet met Tessa mee naar Seattle, en nu...' Ze gooit haar haar over haar schouder. '... is ze die blonde vent waarschijnlijk aan het pijpen op de plee...'

Ik storm woedend op haar af. 'Hou je gore bek. Nu. Hou godverdomme je bek.' Ik mag niet vergeten dat ze, hoewel ze net zo grofgebekt is als ik, nog altijd een meisje is, en dat ik nooit een meisje zal slaan.

Ze is helemaal niet onder de indruk van mijn uitbarsting en antwoordt op kalme toon: 'Dat hoor je niet graag, hè? Misschien kun je daar de volgende keer aan denken wanneer je een of andere bijdehante opmerking maakt over mijn vriendin neuken.'

Mijn ademhaling is onregelmatig, zwaar en onbeheerst. Ik blijf maar denken aan Tessa's volle lippen die hem aanraken. Ik trek opnieuw aan mijn haar en loop in een rondje.

'Daar kun je niet tegen, hè? Het idee dat zij bij hem zit.'

'Je moet echt ophouden met zieken,' zeg ik waarschuwend.

Ze haalt haar schouders op. 'Ik weet gewoon dat het zo is. Misschien had ik het niet moeten zeggen, maar jij begon met lullig doen, weet je nog?' Wanneer ik geen antwoord geef, gaat ze verder: 'Zullen we voor nu vrede sluiten? Ik trakteer je op iets te drinken, dan kun jij janken om Tessa en kan ik opscheppen over hoe goed Lillian met haar tong is.' Ze loopt naar me toe en trekt me aan mijn mouw mee naar de overkant van de straat. Vanaf daar zie ik de goedkope veelkleurige lampjes boven op het golfplaten dak van de kroeg.

Ik trek mijn arm uit haar greep. 'Ik moet Tessa gaan halen.'

'Eén drankje, dan ga ik daarna met je mee als back-up.' Riley zegt wat ik zo-even al dacht.

'Waarom? Waarom zou je iets met mij willen drinken?' Ik kijk haar recht in de ogen.

Weer haalt ze haar schouders op. 'Dat wil ik niet echt, maar ik verveel me en jij bent toevallig hier. Bovendien lijkt Lil je aardig te vinden, al snap ik ook niet waarom.' Ze neemt me van top tot teen op. 'Ik weet het ook niet, maar ze mag je, als "vriend".' Riley legt zo veel mogelijk nadruk op het woord 'vriend'. 'Dus ja, ik wil graag indruk op haar maken door net te doen of die mislukte relatie van je me iets kan schelen.'

'Mislukte?' Ik loop achter haar aan.

'Dát valt je op, tussen alles wat ik net zei?' Ze schudt haar hoofd. 'Je bent nog erger dan ik.'

Ze lacht, maar ik zeg niets. Die vervelende meid pakt me opnieuw bij mijn mouw en trekt me mee. Ik ben zo afgeleid door mijn eigen gedachten dat ik haar niet eens wegduw.

Hoe kan ze nu denken dat onze relatie mislukt is als ze mij, óns, niet eens kent?

Die is niet mislukt.

Dat weet ik gewoon. Ik ben misschien mislukt, maar zij niet. Ze zal me redden. Dat doet ze altijd.

45

∞

Tessa

'Jakkes, het is hier minstens tien graden kouder,' zegt Robert wanneer we naar buiten lopen. De koude lucht slaat me in het gezicht, en ik sla mijn armen om me heen om warm te blijven. Hij kijkt me een tikje fronsend aan. 'Ik wou dat ik je een jasje kon geven... Ik wou ook dat ik je naar huis kon brengen, maar ik heb gedronken.' Met een zogenaamd ontzet gezicht voegt hij eraan toe: 'Ik ben vanavond geloof ik niet zo'n heer.'

'Het geeft niet,' zeg ik met een glimlach. 'Ik heb het best wel warm omdat ik gedronken heb... Maar dat slaat nergens op.' Giechelend loop ik achter hem aan over het trottoir voor het restaurant. 'Al had ik beter andere schoenen kunnen dragen.'

'Misschien kunnen we ruilen?' grapt hij.

Ik geef hem een zachte duw tegen zijn schouder, en hij glimlacht voor misschien wel de honderdste keer vanavond.

'Jouw schoenen zien er comfortabeler uit dan die van Hardin. Zijn schoenen zijn zo zwaar en hij laat ze altijd bij de deur slingeren en... Laat maar.' Ik schud mijn hoofd, beschaamd om wat ik net zei, en ik probeer mijn mond te houden.

'Ik ben meer een vent voor gympen,' zegt Robert, die me op die manier duidelijk maakt dat het niet erg is dat ik zo loop te kakelen.

'Ik ook. Of nou ja, ik ben geen vent.' Weer moet ik lachen. Mijn hoofd tolt van de wijn en mijn mond lijkt elke gedachte die in me opkomt, logisch of niet, uit te spreken. 'Weet je waar de blokhutten zijn?'

Hij leunt naar me toe om me tegen te houden omdat ik bijna over een varkensrug struikel. 'Welke blokhutten? Dit dorp staat er vol mee.'

'Eh, nou, het is een straat met een klein bordje en er zijn zeg maar drie of vier hutten en dan is er weer een straat?' Ik probeer me te herinneren wat ik tijdens de rit naar het restaurant heb gezien, maar erg samenhangend is het niet.

'Dat helpt niet echt...' Hij grinnikt. 'Maar we kunnen wel rondlopen totdat we de hutten vinden.'

'Goed, maar als dat langer dan twintig minuten duurt, ga ik op zoek naar een hotel,' kerm ik, bang voor de wandeling en voor het gesprek met Hardin dat me onvermijdelijk te wachten staat. En met 'gesprek' bedoel ik een heftige ruzie met alles erop en eraan. Zeker wanneer hij hoort dat ik met Robert heb zitten pimpelen.

Opeens draai ik me in het donker naar hem om. 'Heb je er nooit genoeg van dat anderen je altijd maar vertellen wat je moet doen?'

'Dat doet niemand, maar als ze dat wel deden, zou ik het wel vervelend vinden, ja.'

'Dan heb je mazzel. Ik heb het gevoel dat er altijd wel iemand is die me vertelt wat ik moet doen, waar ik naartoe moet, met wie ik moet praten, waar ik moet wonen.' Ik slaak een zucht en zie dat mijn adem een wolkje vormt in de koude lucht. 'Het werkt me op de zenuwen.'

'Dat geloof ik graag.'

Ik kijk even op naar de sterren. 'Ik wil er iets aan veranderen, maar ik weet niet hoe ik dat moet doen.'

'Misschien kan Seattle je daarbij helpen.'

'Misschien... Maar ik wil er nú iets aan doen, snap je. Weglopen, of iemand flink uitschelden.'

'Iemand flink uitschelden?' Hij moet lachen en bukt zich om zijn veter vast te maken. Ik blijf een paar meter voor hem staan en kijk om me heen. Nu ik eenmaal aan roekeloos gedrag loop te denken, kan ik er niet meer mee ophouden.

'Ja, en één iemand in het bijzonder.'

'Loop je niet te hard van stapel? Ik snap best dat iemand flink uitschelden erg lekker is, maar misschien moet je langzaam beginnen,' zegt hij. Het duurt even voordat ik besef dat hij me plaagt, maar zodra ik dat doorheb, zie ik er de humor van in.

'Maar ik meen het. Ik heb gewoon zo'n in om iets... geks te doen.' Ik bijt op mijn bovenlip, me afvragend wat ik kan doen.

'Dat komt door de wijn. Die is best wel sterk, en je hebt nogal snel en veel gedronken.'

We moeten allebei lachen en kunnen niet meer ophouden. Ik kom pas weer een beetje bij wanneer ik de lantaarns zie die aan een klein gebouw even verderop hangen.

'Dat is onze dorpskroeg,' zegt Robert met een knikje in die richting.

'Wat een klein café!' roep ik uit.

'Nou, het is de enige kroeg hier, dus zo groot hoeft hij niet te zijn. Het is een geweldige tent, met bardames die boven op de bar dansen en zo.'

'Net als bij Coyote Ugly?'

Zijn glimlach wordt breder. 'Ja, alleen zijn deze vrouwen boven de veertig en dragen ze iets meer kleren.'

Zijn lach is aanstekelijk, en ik weet wat we nu gaan doen.

46

∞

Hardin

'Nee, eentje zei ik. Ik bedoelde een glas.' Ik rol met mijn ogen en prik met mijn vinger tegen de ijsblokjes in het lege glas.

'Ja, hoor.' Ze wenkt de barkeepster en bestelt er nog twee.

'Ik zei dat ik geen...'

'Zei ik dat deze voor jou was?' Ze kijkt me minachtend aan. 'Soms kan een meisje wel wat extra hulp gebruiken.'

'Nou, veel plezier dan maar. Ik ga Tessa halen.' Ik sta op van mijn kruk, maar ze grijpt me – weer – bij mijn mouw. 'En laat me nu eens los.'

'Jongen, doe niet zo lullig. Ik zei toch dat ik meeging? Ik moet dit alleen even opdrinken. Weet je al wat je tegen haar gaat zeggen, of wil je haar aan haar haren mee terug slepen naar je grot?'

'Nee.' Ik ga weer zitten. Ik heb nog niet echt nagedacht over wat ik ga zeggen. Ik hoef ook niet iets te zeggen, afgezien van 'Kom godverdomme mee'. 'Wat zou jij zeggen?' waag ik haar te vragen.

'Nou, om te beginnen...' Ze zwijgt even om de barkeepster twee vijfjes te geven en trekt de glazen naar zich toe. '... zou Lillian niet met een andere meid, of een andere vent, in een restaurant zitten. Niet zonder dat ik erbij ben.' Ze neemt een flinke slok uit een van de glazen en kijkt me aan. 'Ik had die tent allang in lichterlaaie gezet.'

Haar toon bevalt me niet. 'En toch zeg je dat ik beter eerst een borrel kan drinken?'

Ze haalt haar schouders op. 'Ik zeg niet dat mijn manier de beste is.'

'Wat een gelul. Je lult uit je nek. Ik ga weg.'

Ik doe een paar stappen in de richting van de deur en hoor dat de hoofdpijn opwekkende country die ze hier draaien steeds harder wordt gezet. Nu kan ik wel raden wat er gaat gebeuren. Ik had niet naar deze kutkroeg moeten komen. Ik had meteen op zoek moeten gaan naar Tessa. De klanten beginnen allemaal te juichen, en ik draai me om en zie twee van de middelbare barkeepsters op de toog klauteren.

Dit is zo gênant. Vermakelijk, maar zo ontzettend gestoord.

'Je mist de show!' zegt Riley met een kakelend lachje.

Ik wil iets zeggen, maar dan hoor ik een geluid achter me. Ik draai me om en merk dat mijn mond kurkdroog wordt en dat mijn bloed begint te koken. Want Tessa komt op onvaste benen dit kroegje in. Samen met hém.

Ik ren niet meteen naar hem toe, hoewel ik dat het liefste zou willen. Ik loop terug naar de bar en zeg tegen Rileys achterhoofd: 'Ze is hier, met hem. Daar is ze.'

Riley maakt haar blik los van de oude vrouwen op de bar en draait zich om. Haar mond valt open. 'Kolere, dat is een lekker wijf.'

Ik kijk haar boos aan. 'Hou eens op. Kijk niet zo naar haar.'

'Lillian zei al dat ze knap was, maar jezus, kijk die dikke tie...'

'Die zin kun je beter niet afmaken.' Ik staar naar Tessa. Ze ís een hartstikke lekker wijf, dat weet ik ook wel, maar op dit moment is het belangrijker dat ze bezopen is en lachend tussen de hoge tafels door laveert. Ze kiest een tafel in de buurt van de toiletten en gaat zitten.

'Je kunt me daar vinden,' zeg ik tegen Riley. Ik heb geen flauw idee waarom ik dat tegen haar zeg, maar eigenlijk zou ik best wel willen weten wat zij in mijn plaats zou doen. Ik weet dat Tessa kwaad op me is vanwege een waslijst aan dingen waaraan ik liever niets wil toevoegen. Niet dat ze het recht heeft om kwaad op me te zijn – zíj is degene die met een of andere vreemde vent heeft zitten kletsen en nu samen met hem dronken en lachend binnenkomt.

'Waarom wacht je niet... Blijf gewoon nog even hier naar haar zitten kijken,' stelt Riley voor.

'Wat een kut-idee. Waarom zou ik hier naar haar en die lul gaan zitten kijken? Ze is van mij en...'

Riley kijkt me nieuwsgierig aan. 'Springt ze niet uit haar vel wanneer je zegt dat ze van jou is?'

'Nee. Volgens mij vindt ze dat wel fijn.' Dat heeft ze tenminste een keer gezegd. 'Ik ben van jou, Hardin, ik ben van jou,' zei ze kreunend in mijn hals toen ik mijn heupen bewoog en me dieper in haar begroef.

'Lill wordt zo pissig als ik dat zeg. Dan voelt ze zich mijn eigendom of zoiets,' zegt Riley, maar ik heb alleen maar aandacht voor Tessa. Ze pakt haar lange haar in haar ene hand en gooit het over haar schouder. Mijn woede neemt toe, mijn ergernis groeit, en mijn blik wordt wazig. Waarom merkt ze niet op dat ik hier ook ben? Ik voel het altijd wanneer ze ergens binnenkomt, dan is het alsof de lucht verandert en mijn lichaam letterlijk aanvoelt dat ze dichterbij komt. Ze heeft te veel aandacht voor die vent, die vertelt haar verdomme vast wat de juiste manier is om water in een glas te gieten.

Met mijn blik nog steeds op mijn meisje gericht zeg ik: 'Nou, Tessa is van mij, en het kan me niet schelen wat ze ervan vindt.'

'Zo spreekt een echte klootzak.' Riley kijkt even naar Tessa. 'Toch zal je water bij de wijn moeten doen. Als ze ook maar een beetje op Lillian lijkt, zal ze er vroeg of laat genoeg van krijgen en je een ultimatum stellen.'

'Wat?' Ik ruk mijn blik los van Tessa. Niet voor lang, maar zelfs heel even is al een marteling.

'Lillian kreeg zo'n genoeg van mijn gezeik dat ze het uitmaakte. En zij,' zegt ze met een knikje naar Tessa, 'zal hetzelfde doen als je niet af en toe aan haar behoeften denkt.'

Het is opvallend dat Lillian zo veel beter te verdragen is dan die vriendin van haar. 'Nou, je weet helemaal niets van onze relatie, dus je kunt er ook niet over oordelen.' Ik kijk weer naar Tessa, die nu alleen aan het tafeltje met een lok haar zit te spelen en haar schouders op de maat van de muziek beweegt. Ik zie die ober van haar bij het uiteinde van de bar staan en ik word iets kalmer nu ik zie dat hij niet langer naast haar zit.

'Hoor eens, man,' zegt Riley, 'ik hoef echt niet alle details te kennen. Ik heb nu al een... uur met je doorgebracht, ik weet dat je een sukkel bent en dat zij veel aandacht nodig heeft...' Ik wil mijn mond openen om iets lelijks te zeggen, maar ze vervolgt: 'Dat geeft niet, dat heeft Lillian ook. Ze heeft veel aandacht nodig, en dat weet je. Maar weet je wat het mooiste is aan een vriendinnetje dat veel aandacht nodig heeft? Afgezien van de vele seks, natuurlijk...' Ze glimlacht ondeugend.

'Wat wil je nu eigenlijk zeggen?' Ik rol met mijn ogen en kijk weer naar Tessa, die met rode wangen en met grote ogen geamuseerd naar de vrouwen kijkt die hun dansje boven op de bar beëindigen. Ze kan me elk moment hier zien staan.

'Het mooiste is nog dat ze ons nodig hebben, alleen niet op de manier die je verwacht. En we moeten er voor hen zijn. Lillian was altijd zo druk bezig mij te redden... of wat ze ook aan het doen was... dat ze haar eigen behoeften vergat. Ik bedoel, ik deed niet eens iets met haar verjaardag. Ik deed geen ruk voor haar. Ik dacht van wel, dat zeker, omdat ik altijd bij haar zat en soms zei dat ik van haar hield, maar dat was niet genoeg.'

Ik zit niet bepaald te wachten op de koude rilling die nu over mijn rug loopt. Ik zie dat Riley haar eerste glas leegdrinkt. 'Maar ze is nu toch met jou?'

'Ja, maar alleen maar omdat ik haar heb laten zien dat ze op me kan rekenen en ik niet zo'n bitch ben als toen ze me net leerde kennen.' Ze kijkt even naar Tessa en dan weer naar mij. 'Ken je die uitspraak die al die domme mutsen altijd op internet posten? Ik geloof dat het iets is van "Als je druk bezig bent..." "Als je niet..." Kut, ik kan het me niet herinneren, maar het komt erop neer dat je je meid goed moet behandelen, want anders zal een ander het doen.'

'Ik behandel haar goed.' Meestal wel.

Ze laat een ongelovig, blaffend lachje horen. 'Jezus, hoor je jezelf praten? Hoor eens, ik ben ook geen heilige. Ik ben niet zo goed voor Lillian als ik zou moeten zijn, maar daar ben ik eerlijk in. Als jij echt denkt dat je haar goed behandelt, dan heb je een grotere plaat voor je kop dan ik dacht. Als je echt zo goed voor haar was, dan zou ze daar nu niet met die lul zitten, die toevallig het tegenovergestelde van jou is en ook nog eens erg lekker.'

Daar kan ik niets tegen inbrengen. Ze heeft, grotendeels, gelijk. Ik behandel Tessa niet de hele tijd slecht, maar alleen als ze me op de zenuwen werkt. Zoals nu.

En eerder vanavond.

'Ze kijkt onze kant op,' zegt Riley tegen me, en mijn bloed stolt. Langzaam draai ik mijn hoofd in Tessa's richting.

Haar vlammende blik is op mij gericht, en ik weet zeker dat ik een zweem van rood in haar ogen zie wanneer ze haar blik van Riley naar mij laat gaan. Ze verroert zich niet, ze knippert niet eens. Haar blik verandert binnen een seconde van verbaasd in bloeddorstig, en ik ben wat van mijn stuk gebracht door de moordzucht in haar ogen.

'O, wat is die pissig,' zegt Riley lachend naast me, en het kost me de grootste moeite om dat tweede glas niet boven haar hoofd leeg te kiepeen.

In plaats daarvan mompel ik 'Hou je bek', pak het glas en loop naar Tessa.

Als ik bij haar aankom, staat die lul van een ober nog steeds aan de bar.

'Zo, nooit gedacht jou hier nog eens te zien, in een kroeg, zuipend met een ander meisje. Hoe verrassend,' merkt ze met een sarcastisch lachje op.

'Wat moet jij hier?' Ik ga dichter bij haar staan.

Ze deinst terug. 'Wat moet jij hier?'

'Tessa,' zeg ik waarschuwend.

Ze rolt met haar ogen. 'Niet vanavond, Hardin. Vergeet het maar.' Ze laat zich van de hoge stoel zakken en trekt haar jurk naar beneden.

'Loop niet van me weg.' Mijn woorden klinken als een bevel, maar ik weet dat het eigenlijk een smeekbede is. Ik pak haar haar arm vast, maar ze rukt zich los.

'Waarom niet? Dat doe jij ook altijd.' Ze kijkt weer kwaad naar Riley. 'We zijn hier allebei met een ander.'

Ik schud mijn hoofd. 'Nee, hoor. Dat is de vriendin van Lillian.'

Haar schouders ontspannen onmiddellijk. 'O.' Ze kijkt me recht in de ogen en bijt op haar onderlip.

'We moeten nu gaan.'

'Ga maar.'

'Jij en ik,' leg ik uit.

'Ik ga helemaal nergens naartoe, tenzij het daar leuker is dan hier, want hier is het minder leuk sinds jij hier bent om de boel te verpesten. Je verpest het altijd. Je bent de anti-leukpolitie.' Ze lacht om haar eigen stomme opmerking en gaat verder: 'Ja, dat ben je! Je bent de anti-leukpolitie. Ik zou een penning voor je moeten laten maken, dan kun je die aan iedereen laten zien die het iets te leuk heeft. Je weet wel, zodat je een einde aan de pret kunt maken.' Ze barst in gegiechel uit.

Jezus, wat is die meid kachel.

'Hoeveel heb je gedronken?' roep ik over de muziek heen. Ik had verwacht dat ze die zachter zouden zetten, maar blijkbaar geven de oudere danseressen nog een toegift.

Ze haalt haar schouders op. 'Dat weet ik niet. Een paar glazen. En dit.' Voordat ik haar kan tegenhouden, pakt ze mijn glas uit mijn handen, zet het op de tafel en hijst zich weer op de stoel.

'Niet doen. Je bent al dronken.'

'Wat hoor ik daar?' Ze legt haar hand rond haar oor. 'Hoor ik daar de sirene van de anti-leukpolitie? Tatu-tatu.' Heel even pruilt ze als een klein kind, maar dan begint ze te lachen. 'Als je de pret wilt bederven, ga je maar weg.' Tessa brengt het glas naar haar mond en neemt drie grote slokken. Binnen een paar seconden heeft ze het halve glas leeggedronken.

'Je wordt nog misselijk,' zeg ik.

'Blah, blah, blah,' zegt ze spottend. Ze houdt bij elk woord haar hoofd scheef en kijkt dan langs me, met een lachje rond haar lippen. 'Je kent Robert al, hè?'

Ik kijk om me heen en zie die lul naast me staan, met in beide handen een drankje.

'Leuk jou ook weer eens te zien,' zegt Robert met een half lachje. Zijn ogen zijn bloeddoorlopen. Ook hij is dronken.

Heeft hij misbruik van haar gemaakt? Heeft hij met haar gezoend?

Ik haal diep adem. *Zijn vader is de sheriff. Zijn vader is de sheriff. Zijn vader is de sheriff.*

Ik kijk weer naar Tessa en zeg over mijn schouder: 'Ga weg.'

Tessa rolt met haar ogen. Ik was vergeten hoeveel lef ze heeft zodra er alcohol in haar bloed zit. 'Blijf hier,' zegt ze, mij uitdagend. Hij gaat aan de tafel zitten. 'Heb jij geen gezelschap dat je moet vermaken?' vraagt ze op pesterige toon.

'Nee. Ga mee naar huis.' Ik kan me amper beheersen. Op iedere andere avond had ik Robert nu al met zijn kop tegen de tafel gedrukt.

'Die hut is ons huis niet. Ons huis is uren rijden vanhier.' Ze drinkt het glas leeg dat ze van me heeft afgepakt. Dan werpt ze me een blik toe die op een of andere manier een mengeling van afkeer, dronken gevatheid en onverschilligheid weet te zijn. 'En bovendien heb ik vanaf maandag niet eens een huis meer. Dankzij jou.'

47

∞

Tessa

Hardins neusvleugels trillen nu hij zijn uiterste best doet om zijn woede te beheersen. Ik kijk even naar Robert, die er een tikje ongemakkelijk bij zit maar niet echt bang voor Hardin lijkt te zijn.

'Als je me expres probeert kwaad te maken, dan is dat gelukt,' zegt Hardin.

'Dat probeer ik niet. Ik wil gewoon niet naar huis.' En op het moment dat de muziek stopt, roep ik luid: 'Ik wil dronken en jong zijn en lol maken!'

Iedereen kijkt me aan. Ik weet niet wat ik van al die aandacht moet vinden en wuif ongemakkelijk. Iemand joelt goedkeurend en de helft van de lui aan de bar heft hun glas in mijn richting en zet dan het gesprek voort. De muziek gaat weer aan en Robert schiet in de lach. Hardin trekt een kwaad gezicht.

'Je hebt duidelijk al genoeg gehad,' zegt hij, met een blik op het inmiddels halflege glas dat Robert me net heeft gegeven.

'Ik heb een nieuwtje voor je, Hardin. Ik ben volwassen,' zeg ik op kinderlijke toon.

'Verdomme, Tessa.'

'Misschien kan ik maar beter gaan...' Robert staat op.

'Zeker,' zegt Hardin op hetzelfde moment dat ik 'Nee' zeg. Maar dan kijk ik om me heen en slaak een zucht. Ik geniet van mijn avondje met Robert, maar ik weet dat Hardin de hele tijd botte opmerkingen en dreigementen en weet ik veel wat zal blijven maken om Robert te verjagen. Het is beter als hij nu vertrekt.

'Sorry. Ik ga wel, dan kun jij blijven,' zeg ik tegen Robert.

Hij schudt vol begrip zijn hoofd. 'Nee, dat hoeft niet. Ik heb trouwens een lange dag achter de rug.' Het is behoorlijk verfrissend dat hij steeds zo kalm blijft en zich nergens druk om maakt.

'Ik loop wel even met je mee,' zeg ik tegen hem. Ik weet niet of ik hem ooit nog zal zien, en hij is vanavond zo aardig voor me geweest.

'Nee, dat doe je niet,' komt Hardin tussenbeide, maar ik negeer hem en loop met Robert mee naar de deur van de kleine kroeg. Ik kijk om naar de tafel en zie Hardin ertegenaan geleund staan, met zijn ogen dicht. Ik hoop dat hij tot tien staat te tellen, want ik heb geen zin in gedoe.

Eenmaal buiten wend ik me tot Robert. 'Het spijt me echt heel erg. Ik wist niet dat hij hier zat. Ik wilde gewoon lol maken.'

Robert glimlacht en buigt zich een beetje voorover, zodat hij me recht kan aankijken. 'Weet je nog wat ik zei? Je hoeft je niet voor alles te verontschuldigen.' Hij steekt zijn hand in zijn zak en haalt een pen en een notitieblokje tevoorschijn. 'Ik koester geen verwachtingen, maar als je je ooit in je eentje in Seattle zit te vervelen, moet je maar bellen. Of niet. Dat laat ik aan jou over.' Hij schrijft iets op en geeft me het velletje papier.

'Oké.' Ik wil niets beloven wat ik niet kan waarmaken, dus ik glimlach slechts en stop het papiertje in mijn decolleté. 'Sorry!' roep ik wanneer ik besef dat ik net in zijn bijzijn aan mijn borsten heb gezeten.

'Zeg dat nu niet!' Hij lacht. 'En zeker niet vanwege zoiets.' Hij kijkt even naar de deur van de kroeg en dan naar de duisternis om ons heen. 'Nou, ik ga maar eens. Ik vond het een leuke avond. Misschien tot een volgende keer?'

Ik knik glimlachend. Hij loopt het trottoir op.

'Het is koud hierbuiten.' Nu ik opeens Hardins stem achter me hoor, schrik ik me een ongeluk.

Met een minachtend geluidje loop ik langs hem terug naar binnen. Mijn tafel is nu bezet door een kale man met een enorme pul bier. Ik pak mijn tasje van de stoel naast hem en hij kijkt mij, of liever gezegd mijn borsten, met een doffe blik aan.

Hardin duikt achter me op. Alweer. 'Kom, laten we gaan.'

Ik loop naar de bar. 'Kun je me misschien even de ruimte geven? Ik wil op dit moment niet eens bij je in de buurt zijn. Je bent behoorlijk hatelijk tegen me geweest,' breng ik hem in herinnering.

'Je weet dat ik dat soort dingen niet meen,' zegt hij verdedigend. Hij probeert me aan te kijken, maar ik trap er niet in.

'Dan kun je net zo goed je mond houden.' Ik kijk naar die meid – de vriendin van Lillian – die bij de bar naar Hardin en mij staat te kijken. 'Ik wil het er nu niet over hebben. Het was een leuke avond, totdat jij de boel kwam verpesten.'

Hardin gaat voor me staan. 'Dus je wilt me hier niet hebben?' Hij kijkt gekwetst. In de diepten van zijn groene ogen zie ik iets waardoor ik me bedenk.

'Dat zeg ik niet, maar als je me wilt vertellen dat je niet van me houdt of me weer voor seks gaat gebruiken, dan kun je beter gaan. En anders ga ik.' Ik doe mijn best om mijn vrolijke stemming te bewaren en weiger toe te geven aan de pijn en de frustratie.

'Jij bent zelf begonnen. Dan had je hier niet samen met hem naartoe moeten komen. Ook nog dronken...' zegt hij.

Ik slaak een zucht. 'Daar gaan we weer.' Hardin is de kampioen van de dubbele moraal, en het jongste bewijs daarvan komt nu naar ons toe.

'Kunnen jullie misschien je bek houden? Dit is een openbare gelegenheid,' komt het knappe meisje naast wie Hardin eerder zat tussenbeide.

'Niet nu,' bijt Hardin haar toe.

'Kom, Hardins obsessie, dan gaan we aan de bar zitten,' zegt ze, hem negerend.

Het is één ding om aan een tafel bij het einde van de bar te zitten en je een drankje te laten brengen; aan de bar zitten en een drankje bestellen is een heel ander verhaal. 'Ik ben nog te jong,' zeg ik tegen haar.

'O, kom op zeg. In die jurk krijg je zeker wat te drinken.' Ze staart naar mijn borsten.

Ik trek de jurk omhoog. 'Als ze me wegsturen, is het jouw schuld,' zeg ik tegen haar, maar ze legt lachend haar hoofd in haar nek.

'Ik kom je wel uit de cel halen.' Ze knipoogt. Hardin verstijft aan haar zijde. Hij kijkt haar met een waarschuwende blik aan die me als vanzelf aan het lachen maakt. Hij heeft me de hele avond geprobeerd jaloers te maken met Lillian, maar nu is hij jaloers omdat Lillians vriendin naar me knipoogt.

Al dat kinderachtige gedoe – hij is jaloers, ik ben jaloers, de oude vrouw achter de bar is jaloers, iedereen is jaloers – is irritant. Ook een tikje vermakelijk, zeker nu, maar ook irritant.

'Ik ben trouwens Riley.' Ze gaat aan het einde van de bar zitten. 'Ik neem aan dat dat botte vriendje van je niet van plan is me voor te stellen.'

Ik kijk even naar Hardin, in de verwachting dat hij iets lelijks tegen haar zal zeggen, maar hij rolt slechts met zijn ogen. Voor zijn doen is dat behoorlijk ingetogen. Hij probeert op de stoel tussen ons in te gaan zitten, maar ik pak de leuning vast en zoek steun bij zijn arm om mezelf omhoog te hijsen. Ik weet dat ik hem beter niet kan aanraken, maar ik wil hier zitten en genieten van de laatste avond van deze minivakantie die op een ramp is uitgelopen. Hardin heeft mijn nieuwe vriend verjaagd en Landon ligt waarschijnlijk al op één oor. Afgezien van deze kroeg is mijn enige andere optie alleen in mijn kamer in de hut zitten. Dit lijkt me beter.

'Wat kan ik voor je inschenken?' vraagt een roodharige barkeepster in een spijkerjack me.

'Drie whisky, maar zet die eerst even koud,' antwoordt Riley in mijn plaats.

De vrouw kijkt me even onderzoekend aan, waardoor mijn hart sneller gaat kloppen. 'Komt eraan,' zegt ze ten slotte. Ze pakt drie glazen onder de bar vandaan en zet die voor ons neer.

'Ik was niet van plan om te drinken. Voordat jij kwam, had ik er nog maar een gehad.' Hardin buigt zich naar me toe om dat in mijn oor te kunnen fluisteren.

'Drink wat je wilt, dat doe ik ook,' zeg ik zonder hem aan te kijken, al hoop ik diep in mijn hart dat hij niet te dronken wordt. Dat maakt hem onberekenbaar.

'Dat zie ik.' Het is zijn manier om me een standje te geven.

Ik wil hem kwaad aankijken, maar merk dat ik vooral naar zijn mond zit te staren. Soms kan ik een hele tijd naar zijn bewegende lippen zitten kijken; het is een van mijn favoriete bezigheden.

Hij vraagt, mogelijk omdat het hem niet ontgaat dat mijn stemming iets milder wordt: 'Ben je nog steeds boos op me?'

'Ja, heel erg.'

'Waarom doe je dan alsof je dat niet bent?' Zijn lippen bewegen nog langzamer. Ik moet echt navragen wat voor wijn het was. Die is zo goed.

'Omdat ik lol wil maken, zoals ik al zei,' herhaal ik. 'Ben jij kwaad op me?'

'Dat ben ik altijd,' antwoordt hij.

Ik lach even. 'Zeg dat wel.'

'Wat zei je?'

'Niets.' Ik toon een onschuldig lachje en zie dat hij over zijn nek wrijft en met zijn duim en wijsvinger in zijn schouders knijpt.

Een paar tellen later verschijnt er een glas met een donkerbruin drankje voor mijn neus. Riley heft haar glas in de richting van Hardin en mij. 'Ik drink op compleet gestoorde en bijna psychotische relaties.'

Ze lacht voldaan en slaat het glas achterover.

Hardin volgt haar voorbeeld.

Ik haal even diep adem en laat dan de koele, brandende whisky mijn keel in lopen.

'Nog eentje!' roept Riley enthousiast uit. Ze schuift een volgend glas naar me toe.

'Weennie of dat gaat,' zeg ik met dubbele tong. 'B-ben nog nooit zo dronken geweest.'

De whisky heeft zich een weg gebaand naar mijn hersenen en daar een kamer genomen, en hij maakt geen aanstalten om snel weer te vertrekken. Hardin heeft al vijf glazen op, ik ben na drie de tel kwijtgeraakt en Riley had volgens mij nu al met alcoholvergiftiging op de vloer van de kroeg moeten liggen braken.

'Deze whisky is lekker,' merk ik op. Ik steek mijn tong uit naar het gekoelde drankje.

Naast me begint Hardin te lachen. Ik leun tegen hem aan en leg mijn hand op zijn dij. Zijn blik gaat onmiddellijk naar mijn hand, die ik snel terugtrek. Ik zou me niet moeten gedragen alsof er eerder niets is gebeurd, maar dat is gemakkelijker gezegd dan gedaan. Zeker nu ik amper helder kan denken en Hardin er zo lekker uitziet in dat witte overhemd. Ik denk morgen wel na over onze problemen.

'Zie je nu wel, je had alleen wat whisky nodig om even los te komen.' Riley zet haar lege glas met een bons op de bar en ik moet giechelen.

'Wat?' zegt ze kortaf.

'Jij en Hardin zijn precies hetzelfde.' Ik sla mijn hand voor mijn mond om mijn irritante gegiechel te onderdrukken.

'Nietes,' zegt Hardin. Hij praat nu langzamer, zoals altijd wanneer hij dronken is. Hetzelfde geldt voor Riley.

'Welles! Het is net een spiegel.' Ik lach. 'Weet Lillian dat je hier zit?' Ik draai met een ruk mijn hoofd om terwijl ik haar dat vraag.

'Nee, die ligt te pitten.' Ze likt haar lippen af. 'Maar zodra ik terug ben, ga ik haar wakker maken.'

De muziek wordt opnieuw harder gezet en ik zie dat de roodharige vrouw voor misschien wel de vierde keer die avond op de bar klimt.

'Nog een keer?' Hardin trekt zijn neus op.

Ik moet lachen. 'Ik vind het grappig.' In deze toestand vind ik alles grappig.

'Ik vind het stom,' klaagt hij.
'Niks voor jou?' Riley geeft me een por.
'Wat?'
'Een dansje op de bar.'
Ik schud lachend mijn hoofd. En loop rood aan. 'Echt niet!'
'Kom op, je zit de hele tijd al te zeuren dat je jong wilt zijn en lol wilt maken, of wat het ook was. Dit is je kans. Ga op die bar dansen.'
'Ik kan niet dansen.' Dat is waar. Ik heb, op wat geschuifel na, nog maar één keer gedanst, en dat was in de nachtclub in Seattle.
'Dat ziet niemand. Ze zijn allemaal meer van de wereld dan jij.' Ze trekt een wenkbrauw op en daagt me uit.
'Vergeet het maar,' zegt Hardin.
Al ben ik nog zo dronken, ik weet één ding wel: ik laat hem niet langer bepalen wat ik wel en niet ga doen.
Zonder een woord te zeggen maak ik die vreselijke bandjes rond mijn enkels los en schop mijn hooggehakte schoenen uit.
Hardin kijkt me met grote ogen aan wanneer ik op de stoel klim en vervolgens op de bar stap. 'Wat ga je doen?' Hij staat op en kijkt naar een paar stamgasten achter ons, die beginnen te juichen. 'Tess...'
De muziek klinkt harder dan zo-even, en de vrouw die ons al de nodige borrels heeft ingeschonken, lacht ondeugend naar me en pakt mijn hand. 'Weet je hoe je moet linedancen, lieverd?' roept ze.
Ik schud mijn hoofd, opeens aan mezelf twijfelend.
'Dan leer ik het je wel!' roept ze.
Waar ben ik in vredesnaam mee bezig? Ik wilde alleen maar iets aan Hardin bewijzen, en kijk eens waar ik nu sta: boven op een bar, klaar om een of ander dansje te doen. Ik weet niet eens zeker wat linedancen is. Als ik vooraf had geweten dat ik hier zou eindigen, had ik beter opgelet toen de andere vrouwen eerder hun dansje opvoerden.

48

∞

Hardin

Riley kijkt op naar Tessa, die voor haar op de bar staat. 'Jezus, ik had nooit gedacht dat ze het echt zou doen!' roept ze uit.

Ik ook niet, maar vanavond lijkt ze me op allerlei manieren op de kast te willen krijgen.

Riley kijkt me stralend aan. 'Dat is een wilde meid, zeg.'

'Nee... dat is ze niet,' ontken ik zacht. Tessa ziet er ontzet uit en heeft zichtbaar spijt van haar opwelling. 'Ik help haar wel naar beneden.' Ik wil mijn hand uitsteken, maar Riley slaat hem weg.

'Laat haar gaan, man.'

Ik kijk opnieuw naar Tessa. De vrouw die onze drankjes heeft ingeschonken, staat met haar te praten, maar ik hoor niet wat ze zegt. Het slaat nergens op dat ze hier in dat korte jurkje op de bar staat te dansen. Als ik nog verder naar voren leun, kan ik onder haar rokje kijken, en dat geldt voor iedereen hier aan de bar. Het zou me niks verbazen als Riley al zit te gluren. Ik kijk even naar links en naar rechts en zie dat geen van de ordinaire kerels aan beide uiteinden zit te kijken. Nog niet.

Tessa kijkt naar de vrouw naast haar en trekt een fronsend en geconcentreerd gezicht, dat volkomen in tegenspraak is met haar plotselinge behoefte om zich 'wild' te gedragen. Ze doet de bewegingen van dat oude mens na en schopt eerst met haar ene en dan met haar andere been, om daarna snel met haar heupen te schudden.

'Ga lekker zitten en geniet ervan,' zegt Riley naast me. Ze trekt een van haar reservedrankjes naar zich toe.

Ik ben dronken, veel te dronken, maar nu ik Tessa zie bewegen, word mijn geest opeens helder. Ze begint verdomme echt te dansen. Ze zet haar handen in haar zij en lacht eindelijk, volledig schijt hebbend aan het feit dat bijna iedereen hier naar haar zit te kijken. Haar blik kruist de mijne, en heel even lijkt ze te wankelen voordat ze zich weer herstelt en naar de andere kant van de kroeg kijkt.

'Opwindend, hè?' zegt Riley met een glimlach. Ze brengt haar glas naar haar lippen.

Ja, het is inderdaad ontzettend opwindend om Tessa zo op die bar te zien dansen, maar het is ook irritant en onverwacht. De eerste gedachte die in me opkomt, is: god, dit is geil. De tweede is: ik moet hier niet zo in opgaan en zou me moeten ergeren aan haar voortdurende neiging om tegen me in te gaan. Maar zo helder kan ik niet meer denken. Dat is te wijten aan die eerste gedachte en het feit dat ze vlak voor mijn neus staat te dansen.

Die jurk kruipt langs haar dijen omhoog. Ze houdt met haar ene hand haar haar naar achteren en begint te lachen, terwijl ze ondertussen probeert die vrouw naast haar bij te houden. Het is heerlijk om haar zo zorgeloos te zien, een aanblik die me niet vaak is gegund. Haar lichaam is bedekt met een dun laagje zweet dat haar laat glanzen onder het licht van de spots. Ik schuif ongemakkelijk heen en weer en trek dat bespottelijke overhemd aan de voorkant een stukje naar beneden.

'O, o,' zegt Riley.

'Wat?' Ik schrik op uit mijn trance en volg haar blik naar het uiteinde van de bar. Daar zitten twee mannen Tessa aan te gapen, en met 'aan te gapen' bedoel ik dat hun ogen godverdomme groter zijn dan mijn pik op dit moment.

Ik kijk weer naar Tessa. Dat jurkje zit al akelig hoog rond haar dijen, en elke keer wanneer ze haar been omhoog gooit, kruipt het verder op.

Ik heb er genoeg van.

'Rustig, jongen,' zegt Riley. 'Dit nummer is zo afgelopen...' Ze steekt haar hand op en beweegt die heen en weer terwijl de muziek wegsterft.

49

∞

Tessa

Hardin steekt zijn hand naar me uit, zodat hij me naar beneden kan helpen. Dat verbaast me. Hij zat tijdens mijn dansje zo te pruilen en zo lelijk te kijken dat ik er zeker van was dat ik de wind van voren zou krijgen. Of erger nog: ik had gedacht dat hij op de bar zou klimmen, me eraf zou trekken en vervolgens met de andere klanten op de vuist zou gaan.

'Zie je nu wel, het is niemand opgevallen dat je niet kunt dansen,' zegt Riley lachend.

Ik ga op de koele bovenkant van de bar zitten. 'Dat was leuk!' roep ik, en weer houdt de muziek op. Ik spring lachend van de bar en laat me even door Hardins beschermende omhelzing ondersteunen voordat ik vast genoeg op mijn benen sta en hij me los kan laten.

'Jij moet de volgende keer ook meedoen!' zeg ik in zijn oor, maar hij schudt zijn hoofd.

'Nee,' antwoordt hij plechtig.

'Niet pruilen, dat staat je niet.' Ik steek mijn hand uit en raak zijn lippen aan. Hij ziet er zo leuk uit, met zijn onderlip zo naar voren. Zijn ogen beginnen te glanzen zodra ik hem aanraak, en mijn hart gaat sneller kloppen. En ik voel me al high door al die adrenaline van mijn dansje op de bar. Ik had nooit gedacht ooit zoiets te zullen doen, maar hoe leuk het ook was, ik weet dat het bij deze ene keer zal blijven. Hardin gaat op de kruk zitten en ik blijf tussen hem en Riley naast mijn lege kruk staan.

'Je bent er gek op.' Hij glimlacht, met mijn vingers nog steeds op zijn lippen.

'Op je lippen?' zeg ik met een lachje.

Hij schudt zijn hoofd. Hij is speels en ernstig tegelijk, en dat is bedwelmend. Hij is bedwelmend en ik ben bedwelmd. Dit kan leuk worden.

'Nee, mij op stang jagen. Dat vind je heerlijk.'

'Nee, hoor. Jij laat je gewoon te gemakkelijk op stang jagen.'

'Je stond in een volle kroeg boven op de bar te dansen.' Zijn gezicht bevindt zich op een paar centimeter van het mijne, en zijn adem is een betoverende mengeling van munt en whisky. 'Je weet wat dat met me doet, Tessa. Je mag blij zijn dat ik je niet van die bar trok, over mijn schouder gooide en met je naar buiten liep.'

'Over je schouder? Niet over je knie?' vraag ik plagend. Ik kijk hem recht in de ogen en breng hem volledig van zijn stuk.

'W-wat?' stamelt hij.

'Je moet hem niet geloven, hoor, hij vond het helemaal te gek,' fluistert Riley tegen me, en ik knik. Ik voel dat mijn buikspieren zich aanspannen wanneer ik denk aan Hardin die naar me zat te kijken, maar ik probeer mijn schunnige gedachten te verdringen. Ik zou moeten koken van woede, ik zou hem moeten negeren of tegen hem moeten schreeuwen omdat hij alweer heeft geprobeerd te voorkomen dat ik naar Seattle ga en omdat hij me met zijn woorden heeft gekwetst, maar in mijn dronken toestand is het vrijwel onmogelijk om kwaad te worden.

Ik doe, althans voor nu, alsof dat allemaal niet is gebeurd en probeer me voor te stellen dat Hardin en ik een normaal stelletje zijn dat met een vriendin iets is gaan drinken. Geen leugens, geen dramatische ruzies, maar gewoon lol maken en op de bar dansen.

'Ik kan gewoon niet geloven dat ik dat echt heb gedaan!' zeg ik tegen hen allebei.

'Ik ook niet,' mompelt Hardin ontstemd.

'Ik ga het zeker niet nog eens doen.' Ik veeg het zweet van mijn voorhoofd. Het is warm in de kleine kroeg; de lucht is bedompt en ik heb frisse lucht nodig.

'Wat is er mis?' vraagt hij.

'Niets, het is gewoon warm.' Ik wuif mezelf koelte toe en hij knikt even.

'Kom, dan vertrekken we, voordat je van je stokje gaat.'

'Nee, ik wil nog even blijven. Het is hier leuk zo. Ik bedoel, het is hier zo leuk.'

'Je kunt niet eens een samenhangende zin vormen.'

'Ja, en? Misschien wil ik dat niet. Je moet maar eens wat relaxter doen, anders kun je gaan.'

'Jij...' begint hij, maar ik druk mijn hand tegen zijn mond.

'Shh... Hou nu eens een keer je mond. Maak lol.' Ik leg mijn andere hand opnieuw op zijn dij en geef een kneepje.

'Goed,' zegt hij tegen mijn hand.

Ik trek mijn hand weg, maar houd die wel in de buurt, zodat ik hem indien nodig weer de mond kan snoeren.

'En je moet niet nog eens op de bar dansen,' zegt hij voorzichtig onderhandelend.

'Goed. En jij moet niet meer pruilen of boos kijken,' kaats ik terug.

Hij glimlacht. 'Goed.'

'Hou eens op dat te zeggen.' Ik onderdruk een grijns.

Hij knikt. 'Goed.'

'Je bent irritantig.'

'"Irritantig?" Wat denk je dat je docent literatuur daarvan zou zeggen?' Hardins ogen hebben de kleur van jade en fonkelen van vreugde, al ziet het wit rood van de drank.

'Soms ben je zo grappig.' Ik kruip tegen hem aan.

Hij slaat een arm om me heen en trekt me tussen zijn benen. 'Soms?' Hij kust me op mijn haar en ik ontspan in zijn greep.

'Ja, alleen soms.'

Hij grinnikt en laat me niet gaan. Dat wil ik denk ik ook niet. Dat is verkeerd, ik weet het, maar het is nu eenmaal zo. Hij is dronken en speels, en door de drank in mijn lijf negeer ik mijn gezonde verstand... zoals altijd.

'Kijk jullie twee toch eens dikke vrienden zijn.' Riley maakt een gebaar alsof we in een vitrine staan.

'Ze is zo irritant,' zegt Hardin snuivend.

'Jullie zijn net een tweeling,' zeg ik lachend, en hij schudt zijn hoofd.

'Laatste ronde!' roept mijn nieuwe vriendin achter de bar. In het afgelopen uur ben ik erachter gekomen dat ze Cami heet, dat ze bijna vijftig is en dat ze in december voor de eerste keer oma is geworden. Ze heeft me een paar foto's laten zien, zoals iedere oma, en ik heb braaf gezegd dat het kind erg lief is. Hardin keurde die foto's amper een blik waardig en mompelde iets over trollen, zodat ik gedwongen was de foto snel uit zijn handen te trekken voordat Cami hem kon horen.

Ik wieg heen en weer. 'Eentje nog, en dan zit ik er helemaal doorheen.'

'Ik snap niet dat je nog niet buiten westen bent!' roept Riley duidelijk vol bewondering.

Ik snap het wel: Hardin pakt telkens mijn halfvolle glas van me af en drinkt het zelf leeg.

'Jij hebt meer gehad dan alle anderen, wa-wa-schijnlijk zelfs meer dan hij-ij,' zeg ik, wijzend op een vent aan het einde van de bar die letterlijk met zijn hoofd op de bar in slaap is gevallen. 'Ik wou dat Lillian mee was gegaan,' zeg ik, maar Hardin trekt zijn neus op.

'Ik dacht dat je haar niet mocht?' zegt hij. Riley heft met een ruk haar hoofd op en kijkt me aan.

'Ik mag haar heus wel,' verbeter ik hem. 'Ik vond het alleen niet prettig dat je mij met haar jaloers probeerde te maken.'

Riley verstijft en kijkt naar Hardin, die naast me zit. 'Wat?'

O, shit.

'Nu niet terugkrabbelen, liefje,' dringt ze aan.

Ik zit in de val en ik ben dronken en ik heb geen idee wat ik moet zeggen. Ik wil haar in elk geval niet kwaad maken.

'Niets,' zegt Hardin tegen haar. Hij steekt een hand op. 'Ik heb me behoorlijk lullig gedragen en niet tegen Tessa gezegd dat Lillian lesbisch is, maar dat wist je al.'

Haar schouders ontspannen. 'O, oké, dan is het goed.'

Jezus, ze lijkt echt op hem.

'Er is niks gebeurd, dus rustig maar,' zegt Hardin tegen haar.

'Ik ben rustig, geloof me,' zegt ze kirrend. Ze schuift haar kruk iets dichter naar me toe. 'Niks mis met een beetje jaloezie, hè?' Riley kijkt me met een twinkeling in haar benevelde ogen aan. 'Heb je ooit met een meisje gezoend, Tessa?'

Mijn hoofdhuid begint te prikken en ik hap overdreven naar adem. 'Wat?'

'Jezus, Riley, wat...' begint Hardin, maar ze onderbreekt hem. 'Ik vraag het alleen maar. Heb je weleens met een meisje gezoend?'

'Nee.'

'Heb je er ooit over gedacht?'

Dronken of niet, ik voel een beschamende blos over mijn wangen kruipen. 'Ik...'

'Met een meisje is het veel lekkerder, echt. Veel zachter.' Haar hand gaat naar mijn arm. 'Een meisje weet precies wat je lekker vindt... en waar.'

Hardin steekt een hand uit en duwt haar hand weg. 'Genoeg,' gromt hij. Ik trek mijn arm terug.

Riley begint onbeheerst te lachen. 'Sorry! Sorry! De verleiding was te groot, en híj is begonnen.' Ze knikt al lachend naar Hardin en kijkt hem dan breed glimlachend aan. 'Ik heb al eerder tegen je gezegd dat je me maar beter serieus kunt nemen.'

Ik laat mijn ingehouden adem ontsnappen, uitermate opgelucht dat ze Hardin alleen maar op stang wilde jagen, en laat een gegiechel ontsnappen. Hardin kijkt ontzet, kwaad, en... misschien een beetje opgewonden?

'Als je vervelend wilt doen, mag jij de rekening betalen.' Hardin schuift een lange strook papier langs mij en onder haar neus.

Riley rolt met haar ogen, maar ze haalt een bankpasje uit haar achterzak en legt dat boven op de bon. Cami rekent snel af en loopt dan naar de slapende vent aan het uiteinde van de bar.

Eenmaal bij de deur merkt Riley op: 'Nou, we zijn tot sluitingstijd gebleven. Lillian is morgen ongetwijfeld spinnijdig.'

Hardin houdt de deur voor me open, zodat ik naar buiten kan lopen. Bijna laat hij de deur voor haar neus dichtvallen, maar ik steek mijn hand ernaar uit en kijk hem boos aan. Hij haalt lachend zijn schouders op, alsof hij niets verkeerd heeft gedaan, en ik kan een lach niet onderdrukken. Hij is een rotzak, maar hij is wel mijn rotzak.

Toch?

Niets is zeker, maar ik denk er tijdens een wandeling terug naar de hut om twee uur 's nachts liever niet over na.

'Wat denk je, slaapt ze al?' vraag ik aan Riley.

'God ja, ik hoop het maar.'

Ik hoop dat iedereen in onze hut ook onder zeil is. Het laatste wat ik wil, is Ken en Karen wakker maken wanneer we door de voordeur naar binnen stommelen.

'Wat? Bang dat ze je een standje zal geven?' vraagt Hardin pesterig aan haar.

'Nee... Of ja, eigenlijk wel. Ik wil de goden niet verzoeken.'

'Hoezo?' vraag ik nieuwsgierig.

'Doet er niet toe,' zegt Hardin. Ik zeg niets en Riley is in gedachten verzonken.

De rest van de wandeling verloopt nagenoeg in stilte. Ik tel mijn stappen en moet af en toe lachen wanneer ik terugdenk aan mijn dansje op de bar.

Bij de hut van Max blijft Riley even aarzelend staan. 'Het was. . leuk,' zegt ze.

Ik moet lachen omdat ze op zo'n grappige manier haar neus optrekt, alsof die woorden zuur smaken.

Ik glimlach. 'Ja, dat vond ik ook.' Heel even vraag ik me af of ik haar moet omhelzen, maar dat zou de situatie ongemakkelijk maken. Bovendien zou Hardin het waarschijnlijk niet prettig vinden.

'Dag,' is het enige wat Hardin zegt, zonder te blijven staan.

Pas wanneer we bijna bij de hut zijn, besef ik hoe moe ik eigenlijk ben. Mijn voeten doen pijn en mijn huid is geïrriteerd door de stugge, kriebelende stof van de jurk.

'Ik heb zere voeten,' zeg ik jammerend.

'Kom hier, dan draag ik je wel,' biedt Hardin aan.

Wat? Ik begin te giechelen.

Hij glimlacht onzeker. 'Waarom kijk je me zo aan?'

'Omdat je net hebt aangeboden me te dragen.'

'Ja, en...'

'Dat is gewoon niks voor jou,' zeg ik schouderophalend.

Hij loopt naar me toe, haakt zijn armen rond mijn benen en tilt me op. 'Ik zou alles voor je doen, Tessa. Het moet je niet verbazen dat ik je het laatste stukje over de oprit wil dragen.'

Ik zeg niets, maar ik lach wel. Hard. Mijn lichaam begint te schudden door een lach die ik niet kan inhouden. Ik sla mijn hand voor mijn mond, maar dat helpt helemaal niet.

'Wat is er zo grappig?' Zijn gezicht verstrakt. Hij ziet er ernstig en intimiderend uit.

'Weet ik niet... Ik moet gewoon lachen,' zeg ik.

Op de veranda houdt hij me even anders vast, zodat hij de voordeur kan opendoen. 'Je moet lachen omdat ik zeg dat ik alles voor je zou doen?'

'Ja hoor, alles... behalve naar Seattle verhuizen, met me trouwen, en kinderen met me krijgen?' Al ben ik nog zo dronken, dat ben ik niet vergeten.

'Begin daar nu niet over. Voor dat onderwerp zijn we veel te dronken.'

'Ooooo,' merk ik heel onvolwassen op, maar ik weet dat hij gelijk heeft.

Hardin schudt zijn hoofd en loopt de trap op. Ik klamp me vast aan zijn nek, en ondanks zijn afgemeten manier van doen glimlacht hij naar me.

'Laat me niet vallen,' fluister ik, waarop hij me heel even laat zakken. Ik draai me om, sla mijn benen rond zijn middel en grijp hem met een zacht kreetje steviger vast.

'Ssst. Als ik dat zou doen,' zegt hij dreigend, 'zou ik me meteen boven op je laten vallen.'

Ik probeer ontzet te kijken, maar wanneer er een ondeugende grijns op zijn gezicht verschijnt, buig ik me voorover en steek mijn tong uit, zodat ik het puntje van zijn neus kan aanraken.

Het komt allemaal door de whisky.

Wanneer aan het einde van de gang het licht aangaat, loopt Hardin snel naar de kamer die we delen. 'Je hebt hen wakker gemaakt,' zegt hij. Hij legt me op het bed. Ik buig me voorover om mijn schoenen uit te trekken, laat die vreselijke dingen op de vloer vallen en wrijf over mijn zere enkels.

‘Jouw schuld.’ Ik sta op en loop langs hem naar de ladekast om nachtgoed te pakken. ‘Ik word gek van die jurk,’ kerm ik, reikend naar de rits. De rits dichttrekken ging veel gemakkelijker, maar toen was ik nog nuchter.

‘Hier.’ Hardin komt achter me staan en duwt mijn hand opzij. ‘Jeetje, wat is dit?’

‘Wat?’

Zijn vingers strelen mijn huid en veroorzaken kippenvel. ‘Je huid is helemaal rood, net alsof de jurk een afdruk heeft achtergelaten.’ Hij raakt het plekje onder mijn schouderblad aan en trekt de jurk naar beneden, zodat die rond mijn voeten op de vloer valt.

‘Hij zat helemaal niet lekker,’ zeg ik jammerend.

‘Dat zie ik, ja.’ Hij loopt met een hongerige blik om me heen. ‘En alleen ik mag mijn sporen op je achterlaten.’

Ik slik. Hij is dronken, speels, en zijn ogen verraden wat hij denkt.

‘Kom hier.’ Hij loopt naar me toe en verkleint de afstand tussen ons. Hij is nog steeds helemaal aangekleed, maar ik sta in mijn beha en slipje.

Ik schud mijn hoofd. ‘Nee...’ Ik moet hem nog iets vertellen, maar ik weet niet meer wat. Als hij me zo aankijkt, weet ik amper nog hoe ik heet.

‘Ja,’ luidt zijn antwoord, en ik deins terug.

‘Ik ga niet met je vrijen.’

Hij pakt me bij mijn arm en grijpt met zijn vrije hand mijn haar vast. Hij trekt er zachtjes aan, zodat ik wel naar hem moet opkijken. Zijn adem strijkt over mijn gezicht en zijn lippen bevinden zich op slechts een paar centimeter afstand van de mijne. ‘En waarom niet?’ vraagt hij.

‘Omdat...’ Mijn gezonde verstand zoekt wanhopig naar een antwoord, maar mijn gevoel wil dat hij de rest van mijn kleren van mijn lijf rukt. ‘Omdat ik boos op je ben.’

‘Ja, en? Ik ben ook boos op jou.’ Zijn lippen raken mijn huid en trekken een spoor over mijn kaak.

Ik voel mijn knieën trillen en kan niet langer helder denken. ‘Waarom?’ vraag ik fronsend. ‘Ik heb niets gedaan.’ Mijn buikspieren trekken samen wanneer zijn handen naar mijn rug gaan en zachtjes knedende bewegingen maken.

‘Ik werd helemaal gek toen je boven op de bar stond te dansen, om nog maar te zwijgen over dat geflirt met die klote-ober. Daarmee liet je aan iedereen zien dat je geen respect voor me hebt.' Zijn toon is dreigend, maar zijn lippen in mijn hals zijn zacht. 'Ik wil je zo graag. Ik wilde je al in die aftandse kroeg. Toen ik je zo zag dansen, wilde ik je meesleuren naar de wc en je daar tegen de muur neuken.' Hij drukt zijn lijf tegen me aan, zodat ik kan voelen hoe hard hij is.

Al wil ik hem nog zo graag, ik zal niet toestaan dat hij mij van alles de schuld geeft.

'Jij...' Ik doe mijn ogen dicht, genietend van het gevoel van zijn handen op mijn lichaam, van zijn lippen in mijn hals.

'Jij bent de enige...' Ik kan niet eens een samenhangende gedachte vormen, laat staan een hele zin. 'Hou op.' Ik pak zijn handen vast om te voorkomen dat hij me nog verder betast.

Zijn ogen vonken, maar hij laat zijn handen zakken. 'Je wilt me niet?'

'Natuurlijk wel. Dat wil ik altijd. Ik moet alleen... Ik zou kwaad op je moeten zijn.'

'Dat kun je morgen ook nog zijn,' zegt hij met die verdorven lach van hem.

'Dat weet ik, ik moet...'

'Sst...' Hij bedekt mijn mond met zijn lippen en kust me hard. Mijn lippen wijken uiteen, en daar maakt hij optimaal gebruik van. Hij trekt nogmaals aan mijn haar, laat zijn tong in mijn mond glijden en trekt me zo dicht mogelijk tegen zich aan.

'Raak me aan,' zegt hij smekend, en hij pakt mijn handen vast. Dat hoeft hij niet nog eens te zeggen; ik wil hem aanraken en weet dat hij die bevestiging nodig heeft. Zo is het nu eenmaal tussen ons, en hoewel dat ongezond is, voelt het niet zo wanneer hij me op deze manier kust en me smeekt om hem aan te raken.

Ik reik naar de knopen van zijn overhemd en ontlok hem een ongeduldig gekreun. Hij trekt met beide handen aan de voorpanden, waardoor de knopen losspringen.

'Dat vond ik een mooi overhemd,' zeg ik tegen zijn mond.

Hij glimlacht, met zijn lippen tegen de mijne. 'Ik vond het verschrikkelijk.'

Ik trek het hemd van zijn schouders en laat het op de vloer vallen. Zijn tong beweegt langzaam in mijn mond, en ik smelt in zijn armen door de ruwe en tegelijkertijd ongelooflijk tedere kus. Ik voel de woede en frustratie erachter, maar hij doet zijn best om die te verbergen. Hij verbergt altijd wel iets.

'Ik weet dat je me binnenkort zult verlaten,' zegt hij. Zijn mond gaat opnieuw naar mijn hals.

'Wat?' Ik trek me enigszins terug, verbaasd en ook een beetje in de war door zijn woorden.

Ik heb zo met hem te doen, en door de drank heb ik zelfs nog meer begrip voor zijn gevoelens. Ik hou van hem, ik hou zo veel van hem, maar hij geeft me het gevoel dat ik zwak en kwetsbaar ben. Zodra ik mezelf toesta om te geloven dat hij bezorgd, verdrietig of van streek is, kan ik alleen nog maar aan hem denken, en niet aan mezelf of aan mijn gevoelens.

'Ik hou zo veel van je,' fluistert hij. Hij strijkt met zijn duim over mijn lippen. Zijn blote bovenlijf ziet er zo goed uit boven die zwarte jeans, en ik weet dat hij met me kan doen wat hij wil.

'Hardin, wat...'

'We praten later wel. Ik wil je voelen.' Hij leidt me naar het bed. Ik probeer het stemmetje in mijn hoofd te negeren dat schreeuwt dat ik hem moet tegenhouden, dat ik niet moet toegeven. Maar dat gaat niet. Ik kan me niet beheersen wanneer zijn ruwe handen langs mijn dijen omhooggaan en die lichtjes spreiden, of wanneer hij me plaagt door met zijn wijsvinger over mijn slipje te strijken.

'Condoom,' zeg ik hijgend.

Zijn bloeddoorlopen ogen kijken me recht aan. 'En als we dat nu eens niet zouden gebruiken? Stel dat ik in je klaarkom, dan...'

Maar hij maakt zijn zin niet af, en daar ben ik blij om. Ik denk niet dat ik toe was aan wat hij wilde zeggen. Hij maakt zich van me los, recht zijn rug en loopt langzaam naar de koffer op de vloer. Ik blijf liggen, starend naar het plafond, en probeer wijs te worden uit mijn dronken gedachten. *Kan ik echt niet zonder Seattle? Is Seattle zo belangrijk dat ik Hardin ervoor wil verliezen?* Die gedachten wekken een ondraaglijke pijn bij me op.

'Verdomme, dit meen je niet!' zegt hij opeens vanaf de andere kant van de kamer.

Ik kom overeind en zie hem naar een papiertje in zijn hand staren.

'Wat heeft dit te betekenen?' Hij kijkt me recht aan.

'Wat?' Ik kijk naar de vloer. Mijn jurk ligt in een hoopje op het donkere hardhout, naast mijn schoenen. Eerst snap ik er niks van, maar dan kijk ik nog eens en zie mijn beha op de grond liggen. *Shit.* Ik kom snel overeind en probeer het papiertje van hem af te pakken.

'Doe nu niet of je hier niks van weet. Je hebt hem verdomme om zijn nummer gevraagd?' Hij staart me met open mond aan en houdt het papiertje boven zijn hoofd, zodat ik het niet kan afpakken.

'Zo ging het niet. Ik was kwaad en hij was...'

'Lul niet!' roept hij.

Daar gaan we weer. Ik ken die blik. Ik weet nog goed wanneer ik die blik voor het eerst zag, toen hij bij zijn vader thuis met een van woede verwrongen gezicht de kast met servies omverduwde. 'Hardin...'

'Ga je gang, bel hem maar. Laat je maar door hem neuken, want ik ga het zeker niet doen.'

'Stel je niet zo aan,' zeg ik smekend. Ik ben te dronken voor een echte scheldpartij.

'Ik stel me aan? Ik vind nota bene het nummer van een andere vent in je jurk,' sist hij, knarsetandend van ergernis.

'Alsof jij zo onschuldig bent,' kaats ik terug. Hij begint te ijsberen. 'Als je tegen me wilt schreeuwen, kun je je maar beter de moeite besparen. Ik heb er genoeg van om aan een stuk door ruzie met je te maken,' zeg ik met een zucht.

Hij wijst kwaad naar me. 'Dat is je eigen schuld! Jíj bent degene die me voortdurend kwaad maakt. Je lokt het zelf uit, dat weet je!'

'Nee! Nee, dat is niet waar.' Ik moet me beheersen om niet te gaan schreeuwen. 'Je kunt me niet van alles de schuld geven. We maken allebei fouten.'

'Nee, jíj maakt fouten. Heel erg veel, en dat ben ik goed zat.' Hij trekt aan zijn haar. 'Denk je dat ik zo wil zijn? Godskolere, nee zeg. Dit doe jij me aan!'

Ik zeg niets.

'Toe dan, jank dan,' zegt hij spottend.

'Ik ga niet huilen.'

Hij spert zijn ogen open. 'Nou, dat is dan iets nieuws.' Hij klapt zo vernederend mogelijk in zijn handen.

Ik moet lachen. En daardoor houdt hij op.

'Waarom moet je lachen?' Hij staart me aan. 'Nou, zeg dan waarom.'

Ik schud mijn hoofd. 'Je bent gestoord. Echt compleet gestoord.'

'En jij bent een egoïstische trut. Ook dat is niets nieuws,' snauwt hij, waardoor ik meteen ophoud met lachen.

Ik sta zonder een woord te zeggen en zonder een traan te laten op van het bed en pak een T-shirt en een korte broek uit de la. Hij staart me aan terwijl ik die aantrek. 'Waar denk jij dat je naartoe gaat?' vraagt hij.

'Gaat je niks aan.'

'Nee, kom hier.' Hij steekt een hand naar me uit. Ik wil hem dolgraag een klap verkopen, maar ik weet dat hij me zal tegenhouden.

'Nee, blijf van me af!' Ik trek mijn arm uit zijn greep. 'Ik heb er genoeg van. Ik ben dit hele gedoe zo zat. Ik ben moe, ik ben uitgeput, en ik heb er geen zin meer in. Je houdt niet van me. Je wilt me bezitten, en dat sta ik niet toe.' Ik kijk hem recht in zijn fonkelende groene ogen. Ik kijk recht door die ogen heen en zeg: 'Je bent beschadigd, Hardin, en ik kan je niet beter maken.'

Zijn gezicht betrekt nu hij beseft wat hij mij, en zichzelf, heeft aangedaan. Alle emoties lijken van hem af te glijden. Zijn schouders zakken naar beneden en de fonkeling verdwijnt uit zijn ogen. Hij staart me aan en ziet dat zijn lege blik door een even lege blik van mij wordt beantwoord. Ik heb hem niets meer te zeggen en hij kan niets meer in mij of in zichzelf kapotmaken. En aan zijn lijkbleke gezicht te zien dringt dat eindelijk tot hem door.

50

∞

Tessa

Landon doet de deur open en wrijft in zijn ogen. Hij draagt alleen een geruite broek, geen shirt of sokken.

'Mag ik hier slapen?' vraag ik, en hij knikt slaperig, zonder vragen te stellen. 'Het spijt me dat ik je wakker heb gemaakt,' fluister ik.

'Het geeft niet,' mompelt hij. Hij loopt terug naar zijn bed. 'Hier, neem jij deze maar. Dat andere is zo plat.' Hij duwt een donzig wit kussen in mijn armen.

Ik druk het kussen glimlachend tegen me aan en ga op de rand van het bed zitten. 'Daarom hou ik dus van je. Nou ja, om wel meer redenen, maar dit is er een van.'

'Omdat ik je het beste kussen geef?' Zijn glimlach is nog leuker wanneer die slaperig is.

'Nee, omdat je er altijd voor me bent... en omdat je zachte kussens hebt.' Gek, nu ik dronken ben, praat ik veel langzamer.

Landon gaat achterover op het bed liggen en schuift opzij, zodat er aan de andere kant meer dan genoeg ruimte voor mij is. 'Komt hij nog achter je aan?' vraagt hij zacht.

'Dat denk ik niet.' Het korte, grappige moment waarop Landon me zijn zachte kussen aanbood, heeft plaatsgemaakt voor de pijn die Hardins woorden bij me hebben opgewekt.

Ik ga op mijn zij liggen en kijk naar Landon, die naast me ligt. 'Weet je nog dat je zei dat hij geen verloren zaak is?' fluister ik.

'Ja.'

'Geloof je dat echt?'

'Ja.' Hij zwijgt even. 'Tenzij hij iets heeft gedaan wat...'

'Nee, niet echt... Niets nieuws, in elk geval. Ik heb gewoon... Ik weet niet of ik het nog kan volhouden. We komen geen stap verder, en dat zou wel moeten. Elke keer wanneer ik denk dat we vooruitgang boeken, verandert hij weer in de Hardin die ik een half jaar geleden heb leren kennen. Hij noemt me een egoïstische trut, of hij zegt dat hij niet van me houdt – en ik weet dat hij dat niet meent, maar elke keer wanneer hij zoiets zegt, voel ik me beroerder. Ik begin geloof ik te beseffen dat hij nu eenmaal zo is. Hij kan er niets aan doen, maar hij kan het ook niet veranderen.'

Landon kijkt me even bedachtzaam aan en trekt dan een afkeurend gezicht. 'Hij noemde je een trut? Vanavond?'

Ik knik. Hij slaakt een diepe zucht en strijkt met zijn hand over zijn gezicht.

'Ik heb ook lelijke dingen tegen hem gezegd,' zeg ik hikkend. Ik weet nu al dat die foute combinatie van wijn en whisky me morgen zal opbreken.

'Hij moet dat niet tegen je zeggen. Hij is een man en jij bent een vrouw. Dat is nooit oké, Tessa, en je moet geen excuses voor hem verzinnen.'

'Dat doe ik niet... Ik heb alleen...' Maar dat doe ik wel. Ik slaak een zucht. 'Volgens mij is het allemaal vanwege Seattle. Eerst neemt hij een tattoo voor me en zegt hij dat hij niet zonder me kan, maar dan beweert hij dat hij alleen maar achter me aan zit omdat hij iets te neuken wil hebben. O god! Het spijt me, Landon!' Ik sla mijn handen voor mijn gezicht, niet in staat te geloven dat ik dat echt tegen hem zei.

'Dat geeft niet. Ik heb je ondergoed in de jacuzzi zien drijven, weet je nog?' zegt hij met een grijns. Hij probeert het gesprek luchtiger te maken, maar ik hoop dat het hier zo donker is dat hij me niet ziet blozen.

'Dit hele uitstapje is een ramp.' Ik schud mijn hoofd en druk het tegen het koele kussen.

'Misschien niet. Misschien hadden jullie dit nodig.'

'Om uit elkaar te gaan?'

'Nee... Zijn jullie uit elkaar?' Hij legt nog een kussen naast me neer.

'Dat weet ik niet.' Ik begraaf mijn gezicht nog dieper.

'Wil je dat?' vraagt hij voorzichtig.

'Nee, maar dat zou wel moeten. Het is voor geen van ons beiden gezond om hiermee door te gaan. En mij treft ook blaam, want ik verwacht altijd te veel van hem.' Ik heb mijn moeders tekortkomingen geërfd. Zij verwacht ook altijd te veel van anderen.

Landon schuift wat heen en weer. 'Er is niets mis met verwachtingen, zeker niet als die volkomen redelijk zijn,' antwoordt hij. 'Hij moet beseffen wat hij heeft. Je bent het beste wat hem ooit is overkomen, en dat moet hij niet vergeten.'

'Hij zegt dat het allemaal mijn schuld is... Dat ik dit uitlok. Maar het enige wat ik wil, is dat hij af en toe een beetje aardig tegen me is. En ik wil zeker kunnen zijn van onze relatie. Dat is best wel zielig, hè?' kerm ik. Mijn stem breekt, en op mijn tong proef ik nog altijd de whisky en Hardins munt. 'Als jij mij was, zou jij dan naar Seattle gaan? Ik blijf me maar afvragen of ik dat hele plan gewoon moet vergeten en hier moet blijven, of met hem mee moet gaan naar Engeland. Als hij zo doet vanwege Seattle moet ik misschien...'

'Je móét gaan,' valt Landon me in de rede. 'Je hebt het al over Seattle zo lang als ik je ken. Als Hardin niet mee wil, dan is dat zijn probleem. Bovendien denk ik dat het hoogstens een week zal duren voordat hij bij je voor de deur staat. Je mag nu niet toegeven, hij moet weten dat het deze keer menens is. Zorg er maar voor dat hij je flink gaat missen.'

Ik glimlach bij de gedachte aan Hardin die een week na mijn vertrek smekend om vergiffenis en met een bos lelies in zijn hand voor mijn deur staat. 'Op dit moment heb ik niet eens een deur.'

'Dat kwam door hem, hè? Dat die vrouw je maar niet terugbelde?'

'Ja.'

'Dat dacht ik al. Makelaars bellen je doorgaans altijd terug. Je moet gaan. Ken helpt je wel met onderdak totdat je een eigen stek hebt gevonden.'

'Stel dat hij helemaal niet komt? Of erger nog, dat hij wel komt maar nog kwader wordt omdat hij het daar vreselijk vindt?'

'Tessa, ik zeg dit alleen maar omdat ik om je geef, oké?' Hij wacht op een antwoord, en ik knik. 'Je bent stapelgek als je Seattle opgeeft voor iemand die ontzettend veel van je houdt maar de helft van de tijd niet bereid is dat te tonen.'

Ik denk aan wat Hardin heeft gezegd, dat ik altijd fouten maak en dat het mijn schuld is dat hij zich zo gedraagt. 'Denk je dat hij zonder mij beter af is?' vraag ik aan Landon.

Hij gaat iets overeind zitten en zegt: 'O nee, zeg! Maar misschien gaat dit inderdaad niet werken, ik weet het niet. Je vertelt me waarschijnlijk nog niet eens de helft van al die achterlijke dingen waarvan hij je beschuldigt, dus ik zou het niet weten.' Hij steekt zijn hand naar me uit en strijkt langzaam over mijn arm.

Ik geef mezelf, met de alcohol in mijn bloed als excuus, toestemming om het feit te negeren dat Landon, de enige die vertrouwen had in mijn relatie met Hardin, zojuist heeft aangegeven dat hij er geen brood meer in ziet. 'Ik voel me morgen vast verschrikkelijk,' zeg ik. Ik wil dolgraag van onderwerp veranderen, anders kan ik me niet houden aan de belofte die ik mezelf heb gedaan: dat ik niet ga huilen.

'Dat denk ik ook,' zegt hij plagend. 'Je ruikt naar een kroeg.'

'Ik kwam Lillians vriendin tegen. Ze bleef maar shotjes voor me bestellen. O, en ik heb boven op een bar gedanst.'

Hij hapt aangenaam verrast naar adem. 'Dat meen je niet.'

'Jawel. Het was zo gênant. Ideetje van Riley.'

'Ze klinkt... interessant.' Landon glimlacht en lijkt dan te merken dat zijn vingertoppen nog altijd op mijn huid rusten. Snel trekt hij zijn hand terug en stopt die onder zijn hoofd.

'Ze is een vrouwelijke versie van Hardin.' Ik lach.

'Geen wonder dat ze zo irritant is!' zegt hij plagend, en in een moment van dronken gekte kijk ik om naar de deur, in de verwachting dat Hardin daar zal staan, hevig fronsend vanwege Landons speelse belediging.

'Je kunt me alles laten vergeten.' De woorden rollen al van mijn lippen voordat de gedachte zich echt heeft kunnen vormen.

'Daar ben ik blij om.' Mijn beste vriend lacht en pakt de deken van het voeteneinde van het bed. Hij trekt die over ons allebei heen, en ik doe mijn ogen dicht.

De minuten verstrijken in stilte en mijn gedachten verzetten zich tegen de slaap die me overvalt. Landons ademhaling gaat steeds langzamer, maar ik moet mijn ogen dichtdoen en me inbeelden dat Hardin naast me ligt te slapen, anders krijgt mijn geest nooit rust.

Hardins kwade blik en harde woorden spoken zelfs wanneer ik in slaap val nog door mijn benevelde gedachten: je bent een egoïstische trut.

'Nee!'

Ik schrik wakker van Hardins stem, maar het duurt even voordat ik besef dat ik in Landons kamer ben en dat Hardin alleen in de kamer verderop ligt.

'Blijf van haar af!' hoor ik zijn stem een paar seconden later roepen.

Voordat hij zijn zin heeft kunnen afmaken, ben ik al uit bed gesprongen en naar de deur gelopen.

Je mag nu niet toegeven, hij moet weten dat het deze keer menens is. Zorg er maar voor dat hij je flink gaat missen.

Als ik nu die kamer binnenstorm en hem daar kwetsbaar en bang aantref, dan zal ik hem alles vergeven. Dat weet ik gewoon. Dan zal ik alles zeggen wat nodig is om hem te kalmeren.

Ik raap al mijn moed bijeen en loop terug naar het bed. Net wanneer ik het kussen over mijn hoofd trek, klinkt er weer een 'Nee!' door de hut.

'Tessa... Ga je...' fluistert Landon.

'Nee,' antwoord ik met brekende stem. Ik bijt op het kussen en kan me niet langer aan mijn belofte houden: ik begin te huilen. Niet om mezelf. Mijn tranen zijn voor Hardin, de jongen die niet weet hoe hij degenen moet behandelen die echt om hem geven, de jongen die nachtmerries heeft wanneer ik niet naast hem slaap, maar die me ook vertelt dat hij niet van me houdt. De jongen die er echt aan moet worden herinnerd hoe het is om je eenzaam te voelen.

51

∞

Hardin

Ze houden niet op, ze houden niet op haar aan te raken. Zijn smerige, rimpelige handen gaan langs haar dijen omhoog, en ze kermt wanneer de ander haar paardenstaart in zijn vuist klemt en haar hoofd hard naar achteren trekt.

'Blijf van haar af!' probeer ik tegen hen te schreeuwen, maar ze horen me niet. Ik wil me bewegen, maar ik sta als verstijfd op de trap uit mijn kindertijd. Haar grijze ogen zijn groot en bang en kijken me met een wezenloze blik aan. Er verschijnt nu al een paarse bloeduitstorting op haar wang.

'Je houdt niet van me,' fluistert ze. Ze kijkt me met fonkelende ogen aan. Zijn hand gaat omhoog en sluit zich om haar hals.

Wat?

'Jawel. Jawel. Ik hou van je, Tess!' roep ik, maar ze luistert niet.

Ze schudt haar hoofd. Hij verstevigt zijn greep en zijn vriend steekt zijn hand tussen haar dijen.

'Nee!' roep ik voor de laatste keer. Haar beeld wordt wazig.

'Je houdt niet van me...' Haar ogen zijn bloeddoorlopen van zijn klappen, maar ik kan niets doen om haar te helpen.

'Tess!' Ik steek over het bed heen een arm naar haar uit. Ik weet dat de paniek, en daarmee ook die vreselijke aanblik van die handen rond haar hals, zal verdwijnen zodra ik haar aanraak.

Ze is er niet.

Ze is niet teruggekomen. Ik kom overeind, knip de lamp op het nachtkastje aan en kijk om me heen. Mijn hart bonst achter mijn ribben en mijn lijf is drijfnat van het zweet.

Ze is er niet.

Ik hoor een lichte klop op de deur en houd mijn adem in wanneer die krakend wordt geopend. Laat het alsjeblieft...

'Hardin?' klinkt Karens zachte stem. *Kut.*

'Het gaat wel,' snauw ik.

Ze duwt de deur verder open. 'Als ik iets voor je kan doen, moet je...'

'Ik zei godverdomme dat het wel gaat!' Ik haal uit en raak de lamp, die met een harde klap van het nachtkastje valt.

Zonder een woord te zeggen loopt Karen weer de kamer uit. Ze doet de deur dicht en laat mij alleen in het donker.

Tessa heeft haar armen over elkaar geslagen en laat haar hoofd erop rusten. Ze loopt nog steeds in haar pyjama en haar haar vormt een vogelnest boven op haar hoofd. 'Ik moet gewoon wat paracetamol slikken en heel veel water drinken,' zegt ze kreunend.

Landon zit naast haar aan het keukeneiland zijn ontbijtgranen naar binnen te lepelen.

'Ik pak wel wat voor je. Zodra we de auto hebben ingeladen, kunnen we gaan. Al ligt Ken nog in bed. Hij kon vannacht de slaap maar moeilijk vatten,' zegt Karen.

Tessa kijkt naar me op maar zegt niets. Ik weet wat ze denkt. *Hebben ze me allemaal als een zielig klein kind horen jammeren?*

Karen trekt een la open en haalt er een paar doordrukstrips uit. Ik kijk naar het drietal, wachtend totdat iemand iets tegen me zal zeggen, maar dat gebeurt niet.

'Ik ga mijn spullen pakken. Bedankt voor de paracetamol,' zegt Tessa zacht. Ze staat op, slikt de tabletten snel door en zet haar glas water terug op het aanrecht. Op dat moment kruist haar blik de mijne, maar ze kijkt snel de andere kant op.

Ik heb maar één nacht zonder haar doorgebracht, maar ik mis haar nu al heel erg. Ik kan de angstaanjagende herinneringen uit mijn jeugd niet uit mijn gedachten bannen, zeker niet wanneer ze volslagen emotieloos langs me loopt. Ze laat me op geen enkele manier weten dat het wel goed met me komt.

De droom voelde zo echt en zij doet nu zo kil.

Ik blijf even staan, niet goed wetend of ik achter haar aan moet lopen, maar mijn voeten nemen het besluit voor me en beklimmen de trap. Ik loop onze kamer in en zie dat ze bezig is de koffer dicht te ritsen.

'Ik pak alles in, dan kunnen we gaan,' zegt ze zonder zich om te draaien.

Ik knik, maar besef dan dat ze me niet kan zien. 'Ja, goed hoor,' mompel ik. Ik weet niet wat ze denkt, ik weet niet wat ze voelt, of wat ik moet zeggen. Zoals gewoonlijk snap ik er geen sodemieter van.

'Het spijt me,' zeg ik, veel te luid.

'Dat weet ik,' zegt ze snel. Ze begint, met haar rug nog altijd naar me toe, mijn kleren op te vouwen die op de ladekast en de vloer liggen.

'Het spijt me echt. En ik meende niet wat ik zei.' Ze móét me aankijken, ik móét weten dat mijn droom niet meer was dan een droom.

'Dat weet ik. Maak je er maar niet druk over.' Ze slaakt een zucht, en het ontgaat me niet dat haar schouders nog verder afzakken.

'Weet je het zeker? Ik heb nogal wat nare dingen gezegd.' *Je bent beschadigd, Hardin, en ik kan je niet beter maken.* Dat was het ergste wat ze tegen me had kunnen zeggen. Ze ziet eindelijk in hoe gestoord ik ben, en belangrijker nog, ze weet dat er geen geneesmiddel is voor wat ik mankeer. Niemand kan me beter maken, alleen zij.

'Ik ook. Het geeft niet. Hoor eens, ik barst van de koppijn, dus kunnen we het over iets anders hebben?'

'Ja, hoor.' Ik schop tegen een scherf van de lamp die ik vannacht heb omgegooid. Inmiddels ben ik mijn vader en Karen minstens vijf lampen schuldig.

Ik vind het niet fijn dat ik Karen vannacht heb afgesnauwd, maar ik wil er niet als eerste over beginnen, en zij is waarschijnlijk te 'beleefd' en 'begripvol' om er zelf iets over te zeggen.

'Kun je misschien je spullen uit de badkamer halen?' vraagt Tessa.

Mijn laatste uren in de hut breng ik op die manier door, met kijken naar Tessa die onze spullen inpakt en de kapotte lamp opruimt zonder verder nog iets tegen me te zeggen, zonder me echt aan te kijken.

52

∞

Tessa

'Ik vond het zo leuk Max en Denise weer eens te zien. Dat was jaren geleden!' zegt Karen enthousiast wanneer Ken de SUV start. De bagage staat veilig achterin en ik heb ter afleiding Landons oortjes geleend.

'Het was leuk. Lillian is zo'n grote meid geworden,' zegt Ken glimlachend en toegeeflijk tegen Karen.

'Inderdaad. En wat een knap meisje.'

Zonder het te willen rol ik met mijn ogen. Lillian was op zich best aardig, maar nadat ik urenlang dacht dat ze iets van Hardin wilde, vind ik het moeilijk om echt een mening over haar te hebben. Ik ben blij dat ik haar hoogstwaarschijnlijk nooit meer zal zien.

'Max is geen steek veranderd,' merkt Ken op. Zijn toon is laag en afkeurend, dus ik ben blijkbaar niet de enige die Max arrogant en verwaand vindt.

'Voel je je al iets beter?' Landon wendt zich tot mij.

'Niet echt.' Ik zucht.

Hij knikt. 'Je moet onderweg maar een dutje doen. Wil je een flesje water?'

'Dat pak ik wel,' bemoeit Hardin zich ermee.

Landon negeert hem en pakt een flesje water uit de koelbox die voor hem staat. Ik bedank hem op zachte toon en doe de oortjes in, maar mijn mobieltje loopt steeds vast. Ik zet het een paar keer aan en uit, in de hoop dat ik het zo weer aan de praat kan krijgen. Als ik onderweg niet naar muziek kan luisteren, wordt de rit naar huis een verschrikking. Ik snap niet hoe ik het vóór de 'grote depressie', toen Landon me liet zien hoe ik muziek op mijn telefoon moest downloaden, heb volgehouden.

Ik moet aarzelend glimlachen om de bespottelijke bijnaam die ik heb bedacht voor die lange dagen zonder Hardin, al weet ik niet waarom ik lach, want dat waren de ergste dagen van mijn leven. Op dit moment voel ik me weer net zo beroerd, omdat ik weet dat er opnieuw zo'n periode aan zit te komen.

'Wat is er?' Hardin leunt voorover, zodat hij in mijn oor kan fluisteren, en ik deins instinctief achteruit. Hij fronst, maar doet geen poging me aan te raken.

'Niets, mijn telefoon... Die is gewoon waardeloos.' Ik houd het toestel omhoog.

'Wat wil je doen?'

'Naar muziek luisteren en in slaap vallen,' fluister ik.

Hij pakt de telefoon uit mijn hand en speelt met de instellingen. 'Als je naar me had geluisterd en een nieuwe had gekocht was dit nooit gebeurd,' zegt hij afkeurend.

Ik bijt op mijn tong en staar naar buiten terwijl hij probeert mijn mobieltje aan de gang te krijgen. Ik wil geen nieuwe telefoon en heb trouwens ook geen geld voor een nieuwe. Ik moet een woning vinden, meubels kopen, rekeningen betalen. Het laatste wat ik wil, is honderden dollars neertellen voor een nieuwere versie van een apparaat waarin ik onlangs nog geld heb gestoken.

'Volgens mij moet hij het nu doen. En anders gebruik je de mijne maar,' zegt hij.

De zijne? Hardin biedt me vrijwillig het gebruik van zijn telefoon aan? Dat is nieuw.

'Dank je,' mompel ik. Ik blader door mijn playlist en kies een paar liedjes uit. Al snel vult muziek mijn oren en mijn gedachten en wordt mijn innerlijke onrust verdreven.

Hardin laat zijn hoofd tegen het raampje rusten en doet zijn ogen dicht. Aan de donkere wallen kan ik zien hoe weinig hij heeft geslapen.

Ik verdring het schuldgevoel dat in me opwelt. Een paar minuten later sust de kalmerende muziek me in slaap.

'Tessa.' Hardins stem maakt me wakker. 'Heb je honger?'

'Nee,' kreun ik. Ik wil mijn ogen niet opendoen.

'Je hebt een kater. Je moet iets eten,' zegt hij.

Opeens besef ik dat ik inderdaad iets nodig heb om al dat brandende maagzuur op te zuigen. 'Geef maar,' stem ik in. Ik heb vandaag toch al niet de fut voor een ruzie.

Een paar minuten later worden er een boterham en frietjes op mijn schoot gelegd en doe ik mijn ogen open. Ik speel wat met mijn eten en laat, nadat ik de helft heb opgegeten, mijn hoofd weer tegen de leuning rusten. Maar mijn mobieltje is opnieuw vastgelopen.

Nu Hardin me met het toestel ziet worstelen, trekt hij mijn oordopjes uit mijn telefoon en prikt ze in de zijne. 'Hier.'

'Dank je.'

Hij heeft de app met muziek al voor me geopend. Er verschijnt een lange lijst op het schermpje, die ik op zoek naar iets bekends doorblader. Ik geeft het al bijna op wanneer mijn blik op een map genaamd T valt. Ik kijk naar Hardin, die verbazingwekkend genoeg zijn ogen heeft dichtgedaan en niet naar me zit te kijken. Ik open de map en zie al mijn lievelingsliedjes staan, zelfs nummers waarover ik het nooit met hem heb gehad. Hij moet die op mijn toestel hebben zien staan.

Door dit soort dingen begin ik aan mezelf te twijfelen. Die kleine, attente gebaartjes die hij voor me probeert te verbergen vind ik fijner dan wat dan ook. Ik wou dat hij ze niet verborgen hield.

Karen is deze keer degene die me met een zachte por wekt. 'Word eens wakker, lieverd.'

Ik kijk naar Hardin en zie dat hij nog steeds ligt te slapen. Zijn hand rust op de bank tussen ons in, zijn vingers raken bijna mijn been. Zelfs slapend zoekt hij me nog op.

'Hardin, word eens wakker,' fluister ik. Zijn ogen vliegen open, hij is meteen alert. Hij wrijft in zijn ogen, krabt op zijn hoofd en kijkt me dan aan, in een poging mijn uitdrukking te peilen.

'Gaat het?' vraagt hij zacht. Ik knik. Ik wil vandaag elke vorm van confrontatie vermijden, maar zijn kalme manier van doen maakt me zenuwachtig. Meestal is dat een voorbode van een enorme uitbarsting.

We stappen allemaal uit. Hardin loopt naar de achterbak om onze bagage te pakken.

Karen slaat haar armen om me heen en omhelst me stevig. 'Tessa, lieverd, bedankt dat je mee wilde gaan. Het was zo leuk. Wacht niet te lang met een volgend bezoek, maar vergeet niet in de tussentijd Seattle te veroveren.' Wanneer ze me loslaat, staan haar ogen vol tranen.

'Ik kom snel weer langs, dat beloof ik.' Ik omhels haar nogmaals. Ze is altijd zo aardig voor me en steunt me in alles, bijna als de moeder die ik nooit heb gehad.

'Veel succes, Tessa, en laat het me weten als je iets nodig hebt. Ik heb de nodige contacten in Seattle.' Ken glimlacht en slaat ongemakkelijk een arm rond mijn schouder.

'Ik zie je nog wel voordat ik naar New York vertrek, dus geen knuffels van mij,' zegt Landon. We moeten allebei lachen.

'Ik wacht in de auto,' mompelt Hardin. Hij loopt weg zonder afscheid te nemen van zijn familie.

Ken kijkt hem na en zegt tegen mij: 'Als hij weet wat goed voor hem is, draait hij wel weer bij.'

Ik kijk naar Hardin, die in de auto stapt. 'Ik hoop het maar.'

'Teruggaan naar Engeland is niet de beste optie voor hem. Te veel herinneringen, te veel vijanden, te veel fouten. Je bent goed voor hem. Jij en Seattle,' verzekert Ken me, en ik knik. Zag Hardin het ook maar zo.

'Nogmaals bedankt.' Ik glimlach naar hem voordat ik naar de auto loop en ook instap.

Hij zegt geen woord, maar zet wel heel hard de radio aan om me duidelijk te maken dat hij niet met me wil praten. Wist ik maar wat er op dit soort momenten door zijn hoofd gaat. Hij kan zo ondoorgrondelijk zijn.

Onderweg staar ik naar buiten, spelend met de armband die hij me met Kerstmis heeft gegeven. Tegen de tijd dat we de parkeerplaats thuis op draaien, is de spanning tussen ons om te snijden. Ik word er helemaal gek van, maar hij lijkt er geen last van te hebben.

Ik wil uitstappen, maar Hardin steekt zijn grote hand uit en houdt me tegen. Hij legt zijn andere hand rond mijn kin en duwt mijn hoofd omhoog, zodat ik hem moet aankijken. 'Het spijt me. Wees alsjeblieft niet boos op me,' zegt hij zacht, met zijn mond op een paar centimeter van de mijne.

'Oké,' zeg ik ademloos. De geur van munt omringt me.

'Het is niet oké. Dat merk ik aan je. Je houdt je in, en daar heb ik een hekel aan.'

Hij heeft gelijk, ik houd me in. Hij weet altijd precies wat ik denk, maar tegelijkertijd snapt hij heel veel dingen juist niet. Het is een verwarrende tegenstelling. 'Ik wil niet langer ruzie met je maken.'

'Doe dat dan niet,' zegt hij, alsof het zo simpel is.

'Ik doe mijn best, maar er is in de afgelopen dagen zo veel gebeurd. Ik moet het allemaal nog verwerken,' geef ik toe. Het begon met de ontdekking dat Hardin mijn nieuwe woning had gedwarsboomd en eindigde ermee dat hij me een egoïstische trut noemde.

'Ik weet dat ik het uitstapje heb verpest.'

'Niet alleen jij. Ik had niet met...'

'Laat maar,' onderbreekt hij me. Hij laat mijn kin los. 'Ik wil het niet horen.'

'Oké.' Ik wend me af, zodat ik zijn intense blik niet hoef te zien.

Hij legt zijn hand op de mijne en geeft een zacht kneepje. 'Soms heb ik... Nou, soms wil ik... Shit.' Hij slaakt een zucht en begint opnieuw. 'Soms denk ik aan ons en word ik helemaal paranoïde, snap je? Alsof ik soms niet kan begrijpen waarom jij met me bent, en dan begin ik te denken dat het nooit kan werken of dat ik je kwijt zal raken, en dan zeg ik dat soort stomme dingen. Weet je, als jij Seattle gewoon uit je hoofd zet, kunnen we eindelijk gelukkig worden, zonder dat we worden afgeleid.'

'Seattle is geen bevlieging, Hardin,' zeg ik zacht.

'Wel waar. Je dringt alleen maar aan omdat je per se iets wilt bewijzen.' Het is verbazingwekkend dat zijn toon binnen een paar tellen kan omslaan van geruststellend in ijzig.

Ik kijk uit het raampje. 'Kunnen we alsjeblieft ophouden over Seattle?

Er is niets veranderd: jij wilt er niet wonen, ik wel. En ik ben het zat om er elke keer weer over te ruziën.'

Hij trekt zijn hand weg. 'Goed, wat wil je dan doen? Zonder mij naar Seattle verhuizen? Hoe lang denk je dat je dat volhoudt? Een week? Een maand?'

Ik huiver onder zijn kille blik. 'Als we allebei ons best doen, kan het lukken. Ik wil in elk geval lang genoeg in Seattle blijven om te ontdekken of dat echt is wat ik wil. En als ik het niks vind, kunnen we altijd nog naar Engeland gaan.'

'Nee, nee, nee,' zegt hij. 'Als jij naar Seattle gaat, dan kunnen we niet samen zijn. Dat zou het einde betekenen.'

'Wat? Waarom?'

'Omdat ik niet aan langeafstandsrelaties doe.'

'Je deed ook niet aan gewone relaties, weet je nog?' breng ik hem in herinnering.

'En kijk eens wat daarvan geworden is,' merkt hij cynisch op.

'Twee minuten geleden bood je nog je excuses aan omdat je zo naar me had uitgehaald, maar nu dreig je het uit te maken als ik zonder jou naar Seattle vertrek?' Mijn mond valt open nu ik hem langzaam zie knikken. 'Goed, even voor de duidelijkheid: je wilt met me trouwen als ik niet ga, maar je maakt het uit als ik wel ga?' Ik had niet over zijn 'aanzoek' willen beginnen, maar ik kan de woorden niet tegenhouden.

'Met je trouwen?' Zijn mond valt open en zijn ogen veranderen in smalle spleetjes. Ik wist wel dat ik niets had moeten zeggen. 'Wat...'

'Je zei dat je met me zou trouwen als ik voor jou zou kiezen. Ik weet dat je dronken was toen je dat zei, maar ik dacht dat je misschien...'

'Je dacht wat? Dat ik met je zou tróúwen?' Nu hij die woorden uitspreekt, lijkt alle lucht uit de auto te verdwijnen en wordt ademhalen steeds moeilijker.

De seconden tikken voort. Ik ga niet huilen waar hij bij is. 'Nee, ik wist ook wel dat je het niet meende, maar...'

'Waarom begin je er dan over? Je weet hoe bezopen ik was, hoe graag ik wilde dat je zou blijven... Onder zulke omstandigheden kan ik de gekste dingen zeggen, dat weet je ook wel.'

De moed zakt me in de schoenen nu ik zijn verwijtende toon hoor. Het is alsof hij mij de schuld geeft van de onzin die hij uitkraamt. Ik wist wel dat hij me zou beledigen, maar diep in mijn hart geloofde ik dat hij nog steeds van me hield en dat hij zijn aanzoek echt meende.

Dit is een déjà vu. Ik heb hier al eerder op deze plek in de auto gezeten, door hem bespot en uitgelachen omdat ik dacht dat we een stelletje zouden worden. Ik heb zin om het op een schreeuwen te zetten omdat ik me nu weer net zo hevig gekwetst voel. Of nee, eigenlijk nog veel meer.

Maar dat doe ik niet. Ik blijf zwijgend en beschaamd zitten, zoals altijd wanneer Hardin doet wat hij nu eenmaal doet.

'Ik hou van je. Ik hou verschrikkelijk veel van je, Tessa, en ik wil je niet kwetsen, oké?'

'Nou, je bent anders aardig op weg,' snauw ik. Ik bijt op mijn wang. 'Ik ga naar binnen.'

Hij slaakt een zucht en opent zijn portier op hetzelfde moment als ik. Hij stapt uit en loopt naar de kofferbak om onze bagage te pakken. Ik zou mijn hulp moeten aanbieden, maar ik voel er niet veel voor om hem ter wille te zijn. Bovendien doet hij dat soort dingen toch liever zelf. Omdat Hardin meer dan wat dan ook een eiland wil zijn.

We lopen zwijgend naar binnen. Het enige geluid in de lift is het gezoem van de motor die ons naar boven brengt.

Bij de deur van onze woning aangekomen steekt Hardin zijn sleutel in het slot en vraagt dan: 'Ben je vergeten de deur op slot te doen?'

Aanvankelijk begrijp ik zijn vraag niet eens, maar dan antwoord ik: 'Nee, jij hebt hem op slot gedaan. Dat kan ik me nog herinneren.' Ik heb het hem zelf zien doen.

'Wat raar.' Hij stapt naar binnen. Zijn blik schiet zoekend door de ruimte.

'Denk je dat...' begin ik, maar hij onderbreekt me met: 'Er is iemand binnen geweest.' Hij is meteen op zijn hoede, zijn mond vertrokken tot een dunne streep.

Ik raak in paniek. 'Weet je dat zeker? Zo te zien is er niets weg.' Ik wil naar de gang lopen, maar hij trekt me snel terug.

'Wacht even totdat ik alles heb bekeken,' beveelt hij.

Ik wil tegen hem zeggen dat hij hier moet blijven en dat ik wel ga kijken, maar dat is een krankzinnig idee. Hij moet mij beschermen, en niet andersom. Ik knik. Er loopt een koude rilling over mijn rug. *Stel dat er echt iemand binnen is? Wie zou er tijdens onze afwezigheid inbreken en de gigantische flatscreen negeren die ik in de woonkamer nog steeds aan de muur zie hangen? Dat slaat nergens op.*

Hardin loopt onze slaapkamer in. Ik houd mijn adem in totdat ik hem hoor roepen.

'Alles veilig.' Hij komt de slaapkamer uit en ik laat mijn adem ontsnappen.

'Weet je zeker dat er iemand binnen is geweest?'

'Ja, maar ik snap niet waarom ze geen spullen hebben meegenomen...'

'Ik ook niet.' Ik kijk de kamer rond en zie nu de kleine verschillen. Het stapeltje boeken op het nachtkastje aan Hardins kant van het bed is verplaatst. Ik weet nog goed dat het boek dat ik hem heb gegeven bovenop lag; het deed me plezier dat hij er telkens weer naar greep.

'Het was verdomme jouw vader!' roept hij opeens uit.

'Wat?' Eerlijk gezegd dacht ik dat zelf ook al, maar ik wilde het niet als eerste zeggen.

'Dat moet wel! Wie wist er anders dat we weg waren? Wie zou er anders ons huis binnendringen zonder iets te jatten? Het moet die achterlijke dronken lul zijn geweest!'

'Hardin!'

'Bel hem. Nu,' beveelt hij.

Ik wil mijn mobieltje uit mijn achterzak pakken, maar dan verstijf ik. 'Hij heeft geen telefoon.'

Hardin heft zijn handen op, alsof dat het ergste is wat hij ooit heeft gehoord. 'Nee, natuurlijk niet. Hij is verdomme platzak en dakloos.'

'Hou op,' zeg ik met een boze blik. 'Je mag best denken dat hij het was, maar zeg dat soort dingen niet waar ik bij ben.'

'Ook goed.' Hij laat zijn armen zakken en gebaart dat ik weer naar buiten moet lopen. 'We gaan hem zoeken.'

Ik loop naar onze vaste telefoon. 'Nee! We moeten de politie bellen om aangifte te doen, en niet een of andere klopjacht op mijn vader beginnen.'

'En wat zeggen we dan tegen de politie? Dat die junk van een vader van je heeft ingebroken maar niets heeft meegenomen?'

Ik blijf doodstil staan en draai me naar hem om. Ik voel gewoon dat mijn ogen vonken van woede. 'Junk?'

Hij knippert snel en zet een stap in mijn richting. 'Alcoholist, bedoelde ik...' Hij kijkt me niet aan. Hij liegt.

'Waarom noemde je hem net een junk?'

Hij haalt hoofdschuddend zijn handen door zijn haar en kijkt eerst naar mij en dan naar de vloer. 'Het is maar een vermoeden, oké?'

'En waarom zou je dat vermoeden?' Mijn ogen branden en mijn keel doet zeer bij de gedachte. *Hardin en zijn briljante vermoedens.*

'Ik weet het niet. Misschien omdat die vent die hem kwam ophalen eruitzag als iemand die aan de meth is.' Hij kijkt me met een zachtere blik aan. 'Heb je de armen van die vent gezien?'

'Mijn vader is geen drugsverslaafde...' zeg ik langzaam. Ik weet niet eens of ik dat zelf wel geloof, maar ik wil er nu niet over nadenken.

'Je kent hem niet eens. Ik had er niets over willen zeggen.' Hij zet opnieuw een stap in mijn richting, maar ik deins terug.

Mijn onderlip begint te trillen, en ik kan hem niet langer aankijken. 'Jij kent hem ook niet. En als je niets had willen zeggen, waarom deed je dat dan toch?'

Hij haalt zijn schouders op. 'Dat weet ik niet.'

Mijn hoofdpijn is erger geworden en mijn vermoeidheid is zo immens dat ik verwacht elk moment van mijn stokje te gaan. 'Wat had het dan voor zin om het te zeggen?'

'Ik flapte het er gewoon uit. En hij heeft trouwens ingebroken.'

'Dat weet je niet.' Dat zou hij nooit doen. Toch?

'Oké, Tessa, blijf dan maar geloven dat jouw pa – die, zo wil ik je graag in herinnering brengen, aan de drank verslaafd is – een toonbeeld van onschuld is.'

Zoals altijd heeft hij lef. Hij beschuldigt mijn vader ervan te drinken? Hij, Hardin Scott, die zelf zo dronken wordt dat hij zich de volgende dag niets meer kan herinneren?

'Jij zuipt anders ook!' zeg ik, maar dan sla ik meteen mijn hand voor mijn mond.

'Wat zei je daar?' Elk spoor van medeleven verdwijnt van zijn gezicht. Hij loert naar me als een roofdier en begint om me heen te lopen.

Ik voel me er niet prettig bij, maar ik weet dat hij me het zwijgen wil opleggen. Hij beseft zelf niet eens hoe hij is en wat hij doet. 'Denk er maar eens over na. Het is gewoon zo. Je drinkt alleen wanneer je boos of overstuur bent; je weet niet wanneer je moet ophouden; drank valt slecht bij je. Je maakt dingen kapot en gaat met anderen op de vuist...'

'Ik ben verdomme geen alcoholist. En voordat ik jou leerde kennen, was ik helemaal met drinken opgehouden.'

'Je kunt me niet van alles de schuld geven, Hardin.' Ik probeer er niet aan te denken dat ook ik naar de wijn grijp als ik boos of overstuur ben.

'Ik wijt mijn alcoholgebruik niet aan jou, Tessa,' zegt hij op vrij luide toon.

'Nou, nog twee dagen, en dan hoeven we ons geen van beiden nog zorgen te maken over dit soort dingen!' Ik been de woonkamer uit, maar hij komt achter me aan.

'Wil je even blijven staan en naar me luisteren?' Zijn toon is uiterst gespannen, maar hij schreeuwt in elk geval niet. 'Je weet dat ik niet wil dat je gaat.'

'Ja, nou, je bent anders behoorlijk goed in het tegendeel bewijzen.'

'Wat bedoel je daar nu weer mee? Ik zeg voortdurend tegen je hoeveel ik van je hou!'

Ik zie een vlaag van twijfel over zijn gezicht schieten; hij weet dat hij zijn liefde voor me niet vaak genoeg toont. 'Dat geloof je zelf niet eens. Dat zie ik aan je.'

'Nou, vertel me dan maar eens of je denkt dat je ooit een ander zult vinden die al dit gezeik van je pikt. Je voortdurende geklaag en gejammer, je overdreven neiging om alles in een bepaalde volgorde te doen, die hele houding van je?' Hij gebaart met zijn handen.

Ik lach. Ik lach Hardin recht in zijn gezicht uit. Zelfs wanneer ik mijn hand voor mijn mond sla, kan ik niet ophouden. 'Mijn houding? Míjn houding? Jij bent degene die een voortdurend gebrek aan respect laat zien. Je maakt je nog net niet schuldig aan emotioneel misbruik, je bent obsessief, verstikkend en bot. Je banjerde mijn leven binnen en zette het compleet op zijn kop, en je verwacht dat ik je gehoorzaam omdat je een bepaald idee van jezelf hebt waar geen steek van klopt. Je hangt voortdurend de stoere vent uit die geen zak geeft om wat dan ook, behalve om zichzelf, maar je kunt niet eens zonder mij slapen. Ik heb al je tekortkomingen door de vingers gezien, maar ik sta niet toe dat je dit soort dingen tegen me zegt.'

Ik loop heen en weer over de betonnen vloer, bij elke stap door hem gadegeslagen. Ik voel me een tikje schuldig omdat ik zo tegen hem sta te schreeuwen, maar ik hoef alleen maar te denken aan wat hij tegen mij zei of de woede golft weer door me heen. 'En ik ben af en toe misschien wat lastig, maar dat komt omdat ik het zo druk heb met me zorgen maken over jou en alle anderen om me heen, en met jou niet kwaad maken. Daardoor vergeet ik mezelf weleens. Dus het spijt me als ik jou op de zenuwen werk of naar je uithaal terwijl jij nota bene voortdurend naar me uitvalt zonder dat er een reden voor is!'

Hardins gezicht is ernstig. Hij balt zijn handen tot vuisten en wordt vuurrood. 'Ik weet niet wat ik anders moet doen, oké? Je weet dat dit nieuw voor me is, je wist dat je aan een uitdaging begon. Je hebt nu niet het recht om erover te gaan zeiken.'

'"Niet het recht om erover te gaan zeiken"? Dit is ook mijn leven, hoor, en ik mag zo veel zeiken als ik wil,' zeg ik snuivend. Dit meent hij niet. Heel even dacht ik aan zijn gezicht te zien dat hij zijn verontschuldigingen wilde aanbieden voor de manier waarop hij me behandelt, maar ik had beter moeten weten. Het probleem met Hardin is dat hij, áls hij zich goed gedraagt, zo lief en eerlijk is dat ik alleen maar van hem kan houden, maar als hij zich niet goed gedraagt, is hij de vreselijkste persoon die ik ooit van mijn leven heb ontmoet.

Ik loop terug naar de slaapkamer, pak een koffer en gooi mijn kleren erin.

'Waar ga je naartoe?' vraagt hij.

'Dat weet ik niet,' antwoord ik eerlijk. *Weg van jou, dat weet ik wel.*

'Weet je wat jouw probleem is, Theresa? Dat je te veel van die stomme boeken hebt gelezen en dat je vergeet dat zulke verhalen allemaal uit iemands duim gezogen zijn. Er zijn geen Darcy's, er zijn alleen Wickhams en Alec d'Urbervilles, dus word eens wakker en hou eens op van me te verlangen dat ik me als een of andere held uit zo'n kloteromannetje gedraag – want dat gaat niet gebeuren!'

Zijn woorden treffen me tot in het diepst van mijn ziel. Dit is het dan. 'Dit is dus de reden waarom het nooit iets zal worden tussen ons. Ik heb mijn best met je gedaan, totdat ik er doodmoe van was. Ik heb je al die vreselijke dingen vergeven die je mij, en anderen, hebt aangedaan, maar toch weet je niet van ophouden. En ik doe het mezelf ook aan. Ik ben geen slachtoffer, ik ben gewoon een dom wicht dat te veel van je houdt, maar toch beteken ik nog altijd niets voor je. Zodra ik maandag ben vertrokken, kun je weer je gewone leven leiden. Dan ben je nog altijd dezelfde Hardin die geen sodemieter om een ander geeft, en dan ben ik degene die zo veel verdriet heeft dat ze amper kan functioneren – maar dat heb ik mezelf aangedaan. Ik ben te veel in je opgegaan, ik heb me aan je overgegeven terwijl ik wist dat het zo zou eindigen. Ik dacht dat je door onze tijdelijke scheiding zou inzien dat je met mij beter af bent dan zonder mij, maar dat is het nu juist, Hardin: je bent niet beter af met mij. Je bent beter af in je eentje. Je zult altijd in je eentje zijn. Zelfs wanneer je een andere griet vindt die naïef genoeg is om alles voor je op te geven, met inbegrip van zichzelf, dan nog zal zij ook genoeg krijgen van dat eeuwige ge-heen-en-weer en je in de steek laten, net als ik...'

Hardin staart me aan. Zijn ogen zijn bloeddoorlopen en zijn handen trillen, en ik weet dat hij elk moment kan flippen. 'Toe dan, Tessa! Zeg dan dat je me verlaat. Of nee, doe maar niet. Pak gewoon je zooi en rot op.'

'En hou op met je zo in te houden,' zeg ik tegen hem. Ik ben kwaad, maar sta inwendig ook te smeken. 'Je doet je best om niet te flippen, maar ik weet dat je dat wilt. Als je me nu eens zou laten zien wat je echt voelt...'

'Je hebt geen idee hoe ik me voel. Ga weg!' Zijn stem stokt in zijn keel, en ik wil niets liever dan mijn armen om hem heen slaan en tegen hem zeggen dat ik hem nooit zal verlaten.

Maar dat kan ik niet.

'Je hoeft het alleen maar te zeggen. Toe nou, Hardin, zeg gewoon dat je het deze keer zult proberen, dat je het echt zult proberen.' Ik sta nu te smeken, want ik weet niet wat ik anders moet doen. Ik wil hem niet verlaten, maar ik weet dat ik niet anders kan.

Hij blijft op nog geen meter afstand van me staan, maar ik zie dat hij zich in zichzelf terugtrekt. Elk sprankje licht dat mijn Hardin nog bezit, verdwijnt nu langzaam en dooft in de duisternis, en daardoor glipt de man van wie ik hou steeds verder van me weg. Wanneer hij eindelijk zijn blik van me losmaakt en zijn armen voor zijn borst over elkaar slaat, zie ik dat hij weg is. Ik ben hem kwijt.

'Ik wil het niet meer proberen. Ik ben wie ik ben, en als dat niet genoeg is, dan is daar het gat van de deur.'

'Dus dat is wat je wilt? Je wilt het niet eens proberen? Als ik nu vertrek, is het voor altijd. Ik weet dat je dat niet gelooft omdat ik het altijd zeg, maar het is waar. Zeg gewoon dat je zo doet omdat je in paniek raakt bij de gedachte dat ik naar Seattle vertrek.'

Hij staart naar de muur achter me en zegt alleen maar: 'Je kunt tot maandag vast wel ergens logeren.'

Wanneer ik geen antwoord geef, draait hij zich met een ruk om en loopt de kamer uit. Ik blijf staan, geschokt dat hij zich niet langer heeft verzet. Er gaan minuten voorbij voordat ik eindelijk de scherven bijeenraap van wat hij in me kapot heeft gemaakt en voor de allerlaatste keer mijn spullen pak.

53

∞

Hardin

Mijn mond zegt allerlei shit die mijn gedachten niet willen zeggen, maar ik heb er gewoon geen controle over. Natuurlijk wil ik niet dat ze gaat. Ik wil haar in mijn armen nemen en haar boven op haar hoofd zoenen. Ik wil zeggen dat ik alles voor haar wil doen, dat ik voor haar wil veranderen en de rest van mijn leven van haar zal houden. Maar in plaats daarvan loop ik de kamer uit en laat haar alleen.

Ik hoor haar in de slaapkamer rondscharrelen. Ik weet dat ik naar haar toe moet gaan en haar tegen moet houden, maar wat heeft het voor zin? Ze gaat maandag toch weg, dus ze kan net zo goed nu gaan. Ik ben nog altijd verbaasd dat ze een langeafstandsrelatie voorstelde. Dat zou nooit werken, niet als ze op uren rijden bij me vandaan woont, me maar een paar keer per dag kan bellen en niet naast me in bed kan slapen. Dat is niets voor mij.

Als onze relatie voorbij is, hoef ik me in elk geval niet schuldig te voelen als ik ga drinken of iets anders doe wat ik wil doen... Maar dat slaat nergens op, ik wil niet eens iets anders doen. Ik zit liever naast haar op de bank noodgedwongen voor de zoveelste keer mee te kijken naar *Friends* dan dat ik iets zonder haar doe.

Even later verschijnt Tessa in de gang. Ze sleept twee koffers met zich mee. Haar handtas hangt over haar schouder en haar gezicht is bleek. 'Ik geloof dat ik alleen mijn boeken heb laten liggen, maar ik koop wel nieuwe,' zegt ze met lage, trillende stem.

Dit is het dus, het moment waarvoor ik al bang was toen ik dit meisje leerde kennen. Ze verlaat me, en ik kan niets doen om haar tegen te houden. Ik kan haar niet tegenhouden, ze was altijd al voorbestemd om grootsere dingen te doen dan ik, om met iemand samen te zijn die beter is dan ik. Dat wist ik vanaf het begin, maar zoals altijd hoopte ik dat ik het mis had.

In plaats van dat alles zeg ik simpelweg: 'Oké.'

'Oké.' Ze hapt naar adem en recht haar schouders. Bij de deur aangekomen steekt ze haar arm uit om haar sleutels van het haakje te pakken, waardoor de tas van haar schouder glijdt. Ik weet niet wat er mis met me is. Ik zou haar moeten tegenhouden, of haar moeten helpen, maar ik kan het niet.

Tessa kijkt naar me om. 'Nou, dat is het dan. Al die ruzies, al die huilbuien, al die vrijpartijen, al die lachbuien – alles – het is allemaal voor niets geweest,' zegt ze zacht. Haar woorden zijn niet gekleurd door woede. Ze klinken onbewogen... volkomen onbewogen.

Ik knik, niet in staat iets te zeggen. Als ik dat wel had gekund, had ik dit voor ons allebei zo veel moeilijker gemaakt. Dat weet ik gewoon.

Ze schudt haar hoofd en doet de deur open. Ze moet hem met haar voet openhouden, zodat ze haar koffers naar buiten kan schuiven.

Eenmaal buiten op de gang kijkt ze naar me om en zegt, zo zacht dat ik haar bijna niet kan verstaan: 'Ik zal altijd van je blijven houden. Ik hoop dat je dat beseft.'

Zeg nu niets meer, Tessa. Alsjeblieft.

'En dat zal iemand anders ook doen. Hopelijk net zo veel als ik.'

'Shh,' zeg ik zacht. Dit kan ik niet aanhoren.

'Je zult niet altijd alleen blijven. Dat zei ik net, dat weet ik, maar als je hulp zou zoeken of zo, als je zou leren om je woede te beheersen, dan kun je vast wel iemand vinden die...'

Ik slik de gal weg die in mijn keel opwelt en loop naar de deur. 'Ga dan. Ga gewoon,' zeg ik. Ik smijt de deur in haar gezicht dicht. Aan de andere kant van de deur hoor ik haar naar adem happen.

Ik heb net de deur in haar gezicht dichtgesmeten... *Wat is er verdomme met me aan de hand?*

Ik raak in paniek en voel de pijn door me heen gaan. Ik heb die zo lang ingehouden, amper beheersbaar, totdat ze ervandoor ging. Mijn vingers grijpen naar mijn haar, mijn knieën raken de betonnen vloer, en ik weet gewoon niet wat ik moet doen. Ik ben officieel de grootste mislukking ter wereld, en ik kan er niets aan veranderen. Het klinkt zo simpel: ga met haar mee naar Seattle en leef nog lang en gelukkig, maar zo simpel is het verdomme niet. Daar zou alles anders zijn: ze heeft haar stage en haar nieuwe universiteit, ze zal nieuwe vriendschappen sluiten en nieuwe – betere – ervaringen opdoen, en mij vergeten. Ze zou me niet langer nodig hebben. Ik veeg de tranen weg die in mijn ogen opwellen.

Wat? Voor het eerst besef ik hoe egoïstisch ik ben. Nieuwe vriendschappen sluiten? Wat is daar zo erg aan, aan nieuwe vriendschappen en nieuwe ervaringen? Ik zou bij haar zijn en dezelfde ervaringen opdoen. Waarom doe ik zo veel moeite om haar uit Seattle weg te houden? Waarom ben ik niet blij dat ze deze kans krijgt? De kans om te bewijzen dat ik deel kan zijn van iets wat zij graag wil. Dat is alles wat ze van me vroeg, en ik kon het godverdomme niet eens voor haar doen.

Als ik haar nu bel, keert ze om en kan ik mijn spullen pakken en een woning voor ons zoeken, ergens in Seattle...

Nee, dat doet ze niet. Ze keert niet om. Ze gaf me de kans haar tegen te houden, maar ik probeerde het niet eens. Ze probeerde me zelfs een beter gevoel te geven terwijl ik haar laatste greintje vertrouwen in mij voor mijn ogen zag wegebben. Ik had haar moeten troosten, maar ik smeet de deur voor haar neus dicht.

Je zult niet altijd alleen blijven. Dat zei ze. Ze heeft het mis. Dat zal ik wel, maar zij niet. Ze zal iemand vinden die van haar houdt zoals ik dat niet kon. Niemand zal ooit meer van haar houden dan ik, maar misschien kan een ander haar duidelijk maken hoe het voelt als iemand van je houdt, hoe het is om iemand te hebben die je ondanks alles wat je hem aandoet blijft steunen. Zoals zij er ook altijd voor mij is geweest.

En dat verdient ze ook. Ik krijg bijna geen lucht wanneer ik eraan denk dat het een ander zal zijn die haar geeft wat ze verdient, maar zo is het nu eenmaal. Ik had haar al een hele tijd geleden moeten laten gaan en mijn klauwen niet nog verder in haar moeten slaan, zodat ze gedwongen was haar tijd aan mij te verspillen.

Ik voel me zo verdeeld. Aan de ene kant hoop ik dat ze vanavond, of morgen, bij me terug zal komen en het me zal vergeven. Maar aan de andere kant weet ik dat ze haar pogingen om me beter te maken heeft gestaakt.

Enige tijd later hijs ik mezelf van de vloer overeind en loop ik naar de slaapkamer. Daar zak ik bijna weer in elkaar. De armband die ik voor haar heb gemaakt ligt boven op een vel papier, naast haar e-reader en een exemplaar van *Wuthering Heights*. Ik pak de armband op en draai het bedeltje met het oneindigheidsteken rond tussen mijn vingers, mijn blik gericht op de bijpassende tattoo op mijn pols.

Waarom heeft ze deze laten liggen? Het was een cadeau van mij voor haar, dat ik haar heb gegeven op een moment dat ik haar dolgraag wilde laten zien hoeveel ik van haar hield. Ik had haar liefde en vergiffenis nodig, en die schonk ze me. Tot mijn grote ontzetting zie ik onder de armband een handgeschreven brief liggen. Mijn brief aan haar. Ik vouw hem open en lees hem nogmaals door. Ondertussen scheurt mijn borstkas langzaam open en valt mijn hart op de harde vloer. Herinneringen overspoelen mijn zieke geest: de eerste keer dat ik zei dat ik van haar hield en het weer terugnam; de date met het blonde meisje door wie ik haar probeerde te vervangen; wat ik voelde toen ik haar in de deuropening zag staan nadat ze de brief had gelezen. Ik lees verder.

Jij blijft van me houden, hoe moeilijk ik het je ook maak. Ik heb je nodig. Dat is altijd zo geweest en zal altijd zo blijven. Toen je me vorige week verliet, wist ik niet waar ik het moest zoeken. Ik was verloren en eenzaam. Zonder jou ben ik nergens. Daarom had ik een date met een meisje. Ik wilde het je niet vertellen, maar ik kan het risico niet nemen je opnieuw kwijt te raken.

Mijn vingers trillen, en in mijn poging het dunne papier stil te houden, maak ik er bijna een scheur in.

Ik weet dat je een lieve man verdient. Ik ben niet romantisch, ik zal nooit een gedicht voor je schrijven of een lied voor je zingen.
Het ontbreekt me zelfs aan een beetje vriendelijkheid. En ik kan je niet beloven dat ik je nooit meer zal kwetsen, maar ik zweer je op alles wat me lief is dat ik mijn leven lang van je zal houden. Ik ben een moeilijke jongen en ik verdien jouw goedheid niet, maar ik hoop echt dat je me de kans geeft om je te laten zien dat ik kan veranderen, zodat je vertrouwen in mij kan terugkeren. Het spijt me vreselijk dat ik je zo veel pijn heb gedaan en nogmaals, ik snap het als je me niet kunt vergeven.

Maar ze heeft het me niet vergeven. Ze heeft me mijn fouten altijd vergeven, maar deze keer niet. Ik had haar vertrouwen in me moeten herstellen, maar in plaats daarvan deed ik haar elke keer weer pijn. Mijn handen scheuren de armzalige bekentenis snel in snippers, die om me heen dwarrelen voordat ze op het koude beton neerkomen.

Zie je wel, ik maak alles kapot! Ik weet hoeveel de brief voor haar betekende, maar toch kon ik me niet inhouden.

'Nee! Nee, nee, nee!' Ik buk me en raap wanhopig de snippers bij elkaar, in een poging de brief weer heel te maken. Maar het zijn er te veel, en de stukjes passen niet meer aan elkaar. Ik laat ze weer vallen en zie ze neerdwarrelen. Zo voelde zij zich waarschijnlijk ook toen ze mij weer bijeen probeerde te rapen. Ik ga staan en schop tegen de snippers die ik bijeen heb geveegd, en daarna buk ik me opnieuw, raap ze op en leg ze in een hoopje op het bureau. Ik leg er een boek bovenop om te voorkomen dat ze wegwaaien, en natuurlijk blijk ik *Pride and Prejudice* te hebben gepakt.

Ik ga op het bed liggen en wacht totdat ik de deur hoor, als teken dat ze terug is.

Ik lig daar ongetwijfeld urenlang, maar ik hoor de deur niet.

54

∞

Tessa

Ik lieg tegen Steph. Ik wil niemand iets over mijn relatieproblemen vertellen, zeker nu niet, nu ik nog niet eens zelf heb kunnen verwerken wat er is gebeurd. En daarom heb ik Steph ook gebeld: Landon staat te dichtbij en ik wil hem niet opnieuw lastigvallen. Andere opties heb ik niet; dat is nu eenmaal zo als je welgeteld één vriend hebt die ook nog eens de stiefbroer van je vriendje is.

Of nou ja, ex-vriendje...

Dus wanneer Steph aan de andere kant van de lijn haar bezorgdheid laat blijken, zeg ik: 'Nee hoor, het gaat wel. Ik heb alleen... Hardin... Hij is samen met zijn vader de stad uit en heeft geen sleutel voor me achtergelaten, dus ik heb totdat hij maandag thuiskomt een logeeradres nodig.'

'Echt iets voor Hardin,' zegt ze. Ik ben opgelucht dat mijn leugen heeft gewerkt. 'Oké, kom maar hiernaartoe. Dezelfde kamer als eerst. Het wordt weer net als vroeger!' vervolgt ze opgewekt, en ik probeer te lachen.

Geweldig. Net als vroeger.

'Ik heb met Tristan afgesproken om naar het winkelcentrum te gaan. Je mag wel mee als je zin hebt. Zeg het maar.'

'Ik moet nog heel wat regelen voor Seattle, dus ik blijf liever thuis, als je dat niet erg vindt.'

'Natuurlijk niet.' Dan voegt ze eraan toe: 'Ik hoop dat je zin hebt in je feestje van morgenavond?'

'Feestje?' vraag ik.

O ja... het feestje. Ik werd zo in beslag genomen door andere dingen dat ik het feestje dat Steph voor me wil geven helemaal ben vergeten. Net als op Hardins 'verjaardagsfeestje' twijfel ik er niet aan dat iedereen gewoon gaat zitten drinken, of ik nu kom opdagen of niet, maar ik krijg de indruk dat ze graag wil dat ik kom, en omdat ik haar nu om een grote gunst moet vragen, wil ik haar niet teleurstellen.

'Een laatste keer, kom op! Hardin heeft vast nee gezegd, maar...'

'Hardin bepaalt niet wat ik wel en niet doe,' breng ik haar in herinnering, en ze moet lachen.

'Precies! En weet je, misschien zien we elkaar wel nooit meer. Ik ga verhuizen, en jij ook,' zegt ze.

'Goed, ik zal erover nadenken. Ik kom er nu in elk geval aan,' zeg ik. Maar in plaats van rechtstreeks naar Steph te gaan, rijd ik eerst nog een beetje rond. Ik moet er zeker van zijn dat ik me in haar bijzijn kan beheersen; ik mag niet gaan huilen. *Niet huilen. Niet huilen.* Ik bijt opnieuw op de binnenkant van mijn wang om te voorkomen dat ik toegeef aan de tranen.

Gelukkig ben ik inmiddels aan de pijn gewend. Ik ben zo goed als verdoofd.

Tegen de tijd dat ik bij Stephs kamer aankom, is ze bezig zich om te kleden. Ze doet glimlachend de deur voor me open en trekt dan een rode jurk aan over een stel netkousen.

'Daar ben je weer!' Ze omhelst me stevig.

'Zo lang geleden was het niet eens.' Ik glimlach en zij knikt.

'Dat is waar. Maar het lijkt wel zo.' Ze pakt een stel kniehoge laarzen uit haar kast en gaat op het bed zitten. 'Ik blijf niet te lang weg. Doe alsof je thuis bent... maar niks opruimen!' zegt ze wanneer ze mijn blik door de rommelige kamer ziet gaan.

'Dat was ik niet van plan!' lieg ik.

'Wel waar! En je gaat het nog doen ook.' Ze moet lachen, en ik dwing mezelf hetzelfde te doen. Het werkt niet, het eindigt ermee dat ik een geluid maak dat het midden houdt tussen gesnuif en gekuch, maar ze zegt er gelukkig niets over.

'Ik heb trouwens al tegen iedereen gezegd dat je komt. Ze hebben er zo'n zin in!' voegt ze er op weg naar buiten aan toe. Ze trekt de deur dicht. Ik wil protesteren, maar ze is al weg.

Deze kamer roept te veel herinneringen op. Ik heb een hekel aan deze plek maar vind het hier tegelijkertijd ook fijn. Mijn helft is nog niet aan een andere studente toegewezen, en Steph heeft het bed bedolven onder kleren en draagtassen van allerlei winkels. Ik strijk met mijn vingers over het hoofdeinde en denk aan de eerste keer toen Hardin bij me in dit smalle bed sliep.

Ik kan niet wachten totdat ik deze campus achter me heb gelaten, en dit hele stadje en iedereen die hier woont. Sinds mijn eerste dag op WCU heb ik alleen maar verdriet gekend, en ik wou dat ik nooit hiernaartoe was gekomen.

Zelfs de muren doen me denken aan Hardin, aan die keer toen hij mijn aantekeningen door de kamer gooide en ik hem het liefste een draai om zijn oren wilde geven. Maar hij hield me tegen door me hevig te zoenen. Mijn vingers gaan naar mijn lippen en volgen hun vorm. Ze beginnen te trillen nu ik bedenk dat ik hem misschien nooit meer zal kussen.

Ik geloof niet dat ik hier vannacht kan blijven. Mijn gedachten zullen geen moment stilstaan, herinneringen zullen me achtervolgen en elke keer wanneer ik mijn ogen dichtdoe voor mijn geestesoog opdoemen.

Op zoek naar afleiding pak ik mijn laptop om mijn zoektocht naar woonruimte in Seattle voort te zetten. Zoals ik al had verwacht is het zinloos. Het enige appartement dat ik kan vinden, ligt op een half uur rijden van het nieuwe kantoor van Vance Publishing en is eigenlijk iets te duur voor me, maar ik sla het nummer toch op in mijn telefoon.

Na nog een uur zoeken zet ik mijn trots opzij en bel ik Kimberly. Ik wil haar niet vragen of ik bij haar en Christian mag logeren, maar Hardin laat me geen keuze. Kimberly zegt natuurlijk meteen ja en benadrukt dat ze het zo fijn vinden dat ze me een slaapplaats in hun nieuwe huis in Seattle kunnen aanbieden. Ze schept op dat het zelfs nog groter is dan hun huidige huis.

Ik beloof haar dat ik niet langer dan twee weken zal blijven en hoop dat dat genoeg tijd is om een betaalbare woning in een niet al te gevaarlijke buurt te vinden. Opeens dringt het tot me door dat ik, door al dat gedoe met Hardin, helemaal niet meer heb gedacht aan de inbraak in onze woning. Ik hoop dat het mijn vader is geweest, maar daar kan ik niet helemaal zeker van zijn. Als hij het is geweest, dan heeft hij niets gestolen; misschien had hij simpelweg een slaapplaats nodig en kon hij nergens anders naartoe. Ik hoop met heel mijn hart dat Hardin niet naar hem op zoek gaat om hem van inbreken te beschuldigen. Wat zou dat voor zin hebben? Ik kan er maar beter voor zorgen dat ik hem als eerste vind, maar het wordt al laat, en bovendien durf ik niet goed in mijn eentje naar dat deel van de stad te gaan.

Ik word rond middernacht wakker van Steph die naar binnen stommelt. Ze struikelt over haar eigen voeten en valt op het bed neer. Ik kan me niet herinneren dat ik aan het bureau in slaap ben gevallen, en mijn nek doet pijn wanneer ik opkijk. De pijn wordt nog erger wanneer ik mijn nek masseer.

'Denk aan je feestje morgen,' mompelt ze voordat ze vrijwel meteen onder zeil is.

Ik loop naar haar toe en trek haar schoenen van haar voeten, terwijl zij begint te snurken. In gedachten bedank ik haar omdat ze zo'n goede vriendin voor me is en me op haar kamer laat slapen, ook al gaf ik haar niet echt de tijd om erover na te denken.

Ze kreunt en mompelt iets onsamenhangends voordat ze omrolt en opnieuw begint te snurken.

Ik heb de hele dag in mijn oude bed liggen lezen. Ik wil nergens naartoe en met niemand praten, en ik wil zeker Hardin niet tegen het lijf lopen, al lijkt die kans me klein. Hij heeft geen reden om hiernaartoe te komen, maar ik ben paranoïde en verdrietig en neem geen enkel risico.

Steph wordt pas om vier uur 's middags wakker.

'Ik ga een pizza bestellen, wil je ook?' vraagt ze. Ze veegt de dikke laag eyeliner van gisteravond weg met een servetje uit haar handtas.

'Ja, graag.' Mijn knorrende maag herinnert me eraan dat ik de hele dag nog niets heb gegeten.

Steph en ik brengen de twee uur daarna door met eten en over van alles en nog wat kletsen, totdat ze zegt: 'Goed, het feestje. Weet je al wat je aantrekt?' vraagt ze met een ondeugend lachje. 'Of wil je iets van mij lenen, net als vroeger?'

Ik schud mijn hoofd. 'Ik kan gewoon niet geloven dat ik dit doe na...' Ik noem bijna Hardins naam, maar dan gooi ik het over een andere boeg. 'Na al die keren dat je me vroeger dwong naar een feestje te gaan.'

'Maar dit is de laatste keer. Bovendien zal je op de campus in Seattle echt niemand tegenkomen die zo cool is als wij.' Ze knippert met haar lange valse wimpers naar me, en ik kreun.

'Ik weet nog goed dat ik je voor het eerst zag. Ik deed de deur van deze kamer open en kreeg bijna een hartverzakking. Sorry.' Ik glimlach, en zij glimlacht terug. 'Toen je zei dat de feesten zo geweldig waren, werd mijn moeder niet goed. Ze wilde dat ik om een andere kamer zou vragen, maar dat wilde ik niet...'

'Dat is maar goed ook, want anders had je nooit wat met Hardin gekregen,' zegt ze met een tevreden lachje, maar dan wendt ze haar blik af. Heel even vraag ik me af hoe het zou zijn gelopen als ik wel om een andere kamer had gevraagd en hem nooit had leren kennen. Ondanks alles wat we hebben meegemaakt wil ik er niets van terugnemen.

'Genoeg gemijmerd, we gaan ons voorbereiden!' roept ze blij uit, in haar handen klappend. Ze grijpt me bij mijn armen en trekt me van het bed.

'Nu weet ik weer waarom ik de pest heb aan gedeelde badkamers,' zeg ik kermend, terwijl ik mijn haar met een handdoek droog.

'Zo erg is het niet.' Steph lacht, maar ik rol met mijn ogen, denkend aan mijn douche thuis. Alles doet me aan Hardin denken. Ik doe mijn best om te blijven glimlachen, hoe nep ook, maar vanbinnen ben ik kapot.

Ten slotte ben ik opgemaakt, zit mijn haar in de krul en vraag ik Steph of ze de geel met zwarte jurk die ik onlangs heb gekocht wil dichtritsen. Het enige wat me op dit moment overeind houdt, is de hoop dat het een leuk feestje wordt dat me minstens een paar uur lang zal afleiden. Tristan komt ons even na achten afhalen; Steph wil per se niet dat ik rijd omdat ze me wil laten drinken totdat ik scheel zie. Daar voel ik zelf ook wel wat voor. Als ik scheel zie, zie ik hopelijk niet langer Hardins lach-met-kuiltjes of zijn verontwaardigde frons voor me. Toch zal ik, zodra ik mijn ogen dichtdoe, elke keer aan hem denken.

'Waar is Hardin?' vraagt Nate, die achter het stuur zit.

Heel even raak ik in paniek. 'De stad uit. Samen met zijn vader,' lieg ik.

'Vertrekken jullie maandag niet naar Seattle?'

'Dat is het plan.' Ik voel dat mijn handen beginnen te zweten. Ik heb zo'n hekel aan liegen. Ik ben er zo slecht in.

Nate draait zich naar me om en lacht vriendelijk. 'Nou, veel geluk allebei. Ik wou dat ik hem nog even had kunnen zien.'

Ik voel me steeds beroerder. 'Dank je, Nate. Ik zal het aan hem doorgeven.'

Eenmaal bij het dispuutshuis heb ik spijt van mijn besluit om mee te gaan. Ik wist dat dit geen goed idee was, maar ik dacht er niet bij na en had behoefte aan afleiding. Maar dit is geen afleiding. Dit is één grote herinnering aan alles wat ik heb meegemaakt, aan alles wat ik vervolgens heb verloren.

Het is bijna grappig dat ik elke keer spijt heb van mijn komst maar later toch weer in dit verrekte huis beland.

'Showtime.' Steph haakt haar arm door de mijne en lacht opgewekt.

Heel even verschijnt er een felle fonkeling in haar ogen en krijg ik het gevoel dat ze meer bedoelt dan ze zegt.

55

∞

Hardin

Ik klop met een misselijk gevoel op de deur van mijn vaders werkkamer. Het is niet te geloven dat het nu zover is gekomen dat ik hem om raad moet vragen, maar ik wil gewoon dat er iemand naar me luistert, iemand die weet hoe ik me voel, of zich daar iets bij kan voorstellen

Zijn stem klinkt aan de andere kant van de deur. 'Kom maar binnen, lieverd.' Ik aarzel even voordat ik naar binnen ga omdat ik weet dat het ongemakkelijk zal zijn, maar het kan niet anders. Ik ga in de stoel voor zijn grote bureau zitten en zie zijn uitdrukking veranderen van verwachtingsvol in verbaasd.

Er ontsnapt hem een lachje. 'Sorry, ik dacht dat je Karen was.' Zodra hij echter ziet in welke stemming ik verkeer, houdt hij op met lachen en kijkt me aandachtig aan.

Ik knik en wend mijn blik af. 'Ik weet niet wat ik hier kom doen, maar ik weet niet waar ik anders naartoe moet.' Ik sla mijn handen voor mijn gezicht.

Mijn vader gaat op de rand van zijn mahoniehouten bureau zitten. ‘Ik ben blij dat je naar me toe bent gekomen,’ zegt hij zacht, mijn reactie peilend.

‘Zo zou ik het niet willen noemen,’ merk ik op. Ik ben natuurlijk wel naar hem toe gekomen, maar ik wil niet dat hij denkt dat dit een of andere doorbraak is, al is dat misschien wel zo. Ik zie dat hij even slikt en dan langzaam knikt. Zijn blik dwaalt af.

‘Je hoeft niet zo zenuwachtig te doen. Ik ga niet flippen en zal ook niets kapotmaken. Daar heb ik de energie niet voor.’ Ik staar naar de wand vol certificaten achter hem.

Hij geeft geen antwoord en ik slaak een zucht.

Natuurlijk spoort dát teken van verslagenheid hem wel aan en zegt hij: ‘Wil je praten over wat er is gebeurd?’

‘Nee, dat wil ik niet.’ Ik staar naar de boeken die de wand bedekken.

‘Oké...’

Ik zucht opnieuw en besef hoe onvermijdelijk dit is. ‘Ik wil het niet, maar ik kan niet anders, denk ik.’

Mijn vader kijkt me even verwonderd aan. Zijn bruine ogen worden groter, nemen me op en bestuderen me aandachtig. Ik twijfel er niet aan dat hij naar de adder in het gras zoekt.

‘Geloof me,’ zeg ik, ‘als ik ergens anders naartoe had gekund, had ik hier niet gezeten, maar Landon is een vooringenomen lul die altijd haar kant kiest.’ Ik weet dat dat niet helemaal waar is, maar ik wil Landons advies nu niet horen. En ik wil hem al helemaal niet horen zeggen dat ik een klootzak ben die de afgelopen dagen alleen maar nare dingen tegen Tessa heeft gezegd. Zijn mening is niet echt belangrijk voor me, maar om de een of andere reden is zijn mening wel belangrijker dan die van anderen. Afgezien natuurlijk van die van Tessa.

Mijn vader glimlacht even gepijnigd. ‘Dat weet ik, jongen.’

‘Mooi.’

Ik weet niet waar ik moet beginnen, en eerlijk gezegd weet ik nog altijd niet goed wat ik hier doe. Ik was van plan naar een kroeg te gaan voor een borrel, maar op de een of andere manier eindigde ik op mijn vaders... nee, op paps oprit. Hij mag blij zijn dat ik hem ‘vader’ of ‘pap’ noem in plaats van ‘Ken’ of ‘die lul’, zoals ik het grootste deel van mijn leven heb gedaan.

‘Nou, zoals je waarschijnlijk wel hebt kunnen raden, is Tessa bij me weg,’ beken ik. Ik kijk naar hem op. Hij doet zijn uiterste best om zijn gezicht in de plooi te houden en wacht totdat ik verderga, maar het enige wat ik eraan toevoeg, is: 'En ik hield haar niet tegen.'

'Weet je zeker dat ze niet terugkomt?' vraagt hij.

'Ja, dat weet ik zeker. Ze heeft me genoeg kansen gegeven om haar tegen te houden, en ze heeft me al...' Ik kijk naar de klok aan de muur. 'Ze heeft me al bijna achtentwintig uur lang niet gebeld en geen berichtje gestuurd. Ik heb geen flauw idee waar ze is.'

Ik had verwacht dat haar auto bij Ken en Karen op de oprit zou staan. Dat is een van de redenen dat ik hiernaartoe ben gekomen. Waar zou ze anders moeten zijn? Ik hoop dat ze niet helemaal naar haar moeder is gereden.

'Maar dit hebben jullie al eerder meegemaakt,' begint mijn vader. 'Jullie vinden altijd wel een manier om...'

'Luister je wel naar me? Ik zei dat ik zeker weet dat ze niet terugkomt,' onderbreek ik hem op snerende toon.

'Ik luister. Ik vraag me alleen af waarom het deze keer anders dan anders is.'

Ik kijk hem kwaad aan, maar hij kijkt onbewogen terug, waardoor ik de neiging moet onderdrukken om op te staan en zijn overdreven ingerichte werkkamer te verlaten. 'Het is gewoon zo. Ik weet niet waarom ik dat weet – en je denkt vast dat het ongelooflijk stom van me is om hiernaartoe te komen – maar ik ben het zat, pap. Ik ben het zo zat dat ik zo in elkaar zit, en ik weet niet wat ik eraan moet doen.'

Kut. Ik klink zo wanhopig en zo godvergeten zielig.

Hij doet zijn mond een stukje open, maar dan houdt hij zich in en zegt niets.

'Daar geef ik jou de schuld van,' ga ik verder. 'Heel erg. Want als jij er voor me was geweest, had je me misschien kunnen laten zien hoe... Ik weet het niet... Hoe je mensen niet als een stuk stront behandelt. Als er tijdens mijn jeugd een man in huis was geweest, was ik misschien nooit zo'n lul geworden. Als ik geen oplossing kan vinden voor Tessa en mij eindig ik net zoals jij. Of nou ja, zoals jij vroeger was, in elk geval.' Ik gebaar naar zijn vest en keurig gestreken pantalon. 'Ik moet leren om je niet langer te haten, want anders...'

Ik wil die zin in zijn bijzijn niet afmaken. Wat ik wil zeggen, is dit: als ik hem blijf haten, kan ik haar nooit duidelijk maken hoeveel ik van haar houd, dan kan ik haar nooit zo behandelen als ze verdient.

Mijn onuitgesproken woorden blijven hangen tussen de lambrisering van die bedompte studeerkamer, als een gekwelde duivel waarvan we geen van beiden weten hoe we hem moeten uitdrijven.

'Je hebt gelijk,' zijn de woorden waarmee hij me na lange tijd verrast.

'O ja?'

'Ja. Als je een vader had gehad die je het goede voorbeeld had gegeven en je had geleerd hoe je een man moet zijn, had je beter met dit soort dingen kunnen omgaan, en met het leven in het algemeen. Ik heb mezelf verwijten gemaakt vanwege jouw...' Ik zie hem naar woorden zoeken en merk dat ik een klein beetje naar voren leun. 'Vanwege jouw gedrag. Het is mijn schuld dat je zo bent. Het komt allemaal door mij en door de fouten die ik heb gemaakt. Ik moet de rest van mijn leven het schuldgevoel over mijn fouten met me meedragen, en ik heb zo vreselijk veel spijt van die fouten, jongen.' Zijn stem hapert aan het einde van die zin, en opeens voel ik me...

Heel erg misselijk. 'Nou, dat is fantastisch, dat dat je kan worden vergeven, maar het gaat om hoe ik nu ben! Wat kan ik daar nu aan doen?' Ik peuter aan de beschadigde huid rond mijn nagels en zie tot mijn verbazing dat mijn knokkels nu eens niet geschaafd zijn. Op de een of andere manier wordt mijn woede daardoor minder. 'Er moet toch iets zijn,' zeg ik zacht.

'Ik denk dat je met iemand moet gaan praten,' stelt hij voor.

Maar dat antwoord schiet tekort en doet mijn woede weer opvlammen. *O, ik moet met iemand gaan praten – dat meen je niet!* Ik maak een gebaar in de ruimte tussen ons in. 'Wat denk je wat we nu doen? We praten.'

'Ik bedoel een deskundige,' antwoordt hij kalm. 'Je draagt heel wat woede over je kindertijd met je mee, en tenzij je een manier vindt om die op een gezonde manier te verwerken, zal je, zo vrees ik, geen stap verder komen. Ik ben niet degene die je kan leren hoe je dat moet doen, want ik ben degene die je deze pijn heeft bezorgd. In je woede zou je aan alles twijfelen wat ik zeg, hoe behulpzaam het ook is.'

'Dus ik had net zo goed niet kunnen komen? Je kunt niets voor me doen?' Ik wist wel dat ik beter naar de kroeg had kunnen gaan. Dan had ik nu al aan mijn tweede whisky-cola gezeten.

'Nee, het was niet voor niets. Dit was een grote stap in je voornemen een beter mens te worden.' Hij maakt opnieuw oogcontact met me, en ik proef letterlijk de whisky die ik nu had moeten drinken in plaats van hier te zitten praten. 'Ze zal erg trots op je zijn,' voegt hij eraan toe.

Trots? Waarom zou iemand in vredesnaam trots op me zijn? Geschokt, misschien, dat ik hier zit, maar trots... Nee.

'Ze noemde me een alcoholist,' beken ik zonder nadenken.

'Heeft ze gelijk?' vraagt hij, met een overduidelijk bezorgd gezicht.

'Dat weet ik niet. Ik denk het niet, maar dat weet ik niet zeker.'

'Als je het niet zeker weet, moet je misschien proberen het antwoord te vinden voordat het te laat is.'

Ik kijk aandachtig naar mijn vaders gezicht en zie dat hij oprecht voor me vreest. Hij voelt de angst die ik misschien zou moeten voelen. 'Waarom ben jij eigenlijk gaan drinken?' vraag ik. Dat heb ik altijd al willen weten, maar ik had nooit het gevoel dat ik het kon vragen.

Hij slaakt een zucht en strijkt zijn korte haar glad. 'Nou, het ging toen niet zo goed tussen je moeder en mij, en de neerwaartse spiraal werd in gang gezet toen ik op een avond het huis verliet en dronken werd. En met "dronken" bedoel ik zo ladderzat dat ik niet eens meer naar huis kon lopen, maar ik merkte dat ik dat een prettig gevoel vond, al kon ik geen stap meer zetten. Ik raakte verdoofd voor alle pijn die ik voelde, en het werd al snel een gewoonte. Ik bracht meer uren door in die verrekte kroeg aan de overkant van de straat dan thuis bij jou en haar. Ik bereikte het punt waarop ik zonder drank niets meer kon doen, maar met een borrel op ging het ook niet. Ik was de strijd aan het verliezen.'

Ik kan me niet herinneren hoe het was voordat mijn vader begon te drinken; ik heb altijd aangenomen dat hij vóór mijn geboorte al zo was. 'Waaraan probeerde je te ontsnappen? Wat was er zo pijnlijk?'

'Dat doet er niet toe. Wat ertoe doet, is dat ik op een dag eindelijk het licht zag en stopte met drinken.'

'Nadat je ons had verlaten,' breng ik hem in herinnering.

'Ja, jongen, nadat ik jullie had verlaten. Jullie waren beter af zonder mij. Ik was ongeschikt als vader en als echtgenoot. Je moeder heeft je uitstekend opgevoed. Ik wou dat ze het niet alleen had hoeven doen, maar het ging beter als ik niet in de buurt was.'

Woede vlamt in me op en golft door me heen. Ik druk mijn vingers in de armleuningen van de stoel. 'Maar je kunt wel een echtgenoot zijn voor Karen, en een vader voor Landon.'

Zo, dat is eruit. Ik koester zo'n wrok jegens deze man die mijn hele leven lang een zatlap is geweest en mijn leven heeft verkloot, maar die wel in staat bleek om een nieuw leven te beginnen, met een nieuwe vrouw en een nieuwe zoon. Om nog maar te zwijgen over het feit dat hij zwemt in het geld en dat wij tijdens mijn jeugd geen cent te makken hadden. Karen en Landon hebben alles wat mijn moeder en ik hadden moeten hebben.

'Ik weet dat het zo lijkt, Hardin, maar het is niet zo. Ik heb Karen twee jaar nadat ik stopte met drinken leren kennen. Landon was toen al zestien, en ik probeerde echt geen vader voor hem te zijn. Hij is ook zonder man in huis opgegroeid, maar hij verwelkomde me met open armen. Het was helemaal niet mijn bedoeling een nieuw gezin te hebben en jou te "vervangen" – jij bent niet te vervangen. Je wilde niets met mij te maken hebben, en dat kan ik je niet kwalijk nemen, maar jongen, ik heb het grootste deel van mijn leven in de duisternis doorgebracht, in een gekmakende duisternis, van alles en iedereen verlaten. Karen was mijn licht, net zoals Tessa dat voor jou is.'

Mijn hart houdt bijna op met kloppen nu hij Tessa noemt. Ik was zo verzonken in herinneringen aan die klotejeugd van me dat ik haar heel even kon vergeten.

'Ik kon alleen maar blij en dankbaar zijn dat Karen in mijn leven kwam, compleet met Landon,' gaat Ken verder. 'Ik zou er alles voor geven om met jou net zo'n relatie te kunnen hebben als met hem. Misschien komt het ooit nog zover.'

Ik zie dat mijn vader na zijn lange bekentenis buiten adem is en ik ben sprakeloos. Ik heb nog nooit een gesprek als dit gevoerd met hem, of met wie dan ook in mijn leven. Alleen met Tessa. Zij lijkt in alles de uitzondering te zijn.

Ik weet niet wat ik tegen hem moet zeggen. Ik neem het hem heel erg kwalijk dat hij mijn leven heeft verkloot en de drank belangrijker vond dan mijn moeder, maar ik meende wel wat ik zei, dat ik wil proberen het hem te vergeven. Als ik dat niet doe, word ik nooit normaal. Ik weet niet eens zeker of ik ooit wel 'normaal' kan worden, maar ik wil weleens een week door kunnen komen zonder iets kapot te gooien of iemand in elkaar te slaan.

Ik zie nog steeds het vernederde gezicht voor me dat Tessa trok toen ik tegen haar zei dat ze weg moest gaan. Maar in plaats van daartegen te vechten, zoals ik doorgaans doe, stel ik me er nu voor open. Ik moet worden herinnerd aan wat ik haar heb aangedaan. Ik mag me niet langer verschuilen voor de gevolgen van mijn handelingen.

'Je hebt niets gezegd,' onderbreekt mijn vader mijn gedachten. Het beeld van Tessa's gezicht begint te vervagen, al doe ik nog zo mijn best het vast te houden. De enige troost is de wetenschap dat het me snel genoeg weer zal achtervolgen.

'Ik weet echt niet wat ik moet zeggen. Dit is nogal wat, en ik weet niet wat ik ervan moet denken,' geef ik toe. Ik schrik van de eerlijkheid in mijn woorden en verwacht dat hij iets zal zeggen wat het gênant maakt.

Maar dat doet hij niet. Hij knikt slechts instemmend en gaat staan. 'Karen is het avondeten aan het klaarmaken. Eet je mee?'

'Nee, dank je,' kerm ik. Ik wil naar huis. Het enige probleem met thuis is dat Tessa daar niet is. En dat is mijn eigen stomme schuld.

Op weg naar buiten kom ik Landon tegen in de gang, maar ik negeer hem en maak me uit de voeten voordat hij me van ongevraagd advies kan dienen. Ik had hem moeten vragen waar Tessa is; dat wil ik dolgraag weten. Maar ik ken mezelf en weet dat ik dan naar haar toe zou gaan om haar over te halen terug te komen. Ik moet bij haar zijn, waar ze ook is. Luisteren naar mijn vader die uitlegde waarom hij zo'n waardeloze vader is geweest was een stap in de goede richting, maar ik zal echt niet opeens op magische wijze kunnen voorkomen dat ik me als een klootzak gedraag. En als Tessa ergens is waar ik niet wil dat ze is, zoals bijvoorbeeld bij Zed...

Zit ze bij Zed? Jezus, waarom zou ze dat doen? Ik denk het niet, maar ik heb haar niet bepaald de kans gegeven om veel vrienden te maken. En als ze niet bij Landon zit...

Nee, ze zit niet bij Zed. Dat kan niet.

Op weg naar huis probeer ik mezelf ervan te overtuigen dat dat onmogelijk is. Eigenlijk hoop ik dat die lul die bij ons heeft ingebroken weer is teruggekomen, want ik kan wel een uitlaatklep voor mijn toenemende agressie gebruiken.

Er loopt een koude rilling over mijn rug, door mijn hele lijf. Stel dat Tessa alleen thuis was geweest toen er werd ingebroken? Het beeld van haar blozende, met tranen besmeurde gezicht uit mijn nachtmerrie doemt weer voor me op, en ik verstijf. Als iemand het ooit waagt haar pijn te doen, is dat meteen het allerlaatste wat diegene ooit zal doen.

Wat ben ik verdomme toch hypocriet! Ik wil iedereen die haar pijn doet iets aandoen, terwijl ik zelf degene ben die haar het meeste kwetst.

Nadat ik wat water heb gedronken en even in de verlaten woning om me heen heb staan kijken, word ik onrustig. Om mezelf bezig te houden bekijk ik Tessa's boekenverzameling. Ze heeft veel te veel boeken laten liggen, en ik weet hoe erg dat voor haar moet zijn. Het zoveelste bewijs dat ik slecht voor haar ben.

Mijn oog valt op een in leer gebonden notitieboekje dat tussen twee verschillende uitgaven van *Emma* in ligt. Ik laat even mijn vingers over de sluiting gaan, maar dan trek ik het van de plank en blader het door. Tessa's handschrift vult elke pagina. Is dit een of ander dagboek waarvan ik geen weet had?

Op de eerste pagina staat in keurige letters *Inleiding tot religies van de wereld* geschreven. Ik ga met het boekje in mijn handen op het bed zitten en begin te lezen.

56

∞

Tessa

Logan roept vanaf de andere kant van de keuken naar me en komt naar me toe wanneer hij in de gaten heeft dat ik hem niet versta. 'Wat leuk dat je er bent. Ik wist niet zeker of je zou komen,' zegt hij met een brede glimlach.

'Ik wilde mijn eigen afscheidsfeestje niet missen,' zeg ik. Ik houd mijn rode bekertje met bevende handen in een proostend gebaar omhoog.

'Ik heb je gemist. Er is al een tijdje niemand geweest die Molly een lesje heeft geleerd.' Hij gooit lachend zijn hoofd in zijn nek en giet de doorzichtige drank rechtstreeks vanuit de fles zijn keel in. Hij slikt, knippert met zijn ogen en schraapt dan zijn keel. Aan de manier waarop hij zijn hoofd schudt, kan ik zien hoe sterk de drank in zijn keel brandt.

'Daarom zal je altijd mijn heldin zijn,' zegt hij plagend. Hij biedt me de fles aan.

Ik schud mijn hoofd en houd mijn halflege bekertje omhoog. 'Het kan niet lang duren voordat iemand het nog eens doet.' Ik glimlach even bij de gedachte.

'O, o, als je het over de duvel hebt.' Logan kijkt naar iets achter me.

Ik wil me niet omdraaien. 'Wat?' kerm ik zacht. Ik plant een elleboog op het aanrecht, en wanneer Logan me nogmaals de fles aanbiedt, pak ik die aan.

'Drink op.' Hij glimlacht en loopt weg, me achterlatend met de fles.

Molly komt naar me toe en heft bij wijze van groet haar rode bekertje naar me op. 'Het stemt me droevig dat je gaat verhuizen,' zegt ze, op bedrieglijk zachte en lieve toon, 'maar ik ben blij dat ik je nooit meer hoef te zien. Ik zal Hardin wel missen... Wat die jongen met zijn tong kan doen...'

Ik rol met mijn ogen en probeer een gevat antwoord te bedenken, maar het lukt me niet. De jaloezie stroomt als ijswater door mijn aderen, en ik vraag me af of ik haar ter plekke moet proberen te wurgen.

'O, rot toch op,' zeg ik ten slotte.

Ze moet lachen. Het is een verschrikkelijk geluid. 'O, toe nou, Tessa. Ik was je eerste vijand hier. Dat betekent toch wel iets?' Ze knipoogt en duwt even met haar heup tegen de mijne wanneer ze me passeert.

Dit feest was geen goed idee. Ik had beter moeten weten, zeker omdat Hardin er niet is. Steph is nergens te vinden en Logan, die zo aardig was me even gezelschap te houden, heeft inmiddels een toeschietelijker meisje gevonden om hem bezig te houden. Ik zie haar aanvankelijk alleen van opzij en vind dat ze er bekakt en gezond uitziet, maar dan draait ze zich om en kijk ik haar recht in haar gezicht, dat voor de helft met tatoeages is bedekt. *Au.* Ik vraag me af of die wel echt zijn. Ik schenk mezelf nog eens bij, met het voornemen de hele avond met dit drankje te doen en langzaam te drinken. Anders zal de façade die ik zo krampachtig in stand probeer te houden afbrokkelen en eindig ik als dat irritante dronken meisje dat al in huilen uitbarst zodra iemand naar haar kijkt.

Ik dwing mezelf langzaam een rondje door het huis te lopen, op zoek naar Stephs knalrode haar, maar ik zie haar nergens. Wanneer ik eindelijk Nates bekende gezicht in het oog krijg, zie ik dat hij ook met een meisje staat te kletsen, en ik wil hem niet storen. Ik voel me hier helemaal niet thuis. Niet alleen omdat ik er niet echt tussen pas, maar omdat ik het gevoel krijg dat het niemand op dit zogenaamde 'afscheidsfeestje' iets kan schelen of Hardin en ik wel of niet weggaan. Misschien hadden ze meer belangstelling getoond als Hardin erbij was geweest. Per slot van rekening is hij hun vriend.

Nadat ik bijna een uur in mijn eentje in de keuken heb gezeten, hoor ik Steph eindelijk 'Daar zit je!' roepen.

Inmiddels heb ik een hele schaal zoutjes leeggegeten en twee drankjes gedronken. Ik heb me afgevraagd of ik een taxi moet bellen, maar nu

Steph weer is opgedoken besluit ik het nog even vol te houden. Tristan, Molly en Dan staan achter haar, en ik doe mijn best een gezicht te trekken dat niets verraadt.

Ik mis Hardin.

'Ik dacht dat je al weg was!' roep ik over de muziek heen, in een poging mezelf af te leiden van de gedachte dat het verkeerd voelt om hier zonder Hardin te zijn. In het afgelopen uur heb ik me moeten beheersen om niet naar zijn oude kamer boven te gaan kijken: ik wilde daar zo graag heen, me verstoppen voor al die mensen die me zo'n ongemakkelijk gevoel geven, herinneringen ophalen aan... Ik weet het niet. Ik blijf maar naar de trap staren en ga daardoor vanbinnen langzaam kapot.

'Echt niet! Ik heb iets te drinken voor je gehaald!' Steph pakt glimlachend het bekertje uit mijn hand en vervangt het door een vergelijkbaar bekertje met een roze drankje. 'Cherry wodka sour, duh!' kirt ze als antwoord op mijn verwonderde blik. Ik dwing mezelf tot een ongemakkelijk lachje en breng het bekertje naar mijn lippen.

'Op je laatste feestje met ons!' roept Steph uit. Verschillende onbekenden heffen hun bekertje op me. Molly wendt haar blik af wanneer ik mijn hoofd in mijn nek leg en de zoete drank met kersensmaak mijn keel in laat lopen.

'Over een goede timing gesproken,' zegt Molly tegen Steph, en ik draai me snel om. Ik weet niet of ik hoop dat het Hardin is, maar dat dilemma houdt op te bestaan zodra ik zie dat Zed, geheel in het zwart, de keuken binnenloopt.

Mijn mond valt een stukje open. Ik wend me tot Steph. 'Je zei dat hij niet zou komen.' Het laatste wat ik nu wil, is de zoveelste herinnering aan de puinhoop die ik van mijn leven heb gemaakt. Ik heb al afscheid genomen van Zed en ben niet bereid de wonden open te halen die door mijn vriendschap met hem zijn veroorzaakt.

'Sorry,' zegt ze schouderophalend. 'Hij kwam opeens opdagen. Ik had geen idee.' Ze leunt tegen Tristan aan.

Gesterkt door de alcohol kijk ik haar aan. 'Weet je wel zeker dat dit feestje voor mij is?' Ik weet dat ik ondankbaar klink, maar het stoort me echt dat Steph Zed en Molly heeft uitgenodigd. Als Hardin er was geweest, was hij helemaal door het lint gegaan bij het zien van Zed.

'Natuurlijk! Hoor eens, het spijt me dat hij is gekomen. Ik zal hem zeggen dat hij uit je buurt moet blijven.' Ze wil naar Zed lopen, maar ik grijp haar bij haar arm.

'Nee, niet doen. Ik wil niet lullig doen. Het geeft niet.'

Zed staat te praten met een blond meisje dat achter hem aan de keuken in loopt. Hij kijkt haar glimlachend aan wanneer ze moet lachen, maar zodra hij opkijkt en mij ziet staan, verdwijnt de lach van zijn gezicht. Zijn blik gaat naar Steph en Tristan, maar die weigeren hem aan te kijken en lopen met Molly en Dan in hun kielzog de keuken uit. Weer ben ik helemaal alleen.

Ik zie dat Zed zich vooroverbuigt en het blonde meisje iets in haar oor fluistert, waarna ze glimlacht en wegloopt.

'Hoi.' Hij glimlacht opgelaten en wipt, eenmaal bij mij aangekomen, van de ene op de andere voet.

'Hoi.' Ik neem nog een slokje.

'Ik wist niet dat je zou komen,' zeggen we dan tegelijk, waarna we in een ongemakkelijke lach uitbarsten.

Hij grinnikt en zegt: 'Jij eerst.'

Ik ben blij dat hij geen wrok jegens me lijkt te koesteren.

'Ik zei net dat ik geen idee had dat je ook zou komen.'

'En ik had geen idee dat jij zou komen.'

'Dat dacht ik al. Steph blijft maar zeggen dat dit een afscheidsfeestje voor mij is, maar ik weet nu zeker dat ze alleen maar aardig wilde zijn.' Ik neem nog een slokje. De wodka met kersensmaak is veel sterker dan de vorige twee drankjes.

'Ben je... hier met Steph?' Hij stapt dichter naar me toe.

'Ja. Hardin is er niet, voor het geval je je dat afvraagt.'

'Nee, ik...' Hij kijkt naar de hand waarmee ik het lege bekertje op het aanrecht zet. 'Wat is dat?'

'Cherry wodka sour. Toevallig, hè?' zeg ik, maar hij lacht niet. Dat verbaast me, want dit is zijn lievelingsdrankje. In plaats daarvan kijkt hij me met een verwonderde uitdrukking aan, richt zijn blik dan op het bekertje en kijkt weer naar mij.

'Heeft Steph je dat gegeven?' Hij klinkt ernstig, te ernstig... en mijn gedachten zijn zo sloom.

Te sloom. 'Ja, hoezo?'

'Fuck.' Hij grist het bekertje van het aanrecht. 'Blijf hier,' draagt hij me op, en ik knik langzaam. Mijn hoofd begint zwaar aan te voelen. Ik probeer me te concentreren op Zed, die de keuken verlaat, maar ik word afgeleid door de lampen boven mijn hoofd, die in het rond lijken te draaien. Het licht is zo mooi, het leidt me zo af, want het danst zo mooi op de hoofden van de gasten.

Het licht danst? Het danst... Ik moet ook gaan dansen.

Nee, ik kan beter even gaan zitten.

Ik leun tegen het aanrecht en richt mijn aandacht op de verbogen muur, die draait en kronkelt en opgaat in de lichten die op de hoofden van de mensen schijnen... Of schijnen ze op de mensen die dansen? Hoe dan ook, het ziet er mooi uit... en nogal desoriënterend... en eerlijk gezegd weet ik niet goed wat er gebeurt.

57

∞

Hardin

Ik blader door het notitieboekje en kan niet beslissen waar ik zal beginnen met lezen. Het zijn aantekeningen die Tessa tijdens college heeft gemaakt. Het duurde even voordat ik doorhad wat ik in mijn handen houd, want ondanks de titel op de eerste pagina hebben de aantekeningen, die allemaal van een trefwoord en een datum zijn voorzien, niets met religie te maken. De tekst is ook minder gestructureerd dan ik van Tessa gewend ben, het is allemaal veel spontaner.

Pijn. Mijn blik valt op dat woord en ik begin te lezen.

Wenden mensen zich van God af als ze pijn lijden? Zo ja, waarom dan?

Pijn kan iedereen van zo ongeveer alles afwenden. Pijn kan je dingen laten doen waarvan je nooit had gedacht dat je ze zou doen, zoals God de schuld geven van je ongelukkige gevoelens.

Pijn... Zo'n eenvoudig woord, maar zo vol betekenis. Ik heb geleerd dat pijn de hevigste emotie is die een mens kan voelen. Ieder mens zal op een bepaald moment in zijn of haar leven pijn ervaren, dat is zeker, maar dat geldt niet voor andere emoties. Pijn heeft geen voordelen, geen positieve kant waardoor je de zaken van een andere kant gaat bekijken... er is alleen die allesoverheersende pijn zelf. De laatste tijd heb ik pijn erg goed leren kennen; het gevoel is bijna ondraaglijk geworden. Soms, wanneer ik alleen ben – en dat is vaker wel dan

niet – merk ik dat ik probeer te bepalen welke vorm van pijn erger is. Het antwoord is minder eenvoudig dan ik had gedacht. De langzame, gestage pijn, de pijn die je voelt wanneer een ander je keer op keer kwetst, maar toch ben je er en ben ik er en laat ik de pijn voortduren... Er komt geen einde aan.
Alleen op die zeldzame momenten dat hij me in zijn armen neemt en beloften doet waaraan hij zich toch niet houdt, verdwijnt de pijn. Net wanneer ik aan de vrijheid gewend begin te raken, aan het feit dat ik ben bevrijd van de pijn die ik over mezelf afroep, deelt die een volgende klap uit.

Dit heeft geen sodemieter met haar colleges te maken. Dit gaat over mij.

Ik ben tot de conclusie gekomen dat de hete, brandende, onvermijdelijke pijn de ergste vorm is. Die komt opzetten wanneer je je eindelijk kunt ontspannen, je eindelijk kunt ademhalen, wanneer je denkt dat een bepaald probleem tot het verleden behoort terwijl het in werkelijkheid nog altijd aanwezig is en ook altijd aanwezig zal blijven. De pijn die komt opzetten wanneer je je helemaal aan iets of iemand overgeeft, alleen maar om zo wreed te worden verraden – ogenschijnlijk in een opwelling – dat de pijn je vermorzelt en je de adem beneemt. Je kunt je amper nog vastklampen aan dat kleine stukje van je ziel dat je smeekt om toch door te gaan en het niet op te geven.

Fuck.

Soms klampen mensen zich vast aan geloof. Soms, als je geluk hebt, kun je je hart uitstorten bij anderen en erop rekenen dat zij je uit het moeras van pijn trekken voordat je daarin verdrinkt. Pijn is een van die gruwelijke plekken die je, eenmaal bezocht, alleen vechtend kunt verlaten, en zelfs wanneer je denkt dat je er voor altijd aan bent ontsnapt ontdek je dat er nog sporen zijn achtergebleven. Als je net zo bent als ik heb je niemand op wie je kunt terugvallen, dan is er niemand die je hand vastpakt en je ervan verzekert dat je een uitweg uit deze hel zult vinden. In plaats daarvan moet je je vermannen, je eigen hand vastpakken en jezelf uit het moeras trekken.

Mijn blik gaat naar de de datum boven aan de pagina. Ze heeft dit tijdens mijn verblijf in Engeland geschreven. Ik zou niet verder moeten lezen. Ik zou dit stomme boekje terug moeten zetten en het nooit meer moeten openslaan, maar dat kan ik niet. Ik moet weten wat er nog meer in dit boek vol geheimen staat. Ik ben bang dat ik nooit meer zo dicht bij haar zal kunnen komen.

Ik blader naar een volgende pagina, met de titel 'Geloof'.

Wat betekent geloof voor jou? Geloof je in iets hogers? Geloof je dat geloof iets goeds in het leven kan brengen?

Dit zal minder erg zijn. Dit fragment kan het mes in mijn borst niet verder draaien en de pijn erger maken. Dit kan niets met mij te maken hebben.

Voor mij betekent geloof dat je in iets anders dan in jezelf gelooft. Ik denk niet dat twee mensen precies hetzelfde over geloof kunnen denken, of dat geloof nu op een bestaande religie is gebaseerd of niet. Ik geloof in iets hogers, zo ben ik opgevoed. Mijn moeder en ik gingen elke zondag naar de kerk, en vaak ook op woensdag. Nu ga ik niet meer naar de kerk, al zou ik dat waarschijnlijk wel moeten doen. Ik weet alleen nog niet hoe ik, nu ik volwassen ben en niet langer hoef te doen wat mijn moeder van me verlangt, over mijn religieuze overtuigingen denk.
Bij het woord geloof denk ik niet automatisch aan religie. Dat zou ik waarschijnlijk wel moeten doen, maar dat is niet zo. Ik denk aan hem, zoals bij alles. Elke gedachte draait om hem. Ik weet niet zeker of dat wel gezond is, maar zo is het nu eenmaal, en ik vertrouw erop dat het goed zal komen met ons. Ja, hij is moeilijk en overdreven beschermend, soms zelfs bezitterig... Goed, hij is erg vaak bezitterig, maar ik geloof in hem, in zijn goede bedoelingen, hoe frustrerend zijn daden soms ook zijn. Mijn relatie met hem stelt me op onvermoede manieren op de proef, maar elke seconde is het waard. Ik geloof oprecht dat hij op een dag niet langer bang zal zijn me te verliezen en dat we samen aan onze toekomst zullen werken; meer wens ik niet. Ik weet dat hij dat ook wil, al zou hij dat nooit zeggen. Ik geloof zo sterk in die man dat ik elke traan, elke zinloze ruzie wil verdragen... simpelweg om er te kunnen zijn op het moment dat hij geloof in zichzelf kan hebben.

Ik geloof dat Hardin op een dag zal kunnen uitdrukken wat hij voelt, open en eerlijk, en dat hij zich open kan stellen voor zijn eigen gevoelens en die onder ogen kan zien. Dat hij op een dag eindelijk zal inzien dat hij niet slecht is. Hij doet zo zijn best om slecht te zijn, maar eigenlijk is hij een held. Hij is mijn held – soms is hij mijn kwelgeest, maar hij is vaker mijn held. Hij heeft me van mezelf gered. Ik deed net alsof ik iemand anders was, maar Hardin heeft me laten zien dat ik mezelf mag zijn. Ik probeer niet langer te voldoen aan het idee dat mijn moeder van me heeft, over wie ik zou moeten worden, en ik ben hem heel dankbaar omdat hij me heeft geholpen zo te worden als nu. Ik ben er zeker van dat hij op een dag zal inzien hoe bijzonder hij is. Hij is zo ongelooflijk volmaakt onvolmaakt, en daarom hou ik zo veel van hem.

Hij toont zijn heldhaftige kanten misschien niet op de gebruikelijke manier, maar hij doet zijn best, en meer kan ik niet van hem verlangen. Ik geloof dat hij, als hij maar zijn best blijft doen, van zichzelf eindelijk gelukkig mag zijn. Ik blijf in hem geloven totdat hij in zichzelf gelooft.

Ik doe het boekje dicht en knijp in de brug van mijn neus, in een poging mijn gevoelens te beheersen. Tessa gelooft in me, hoewel er helemaal geen reden toe is. Ik heb nooit begrepen waarom ze eigenlijk haar tijd aan me verspilde, maar nu ik haar ongecensureerde gedachten lees, wordt het mes in mijn borst nog eens aangeduwd, losgetrokken en dan opnieuw in mijn lichaam gestoken.

De gedachte dat Tessa net zo is als ik maakt me bang en opgewonden tegelijk. Nu ik weet dat alles in haar wereld om mij draait – of draaide – ben ik blij, dat maakt me zelfs duizelig van vreugde, maar wanneer ik me herinner dat ik het allemaal heb verkloot verdwijnt die vreugde even snel als hij is gekomen. Ik moet een beter mens worden, voor haar en voor mezelf. Ik moet mijn woede loslaten, voor haar.

Vreemd genoeg voelt het alsof er sinds dat ongemakkelijke gesprek met mijn vader een last van me af is gevallen. Ik wil niet meteen zeggen dat alle nare, pijnlijke herinneringen zijn vergeven en vergeten of dat we opeens dikke vrienden zijn die samen gezellig naar sport gaan zitten kijken of zo, maar ik heb een minder grote hekel aan hem dan eerder. Ik lijk meer op mijn vader dan ik wil toegeven. Ik heb Tessa geprobeerd te verlaten omdat me dat beter voor haar leek, maar ik ben nog niet sterk genoeg geweest om dat te doen. Dus in zekere zin is hij sterker dan ik. Hij is weggegaan, hij is niet meer teruggekomen. Als ik samen met Tessa een kind had gehad en zeker had geweten dat ik hun leven zou verkloten, dan was ik ook weggegaan.

Verdomme. De gedachte aan een kind maakt me misselijk. Ik zou de ergste vader ter wereld zijn en Tessa zou in haar eentje veel beter af zijn. Ik kan háár niet eens duidelijk maken dat ik van haar hou, laat staan een kind.

'Zo is het wel genoeg,' zeg ik hardop. Met een zucht sta ik op. Ik loop naar de keuken en trek een kastje open. De halflege fles wodka op de plank roept mijn naam en smeekt me de dop eraf te draaien.

Ik ben echt een zatlap. Ik sta verdomme met een fles wodka in mijn handen bij het aanrecht. Ik draai de dop eraf en zet de fles aan mijn lippen. Eén borrel, dat is voldoende om het schuldgevoel te verdrijven. Dat is genoeg om me te laten geloven dat Tessa zo thuis zal komen. Daardoor heb ik eerder de pijn kunnen verdoven, en het zal nu weer werken. Eentje maar.

Ik doe mijn ogen dicht en leg mijn hoofd achterover, maar dan zie ik Tessa's betraande gezicht voor me. Ik doe mijn ogen open, draai de kraan open en giet de wodka door de gootsteen.

58

∞

Tessa

Monden gaan open. Lippen bewegen zonder geluid te maken. En de muziek weerkaatst tegen de wanden en maakt me onrustig.

Hoe lang sta ik hier al? Wanneer ben ik naar de keuken gelopen? Ik heb geen idee.

'Hoi.' Dan komt voor me staan, en ik leun huiverend tegen het aanrecht. Zijn gezicht is een tikje wazig, maar ik kijk hem ingespannen aan in de hoop dat het scherper zal worden.

'Hoi...' Mijn antwoord klinkt zo langzaam.

Hij glimlacht. 'Gaat het?'

Ik knik. Ik geloof van wel. 'Ik voel me best wel gek,' beken ik. Ik kijk rond, op zoek naar Zed. Hopelijk komt hij snel weer terug.

'Hoe bedoel je?'

'Ik weet niet. Gewoon... gek. Alsof ik dronken ben, maar dan slomer, maar ik heb zo veel energie.' Ik wuif met mijn hand voor mijn gezicht... Ik heb drie handen.

Dan lacht. 'Je hebt inderdaad erg veel gedronken.'

Ik knik opnieuw. En kijk naar de vloer. Zie een meisje met een slakkengang voor me langslopen. 'Komt Zed terug?' vraag ik aan hem.

Dan kijkt om zich heen. 'Waar is hij naartoe?'

'Hij zoekt Steph. Vanwege mijn drankje.' Ik leun zwaarder op het aanrecht. Waarschijnlijk hangt mijn halve lijf nu al op het aanrecht. Ik weet het niet zeker.

'O ja? Nou, ik kan je wel helpen zoeken.' Hij haalt zijn schouders op. 'Ik geloof dat ik hem naar boven heb zien gaan.'

'Oké,' zeg ik. Ik geloof niet dat ik Dan aardig vind, maar ik moet Zed vinden, want mijn hoofd wordt steeds zwaarder.

Ik loop langzaam achter Dan aan, die tussen de mensen door naar de trap loopt. De muziek staat nu ongelooflijk hard, en ik merk dat ik mijn hoofd langzaam heen en weer beweeg, heen en weer, terwijl ik naar boven loop.

'Is hij boven?' vraag ik aan Dan.

'Ja. Ik geloof dat ik hem net daar naar binnen heb zien gaan.' Hij knikt naar een deur aan de overkant van de overloop.

'Dat is Hardins kamer,' zeg ik, en hij haalt zijn schouders op. 'Kan ik daar even gaan zitten? Ik kan niet echt veel verder lopen, geloof ik.' Mijn voeten voelen zo zwaar aan, maar mijn geest lijkt steeds helderder te worden. Dat is helemaal niet logisch.

'Ja, natuurlijk kan dat.' Dan pakt me bij mijn arm en leidt me Hardins oude kamer in. Ik strompel naar het bed; herinneringen lijken om me heen vorm te krijgen en rond te dwarrelen. Hardin en ik die samen op het bed zitten, op precies deze plek. De eerste keer dat ik hem kuste. Ik was zo overweldigd en verward door mijn eigen groeiende verlangen om dicht bij hem te zijn. Mijn duistere jongen. Dat was de eerste keer dat ik een glimp van de zachtere, vriendelijkere Hardin opving. Die bleef niet lang hangen, maar het was leuk om hem te leren kennen.

'Waar is Hardin?' Ik kijk op naar Dan.

Er schiet een uitdrukking over zijn gezicht, en hij begint te grinniken.

'O, Hardin is er niet. Je wist zeker dat hij niet zou komen, weet je nog?' Hij sluit de deur en doet die bovendien op slot.

Wat is er aan de hand? Er gaan allerlei gedachten door mijn hoofd, maar mijn lichaam is zo zwaar dat ik me niet kan bewegen. Ik wil gaan liggen, maar een stem in mijn hoofd schreeuwt dat ik me tegen dat gevoel moet verzetten. *Ga niet liggen! Houd je ogen open!*

'D-doe de deur open.' Ik probeer op te staan, maar de kamer begint om me heen te draaien.

Als op bevel wordt er op de deur geklopt. Ik word overspoeld door opluchting wanneer Dan de deur opent en ik Steph zie staan.

'Steph!' kerm ik. 'Hij... hij doet iets.' Ik heb geen idee hoe ik het moet uitleggen, maar ik weet dat hij iets van plan was.

Ze kijkt even naar Dan, die een onheilspellend lachje laat zien. Dan kijkt ze weer naar mij en vraagt slechts: 'Wat dan?'

'Steph...' roep ik opnieuw naar haar. Ze moet me helpen te ontsnappen aan deze behekste kamer.

'Hou op met dat gejammer!' bijt ze me toe.

Ik hap naar adem. 'Wat?' weet ik uit te brengen.

Maar Steph kijkt slechts glimlachend naar Dan en steekt haar hand in de tas die ze bij zich heeft. Wanneer ik opnieuw een kermend geluidje maak, houdt ze op met in haar tas zoeken en kijkt me kwaad aan. 'Jezus, kun je nu nooit een keer je bek houden? Ik ben dat eeuwige gezeik en geklaag van je spuugzat.'

Mijn hersens werken niet naar behoren. Steph kan dat soort dingen nooit tegen me zeggen.

Ze rolt met haar ogen. 'O, en dat onschuldige gepruil. Houd daar godverdomme eens een keer mee op.' Na nog wat gegraaf in haar tas zegt ze: 'Gevonden... Hier.' Ze geeft Dan een klein voorwerp aan.

Ik verlies bijna het bewustzijn, maar een zacht piepje brengt me, in elk geval voor een paar seconden, terug naar het hier en nu.

Ik zie een rood lampje, als een piepkleine kers.

Net als de wodka met kersensmaak. Steph, Dan, Molly, Zed. Het feestje. O nee.

'Wat heb je gedaan?' vraag ik haar, en ze lacht opnieuw.

'Zei ik niet dat je moest ophouden met jammeren? Er zal je niks gebeuren,' zegt ze bits. Ze loopt naar het bed. Dan heeft een camera in zijn hand. Het rode lampje laat zien dat de camera aanstaat.

'B-blijf van me af,' probeer ik te roepen, maar het komt er fluisterend uit. Ik probeer op te staan, maar val terug op het bed. Dat is zacht... Net drijfzand.

'Ik dacht dat je...' begin ik, maar Steph pakt mijn schouders vast en duwt me neer op het bed. Ik kan niet overeind komen. 'Wat dacht je? Dat ik je vriendin was?' Ze gaat op haar knieën op het bed zitten en buigt zich over me heen. Ze pakt de zoom van mijn jurk vast en trekt die langs mijn dijen omhoog. 'Je had het zo druk met de hoer spelen voor Zed en Hardin dat je niet eens doorhad dat ik je niet moet. Wat denk je, als je me echt iets kon schelen, dan had ik je toch wel verteld dat Hardin het alleen maar met je deed vanwege een weddenschap? Een echte vriendin zou je hebben gewaarschuwd, denk je ook niet?'

Ze heeft gelijk. Alweer is mijn domheid overduidelijk. De pijn van het verraad wordt versterkt door het wazige gevoel in mijn hoofd. Ik kijk naar Steph, de duivelin met het rode haar, en zie dat haar gezicht op een uiterst nare manier is vertrokken. De glans in haar donkere ogen geeft me de rillingen.

'O, en nog iets.' Ze lacht. 'Ik hoop dat je het leuk had, toen je zat te wachten totdat Hardin voor zijn verjaardag zou opduiken. Niet te geloven wat ik met één kort berichtje kan bereiken. Kun je nagaan wat een filmpje kan doen.'

Ik probeer haar weg te duwen, maar het gaat niet. Ze duwt moeiteloos mijn vingers weg van haar armen en trekt mijn jurk verder omhoog. Ik doe mijn ogen dicht en stel me voor dat Hardin naar binnen stormt om me te redden, als mijn prins op het zwarte paard.

'Hardin... komt er wel achter,' dreig ik zwakjes.

'Ha, ha, ja, dat is ook de bedoeling. En nu je mond houden.'

Er wordt weer op de deur geklopt. Opnieuw probeer ik haar tevergeefs van me af te duwen.

'Deur dicht, snel,' zegt Dan.

Ik kijk op naar de deur en ben allerminst verbaasd dat Molly zich bij ons heeft gevoegd.

'Help me even haar uit te kleden,' zegt Steph.

Mijn oogleden trillen. Ik wil mijn hoofd schudden, maar dat lukt niet. Niets lukt. Dan gaat zich aan me vergrijpen, dat weet ik gewoon. Dat is altijd al Stephs plan geweest. Dit is nooit bedoeld als een afscheidsfeestje voor mij. Dit moet me kapotmaken. Ik snap niet waarom ik ooit heb gedacht dat ze mijn vriendin was.

Molly komt naast me op het bed zitten. Haar haar valt voor haar gezicht. Steph trekt me overeind en draait me om, zodat ze de rits op mijn rug naar beneden kan trekken.

'W-w-waarom?' Mijn stem kraakt. Ik ben me vaag bewust van de tranen op mijn wangen die de lakens op het bed natmaken.

'Waarom?' herhaalt Dan, met zijn gezicht vlak voor het mijne. 'Waarom? Omdat die klootzak van een vriendje van je een filmpje heeft gemaakt toen hij mijn zus neukte. Dáárom.' Zijn warme adem voelt als modder op mijn gezicht.

'Hé!' zegt Molly luid. 'Ik dacht dat je alleen een paar foto's van haar wilde nemen.'

'Ja... en misschien een filmpje,' zegt Steph.

'Echt niet! Jezus, je kunt haar niet door hem laten verkrachten!' roept Molly.

'Dat gaat hij niet doen... God zeg, ik ben niet gestoord of zo. Hij hoeft haar alleen maar aan te raken, op zo'n manier dat het lijkt alsof ze aan het neuken zijn en Hardin helemaal gek wordt als hij dat filmpje ziet. Denk eens even aan het gezicht dat hij zal trekken als hij ziet dat zijn onschuldige vriendinnetje als een echte slet door Dan wordt geneukt.' Steph lacht. 'Ik dacht dat je het ermee eens was,' sist ze tegen Molly. 'Je zei van wel.'

'Ja, ik wil hem in de zeik zetten, maar je kunt dit niet filmen.' Molly fluistert, maar ik kan haar erg goed verstaan.

'Je lijkt haar wel.' Steph heeft mijn jurk nu helemaal uitgetrokken en draait me weer om.

'Hou op,' protesteer ik zwakjes. Steph rolt met haar ogen, maar Molly kijkt alsof ze elk moment kan overgeven.

'Ik weet het niet meer zo zeker,' zegt Molly, in paniek.

Steph grijpt haar stevig bij haar schouders en wijst. 'Nou, dan is daar het gat van de deur. Als je laf wilt zitten doen, doe je dat maar beneden. We komen zo bij je.'

Er wordt opnieuw op de deur geklopt. 'Steph, ben je daar?' hoor ik de stem van Tristan aan de andere kant van de deur zeggen. *Hij ook? Nee toch.*

'Shit,' mompelt Steph. 'Ja, eh, ik zit met Molly te kletsen. Ik kom zo!'

Ik doe mijn mond open om het op een schreeuwen te zetten, maar ze drukt haar hand tegen mijn lippen om mijn kreet te smoren. Haar hand is kleverig en ruikt naar drank.

Ik kijk Molly aan, smekend om hulp, maar ze wendt zich af. Lafaard.

'Ga maar naar beneden, schat. Ik kom zo. Ze is... ze is van streek. Meisjesgedoe, snap je?' liegt ze, en ondanks alles voel ik een zekere opluchting omdat Tristan blijkbaar geen weet heeft van de bedoelingen van zijn gemene vriendin.

'Goed!' roept hij.

'Kom eens hier,' zegt Steph op zachte toon tegen Dan. Ze raakt mijn wang aan. 'Doe je ogen open.'

Dat kost me moeite. Ik voel dat Dan zijn hand op mijn dij legt. Angst schiet door me heen, en ik doe mijn ogen weer dicht.

'Ik ga naar beneden,' zegt Molly ten slotte wanneer Dan de kleine camera voor zijn gezicht houdt.

'Doe wel de deur achter je dicht,' bijt Steph haar toe.

'Schuif eens op,' zegt Dan. Het bed beweegt onder me wanneer Steph van het bed stapt en Dan haar plaats inneemt. 'Hou eens vast.'

Ik doe mijn uiterste best om me in te beelden dat Dans handen eigenlijk de handen van Hardin zijn, maar het lukt me niet. Dans handen zijn zacht, te zacht, en ik doe mijn best om te denken dat ik iets anders voel dan dat. Het maakt niet uit wat. Ik stel me het zachtste dekentje voor dat ik als kind op mijn huid voelde... De deur valt dicht, Molly heeft de kamer verlaten, en ik kerm opnieuw.

'Hij zal je iets aandoen,' zeg ik met verstikte stem, mijn ogen stevig gesloten.

'Nah, dat doet-ie niet,' antwoordt Dan. 'Hij zal niet willen dat iemand dit ziet, dus hij zal echt niks doen.' Zijn vingers strijken langs de rand van mijn slipje. Hij fluistert: 'Zo gaan die dingen nu eenmaal.'

Ik verzamel alle krachten die ik nog in me heb en probeer hem van me af te duwen, maar ik weet alleen het bed een klein beetje te laten schudden.

Steph lacht. Het is een naar geluid. 'Hardin is een lul, weet je nog?' roept ze. Ze houdt de camera vlak voor mijn gezicht. 'En hij neukt met iedereen. Hij heeft met de zus van Dan geneukt, en met mij. Hij heeft zo veel meiden aan het lijntje gehouden, met ze geneukt en ze vervolgens laten stikken. Totdat jij in beeld kwam. Ik snap echt niet wat hij zo leuk aan je vindt.' Haar stem druipt van afkeer.

'Tessa!' schalt Zeds stem ergens buiten de kamer. Steph drukt haar hand opnieuw tegen mijn mond en ik hoor iemand op de deur bonzen.

'Mond dicht,' beveelt ze. Ik probeer in haar hand te bijten. Ze steekt haar andere hand uit en geeft me een klap in mijn gezicht, maar ik voel de pijn amper.

'Doe verdomme die deur open, Steph!' roept Zed.

Doet hij hier ook aan mee? Had Hardin wat hem betreft gelijk? Probeert iedereen me soms te pakken? De gedachte is niet zo vergezocht: bijna iedereen die ik sinds mijn komst hiernaartoe heb vertrouwd, heeft me verraden. Er komt geen einde aan de lijst met namen.

'Ik trap die deur in, hoor je? Ga Tristan halen!' hoor ik hem schreeuwen.

Steph trekt meteen haar hand van mijn mond. 'Wacht!' roept ze. Ze rent naar de deur, maar het is te laat. De deur vliegt met een luid gekraak open en Dan trekt razendsnel zijn hand weg. Ik doe mijn ogen open en zie hem terugdeinzen. Op hetzelfde moment beent Zed naar binnen, de hele kamer vullend met zijn aanwezigheid.

'Jezus, wat is dit?' roept hij. Hij snelt op me af.

Iemand gooit een deken over me heen. Ik probeer Zed vast te pakken. 'Help me,' smeek ik, biddend dat hij geen deelnemer aan deze nachtmerrie is. Dat hij me kan horen.

Hij loopt naar Steph toe en rukt de camera uit haar handen. 'Verdomme, wat is dit?' Hij smijt het ding op de grond en stampt er een paar keer op.

'Doe eens relaxed, het was een grapje,' zegt ze. Ze slaat haar armen over elkaar heen. Op hetzelfde moment komt Tristan de kamer in.

'Een grápje? Je hebt iets in haar drankje gestopt en je probeert haar te filmen terwijl Dan haar verkracht! Dat is verdomme geen grapje!'

Tristans mond valt open. 'Wat?'

Steph, de eeuwige manipulator, wijst beschuldigend naar Zed en begint als op bevel te huilen. 'Luister niet naar hem!'

Zed schudt zijn hoofd. 'Nee, man, het is echt zo. Vraag maar aan Jace. Ze vroeg hem om een benzo. Kijk eens hoe Tessa eraan toe is! En die camera die ze gebruikten, ligt daar.' Hij wijst naar de vloer.

Ik druk de deken tegen me aan en probeer te gaan zitten. Het lukt niet.

'Het was een grap. Niemand ging haar pijn doen!' zegt Steph met een gemaakt lachje dat haar kwaadaardigheid moet verbergen.

Maar Tristan kijkt zijn vriendin ontzet aan. 'Hoe kon je haar dat aandoen? Ik dacht dat jullie vriendinnen waren!'

'O, schatje, het is niet zo erg als het lijkt. Het was een idee van Dan!'

Dan steekt met een afwerend gebaar zijn handen omhoog. 'Jezus, nee zeg! Dit was niet mijn idee, dit was jóúw idee!' Hij wijst naar Steph en kijkt dan Tristan aan. 'Ze is gewoon geobsedeerd door Hardin... Het was haar idee.'

Tristan draait zich hoofdschuddend om, klaar om weg te lopen, maar lijkt dan van gedachten te veranderen: hij balt zijn vuist en laat die met kracht neerkomen op Dans kaak. Dan zakt in elkaar en Tristan loopt naar de deur, op de voet gevolgd door Steph. 'Laat me met rust! Het is uit!' roept hij voordat hij wegloopt.

Steph draait zich om, kijkt iedereen in de kamer aan en roept: 'Bedankt, hoor!'

Ik wil lachen omdat ze nu haar plan is mislukt anderen daarvan de schuld wil geven, en als ik niet zo druk bezig was geweest om op adem te komen, zou ik ook hebben gelachen.

Zeds gezicht verschijnt vlak boven het mijne. 'Tessa... Gaat het?'

'Nee...' geef ik toe. Ik voel me duizeliger dan ooit. Aanvankelijk leek alleen mijn lichaam verlamd en was mijn geest nog enigszins helder, maar nu raken ook mijn gedachten meer en meer vertroebeld door het kalmeringsmiddel.

'Ik had je niet alleen moeten laten. Het spijt me.' Zed trekt de deken dichter om me heen. Dan haakt hij een arm onder mijn benen, slaat de andere rond mijn schouders en tilt me van het bed.

Voordat hij me de kamer uit draagt, blijft hij even staan voor Dan, die net overeind krabbelt. 'Ik hoop dat Hardin je helemaal afmaakt als hij hoort wat er is gebeurd. Dat verdien je.'

Wanneer Zed me door het volle huis draagt, hoor ik overal om me heen mensen fluisteren en naar adem happen. Het kan me niet schelen. Ik wil hier gewoon weg en nooit meer terugkomen.

'Jezus, wat is er gebeurd?' hoor ik Logan vragen.

'Kun je even haar tas en jurk van boven halen?' vraagt Zed.

'Ja, natuurlijk,' antwoordt Logan.

Zed loopt achteruit de voordeur uit en ik begin te rillen zodra ik de koude lucht voel. Ik denk althans dat ik ril, maar ik weet het niet zeker. Zed probeert de deken om me heen te slaan, maar die glijdt telkens weg. Aan mij heeft hij niets, want ik kan amper mijn armen bewegen.

'Ik breng je naar mijn auto en ga dan meteen Hardin bellen, oké?' zegt Zed.

'Nee, niet doen,' zeg ik. Hardin zal zo kwaad zijn. Het laatste wat ik wil, is dat iemand tegen me gaat staan schreeuwen nu ik amper mijn ogen open kan houden.

'Tessa, ik denk echt dat ik hem moet bellen.'

'Nee, alsjeblieft niet.' Ik begin weer te huilen. Hardin is de enige die ik nu wil zien, maar ik wil niet weten hoe hij zal reageren als hij hoort wat er is gebeurd. Stel dat hij degene was die me had bevrijd, wat zou hij Steph en Dan dan hebben aangedaan? Iets waardoor hij in de cel was beland, dat weet ik zeker.

'Je moet niks tegen hem zeggen,' zeg ik opnieuw. 'Echt niet. Mond dicht.'

'Hij komt er toch wel achter. Er is weliswaar geen filmpje, maar er zijn genoeg mensen die weten wat er is gebeurd.'

'Niet doen. Alsjeblieft.'

Ik hoor Zed gefrustreerd zuchten. Hij verplaatst mijn gewicht naar zijn ene arm, zodat hij met zijn andere hand het rechterportier van zijn auto kan openen.

Zed heeft me net op de koude stoel neergezet wanneer Logan komt aangelopen. 'Hier zijn haar spullen. Hoe is het met haar?' vraagt hij, duidelijk bezorgd.

'Het gaat wel. Ze zit onder de benzo.'

'Tering, hoe dat zo?'

'Lang verhaal. Heb jij er ervaring mee?' vraagt Zed.

'Ik heb één keer wat geslikt, maar dat was een halfje. Toen was ik een uur lang bewusteloos. Ik hoop maar dat ze niet gaat hallucineren. Sommige mensen gaan helemaal naar de klote van dat spul.'

'Shit,' zegt Zed geschrokken. Ik zie bijna voor me dat hij peinzend aan zijn lipring peutert.

'Weet Hardin hiervan?' vraagt Logan.

'Nog niet...'

Ze staan over me te praten alsof ik er niet bij ben. Ik ben blij dat de verwarming van de auto nu warme in plaats van koude lucht uitblaast.

'Ik moet haar naar huis brengen,' zegt Zed ten slotte. Een paar tellen later zit hij naast me in de auto. Hij kijkt me bezorgd aan en zegt: 'Je wilt dus niet dat hij het weet, maar waar moet ik je dan naartoe brengen? Je mag wel met mij mee naar huis, maar je weet hoe woedend hij wordt als hij daarachter komt.'

Als ik een samenhangende zin kon uiten, zou ik hem vertellen dat het uit is, maar omdat dat me niet lukt, maak ik een geluidje dat een kruising tussen een snik en een kuch is.

'Moeder,' weet ik uit te brengen.

'Zeker weten?'

'Ja... Niet naar Hardin. Alsjeblieft,' zeg ik hijgend.

Hij knikt en rijdt de straat uit. Ik probeer me op Zeds stem te concentreren, die met iemand zit te bellen, maar het kost me zo veel moeite om rechtop te blijven zitten dat ik de draad van zijn gesprek al snel kwijtraak. Even later lig ik onderuit op de stoel.

Ik geef het op en doe mijn ogen dicht.

59

∞

Hardin

Liefde is de belangrijkste emotie die een mens kan ervaren. Of het nu liefde voor God of voor de medemens is, het is de sterkste, overweldigendste en meest ongelooflijke ervaring die er is. Het moment waarop je beseft dat je in staat bent om niet alleen van jezelf te houden, maar ook van anderen, is misschien wel het belangrijkste moment in je leven. Dat was het in elk geval voor mij. Ik hou meer van Hardin dan van mezelf, dan van wie dan ook.

Voor de vijfde keer in twee minuten begint mijn mobieltje, dat op de salontafel ligt, te trillen, maar nu besluit ik eindelijk op te nemen, zodat ik haar kan afbekken.

'Wat moet je?' zeg ik kortaf.

'Het...'

'Kom op, Molly, ik heb geen tijd voor gezeik.'

'Het is Tessa.'

Ik sta op en het dagboek valt op de vloer. Het bloed stolt in mijn aderen. 'Waar heb je het over?'

'Ze... Hoor eens, je moet rustig blijven, maar Steph heeft iets in haar drankje gedaan en Dan is...'

'Waar zit je?'

'Het dispuutshuis.' Ze heeft die woorden nog niet uitgesproken of ik hang al op, pak mijn sleutels en ren naar buiten.

De hele rit lang gaat mijn hart als een razende tekeer. Jezus, waarom ben ik zo ver van de campus gaan wonen? Dit is echt de langste rit die ik ooit heb gemaakt.

Steph heeft iets in Tessa's drankje gedaan... Wat is er verdomme in dat kutwijf gevaren? En Dan... Dan is gewoon dood als hij haar heeft aangeraakt.

Ik rij bij elk verkeerslicht door rood en negeer de flitsen die me duidelijk maken dat ik op minstens vier bekeuringen kan rekenen.

'Het is Tessa...' Totdat ik eindelijk bij mijn oude huis aankom, hoor ik Molly dat keer op keer zeggen. Ik neem niet eens de moeite de motor af te zetten; mijn auto is nu wel mijn laatste zorg. In de woonkamer en de gangen wemelt het van de bezopen idioten die ik allemaal opzij duw, zoekend naar Tessa.

Zodra ik Nat zie staan, grijp ik hem bij zijn kraag en smijt hem zonder nadenken tegen de muur. 'Waar is ze?'

'Dat weet ik niet! Ik heb haar niet gezien!' roept hij.

Ik grijp hem iets minder stevig vast. 'Waar is Steph?' wil ik weten.

'In de achtertuin... Geloof ik... Ik heb haar al een tijdje niet meer gezien.'

Ik laat hem los en geef hem een duw, waardoor hij voorover valt. Hij kijkt me kwaad aan.

In paniek been ik de achtertuin in... Als Tessa buiten in de kou is met Steph en Dan...

Stephs knalrode haar is duidelijk zichtbaar in het donker, en ik grijp haar zonder aarzelen bij de kraag van haar leren jack en til haar van de grond.

Ze begint met haar armen te zwaaien. 'Jezus, wat moet je?'

'Waar is ze?' vraag ik grommend, met een vuist vol leer.

'Dat weet ik niet!' bijt ze me toe.

Ik draai haar om, zodat ik haar kan aankijken. 'Waar is ze, verdomme?'

'Je kunt me toch niks doen.'

'Daar zou ik maar niet op rekenen. Vertel me verdomme waar Tessa is. Nu!' schreeuw ik recht in haar gezicht.

Steph krimpt in elkaar, heel even beroofd van al haar lef, en schudt dan haar hoofd. 'Geen idee, man, maar ze is nu in elk geval wel buiten westen.'

'Je bent een ziek, gestoord kutwijf. Als ik jou was, zou ik hier vertrekken voordat ik Tessa vind. Zodra ik weet dat zij niks mankeert, kom ik achter jou aan!' Heel even vraag ik me af of ik Steph pijn moet doen, maar ik weet dat ik dat niet zou kunnen. Ik wil niet denken aan hoe Tessa zou reageren als ik een vrouw iets zou aandoen, zelfs niet als het om een gestoord wijf als Steph gaat.

Ik draai me met een ruk om en loop naar binnen. Ik heb geen tijd voor spelletjes.

'Waar is Dan Heard?' vraag ik aan een willekeurige blonde meid die ik in haar eentje op de onderste tree van de trap zie zitten.

'Hij daar?' Ze wijst met een vinger met een gelakte nagel naar boven.

Ik geef geen antwoord, maar ren met twee treden tegelijk de trap op. Dan merkt pas dat ik er ben wanneer ik hem, en meteen ook een paar anderen, onderuithaal. Ik draai hem om en druk hem onder me tegen de vloer, met mijn handen rond zijn nek. *Déjà vu.*

'Waar is Tessa, verdomme?' Ik verstevig mijn greep.

Het gezicht van Dan kleurt al heel fraai roze, en in plaats van antwoord te geven, maakt hij een zielig stikkend geluidje. Ik sluit mijn vingers steviger rond zijn nek.

'Als je haar op een of andere manier pijn hebt gedaan, sla ik je hartstikke dood,' zeg ik.

Hij begint te schoppen, en ik kijk op naar de jongen met wie hij stond te praten.

'Waar is Tessa Young?' vraag ik aan de jongen, die met een gebaar van overgave zijn handen omhoogsteekt.

'Die... die ken ik niet, man, echt niet!' roept die laffe hond, die probeert weg te lopen terwijl ik zijn vriend wurg.

Dans gezicht is niet langer roze, maar paars. 'Wil je het nu soms wel vertellen?' vraag ik.

Hij knikt als een bezetene.

'Zeg het, verdomme!' roep ik. Ik laat hem los.

'Ze is... Zed,' weet hij uit te brengen voordat hij, zodra ik mijn handen van zijn nek trek, losbarst in een gespannen en hol klinkende hoestbui.

'Zéd?' Het wordt even zwart voor mijn ogen nu mijn ergste angsten waarheid worden. 'Die heeft je hiertoe aangezet, of niet soms?'

'Nee. Zed heeft er niets mee te maken.' Molly komt uit een van de kamers de overloop op. 'Niks. Ik bedoel, hij heeft Steph wel horen zeggen dat ze iets van plan was, maar ik denk dat hij niet geloofde dat ze het meende.'

Ik kijk Molly met een woeste blik aan. 'Waar is ze? Waar is Tessa?' vraag ik voor de honderdste keer. Elke seconde dat ik haar niet zie, elk moment waarop ik er niet zeker van ben dat ze niets mankeert, is een volgende klap voor mijn toch al zwaar aangetaste gezonde verstand.

'Dat weet ik niet. Ik geloof dat ze met Zed mee is gegaan.'

'Wat hebben ze met haar gedaan? Ik moet het weten, nu.' Ik ga staan en laat Dan op de vloer liggen. Hij strijkt met zijn handen over zijn nek en probeert wanhopig op adem te komen.

Molly schudt haar hoofd. 'Ze hebben helemaal niks gedaan. Hij heeft ze tegengehouden voordat ze iets konden doen.'

'Hij? Wie?'

'Zed. Ik heb hem en Tristan naar boven gehaald voordat ze iets konden doen. Steph was echt helemaal van het padje af, ik was bang dat ze Dan zou dwingen Tessa te verkrachten of zo. Ze zegt dat ze alleen maar wilde doen alsof, maar ik weet het niet. Ze deed echt gestoord.'

'Dan wilde Tessa verkrachten?' weet ik uit te brengen. *Néé*. 'Heeft hij haar... aangeraakt?'

'Een beetje,' zegt ze droevig, haar blik op de vloer gericht.

Ik kijk weer naar Dan, die nu rechtop zit. Zodra mijn voet zijn wang raakt, valt hij weer neer op de vloer.

'Jezus, je maakt hem nog dood!' roept Molly.

'Alsof dat jou ook maar iets kan schelen,' bijt ik haar toe. Ik vraag me af hoe hard ik moet trappen om een onherstelbare deuk in zijn schedel te veroorzaken. Het bloed druipt over zijn wang en uit zijn mondhoek. Mooi.

'Het... het kan me eerlijk gezegd geen bal schelen.'

'Waarom heb je me dan gebeld? Ik dacht dat je de pest had aan Tessa.'

'O ja, dat heb ik zeker. Maar ik kan niet toestaan dat ze wordt verkracht.'

'Nou...' Ik had haar bijna bedankt, maar dan herinner ik me weer dat ze een ontzettende trut is, dus ik knik slechts en ga weer op zoek naar Tessa.

Wat moest Zed hier trouwens? Die lul lijkt altijd op het juiste moment op te duiken, zodat hij de held kan uithangen en ik de rotzak ben. En nu heeft hij haar voor de zoveelste keer gered.

Ondanks mijn enorme jaloezie ben ik zo ontzettend blij dat Tessa is bevrijd uit de klauwen van Steph en Dan en hun vreselijke plannen. Wederom word ik eraan herinnerd dat alle slechte dingen in Tessa's leven aan mij te wijten zijn. Dit had nooit hoeven gebeuren als ik van Dans zus was afgebleven, maar nu is Tessa verdomme bedwelmd en zit ze bij Zed. God mag weten wat hij met haar uitspookt.

Dit is het dan. Zo voelt de hel. De wetenschap dat ze door mijn toedoen in deze vreselijke situatie is beland. Ze hadden haar kunnen verkrachten, en dan was het mijn schuld geweest.

Net als in mijn dromen... en ik was er niet om het tegen te houden. Net zoals ik niet in staat was tegen te houden wat mijn moeder is overkomen.

Ik heb hier zo'n hekel aan. Ik heb zo'n hekel aan mezelf. Ik verpest alles en iedereen met wie ik in contact kom. Ik ben vergif, en zij is een langzaam wegkwijnende engel, die zich wanhopig vastklampt aan het laatste stukje van haar dat ik nog niet heb aangetast.

'Hardin!' Logan staat onder aan de trap op me te wachten.

'Weet je waar Tessa en Zed zijn?' De woorden zijn als zuur op mijn tong.

'Die zijn een kwartier geleden vertrokken. Ik dacht dat ze naar jou toe gingen,' antwoordt hij.

Dus ze heeft niemand verteld dat het uit is. 'Hoe... hoe was het met haar?' Ik houd mijn adem in totdat hij antwoord geeft.

'Ik weet het niet. Ze was nogal van de wereld. Ze hebben haar benzo gegeven.'

'Kut.' Ik trek aan mijn haar en loop de voordeur uit. 'Bel me als je iets van Zed hoort voordat ik hem heb gevonden,' draag ik hem op. Logan knikt instemmend.

Ik ren naar mijn auto, die gelukkig ondertussen niet is gestolen. Wel heeft een of andere lul tijdens mijn afwezigheid een bekertje bier over mijn voorruit leeggegoten en de lege beker op de motorkap laten staan. Klootzakken.

Ik bel Tessa, maar kan niet meer doen dan 'Neem op, alsjeblieft... Neem toch op' tegen haar voicemail mompelen.

Ik weet dat ze waarschijnlijk niet in staat is om op te nemen, maar Zed zou het voor haar kunnen doen. Ik word misselijk van de gedachte dat ze op dit moment zo weerloos is en ik haar niet kan beschermen. Ik sla met mijn handen op het stuur en scheur de straat uit. Dit is een klotezooi. Tessa zit nota bene bij Zed. Ik vertrouw hem niet, en Dan en Steph ook niet.

Dat is niet helemaal waar, maar ik vertrouw hem niet echt. Tegen de tijd dat ik bij Zeds woning aankom, ben ik in tranen. Mijn wangen zijn letterlijk besmeurd met tranen die me eraan herinneren dat ik altijd alles verkloot. Ik heb dit laten gebeuren: door mijn toedoen konden die klootzakken haar verdoven, bijna verkrachten en vernederen. Ik had bij haar moeten zijn. Als ik erbij was geweest, had niemand dit gedurfd. Ze moet zo bang zijn geweest...

Met mijn T-shirt droog ik mijn verraderlijke ogen af, en ik parkeer bij Zed voor de deur. Zijn auto staat er niet... *Waar zit hij, verdommme? Waar zit zij?*

Ik probeer Tessa te bellen, en dan Zed, en dan opnieuw Tessa, maar niemand neemt op. Als hij haar iets aandoet terwijl ze buiten bewustzijn is, doe ik hem dingen aan die nog vreselijker zijn dan zijn ergste nachtmerrie.

Waar kan ze uithangen?

Bij Landon?

'Hardin?' zegt Landon slaperig aan de andere kant van de lijn.

'Is Tessa bij jou?'

Hij gaapt. 'Nee... Moet dat dan?'

'Nee. Ik kan haar nergens vinden.'

'Gaat het...' Hij zwijgt even. 'Gaat het wel goed met je?'

'Ja... Nee. Nee, dat gaat het niet. Ik kan Tessa nergens vinden en weet niet meer waar ik moet zoeken.'

'Wil ze wel worden gevonden?' vraagt hij zacht.

Wil ze dat? Waarschijnlijk niet. Maar aan de andere kant, ze kan op dit moment waarschijnlijk niet eens helder denken. Dit zijn geen normale omstandigheden, en dat is nog zacht uitgedrukt.

'Ik neem aan dat je zwijgen "nee" betekent, Hardin. Dat kan volgens mij maar één ding betekenen: dat ze op een plek zit waarvan ze weet dat jij die zult vermijden.'

'Bij haar moeder,' zeg ik. Ik sla met mijn vuist op mijn bovenbeen, niet in staat te geloven dat ik dat niet zelf kon bedenken.

'O, nu is het mijn schuld... Ga je daarnaartoe?'

'Ja.' *Maar zou Zed echt twee uur rijden om haar naar haar moeder te brengen?*

'Weet je waar het is?'

'Niet echt, maar ik kan thuis het adres wel opzoeken.'

'Misschien heb ik hier wel iets waar het op staat... Ze heeft hier een tijdje geleden wat papieren laten liggen die met de overstap naar Seattle te maken hadden. Ik zal even kijken, dan bel ik je zo terug.'

'Dank je.' Ik rijd de dichtstbijzijnde lege parkeerplaats op en ga ongeduldig zitten wachten. Ik staar naar buiten, naar het donker, en probeer me daardoor niet te laten verzwelgen. Ik moet me op Tess concentreren, ik moet ervoor zorgen dat alles in orde is.

'Ga je me nog vertellen wat er aan de hand is?' vraagt Landon wanneer hij even later terugbelt.

'Steph... Je weet wel, die rooie? Ze heeft iets in Tessa's drankje gedaan.'

Landon hapt naar adem. 'Wacht even, wát?'

'Ja, het is een ramp, en ik was er niet om haar te helpen, dus nu zit ze bij Zed,' leg ik uit.

'Is alles goed met haar?' Hij klinkt in paniek.

'Ik heb geen flauw idee.'

Ik veeg mijn neus af aan mijn shirt en Landon legt uit hoe ik naar het huis van Tessa's moeder moet rijden.

Haar moeder flipt vast als ik daar straks voor de deur sta, zeker in een situatie als deze, maar het kan me geen zak schelen. Ik weet echt niet wat ik moet doen als ik daar eenmaal ben, maar ik moet haar zien. Ik moet weten dat ze niets mankeert.

60

∞

Tessa

'Wat is er gebeurd? Zeg nou wat er is gebeurd!' roept mijn moeder uit zodra Zed me uit zijn auto tilt. Nu ik zijn armen om me heen voel, kom ik weer tot mezelf en voel ik bovendien schaamte in me opwellen.

'Tessa's voormalige kamergenote heeft iets in haar drankje gedaan, en Tessa heeft me gevraagd of ik haar naar u toe wilde brengen,' antwoordt Zed. Het is niet helemaal de waarheid, maar ik ben blij dat hij bepaalde details verzwijgt.

'O god, waarom zou die meid zoiets doen?'

'Dat weet ik niet, mevrouw Young... Dat kan Tessa misschien wel uitleggen als ze eenmaal wakker is.'

Ik ben wakker, wil ik roepen, maar dat gaat niet. Het is zo'n gek gevoel, dat ik wel alles hoor wat er om me heen gebeurt, maar niet in staat ben aan het gesprek deel te nemen. Ik kan me niet bewegen, ik kan niet praten, mijn hoofd zit vol watten en mijn gedachten zijn een chaos – maar ik ben me vreemd genoeg wel bewust van alles wat er gebeurt. Al is dat om de paar minuten anders: soms verandert de stem van Zed in die van Hardin, soms ben ik er zeker van dat ik Hardin hoor lachen en dat ik zijn gezicht zie zodra ik mijn ogen opendoe. Ik raak helemaal de weg kwijt. Deze drug maakt me gek, en ik wil dat het ophoudt.

Er gaat enige tijd voorbij – maar ik heb geen idee hoeveel – en ik word zo te voelen op de bank neergelegd. Langzaam, en misschien zelfs met enige tegenzin, trekt Zed zijn armen onder me vandaan.

'Bedankt dat je haar hiernaartoe hebt gebracht,' zegt mijn moeder. 'Wat een afschuwelijke situatie. Hoe lang denk je dat het duurt voordat ze weer wakker wordt?' Haar toon is fel. Mijn hoofd draait langzaam in het rond.

'Dat weet ik niet. Ze hebben haar een uur of drie geleden iets gegeven, maar volgens mij kan de werking wel twaalf uur aanhouden.'

'Hoe heeft ze zo stom kunnen zijn?' bijt mijn moeder Zed toe. Het woord 'stom' blijft een hele tijd door mijn gedachten schallen en sterft dan weg.

'Wie, Steph?' vraagt hij.

'Nee, Theresa. Hoe kon ze zo stom zijn om met dat soort lui om te gaan?'

'Ze kon er niets aan doen,' verdedigt Zed me. 'Het had een afscheidsfeestje moeten worden. Tessa dacht dat dat meisje een vriendin van haar was.'

'Een vriendin? Toe nou! Tessa had beter moeten weten dan vrienden te worden met zo'n meid. Of met wie dan ook uit jullie groepje.'

'Ik wil niet onbeleefd zijn, maar u kent me helemaal niet. Ik heb net twee uur achter het stuur gezeten om uw dochter hiernaartoe te brengen,' antwoordt Zed beleefd.

Mijn moeder slaakt een zucht, en ik concentreer me op het getik van haar hakken wanneer ze naar de keuken loopt.

'Hebt u verder nog iets nodig?' vraagt hij aan haar.

De bank is veel zachter dan Zeds armen. Hardins armen zijn zacht, maar ook hard. Ik kijk altijd graag naar zijn spieren die zich spannen onder zijn huid. Mijn gedachten worden opnieuw wazig. Ik vind het vreselijk dat ik voortdurend heen en weer word geslingerd tussen helderheid en verwarring.

Ergens in de verte hoor ik mijn moeder zeggen: ‘Nee. Bedankt dat je haar bent komen brengen. Ik was net erg onbeleefd tegen je, en dat spijt me.’

‘Ik zal even haar kleren en haar spullen uit de auto halen, en dan ga ik weer naar huis.’

‘Goed.’ Ik hoor haar hoge hakken aan de andere kant van de kamer.

Ik wacht totdat ik de motor van Zeds auto hoor, maar het blijft stil. Misschien is hij al weg en heb ik het gemist. Ik snap het niet. Mijn hoofd voelt zwaar aan. Ik weet niet hoe lang ik hier al lig, maar ik heb dorst. Is Zed al weg?

‘Wat moet jíj hier?’ roept mijn moeder, waardoor mijn waas opeens een scherp randje krijgt. Al snap ik nog steeds niet wat er gebeurt.

‘Is alles goed met haar?’ vraagt een hijgende, raspende stem. Hardin.

Hij is hier. Hardin.

Tenzij het de stem van Zed is die me opnieuw voor de gek houdt. Nee, ik weet dat het Hardin is. Dat voel ik op een of andere manier.

‘Je komt hier niet binnen!’ roept mijn moeder. ‘Luister je wel naar me? Ik zei dat je niet binnen mocht komen!’

Ik hoor dat de hordeur dichtvalt en dat mijn moeder weer iets roept.

En dan denk ik zijn hand op mijn wang te voelen.

61

∞

Hardin

Ze kunnen hier nog niet zo lang zijn, want ik heb de hele weg dertig kilometer harder gereden dan toegestaan. Nu ik Zeds auto op de oprit van het kleine bakstenen huis zie staan, word ik misselijk. En zodra ik hem op de veranda zie, wordt het rood voor mijn ogen.

Zed loopt langzaam naar zijn auto. Ondertussen parkeer ik de mijne in de straat. Ik wil niet zijn auto blokkeren; hij kan maar beter zo snel mogelijk opsodemieteren. *Wat moet ik tegen hem zeggen? Wat moet ik tegen haar zeggen? Kan ze me wel horen?*

'Ik wist wel dat je zou komen,' zegt hij zacht zodra ik voor hem ga staan.

'Waarom zou ik niet komen?' zeg ik grommend, mijn opwellende woede onderdrukkend.

'Misschien omdat dit allemaal jouw schuld is.'

'Meen je dat? Het is mijn schuld dat die teef van een Steph compleet gestoord is?' *Ja, dat is mijn schuld.*

'Nee, het is jouw schuld omdat je Tessa alleen naar dat feestje liet gaan. Je had haar gezicht moeten zien toen ik die kamer binnenkwam.' Hij schudt zijn hoofd, alsof hij de herinnering wil verdrijven. Ik krijg het benauwd. Tessa heeft hem zeker niet verteld dat het uit is. *Betekent dat dat ze nog altijd hoop koestert, net als ik?*

'Ik... ik wist niet eens dat ze ernaartoe ging, dus houd je bek. Waar is ze?'

'Binnen.' Hij spreekt die voor de hand liggende woorden met een moordzuchtige blik uit.

'Kijk niet zo naar me. Jij zou hier verdomme niet eens moeten zijn,' breng ik hem in herinnering.

'Als ik er niet was geweest, hadden ze haar verkracht en God weet wat nog meer...'

Mijn handen vinden de kraag van zijn leren jack, en ik duw hem tegen de zijkant van zijn auto. 'Het maakt niet uit hoe vaak je het probeert, het maakt niet uit hoe vaak je haar "redt", ze wil je toch niet. Dat moet je niet vergeten.'

Ik geef hem een laatste duw en loop weg. Ik wil hem in elkaar slaan, ik wil verdomme zijn neus breken omdat hij zo'n zelfingenomen lul is, maar Tessa zit binnen, en zij is nu het allerbelangrijkste. Ik loop langs zijn auto en zie Tessa's tas op de stoel liggen... en haar jurk.

Heeft ze geen kleren aan?

'Waarom heeft ze haar jurk niet aan?' waag ik te vragen. Ik ruk het portier open en pak haar spullen. Hij antwoordt niet meteen, waarop ik hem kwaad aankijk, wachtend op een antwoord.

'Die hebben ze uitgetrokken,' zegt hij simpel. Zijn gezicht staat grimmig.

'Kut,' mompel ik. Ik loop het tuinpad naar het huis van Tessa's moeder op.

Zodra ik op de veranda sta, komt Carol naar buiten en blokkeert de voordeur. 'Wat moet jij hier?'

Haar dochter is buiten bewustzijn, en het eerste wat zij doet, is tegen mij schreeuwen. Geweldig, echt geweldig.

'Ik moet haar zien.' Ik pak de knop van de hordeur vast. Ze schudt haar hoofd, maar gaat wel opzij. Ik heb het gevoel dat ze weet dat ik haar anders omver zal duwen.

'Je komt hier niet binnen!' roept ze.

Ik negeer haar en loop om haar heen.

'Luister je wel naar me? Ik zei dat je niet binnen mocht komen!'

De hordeur valt achter me dicht. Ik kijk de kleine woonkamer rond, op zoek naar mijn meisje.

En ik verstijf even wanneer ik haar zie. Ze ligt op de bank, met haar benen licht opgetrokken. Haar haar vormt een blonde stralenkrans rond haar hoofd en haar ogen zijn gesloten. Carol blijft van alles naar me roepen en dreigt de politie te zullen bellen, maar het kan me geen zak schelen. Ik loop naar Tessa toe en ga naast de bank op mijn hurken zitten, zodat mijn gezicht op gelijke hoogte met het hare is. Zonder nadenken strijk ik met mijn duim over haar jukbeen en sluit ik mijn hand rond haar wang.

'Jezus,' vloek ik. Ik kijk aandachtig naar haar borstkas, die langzaam op en neer gaat.

'O god, Tess, het spijt me zo. Dit is allemaal mijn schuld,' fluister ik tegen haar, hopend dat ze me kan horen. Ze is zo mooi, zo rustig en kalm. Haar lippen wijken uiteen, haar adembenemend mooie gezicht is een toonbeeld van onschuld.

Natuurlijk moet Carol het verpesten door haar gal te spuwen. 'Inderdaad, het is jouw schuld. En nu wegwezen hier voordat ik je door de politie laat afvoeren!'

Zonder me naar haar om te draaien, vraag ik: 'Kun je even je mond houden? Ik ga nergens naartoe. Bel de politie maar. Vraag maar of ze hier zo laat naartoe willen komen. Dan zullen alle buren over je roddelen, en we weten allemaal dat je dat niet wilt.' Ik weet dat ze me woedend aankijkt, en als blikken konden doden was ik er niet meer geweest, maar ik heb slechts oog voor het meisje voor me.

'Goed dan,' zegt Carol ten slotte snuivend. 'Je hebt vijf minuten.'

Haar schoenen schrapen op een vreselijke manier over het kleed. *Waarom loopt ze er zo laat op de avond nog zo opgedirkt bij?*

'Ik hoop dat je me kunt horen, Tessa,' begin ik. De woorden rollen gejaagd over mijn lippen, maar ik strijk uiterst teder over de zachte huid van haar wang. Tranen wellen op in mijn ogen en druppelen op haar smetteloze huid. 'Het spijt me zo. God, het spijt me zo. Ik had je nooit moeten laten gaan, maar ik denk dat je nu wel trots op me zou zijn, in elk geval een beetje, want ik heb Dan niet de nek omgedraaid. Ik heb hem alleen een schop tegen zijn kop gegeven... O, en ik heb zijn keel dichtgeknepen, maar hij ademde nog.' Ik zwijg even en voeg er dan aan toe: 'En ik had het vanavond bijna op een zuipen gezet, maar ik heb het niet gedaan. Ik wilde het niet nog erger maken tussen ons. Ik weet dat je denkt dat het me niets kan schelen, maar dat is wel zo. Ik weet alleen niet hoe ik je dat duidelijk moet maken.' Ik houd even op, zodat ik kan kijken naar haar oogleden die zachtjes trillen nu ze mijn stem hoort.

'Tessa, kun je me horen?' vraag ik hoopvol.

'Zed?' fluistert ze amper hoorbaar, en heel even ben ik er zeker van dat de duivel zelf me in de zeik neemt.

'Nee, schatje, het is Hardin, niet Zed.' Ik kan niet voorkomen dat ergernis in me opkomt nu ze zijn naam zo zacht uitspreekt.

'Geen Hardin.' Haar wenkbrauwen kruipen verward naar elkaar toe, maar ze houdt haar ogen dicht. 'Zed?' zegt ze nogmaals, en ik trek mijn hand van haar wang.

Ik kom overeind. Haar moeder is nergens te bekennen. Het verbaast me dat die niet over mijn schouder stond te gluren terwijl ik vrede met haar dochter probeerde te sluiten.

En dan, alsof mijn gedachten haar hebben opgeroepen, stormt ze de kamer in. 'Klaar?' wil ze weten.

Ik steek een hand op om haar tegen te houden. 'Nee, nog niet.' Dat wil ik wel zijn; Tessa vraagt immers naar Zed.

Dan vraagt haar moeder gedwee, alsof ze beseft dat ze de situatie niet helemaal in de hand heeft: 'Zou je haar voordat je vertrekt naar haar kamer willen brengen? Ze kan hier niet blijven liggen.'

'Dus ik mag hier niet blijven, maar...' Ik dwing mezelf te zwijgen omdat ik weet dat er niets goeds van komt als ik voor de tiende keer sinds onze kennismaking met dit mens ga staan ruziën. Dus ik knik alleen maar. 'Ja hoor. Waar is haar kamer?'

'Laatste deur aan de linkerkant,' antwoordt ze kortaf. Ze verdwijnt weer. Ik weet niet van wie Tessa haar vriendelijke karakter heeft, maar in elk geval niet van dit mens.

Met een zucht schuif ik een arm onder Tessa's knieën en een andere onder haar nek en til haar voorzichtig op. Een zachte kreun ontsnapt aan haar lippen wanneer ik haar door het huis draag. Dat huis is klein, veel kleiner dan ik had verwacht.

De laatste deur aan mijn linkerhand staat op een kier. Ik duw hem met mijn voet open en word tot mijn verbazing overrompeld door nostalgische gevoelens die diep in me opwellen, opgewekt door de aanblik van een kamer waar ik nog nooit eerder ben geweest. Het smalle bed dat tegen de verste wand staat, vult bijna de halve kamer. Het bureau in de hoek is bijna even groot als het bed. Ik stel me Tessa als tiener voor, die urenlang aan dat grote bureau haar huiswerk heeft zitten maken, met gefronste wenkbrauwen, haar mond vertrokken tot een geconcentreerde streep en haar haar voor haar ogen, ook al streek ze het telkens snel weg voordat ze haar potlood achter haar oor stak.

Ik had nooit gedacht dat ze roze lakens en een paarse sprei had gehad. Dat zijn vast overblijfselen van een jongere Tessa en haar barbiefase, die ze ooit 'de mooiste en ergste tijd van mijn leven' heeft genoemd. Ik weet nog dat ze me heeft verteld dat ze haar moeder voortdurend van alles wilde vragen, zoals waar Barbie werkte, waar ze had gestudeerd, en of er ooit barbiebaby's zouden komen.

Ik kijk naar de volwassen Tessa in mijn armen en onderdruk een lach bij de gedachte aan haar niet-aflatende nieuwsgierigheid. Het is een van die eigenschappen die ik inmiddels het meest in haar waardeer. Ik trek de deken terug en leg haar voorzichtig op het bed. Ik zorg ervoor dat er maar één kussen onder haar hoofd ligt, net zoals thuis.

Thuis... dit is niet langer haar thuis. Net als dit kleine huisje was ook onze woning voor haar slechts een tussenhalte op weg naar haar droom: Seattle.

De kleine houten ladekast kraakt wanneer ik de bovenste la opendoe, op zoek naar kleren voor haar halfnaakte lichaam. Mijn vuisten ballen zich rond de dunne stof van een oud T-shirt uit haar kast wanneer ik eraan denk dat Dan haar kleren heeft uitgetrokken. Ik til Tessa zo voorzichtig mogelijk op en trek het kledingstuk over haar hoofd. Haar haar zit door de war, maar wanneer ik het probeer glad te strijken, maak ik het alleen maar erger. Ze kermt, en haar vingers trillen. Ze wil bewegen, maar het lukt niet. Ik vind dit zo erg. Ik slik de gal weg die in mijn keel opwelt en probeer gedachten aan die teringlijer die haar heeft aangeraakt te verdringen.

Uit respect wend ik mijn blik af wanneer ik haar armen door de armsgaten trek. Eindelijk is ze aangekleed. Carol staat in de deuropening, met een bedachtzame maar gespannen uitdrukking op haar gezicht, en ik vraag me af hoe lang ze daar al staat.

62

∞

Tessa

Hou op! Dat wil ik tegen hen allebei roepen. Ik kan er niet tegen als ze zo staan te ruziën en ik kan het allemaal niet volgen. In mijn huidige toestand is tijd verre van logisch, en alles loopt door elkaar. Ik hoor deuren slaan en mijn moeder en Hardin bekvechten – en het is allemaal zo lastig te horen – maar ik zie vooral de duisternis die me naar beneden sleurt, heel snel...

Op een bepaald moment vraag ik aan Hardin: 'En Zed? Heb je hem pijn gedaan?' Dat denk ik althans, en ik doe mijn best die gedachte uit te spreken. Ik weet niet zeker of die woorden mijn mond verlaten, of mijn mond wel in verbinding staat met mijn hersenen.

'Nee, ik ben Hardin. Hardin, niet Zed.'

Hardin is hier, en niet Zed. Maar wacht, Zed is er toch ook? Of niet soms?

'Nee, Hardin. Heb je Zed pijn gedaan?' De duisternis trekt me bij zijn stem vandaan. Mijn moeders stem zweeft de kamer in en vult die met een gezaghebbend geluid, maar ik kan er geen woord van verstaan. Het enige heldere is de stem van Hardin. Niet eens de woorden, maar het geluid van zijn stem, hoe dat door me heen beweegt.

Op een bepaald moment voel ik iets onder mijn lichaam dat me naar boven duwt. De arm van Hardin? Ik weet het niet zeker, maar ik word van de bank getild en de bekende geur van munt vult mijn neusgaten. Waarom is hij hier? Hoe heeft hij mij gevonden?

Een paar tellen later word ik al voorzichtig op mijn bed gelegd, maar daarna word ik weer opgetild. Ik wil me niet bewegen. Hardin trekt met bevende handen een T-shirt over mijn hoofd. Ik wil roepen dat hij me niet moet aanraken. Het laatste wat ik wil, is dat iemand me aanraakt, maar zodra Hardins vingers over mijn huid strijken, wordt de herinnering aan Dan uitgewist.

'Raak me nog eens aan. Laat het verdwijnen,' smeek ik. Hij geeft geen antwoord. Zijn handen blijven mijn hoofd, mijn nek en mijn haar aanraken. Ik probeer mijn hand op die van hem te leggen, maar mijn hand is te zwaar.

'Ik hou van je en het spijt me zo,' hoor ik voordat mijn hoofd het kussen raakt. 'Ik wil je mee naar huis nemen.'

Nee, laat me hier liggen. Alsjeblieft, denk ik in mezelf. Maar ga niet weg...

63

∞

Hardin

Carol slaat haar armen over elkaar. 'Daar komt niets van in.'

'Dat weet ik,' zeg ik woedend, me afvragend hoe kwaad Tessa zou worden als ik haar moeder zou uitschelden. Het is al erg genoeg om over de drempel van haar kamer, de kamer uit haar kindertijd, de gang in te stappen en Tessa een kermend geluidje te horen maken. 'Waar zat jij toen dit allemaal gebeurde?' vraagt ze.

'Thuis.'

'Waarom was jij er niet om dit te voorkomen?'

'Waarom ben je er zo zeker van dat ik er niets mee te maken had? Doorgaans sta je vooraan om mij de schuld te geven van alles wat er mis is.'

'Omdat je, ondanks je slechte keuzes en je nog slechtere levenshouding, nooit zou toestaan dat Tessa iets als dit zou overkomen.'

Is dat als compliment bedoeld? Dan is het wel erg dubieus... maar beter dan niets, gezien de omstandigheden. 'Nou...' begin ik.

Ze steekt een hand op ten teken dat ik mijn mond moet houden. 'Ik was nog niet klaar. Ik geef je niet de schuld van alles wat er mis is.' Ze gebaart naar het slapende, of half bewusteloze meisje dat op het smalle bed ligt. 'Alleen van wat er in háár wereld mis is.'

'Daar kan ik weinig tegen inbrengen.' Ik zucht verslagen. Ik weet dat ze gelijk heeft; ik kan niet ontkennen dat ik bijna alles in Tessa's leven kapot heb gemaakt.

Hij is mijn held – soms is hij mijn kwelgeest, maar hij is vaker mijn held. Dat heeft ze in haar dagboek geschreven. Een held? Ik ben verdomme geen held. Ik zou er alles voor over hebben om een held voor haar te kunnen zijn, maar ik weet gewoon niet hoe ik dat moet doen.

'Nou, dan zijn we het in elk geval over iets eens.' Rond haar volle lippen vormt zich een aarzelend lachje, maar ze knippert even en kijkt dan naar haar voeten. 'Nou, als dat alles was, kun je nu gaan.'

'Goed...' Ik werp een laatste blik op Tessa en wend me dan weer tot haar moeder, die me opnieuw aan staat te staren.

'Wat zijn je plannen met mijn dochter?' vraagt ze, een tikje streng maar ook met enige angst. 'Ik moet weten wat je bedoelingen op de lange termijn zijn, want elke keer wanneer ik me omdraai, overkomt haar weer iets, en lang niet altijd iets goeds. Wat ga je met haar in Seattle doen?'

'Ik ga niet mee naar Seattle.' De woorden liggen dik en zwaar op mijn tong.

'Wat?' Ze loopt de gang in en ik ga haar achterna.

'Ik ga niet. Ze gaat zonder mij.'

'Dat doet me bijzonder veel deugd, maar mag ik vragen waarom?' Een perfect geëpileerde wenkbrauw gaat omhoog.

Ik wend mijn blik af. 'Ik ga gewoon niet. Dat is trouwens ook beter voor haar.'

'Nu lijk je net mijn ex.' Ze slikt. 'Soms geef ik mezelf de schuld van het feit dat Tessa zo aan je verknocht is geraakt. Ik vraag me af of dat door haar vader komt, door hoe hij voor zijn vertrek was.' Haar gemanicuurde hand gaat naar haar haar, zodat ze het kan gladstrijken, en ze probeert de indruk te wekken dat het noemen van Richard haar niets doet.

'Die heeft niets te maken met de relatie tussen haar en mij. Ze kent hem amper, dat bleek wel tijdens die paar dagen die ze onlangs samen hebben doorgebracht. Ze kan zich zo weinig van hem herinneren dat dat haar keuze in mannen niet heeft beïnvloed.'

'Onlangs?' Carol spert verbaasd haar ogen open. Ik zie tot mijn ontzetting dat ze lijkbleek wordt. En het kleine beetje begrip dat tussen ons begon te ontstaan gaat in rook op.

Shit. Verdomme. Kut. 'Ze... Eh, we liepen hem een week geleden tegen het lijf.'

'Richard? Hij heeft haar gevonden?' Haar stem breekt en haar hand gaat naar haar hals.

'Nee, ze kwam hem toevallig tegen.'

Haar vingers tasten nerveus naar de parels rond haar hals.

'Waar?'

'Ik denk niet dat het aan mij is om je dat te vertellen.'

'Pardon?' Ze laat haar armen zakken en kijkt me met open mond aan.

'Als Tessa zou willen dat je het weet, had ze je het zelf wel verteld.'

'Dit is belangrijker dan jouw afkeer van mij, Hardin. Heeft ze hem vaak gezien?' Haar grijze ogen zijn nu gevuld met tranen die elk moment kunnen vloeien, maar ik ken deze vrouw inmiddels goed genoeg om te weten dat ze nooit in het bijzijn van anderen zou huilen, en zeker niet in het bijzijn van mij.

Ik slaak een zucht. Ik wil Tessa niet verraden, maar ik wil ook niet nog meer gezeik van haar moeder. 'Hij heeft een paar dagen bij ons gelogeerd.'

'En ze was niet van plan mij dat te vertellen, hè?' Haar stem klinkt dunnetjes en schor. Ze peutert aan haar rode nagels.

'Ik denk het niet. Je bent niet de gemakkelijkste om mee te praten,' breng ik haar in herinnering. Ik vraag me af of dit een goed moment is om te zeggen dat ik vermoed dat hij bij ons heeft ingebroken.

'En jij wel?' vraagt ze met stemverheffing, en ik zet een stap in haar richting. 'Ik geef tenminste om haar welzijn, dat is meer dan ik van jou kan zeggen!'

Ik wist dat een beschaafd gesprek tussen ons niet lang kon duren. 'Ik geef meer om haar dan wie dan ook, zelfs meer dan jij!' kaats ik terug.

'Ik ben haar moeder. Niemand houdt meer van haar dan ik. Het feit dat jij denkt dat je meer van haar kunt houden, geeft wel aan hoe gestoord je bent!' Ze ijsbeert heen en weer. Haar hakken tikken op de vloer.

'Weet je wat ik denk? Ik denk dat je een hekel aan me hebt omdat ik je aan hem doe denken. Je vindt het vreselijk dat je voortdurend wordt herinnerd aan wat je kapot hebt gemaakt, dus je haat mij om jezelf niet te hoeven haten... maar zal ik je nog meer vertellen?' Ik wacht even op haar sarcastische knikje en vervolg dan: 'Jij en ik lijken ook erg veel op elkaar. Nog meer dan Richard en ik. We weigeren allebei toe te geven dat we fouten maken. We geven liever anderen de schuld. We schermen degenen van wie we houden van alles en iedereen af en dwingen hen...'

'Nee, dat is niet waar!' roept ze uit.

Haar tranen en hysterische uitroep voorkomen dat ik uitspreek wat ik echt denk: dat ze de rest van haar leven alleen zal zijn. 'Dat is wel waar. Maar ik ga nu weg. Tessa's auto staat nog steeds ergens in de buurt van de campus, en die breng ik morgen wel hiernaartoe, tenzij je zelf dat hele stuk wilt rijden.'

Carol veegt haar ogen af. 'Breng die auto maar. Morgen, om vijf uur.' Ze kijkt me aan met bloeddoorlopen ogen, waarlangs de mascara is uitgesmeerd. 'Het verandert niets. Ik zal je nooit aardig vinden.'

'En dat kan mij geen zak schelen.' Ik loop naar de voordeur, me even afvragend of ik terug moet lopen naar de slaapkamer en Tessa met me mee moet nemen.

'Hardin, hoe ik ook over je denk, ik weet wel dat je van mijn dochter houdt. En ik wil je eraan herinneren dat je, als je echt van haar houdt, beter kunt ophouden je met haar leven te bemoeien. Ze is niet hetzelfde meisje dat ik een half jaar geleden naar die verschrikkelijke campus heb gebracht.'

'Dat weet ik.' Ik heb weliswaar de pest aan dit mens, maar ik voel ook medelijden voor haar omdat ze, net als ik, de rest van haar ellendige leven hoogstwaarschijnlijk alleen zal doorbrengen. 'Kun je iets voor me doen?' vraag ik.

Ze kijkt me argwanend aan. 'Wat dan?'

'Zeg niet tegen haar dat ik hier ben geweest. Als ze zich het niet herinnert, moet je het niet tegen haar zeggen.' Tessa is zo van de wereld dat ze zich waarschijnlijk helemaal niets herinnert. Ik denk niet eens dat ze nu weet dat ik hier ben.

Carol kijkt me aan, kijkt door me heen, en knikt dan. 'Dat kan ik wel doen.'

64

∞

Tessa

Mijn hoofd is zwaar, zo zwaar, en het licht dat door de gele gordijnen naar binnen valt, is fel, te fel.

Gele gordijnen? Ik doe mijn ogen opnieuw open en zie de vertrouwde gele gordijnen die in mijn oude kamer voor de ramen hangen. We vonden ze allebei vreselijk, maar mijn moeder had geen geld voor nieuwe passende gordijnen, en dus leerden we ermee te leven. En dan komen de herinneringen aan de afgelopen twaalf uur bij me op, in onsamenhangende fragmenten waaruit ik amper wijs kan worden.

Niets is logisch. Het duurt seconden of misschien wel minuten voordat mijn gedachten zelfs maar een begin maken met begrijpen wat er is gebeurd.

Mijn sterkste herinnering, en een van de pijnlijkste, is het verraad van Steph. Hoe kon ze mij dat aandoen? Hoe kon ze dat überhaupt een ander aandoen? De hele situatie is zo verkeerd, zo bizar, en ik zag het absoluut niet aankomen. Ik weet nog hoe opgelucht ik was toen ze binnenkwam, maar ook hoe hevig mijn paniek was zodra ze toegaf dat ze nooit mijn vriendin is geweest. Haar stem was zo helder, ondanks mijn toestand. Ze had iets in mijn drankje gedaan dat me sloom moest maken, dat me bewusteloos moest maken – allemaal omdat ze zonder duidelijke reden wraak wilde nemen op Hardin. Ik was gisteravond zo bang, en zij veranderde zo snel van een veilige medestander in een vijand dat ik de verandering nog altijd niet goed kan bevatten.

Iemand van wie ik dacht dat ze een vriendin was, heeft op een feestje iets in mijn drankje gedaan. Nu dat tot me doordringt, wrijf ik boos over mijn betraande wangen.

De pijn van het verraad maakt plaats voor een gevoel van vernedering zodra ik me Dan en zijn camera herinner. Ze hebben mijn jurk uitgetrokken... Ik denk niet dat ik ooit dat rode lampje van de camera in die donkere kamer zal vergeten. Ze wilden me verkrachten, ze wilden die daad filmen en aan anderen laten zien. Ik leg mijn handen op mijn buik en hoop dat ik niet opnieuw misselijk word.

Elke keer wanneer ik denk dat ik in de voortdurende strijd die mijn leven is even op adem kan komen, gebeurt er iets wat nog erger is. En ik beland telkens weer in dit soort situaties. Steph? Ik kan het nog altijd niet bevatten. Als het waar is dat ze het alleen maar deed omdat ze me niet aardig vindt en iets voor Hardin voelt, waarom heeft ze me dat dan niet meteen verteld? Waarom deed ze al die tijd alsof ze mijn vriendin was? Alleen maar om me in de val te lokken? Hoe kon ze samen met me lachen en winkelen, naar mijn geheimen luisteren en mijn zorgen delen, en tegelijkertijd iets als dit beramen?

Ik ga langzaam rechtop zitten, maar dat gaat nog te snel. Het bloed klopt in mijn oren, en ik wil naar de badkamer rennen en mezelf dwingen over te geven, voor het geval er nog iets van de drug in mijn lichaam zit. Maar dat doe ik niet. Ik doe opnieuw mijn ogen dicht.

Wanneer ik weer wakker word, voelt mijn hoofd iets minder zwaar en weet ik uit mijn oude bed te stappen. Ik heb geen broek aan, alleen een oud T-shirt waarvan ik me niet kan herinneren dat ik het heb aangetrokken. Mijn moeder heeft me zeker aangekleed... al is dat niets voor haar.

De enige pyjama die ik in mijn oude ladekast kan vinden, zit veel te strak en is te kort. Sinds ik begon met studeren ben ik zeker gegroeid, maar ik voel me nu wel meer op mijn gemak met mijn lichaam en heb meer zelfvertrouwen... veel meer dan vroeger.

Ik kom wankelend de slaapkamer uit en loop naar de keuken, waar mijn moeder tegen het aanrecht geleund een tijdschrift staat te lezen. Haar zwarte jurk is glad, zonder een spoor van pluisjes, en haar bijpassende schoenen hebben hoge hakken. Haar haar is in perfecte, klassieke golven gekruld. Ik kijk op het klokje op het fornuis en zie dat het even na vieren 's middags is.

'Hoe voel je je?' vraagt mijn moeder timide. Ze draait zich naar me om.

'Vreselijk,' zeg ik met een grimas. Ik ben niet in staat te lachen, laat staan een dapper gezicht te trekken.

'Dat vermoedde ik al, na de nacht die je achter de rug hebt.'

Daar gaan we dan...

'Neem maar een kop koffie en een paracetamol, dan voel je je vast beter.'

Ik knik langzaam en loop naar de kast om een beker te pakken.

'Ik ga naar de kerk. Je gaat zeker niet mee, hè? Je hebt de ochtenddienst gemist,' zegt ze op vlakke toon.

'Nee, ik voel me niet goed genoeg om naar de kerk te gaan.' Mijn moeder is de enige die me zou vragen of ik naar de kerk ga nadat ik net aan verkrachting ben ontsnapt en ben ontwaakt uit een door drugs opgewekte slaap.

Ze pakt haar handtas van de keukentafel en draait zich dan weer naar me om. 'Goed, ik zal Noah en meneer en mevrouw Porter de groeten van je doen. Ik ben rond acht uur weer thuis, misschien iets eerder.'

Ik voel schuldgevoel opwellen nu ze Noahs naam noemt. Ik heb hem nog steeds niet gebeld om hem te condoleren met zijn oma. Dat had ik moeten doen, dat moet ik nog altijd doen. Ik zal het doen zodra de kerkdienst is afgelopen. Dat wil zeggen, als ik mijn telefoon kan vinden.

'Hoe ben ik hier gisteravond gekomen?' vraag ik, in een poging de puzzelstukjes aan elkaar te leggen. Ik weet nog dat Zed Hardins oude kamer in gestormd kwam en de camera vernielde.

'Je bent gebracht door die jongeman die naar ik meen Zed heet.' Ze kijkt weer naar haar tijdschrift en schraapt haar keel.

'O.'

Ik vind het vreselijk. Ik vind het vreselijk dat ik niets weet. Ik heb graag alles in de hand, en gisteravond was ik niet de baas over mijn gedachten en ook niet over mijn lichaam.

Mijn moeder legt het tijdschrift neer met een geluid dat op een klap lijkt. Ze kijkt me aan met een gezicht dat niets verraadt en zegt dan: 'Bel me als je me nodig hebt,' voordat ze naar de voordeur loopt.

'Oké...'

Mijn moeder draait zich om voor een laatste afkeurende blik op mijn te kleine pyjama en loopt dan naar buiten. 'O, en kijk eens in mijn klerenkast of daar iets voor je bij zit.'

Zodra de hordeur dichtvalt, hoor ik in gedachten de stem van Hardin.

'Dit is allemaal mijn schuld,' zei hij. Maar hij kan het niet zijn geweest. Mijn gedachten houden me voor de gek. Ik moet Zed bellen en hem voor alles bedanken. Ik sta zwaar bij hem in het krijt omdat hij me meteen te hulp is geschoten en me heeft gered. Ik ben hem zo dankbaar en zal hem nooit genoeg kunnen bedanken voor het feit dat hij me hiernaartoe heeft gebracht. Ik wil niet denken aan wat er voor die camera zou zijn gebeurd als hij niet was gekomen.

Een half uur lang vermengen zilte tranen zich met zwarte koffie. Ten slotte dwing ik mezelf op te staan en loop ik naar de badkamer om de sporen van mijn vreselijke ervaringen weg te spoelen. Tegen de tijd dat ik in mijn moeders kast sta te zoeken naar een kledingstuk zonder ingenaaide beugelbeha voel ik me heel wat beter.

'Heb je geen normale kleren?' vraag ik kermend. Ik schuif hangertjes vol cocktailjurkjes opzij, inmiddels op het punt aangekomen dat ik liever in mijn blote kont rondloop, maar dan vind ik een crèmekleurige trui en donkere jeans. De jeans past perfect, maar de trui zit wat strak rond mijn bovenlijf. Ik wil niet klagen, ik ben allang blij dat ik iets heb gevonden.

Op zoek naar mijn telefoon en mijn tas dringt het tot me door dat ik geen flauw idee heb waar ik die kan hebben gelaten. Waarom kan mijn geest geen wijs worden uit al die losse fragmenten van gisteravond? Ik neem aan dat mijn auto nog steeds bij Stephs studentenflat staat en hoop maar dat ze mijn banden niet kapot heeft gesneden.

Ik loop mijn oude slaapkamer in en trek een la van de kast open. Daar ligt mijn telefoon, boven op mijn handtasje. Ik zet het toestel aan en wacht totdat er iets op het scherm verschijnt. Dan begint het onophoudelijk te trillen. Een opeenvolging van berichtjes en voicemails vult het scherm.

Hardin... Hardin... Zed... Onbekend... Hardin... Hardin...

Nu ik zijn naam op het scherm zie staan, welt misselijkheid in me op. Hij weet het; dat kan niet anders. Iemand heeft hem verteld wat er is gebeurd, en daarom heeft hij me zo vaak berichten gestuurd en geprobeerd te bellen. Ik moet hem bellen en zeggen dat alles in orde is, anders wordt hij nog ziek van de zorgen. Onze relatie is weliswaar voorbij, maar hij maakt zich waarschijnlijk toch zorgen nu hij weet wat er is gebeurd... al weet ik vrijwel zeker dat 'zorgen maken' nog zacht is uitgedrukt.

Nadat het toestel zes keer is overgegaan en de voicemail wordt ingeschakeld, hang ik op en loop ik terug naar mijn moeders slaapkamer om mijn haar te doen. Mijn uiterlijk is op dit moment wel mijn laatste zorg, maar ik weet dat ik mezelf een beetje toonbaar moet maken, tenzij ik de hele avond beledigende opmerkingen van mijn moeder wil aanhoren. Ook word ik hierdoor hopelijk wat afgeleid van de fragmentarische herinneringen aan gisteravond die de kop blijven opsteken. Ik werk de wallen onder mijn ogen weg, breng een paar laagjes mascara aan en borstel mijn haar. Dat is nu bijna droog, en ik haal mijn vingers door de natuurlijke golven. Het ziet er minder goed uit dan ik zou willen, maar ik heb geen fut om me nog langer met de warrige bos bezig te houden dan strikt noodzakelijk is.

Een zachte klop op de voordeur doet me opschrikken uit mijn waas. *Wie kan dat nu zijn, om deze tijd?* En opeens word ik misselijk bij de gedachte dat Hardin misschien voor de deur staat.

'Tessa?' zegt een bekende stem zodra ik de deur open.

Noah loopt naar binnen en blijft in de woonkamer staan. Nu ik zijn vertrouwde, onzekere glimlach zie, word ik getroffen door een mengeling van opluchting en schuldgevoel.

'Hoi...' Hij knikt naar me en verplaatst zijn gewicht van de ene voet naar de andere.

Zonder nadenken stort ik me min of meer op hem en sla mijn armen rond zijn nek. Ik druk mijn gezicht tegen zijn borst en begin te huilen.

Hij slaat zijn sterke armen om me heen en voorkomt dat we allebei omvallen. 'Gaat het?'

'Jawel. Ik ben alleen... Nee, het gaat niet.' Ik kijk naar hem op. Ik wil niet dat zijn lichtbruine vest onder de mascara komt te zitten.

'Je moeder zei dat je hier was.' Hij blijft me vasthouden en ik geniet van het vertrouwde gevoel. 'Dus ik ben voor het einde van de dienst weggeglipt om je te kunnen begroeten zonder dat er anderen in de buurt zijn. Wat is er gebeurd?'

'Heel veel. Te veel om uit te leggen. Ik stel me zo aan.' Ik laat hem los.

'Studeren is niet zo leuk als je had gehoopt?' vraagt hij met een meelevend glimlachje.

Ik schud mijn hoofd en gebaar dat hij mee moet lopen naar de keuken, waar ik nog een pot koffie zet. 'Nee, helemaal niet. Ik ga naar Seattle verhuizen.'

'Dat zei je moeder al.' Hij gaat aan de tafel zitten.

'Wil jij nog steeds aan WCU gaan studeren?' zeg ik met een bars lachje. 'Ik kan het je niet aanraden.' Maar mijn grapje dreigt te mislukken nu ik de tranen voel opwellen.

'Ja, dat was ik wel van plan. Er is... een meisje met wie ik... Al zitten we ook aan San Francisco te denken. Je weet hoe gek ik ben op Californië.'

Daar had ik niet op gerekend, dat Noah een vriendinnetje heeft. Het zou me niet moeten verbazen, maar het voelt zo vreemd dat ik alleen maar 'O?' kan uitbrengen.

Noahs blauwe ogen glanzen in het tl-licht van de keuken. 'Ja, het gaat erg goed tussen ons. Ik neem elke dag zoals die komt, hoor... vanwege alles wat er is gebeurd.'

Omdat ik niet wil dat hij er nog meer over zegt en ik me zo schuldig voel over alles wat er is gebeurd, vraag ik snel: 'Hoe hebben jullie elkaar leren kennen?'

'Ze werkt bij Zooms, een winkel in dat winkelcentrum bij jou in de buurt, en...'

'Je bent in de stad geweest?' onderbreek ik hem. Het voelt zo raar dat hij me dat niet heeft verteld en niet even langs is gekomen, maar... ik snap het wel.

'Ja, om Becca op te zoeken. Ik had je moeten bellen, maar het was zo vreemd tussen ons...'

'Het geeft niet,' zeg ik, en ik laat hem verdergaan. Die naam, Becca, doet een belletje rinkelen... maar nu hij weer het woord neemt, zakt dat flintertje van een herinnering weer weg.

'Nou, het was al snel aan. Het ging niet altijd even gemakkelijk omdat ik een tijdlang het gevoel had dat ik haar niet kon vertrouwen, maar nu gaat het erg goed.'

Nu ik over zijn problemen hoor, moet ik aan die van mezelf denken, en ik slaak een zucht. 'Ik heb het gevoel dat ik helemaal niemand meer kan vertrouwen.' Ik zie Noah fronsen en voeg er snel aan toe: 'Afgezien van jou. Ik heb het niet over jou. Maar iedereen die ik sinds het begin van mijn studie heb leren kennen, heeft op de een of andere manier tegen me gelogen.'

Zelfs Hardin. Zeker Hardin.

'Is dat wat er gisteravond is gebeurd?'

'Zo'n beetje...' Ik vraag me af wat mijn moeder hem heeft verteld.

'Ik wist dat er wel iets ergs aan de hand moest zijn om jou naar huis te lokken.' Ik knik en hij neemt mijn handen in de zijne. 'Ik heb je gemist,' mompelt hij. De droefheid is duidelijk hoorbaar in zijn stem.

Ik kijk hem met grote ogen aan en voel de tranen opnieuw opwellen. 'Het spijt me dat ik je niet heb gebeld. Vanwege je oma, bedoel ik.'

'Dat geeft niet. Ik weet dat je het druk hebt.' Hij leunt achterover op zijn stoel, met een zachte blik in zijn ogen.

'Dat is geen excuus. Ik heb je vreselijk behandeld.'

'Niet waar,' liegt hij, langzaam zijn hoofd schuddend.

'Wel waar, en dat weet je. Ik heb je sinds ik ben gaan studeren vreselijk behandeld en dat spijt me heel erg. Dat heb je niet verdiend.'

'Hou daar eens mee op. Het gaat nu prima met me,' verzekert hij me met een warme lach, maar het schuldgevoel verdwijnt niet.

'Ik had het niet moeten doen.'

Dan verbaast hij me door me iets te vragen wat ik nooit van hem had verwacht. 'Als je het over kon doen, wat zou je dan anders doen?'

'De manier waarop ik dingen heb aangepakt. Ik had je niet aan het lijntje moeten houden en niet moeten vreemdgaan. Ik ken je al mijn halve leven en heb je opeens zomaar laten vallen. Dat was vreselijk.'

'Dat was het ook,' beaamt hij, 'maar ik snap het nu wel. We pasten niet bij elkaar... Of nou ja, we pasten perfect bij elkaar,' zegt hij met een lach. 'En volgens mij was dat ook het probleem.'

Nu mijn schuldgevoel langzaam wegebt, voelt de keuken opeens veel groter. 'Denk je dat echt?'

'Ja, dat denk ik echt. Ik hou van je, ik zal altijd van je houden. Ik hou alleen op een andere manier van je dan ik dacht, en jij kunt nooit van mij houden zoals je van hem houdt.'

Mijn adem stokt nu hij Hardin noemt. Hij heeft gelijk, hij heeft beslist gelijk, maar ik kan het niet met Noah over Hardin hebben. Niet nu.

Ik moet van onderwerp veranderen. 'Dus Becca maakt je gelukkig?'

'Ja. Ze is anders dan je waarschijnlijk zou verwachten, maar goed, ik had ook niet gedacht dat jij het zou uitmaken vanwege iemand als Hardin.' Zijn zachte gegrinnik maakt zijn glimlach minder scherp. 'Ik denk dat we allebei iets anders wilden.'

Hij heeft weer gelijk. 'Dat denk ik ook.' Ik lach met hem mee en we voeren op luchtige toon een gesprek totdat een volgende klop op de deur ons onderbreekt.

'Ik ga wel even.' Hij staat op en loopt voordat ik hem kan tegenhouden de kleine keuken uit.

65

∞

Hardin

Ik word bijna gek van het tergend langzame verstrijken van de minuten. Ik trek nog liever mijn haren een voor een uit mijn hoofd dan dat ik tot vijf uur op deze achterlijke oprit blijf wachten. Ik zie de auto van Tessa's moeder nergens staan. De enige auto op de oprit is die van Tessa, en daarin zit ik. Landon heeft verderop in de straat geparkeerd; hij is achter me aan gereden zodat hij me straks een lift terug naar huis kan geven. Gelukkig is hij, na mij, degene die het meest om Tessa geeft en duurde het niet lang voordat hij ja zei.

'Klop eens aan, anders doe ik het,' zegt hij dreigend aan de andere kant van de lijn.

'Ik ga al! Jezus, geef me even de tijd. Ik weet niet of er wel iemand thuis is.'

'Als dat niet zo is, gooi je de sleutels maar door de brievenbus. En dan kunnen we gaan.'

Er is een reden waarom ik dat nog niet heb gedaan: ik wil zeker weten dat ze binnen is. Ik wil zeker weten dat alles in orde is.

'Ik ga het nu doen.' Ik hang op voordat mijn vervelende stiefbroer nog iets kan zeggen.

De zeventien stappen naar de voordeur van haar moeder zijn de ergste van mijn leven. Ik klop op de hordeur, maar ik weet niet of ik hard genoeg heb geklopt. Kut. Ik klop nog een keer, maar deze keer harder. Te hard, te hard. Het dunne aluminium buigt door onder mijn hand en er knappen een paar draden in het gaas. Shit.

De deur gaat krakend open, maar in plaats van Tessa, haar moeder of om het even welke bewoner van deze kloteplaneet die ik liever had gezien, staat Noah daar.

'Shit, dit meen je niet,' zeg ik.

Hij wil de deur in mijn gezicht dichtgooien, maar ik zet snel een voet tussen de deur.

'Doe niet zo lullig.' Ik doe de deur open en hij doet een stap naar achteren.

'Wat moet jij hier?' vraagt hij, met een diepe frons op zijn gezicht. Ik kan hem beter vragen wat hij hier moet. Tessa en ik zijn nog geen drie dagen uit elkaar, maar die lul probeert nu al haar leven binnen te dringen.

'Ik kom haar auto brengen.' Ik probeer achter hem te kijken, maar ik zie geen zak. 'Is ze thuis?' Tijdens de hele rit hiernaartoe heb ik mezelf wijsgemaakt dat ik haar niet wil zien en het liefst wil vergeten dat ik hier gisteravond ook al was, maar nu weet ik dat dat niet waar is.

'Misschien. Weet ze dat je zou komen?' Noah slaat zijn armen over elkaar, en ik moet me tot het uiterste beheersen om hem niet tegen de grond te slaan, over hem heen te stappen – of misschien wel op hem – en haar te gaan zoeken.

'Nee. Ik wil gewoon weten dat het goed met haar gaat. Wat heeft ze jou verteld?' vraag ik hem. Ik loop achteruit de veranda af.

'Niks. Dat hoeft ook niet. Ze hoeft me niks te vertellen. Ik weet dat ze hier niet zou zijn als jij haar niet iets vreselijks had aangedaan.'

Ik frons. 'Je hebt het mis. Ik was het niet... deze keer niet.' Mijn bekentenis lijkt hem te verbazen, en ik ga – op voorlopig kalme toon – verder: 'Hoor eens, ik weet dat je de pest aan me hebt, en daar heb je alle reden toe, maar ik zal haar spreken, wat er ook gebeurt, dus je kunt me nu binnen...'

'Hardin?' Tessa komt achter Noah staan. Haar stem is een zachte fluistering die bijna verloren gaat in de wind.

'Hoi...' Mijn voeten voeren me het huis in, en Noah is zo verstandig om voor me opzij te gaan. 'Gaat het?' Ik neem haar wangen tussen mijn koude handen.

Ze trekt haar hoofd terug – vanwege de kou, maak ik mezelf wijs – en doet een stap naar achteren. 'Ja, het gaat wel,' liegt ze.

De vragen rollen van mijn lippen. 'Weet je het zeker? Hoe voel je je? Heb je goed geslapen? Heb je hoofdpijn?'

'Ja. Goed. Een beetje. Ja,' antwoordt ze knikkend, maar ik ben nu al vergeten wat ik haar vroeg.

'Wie heeft het je verteld?' vraagt ze, hevig blozend.

'Molly.'

'Mólly?'

'Ja, ze belde me toen je... eh, in mijn oude kamer was.' Ik kan de paniek in mijn stem niet onderdrukken.

'O...' Ze kijkt langs me heen, geconcentreerd fronsend.

Weet ze dat ik hier ben geweest? Wil ik dat ze dat weet?

Ja, natuurlijk wil ik dat. 'Maar het gaat wel?'

'Ja.'

Noah komt naar ons toe en vraagt duidelijk bezorgd: 'Tessa, wat is er eigenlijk gebeurd?'

Ik kijk naar Tessa en zie gewoon dat ze niet wil dat hij alles weet. Dat vind ik fijner dan zou moeten.

'Niks. Maak je er maar niet druk over,' zeg ik, zodat zij geen antwoord hoeft te geven.

'Iets ergs?' dringt hij aan.

'Ik zei dat je je er niet druk over moet maken,' zeg ik grommend. Hij hapt hoorbaar naar adem. Ik wend me weer tot Tessa. 'Ik kwam je auto brengen,' zeg ik.

'O ja?' zegt ze. 'Bedankt. Ik had wel verwacht dat Steph de voorruit zou inslaan of zo.' Ze zucht. Bij elk woord zakken haar schouders verder naar beneden. Haar poging tot een grapje heeft op niemand het gewenste effect, ook niet op haarzelf.

'Waarom ben je naar haar toe gegaan? Van al degenen uit wie je kon kiezen?' vraag ik aan haar.

Ze kijkt even naar Noah en dan weer naar mij. 'Noah, kun je ons even een minuutje geven?' vraagt ze vriendelijk.

Hij knikt, werpt me een blik toe die blijkbaar waarschuwend is bedoeld en laat ons dan alleen in de kleine woonkamer.

'Waarom zij? Vertel het me, alsjeblieft,' herhaal ik.

'Dat weet ik niet. Ik kon nergens anders naartoe, Hardin.'

'Je had naar Landon kunnen gaan. Je hebt daar min of meer je eigen slaapkamer,' merk ik op.

'Ik wilde jouw familie er niet bij betrekken. Dat heb ik al vaak genoeg gedaan, en dat is niet eerlijk tegenover hen.'

'En je wist dat ik daarnaartoe zou gaan?' Terwijl ze naar haar handen kijkt, zeg ik: 'Dat zou ik niet hebben gedaan.'

'Dat zal wel,' zegt ze zacht.

Jezus, zo bedoelde ik het niet. 'Zo bedoelde ik het niet. Ik bedoelde dat ik je ruimte wilde geven.'

'O,' fluistert ze, peuterend aan haar nagels.

'Je bent wel erg stil.'

'Ik heb... Ik weet het niet. Het is een erg lange dag geweest.' Ze fronst. Ik wil naar haar toe lopen, de frons tussen haar wenkbrauwen wegstrijken en de pijn wegkussen.

'Dat weet ik. Kun je je er iets van herinneren?' vraag ik, niet goed wetend of ik haar antwoord kan verdragen.

Ik reken erop dat ze me zal wegsturen of uitschelden, maar dat doet ze niet. Ze knikt alleen maar en gaat op de bank zitten. Ze gebaart dat ik bij haar moet komen zitten.

66

∞

Hardin

Ik wil dichterbij gaan zitten, ik wil haar trillende hand vastpakken en de herinneringen uit haar gedachten verdrijven. Ik vind het vreselijk dat ze iets als dit heeft meegemaakt en ben weer diep onder de indruk van haar kracht. Ze zit rechtop, met kaarsrechte rug, en is er klaar voor om met me te praten.

‘Waarom ben je gekomen?’ vraagt ze zacht.

Op mijn beurt vraag ik: ‘Wat moet híj hier?’, knikkend in de richting van de keuken. Ik weet gewoon dat Noah daar tegen de muur geleund naar ons staat te luisteren. Ik kan hem echt niet uitstaan, maar gezien de omstandigheden kan ik maar beter niets zeggen.

Ze speelt met haar handen en zegt: ‘Hij wilde weten of het goed met me gaat.’

‘Dat hoeft hij niet te komen vragen.’ Daarom ben ik hier.

‘Hardin...’ Ze fronst. ‘Niet nu. Alsjeblieft.’

‘Sorry...’ Ik schuif een stukje bij haar vandaan en voel me een nog grotere lul dan zo-even.

‘Waarom ben je gekomen?’ vraagt Tessa nogmaals.

‘Om je auto te brengen. Je wilt me hier niet hebben, hè?’ Tot nu toe heb ik nog geen moment over die mogelijkheid nagedacht. En nu brandt dat besef als zuur. Ik maak het alleen maar erger, door hier te zijn. De tijd dat ze bij mij troost vond, is voorbij.

‘Dat is het niet... Ik ben gewoon in de war.’

‘Waarom?’

Haar ogen glanzen in het zwakke licht van haar moeders woonkamer. ‘Vanwege jou, gisteravond, Steph, alles. Wist je dat het al die tijd een spelletje voor haar is geweest? Dat ze van het begin af aan een hekel aan me had?’

‘Nee, natuurlijk wist ik dat niet,’ zeg ik.

‘Je had geen idee dat ze me niet mocht?’

Verdomme. Maar ik wil eerlijk zijn, dus ik zeg: ‘Een beetje, misschien. Molly heeft een of twee keer een opmerking gemaakt, maar ze ging er verder niet op in, dus ik nam aan dat het wel meeviel. En dat Molly geen idee had waar ze het over had.’

‘Molly? Sinds wanneer geeft Molly iets om mij?’

Zo zwart-wit. Tessa wil altijd zo graag dat alles zwart-wit is, en daardoor schud ik, een tikje verdrietig, mijn hoofd. Zo eenvoudig is het namelijk nooit. ‘Ze heeft nog steeds een hekel aan je.’ Ik sla mijn blik neer. ‘Maar ze heeft me na die middag bij Applebee’s gebeld, en ik was kwaad. Ik wilde niet dat zij of Steph het voor ons zou verpesten. Ik dacht dat Steph zich er gewoon mee wilde bemoeien. Ik heb nooit vermoed dat ze zwaar gestoord was.’

Ik kijk naar Tessa en zie dat ze de tranen van haar gezicht wrijft. Ik schuif over de bank naar haar toe, maar ze deinst terug. ‘Hé, het is al goed,' zeg ik. Ik pak haar arm vast en trek haar tegen me aan. 'Shh...' Ik leg mijn hand op haar haar, en nadat ze zich een paar tellen lang van me heeft geprobeerd los te maken, geeft ze toe.

'Ik wil gewoon opnieuw beginnen. Ik wil alles vergeten wat er in het afgelopen half jaar is gebeurd,' zegt ze snikkend.

Ik voel dat ik bijna geen lucht krijg, maar ik knik toch instemmend, hoewel ik dat niet wil. Ik wil niet dat ze mij vergeet.

'Ik vind studeren helemaal niet leuk. Ik heb er zo lang naar uitgekeken, maar voor mij is het de ene vergissing na de andere gebleken.' Ze trekt aan mijn shirt en kruipt dichter tegen me aan. Ik zeg niets omdat ik haar niet een nog beroerder gevoel wil geven. Ik had geen idee wat me te wachten stond toen ik hier aanklopte, maar ik had zeker niet gerekend op een huilende Tessa in mijn armen.

'Ik stel me zo aan.' Ze maakt zich van me los, en even vraag ik me af of ik haar weer tegen me aan moet drukken.

'Nee. Nee, je stelt je niet aan. Je bent heel rustig, gezien de omstandigheden. Vertel me eens wat er is gebeurd, zodat ik het niet nog eens hoef te vragen. Alsjeblieft.'

'Het is een waas. Het was allemaal zo... raar. Ik was me van alles bewust, maar niets leek logisch. Ik weet niet hoe ik het moet uitleggen. Ik kon me niet bewegen, maar ik voelde wel van alles.' Ze huivert.

'Je kon dingen voelen? Waar heeft hij je aangeraakt?' Ik wil het niet weten.

'Mijn benen... Toen ze me uitkleedde.'

'Alleen je benen?' *Zeg alsjeblieft ja.*

'Ja. Ik geloof het wel. Het had veel erger kunnen zijn, maar Zed...' Ze valt stil. Haalt adem. 'Maar goed, door die pillen voelde mijn lijf zo zwaar aan... Ik weet niet hoe ik het moet uitleggen.'

Ik knik. 'Ik begrijp wat je bedoelt.'

'Wat?'

Fragmenten van herinneringen schieten door mijn hoofd: black-outs in kroegen, strompelen door de straten van Londen. Wat ik vroeger 'leuk' vond, is nu helemaal niet leuk meer. 'Vroeger nam ik zulke pillen soms voor de lol.'

'Echt waar?' Haar mond valt open. Het gevoel dat haar blik me geeft, is verre van prettig.

'"Lol" is misschien niet het goede woord,' verbeter ik mezelf. 'Niet meer.'

Ze knikt en schenkt me een lieve, opgeluchte glimlach. Ze trekt het kraagje van haar trui recht die, zo valt me nu pas op, behoorlijk strak zit.

'Waar heb je die vandaan?' vraag ik.

'Deze trui?' Ze lacht wrang. 'Die is van mijn moeder... Dat zie je toch wel?' Ze trekt even aan de dikke stof.

'Ik weet het niet. Toen Noah de deur voor me opendeed en ik jou in die kleren zag... Het leek wel alsof ik in een tijdmachine was gestapt,' zeg ik plagend. Haar ogen lichten geamuseerd op, en heel even verdwijnt alle droefheid van haar gezicht. Ze moet op haar lip bijten om te voorkomen dat ze in lachen uitbarst.

Ze haalt haar neus op en pakt een tissue uit het gebloemde doosje op het tafeltje. 'Nee, tijdmachines bestaan niet.' Tessa schudt langzaam haar hoofd en snuit haar neus.

Shit, zelfs als ze huilt, is ze nog mooi. 'Ik maakte me zorgen over je,' zeg ik tegen haar.

Haar glimlach verdwijnt. *Kut.*

'Dat vind ik zo verwarrend,' zegt ze. 'Je zei dat je me niet meer wilde, maar nu zit je hier en zeg je dat je je zorgen over me maakt.' Ze staart me onbewogen aan, maar haar lip trilt.

Ze heeft gelijk. Ik zeg het niet altijd, maar het is waar. Ik besteed elke dag uren aan me zorgen maken over haar. Emotie... Dit heb ik van haar nodig. Ik heb de bevestiging nodig.

Maar ze vat mijn zwijgen verkeerd op. 'Het geeft niet, ik ben niet boos op je. Ik vind het fijn dat je mijn auto bent komen brengen. Dat betekent heel veel voor me.'

Ik blijf zwijgend zitten, even niet in staat iets te zeggen.

'Het geeft niet,' zeg ik ten slotte schouderophalend. Ik moet gewoon iets zeggen, het maakt niet uit wat.

Nadat Tessa nog iets langer getuige is geweest van mijn pijnlijke zwijgen besluit ze de beleefde gastvrouw te spelen.

'Hoe kom je nu thuis? Wacht eens, hoe wist je eigenlijk waar mijn moeder woont?'

Shit. 'Van Landon.'

Haar ogen lichten opnieuw op. 'O, is hij ook hier?'

'Ja, hij staat buiten te wachten.'

Ze bloost en staat op. 'O! Dan zal ik jullie niet langer ophouden. Het spijt me.'

'Nee, je houdt ons niet op. Hij vindt het niet erg om buiten te wachten,' zeg ik stamelend. *Ik wil niet weg. Tenzij jij meegaat.*

'Hij had mee naar binnen moeten komen.' Ze werpt een snelle blik op de deur.

'Hij redt zich wel.' Mijn toon is veel te scherp.

'Nogmaals bedankt dat je mijn auto bent komen brengen...' Ze probeert me op een beleefde manier de deur te wijzen. Ik ken haar.

'Moet ik je spullen naar binnen brengen?' bied ik aan.

'Nee, ik vertrek morgenochtend toch, dus het is handiger om ze in de auto te laten liggen.'

Waarom verbaast het me toch dat ze me met elke opmerking die ze maakt aan haar vertrek naar Seattle herinnert? Ik blijf maar wachten totdat ze van gedachten verandert, maar dat gaat niet gebeuren.

67

∞

Tessa

Op weg naar de voordeur vraag ik aan Hardin: 'Wat heb je met Dan gedaan?'

Ik wil meer weten over wat er is gebeurd, ook al kan Noah, die in de gang staat, ons horen. Hardin kijkt niet eens naar hem, maar Noah werpt Hardin een boze blik toe. Ik denk dat hij niet weet wat hij moet doen.

'Je zei dat Molly je heeft verteld wat er is gebeurd. Wat heb je toen gedaan?' Ik ken Hardin goed genoeg om te weten dat hij Dan niet met rust heeft gelaten. Het verbaast me nog altijd dat Molly me te hulp is geschoten; dat was wel het laatste wat ik verwachtte toen ik haar gisteravond die slaapkamer binnen zag lopen. De herinnering wekt een huivering bij me op.

Hardin glimlacht kort. 'Niets ergs.'

Ik heb Dan niet de nek omgedraaid, ik heb hem alleen een schop tegen zijn kop gegeven.

'Je hebt hem een schop tegen zijn hoofd gegeven.' Ik probeer wijs te worden uit de wirwar aan herinneringen.

Hij trekt een wenkbrauw op. 'Ja... Heb je dat van Zed gehoord?'

'Dat... dat weet ik niet...' Ik weet nog dat ik die woorden heb gehoord, maar niet wie ze heeft uitgesproken.

Hardin, niet Zed, zei Hardin. Zijn stem klinkt zo echt in mijn gedachten.

'Je was hier, hè? Gisteravond?' Ik loop naar hem toe. Hij deinst terug tegen de muur. 'Je wás hier. Dat weet ik nog. Je zei dat je ging drinken maar dat deed je niet...'

'Ik had niet gedacht dat je dat zou onthouden,' mompelt Hardin.

'Waarom heb je het me niet verteld?' Mijn hoofd bonkt nu ik mijn door pillen veroorzaakte dromen van de werkelijkheid probeer te scheiden.

'Dat weet ik niet. Dat wilde ik wel, maar toen werd alles opeens zo vertrouwd en moest jij glimlachen en wilde ik het niet verpesten.' Hij haalt een schouder op en richt zijn blik op een groot schilderij van de gouden hemelpoort dat aan mijn moeders muur hangt.

'Waarom zou je het verpesten als je me zou vertellen dat je me naar huis had gebracht?'

'Dat heb ik niet gedaan. Dat heeft Zed gedaan.'

Daar kan ik me, vaag, iets van herinneren. Dit is zo frustrerend.

'Dus jij bent later gekomen? Wat deed ik toen?' Ik wil dat Hardin me helpt de gebeurtenissen in de juiste volgorde te plaatsen. Dat lijk ik zelf niet te kunnen.

'Je lag op de bank en kon amper een woord uitbrengen.'

'O...'

'Je riep om hem,' voegt hij er op zachte toon aan toe, maar ik hoor het gif in zijn lage stem.

'Om wie?'

'Zed.' Een eenvoudig antwoord, maar ik hoor de emotie.

'Nee, dat deed ik niet.' Dat slaat nergens op. 'Dit is zo frustrerend.' Ik doe mijn best om het me te herinneren... Hardin die iets over Dan zegt... Hardin die me vraagt of ik hem kan horen... mijn vraag aan hem, over Zed...

'Ik wilde weten of je hem pijn had gedaan. Geloof ik.' De herinnering is onduidelijk, maar is er wel.

'Je hebt zijn naam meerdere keren genoemd, maar dat geeft niet. Je was helemaal van de wereld.' Hij richt zijn blik op het tapijt en blijft daarnaar kijken. 'Ik had toch niet verwacht dat je me hier wilde hebben.'

'Ik wilde hem niet. Ik kan me niet veel herinneren, maar ik weet wel dat ik bang was. En ik ken mezelf goed genoeg om te weten dat ik in zo'n situatie om jou zou roepen,' geef ik zonder nadenken toe.

Waarom zei ik dat? Het is weer uit tussen Hardin en mij. Dit is de tweede keer dat het echt voorbij is, maar het voelt alsof het veel vaker is gebeurd. Misschien omdat ik deze keer niet meteen in zijn armen ben gekropen zodra hij enige genegenheid toonde. Deze keer heb ik het huis verlaten en heb ik alle cadeaus van Hardin laten liggen. Deze keer vertrek ik over nog geen vierentwintig uur naar Seattle.

'Kom eens hier.' Hij spreidt zijn armen.

'Dat gaat niet.' Ik neem een voorbeeld aan hem en haal mijn hand door mijn haar.

'Ja, dat gaat wel.'

Telkens wanneer Hardin bij me is, voel ik, ongeacht de situatie, dat hij tot in elke vezel van me doordringt. Zo vertrouwd is hij. Of we staan tegen elkaar te schreeuwen, of we plagen elkaar lachend. Er is nooit enige afstand tussen ons, er is geen middenweg. Inmiddels is het voor mij een natuurlijk gegeven, bijna een instinct, om me door hem te laten troosten, om zijn houding weg te lachen en om de problemen te negeren die ons in de eerste plaats in zo'n situatie hebben doen belanden.

'We zijn niet meer samen,' breng ik hem, of eerder mezelf, zacht in herinnering.

'Dat weet ik.'

'Ik kan niet doen alsof het wel zo is.' Ik bijt op mijn onderlip en probeer te negeren dat zijn blik dof wordt nu ik hem aan onze situatie herinner.

'Dat vraag ik ook niet van je. Ik vraag je alleen om hier te komen.' Hij heeft zijn armen nog altijd gespreid, lang en uitnodigend. Ze roepen me, willen me naar hem toe trekken.

'Maar als ik dat doe, vervallen we weer in die eindeloze kringloop waaraan we juist een einde wilden maken.'

'Tessa...'

'Hardin, alsjeblieft.' Ik deins terug. De woonkamer is zo klein dat ik hem niet kan vermijden en mijn zelfbeheersing afbrokkelt.

'Goed dan.' Hij slaakt eindelijk een zucht en trekt aan zijn haar, het gebruikelijke teken dat hij gefrustreerd is.

'We hebben dit nodig, dat weet jij ook wel. We moeten wat tijd zonder elkaar doorbrengen.'

'Zonder elkaar?' Hij kijkt gekwetst, kwaad, en ik ben een beetje bang voor wat hij nu zal zeggen. Ik wil geen ruzie, en vandaag is voor hem geen goede dag om ruzie te maken.

'Ja, een tijdje zonder elkaar. We kunnen niet met elkaar opschieten en alles lijkt zich altijd tegen ons te keren. Je zei laatst zelf nog dat je er genoeg van had. Je hebt me het huis uitgezet.' Ik sla mijn armen over elkaar.

'Tessa... Jezus, dat kun je niet...' Hij kijkt me recht aan en valt halverwege zijn zin stil. 'Hoe lang?'

'Wat?'

'Hoe lang wil je zonder elkaar doorbrengen?'

'Ik...' Ik had niet gedacht dat hij het ermee eens zou zijn. 'Dat weet ik niet.'

'Een week? Een maand?' Hij dringt aan op iets specifieks.

'Dat weet ik niet, Hardin. We moeten allebei tot onszelf zien te komen.'

'Bij jou ben ik al mezelf, Tess.'

Zijn woorden dringen diep in me door, en ik dwing mezelf de andere kant op te kijken voordat ik mijn laatste restje weerstand verlies. 'Dat geldt voor mij ook, maar jij bent altijd zo kwaad en ik moet voortdurend op mijn tenen lopen. Je moet iets aan je woede doen en ik heb tijd voor mezelf nodig.'

'Dus dit is weer mijn schuld?' vraagt hij.

'Nee, ook die van mij. Ik ben zo ontzettend afhankelijk van je. Ik moet zelfstandiger worden.'

'Sinds wanneer doet dat er iets toe?' De toon van zijn stem maakt duidelijk dat hij mijn afhankelijkheid nooit als een probleem heeft gezien.

'Sinds we een paar avonden geleden thuis enorme ruzie kregen. Of eigenlijk begon het al veel eerder. Seattle en die ruzie van laatst waren simpelweg de druppel.'

Wanneer ik eindelijk voldoende moed weet te verzamelen om Hardin aan te kijken zie ik dat zijn uitdrukking is veranderd.

'Oké, ik snap het,' zegt hij. 'Het spijt me, ik weet dat ik het altijd verkloot. We hebben het al veel te vaak over Seattle gehad, en misschien wordt het tijd dat ik eens beter naar jou luister.' Hij wil mijn hand pakken en ik sta dat toe, van mijn stuk gebracht door zijn plotselinge meegaandheid. 'Ik zal je de ruimte geven, oké? Je hebt alleen al in de afgelopen vierentwintig uur genoeg gezeik meegemaakt. Ik wil niet het volgende probleem worden... Deze keer niet.'

'Dank je,' antwoord ik ferm.

'Wil je me laten weten wanneer je naar Seattle vertrekt? En eet wat. En rust alsjeblieft goed uit.' Zijn groene ogen zijn zacht, warm en troostend.

En ik wil hem vragen te blijven, maar ik weet dat dat geen goed idee is.

'Dat zal ik doen. Dank je... Dat meen ik.'

'Je hoeft me niet te bedanken.' Hij stopt zijn handen in de nauwe zakken van zijn zwarte jeans en kijkt me onderzoekend aan. 'Ik zal Landon de groeten van je doen,' zegt hij, en hij loopt naar buiten.

Ik kan een glimlach niet onderdrukken wanneer ik hem even bij Landons auto zie aarzelen. Hij staart een hele tijd naar mijn moeders huis voordat hij eindelijk instapt.

68

∞

Tessa

Zodra Landons auto uit het zicht is verdwenen voel ik dat mijn borstkas leeg en zwaar aanvoelt. Ik draai me om en laat de voordeur achter me dichtvallen.

Noah staat op de drempel tussen de woonkamer en de keuken. 'Is hij weg?' vraagt hij vriendelijk.

'Ja, hij is weg.' Mijn stem klinkt zo afstandelijk dat ik het geluid niet eens herken.

'Ik wist niet dat het uit was tussen jullie.'

'We... Nou ja... we proberen erachter te komen hoe het zit.'

'Kun je me één ding vertellen voordat je van onderwerp verandert?' Hij kijkt me onderzoekend aan. 'Ik ken die blik. Je zoekt naar een reden om dat te doen.'

We zijn al maanden uit elkaar, maar Noah kent me nog steeds zo goed. 'Wat wil je weten?' vraag ik.

Zijn blauwe ogen kijken me aan. Hij houdt mijn blik zo lang vast dat ik hem wel dapper moet vinden. 'Als je de klok terug kon draaien, Tessa, zou je dat dan doen? Ik hoorde je net zeggen dat je het afgelopen half jaar wilt vergeten... maar zou je dat echt doen, als het kon?'

Zou ik dat doen?

Ik ga op de bank zitten om over die vraag na te denken. Zou ik de klok terugdraaien? En alles uitwissen wat me in het afgelopen half jaar is overkomen? De weddenschap, de eindeloze ruzies met Hardin, de steeds slechtere relatie met mijn moeder, het verraad van Steph, al die vernederingen, alles.

'Ja. Meteen.'

Hardins hand op de mijne, zijn armen vol tattoos om me heen, me naar zich toe trekkend. De manier waarop hij soms lacht, zo hard dat zijn ogen dichtvallen en het geluid mijn oren, hart en onze hele woning vult met zo'n zeldzame vrolijkheid dat ik me zo levend voel.

Dan verander ik van gedachte. 'Nee, ik zou het niet doen. Dat kan ik niet.'

Noah schudt zijn hoofd. 'Wat is het nu?' Hij grinnikt en gaat in de luie stoel tegenover de bank zitten. 'Zo besluiteloos ken ik je niet.'

Ik schud beslist mijn hoofd. 'Ik zou die tijd niet uitwissen.'

'Zeker weten? Het was niet bepaald gemakkelijk voor je... en ik weet nog niet eens de helft.'

'Zeker weten.' Ik knik een paar keer en ga dan op de rand van de bank zitten. 'Al zou ik wel een paar dingen anders doen. Met jou.'

Noah glimlacht aarzelend. 'Ja, ik ook,' beaamt hij zacht.

'Theresa.' Een hand pakt mijn schouder vast en schudt me door elkaar. 'Theresa, wakker worden.'

'Ik ben al wakker.' Kermend doe ik mijn ogen open. De woonkamer. Ik lig in mijn moeders woonkamer. Ik schop de deken van mijn benen... de deken die Noah over me heen heeft gelegd toen ik ben gaan liggen nadat we een tijdje hadden zitten praten en samen wat tv wilden kijken. Net als vroeger.

Ik maak me los uit mijn moeders greep. 'Hoe laat is het?'

'Negen uur. Ik had je eerder wakker willen maken.' Ze perst haar lippen opeen.

Ze vond het vast vreselijk dat ik de halve dag lag te slapen. Gek genoeg stemt die gedachte me vrolijk.

'Sorry, ik kan me niet eens herinneren dat ik in slaap ben gevallen.' Ik rek me uit en sta op. 'Is Noah al weg?' Ik kijk de keuken in, maar zie hem niet.

'Ja. Mevrouw Porter wilde je graag zien, maar ik zei tegen haar dat dit geen geschikt moment is.' Ze loopt naar de keuken.

Ik loop achter haar aan en ruik dat er iets op het vuur staat. 'Dank je,' zeg ik, maar ik had graag fatsoenlijk afscheid genomen van Noah.

Mijn moeder loopt naar het fornuis en zegt over haar schouder: 'Ik zag dat Hardin je auto heeft gebracht.' De afkeuring is duidelijk hoorbaar. Even later draait ze zich om van het fornuis en geeft me een bord met sla en gegrilde tomaten aan.

Ik heb haar opvattingen over een fatsoenlijke maaltijd niet gemist, maar ik pak het bord wel aan.

'Waarom heb je me niet verteld dat Hardin gisteravond hier was? Nu weet ik het weer.'

Ze haalt haar schouders op. 'Hij vroeg me om niets te zeggen.'

Ik ga aan de tafel zitten en prik nadenkend in mijn eten. 'Sinds wanneer doe jij wat hij wil?' vraag ik uitdagend, al vrees ik haar reactie...

'Dat doe ik niet.' Ze maakt haar eigen bord klaar. 'Ik heb niets gezegd omdat het voor je eigen bestwil is als je je niets meer kunt herinneren.'

Mijn vork glijdt uit mijn vingers en raakt met een harde tik het bord. 'Het is niet voor mijn bestwil om dingen voor me te verzwijgen,' zeg ik. Ik doe mijn best om mijn stem koel en kalm te laten klinken. Echt waar. Om dat te benadrukken veeg ik mijn mondhoeken af met een keurig gestreken servet.

'Theresa, als je gefrustreerd bent, moet je dat niet op mij uitleven.' Mijn moeder komt bij me aan de tafel zitten. 'Het is je eigen schuld, en niet de mijne, dat je door die man zo bent geworden als je nu bent.'

Op het moment dat er rond haar rode lippen een voldaan lachje verschijnt, sta ik op van de tafel, smijt mijn servet op het bord en ren de kamer uit.

'Jongedame, waar ga je naartoe?' roept ze.

'Naar bed. Ik moet morgenochtend om vier uur op, want het is een heel eind rijden!' gil ik terug. Ik doe de deur van mijn slaapkamer achter me dicht.

Ik ga op het bed uit mijn jeugd zitten... en meteen lijken de muren op me af te komen. Ik heb een hekel aan dit huis. Dat zou niet moeten, maar het is wel zo. Het geeft me een vreselijk gevoel, alsof ik hier niet kan leven zonder te worden berispt of verbeterd. Ik besefte pas hoe gekooid ik mijn hele leven ben geweest toen Hardin me voor het eerst van de vrijheid liet proeven. Nu vind ik het heerlijk om pizza als avondeten te eten en de hele dag met hem in bed te liggen. Zonder gestreken servetten. Zonder mijn haar keurig in de krul. Zonder afzichtelijke gele gordijnen.

Voordat ik mezelf kan tegenhouden bel ik hem, en hij neemt vrijwel meteen op.

'Tessa?' zegt hij, buiten adem.

'Eh, hoi,' fluister ik.

'Wat is er mis?' vraagt hij bezorgd.

'Niets. Gaat het?'

'Kom op, Scott, kom eens hier,' zegt een vrouwenstem op de achtergrond.

Mijn hart bonkt tegen mijn ribbenkast nu ik besef wat dat kan betekenen. 'O, je... Ik hang weer op.'

'Nee, dat hoeft niet. Ze kan wel wachten.' Het geluid op de achtergrond wordt steeds zachter. Hij loopt zeker bij de vrouw vandaan.

'Nee, ik hang op. Ik wilde je niet... storen.' Ik staar naar de dichtstbijzijnde muur, achter mijn bed. Ik weet zeker dat die dichterbij is gekomen. Klaar om me te bedelven.

'Oké,' zegt hij zacht.

Wat?

'Oké, dag,' zeg ik snel. Ik verbreek de verbinding en druk mijn hand tegen mijn mond om te voorkomen dat ik op mijn moeders tapijt kots.

Er moet een of andere logische...

Mijn telefoon zoemt tegen mijn dij en Hardins naam verschijnt op het schermpje. Ik neem op, hoewel ik dat eigenlijk niet wil.

'Ik ben niet aan het doen wat jij denkt... Ik besefte niet eens hoe het overkwam,' steekt hij meteen van wal. Ik hoor een harde wind om hem heen die zijn stem dempt.

'Het geeft echt niet.'

'Jawel, Tess,' zegt hij stellig. 'Als ik nu bij een ander zou zitten, zou dat wel erg zijn, dus zeg nu niet "het geeft niet".'

Ik ga op het bed liggen en moet bekennen dat hij gelijk heeft. 'Ik dacht niet dat je iets aan het doen was.' Het is deels een leugen. Ik wist wel dat het niet zo was, maar mijn verbeelding... ging toch met me op de loop.

'Goed, misschien vertrouw je me nu eindelijk.'

'Misschien.'

'Al is dat minder belangrijk nu je bij me weg bent.' Zijn toon is scherp.

'Hardin...'

Hij zucht. 'Waarom belde je? Hangt je moeder weer de trut uit?'

'Zo mag je haar niet noemen.' Ik rol met mijn ogen. 'Nou... ze kan soms best wel een trut zijn, maar het is nooit zo erg. Ik ben gewoon... Ik weet eigenlijk niet waarom ik belde.'

'Nou...' Hij zwijgt even. Ik hoor het portier van een auto dichtvallen. 'Wil je even praten of zo?'

'Is dat goed? Heb je daar tijd voor?' vraag ik. Een paar uur geleden zei ik nog tegen hem dat ik minder afhankelijk van hem moest zijn, maar ik bel hem weer zodra het even tegenzit.

'Ja, hoor.'

'Waar zit je trouwens?' Ik wil het gesprek zo neutraal mogelijk houden... al is dat tussen mij en Hardin nooit echt mogelijk.

'De sportschool.'

Ik schiet bijna in de lach. 'De sportschool? Daar kom je nooit.' Hardin is een van de weinigen die een onvoorstelbaar lijf heeft zonder dat hij er iets voor hoeft te doen. Hij is al perfect, lang met brede schouders, al beweert hij dat hij als jonge tiener een magere slungel was. Zijn spieren zijn hard, maar niet overdreven; zijn lijf is de perfecte mengeling van zacht en hard.

'Dat weet ik. Ze heeft me flink onder handen genomen. Het was gewoon gênant.'

'Wie?' zeg ik iets te fel. *Rustig aan, Tessa, het gaat duidelijk om de vrouw die je net iets hoorde zeggen.*

'O, de trainer. Ik heb gebruikgemaakt van die kickboksles die je me voor mijn verjaardag hebt gegeven.'

'O ja?' De gedachte aan een kickboksende Hardin roept nog veel meer gedachten op, van het soort dat ik niet zou moeten hebben. Een zwetende Hardin...

'Ja,' zegt hij, een tikje verlegen.

Ik schud mijn hoofd om het beeld van hem met ontbloot bovenlijf te verjagen. 'Hoe ging het?'

'Het ging wel. Ik denk dat ik andere sporten leuker vind, maar het goede nieuws is dat ik minder gespannen ben dan een paar uur geleden.'

Bij dat antwoord knijp ik mijn ogen tot spleetjes, maar dat ziet hij natuurlijk niet.

Met mijn vingers volg ik het bloemetjespatroon op de sprei. 'Denk je dat je nog eens gaat?' Ik heb eindelijk het gevoel dat ik weer kan ademen nu Hardin begint te vertellen over het eerste half uur van de les, dat erg ongemakkelijk was, en dat hij maar tegen die vrouw bleef schelden totdat ze hem een paar keer een tik tegen zijn achterhoofd gaf waardoor hij eindelijk respect voor haar kreeg en zich ging gedragen.

'Wauw,' zeg ik ten slotte. 'Zit je nog op de sportschool?'

'Nee, ik ben weer thuis.'

'Je bent gewoon... weggegaan? Heb je nog iets tegen haar gezegd?'

'Nee, waarom zou ik?' vraagt hij, alsof zijn gedrag volkomen normaal is.

Ik vind het een fijn idee dat hij zijn bezigheden simpelweg heeft gestaakt om met mij te kunnen praten. Dat zou niet moeten, maar het is wel zo. Ik krijg er een warm gevoel van, maar ik moet er ook van zuchten. 'We zijn er niet echt goed in, hè? Elkaar de ruimte geven.'

'Dat zijn we nooit geweest.' Hoewel hij meer dan honderdvijftig kilometer verderop zit, zie ik zijn tevreden lachje voor me.

'Dat weet ik wel, maar...'

'Dit is onze versie van elkaar de ruimte geven. Je bent niet in je auto gestapt en hiernaartoe gereden. Je hebt alleen maar gebeld.'

'Dat is zo...' Ik wil graag instemmen met zijn verwrongen logica. In zekere zin heeft hij gelijk. Ik weet nog niet of dat positief of negatief is.

'Is Noah er nog?'

'Nee, die is uren geleden al vertrokken.'

'Mooi.'

Ik kijk naar de duisternis aan de andere kant van mijn spuuglelijke gordijnen en hoor Hardin lachend zeggen: 'Het is zo raar om aan de telefoon te zitten.'

'Hoezo?' vraag ik.

'Ik weet het niet. We zitten al een hele tijd te kletsen.'

Ik haal mijn mobieltje van mijn oor om naar de tijd te kijken, en hij heeft gelijk. 'Het lijkt zo kort,' zeg ik.

'Ik weet het. Ik hang nooit met lui aan de telefoon. Alleen met jou, als je me vraagt op weg naar huis iets mee te nemen, of af en toe met vrienden, maar dat soort gesprekken duurt nooit langer dan een paar minuten.'

'Meen je dat?'

'Ja. Ik was nooit zo bezig met daten en zo. Mijn vrienden hingen altijd uren aan de lijn met hun vriendinnetjes, die eindeloze verhalen hielden over nagellak en al die andere dingen waar meiden uren over kunnen zeuren.' Hij lacht even, maar ik frons nu ik eraan word herinnerd dat Hardin nooit een normale tiener heeft kunnen zijn.

'Veel heb je niet gemist,' stel ik hem gerust.

'Met wie zat jij vroeger uren te praten? Met Noah?' Zijn afkeer is duidelijk hoorbaar.

'Nee, dat soort dingen waren ook niets voor mij. Ik had het te druk met lezen.' Misschien was ik ook geen normale tiener.

'Nou, dan ben ik blij dat je een nerd was,' zegt hij, en ik krijg er vlinders van in mijn buik.

'Theresa!' De stem van mijn moeder, die me al een paar keer heeft geroepen, doet me opschrikken.

'Is het al bedtijd?' vraagt Hardin plagend. Onze relatie, of juist geen relatie, dit elkaar-de-ruimte-geven-maar-toch-heel-lang-aan-de-telefoon-hangen – alles is opeens veel ingewikkelder geworden.

'Hou je mond,' antwoord ik, en ik druk mijn hand lang genoeg tegen het toestel om tegen mijn moeder te roepen dat ik er zo aankom. 'Ik moet even kijken wat ze van me wil.'

'Vertrek je morgen echt?'

'Ja.'

Na een korte stilte zegt hij: 'Nou, oké, wees voorzichtig...'

'Zal ik je morgenochtend nog even bellen?' bied ik met trillende stem aan.

'Nee, we kunnen hier beter geen gewoonte van maken,' zegt hij, waardoor ik het benauwd krijg. 'Of het in elk geval niet te vaak doen. Als we toch niet samen zijn, heeft het geen zin om elkaar voortdurend te bellen.'

'Oké.' Mijn antwoord klinkt bedeesd en verslagen.

'Slaap lekker, Tessa,' zegt hij, en de verbinding wordt verbroken.

Hij heeft gelijk. Dat weet ik ook wel. Maar dat maakt de pijn niet minder heftig. Ik had hem nooit moeten bellen.

69

∞

Tessa

Het is kwart door vijf 's morgens en bij wijze van uitzondering loopt mijn moeder er niet bij alsof ze zo de deur uit moet. Ze draagt een zijden pyjama, een ochtendjas en bijpassende pantoffels. Mijn haar is nog vochtig van de douche, maar ik heb de tijd genomen om me op te maken en me netjes aan te kleden.

Mijn moeder kijkt me aandachtig aan. 'Je hebt alles wat je nodig hebt, hè?'

'Ja, al mijn spullen liggen in de auto,' zeg ik.

'Mooi. Ga je nog wel even tanken voordat je vertrekt?'

'Het komt allemaal wel goed, mam.'

'Dat weet ik. Ik wil je alleen maar helpen.'

'Dat weet ik.' Ik spreid mijn armen voor het afscheid en trek me na haar stijve omhelzing terug om nog een beker koffie voor onderweg in te schenken. Er is nog steeds een sprankje hoop, de dwaze, ijdele hoop dat er elk moment koplampen uit de duisternis zullen opduiken en dat Hardin uit zijn auto stapt, met zijn koffers in zijn hand, en tegen me zegt dat hij met me meegaat naar Seattle.

Maar die hoop is inderdaad dwaas en ijdel.

Om tien over vijf omhels ik mijn moeder voor de laatste keer en stap ik in de auto. Gelukkig heb ik de verwarming al eerder aangezet en het adres van Kimberly en Christian ingevoerd in de navigatie-app op mijn telefoon. Ik heb nog niet eens de oprit verlaten of de app valt al uit en begint daarna de route opnieuw te berekenen. Ik heb echt een nieuw toestel nodig. Als Hardin hier was, zou hij me er weer aan herinneren dat dit nog een reden is om een iPhone te kopen.

Maar Hardin is er niet.

Het is een lange rit. Ik sta nog maar aan het begin van mijn avontuur, maar er welt nu al een ongemakkelijk gevoel in me op. Bij elk stadje dat ik passeer, voel ik me minder op mijn plaats, en ik vraag me af of het in Seattle nog erger zal zijn. Zal ik daar mijn draai kunnen vinden, of zal ik met hangende pootjes terugkeren naar WCU, of, erger nog, naar het huis van mijn moeder?

Ik kijk naar het klokje op mijn dashboard en zie dat ik nog maar een uur onderweg ben, maar even later worden mijn gedachten minder somber. Nu ik hier over de donkere, onbekende wegen rijd, word ik niet beheerst door paniek. Ik denk aan mijn toekomst. De toekomst die niemand me kan afnemen, die niemand me kan dwingen op te geven. Ik neem regelmatig een pauze om een kop koffie te drinken, een hapje te eten of gewoon wat frisse lucht op te snuiven. Wanneer halverwege mijn rit eindelijk de zon opkomt, richt ik me op het heldergele en oranje licht en bewonder de wijze waarop de kleuren zich met elkaar vermengen en het begin van een mooie nieuwe dag aankondigen. Mijn stemming wordt samen met de lucht helderder. Ik merk dat ik mee zit te zingen met Taylor Swift en met mijn vingers op het stuur tik wanneer zij het heeft over 'trouble walking in' – en ik moet lachen om de ironie van die tekst.

Bij het bord dat me welkom heet in Seattle stijgen de vlinders, van de goede soort, op in mijn buik. Ik doe dit echt. Theresa Young is nu echt in Seattle aangekomen, waar ze een eigen leven gaat opbouwen, op een leeftijd waarop de meesten van haar vrienden nog niet eens weten wat ze met hun leven willen.

Ik heb het gedaan. Ik heb niet dezelfde fouten gemaakt als mijn moeder, ik heb er niet op gerekend dat anderen wel een toekomst voor me zouden uitstippelen. Natuurlijk heb ik hier hulp bij gehad, en daar ben ik dankbaar voor, maar nu is het aan mij om de volgende stap te zetten. Ik heb een geweldige stage, een vriendin met lef en haar aardige verloofde, en een auto vol met mijn eigen spullen.

Ik heb nog geen dak boven mijn hoofd... Het enige wat ik heb, zijn een paar dozen op de achterbank en een baan.

Maar het komt wel goed.

Het komt goed. Dat moet gewoon.

In Seattle zal ik gelukkig worden... net zoals ik me dat altijd heb ingebeeld. Zo zal het gaan.

De kilometers rijgen zich langzaam aaneen... en elke seconde is gevuld met herinneringen, vaarwels en twijfels.

Het huis van Kimberly en Christian is nog groter dan ik op grond van Kimberly's beschrijving had vermoed. Alleen al de oprit maakt me zenuwachtig. Het terrein is omringd door bomen, de heggen zijn keurig gesnoeid en er hangt een geur die ik niet ken. Ik parkeer mijn auto achter die van Kimberly en adem even diep in voordat ik uitstap. Op de grote houten deur is een wapenschild met een v aangebracht. Ik sta net te grinniken om die zelfingenomen versiering wanneer Kimberly de deur opendoet.

Ze trekt een wenkbrauw op en volgt mijn blik naar de deur die ze net heeft geopend. 'Dat hebben wij niet opgehangen! Echt niet. Het laatste gezin dat hier woonde, heette Vermon!'

'Ik zeg niets,' zeg ik schouderophalend.

'Ik weet wat je denkt, het is afzichtelijk. Christian is ijdel, maar dat zou hij nooit ophangen.' Ze tikt met een rode nagel tegen de letter, wat me aan het lachen maakt, en laat me binnen. 'Hoe was de reis? Kom binnen, het is koud buiten.'

Ik loop achter haar aan de hal in. Daar is het warm en het ruikt er naar open haard.

'Goed...' zeg ik.

'Ik hoop dat je dat lange stuk nooit meer hoeft te rijden.' Ze trekt haar neus op. 'Christian zit op kantoor, maar ik heb een dag vrij genomen om jou te verwelkomen. Smith komt over een paar uur uit school.'

'Nogmaals bedankt dat ik hier mag logeren. Ik beloof je dat ik niet langer dan twee weken zal blijven.'

'Maak je daar maar niet druk over. Je zit eindelijk in Seattle.' Ze kijkt me stralend aan, en pas nu dringt het echt tot me door: ik zit in Seattle!

70

∞

Hardin

'Hoe was het kickboksen gisteren?' vraagt Landon. Zijn stem klinkt afgemeten en zijn gezicht vertrekt tot een stompzinnig uitziende, ingespannen uitdrukking wanneer hij een volgende zak tuinaarde optilt. Hij laat de zak op zijn plaats vallen, zet zijn handen in zijn zij en zegt overdreven met zijn ogen rollend: 'Je mag ook helpen, weet je dat?'

‘Dat weet ik,’ zeg ik vanuit mijn stoel. Ik leg mijn voeten op een van de houten planken in Karens kas. ‘Het was wel oké. De trainer was een vrouw, dus dat was echt stom.’

‘Waarom? Gaf ze je van katoen?’

‘Gaf ze me op mijn lazer, bedoel je? Nee, dat niet.’

‘Waarom ben je eigenlijk gegaan? Ik heb Tess gezegd dat ze je geen pasje voor de sportschool cadeau moest doen omdat je dat toch niet zou gebruiken.’

Ik voel ergernis opwellen omdat hij haar ‘Tess’ noemt. Dat bevalt me helemaal niet. *Het is Landon maar*, breng ik mezelf in herinnering. Van al het gezeik dat ik nu aan mijn hoofd heb, is Landon wel mijn minste zorg.

‘Omdat ik zo kwaad was dat ik zin had om alles in huis kapot te smijten. Dus toen ik bezig was alle laden uit de kast te trekken en toevallig dat pasje zag liggen, pakte ik het op, trok mijn schoenen aan en ging naar de sportschool.’

‘Je hebt alle laden uit de kast getrokken? Dat zal Tessa niet zomaar...’ Hij schudt zijn hoofd en gaat eindelijk op de stapel zakken zitten. Ik snap niet waarom hij tegen zijn moeder heeft gezegd dat hij wil helpen om al deze zooi te verplaatsen.

‘Dat ziet ze toch niet... Ze woont er niet meer,’ breng ik hem in herinnering. Ik probeer niet al te scherp te klinken.

Hij kijkt me schuldbewust aan. ‘Sorry.’

‘Ja.’ Ik slaak een zucht. Ik kan niet eens een gevat antwoord bedenken.

‘Het kost me moeite om medelijden met je te hebben. Je had met haar mee kunnen gaan,’ zegt Landon na een korte stilte.

‘Krijg de tering.’ Ik leun met mijn hoofd tegen de wand en voel dat hij naar me kijkt.

‘Het slaat nergens op,’ gaat hij verder.

‘Dat denk jij.’

‘Dat vindt zij ook. Dat vindt iedereen.’

‘Ik hoef me tegenover niemand te verantwoorden,’ snauw ik.

‘Waarom ben je dan hier?’

Ik geef geen antwoord, maar kijk om me heen. Ik weet zelf niet goed wat ik hier doe. ‘Ik kan nergens anders naartoe.’

Denkt hij soms dat ik haar niet elke seconde mis? Dat ik veel liever bij haar zou zitten dan hier bij hem?

Hij kijkt me van opzij aan. ‘En je vrienden dan?’

'Je bedoelt dat kutwijf dat iets in Tessa's drankje heeft gedaan? Of die trut die haar zo nodig over de weddenschap moest vertellen?' Om mijn woorden op een dramatische manier kracht bij te zetten tel ik op mijn vingers af. 'Of je bedoelt die ene die me voortdurend het bed in probeert te lullen. Moet ik nog verdergaan?'

'Laat maar. Al had ik je ook wel kunnen vertellen dat je vrienden waardeloos zijn,' zegt hij op een irritant toontje. 'Wat ga je nu doen?'

Ik besluit dat de vrede bewaren een betere optie is dan hem ombrengen en haal dus maar mijn schouders op. 'Wat ik nu doe.'

'Met mij rondhangen en zitten kniezen?'

'Ik knies niet. Ik doe wat je me hebt opgedragen en "werk aan mezelf".' Ik maak aanhalingstekens in de lucht. 'Heb je haar sinds haar vertrek nog gesproken?' vraag ik.

'Ja, ze heeft me vanmorgen een berichtje gestuurd om te zeggen dat ze goed is aangekomen.'

'Ze zit bij Vance, hè?'

'Waarom vraag je haar dat zelf niet?'

Kut, wat is Landon toch irritant. 'Ik weet dat ze daar zit. Waar zou ze anders moeten zitten?'

'Bij die Trevor,' stelt Landon zonder aarzelen voor. En bij het zien van zijn lachje lijkt die voorgenomen executie opeens niet meer zo'n slecht idee. Als ik hem zou tackelen, zou dat niet eens zo pijnlijk voor hem zijn, want hij zit maar een meter boven de grond. Waarschijnlijk houdt hij er niet eens een blauwe plek aan over...

'Ik was die klote-Trevor helemaal vergeten,' zeg ik. Ik wrijf ruw over mijn slapen. Trevor is bijna net zo irritant als Zed, alleen ben ik er zeker van dat Trevor wel de beste bedoelingen met Tessa heeft, en dat maakt me nog kwader. Het maakt hem gevaarlijker.

'Wat is de volgende stap in het Verbeter-Jezelf-Project?' Landon glimlacht, maar de lach verdwijnt al snel en zijn gezicht wordt ernstig. 'Ik ben best wel trots op je, weet je dat? Het is fijn om te zien dat je voor de verandering eens je best doet, in plaats van een uur lang aardig doen en weer in je oude gedrag vervallen zodra ze je het heeft vergeven. Het zal heel veel voor haar betekenen als je nu eens echt gaat veranderen.

Ik trek mijn voeten van de plank en schommel wat heen en weer in de stoel. Dit gesprek maakt iets in me los. 'Je moet me niet de les gaan lezen. Ik heb nog geen zak gedaan, dit is pas de eerste dag.' Een lange, ellendige, eenzame dag.

Landon zet grote ogen vol medeleven op. 'Nee, ik meen het. Je hebt niet meteen naar de fles gegrepen en je hebt geen ruzie gezocht. Je bent niet gearresteerd en je bent hiernaartoe gekomen om met je vader te praten.'

Mijn mond valt open. 'Heeft hij je dat verteld?' Wat een lul.

'Nee. Ik woon hier ook en zag je auto staan.'

'O...'

'Ik denk dat dat heel veel voor Tessa zou betekenen, dat je met hem bent gaan praten,' gaat hij verder.

'Kun je nu eens ophouden?' Ik haal snel mijn schouders op. 'Jezus, je bent mijn psychiater niet. Doe nu niet alsof je beter bent dan ik en ik een of ander gewond dier bent dat je moet...'

'Waarom kun je niet gewoon een compliment aanvaarden?' zegt Landon tegen me. 'Ik heb nooit beweerd dat ik beter was dan jij. Ik probeer gewoon een vriend voor je te zijn. Je hebt niemand, dat zei je zelf al, en nu je Tessa naar Seattle hebt laten vertrekken, is er niemand meer die je geestelijke steun kan bieden.' Hij kijkt me aan, maar ik wend mijn blik af. 'Je kunt anderen niet altijd blijven wegduwen, Hardin. Ik weet dat je me niet moet – je hebt de pest aan me omdat je denkt dat ik op een bepaalde manier verantwoordelijk ben voor de problemen met je vader, maar ik geef erg veel om Tessa en jou, of je dat nu wilt horen of niet.'

'Dat wil ik niet horen,' bijt ik hem toe. Waarom komt hij altijd met dit soort gezeik aanzetten? Ik ben hiernaartoe gekomen om... Ik weet het niet... Met hem te praten. Of nee, niet te práten... niet om aan te horen dat hij zo veel om me geeft.

En waarom zou hij trouwens iets om me geven? Sinds we elkaar hebben leren kennen, heb ik alleen maar lullig tegen hem gedaan, maar ik heb geen hekel aan hem. Denkt hij echt dat ik dat wel heb?

'Nou, dat is een van de dingen waaraan je moet werken.' Hij staat op en loopt de kas uit, mij in mijn eentje achterlatend.

'Kut.' Ik schop voor me uit, en natuurlijk raakt mijn voet de houten plank. Ik hoor een krakend geluid en spring overeind. 'Nee, nee, nee!'

Ik probeer de plantenbakken, stenen potten en allerlei andere zooi op te vangen voordat die op de grond vallen, maar binnen een paar tellen ligt alles – in stukken – op de vloer. Jezus, dit is niet waar. Ik wilde niet eens iets kapotmaken, maar hier zit ik dan, met een berg aarde, bloemen en scherven van potten om me heen.

Misschien kan ik wat van die troep opruimen voordat Karen...

'O jee,' hoor ik haar happend naar adem zeggen. Ik draai me om en zie haar staan, met een schepje in haar hand.

Kút.

'Ik wilde niets kapotmaken, echt niet. Ik stak mijn been uit en brak per ongeluk die plank – en toen viel alles naar beneden, maar ik probeerde het op te vangen!' leg ik snel uit terwijl Karen naar de berg scherven rent.

Haar handen graaien in de puinhoop en proberen de scherven van een blauwe pot die nooit meer heel zal worden bij elkaar te vegen. Ze zegt niets, maar ik hoor haar snotteren, en ze tilt haar arm op om met haar handen vol aarde haar wangen af te vegen.

Even later zegt ze: 'Ik had deze pot al toen ik nog klein was. Het was de eerste pot waarin ik ooit een stekje heb laten groeien.'

'Ik...' Ik weet niet wat ik tegen haar moet zeggen. Ik heb zo veel dingen vernield, maar dit was echt een ongeluk. Ik voel me zo ellendig.

'Deze pot en mijn porseleinen servies waren de enige dingen van mijn oma die ik nog had,' zegt ze huilend.

'Karen, het spijt me zo. Ik...'

'Het geeft niet, Hardin.' Ze slaakt een zucht en gooit de scherven terug op de berg aarde.

Maar het geeft wel. Dat zie ik aan haar bruine ogen. Ik zie hoeveel pijn dit haar doet en ben verbaasd over hoe schuldig ik me voel nu ik het verdriet in haar ogen zie. Ze staart nog even naar de scherven en ik kijk zwijgend toe. Ik probeer me Karen als klein meisje voor te stellen, met grote bruine ogen en ook toen al een lief karakter. Ik weet zeker dat ze zo'n meisjes was dat tegen iedereen aardig was, zelfs tegen een klootzak als ik. Ik denk aan haar grootmoeder, die waarschijnlijk net zo aardig was, en die haar spulletjes heeft gegeven die Karen belangrijk genoeg vond om al die jaren te bewaren. Ik heb nog nooit iets gehad wat niet kapotgemaakt is.

'Ik ga verder met koken. Het eten is zo klaar,' zegt ze ten slotte.

Dan veegt ze nog een keer haar ogen af en loopt ze de kas uit, net zoals haar zoon dat een paar minuten eerder deed.

71

∞

Tessa

Het valt niet te ontkennen dat Smith schattig is: hij drentelt in het rond, bekijkt alles om zich heen en begroet je uiterst plechtig, om je vervolgens te bestoken met allerlei vragen terwijl jij probeert je klusjes te doen. En dus kan ik niet echt kwaad op hem worden wanneer hij naar binnen waggelt terwijl ik mijn kleren aan het opbergen ben en vraagt: 'Waar is jouw Hardin?'

Een beetje verdrietig antwoord ik hem dat ik Hardin heb achtergelaten op WCU, maar het schattige kind weet de pijn enigszins te verzachten.

'Waar is WCU?' wil hij weten.

Ik doe mijn best om te glimlachen. 'Heel ver weg.'

Smith slaat zijn prachtige groene ogen naar me op. 'Komt hij ook?'

'Dat denk ik niet. Je vindt, eh, Hardin aardig, hè Smith?' Lachend schuif ik mijn oude kastanjebruine jurk op een hanger en hang die in de kast.

'Ja. Hij is grappig.'

'Ik ben ook grappig!' zeg ik plagend, maar hij glimlacht slechts verlegen.

'Niet echt,' antwoordt hij bot.

Dat maakt me alleen maar meer aan het lachen. 'Hardin vindt me wel grappig,' lieg ik.

'Ja?' Smith volgt mijn bewegingen en begint me te helpen bij het uitpakken en opvouwen van mijn kleren.

'Ja, maar dat zal hij nooit toegeven.'

'Waarom niet?'

'Dat weet ik niet.' Ik haal mijn schouders op. Waarschijnlijk omdat ik niet erg grappig ben, en als ik probeer grappig te zijn, maak ik het alleen maar erger.

'Nou, zeg maar tegen jouw Hardin dat hij hier ook moet komen wonen, bij jou,' zegt hij op zakelijke toon, alsof hij een bevel uitvaardigt.

Bij die woorden voel ik een steek in mijn borst. 'Ik zal het tegen hem zeggen. Je hoeft die niet op te vouwen.' Ik probeer een blauwe blouse uit zijn handjes te pakken.

'Ik vind vouwen leuk.' Hij verstopt het kledingstuk achter zijn rug, en wat kan ik anders doen dan knikken?

'Op een dag zal je een erg goede echtgenoot zijn,' zeg ik glimlachend tegen hem.

Hij glimlacht terug, compleet met kuiltjes in zijn wang. Hij lijkt me iets aardiger te vinden dan eerst. 'Ik wil geen echtgenoot zijn.' Hij trekt zijn neus op, en ik rol met mijn ogen omdat deze vijfjarige precies als een volwassen man weet te klinken.

'Op een dag denk je daar wel anders over,' zeg ik plagend.

'Nee, hoor.' En daarmee maakt hij een einde aan het gesprek en berg ik zwijgend mijn laatste kleren op.

Mijn eerste dag in Seattle is bijna voorbij, en morgen is het mijn eerste dag op het nieuwe kantoor. Dat maakt me heel erg zenuwachtig en angstig. Ik houd niet van nieuwe dingen; sterker nog, die maken me doodsbang. Ik heb graag elke situatie volledig in de hand en begin het liefst gewapend met een plan aan iets nieuws, maar ik heb niet veel tijd gehad om mijn verhuizing voor te bereiden en me in te schrijven voor nieuwe colleges. Eerlijk gezegd kijk ik er niet eens zo erg naar uit.

Smith is er tijdens mijn overpeinzingen vandoor gegaan, maar hij heeft een keurig opgevouwen stapel kleren op het bed achtergelaten.

Ik moet morgen na mijn werk de stad gaan verkennen. Ik moet weten wat ik ook alweer zo leuk vond aan deze stad, want op dit moment, in deze vreemde slaapkamer, ver weg van alles wat me vertrouwd is, voel ik me erg... alleen.

72

∞

Hardin

Ik zie dat Logan een heel glas bier met een dikke schuimkraag achteroverslaat. Hij zet het glas op tafel en veegt zijn mond af. 'Steph is gestoord. Niemand wist dat ze Tessa zo wilde kloten,' zegt hij. Zijn uitspraak wordt gevolgd door een harde boer.

'Dan wist het wel. En als ik erachter kom dat nog meer lui het wisten...' zeg ik waarschuwend.

Hij kijkt me plechtig aan. 'Verder wist niemand het. Althans, voor zover ik weet. Maar je weet dat ik altijd alles als laatste hoor.' Er komt een lange brunette naast hem staan, en hij slaat zijn arm om haar heen. 'Nate en Chelsea komen zo,' zegt hij tegen haar.

'Stelletjesavond,' zeg ik vol afkeer. 'Tijd om te gaan.' Ik wil opstaan, maar Logan houdt me tegen.

'Het is geen stelletjesavond. Tristan is weer single, en Nate heeft geen relatie met Chelsea. Ze neuken alleen maar.'

Ik weet niet goed waarom ik hiernaartoe ben gekomen, maar bij mijn vader thuis wilde Landon amper een woord met me wisselen en zat Karen tijdens het avondeten zo sip te kijken dat ik het daar niet langer uithield.

'Laat me raden: Zed komt ook?'

Logan schudt zijn hoofd. 'Ik denk het niet. Ik geloof dat hij nog kwaaier was dan jij vanwege alles wat er is gebeurd, en sindsdien heeft niemand van ons hem nog gesproken.'

'Niemand is kwaaier dan ik,' zeg ik knarsetandend. Ik kan niet echt 'aan mezelf werken' door met mijn oude vrienden af te spreken; ik word er alleen maar geïrriteerder van. Hoe durft iemand te beweren dat Zed meer om Tessa geeft dan ik.

Logan wuift met zijn hand. 'Zo bedoelde ik het niet... Sorry. Pak een biertje, ga even lekker zitten.' Hij kijkt om zich heen, zoekend naar de barkeeper.

Ik kijk op en zie Nate, het meisje dat Chelsea moet zijn en Tristan door de kleine kroeg naar ons toe lopen.

'Ik moet dat kutbier niet,' zeg ik zacht. Ik probeer me te beheersen. Logan wil me helpen, maar ik vind hem vooral irritant. Iedereen is irritant. Alles is irritant.

Tristan geeft me een klap op mijn schouder. 'Lang niet gezien,' grapt hij, maar het voelt raar en we lachen geen van beiden. 'Het spijt me, van al dat gedoe dat Steph heeft uitgehaald... Ik had geen idee dat ze dat van plan was,' zegt hij ten slotte, waardoor alles nog ongemakkelijker wordt.

'Ik wil het er niet over hebben,' zeg ik nadrukkelijk, waarmee ik een einde maak aan het gesprek.

Terwijl mijn vrienden zitten te drinken en kletsen over dingen die mij geen zak interesseren, blijf ik maar aan Tessa denken. *Wat is ze nu aan het doen? Vindt ze het leuk in Seattle? Voelt ze zich net zo ongemakkelijk bij Vance thuis als ik vermoed? Zijn Christian en Kimberly aardig tegen haar?*

Natuurlijk zijn ze dat. Kimberly en Christian zijn altijd aardig. Dus eigenlijk vermijd ik gewoon de hamvraag: mist Tessa mij net zo erg als ik haar?

'Wil je er ook een?' onderbreekt Nate mijn gedachten. Hij houdt een borrelglaasje voor mijn neus.

'Nee, ik heb nog.' Ik wijs naar mijn glas fris op tafel, en hij haalt zijn schouders op voordat hij zijn glas leegdrinkt.

Dat is wel het laatste waar ik nu zin in heb, dat typische jongerengedrag van drinken totdat je moet kotsen of in coma raakt. Dat is misschien goed genoeg voor hen, maar niet voor mij. Ze hebben niet die luxe van een stemmetje in hun achterhoofd dat zeurt dat je een beter mens kunt zijn en meer met je leven kunt doen. Ze hebben niemand die zo veel van hen heeft gehouden dat ze een beter mens willen worden.

Ik heb ooit tegen Tess gezegd dat ik voor haar goed wilde worden, maar tot nu toe is daar niets van terechtgekomen.

'Ik ga,' kondig ik aan, maar niemand ziet dat ik opsta en wegloop. Ik heb besloten dat ik niet langer mijn tijd wil verspillen aan rondhangen in kroegen met lui die geen bal om me geven. Ik heb niets tegen hen persoonlijk, maar eigenlijk kennen ze me niet eens en laat ik hen volledig koud. Ze houden alleen van mijn dronken, luidruchtige versie, de jongen die iedere meid naait die hij kan krijgen. Ik was gewoon een rekwisiet op al hun feesten. Ze weten geen zak van me, ze weten niet eens dat mijn vader de rector van onze universiteit is. En ik weet vrij zeker dat ze niet eens snappen wat een rector doet.

Niemand kent me zo goed als Tessa, niemand heeft ooit de moeite genomen om me zo goed te leren kennen. Ze stelt altijd zulke spontane, indringende vragen: 'Waar denk je aan?' 'Waarom vind je die serie leuk?' 'Wat denk je dat die man daar nu denkt?' 'Wat is je eerste herinnering?'

Ik deed altijd alsof ik haar behoefte om alles te willen weten irritant vond, maar het gaf me een... bijzonder gevoel... omdat iemand me bijzonder genoeg vond om de antwoorden op al die vragen te willen weten. Ik snap niet waarom ik zo besluiteloos ben, want eigenlijk wil ik niets liever dan nu naar Seattle rijden, bij Vance aankloppen en haar beloven haar nooit meer in de steek te laten. Zo simpel is het echter niet. Ik heb ook nog een andere kant, die groter en sterker is en altijd wint, en die kant zegt dat ik volkomen mislukt ben. Het enige wat ik kan, is alles in mijn leven en dat van anderen nog verder kapotmaken, en dus bewijs ik Tessa een dienst als ik haar met rust laat. Dat is de enige kant van mezelf die ik kan geloven, zeker nu zij er niet is om het tegendeel te beweren. Zeker omdat het in het verleden altijd waar is gebleken.

Landons plan om een beter mens van me te maken klinkt goed op papier, maar dan? Moet ik geloven dat ik me altijd zo zal kunnen gedragen? Moet ik geloven dat ik goed genoeg voor haar ben omdat ik in een woedende bui een fles wodka kan leeggieten in de gootsteen?

Het zou allemaal veel gemakkelijker zijn als ik niet zou toegeven dat ik zo mislukt ben. Ik weet niet wat ik nu moet doen, maar die vraag kan nu toch niet worden beantwoord. Vanavond ga ik naar huis en daar naar Tessa's lievelingsseries kijken: de allerergste, vol vergezochte plots en uiterst slechte acteurs. Misschien kan ik me zelfs inbeelden dat ze naast me zit en elke scène aan me uitlegt, hoewel ik zelf heel goed in staat ben om te zien wat er gebeurt. Ik vind het zo leuk als ze dat doet. Het is irritant, maar ik vind het fijn dat zelfs de kleinste details haar weten te boeien. Zoals de vraag wie een rode jas draagt en wie die liegende knappe meisjes lastigvalt.

Ik ben nog steeds bezig mijn avond te plannen wanneer ik uit de lift stap. Nadat ik naar die slechte series heb zitten kijken, wil ik wat eten en een douche nemen, en dan ga ik waarschijnlijk nog even liggen rukken, fantaserend over Tessa's mond om me heen. Ik neem me in elk geval voor om niks stoms uit te halen. Misschien ga ik zelfs de rotzooi van gisteren opruimen.

Ik blijf voor de voordeur staan en kijk de gang in. Waarom staat de deur op een kier? Is Tessa terug, of heeft iemand geprobeerd in te breken? Ik weet niet zeker wat me kwader zou maken.

'Tessa?' Ik duw de deur open met mijn voet en zie tot mijn afgrijzen haar vader ineengedoken op de vloer zitten, onder het bloed.

'Jezus, wat is er?' roep ik. Ik smijt de deur dicht.

'Pas op,' zegt Richard kermend.

Achter hem zie ik iets bewegen, een man die zich over hem heen buigt. Ik recht mijn schouders, klaar om indien nodig aan te vallen, maar dan zie ik dat het Richards vriend is. Chad, zo heette hij geloof ik. 'Wat is er met hem gebeurd, en wat moet jij hier?' vraag ik hem.

'Ik was op zoek naar die griet, maar jij kan er ook wel mee door,' bijt hij me toe.

Mijn bloed begint te koken omdat die klootzak het over Tessa heeft. 'Sodemieter op en neem hem mee.' Ik wijs naar de lul die deze vent mee naar mijn huis heeft genomen. Zijn bloed maakt vlekken op de vloer.

Chad rolt met zijn schouders en draait zijn hoofd heen en weer. Ik zie dat hij de indruk wil wekken dat hij kalm is, maar in werkelijkheid staat hij stijf van de zenuwen. 'Het punt is alleen dat hij me flink wat geld schuldig is en niet kan betalen.' Hij krabt met zijn vuile nagels aan de rode vlekjes op zijn armen.

Klotejunk.

Ik steek een hand op. 'Niet mijn probleem, lul. Ik herhaal niet nog eens dat je moet oprotten, en ik ga je zeker geen geld geven.'

Chad lacht alleen maar. 'Je weet niet tegen wie je het hebt, jochie!' Hij geeft Richard een trap, vlak onder zijn ribben. Richard laat een zielig gejammer horen en blijft ineengedoken op de vloer liggen.

Ik heb echt geen zin in een gesprek met stelende junks. 'Hij kan me geen zak schelen, en jij ook niet. En je moet niet denken dat ik bang voor jullie ben,' zeg ik grommend.

Wat kan er deze week nog meer misgaan?

Nee, wacht even, dat wil ik niet weten.

Ik loop naar Chad toe, die zoals ik al had verwacht voor me terugdeinst. 'Weet je, ik zal het nog eens herhalen: sodemieter op, anders bel ik de politie. En terwijl we daarop wachten, ram ik je met de honkbalknuppel die ik speciaal voor dit doel heb aangeschaft het hele huis door.' Ik loop naar de kast in de gang en pak het genoemde wapen dat daar tegen de wand geleund staat. Langzaam til ik de knuppel op om mijn woorden kracht bij te zetten.

'Als hij vertrekt zonder mij eerst te betalen, is het jouw schuld als hem iets overkomt. Dan heb jij zijn bloed aan je handen.'

'Het kan me geen flikker schelen wat jij met hem doet,' zeg ik, maar opeens weet ik dat niet meer zo zeker.

'Dat zal wel.' Hij kijkt om zich heen.

'Hoeveel?' vraag ik.

'Vijfhonderd.'

'Van mij krijg je geen vijfhonderd dollar.' Ik weet hoe Tessa zich zal voelen als ze hoort dat ik het bij het rechte eind had en dat haar vader inderdaad verslaafd is. Ik heb zo'n zin om mijn portemonnee naar

Chads kop te smijten en hem alles te geven wat ik heb, gewoon om hem te laten opdonderen. Ik vind het vreselijk dat ik gelijk had. Ze gelooft me nu nog niet helemaal, maar het zal niet lang duren voordat ze beseft hoe de vork in de steel zit. Ik wil dat alles kon verdwijnen, haar vader ook. 'Zo veel geld heb ik niet in huis.'

'Tweehonderd?' vraagt hij. Zijn smekende blik verraadt hoe wanhopig hij is.

'Goed.' Niet te geloven dat ik geld geef aan een junkie die bij me heeft ingebroken en Tessa's vader in elkaar heeft geslagen. Ik heb niet eens tweehonderd in contanten. Wat moet ik nu doen, samen met die griezel gaan pinnen? Dit is zo fout.

Wie komt er nu thuis en treft zo'n klerezooi aan?

Ik. Alleen ik.

Voor haar. Alleen voor haar.

Ik pak mijn portemonnee uit mijn zak en gooi de tachtig dollar die ik net bij de bank heb opgenomen naar hem toe. Daarna loop ik met de knuppel nog in mijn hand naar de slaapkamer. Ik gooi het horloge dat Ken en Karen me met kerst hebben gegeven naar hem toe. Voor zo'n mager scharminkel weet Chad het nog aardig snel te vangen. Hij wil het blijkbaar echt graag hebben, of eigenlijk het bedrag wat hij ervoor kan krijgen.

'Dat horloge is meer waard dan vijfhonderd dollar. En nu opsodemieteren,' zeg ik, al wil ik eigenlijk niet dat hij weggaat. Ik wil dat hij naar me toe komt, zodat ik zijn hersens kan inslaan.

Chad lacht, kucht en lacht opnieuw. 'Tot de volgende keer, Rick,' zegt hij dreigend op weg naar de deur.

Ik loop achter hem aan en wijs met de knuppel naar hem. 'Hé, Chad, als ik je nog eens zie, ben je er geweest.'

En dan smijt ik de deur in zijn lelijke smoel dicht.

73

∞

Hardin

Ik geef Richard een por met mijn voet. Ik ben zo kwaad, en deze kleredzooi is zijn schuld.

‘Sorry,’ zegt hij kermend. Hij probeert overeind te komen, maar binnen een paar tellen krimpt hij in elkaar en glijdt terug op de betonnen vloer. Het laatste wat ik wil, is die sukkel overeind helpen, maar op dit moment weet ik niet wat ik anders moet doen.

‘Ik zal een stoel voor je pakken. Je gaat niet op mijn bank zitten. In elk geval niet totdat je onder de douche bent geweest.’

‘Goed,’ mompelt hij. Hij doet zijn ogen dicht wanneer ik me vooroverbuig en hem optil. Hij is minder zwaar dan ik had verwacht, zeker voor iemand met zijn lengte.

Ik sleep hem naar een keukenstoel en zet hem erop. Hij buigt zich meteen voorover en slaat zijn armen om zijn lijf.

‘En nu? Wat moet ik nu met je beginnen?’ vraag ik zacht.

Wat zou Tessa doen als ze hier was? Haar kennende zou ze het bad laten vollopen en iets te eten voor hem klaarmaken. Ik ga geen van beide doen.

‘Breng me terug,’ stelt hij voor. Met trillende vingers raakt hij de hals van zijn gescheurde T-shirt aan, een van mijn oude shirts die Tessa aan hem heeft gegeven. Heeft hij daar al die tijd in rondgelopen? Hij veegt het bloed van zijn mond, maar hij smeert het daardoor uit over zijn kin en het warrige dikke haar dat daar groeit.

‘Terug naar wat?’ vraag ik. Misschien had ik meteen de politie moeten bellen, misschien had ik Chad dat horloge niet moeten geven... Maar op dat moment dacht ik niet na. Ik dacht er alleen maar aan hoe ik Tessa hierbuiten kon houden.

Maar natuurlijk staat ze hier al buiten... Ze zit immers ver weg.

‘Waarom heb je hem meegebracht? Als Tessa thuis was geweest...’ Mijn stem sterft weg.

‘Ze is verhuisd. Ik wist dat ze hier niet zou zijn,’ zegt hij.

Ik weet dat praten hem moeite kost, maar ik moet antwoorden hebben en mijn geduld raakt op. 'Ben je hier een paar dagen geleden ook geweest?'

'Ja, maar alleen om wat te eten en even te douchen,' zegt Richard hijgend.

'Je bent helemaal hiernaartoe gekomen voor wat te eten en te douchen?'

'Ja, de eerste keer heb ik de bus gepakt. Maar Chad...' Hij haalt diep adem en brult van pijn voordat hij zijn gewicht verplaatst. 'Hij bood aan me te brengen, maar zodra we hierbinnen zaten, ging hij tegen me tekeer.'

'Hoe ben je in vredesnaam hierbinnen gekomen?'

'Met Tessie d'r reservesleutel.'

Heeft hij die gepakt, of heeft ze hem die gegeven, vraag ik me af.

Hij knikt naar de gootsteen. 'Uit de la.'

'Goed, om het even duidelijk te krijgen: je hebt een sleutel van mijn huis gestolen en dacht dat je hier kon komen douchen als je daar toevallig zin in had. En je neemt junkie Chad mee, die jou vervolgens in mijn woonkamer in elkaar slaat omdat hij nog geld van je krijgt?' Het lijkt verdomme wel alsof ik een of andere slechte serie ben beland.

'Er was niemand thuis. Ik dacht niet dat jullie het erg zouden vinden.'

'Nee, je denkt niet, dat is het hele probleem! Stel dat Tessa thuis was gekomen? Kan het je eigenlijk wel iets schelen of ze je zo ziet?' Ik weet echt niet meer wat ik moet doen. Mijn eerste opwelling is deze sukkel ons – mijn – huis uit te gooien en hem bloedend buiten voor de deur te laten liggen, maar dat kan ik niet maken. Ik ben namelijk hopeloos verliefd op zijn dochter, en als ik dat zou doen, zou ik haar nog meer kwetsen dan ik tot nu toe al heb gedaan. Is de liefde niet geweldig?

'Nou, wat moeten we nu dan doen?' Ik krab aan mijn kin. 'Moet ik je naar het ziekenhuis brengen?'

'Dat hoeft niet. Een paar pleisters, dat is goed genoeg. Wil je Tessie voor me bellen en zeggen dat het me spijt?'

Die suggestie veeg ik met een gebaar meteen van tafel. 'Nee, dat doe ik niet. Ze hoeft hier niets van te weten. Ik wil niet dat ze zich zorgen gaat maken.'

'Goed,' stemt hij in. Hij schuift opnieuw heen en weer op de stoel.

'Hoe lang gebruik je al?' vraag ik hem.

Hij slikt. 'Dat doe ik niet,' zegt hij zwakjes.

'Lieg niet tegen me, ik ben niet achterlijk. Kom op, zeg het dan.'

Hij lijkt in gedachten verzonken, afgeleid. 'Ongeveer een jaar, maar sinds ik Tessie tegenkwam, heb ik mijn best gedaan om te stoppen.'

'Ze zal hier kapot van zijn, dat snap je toch wel?' Ik hoop het maar. En als hij het ooit mocht vergeten, zal ik niet aarzelen om hem eraan te herinneren.

'Dat weet ik, en ik wil voor haar mijn best doen,' beweert hij.

Dat willen we allemaal wel...

'Nou, dan kun je maar beter opschieten, want als ze je nu zo kon zien...' Ik maak de zin niet af. Ik vraag me even af of ik haar moet bellen om haar te vragen wat ik met haar pa moet beginnen, maar dat is geen oplossing, dat weet ik ook wel. Ik moet haar hiermee niet lastigvallen. Niet nu, niet nu ze bezig is haar dromen waar te maken.

'Ik ga naar mijn kamer. Neem gerust een douche, of eet iets, of doe wat je wilde doen voordat ik thuiskwam en je erbij stoorde.' Ik slenter de keuken uit en ga naar de slaapkamer. Daar doe ik de deur achter me dicht en leun ertegenaan. Dit waren de langste vierentwintig uur van mijn leven.

74

∞

Tessa

Wanneer Kimberly en Christian me mijn nieuwe werkkamer laten zien, kan ik niet ophouden met stompzinnig lachen. De muren zijn spierwit, het houtwerk en de deur zijn donkergrijs, en het bureau en de boekenkasten zijn zwart, strak en modern. De kamer is niet groter dan mijn vorige, maar het uitzicht is ongelooflijk. Adembenemend. Het nieuwe kantoor van Vance Publishing ligt in het centrum van Seattle; de stad beneden ons is druk en voortdurend in beweging, voortdurend aan het veranderen, en hier zit ik, in het middelpunt van dat alles.

'Dit is geweldig. Heel erg bedankt,' zeg ik, met zo veel enthousiasme dat het gewoon onprofessioneel is.

'Alles is op loopafstand. Koffiebars, restaurants met gerechten van over de hele wereld, het is hier allemaal.' Christian kijkt trots neer op de stad en slaat een arm om de taille van zijn verloofde.

'Hou eens op met opscheppen,' zegt Kimberly plagend. Hij drukt een zachte kus op haar voorhoofd.

'Nou, we laten je nu verder met rust, zodat je aan het werk kunt,' zegt Christian zogenaamd streng tegen me. Kimberly pakt hem bij zijn stropdas en sleurt hem bijna de kamer uit.

Ik zet al mijn spulletjes op mijn bureau zoals ik ze wil hebben en ga een tijdje zitten lezen, maar tegen het middaguur heb ik al zeker tien foto's van mijn nieuwe werkplek naar Landon gestuurd... en naar Hardin. Ik weet dat Hardin niet zal reageren, maar ik kan me niet inhouden. Ik wil dat hij ziet hoe mooi het uitzicht is; misschien verandert hij dan van gedachten en komt hij alsnog hiernaartoe? Ik verzin slechts excuses voor het moment van zwakte waarop ik hem die foto's heb gestuurd, maar ik mis hem wel degelijk. Dat is de waarheid: ik mis hem ontzettend en hoop op een of ander antwoord van hem, al is het maar een kort berichtje. Het maakt niet uit wat. Maar er komt niets.

Landon reageert enthousiast op al mijn foto's, zelfs op die ene afgezaagde waarop ik een mok bedrukt met VANCE PUBLISHING in mijn hand houd.

Hoe langer ik nadenk over mijn impulsieve beslissing om Hardin die foto's te sturen, hoe meer spijt ik ervan heb. Stel dat hij het verkeerd opvat? Het zal niet de eerste keer zijn. Hij kan ze beschouwen als een herinnering aan mijn volgende stap in mijn leven, hij kan zelfs denken dat ik hem het wil inpeperen. Dat was echt niet mijn bedoeling, en ik hoop dat hij het niet zo opvat.

Misschien moet ik nog een berichtje sturen waarin ik het uitleg. Of melden dat ik die foto's per ongeluk heb gestuurd. Ik weet niet wat geloofwaardiger zou zijn.

Geen van beide, vermoed ik. Ik denk hier veel te veel over na; het zijn maar foto's. En ik ben niet verantwoordelijk voor hoe hij die opvat. Ik ben niet volledig verantwoordelijk voor zijn emoties.

In de kantine op mijn verdieping zie ik Trevor aan een van de vierkante tafels zitten, met een tablet voor zich.

'Welkom in Seattle.' Zijn blauwe ogen stralen.

'Hoi.' Ik beantwoord zijn enthousiasme met een lach en haal mijn betaalpasje door de gleuf van de grote snoepautomaat. Ik druk op een paar genummerde knopjes en word beloond met een pakje pindakaascrackers. Ik ben zo nerveus dat ik niet echt honger heb, maar ik wil morgen, nadat ik de omgeving heb verkend, wel ergens in de buurt gaan lunchen.

'Hoe vind je Seattle tot nu toe?' vraagt Trevor.

Ik kijk hem vragend aan en ga, nadat hij heeft geknikt, op de stoel tegenover hem zitten. 'Ik heb nog bijna niks gezien. Ik ben gisteren pas aangekomen, maar ik vind dit nieuwe gebouw geweldig.'

Er komen twee vrouwen binnen die naar Trevor glimlachen. Een van hen draait zich om en lacht ook naar mij, en ik groet terug. Ze beginnen met elkaar te praten, en dan pakt de kleinere vrouw, die zwart haar heeft, een magnetronmaaltijd uit de koelkast. Haar vriendin staat aan haar nagels te pulken.

'Dan moet je snel op verkenning gaan. Er is hier zo veel te doen en het is een erg mooie stad,' verklaart Trevor terwijl ik afwezig aan een cracker knabbel. 'De Space Needle, het Pacific Science Center, de musea met kunst, noem maar op.'

'Ik wil graag naar de Space Needle, en naar Pike Place Market,' zeg ik, maar ik begin me ongemakkelijk te voelen, want elke keer wanneer ik in de richting van de vrouwen kijk, zie ik dat ze allebei naar mij kijken en op zachte toon met elkaar praten.

Ik ben vandaag best wel paranoïde.

'Dat moet je doen. Weet je al waar je gaat wonen?' Hij strijkt met zijn vinger over het scherm om zijn tablet af te sluiten en schenkt me zijn volle aandacht.

'Ik logeer nu nog bij Kimberly en Christian... Een week of twee, totdat ik een eigen plek heb gevonden.' Het is gênant dat ik zo gespannen klink. Ik vind het vreselijk dat ik bij hen moet logeren omdat Hardin mijn kans op een eigen woning heeft verpest. Ik wil zelfstandig wonen en me niet druk hoeven maken over de vraag of ik anderen tot last ben.

'Ik zal eens rondvragen. Misschien staat er bij mij in het gebouw iets leeg,' biedt Trevor aan. Hij trekt zijn stropdas recht en strijkt de zilverkleurige stof glad voordat hij zijn handen over de revers van zijn pak laat gaan.

'Bedankt, maar ik denk niet dat jouw gebouw binnen mijn budget valt,' breng ik hem op zachte toon in herinnering. Hij is het hoofd financiën en ik ben een stagiaire – een behoorlijk goed betaalde stagiaire, maar wel eentje die er zeker van is dat ze niet eens een vuilcontainer in zijn buurt kan betalen.

Hij bloost. 'O ja,' zegt hij, opeens herinnerd aan het grote verschil in inkomen tussen ons. 'Nou, ik zal toch eens voor je rondvragen, misschien weet iemand iets.'

'Bedankt.' Ik weet overtuigend te glimlachen. 'Ik weet zeker dat ik me hier meer zal thuis voelen als ik een eigen woning heb.'

'Dat denk ik ook. Het kan even duren, maar ik twijfel er niet aan dat je het hier fantastisch zult vinden.' Zijn scheve grijns is warm en uitnodigend.

'Heb je plannen voor na het werk?' vraag ik voordat ik mezelf kan tegenhouden.

'Ja,' zegt hij. Zijn zachte stem trilt even. 'Maar die kan ik afzeggen.'

'Nee, nee. Het geeft niet. Ik dacht gewoon dat je me misschien een rondleiding zou kunnen geven, omdat je de stad goed kent, maar als je al plannen hebt, laat dan maar zitten.' Ik hoop dat ik hier in Seattle vrienden kan maken.

'Ik wil je graag rondleiden. Anders was ik vanmiddag gaan joggen.'

'Joggen?' Ik trek mijn neus op. 'Waarom dat?'

'Omdat het leuk is.'

'Het klinkt niet leuk.' Ik moet lachen en hij schudt vol geamuseerde verbazing zijn hoofd.

'Ik ga meestal elke dag na mijn werk een stukje hardlopen. Ik wil de stad ook nog beter leren kennen, en dit is een ideale manier. Je moet een keer meegaan.'

'Dat weet ik niet...' Het klinkt niet echt aantrekkelijk.

'We kunnen ook gaan wandelen.' Hij grinnikt. 'Ik woon in Ballard. Dat is best een leuke buurt.'

'Daar heb ik over gehoord, ja.' Ik weet nog dat ik op internet alle buurten van Seattle heb bekeken. 'Goed, neem me dan maar mee op een wandeling door Ballard.' Ik vouw mijn handen in elkaar en leg ze in mijn schoot.

Ik moet onwillekeurig aan Hardin denken, en aan wat hij hiervan zou vinden. Hij heeft een hekel aan Trevor en vindt onze afspraak om elkaar de ruimte te geven al moeilijk genoeg. Dat heeft hij niet met zo veel woorden gezegd, maar dat weet ik gewoon. Hoeveel ruimte er ook tussen mij en Hardin is, letterlijk of figuurlijk, ik beschouw Trevor als een vriend, meer niet. Het laatste waaraan ik behoefte heb, is een romantische relatie, zeker met een ander dan Hardin.

'Goed.' Hij glimlacht, duidelijk verbaasd over mijn bevestigende antwoord. 'Ik ga nu weer aan het werk, want mijn pauze is voorbij, maar ik kan je een berichtje met mijn adres sturen. Of we kunnen meteen na het werk afspreken.'

'Laten we dat maar doen. Ik heb al geschikte schoenen aan.' Ik wijs naar mijn platte schoenen en geef mezelf in gedachten een schouderklopje omdat ik mijn hoge hakken vanmorgen heb laten staan.

'Klinkt goed. Zal ik je om vijf uur komen halen?' Hij staat op.

'Ja, prima.' Ik sta ook op en gooi de wikkel van mijn cracker in de prullenbak.

'We weten toch allemaal al waarom ze die baan heeft gekregen,' hoor ik een van de vrouwen achter me zeggen.

Wanneer ik me uit nieuwsgierigheid naar hen omdraai, vallen ze allebei stil en kijken ze snel naar het tafelblad, maar ik weet gewoon dat ze het over mij hadden.

Tot zover mijn plan om vrienden te maken in Seattle.

'Je moet die twee negeren, die roddelen alleen maar,' zegt Trevor. Hij legt een hand tussen mijn schouderbladen en voert me mee naar buiten.

Terug op mijn kamer trek ik mijn bureaula open en haal mijn mobieltje eruit. Twee gemiste gesprekken, allebei van Hardin.

Moet ik hem meteen terugbellen? *Hij heeft twee keer gebeld, dus misschien is er iets aan de hand*, ga ik met mezelf in overleg.

Hij neemt meteen op en vraagt gehaast: 'Waarom nam je niet op toen ik belde?'

'Is er iets mis?' Ik sta enigszins geschrokken op.

'Nee, er is niets mis,' zegt hij zacht. Ik zie precies voor me hoe zijn roze lippen bewegen wanneer hij de woorden 'waarom heb je die foto's gestuurd?' uitspreekt.

Ik kijk om me heen, bang dat ik hem van streek heb gemaakt. 'Ik ben gewoon heel blij met mijn nieuwe werkplek en wilde die aan je laten zien. Ik hoop niet dat je denkt dat ik wilde opscheppen, en het spijt me als...'

'Nee, ik begreep het gewoon niet,' valt hij me koeltjes in de rede, om vervolgens stil te vallen.

Na een paar tellen stilte zeg ik: 'Ik zal je geen foto's meer sturen. Ik had het niet moeten doen.' Ik druk mijn voorhoofd tegen de ruit en kijk naar de straten van de stad beneden.

'Het geeft niet... Hoe gaat het daar? Bevalt het je?' Hardin klinkt terneergeslagen, en ik wil dolgraag de frons gladstrijken die, zo weet ik zeker, nu op zijn gezicht is verschenen.

'Het is hier leuk.'

Zoals ik al had verwacht zet hij me voor het blok. 'Je gaf geen antwoord op mijn vraag.'

'Ik vind het hier leuk,' zeg ik zacht.

'Je klinkt echt door het dolle heen.'

'Ik vind het heel leuk, echt, maar... ik moet even wennen. Dat is alles. Hoe gaat het bij jou?' vraag ik, in een poging het gesprek gaande te houden. Ik wil niet dat er nu al een einde aan komt.

'Goed,' antwoordt hij snel.

'Vind je dit soms vervelend? Ik weet dat je zei dat je liever niet wilde bellen, maar jij hebt mij eerder vandaag gebeld, dus ik dacht...'

'Nee, ik vind het niet vervelend,' onderbreekt hij me. 'Met jou praten is nooit vervelend, en ik bedoelde alleen maar dat het me geen goed idee leek om uren met elkaar aan de lijn te hangen als we toch niet meer bij elkaar komen, want dat slaat nergens op en zou voor mij een kwelling zijn.'

'Dus je wilde me wel spreken?' vraag ik. Dat wil ik hem dolgraag horen zeggen, al weet ik dat het zielig van me is.

'Ja, natuurlijk.'

Op de achtergrond claxonneert een auto, waardoor ik vermoed dat hij achter het stuur zit. 'Goed, wat nu? We gaan elkaar bellen, gewoon als vrienden?' vraagt hij. Zijn stem klinkt niet kwaad, alleen nieuwsgierig.

'Ik weet het niet. We kunnen het proberen?' Deze scheiding voelt zo anders dan de vorige keer omdat we nu als vrienden afscheid hebben genomen en het geen definitieve breuk was. Ik weet niet of ik er klaar voor ben om echt met Hardin te breken en stop die gedachte diep weg. Daar denk ik later wel over na.

'Dat gaat niet werken.'

'Ik wil niet dat we elkaar voortaan negeren en elkaar nooit meer spreken, maar ik blijf er wel bij dat we de ruimte moeten nemen,' zeg ik tegen hem.

'Goed, oké. Vertel me dan maar meer over Seattle,' zegt hij ten slotte aan de andere kant van de lijn.

75

∞

Tessa

Nadat ik de halve middag met Hardin aan de lijn heb gehangen en bijna geen werk heb verzet is mijn eerste dag op kantoor officieel voorbij en blijf ik voor de deur van mijn kamer geduldig op Trevor wachten.

Hardin was zo kalm en klonk zo helder, alsof hij zich op iets concentreerde. Nu ik hier op de gang sta te wachten, kan ik mijn vreugde over het feit dat we nog steeds met elkaar praten niet onderdrukken; het gaat zo veel beter nu we elkaar niet vermijden. Diep in mijn hart weet ik dat het niet zo kan blijven, dat ik mezelf niet met kleine doses Hardin kan blijven kwellen terwijl ik hem in werkelijkheid zo graag wil. Ik wil dat hij hier bij me is, me in zijn armen neemt, me kust, me aan het lachen maakt.

Zo voelt ontkenning blijkbaar.

Op dit moment vind ik het niet erg. Het voelt in elk geval beter dan mijn andere optie: verdrietig zijn.

Zuchtend leg ik mijn hoofd tegen de muur en blijf wachten. Misschien had ik beter niet kunnen vragen of Trevor na het werk tijd had. Ik had nu liever bij Kimberly thuis gezeten, dan had ik Hardin kunnen bellen. Als Hardin mee naar Seattle was verhuisd, had hij me nu van mijn werk kunnen ophalen. Hij had een werkplek vlak bij de mijne kunnen hebben, hij had me een paar keer per dag kunnen opzoeken ik had redenen kunnen verzinnen om bij hem langs te gaan. Ik weet zeker dat Christian Hardin een baan zou geven als hij hem erom zou vragen. Hij heeft zich al een paar keer laten ontvallen dat hij Hardin graag weer in dienst wil nemen.

We hadden samen kunnen lunchen en misschien zelfs de herinneringen aan het oude kantoor tot leven kunnen wekken. Ik stel me Hardin voor die achter me staat, me vooroverduwt op mijn bureau en mijn haar rond zijn vuist wikkelt...

'Sorry dat ik zo laat ben, mijn vergadering liep uit,' onderbreekt Trevor mijn gedagdroom.

Ik schrik op, verbaasd en beschaamd. 'Eh, dat geeft niet. Ik was gewoon...' Ik strijk mijn haar achter mijn oor en slik. '... aan het wachten.'

Godzijdank heeft hij geen flauw idee wat ik net dacht, en ik weet niet eens waar zulke gedachten vandaan komen.

Hij draait zijn hoofd de andere kant op en kijkt de lege gang in. 'Klaar om te gaan?'

'Ja.'

Op weg naar buiten babbelen we wat over koetjes en kalfjes. Het gebouw is nagenoeg verlaten omdat bijna iedereen al naar huis is. Trevor vertelt me over de nieuwe baan van zijn broer in Ohio, en dat hij een pak heeft gekocht voor de bruiloft van onze collega Krystal, die volgende maand gaat trouwen. Ik vraag me even af hoeveel pakken Trevor eigenlijk heeft.

We stappen in onze auto's en ik rijd achter Trevors BMW aan door de drukke stad. Eindelijk komen we in Ballard aan. Volgens de blogs die ik voor mijn verhuizing heb gelezen, is dit een van de hipste buurten van de stad. Koffietentjes, veganistische restaurants en hipsterkroegen vullen de smalle straten. Ik rijd de parkeergarage achter Trevors appartementencomplex in en moet even lachen bij de herinnering aan zijn aanbod. Een woning hier is echt veel te duur voor me.

Trevor glimlacht en wijst naar zijn pak. 'Ik moet me natuurlijk wel even verkleden.'

Eenmaal binnen verdwijnt hij uit het zicht en snuffel ik nieuwsgierig rond in zijn grote woonkamer. Op de schoorsteenmantel staan ingelijste familiefoto's en krantenartikelen, en de hele salontafel wordt in beslag genomen door een kunstwerk dat is gemaakt van gesmolten en vervormde wijnflessen. In geen enkel hoekje heeft zich stof kunnen verzamelen. Ik ben onder de indruk.

'Klaar!' kondigt Trevor aan. Hij loopt zijn slaapkamer uit en ritst een rode sweater dicht. Ik ben altijd even van mijn stuk gebracht wanneer ik hem in zulke kleren zie omdat ik zo gewend ben aan Trevor in pak.

We beginnen aan onze wandeling, maar op een paar straten van zijn huis hebben we het allebei al heel koud gekregen.

'Heb je trek, Tessa? We kunnen een hapje gaan eten?' Zijn adem verlaat in witte wolkjes zijn mond.

Ik knik gretig. Mijn maag rammelt en herinnert me eraan dat een pakje pindakaascrackers geen echte lunch is.

Ik zeg tegen Trevor dat hij maar iets moet uitzoeken, en we eindigen in een klein Italiaans grillrestaurantje even verderop. De zoete geur van knoflook dringt mijn neusgaten binnen en doet me watertanden terwijl we naar een tafeltje achterin worden gebracht.

76

∞

Hardin

'Je ziet er nu veel... schoner uit,' zeg ik tegen Richard, die de backamer uit loopt en zijn gezicht met een witte handdoek afveegt.

'Ik had me al maanden niet meer geschoren,' antwoordt hij. Hij wrijft over de gladde huid van zijn kin.

'Je meent het.' Ik rol met mijn ogen, en hij lacht aarzelend.

'Nogmaals bedankt dat ik hier mag blijven...' Zijn diepe stem sterft weg.

'Het is niet voor altijd, dus bedank me maar niet. De hele situatie bevalt me nog altijd niet.' Ik neem nog een hap van de pizza die ik voor mezelf had besteld... en nu met Richard moet delen. Ik moet een manier vinden om Tessa hier niet mee te belasten. Ze heeft al te veel aan haar hoofd, en als ik haar kan helpen de problemen rond haar vader op te lossen, dan doe ik dat.

'Dat weet ik. Het verbaast me dat je me nog niet op straat hebt gezet,' zegt hij lachend. Alsof dat iets is waarover je grappen maakt. Ik kijk hem aan. Zijn ogen lijken te groot voor zijn gezicht en onder zijn bleke huid zijn donkere wallen zichtbaar.

Ik zucht. 'Mij ook,' geef ik geërgerd toe.

Richard huivert onder mijn blik; niet omdat hij zich geïntimideerd voelt, maar door het gebrek aan god mag weten wat voor drug hij gewend is te gebruiken.

Ik weet niet of hij drugs bij zich had toen hij hier vorige week heeft geslapen, maar als ik hem ernaar zou vragen en hij ja zou zeggen, zou ik mijn zelfbeheersing verliezen en zou hij meteen op straat staan. Voor Tessa's bestwil, en die van mezelf, sta ik op en loop met mijn lege bord de woonkamer uit. De stapel vuile borden in de gootsteen is nu twee keer zo hoog, maar het laatste waar ik zin in heb, is de vaatwasser vullen.

'Betaal me maar door de afwas te doen!' roep ik tegen Richard.

Ik hoor een diep gelach in de gang. Hij loopt de keuken in, ik loop de slaapkamer in en doe de deur achter me dicht.

Ik wil Tessa weer bellen, gewoon om haar stem te horen. Ik wil weten hoe de rest van haar dag was... Wat gaat ze na haar werk doen? Heeft ze na ons gesprek nog een tijdje met een stompzinnige grijns naar haar telefoon zitten staren, net als ik?

Waarschijnlijk niet.

Ik weet nu dat ik eindelijk word ingehaald door al mijn zonden uit het verleden – daarom heeft Tessa mijn pad gekruist. Een meedogenloze straf vermomd als een prachtige beloning. Ik heb maanden van haar kunnen genieten voordat ze me werd ontnomen, en nu wordt ze me, in de vorm van af en toe een telefoongesprek, als een wortel voorgehouden. Ik weet niet hoe lang ik het nog zal volhouden voordat ik instort.

Zo hoeft het echter niet te gaan. Ik kan het leven naar mijn hand zetten. Ik kan degene zijn die ze wil dat ik ben, zonder haar opnieuw mee te voeren naar mijn hel.

Krijg de ziekte, ik ga haar bellen.

Haar toestel gaat over, maar ze neemt niet op. Het is bijna zes uur; ze moet nu toch wel klaar zijn met werken en weer thuis zijn. Waar kan ze anders naartoe gaan? Terwijl ik me afvraag of ik Christian moet bellen trek ik mijn gympen aan, strik langzaam mijn veters en steek mijn armen in de mouwen van mijn jas.

Ik weet dat ze boos wordt als ik hem bel – woedend waarschijnlijk – maar ik heb haar al zes keer gebeld en ze heeft nog steeds niet opgenomen.

Kermend haal ik mijn vingers door mijn ongewassen haar. Dit hele laten-we-elkaar-de-ruimte-geven-gezeik drijft me tot waanzin.

'Ik ben even de deur uit,' zeg ik tegen mijn ongenode gast. Hij knikt, niet in staat om iets te zeggen omdat hij de chips met handen tegelijk naar binnen propt. Nou ja, er staan in elk geval geen borden meer in de gootsteen.

Waar moet ik in vredesnaam naartoe?

Een paar minuten later parkeer in mijn auto achter de kleine sportschool. Ik weet niet goed wat ik hier kom doen en of dit me kan helpen, maar op dit moment begin ik me steeds meer aan Tessa te ergeren, en het enige waaraan ik kan denken, is haar uitschelden of naar Seattle rijden om haar te zoeken. Ik kan maar beter geen van beide doen... Dat zou het alleen maar erger maken.

77

∞

Tessa

Tegen de tijd dat mijn bord leeg is, zit ik bijna bevend op mijn stoel. Zodra we onze bestelling plaatsten, besefte ik dat ik mijn mobieltje in de auto heb laten liggen. Dat maakt me onrustiger dan zou moeten. Ik word niet zo vaak gebeld, maar toch blijf ik me afvragen of Hardin me heeft geprobeerd te bereiken. Ik doe mijn best om naar Trevor te luisteren, die iets vertelt over een artikel in de *Times* dat hij heeft gelezen, en om niet aan Hardin en een mogelijk telefoontje van hem te denken, maar het lukt me niet. Ik ben gedurende de hele maaltijd afgeleid en weet zeker dat Trevor het ook merkt, maar hij is te beleefd om er iets over te zeggen.

'Vind je ook niet?' luidt de vraag waarmee Trevor me uit mijn gepieker haalt.

Ik probeer wanhopig om me de laatste zinnen van ons gesprek te herinneren. Waar kan hij het in vredesnaam over hebben? Het artikel ging over de gezondheidszorg. Geloof ik.

'Ja, dat zeker,' lieg ik. Ik heb geen flauw idee of dat een goede reactie was en hoop hevig dat de ober snel de rekening komt brengen.

Als op bevel legt de jongeman een klein mapje op onze tafel. Trevor pakt snel zijn portemonnee.

'Ik wil wel...' begin ik, maar hij stopt een paar bankbiljetten in het mapje en de ober loopt terug naar de keuken. 'Ik trakteer.'

Ik bedank hem zachtjes en kijk even op de grote stenen klok boven de deur. Het is na zevenen, we zitten hier al een uur. Ik slaak een zucht van opluchting wanneer Trevor 'Nou' zegt, zijn handen ineenklemt en opstaat.

Op weg terug naar zijn huis komen we langs een klein koffietentje en trekt Trevor vragend een wenkbrauw op.

'Misschien later deze week?' zeg ik glimlachend.

'Goed idee.' Zijn mondhoek gaat omhoog voor zijn bekende halve glimlach en we lopen verder naar zijn huis.

Na een snel afscheid en een vriendschappelijke omhelzing stap ik in mijn auto en pak meteen mijn telefoon. Ik ben op van de zenuwen en de wanhoop, maar ik probeer die gevoelens te onderdrukken. Negen gemiste oproepen, allemaal van Hardin.

Ik bel hem meteen terug, maar ik krijg zijn voicemail. De rit van Trevors huis naar dat van Kimberly is lang en saai. Het verkeer in Seattle is vreselijk, de ene file na de andere. Claxons, kleine auto's die van de ene rijstrook naar de andere schieten – het is behoorlijk overweldigend, en tegen de tijd dat ik de oprit op draai, barst ik van de hoofdpijn.

Binnen zie ik Kimberly op de witte leren bank zitten, met een glas wijn in haar hand. 'Hoe ging het vandaag?' vraagt ze. Ze buigt zich voorover om haar glas op de glazen tafel te zetten.

'Goed hoor, maar het verkeer in deze stad is een ramp.' Kreunend laat ik me in de rode stoel bij het raam vallen. 'Ik heb zo'n hoofdpijn.'

'Ja, het is erg. Neem een glas wijn, misschien helpt dat.' Ze staat op en loopt de woonkamer door.

Voordat ik kan protesteren, schenkt ze bruisende witte wijn in een glas met een lange steel en geeft dat aan mij. Ik neem een slokje. De wijn is koel en fris, zoet op mijn tong.

'Dank je,' zeg ik glimlachend, en ik neem een grotere slok.

'Dus... je zat bij Trevor, hè?' Kimberly is erg nieuwsgierig... maar zonder vervelend te zijn.

'Ja, we zijn vrienden. We zijn uit eten gegaan. Als vrienden,' zeg ik onschuldig.

'Misschien kun je die vraag nog eens beantwoorden, maar dan graag met nog meer gebruik van het woord "vrienden",' zegt ze plagend.

'Ik wil gewoon duidelijk maken dat we... vrienden zijn.'

Haar bruine ogen glanzen nieuwsgierig. 'Weet Hardin dat jij en Trevor "vrienden" zijn?'

'Nee, maar dat ga ik hem zo snel mogelijk vertellen. Hij mag Trevor om een of andere reden niet.'

Ze knikt. 'Dat kan ik hem niet kwalijk nemen. Als Trevor niet zo verlegen was geweest, had hij fotomodel kunnen worden. Heb je die blauwe ogen van hem gezien?' Ze zet haar woorden kracht bij door zichzelf koelte toe te wuiven, en we giechelen als tieners.

'Bedoel je niet gróéne ogen, liefje?' Christian komt opeens binnen en laat me zo schrikken dat ik bijna mijn glas wijn op de hardhouten vloer laat vallen.

Kim kijkt hem glimlachend aan. 'Ja, natuurlijk.'

Hij schudt zijn hoofd en lacht ons allebei ondeugend toe. 'Misschien had ik ook wel model kunnen worden,' zegt hij knipogend. Ik ben blij dat hij het zo sportief opneemt. Hardin had ongetwijfeld een meubelstuk gesloopt als ik zo over Trevor had gesproken als Kimberly net deed.

Christian gaat naast Kimberly op de bank zitten en zij kruipt op zijn schoot. 'Hoe gaat het met Hardin? Je hebt hem gesproken, neem ik aan?'

Ik wend mijn blik af. 'Ja, heel even. Het gaat goed met hem.'

'Koppig, dat is hij. Ik ben nog steeds beledigd omdat hij nee heeft gezegd tegen mijn aanbod.' Christian drukt glimlachend zijn gezicht in Kims hals en zoent haar vlak onder haar oor. Ze hebben er duidelijk geen moeite mee om hun genegenheid in het openbaar te tonen. Ik wil mijn blik afwenden, maar het lukt me niet.

Wacht eens even...

'Welk aanbod?' vraag ik verbaasd.

'Die baan... Dat heb ik je toch verteld? Ik wou dat hij hiernaartoe was gekomen. Ik bedoel, hij heeft nog maar een paar maanden te gaan en kan vroeg afstuderen, nietwaar?'

Wat? Waarom weet ik hier niets van? Ik hoor nu voor het eerst dat Hardin eerder kan afstuderen, maar ik zeg: 'Eh, ja... ik geloof het wel.'

Christian slaat zijn armen om Kimberly heen en wiegt haar heen en weer. 'Die jongen is een genie. Als hij iets beter zijn best had gedaan, had hij gemiddeld een negen gestaan.'

'Hij is erg intelligent, ja...' Het is waar. Hardins verstand blijft me verbazen en boeien. Het is een van zijn aantrekkelijkste eigenschappen.

'Hij schrijft ook erg goed,' zegt hij. Hij neemt een slok van Kimberly's wijn. 'Ik weet niet waarom hij ermee is gestopt. Ik keek er zo naar uit om meer van hem te lezen.' Christian slaakt een zucht. Kimberly maakt zijn zilvergrijze stropdas los.

Ik ben hierdoor behoorlijk overweldigd. Hardin... schrijft? Ik weet wel dat hij ooit heeft gezegd dat hij tijdens het eerste jaar van zijn studie wat heeft geschreven, maar hij is nooit in detail getreden. Elke keer wanneer ik erover begon, veranderde hij van onderwerp of deed hij er nogal kleinerend over, waardoor ik de indruk kreeg dat het niet belangrijk voor hem was.

'Ja.' Ik drink mijn glas leeg en sta op, wijzend naar de fles. 'Mag ik?'

Kimberly knikt. 'Natuurlijk, ga je gang. We hebben een kelder vol,' zegt ze met een vriendelijk lachje.

Drie glazen witte wijn later is mijn hoofdpijn verdwenen en is mijn nieuwsgierigheid alleen maar toegenomen. Ik wacht totdat Christian weer iets zegt over de baan die hij Hardin heeft aangeboden, maar dat doet hij niet. Hij begint een zakelijk gesprek over besprekingen met een mediabedrijf dat hem kan helpen de activiteiten van Vance Publishing verder uit te breiden naar film en tv. Het is allemaal erg interessant, maar ik wil het liefst naar mijn kamer gaan en opnieuw Hardin bellen. Zodra de gelegenheid zich voordoet, wens ik hun allebei welterusten en loop ik naar de logeerkamer.

'Neem die fles maar mee,' roept Kimberly wanneer ik de tafel met de halfvolle fles passeer.

Ik knik, bedank haar en doe wat ze aanraadt.

78

∞

Hardin

Ik loop mijn huis in, met benen die nog steeds zeer doen omdat ik me zo op die boksbal heb uitgeleefd. Ik pak een flesje water uit de koelkast en probeer de slapende vent op de bank te negeren. Ik doe het voor haar, zeg ik tegen mezelf. Ik doe het allemaal voor haar. Ik drink het halve flesje leeg, haal mijn mobieltje uit mijn sporttas en zet het aan. Net wanneer ik haar wil bellen, verschijnt haar naam op het scherm.

'Hallo?' Ik trek mijn doorweekte T-shirt uit en gooi het op de vloer.

'Hoi,' is alles wat ze zegt.

Haar antwoord is kort. Te kort. Ik wil met haar praten. Dat heb ik nodig.

Ik schop tegen mijn shirt en raap het dan op, in de wetenschap dat ze me een sloddervos zou noemen als ze me nu kon zien. 'Wat ben je aan het doen?'

'Ik heb net de stad verkend,' antwoordt ze kalm. 'Ik wilde je terugbellen, maar ik kreeg de voicemail.' Het geluid van haar stem werkt kalmerend.

'Ik was naar de sportschool.' Ik ga op bed liggen, wensend dat ze hier was, met haar hoofd op mijn borst, en niet in Seattle.

'O ja? Wat goed!' zegt ze, en dan voegt ze eraan toe: 'Ik doe even mijn schoenen uit.'

'Oké...'

Ze giechelt. 'Ik weet ook niet waarom ik dat zei.'

'Ben je dronken?' Ik kom overeind, steunend op mijn ene elleboog.

'Ik heb een paar wijntjes op,' geeft ze toe.

Ik snap niet dat ik dat niet eerder heb gemerkt. 'Met wie heb je aan de wijn gezeten?'

'Met Kimberly, en meneer Vance... Christian, bedoel ik.'

'O.' Ik weet niet goed wat ik ervan moet vinden dat ze in een vreemde stad aan het drinken is, maar ik weet dat dit niet het juiste moment is om er iets over te zeggen.

'Hij zegt dat je erg goed kunt schrijven,' zegt ze, op duidelijk beschuldigende toon.

Shit. 'Waarom zou hij dat nu zeggen?' antwoord ik, met bonzend hart.

'Weet ik niet. Waarom schrijf je niet meer?' In haar stem zijn de wijn en de nieuwsgierigheid duidelijk hoorbaar.

'Dat weet ik niet. Maar ik wil het niet over mij hebben. Ik wil het hebben over jou, en Seattle, en de vraag waarom je me hebt genegeerd.'

'Hij zei ook dat je volgend semester kunt afstuderen,' zegt ze, mijn opmerking negerend.

Christian weet duidelijk niet dat hij zich met zijn eigen zaken moet bemoeien. 'Ja, en?'

'Dat wist ik niet,' zegt Tessa. Ik hoor haar bewegen, en dan kreunt ze, duidelijk geërgerd.

'Ik heb het niet voor je verborgen gehouden, het kwam gewoon nooit ter sprake. Het duurt nog een hele tijd voordat jij kunt afstuderen, dus het doet er niet toe. Ik deed niets stiekem of zo.'

'Wacht even,' zegt ze in de telefoon. Wat is ze in vredesnaam aan het doen? Hoeveel heeft ze gedronken?

Nadat ik haar een tijdje lang onverstaanbaar heb horen mompelen, vraag ik ten slotte: 'Wat ben je aan het doen?'

'Wat? O, mijn haar zat vast tussen de knopen van mijn blouse. Sorry, ik zat echt wel te luisteren, hoor.'

'Waarom zat je trouwens je baas uit te horen over mij?'

'Hij begon er zelf over. Aangezien hij je al een paar keer een baan heeft aangeboden en jij telkens nee hebt gezegd, ben je hét onderwerp van gesprek,' zegt ze nadrukkelijk.

'Dat is oud nieuws.' Ik kan me niet meer herinneren wat ik tegen haar over die baan heb gezegd, maar ik heb het niet bewust voor haar verborgen gehouden. 'Ik ben altijd heel duidelijk geweest over Seattle.'

'Zeg dat wel,' zegt ze, en ik zie bijna voor me dat ze met haar ogen rolt.

Ik verander van onderwerp. 'Je hebt niet opgenomen toen ik belde. Ik heb zo vaak gebeld.'

'Dat weet ik. Ik heb mijn telefoon in mijn auto laten liggen toen Trevor...' Ze valt halverwege haar zin stil.

Ik sta op en begin te ijsberen. Verdomme, ik wíst het wel.

'Hij heeft me de stad laten zien. Als vrienden, meer niet.' Ze is er als de kippen bij om zich te verdedigen.

'Je kon niet opnemen omdat je met Trevor op stap was?' zeg ik grommend. De stilte aan de andere kant van de lijn duurt steeds langer, waardoor mijn hart als een razende gaat kloppen.

Dan bijt ze me toe: 'Waag het niet om ruzie met me te maken over Trevor. Hij is gewoon een goede vriend, en jíj bent degene die hier niet is. Jij kunt niet bepalen met wie ik wel of geen vrienden ben, snap je?'

'Tessa...' zeg ik waarschuwend.

'Hardin Allen Scott!' roept ze uit, en dan begint ze te lachen.

'Waarom moet je nu lachen?' Ik kan er niets aan doen, maar er verschijnt langzaam een glimlach op mijn gezicht. Ik ben zielig, ik weet het.

'Dat... weet ik niet!'

Het geluid van haar lach weerklinkt in mijn oren en baant zich een weg naar mijn hart. Mijn hele borstkas wordt warm.

'Laat die wijn maar staan,' zeg ik plagend. Ik weet dat ze nu met haar ogen rolt omdat ik haar berisp, en ik wilde dat ik dat zelf kon zien.

'Je kunt me niet dwingen,' zegt ze uitdagend. Haar stem klinkt lijzig en speels.

'Als ik bij je was, zou ik je dwingen. Daar kun je zeker van zijn.'

'Wat zou je nog meer doen als je hier was?' vraagt ze.

Ik laat me weer op het bed vallen. Gaat dit echt de kant op die ik denk? Dat weet ik met haar nooit, zeker niet wanneer ze gedronken heeft.

'Theresa Lynn Young, probeer je nu telefoonseks met me te hebben?' vraag ik plagend.

Meteen begint ze heftig te kuchen. Omdat ze zich in haar wijn verslikt, vermoed ik. 'Wat! Nee! Ik... ik vroeg het alleen maar,' zegt ze met een hoog stemmetje.

'Ja, ontken het maar,' grap ik, lachend om haar geschrokken toon.

'Tenzij... jij dat wilt?' fluistert ze.

'Meen je dat?' Alleen al de gedachte wekt mijn pik tot leven.

'Misschien... Dat weet ik niet. Ben je kwaad vanwege Trevor?' De toon van haar stem is bedwelmend, meer dan welke wijn dan ook

Ja, ik ben kwaad omdat ze bij hem was, maar daar wil ik het nu niet over hebben. Ik hoor haar luid slikken, gevolgd door het zachte getik van een glas. 'Die klote-Trevor kan me even geen reet schelen,' lieg ik. En dan zeg ik bevelend: 'Doe eens rustig aan met die wijn.' Ik ken haar maar al te goed. 'Anders word je nog misselijk.'

Aan de andere kant van de lijn hoor ik haar een paar keer luid slikken. 'Je kunt niet de baas over me spelen als je zo ver weg bent.' Zo te horen klokt ze de wijn in een aardig tempo weg, waarschijnlijk om moed te vatten.

'Ik kan vanaf elke plek waar ik wil de baas over je spelen, schatje,' zeg ik lachend. Ik strijk met mijn vingers over mijn lippen.

'Zal ik je iets vertellen?' vraagt ze zacht.

'Ja, graag.'

'Ik moest vandaag aan je denken, aan die keer toen je voor het eerst naar mijn werk kwam...'

'Terwijl je bij hem zat, moest je denken aan toen ik met je heb geneukt?' vraag ik, hopend dat ze ja zal zeggen.

'Op dat moment stond ik nog op hem te wachten.'

'Vertel me eens wat meer. Vertel eens wat je dacht,' dring ik aan.

Shit, dit is zo verwarrend. Elke keer wanneer ik haar spreek, voelt het helemaal niet alsof we even de ruimte voor onszelf nemen. Het voelt zoals het altijd voelt. Het enige verschil op dit moment is dat ik haar niet kan zien, haar niet kan aanraken. Kut, ik wil haar aanraken, mijn tong over haar zachte huid...

'Ik dacht aan toen...' begint ze, maar dan neemt ze weer een slok.

'Je hoeft je niet te schamen,' moedig ik haar aan.

'Ik vond het fijn, en ik wilde het weer doen.'

'Met wie?' vraag ik, gewoon om het haar te horen zeggen.

'Met jou, alleen met jou.'

'Goed,' zeg ik met een verheugde lach. 'Je bent nog altijd van mij, ook al dwing je me je de ruimte te geven. Je bent nog altijd alleen van mij. Dat weet je toch, hè?' vraag ik zo vriendelijk als ik kan.

'Ja, dat weet ik.'

Mijn borst zwelt op, en ik verwelkom de enorme opluchting die haar woorden bij me opwekken. 'Ben je van mij?' vraagt ze met een stem die zelfverzekerder klinkt dan een paar tellen geleden.

'Ja, altijd.'

Ik heb geen keuze. Zo gaat het al sinds ik je heb leren kennen, wil ik eraan toevoegen, maar ik zeg niets en wacht nerveus op haar antwoord.

'Goed,' zegt Tessa streng. 'Vertel me dan nu maar wat je zou doen als je hier was, en niks overslaan.'

79

∞

Tessa

Mijn gedachten zijn een beetje wazig en mijn hoofd voelt vol en zwaar, maar wel op een goede manier. Ik grijns van oor tot oor, beneveld door de wijn en door Hardins hese stem. Ik hou van Hardins speelse kant, en als hij wil spelen, dan speel ik mee.

'O nee,' zegt hij op dat koele toontje van hem. 'Jij moet eerst zeggen wat je wilt dat ik doe.'

Ik neem een slok, zo uit de fles. 'Dat heb ik al gedaan,' zeg ik.

'Neem nog wat wijn. Je lijkt alleen te kunnen zeggen wat je wilt als je hebt gedronken.'

'Goed.' Ik strijk met mijn wijsvinger over het koele houten bed. 'Ik wil dat je me op dit bed duwt... en me neemt zoals je me toen op mijn bureau hebt genomen.' Ik voel geen schaamte, ik voel alleen een warme vlaag hitte die van mijn hals opstijgt naar mijn wangen.

Hardin vloekt binnensmonds. Ik weet gewoon dat hij niet had gedacht dat ik zo uitvoerig zou zijn. 'En dan?' vraagt hij zacht.

'Nou...' begin ik, maar dan neem ik nog een flinke slok om mijn zelfvertrouwen te vergroten. Hardin en ik hebben dit nog nooit gedaan. Hij heeft me een paar keer een pikant berichtje gestuurd, maar... dit is anders.

'Zeg het maar. Niet zo verlegen.'

'Ik wil dat je me bij mijn heupen pakt, zoals je altijd doet, en dan pak ik de lakens vast en probeer ik mijn evenwicht te bewaren. Je vingers dringen in mijn vlees en laten sporen achter...' Ik knijp mijn dijen tegen elkaar wanneer ik hem aan de andere kant van de lijn zwaarder hoor ademen.

'Raak jezelf aan,' zegt hij, en ik kijk snel om me heen, heel even vergetend dat er niemand is die ons privégesprek kan horen.

'Wat? Nee,' fluister ik schor, met mijn hand rond de telefoon.

'Ja.'

'Dat doe ik niet... niet hier. Dan horen ze me.' Het is dat ik het tegen Hardin heb, want anders zou ik, wijn of geen wijn, van pure ontzetting geen woord kunnen uitbrengen.

'Nee, ze horen je niet. Doe het. Ik weet dat je dat wilt.'

Hoe kan hij dat weten?

Wil ik het?

'Ga op het bed liggen, doe je ogen dicht en je benen wijd, dan vertel ik je wel wat je moet doen,' zegt hij ontspannen. Zijn woorden mogen dan zijdezacht klinken, het is en blijft een bevel.

'Maar ik...'

'Doe het.' De gezaghebbende toon van zijn stem maakt me aan het kronkelen, en mijn hormonen vechten een innerlijke strijd uit. Ik kan niet ontkennen dat het zeker tien graden warmer in de kamer lijkt te worden nu ik denk aan Hardin die me door de telefoon vertelt wat ik moet doen en in schunnige bewoordingen beschrijft wat hij met mij wil doen.

'Goed, nu ik weet dat je braaf gehoorzaamt,' begint hij, hoewel ik nog niet eens heb ingestemd, 'wacht ik totdat je me vertelt dat je alleen nog maar je slipje draagt.'

O... Maar ik loop zachtjes naar de deur en draai die op slot. Kimberly, Christian en Smith slapen allemaal op de bovenste verdieping van het huis, maar voor hetzelfde geld zitten Kimberly en Christian nog steeds hier op de begane grond, vlak bij mijn kamer. Ik spits aandachtig mijn oren en word iets kalmer wanneer ik boven een deur dicht hoor gaan.

Snel pak ik de fles wijn en drink die leeg. De warmte binnen in me verandert van een vlammetje in een vuurzee, en ik trek zonder er echt bij na te denken mijn broek uit. Slechts gekleed in een dun katoenen shirt en slipje ga ik op mijn bed liggen.

'Ben je er nog?' vraagt Hardin, ongetwijfeld met een gemene grijns op zijn gezicht.

'Ja, ik... ik bereid me voor.' Ik kan niet geloven dat ik dit echt doe.

'Denk er niet te veel over na. Je mag me later bedanken.'

'Hou eens op met precies weten wat ik denk,' zeg ik plagend, hopend dat hij gelijk heeft.

'Je weet nog wat ik je heb laten zien, hè?'

Ik knik en vergeet helemaal dat hij dat niet kan zien.

'Ik beschouw die nerveuze stilte als een "ja". Mooi. Goed, leg nu je vingers op dezelfde plek als de laatste keer...'

80

∞

Hardin

Ik hoor Tessa naar adem happen en weet daardoor dat ze mijn aanwijzingen heeft opgevolgd. Ik zie in gedachten voor me dat ze daar met haar benen wijd op het bed ligt. *O god.*

'Ik wilde dat ik nu bij je was en je kon zien,' zeg ik kreunend. Ik probeer te negeren dat het bloed rechtstreeks naar mijn pik stroomt.

'Dat vind je leuk, hè? Naar me kijken?' zegt ze hijgend aan de andere kant van de lijn.

'Ja. Jezus ja, dat vind ik lekker. En ik weet dat jij het lekker vindt als er naar je wordt gekeken.'

'Dat is waar. Net zoals jij het lekker vindt als ik aan je haar trek.'

Als vanzelf glijdt mijn hand tussen mijn benen. Ik zie haar voor me, kronkelend onder mijn tong, met haar vingers in haar haar. Ik hoor haar bijna mijn naam kreunen. Het beeld vult mijn gedachten en ik druk mijn hand tegen mezelf aan. Alleen Tessa kan me zo snel hard maken.

Haar gekreun is zacht, te zacht. Ze heeft meer aanmoediging nodig.

'Sneller, Tess. Draai kringetjes met je vingers, sneller. Stel je voor dat ik het ben, dat het mijn vingers zijn die je zo'n lekker gevoel geven, die je laten klaarkomen,' zeg ik. Ik praat zacht voor het geval mijn irritante logé door de gang mocht lopen.

'O jee.' Ze hijgt en kreunt opnieuw.

'En denk aan mijn tong, schatje, aan mijn tong die je huid aanraakt, en aan mijn lippen die zuigen en bijten en plagen.' Ik trek mijn sportbroek naar beneden en begin mezelf zachtjes te strelen. Ik doe mijn ogen dicht en concentreer me op haar zachte, smekende gehijg en gekreun.

'Doe wat ik doe. Raak jezelf aan,' fluistert ze, en ik kan alleen maar denken aan Tess op het bed die zichzelf streelt en haar rug kromt.

'Doe ik al,' mompel ik, en ze kermt. *Tering, wat wil ik haar graag zien.*

'Zeg nog eens iets,' smeekt Tessa. Het is zo lekker dat haar onschuld op dit soort momenten verdwijnt en ze zo graag grove dingen wil horen.

'Ik wil je neuken. Ik wil je achterover op het bed leggen en met je vrijen, hard en snel, zo heftig dat je mijn naam uitschreeuwt wanneer ik dieper in je stoot...'

'Ik...' Ze kreunt, laag in haar keel. En dan stokt haar adem.

'Toe dan, schatje, laat je gaan. Ik wil je horen.' Ik houd op met praten zodra ik haar hoor klaarkomen, zachtjes kermend omdat ze in het kussen of de matras bijt. Ik weet niet precies wat ze doet, maar het idee alleen al is genoeg om me haar naam te laten kreunen en mijn boxershort te vullen.

Een paar seconden of minuten lang – ik heb elk besef van tijd verloren – is onze ademhaling het enige wat te horen is.

'Dat was...' zegt ze hijgend, nog altijd buiten adem.

Ik doe mijn ogen open en laat mijn ellebogen op het bureau voor me rusten. Mijn borst gaat op en neer, en ik doe mijn best om op adem te komen. 'Ja.'

'Ik moet even bijkomen.' Ze giechelt. Ik voel langzaam een glimlach rond mijn mondhoeken verschijnen, en dan voegt ze eraan toe: 'En ik dacht nog wel dat we bijna alles al hadden gedaan.'

'O, er zijn nog genoeg dingen die ik met je wil doen. Al moeten we daarvoor helaas in dezelfde stad zijn.'

'Kom dan hiernaartoe,' zegt ze snel.

Ik zet mijn telefoon op handsfree en kijk naar mijn hand, boven en onder. 'Je zei dat je me daar niet wilde hebben. We hebben allebei de ruimte nodig, weet je nog?'

'Dat weet ik,' zegt ze een tikje droevig. 'We hebben de ruimte nodig... en dit lijkt voor ons te werken. Vind je ook niet?'

'Nee,' lieg ik. Maar ik weet dat ze gelijk heeft: ik probeer voor haar een beter mens te zijn, en ik ben bang dat ik mijn motivatie zal verliezen als ze me te snel zal vergeven. Als we... Wanneer we weer bij elkaar komen, wil ik dat het anders is, voor haar. Ik wil dat het voor altijd is, zodat ik haar kan laten zien dat we dat patroon – 'dat eindeloze draaien in kringetjes', zoals ze het noemde – niet langer hoeven te volgen.

'Ik mis je, ik mis je zo erg,' zegt ze. Ik weet dat ze van me houdt, maar elke keer wanneer ik een flintertje bevestiging krijg, voelt het alsof er een zware last van mijn schouders wordt genomen.

'Ik mis jou ook.' Zo erg.

'Zeg niet "ook". Dan klinkt het net alsof je het gewoon met me eens wilt zijn,' zegt ze op strenge toon.

Mijn aarzelende glimlach wordt breder. 'Je kunt mijn ideeën niet gebruiken. Wees eens origineel,' zeg ik plagend.

Ze schiet in de lach. 'Ik doe lekker mijn eigen zin,' kaatst ze kinderlijk terug. Als ze hier was, zou ze uitdagend haar tong naar me uitsteken, dat weet ik gewoon.

'Wat ben jij vanavond fel.' Ik laat me van mijn bed rollen. Ik moet nodig een douche nemen.

'Inderdaad.'

'En je hebt lef. Wie had ooit kunnen denken dat ik je door de telefoon kon overhalen om jezelf te bevredigen?' zeg ik grinnikend. Ik loop de gang op.

'Hardin!' zegt ze met een gilletje, precies zoals ik al had verwacht. 'En trouwens, je zou ondertussen toch moeten weten dat je me zo'n beetje alles kunt laten doen.'

'Was dat maar waar...' mompel ik. Als dat zo was, zou ze nu hier zitten.

De vloer van de gang is zo koud onder mijn blote voeten dat ik even in elkaar krimp. Dan hoor ik opeens een stem en laat ik van schrik mijn telefoon vallen.

'Sorry man,' zegt Richard vlak naast me. 'Het was hier nogal warm, dus ik...'

Hij valt stil wanneer hij me snel ziet bukken om mijn telefoon op te rapen, maar het is al te laat.

'Wie was dat?' hoor ik Tessa aan de andere kant van de lijn roepen. Het lome, ontspannen meisje van zo-even is verdwenen. Nu is ze op haar hoede. 'Hardin, wie was dat?' vraagt ze met meer nadruk.

Kut. Ik zeg geluidloos het woord 'oprotten' tegen haar vader en raap mijn telefoon op. Ik schakel de handsfree uit en loop naar de badkamer. 'Dat...' begin ik.

'Was dat mijn vader?'

Ik wil tegen haar liegen, maar dat zou stom zijn, en ik doe mijn best om niet langer stom te zijn. 'Ja, dat was je vader.' Ik wacht totdat ze het op een schreeuwen zal zetten.

'Wat moet hij bij jou?' wil ze weten.

'Ik... Nou...'

'Laat je hem daar logeren?' Nu ze dit zelf heeft gezegd, hoef ik niet langer in paniek te zoeken naar woorden die deze gestoorde situatie kunnen verklaren.

'Zoiets, ja.'

'Ik snap er niks van.'

'Ik ook niet,' geef ik toe.

'Voor hoe lang? En waarom heb je niks gezegd?'

'Sorry... Hij is er nog maar net.'

Het volgende geluid dat ik hoor, is water dat een badkuip vult, dus ze is blijkbaar kalm genoeg om een bad te nemen. 'Waarom is hij naar jou toe gekomen?' vraagt ze.

Ik kan het nu niet opbrengen de hele waarheid te vertellen. 'Hij kan nergens anders naartoe, denk ik.' Ik draai de kraan van de douche open en hoor haar op hetzelfde moment zuchten.

'Goed...'

'Ben je kwaad?' vraag ik.

'Nee, ik ben niet kwaad. Ik ben in de war...' zegt ze. Ze klinkt heel erg verbaasd. 'Ik kan gewoon niet geloven dat je hem bij jou laat logeren.'

'Ik ook niet.'

De kleine badkamer hangt al snel vol damp. Ik veeg met mijn hand over de beslagen spiegel en zie dat ik eruitzie als een spook, als een lege huls. Het gebrek aan slaap heeft nu al voor donkere wallen onder mijn ogen gezorgd. Het enige wat me kan opbeuren, is het geluid van Tess' stem aan de andere kant van de lijn.

'Dat betekent heel veel voor me, Hardin,' zegt ze ten slotte.

'O ja?' Dit gesprek gaat veel, veel beter dan ik had verwacht.

'Ja, natuurlijk.'

Opeens ben ik opgetogen, als een jong hondje dat iets lekkers van zijn baasje krijgt... en gek genoeg vind ik dat helemaal niet erg. 'Mooi.'

Ik weet niet wat ik verder moet zeggen. Ik voel me een beetje schuldig omdat ik niet tegen haar zeg dat haar vader... een probleem heeft, maar dit is niet het juiste moment, en ik wil het haar niet over de telefoon vertellen.

'Wacht even... dus mijn vader was daar toen je... Je weet wel?' fluistert ze. Aan de andere kant van de lijn klinkt een zoemend geluid. Ze heeft blijkbaar de ventilator in de badkamer aangezet om het geluid van ons gesprek te overstemmen.

'Nou, hij zat niet bij me in de kamer. Zo kinky ben ik nu ook weer niet,' zeg ik plagend, om de stemming te verlichten, en ze antwoordt met een giechel.

'Zeker weten?' grapt ze.

'Nee, geloof me, dat is een van de weinige dingen die niets voor mij zijn,' zeg ik met een glimlach. 'Ik zal je nooit delen, schatje. Ook niet met je familie.' Ik schiet in de lach wanneer ik haar een walgend geluidje hoor maken.

'Je bent gestoord!'

'Dat ben ik zeker,' beaam ik, en ze moet weer giechelen. Door de wijn is ze avontuurlijker geworden en is haar gevoel voor humor sterker geworden. En ik? Nou, ik heb geen enkel excuus voor de stompzinnige grijns op mijn gezicht.

'Ik moet even een douche nemen. Ik zit onder.' Ik stap uit mijn boxershort.

'Ik ook,' zegt ze. 'Nou ja, ik zit niet onder, maar... Je weet wel. Ik heb ook een douche nodig.'

'Oké... Dus we kunnen ons maar beter uitkleden...'

'Dat hebben we al gedaan, en je zag wat daarvan komt.' Ze lacht, duidelijk trots op haar grapje.

'Ha ha,' zeg ik plagend, en dan voeg ik er snel 'Slaap lekker, Tessa' aan toe.

'Jij ook,' zegt ze aarzelend.

Ik beëindig het gesprek voordat zij dat kan doen en stap onder de warme waterstraal. Ik ben nog steeds niet helemaal mezelf na dat telefoongesprek. Het idee dat ze zichzelf heeft aangeraakt is ontzettend opwindend, maar het is meer dan dat... Hieruit blijkt dat ze me nog altijd vertrouwt, dat ze me zo vertrouwt dat ze haar schaamte kan laten varen. In gedachten verzonken haal ik het harde stuk zeep over mijn getatoeeerde huid. Ik kan me maar moeilijk voorstellen dat we hier twee weken geleden nog samen stonden...

'Ik geloof dat ik deze de mooiste vind.' Ze raakte een tattoo aan en keek me door haar natte wimpers aan.

'Waarom? Ik vind hem vreselijk.' Ik keek naar haar kleine vingers die de vorm van de grote bloem bij mijn elleboog volgden.

'Dat weet ik niet. Het is op een bepaalde manier mooi dat je een bloem hebt die door al die duistere afbeeldingen is omringd.' Haar vingers bewogen over de verschrompelde schedel er vlak onder.

'Zo heb ik het nooit bekeken.' Ik legde mijn duim onder haar kin en dwong haar me recht aan te kijken. 'Jij ziet altijd het licht in me... Hoe kan dat als er geen licht is?'

'Er is genoeg. En jij zult het ook zien. Op een dag.' Ze glimlachte en ging op haar tenen staan om een kus op mijn mondhoek te drukken. Het water stroomde tussen onze lippen door, en ze glimlachte nog eens voordat ze zich terugtrok.

'Ik hoop dat je gelijk hebt,' fluisterde ik in het ruisende water, zo zacht dat ze me niet kon horen.

Die herinnering achtervolgt me nu, hoewel ik die probeer weg te wassen. Niet omdat ik het me niet wil herinneren, want dat wil ik wel. Tessa is altijd in mijn gedachten, altijd, maar ze drijven me tot waanzin, die herinneringen aan momenten waarop ze me te veel prees, waarop ze me ervan probeerde te overtuigen dat ik beter ben dan ik in werkelijkheid ben.

Ik wilde dat ik mezelf net zo kon zien als zij me ziet. Ik wilde dat ik haar kon geloven als ze zegt dat ik goed genoeg voor haar ben. Maar dat kan toch niet waar zijn? Daar ben ik veel te gestoord voor.

Dat betekent heel veel voor me, Hardin, zei ze een paar minuten geleden nog.

Misschien moet ik blijven doen wat ik nu doe en wegblijven van alles wat me in de problemen kan brengen. Misschien kan ik dan de dingen blijven doen die iets voor haar betekenen en kan ik haar gelukkig maken in plaats van ellendig. En misschien, heel misschien, kan ik dan het licht in mezelf zien dat zij beweert te kunnen zien.

Misschien is er toch nog hoop voor ons.

81

∞

Tessa

Tijdens mijn rit over de campus ben ik mijn zenuwen niet de baas. De campus van WCU Seattle is niet zo klein als Ken het deed voorkomen, en alle wegen in Seattle lijken te kronkelen en heuvel op en heuvel af te gaan.

Ik heb me zo goed mogelijk voorbereid. Ik ben twee uur te vroeg opgestaan, zodat ik in elk geval niet te laat voor mijn eerste college ben. De helft van de tijd heb ik tot nu toe in de file gestaan en zitten luisteren naar een praatprogramma op de radio. Vroeger begreep ik nooit wat mensen zo leuk aan dat soort programma's vonden, maar sinds vanmorgen snap ik het. Een ontzette luisteraar belde op om te vertellen dat haar man met haar beste vriendin naar bed was geweest en dat ze er nu samen vandoor waren, met inbegrip van Mazzy, hun kat. De arme vrouw was in tranen, maar wist toch een zekere waardigheid te behouden, voor zover dat kan als je naar de radio belt om de halve stad van je ellende op de hoogte te brengen. Ik ging zo op in het drama dat ik uiteindelijk het gevoel kreeg dat zelfs zij begreep dat ze beter af was zonder die vent van haar.

Nadat ik mijn auto bij de administratie heb geparkeerd en mijn collegekaart en parkeerpas heb opgehaald, heb ik nog maar een half uur voordat mijn college begint. Ik ben op van de zenuwen en doodsbang dat ik op de eerste dag te laat zal komen. Gelukkig kost het me weinig moeite de parkeerplaats voor studenten te vinden, en omdat die vlak naast het gebouw ligt waar het college wordt gegeven, ben ik uiteindelijk een kwartier te vroeg.

Ik ga op de eerste rij zitten en voel me behoorlijk alleen, al wil ik niet aan dat gevoel toegeven. Hier kan ik niet met Landon afspreken om nog even een beker koffie te halen, en hij zit evenmin hier naast me terwijl ik me krampachtig probeer te herinneren wat ik in het eerste half jaar van mijn studie heb geleerd.

Het lokaal loopt langzaam vol. Wanneer ik zie dat de andere studenten, op een jonge vrouw na, allemaal jongens zijn, heb ik er bijna spijt van dat ik voor politieke wetenschappen heb gekozen. Ik vind het onderwerp niet bijzonder boeiend, maar dit was gemakkelijk te combineren met mijn andere vakken.

Een knappe jongen met een lichtbruine huid gaat in de lege stoel naast me zitten, en ik doe mijn best hem niet aan te staren. Zijn witte overhemd is keurig gestreken en hij draagt een stropdas. Hij lijkt wel een politicus, zeker door zijn stralende glimlach en witte tanden.

Hij merkt dat ik naar hem kijk en lacht breed. 'Kan ik je ergens mee helpen?' vraagt hij op een toon die zowel gezaghebbend als charmant is.

Ja, op een dag zal hij beslist politicus worden.

'Nee, s-sorry,' stamel ik, mijn blik afwendend.

Zodra het college begint, kijk ik niet langer naar hem en ben ik een uur lang bezig met aantekeningen maken, door mijn syllabus bladeren en de plattegrond van de campus bestuderen.

Het volgende college, kunstgeschiedenis, is veel leuker, en in het gezelschap van de groep ontspannen kunstzinnige studenten voel ik me veel prettiger. Een jongen met blauw haar komt naast me zitten en stelt zich voor als Michael. De docent maakt een rondje en vraagt of we ons allemaal willen voorstellen, en ik ontdek dat ik de enige ben die Engels als hoofdvak heeft. Maar ze zijn allemaal erg aardig en Michael heeft een groot gevoel voor humor. Hij zit de hele tijd grappen te maken waarmee hij iedereen, ook de docent, weet te vermaken.

Mijn laatste college van de dag is creatief schrijven, en dat is verreweg het leukste vak. Het is zo bevrijdend en ontspannend om mijn gedachten op papier te zetten. Ik ben er gek op en kan er helemaal in opgaan. Aan het einde van het uur voelt het alsof er nog maar tien minuten zijn verstreken.

De rest van de week verloopt op dezelfde manier. Mijn stemming wisselt voortdurend: het ene moment denk ik dat ik mijn draai heb gevonden, maar even later ben ik weer heel erg verward. Ik heb echter vooral het gevoel dat ik op iets zit te wachten wat maar niet komt.

Op vrijdagavond ben ik uitgeput en staat mijn lijf stijf van de spanning. De afgelopen week was een uitdaging, zowel in positief als negatief opzicht. Ik mis de vertrouwde oude campus en het gezelschap van Landon. Ik mis dat ik Hardin tussen de colleges door kan zien, en ik mis zelfs Zed en de lichtgevende bloemen in het natuurkundegebouw.

Zed. Ik heb hem niet meer gesproken sinds hij me op dat feestje van

Steph en Dan heeft gered en me helemaal naar het huis van mijn moeder heeft gebracht. Hij heeft me voor een vernederende, gewelddadige ervaring behoed, en daar heb ik hem niet eens voor bedankt. Ik leg mijn leerboek politicologie neer en pak mijn telefoon.

'Hallo?' Zeds stem klinkt vreemd, al heb ik die een week geleden nog gehoord.

'Zed? Hoi, met Tessa.' Ik bijt op de binnenkant van mijn wang en wacht op zijn antwoord.

'Eh, hoi.'

Ik haal diep adem en weet dat ik tegen hem moet zeggen waarvoor ik bel. 'Het spijt me dat ik je niet eerder heb gebeld om je te bedanken. De afgelopen week is alles zo snel gegaan, en ik wilde eigenlijk niet meer denken aan wat er is gebeurd. Ik weet dat dat geen goed excuus is... Het was niet aardig van me, het spijt me, en...' De woorden rollen zo snel van mijn lippen dat ik amper besef wat ik zeg, maar hij onderbreekt me voordat ik nog meer kan zeggen.

'Het geeft niet. Ik weet dat je heel veel aan je hoofd had.'

'Toch had ik je moeten bellen, zeker na wat je voor me hebt gedaan. Ik ben zo blij dat je er voor me op dat feestje was,' zeg ik, in een wanhopige poging hem duidelijk te maken wat ik voel. Ik huiver bij de herinnering aan Dans vingertoppen op mijn dij. 'Als jij er niet was geweest, hadden ze misschien wel...'

'Hé,' zegt hij, in een vriendelijke poging me af te remmen. 'Ik heb ze tegengehouden voordat ze iets konden doen, Tessa. Probeer er maar niet meer aan te denken. En je hoeft me echt niet te bedanken.'

'Jawel! En het doet me zo'n pijn dat juist Steph me dit heeft aangedaan. Ik heb haar nooit iets gedaan, ik heb geen van jullie...'

'Reken me alsjeblieft niet tot dat groepje,' zegt Zed, duidelijk een tikje beledigd.

'Nee, nee, het spijt me, ik wilde niet insinueren dat jij erbij betrokken was. Ik bedoelde jouw groep vrienden.' Mijn mond sprak die woorden al uit voordat mijn hersens die gedachte hadden gevormd.

'Het geeft niet,' mompelt hij. 'Ik geloof niet dat er nog sprake is van een groepje. Tristan vertrekt over een paar dagen naar New Orleans en ik heb Steph al de hele week niet meer op de campus gezien.'

'O...' Ik val even stil en kijk om me heen, naar de logeerkamer in dat enorme, enigszins vreemde huis. 'Zed, het spijt me ook dat ik je ten onrechte ervan heb beschuldigd dat je me vanaf Hardins telefoon een bericht hebt gestuurd. Steph heeft toegegeven dat zij het was, tijdens dat... gedoe met Dan.' Ik glimlach en probeer de huivering te onderdrukken die zijn naam bij me opwekt.

Hij ademt hoorbaar uit, maar het zou ook een lach kunnen zijn. 'Ik moet bekennen dat ik de waarschijnlijkste kandidaat leek,' antwoordt hij vriendelijk. 'Maar goed... Hoe gaat het verder?'

'Seattle is... anders,' zeg ik.

'Zit je daar al? Omdat Hardin bij je moeder thuis was, dacht ik dat je misschien...'

'Nee, ik ben er al,' onderbreek ik hem voordat ook hij gaat zeggen dat hij verwachtte dat ik vanwege Hardin zou blijven.

'Heb je al nieuwe mensen leren kennen?'

'Wat denk je?' Ik glimlach en leun over mijn bed heen om mijn halflege glas water te pakken.

'Het zal niet lang duren.' Hij lacht, en ik lach met hem mee.

'Ik denk van wel.' Ik denk aan de twee vrouwen die bij Vance tijdens de pauze zaten te roddelen. Elke keer wanneer ik ze deze week zag, zaten ze in zichzelf te lachen, en ik dacht telkens dat ze om mij lachten. 'Het spijt me echt dat het zo lang duurde voordat ik belde.'

'Tessa, hou eens op jezelf telkens te verontschuldigen. Dat doe je veel te vaak.'

'Sorry,' zeg ik. Ik sla zachtjes met mijn hand tegen mijn voorhoofd. Zowel die ober, Robert, als Zed zegt dat ik me te vaak verontschuldig. Misschien hebben ze gelijk.

'Wat denk je, kun je snel een keer langskomen? Of kunnen we... nog altijd geen vrienden zijn?' vraagt hij zacht.

'We kunnen vrienden zijn,' antwoord ik. 'Maar ik heb geen idee wanneer ik langs kan komen.' Eerlijk gezegd had ik dit weekend naar huis willen gaan. Ik mis Hardin en de rustige wegen in het oosten.

Maar wacht even, noemde ik dat net 'naar huis'? Ik heb er maar een half jaar gewoond.

En dan besef ik: Hardin. Het komt door Hardin. De plek waar hij is, zal altijd als mijn huis voelen.

'Wat jammer. Misschien moet ik maar eens naar Seattle komen. Ik heb daar vrienden wonen,' zegt Zed. 'Zou je dat leuk vinden?' vraagt hij na een paar tellen.

'Ja! Natuurlijk.'

'Goed dan.' Hij lacht. 'Ik ga dit weekend mijn ouders in Florida opzoeken – ik ben nu al aan de late kant voor mijn vlucht – maar misschien volgend weekend of zo?'

'Ja, hoor. Laat het me maar weten. En veel plezier in Florida,' zeg ik voordat ik ophang. Ik leg het mobieltje neer op een stapel aantekeningen, maar een paar seconden later begint het te trillen.

Hardins naam verschijnt op het scherm, en nadat ik een paar keer diep adem heb gehaald en de vlinders in mijn buik heb genegeerd, neem ik op.

'Wat ben je aan het doen?' vraagt hij meteen.

'Eh, niets.'

'Waar ben je?'

'Bij Kimberly en Christian thuis. Waar ben jij?' vraag ik op mijn beurt.

'Thuis,' zegt hij zakelijk. 'Waar anders?'

'Ik weet het niet... Op de sportschool?' Hardin is de hele week al elke dag trouw naar de sportschool gegaan.

'Daar was ik net nog, nu ben ik thuis.'

'Hoe ging het, meneer Kort en Bondig?'

'Goed,' zegt hij kortaf.

'Is er iets mis?' vraag ik aan hem.

'Nee, alles is goed. Hoe was jouw dag?' verandert hij snel van onderwerp. Ik vraag me af waarom, maar ik wil hem niet onder druk zetten, zeker niet nu ik me schuldig voel over het telefoontje met Zed.

'Het ging wel. Lang, denk ik. Ik vind politicologie nog altijd niet leuk,' zeg ik somber.

'Ik zei toch dat je dat moet laten vallen? Je kunt een ander keuzevak voor die module nemen,' brengt hij me in herinnering.

Ik ga achterover op mijn bed liggen. 'Dat weet ik... en het komt wel goed.'

'Blijf je vanavond thuis?' vraagt hij. In zijn stem is een duidelijke waarschuwing te horen.

'Ja, ik loop al in pyjama.'

'Mooi,' zegt hij, waardoor ik met mijn ogen rol.

'Ik heb daarnet Zed gebeld,' flap ik eruit. Ik kan het net zo goed meteen zeggen. Er valt een stilte aan de andere kant van de lijn. Ik wacht geduldig totdat Hardins ademhaling minder gejaagd wordt.

'Je hebt wát?' vraagt hij op scherpe toon.

'Ik heb hem gebeld, om hem te bedanken... voor wat hij vorig weekend heeft gedaan.'

'Maar waarom? Ik dacht dat we...' Ik hoor hem zwaar ademen en weet dat het hem moeite kost zijn woede te beteugelen. 'Tessa, ik dacht dat we bezig waren onze problemen op te lossen.'

'Dat zijn we ook, maar ik was hem een bedankje schuldig. Als hij niet op dat moment...'

'Dat weet ik!' snauwt Hardin, alsof hij iets op afstand probeert te houden.

Ik wil geen ruzie met hem maken, maar ik kan niet verwachten dat er iets verandert als ik dingen voor hem verborgen houd. 'Hij zei dat hij misschien langs wil komen.'

'Hij komt niet naar jou toe. Einde discussie.'

'Hardin...'

'Nee, Tessa. Hij komt niet. Ik doe mijn best, begrijp je? Ik doe nu heel erg mijn best om niet compleet uit mijn vel te springen, dus het minste wat je kunt doen, is me helpen.'

Ik slaak verslagen een zucht. 'Goed.' Een bezoekje van Zed kan voor niemand goed aflopen, zeker niet voor Zed. Ik mag hem niet opnieuw aan het lijntje houden. Dat is niet eerlijk tegenover hem, en ik denk niet dat het voor hem en mij ooit mogelijk zal zijn een puur vriendschappelijke relatie te onderhouden. Niet in de ogen van Hardin, en waarschijnlijk ook niet in die van Zed.

'Dank je. Ik wou dat je altijd zo snel gehoorzaamde...'

Wat? 'Ik zal nooit zomaar gehoorzamen, Hardin, dat is...'

'Rustig maar, ik plaag je maar. Je hoeft niet zo gepikeerd te doen,' zegt hij snel. 'Is er verder nog iets wat ik moet weten?'

'Nee.'

'Nou, vertel me dan maar wat er allemaal is besproken op die radiozender waar je zo gek van bent.'

En terwijl ik tot in detail vertel over de vrouw die op zoek is gegaan naar haar grote liefde van de middelbare school terwijl ze zwanger was van de buurman, schiet ik in de lach om de ranzige details van dat verhaal en het schandaal dat erop volgde. Tegen de tijd dat ik begin over de kat, Mazzy, zit ik hysterisch te lachen. Ik zeg dat het vast heel moeilijk is om verliefd te zijn op de ene man terwijl je zwanger bent van een andere, maar volgens hem is dat niet zo. Natuurlijk vindt hij dat die man en de vrouw het schandaal zelf over zich hebben afgeroepen, en hij plaagt me omdat ik zo opga in een radioprogramma. Terwijl Hardin lacht om wat ik hem vertel, doe ik mijn ogen dicht en beeld me in dat hij naast me ligt.

82

∞

Hardin

'Het spijt me!' zegt Richard hijgend. Hij drijft van het zweet en veegt het braaksel van zijn kin. Ik leun tegen de deurpost en vraag me af of ik hem wel of niet alleen moet laten met zijn eigen viezigheid.

Hij is al de hele dag aan het braken, beven, zweten en jammeren.

'Zodra het uit mijn lijf is, zal...'

Hij buigt zich opnieuw over de toiletpot en kotst zo heftig dat hij wel een geiser lijkt. Geweldig. Maar deze keer heeft hij gelukkig de wc gehaald.

'Dat hopen we dan maar.' Ik loop de badkamer uit en doe het raam in de keuken open om wat frisse lucht binnen te laten. Dan pak ik een schoon glas uit het kastje. Hoofdschuddend draai ik de kraan open om het glas te vullen.

Wat moet ik in vredesnaam met hem beginnen? Hij is verdomme in mijn badkamer aan het afkicken. Na een laatste diepe zucht loop ik met het glas water en een pakje crackers naar de badkamer en zet ze op de rand van de wastafel.

Ik tik op zijn schouder. 'Je moet iets eten.'

Hij knikt instemmend – of misschien is het delirium tremens of een symptoom van het afkicken. Zijn huid is zo bleek en vochtig dat die me aan klei doet denken. Eerlijk gezegd geloof ik niet dat de crackers zullen helpen, maar het is beter dan niets.

'Dank je,' zegt hij ten slotte kreunend. Ik laat hem opnieuw alleen met zijn toiletpot.

Deze slaapkamer – mijn slaapkamer – is zonder haar niet dezelfde. Ik kruip 's avonds nooit meer in een opgemaakt bed. Ik heb keer op keer geprobeerd om de lakens net zo onder de matras in te stoppen als Tessa dat altijd deed, maar het lukt me niet. Mijn kleren, vies en schoon, liggen her en der op de vloer, er staan lege waterflesjes en blikjes op de nachtkastjes, en het is koud. De verwarming staat aan, maar de kamer is gewoon... koud.

Ik stuur haar een laatste berichtje om haar welterusten te wensen en doe mijn ogen dicht, hopend dat ik, voor de verandering, nu eens niet zal dromen.

'Tessa?' roep ik in de gang, om aan te kondigen dat ik weer thuis ben. Het is stil in huis; er is slechts een zacht geluidje te horen. Zit Tessa aan de telefoon?

'Tessa!' roep ik nogmaals. Ik doe de deur van de slaapkamer open, en door wat ik daar zie, sta ik als aan de grond genageld. Tessa ligt uitgestrekt op het witte dekbed, haar blonde haar vastgekleefd aan haar voorhoofd door het zweet, een hand rond het hoofdeinde geklemd en haar andere hand begraven in een bos ravenzwart haar. Wanneer ze haar heupen opheft, voel ik dat het warme bloed in mijn aderen in ijs verandert.

Zed heeft zijn hoofd begraven tussen haar romige dijen. Zijn handen strelen haar lichaam.

Ik wil naar hem toe lopen, hem bij zijn keel grijpen en hem tegen de muur smijten, maar mijn voeten weigeren dienst. Ik wil tegen hen schreeuwen, maar mijn mond gaat niet open.

'O, Zed,' zegt Tessa kreunend. Ik druk mijn handen tegen mijn oren, maar het helpt niet: haar stem dringt tot diep in mijn hoofd door, ik kan niet ontsnappen.

'Je bent zo mooi,' zegt hij vleiend, en ze kreunt opnieuw. Een van zijn handen gaat naar haar borst, en hij laat zijn vingers over haar heen glijden en drukt zijn mond tegen haar aan.

Ik kan me niet verroeren.

Ze zien me niet, ze merken niet eens dat ik in de kamer sta. Tessa roept nogmaals zijn naam, en wanneer hij zijn hoofd opheft van de plek tussen haar dijen ziet hij me eindelijk staan. Hij blijft me de hele tijd aankijken terwijl hij zijn mond over haar lichaam beweegt, naar haar kaak, en onderweg aan haar huid knabbelt. Mijn blik blijft op hun naakte lichamen gericht, en mijn ingewanden worden uit mijn lijf getrokken en op de vloer neergegooid. Ik kan dit niet aanzien, maar ik word gedwongen toe te kijken.

'Ik hou van je,' zegt hij tegen haar, met een spottend lachje naar mij.

'Ik hou ook van jou,' zegt Tessa kermend. Ze laat haar nagels over de tattoos op zijn rug gaan wanneer hij in haar stoot. Ten slotte verlaat mijn stem als een schreeuw mijn mond en weet ik een einde te maken aan hun gekreun.

'Verdomme!' roep ik uit. Ik pak het glas van het nachtkastje. Het valt in scherven uiteen zodra het de muur raakt.

83

∞

Hardin

Ik loop als een bezetene te ijsberen en trek woedend aan mijn haar, dat nat is van het zweet. Onder mijn blote voetzolen voel ik de kleren en boeken waarmee de vloer bezaaid ligt.

'Hardin? Gaat het?' Tessa klinkt slaperig. Ik ben zo blij dat ze opnam. Ik heb haar nu nodig, al is het aan de andere kant van een telefoonlijn.

'Dat... dat weet ik niet,' zeg ik met krakende stem.

'Wat is er aan de hand?'

'Lig je in bed?' vraag ik.

'Ja, het is drie uur 's nachts. Waar zou ik anders moeten zijn? Wat is er mis, Hardin?'

'Ik kan gewoon niet slapen,' beken ik, starend naar het donker in onze – mijn – kamer.

'O...' Ze laat een lange, opgeluchte zucht ontsnappen. 'Ik maakte me even zorgen.'

'Heb je Zed weer gesproken?' vraag ik.

'Wat? Nee, niet meer sinds ik je heb verteld dat hij een keer langs wil komen.'

'Bel hem en zeg dat dat niet gaat.' Ik klink gestoord, maar het kan me geen zak schelen.

'Ik ga hem niet om deze tijd bellen. Wat is er met je?'

Ze klinkt zo verdedigend... al kan ik het haar denk ik niet kwalijk nemen. 'Niets, Tessa. Laat maar.' Ik zucht.

'Hardin, wat is er aan de hand?' vraagt ze, duidelijk bezorgd.

'Niets... helemaal niets.' Ik verbreek de verbinding en houd het knopje net zo lang ingedrukt totdat het scherm op zwart springt.

84

∞

Tessa

'Je blijft toch niet weer de hele dag in je pyjama rondlopen?' vraagt Kimberly wanneer ze me de volgende ochtend in de keuken ziet zitten.

Ik neem net een hap muesli en kan dus niet meteen antwoord geven, maar dat is precies wat ik vandaag van plan ben. Na Hardins telefoontje heb ik niet goed geslapen. Hij heeft me sindsdien nog een paar berichtjes gestuurd, maar in geen daarvan zei hij iets over zijn vreemde gedrag van vannacht. Ik wil hem bellen, maar hij hing zo snel op dat ik weet dat ik dat beter niet kan doen. Bovendien heb ik sinds mijn aankomst hier nog niet veel aandacht aan Kimberly besteed. Ik heb mijn vrije tijd vooral gevuld met telefoontjes naar Hardin of huiswerk voor college. Het minste wat ik kan doen, is tijdens het ontbijt even met haar kletsen.

'Je hebt nooit kleren aan,' merkt Smith op, en ik spuug bijna mijn muesli uit.

'Wel waar,' zeg ik, met nog altijd volle mond.

'Je hebt gelijk, Smith,' zegt Kimberly lachend, en ik rol met mijn ogen.

Op dat moment komt Christian binnen en geeft haar een kus op haar wang. Smith lacht naar zijn vader en naar de vrouw die weldra zijn stiefmoeder zal zijn en kijkt dan weer naar mij.

'Een pyjama zit lekker,' zeg ik tegen hem, en hij knikt instemmend. Hij richt zijn groene ogen op zijn eigen pyjama, bedrukt met Spider-Man. 'Vind je Spider-Man leuk?' vraag ik. Ik wil graag een gesprek voeren dat niet over mij gaat.

Hij frunnikt met zijn vingertjes aan zijn toast. 'Nee.'

'Nee? Maar je draagt een pyjama met hem erop.' Ik wijs naar zijn kleren.

'Die heeft zij gekocht.' Hij knikt naar Kim en fluistert dan: 'Maar je mag niet zeggen dat ik hem niet mooi vind, want dan moet ze huilen.'

Ik moet lachen. Smith is een twintigjarige in het lijf van een jochie van vijf.

'Ik zeg niets,' beloof ik, en we eten in een vriendschappelijke stilte ons ontbijt op.

85

∞

Hardin

Landon schudt het vocht van zijn muts en zet zijn dichte paraplu met een overdreven gebaar tegen de muur. Hij wil me duidelijk maken dat hij 'moeite doet' om me te helpen.

'Nou, wat is er zo dringend dat ik door de ijskoude regen hiernaartoe moest komen?' vraag hij, deels arrogant, deels bezorgd. Met een blik op mijn blote borst voegt hij eraan toe: 'Je weet wel, de reden dat ik kleren heb aangetrokken. Wat is er aan de hand?'

Ik gebaar naar Richard, die uitgestrekt op de bank ligt te slapen. 'Hij daar.'

Landon kijkt even langs mij heen naar de bank. 'Wie is dat?' vraagt hij. Dan recht hij zijn rug en kijkt me met open mond aan. 'Wacht even... Is dat Tessa's vader?'

Ik rol met mijn ogen bij wijze van antwoord. 'Nee, dat is een willekeurige dakloze die ik op mijn bank laat pitten. De nieuwste rage onder hipsters.'

Hij schenkt geen aandacht aan mijn sarcasme. 'Wat doet hij hier? Weet Tessa hiervan?'

'Ja, ze weet ervan. Maar ze weet niet dat hij al vijf dagen aan het afkicken is en de hele boel onderkotst.'

Richard kreunt in zijn slaap. Ik pak Landon bij de mouw van zijn geruite overhemd en trek hem mee naar de gang.

Dit is duidelijk iets te veel voor mijn stiefbroer.

'Afkicken?' vraagt hij. 'Van, zeg maar, drugs?'

'Ja, en van de drank.'

Hij lijkt even na te denken. 'Hij heeft jouw voorraad drank nog niet gevonden?' Hij trekt een wenkbrauw op. 'Of heeft hij die al soldaat gemaakt?'

'Ik heb geen drank meer in huis, sukkel.'

Hij tuurt om het hoekje naar de slapende man op de bank. 'Ik snap nog steeds niet wat ik hiermee te maken heb.'

'Jij gaat op hem passen,' deel ik mede, en hij doet meteen een stap naar achteren.

'Echt niet!' Hij probeert te fluisteren, maar het klinkt eerder als een gedempte schreeuw.

'Relax.' Ik klop hem op zijn schouder. 'Het is maar voor een nachtje.'

'Echt niet. Ik blijf echt niet bij hem. Ik ken hem niet eens!'

'Ik ook niet,' kaats ik terug.

'Wel beter dan ik. Als jij niet zo stom was geweest, had hij op een dag je schoonvader kunnen worden.' Landons woorden raken me harder dan ik zou willen. Schoonvader? Ik herhaal dat woord in gedachten, maar het klinkt raar... zeker wanneer ik naar die vieze kerel op mijn bank kijk.

'Ik wil haar zien,' zeg ik smekend.

'Wie... Tess?'

'Ja, Tes-sá,' verbeter ik hem. 'Wie anders?'

Landon staat als een zenuwachtig kind aan zijn vingers te frunniken. 'Nou, ze kan toch hiernaartoe komen? Het lijkt me geen goed idee als ik bij hem blijf.'

'Wat ben jij een mietje, zeg. Hij is niet gevaarlijk of zo,' zeg ik. 'Je moet er gewoon voor zorgen dat hij niet naar buiten gaat. Er is genoeg eten en drinken in huis.'

'Het klinkt alsof je het over een hond hebt,' merkt Landon op.

Geërgerd wrijf ik over mijn slapen. 'Op dit moment is er niet veel verschil. Ga je me helpen of niet?'

Hij kijkt me boos aan, en ik voeg eraan toe: 'Voor Tessa?' Dat is laag, maar ik weet dat het zal werken.

Een tel later breekt hij en knikt. 'Eén nacht,' stemt hij in, en ik wend me af om mijn glimlach te verbergen.

Ik weet niet hoe Tessa zal reageren zodra ze ontdekt dat ik onze afspraak om elkaar 'de ruimte' te geven negeer, maar het is maar voor één nacht. Een korte nacht met haar is voor nu voldoende. Ik heb haar nodig. Door de week zijn telefoontjes en berichtjes genoeg, maar na die nachtmerrie heb ik haar harder nodig dan ooit. Ik moet zeker weten dat niemand anders zijn stempel op haar lichaam heeft gedrukt.

'Weet ze dat je komt?' Landon loopt achter me aan naar de slaapkamer, waar ik de vloer afspeur naar een T-shirt dat ik over mijn blote bast kan trekken.

'Zodra ik er ben, heeft ze dat wel door, hè?'

'Ze heeft me aan de telefoon over jullie verteld.'

O ja? Dat is echt niets voor haar.

'Waarom zou ze aan jou vertellen dat we elkaar door de telefoon hebben laten klaarkomen?' vraag ik me hardop af.

Landon spert zijn ogen open. 'Ho! Wacht! Wat! Dat bedoelde ik... O god,' zegt hij kermend. Hij drukt zijn oren dicht, maar het is al te laat. Zijn wangen worden vuurrood en mijn lach vult de slaapkamer.

'Je moet iets gedetailleerder zijn als je het over Tessa en mij hebt, dat weet je onderhand toch wel?' Ik grijns, ook door de herinnering aan haar gekreun aan de andere kant van de lijn.

'Blijkbaar wel.' Hij kijkt even boos, maar herstelt zich dan. 'Ik bedoelde dat jullie wel erg vaak met elkaar bellen.'

'En?'

'Maakt ze een gelukkige indruk?'

Mijn lach verdwijnt. 'Waarom vraag je dat?'

Hij kijkt bezorgd. 'Ik vraag het me gewoon af. Ik maak me een beetje zorgen over haar. Ze lijkt niet zo enthousiast en blij vanwege Seattle als ik had verwacht.'

'Ik weet het niet.' Ik wrijf in mijn nek. 'Ze klinkt niet zo blij, dat is waar, maar ik weet niet of dat komt door het feit dat ik een klootzak ben of dat Seattle niet is wat ze ervan had verwacht,' zeg ik eerlijk.

'Het eerste, hoop ik. Ik wil dat ze daar gelukkig wordt,' zegt Landon.

'Ik ook. Min of meer,' zeg ik.

Landon schopt een vieze zwarte jeans opzij.

'Hé, die wilde ik net aantrekken.' Ik buk me om de broek te pakken.

'Heb je niets schoons?'

'Op het moment niet, nee.'

'Heb je sinds haar vertrek nog een keer een was gedraaid?'

'Ja...' lieg ik.

'Dat zal wel.' Hij wijst naar de vlek op mijn zwarte T-shirt. Mosterd, geloof ik.

'Shit.' Ik trek het shirt uit en gooi het op de vloer. 'Ik heb niks om aan te trekken.' Ik doe de onderste la van de kast open en haal opgelucht adem wanneer ik achterin een heel stapeltje schone zwarte T-shirts zie liggen.

'En die?' Landon wijst naar een donkerblauwe jeans die in de kast hangt.

'Nee.'

'Waarom niet? Je draagt altijd alleen maar zwarte jeans.'

'Daarom dus,' antwoord ik.

'Nou, als je enige broek smerig is...'

'Ik heb vijf broeken,' verbeter ik hem. 'Die er toevallig allemaal hetzelfde uitzien.' Ik zucht verontwaardigd en reik langs hem om de blauwe jeans van het hangertje te trekken. Ik heb zo de pest aan die broek. Mijn moeder heeft hem voor kerst voor me gekocht, maar ik heb mezelf beloofd dat kreng nooit aan te trekken. Nu doe ik het toch. Vanwege de liefde of zo. Ze valt vast in katzwijm.

'Hij zit een beetje... strak.' Landon bijt op zijn onderlip om te voorkomen dat hij in lachen uitbarst.

'Krijg de tyfus.' Ik steek mijn middelvinger naar hem op en prop nog wat zooi in mijn tas.

Twintig minuten later zijn we terug in de woonkamer, waar Richard nog steeds ligt te pitten, Landon nog steeds vervelende opmerkingen maakt over die verrekte strakke jeans en ik klaar ben om naar Tessa in Seattle te vertrekken.

'Wat moet ik tegen hem zeggen als hij wakker wordt?' vraagt hij.

'Kijk maar. Het zou wel grappig zijn als je hem een tijdje voor de gek kon houden. Dat je doet alsof je mij bent, of dat je niet snapt wat hij hier doet.' Ik moet lachen. 'Dan wordt hij vast niet goed.'

Landon ziet de humor er niet van in en duwt me bijna naar buiten. 'Rij voorzichtig, het is glad,' luidt zijn waarschuwing.

'Begrepen.' Ik hijs mijn tas over mijn schouder en vertrek voordat hij nog een opmerking over mijn geplette achterste kan maken.

Onderweg moet ik voortdurend aan mijn nachtmerrie denken. Die leek zo echt, zo verrekte echt. Ik hoorde Tessa de naam van die klootzak kreunen, ik hoorde zelfs haar nagels over zijn huid strijken.

Ik zet de radio aan om mijn gedachten te stoppen, maar dat werkt niet. Ik besluit in plaats daarvan aan haar te denken, aan herinneringen aan ons samen, in de hoop dat dat me de nachtmerrie doet vergeten. Anders dreigt dit de langste rit van mijn leven te worden.

'Kijk eens wat een schattige baby's!' had Tessa kirrend gezegd, wijzend op een kudde van die kronkelende mormels. Of nou ja, twee eigenlijk. Maar toch.

'Ja, ja. Heel schattig.' Ik rolde met mijn ogen en trok haar mee door de winkel.

'Ze hebben zelfs bij elkaar passende strikjes in hun haar.' Ze glimlachte zo breed, en haar stem had die gekke hoge klank die je vaker hoort bij

vrouwen die kleine kinderen zien of last hebben van hun hormonen.

'Ja,' zei ik weer. Ik sjokte achter haar aan door de smalle gangpaden van Conner's. Ze was op zoek naar een of andere speciale kaas voor het avondeten, maar nu dacht ze alleen nog maar aan baby's.

'Geef toe, ze waren schattig.' Ze keek me stralend aan, maar ik schudde ontkennend mijn hoofd. 'Toe, Hardin, geef eens toe. Zeg het dan.'

'Ze. Waren. Schattig...' antwoordde ik op vlakke toon.

Ze kneep haar lippen opeen en sloeg haar armen over elkaar, waardoor ze zelf net een nukkig kind leek. 'Misschien word jij wel een van die mensen die alleen hun eigen kinderen schattig vinden,' zei ze, en ik zag dat haar glimlach verdween toen er iets tot haar doordrong. 'Dat wil zeggen, als je ooit kinderen wilt,' voegde ze er mismoedig aan toe, waardoor ik zin had om die frons op haar voorhoofd weg te kussen.

'Misschien zou ik zo worden, ja, maar ik wil ze niet,' zei ik, in een poging het tot haar te laten doordringen.

'Dat weet ik...' zei ze zacht. Even later vond ze het artikel waarnaar ze zo naarstig op zoek was geweest en liet het met een doffe bons in haar mandje vallen.

Toen we in de rij voor de kassa stonden, was haar glimlach nog altijd niet teruggekeerd. Ik keek haar aan en gaf haar een voorzichtige por met mijn elleboog. 'Hé.'

Ze keek met doffe ogen naar me op en wachtte duidelijk totdat ik nog iets zou zeggen.

'Ik weet dat we hadden afgesproken om het niet meer over kinderen te hebben...' begon ik, terwijl zij naar de vloer staarde. 'Hé,' zei ik nogmaals. Ik zette het mandje naast mijn voeten op de vloer. 'Kijk me eens aan.' Ik legde mijn handen rond haar wangen en drukte mijn voorhoofd tegen het hare.

'Het geeft niet. Ik dacht niet echt na toen ik dat zei,' gaf ze schouderophalend toe.

Ik zag haar in de kleine supermarkt om zich heen kijken en wist gewoon dat ze zich afvroeg waarom ik haar in het openbaar zo aanraakte.

'Nou, dan moeten we maar weer afspreken om het niet meer over kinderen te hebben. Dat zorgt alleen maar voor problemen,' zei ik, en ik drukte een snelle kus op haar lippen, en toen nog een. Mijn mond bleef even op de hare rusten, en ze schoof haar kleine handen in de zakken van mijn jack.

'Ik hou van je, Hardin,' zei ze, net toen Chagrijnige Gloria, de caissière

om wie we zo vaak hadden gelachen, haar keel schraapte.

'Ik hou van je, Tess. Ik hou zo veel van je dat je niet eens kinderen nodig hebt,' beloofde ik haar.

Ze wendde zich van me af. Om haar frons te verbergen, weet ik. Maar op dat moment kon het me niets schelen omdat ik dacht dat de kous daarmee af was en ik had wat ik wilde.

Nu vraag ik me onderweg in de auto af: is er ooit een moment in mijn leven geweest waarop ik geen egoïstische klootzak was?

86

∞

Tessa

Wanneer ik met *Wuthering Heights* in mijn hand van mijn kamer naar de bank loop, zegt Kimberly met een fraaie brede lach: 'Je zit in een dip, Tessa, en als je vriendin en mentor is het mijn taak om daar iets aan te doen.' Haar blonde haar is steil en glanzend, haar make-up is om door een ringetje te halen. Ze is echt zo'n vrouw aan wie andere vrouwen snel een hekel hebben.

'Mentor? Meen je dat?' Ik giechel.

Ze rolt met haar zwaar opgemaakte ogen. 'Nou ja, misschien niet echt een mentor. Maar wel een vriendin,' verbetert ze zichzelf.

'Ik zit niet in een dip. Ik moet gewoon erg veel voor college doen en ik heb geen zin om vanavond op stap te gaan,' zeg ik.

'Je bent negentien, meid! Gedraag je daar dan ook naar. Toen ik negentien was, was ik geen avond thuis. Ik ging amper naar college. Ik ging met jongens uit... Met heel veel jongens.' Haar hakken tikken op de vloer.

'O ja?' zegt Christian, die net binnenkomt. Hij wikkelt een soort tape van zijn handen.

'Die waren natuurlijk niet zo leuk als jij.' Kim knipoogt naar hem en hij schiet in de lach.

'Dat krijg je ervan als je een vrouw kiest die veel jonger is. Ik moet opboksen tegen de nog altijd verse herinneringen aan jonge studenten.'

Zijn groene ogen glanzen van de humor.

'Hé, ik ben echt niet zo veel jonger dan jij,' zegt ze, hem een tik op zijn borst gevend.

'We schelen twaalf jaar,' merkt hij op.

Kimberly rolt met haar ogen. 'Ja, maar jij hebt een jonge ziel. In tegenstelling tot Tessa hier, die doet alsof ze veertig is.'

'Ja hoor, lieverd.' Hij gooit de gebruikte tape in de prullenbak. 'Vertel jij haar maar eens hoe je je tijdens je studie níét hoort te gedragen.' Hij werpt haar een laatste glimlach toe, geeft haar een tik op haar billen waardoor ze breeduit moet lachen en loopt dan de kamer uit.

'Ik ben zo gek op die vent,' zegt ze, en ik knik omdat ik weet dat het waar is. 'Ik wil graag dat je vanavond meegaat. Christian en zijn zakenpartners hebben net een nieuwe jazzclub in het centrum geopend. Het is er zo leuk, en ik weet zeker dat je het naar je zin zult hebben.'

'Christian heeft een jazzclub?' vraag ik.

'Hij heeft er alleen in geïnvesteerd, dus hij heeft zelf niet echt iets hoeven doen,' fluistert ze met een lachje. 'Op zaterdag zijn er altijd gastmuzikanten en kan iedereen laten horen wat hij of zij kan.'

Ik haal mijn schouders op. 'Misschien volgende week?' Het laatste wat ik nu wil, is me optutten en naar een of andere club gaan.

'Goed, volgend weekend, daar houd ik je aan. Smith wil ook niet mee. Ik heb mijn best gedaan, maar je weet hoe hij is. Hij gaf een hele preek, dat jazz niks voorstelt in vergelijking met klassieke muziek.' Ze lacht. 'De oppas komt over een paar uur.'

'Ik kan ook wel op hem passen,' bied ik aan. 'Ik ben toch thuis.'

'Nee, lieverd, dat hoeft niet.'

'Dat weet ik, maar ik doe het graag.'

'Nou, het zou me wel goed uitkomen. Hij vindt de oppas om de een of andere reden niet zo aardig.'

'Hij mag mij ook niet echt.' Ik lach.

'Dat is waar, maar hij praat met jou meer dan met anderen.' Ze kijkt even naar de verlovingsring aan haar vinger en dan naar de schoolfoto van Smith, die boven de schoorsteenmantel hangt. 'Het is een erg lieve jongen... maar op zijn hoede,' zegt ze zacht, bijna alsof het haar nu pas invalt.

Het moment wordt verbroken door het geluid van de deurbel.

Kimberly kijkt me vragend aan. 'Wie kan dat nu zijn, zo halverwege de middag?' Ze kijkt me aan alsof ik het antwoord ken.

Ik blijf staan kijken naar de foto van Smith, die echt heel erg leuk is. Hij ziet er altijd zo serieus uit. Als een kleine ingenieur of wiskundige.

'Nou... nou... nou... Kijk eens wie we hier hebben!' roept Kimberly bij de deur. Ik draai me om, zodat ik kan zien over wie ze het heeft, en mijn mond valt open.

'Hardin!' Zonder nadenken laat ik die naam van mijn lippen rollen, en nu ik hem daar zie staan, stuwt een golf van adrenaline me de kamer door. Mijn sokken glijden weg op de hardhouten vloer en ik val bijna plat op mijn gezicht. Zodra ik mijn evenwicht weer heb gevonden, klamp ik me aan hem vast en houd ik hem steviger vast dan ik ooit eerder heb gedaan.

87

∞

Hardin

Ik krijg verdomme bijna een hartaanval wanneer ik Tessa zie struikelen en bijna zie vallen, maar ze weet overeind te blijven en stort zich in mijn armen.

Dit was zeker niet de reactie die ik had verwacht.

Ik had gedacht dat ze me met een ongemakkelijk 'hallo' zou begroeten, met een glimlach die niet tot haar ogen zou reiken. Maar o, wat had ik het mis. Zo ontzettend mis. Tessa slaat haar armen stevig om mijn nek en ik begraaf mijn gezicht in haar haar. De zoete geur van haar shampoo dringt in mijn neus, en heel even ben ik overweldigd door het gevoel van haar, warm en uitnodigend, in mijn armen.

'Hoi,' zeg ik ten slotte, en ze kijkt naar me op.

'Je bent steenkoud,' merkt ze op. Ze legt haar handen op mijn wangen, die daardoor meteen warm worden.

'Het ijzelt buiten, en thuis is het nog erger... Bij mij thuis, bedoel ik,' verbeter ik mezelf. Haar blik schiet even naar de vloer voordat ze me weer aankijkt.

'Wat doe je hier?' fluistert ze bijna, in een poging haar vraag voor Kimberly verborgen te houden.

‘Op weg hiernaartoe heb ik Christian nog gebeld,’ zeg ik tegen Kimberly, die me zogenaamd boos aankijkt maar de glimlach rond haar gestifte lippen niet kan onderdrukken.

Je kon niet wegblijven, hè? vraagt ze me geluidloos achter Tessa’s rug. Dat mens is echt de grootste kenau die er bestaat, en ik snap niet hoe Christian het met haar volhoudt. Vrijwillig.

‘Je kunt de kamer tegenover die van Tessa nemen; ze laat je hem wel zien,’ meldt Kimberly, om vervolgens te verdwijnen.

Ik maak me los van Tessa en glimlach even naar haar.

‘Het… het spijt me!’ stamelt Tessa. Ze kijkt blozend om zich heen. ‘Ik-ik weet ook niet waarom ik dat deed. Het is ge-gewoon fijn een vertrouwd gezicht te zien.’

‘Het is ook fijn om jou weer te zien,’ zeg ik, in een poging iets van haar schaamte weg te nemen. Het is niet zo dat ik haar losliet omdat ik het vervelend vond om haar vast te houden. Door haar gebrek aan zelfvertrouwen vat ze dingen vaak verkeerd op.

‘Ik gleed bijna uit,’ flapt ze eruit, en dan bloost ze weer. Ik bijt op de binnenkant van mijn wang en doe mijn best om niet in lachen uit te barsten.

‘Ja, dat zag ik.’ Onwillekeurig ontsnapt me een lachje, en ze schudt ook lachend haar hoofd.

‘Blijf je echt?’ vraagt ze.

‘Ja, als je dat goed vindt.’

Haar ogen fonkelen en zijn lichter grijsblauw dan gewoonlijk. Ze draagt haar haar los, niet in model gebracht en enigszins golvend. Op haar huid is geen spoor van make-up te zien, maar ze ziet er gewoon perfect uit. Al die uren die ik heb gevuld met dagdromen over haar hebben me niet kunnen voorbereiden op dit moment, nu ik haar eindelijk weer zie. Ik kan niet eens alles in me opnemen, alle details… die sproet vlak onder haar hals, de welving van haar lippen, haar heldere ogen… Het lukt me gewoon niet.

Haar T-shirt valt los om haar lichaam en haar benen zijn in die achterlijke pluizige broek gestoken. Ze blijft maar aan haar shirt trekken en speelt met de hals; ik ken geen enkel ander meisje dat in zulke lelijke kleren slaapt en er toch nog zo lekker uitziet. Ik zie haar zwarte beha onder die witte stof… Ze heeft die zwarte kanten beha aan, die ik zo leuk vind. Ik vraag me af of ze weet dat ik door die stof heen kan kijken…

‘Waarom ben je van gedachten veranderd? En waar zijn je spullen?’

vraagt Tessa wanneer ze me voorgaat door de gang. 'De anderen slapen allemaal boven,' meldt ze, zich niet bewust van mijn schunnige gedachten. Of misschien juist wel...

'Ik heb niet meer bij me. Dit is voor één nacht,' zeg ik.

Ze blijft voor me staan. 'Je blijft maar één nacht?' vraagt ze, me onderzoekend aankijkend.

'Ja, wat dacht jij dan? Dat ik hier kwam wonen?' Natuurlijk dacht ze dat. Ze heeft altijd veel te veel vertrouwen in me.

'Nee.' Ze wendt haar blik af. 'Ik weet het niet, ik dacht gewoon dat je iets langer zou blijven.' En nu wordt het ongemakkelijk. Ik wist wel dat dit zou gebeuren.

'Hier is je kamer.' Ze doet de deur voor me open, maar ik ga niet naar binnen.

'En jouw kamer is hier tegenover?' Mijn stem stokt. Ik sta verdomme voor gek.

'Ja,' mompelt ze, met een blik op haar vingers.

'Mooi,' zeg ik stompzinnig. 'Het is niet erg dat ik hier ben?'

'Nee, natuurlijk niet. Ik heb je gemist, dat weet je.'

Haar opgetogen uitdrukking lijkt te verdwijnen nu de herinnering aan wat ik eerder heb gedaan – me als een klootzak gedragen, niet naar Seattle willen komen – onuitgesproken boven ons hangt. Ik zal het nooit vergeten, zoals ze daarnet letterlijk naar me toe rende. Toen ze me bij de deur zag staan, waren er zo veel emoties en zo'n verlangen op haar gezicht te zien, en dat voelde ik ook, nog meer dan zij. Zonder haar word ik helemaal gek.

'Ja, maar de laatste keer dat we elkaar zagen, schopte ik je min of meer de deur uit.' Ik zie haar gezicht veranderen nu ze denkt aan wat er toen is gebeurd. Ik zie gewoon dat die verrekte muur weer tussen ons in komt te staan. Ze uit een gemaakt lachje. 'Ik weet ook niet waarom ik dat zei,' zeg ik. Ik veeg met mijn pols over mijn voorhoofd.

Haar blik gaat naar de andere kamer, háár kamer. Dan draait ze zich om naar de deur waarvoor we staan en zegt: 'Je kunt je spullen hier neerleggen.'

Ze pakt mijn tas uit mijn hand, loopt naar binnen en ritst hem op het bed open. Ik zie dat ze de T-shirts en boxershorts pakt die ik erin heb gepropt.

Ze haalt haar neus op. 'Zijn deze schoon?' vraagt ze.

Ik schud mijn hoofd. 'De boxershorts wel.'

Ze houdt de tas op een armlengte van zich af. 'Ik wil niet eens weten hoe het huis eruitziet.' Rond haar mondhoeken verschijnt een zelfingenomen lachje.

'Dan is het maar goed dat je dat nooit meer hoeft te zien,' zeg ik plagend, waarop haar lach meteen verdwijnt.

Wat een klotegrap. *Wat is er in vredesnaam mis met me?*

'Zo bedoelde ik het niet,' zeg ik snel, in een poging mijn fout goed te maken.

'Het geeft niet. Echt niet, oké?' Haar toon is vriendelijk. 'Ik ben het maar, Hardin.'

'Dat weet ik.' Ik haal diep adem en ga verder: 'Het lijkt allemaal al zo lang geleden, en we zitten midden in zo'n aan-uitrelatie waar we heel slecht in zijn. En we hebben elkaar al een tijdje niet meer gezien, en ik heb je gemist, en ik hoop dat je mij ook hebt gemist.' *Wauw, dat kwam er allemaal wel heel snel uit.*

Ze glimlacht. 'Ja, dat heb ik.'

'Je hebt wat?' Ik wil het haar horen zeggen.

'Ik heb je gemist. Dat zeg ik elke keer wanneer we elkaar bellen.'

'Dat weet ik.' Ik stap naar haar toe. 'Ik wilde het gewoon nog eens horen.' Ik steek mijn handen uit en strijk haar haar achter haar oren. Ze buigt zich naar me toe.

'Waar kom jíj vandaan?' zegt opeens een stemmetje, en Tessa deinst terug.

Geweldig. Echt geweldig.

En daar staat Smith in de deuropening.

'Ik ben er net,' antwoord ik, in de hoop dat hij ons alleen zal laten en ik verder kan gaan met waaraan ik ben begonnen.

'Waarom ben je hier?' Hij loopt de kamer in.

Ik wijs naar Tessa, die nu anderhalve meter bij me vandaan staat en bezig is mijn kleren uit de tas te halen. 'Ik kom haar opzoeken.'

'O,' zegt hij zacht, met neergeslagen ogen.

'Vind je dat soms niet leuk?' wil ik weten.

'Maakt mij niet uit,' zegt hij schouderophalend, en ik glimlach naar hem.

'Mooi, want als je het niet leuk zou vinden, zou ik evengoed blijven.'

'Dat weet ik.' Smith lacht terug en laat mij en Tessa alleen. Godzijdank.

'Hij vindt je aardig,' zegt Tessa.

'Hij is wel oké,' zeg ik schouderophalend.

Ze moet lachen. 'Jij vindt hem ook aardig,' zegt ze beschuldigend.

'Nee, dat is niet zo. Ik zei alleen maar dat hij oké is.'

Ze rolt met haar ogen. 'Vast.'

Ze heeft gelijk, ik vind hem best aardig. Of in elk geval aardiger dan de andere vijfjarigen die ik ken.

'Ik ga vanavond oppassen, dan kunnen Kim en Christian naar de opening van een club,' zegt ze.

'Waarom ga je niet mee?'

'Ik weet het niet. Geen zin.'

'Hm.' Ik raak met mijn vingers mijn lippen aan om mijn glimlach te verbergen. Ik vind het geweldig dat ze niet uit wil gaan, en ik hoop dat ze, voordat ik hier aankwam, haar avond had willen besteden aan een telefoongesprek met mij.

Tessa werpt me een vreemde blik toe. 'Jij kunt wel gaan als je wilt. Je hoeft niet per se bij me te blijven.'

Ik kijk haar verontwaardigd aan. 'Wat? Ik ben niet helemaal hiernaartoe gereden om zonder jou naar een of andere stomme club te gaan. Wil je niet dat ik bij je blijf?'

Ze kijkt me recht aan en drukt mijn kleren tegen haar borst. 'Ja, natuurlijk wil ik dat.'

'Mooi, want ik zou anders toch niet zijn gegaan,' grap ik.

Ze glimlacht niet zoals Smith net deed, maar ze rolt wel met haar ogen, en dat is ook schattig.

'Wat ga je doen?' vraag ik wanneer ik zie dat ze langzaam met mijn kleren in haar handen naar de deur loopt.

Ze werpt me een blik toe die zowel grappig als verleidelijk is. 'Ik ga jouw was doen,' zegt ze, en ze verdwijnt in de gang.

88

∞

Tessa

Mijn gedachten razen door mijn hoofd wanneer ik de wasmachine aanzet. Hardin is hiernaartoe gekomen, naar Seattle, en ik hoefde er niet eens om te vragen of te smeken. Hij is vrijwillig gekomen. Het is misschien maar voor een nachtje, maar het betekent zo veel voor me, en ik hoop dat dit een stap in de goede richting voor ons kan zijn. Wat onze relatie betreft word ik nog altijd geplaagd door onzekerheden... We hebben altijd zo veel problemen, we maken zo vaak zonder reden ruzie. We zijn zo verschillend, en ik heb het punt bereikt waarop ik me afvraag of het ooit gaat werken.

Maar op dit moment is hij hier, bij mij, en wil ik niets liever dan deze combinatie van een langeafstandsrelatie en een vriendschap een kans geven, gewoon om te kijken waar die ons brengt.

'Ik wist wel dat hij zou komen,' zegt Kimberly achter me.

Ik draai me om en zie haar tegen de deurpost van het washok geleund staan. 'Ik niet,' zeg ik.

Ze werpt me een verbaasde blik toe. 'Dat had je kunnen weten. Ik heb nog nooit zo'n stel als jullie twee gezien.'

Ik slaak een zucht. 'We zijn niet echt een stel...'

'Het was net een film, zoals je naar hem toe rende. En hij is hier nog geen kwartier of je staat al zijn was te doen.' Ze knikt naar de machine.

'Nou, zijn kleren waren vies,' zeg ik, het eerste deel van haar opmerking negerend.

'Jullie kunnen gewoon niet uit elkaars buurt blijven. Je zou jezelf eens moeten zien. Ik wil nog altijd graag dat je meegaat vanavond, dan kun je je lekker opdoffen en hem laten zien wat hij mist zolang hij niet hier in Seattle komt wonen.' Ze knipoogt en laat me alleen in het washok achter.

Ze heeft gelijk: Hardin en ik kunnen niet zonder elkaar. Zo is het altijd al geweest, sinds ik hem heb leren kennen. Zelfs wanneer ik mezelf probeer wijs te maken dat ik hem niet echt wil, kan ik niet ontkennen dat de vlinders in mijn buik opstijgen zodra we elkaar zien.

Vroeger dook Hardin altijd toevallig daar op waar ik ook was... Al moet ik eerlijk bekennen dat ik bij elke gelegenheid die zich voordeed naar zijn dispuutshuis ging. Ik vond het daar vreselijk, maar er was iets wat me elke keer weer wist te lokken, en wel de wetenschap dat ik hem daar zou zien. Dat wilde ik toen niet toegeven, zelfs niet tegenover mezelf, maar ik verlangde zo naar zijn gezelschap, ook al was hij wreed tegen me. Die herinneringen aan hoe hij onder college naar me zat te kijken of met zijn ogen rolde wanneer ik hallo zei, lijken nu lang geleden, bijna als iets uit een droom.

De wasmachine piept even, zodat ik opschrik uit mijn gemijmer, en ik loop snel terug naar de logeerkamer die een nacht lang van Hardin is. De kamer is leeg; Hardins lege tas ligt nog altijd op het bed, maar hij is nergens te bekennen. Ik steek de gang over en tref hem voorovergebogen over het bureau op mijn kamer aan. Zijn vingertoppen glijden over het omslag van een van mijn notitieboekjes.

'Wat ben je aan het doen?' vraag ik.

'Ik wilde gewoon weten... hoe je nu woont. Ik wilde je kamer zien.'

'O.' Het ontgaat me niet dat hij fronst bij het uitspreken van de woorden 'je kamer'.

'Is dit voor college?' Hij houdt het boekje met de zwarte leren kaft omhoog.

'Creatief schrijven.' Ik knik naar hem. 'Heb je het gelezen?' Ik word onwillekeurig een tikje nerveus bij de gedachte dat hij het misschien heeft gelezen. Tot nu toe heb ik nog maar één opdracht voltooid, maar zoals met alles in mijn leven had ook die uiteindelijk met hem te maken.

'Een stukje.'

'Het is maar een opdracht,' zeg ik, in een poging het uit te leggen. 'We waren vrij in de keuze van ons onderwerp, en...'

'Het is goed, echt heel goed,' zegt hij vol lof. Hij legt het boekje terug op het bureau, maar pakt het dan weer op en slaat de eerste pagina op. 'Wie ben ik,' leest hij de eerste zin hardop voor.

'Niet doen,' zeg ik smekend.

Hij werpt me een lachje toe dat vragend en zelfgenoegzaam tegelijk is. 'Sinds wanneer schaam jij je voor je huiswerk?'

'Ik schaam me niet, maar... Het is gewoon persoonlijk. Ik weet niet eens zeker of ik het wel ga inleveren.'

'Ik heb je teksten voor religies gelezen,' zegt hij – en mijn hart houdt op met kloppen.

'Wat?' Ik hoop zo dat ik hem verkeerd heb verstaan. *Dat zou hij nooit doen. Dat kan hij niet...*

'Ik heb ze gelezen. Je hebt ze laten liggen, en ik kwam ze tegen.'

Dit is zo vernederend. Ik blijf zwijgend staan terwijl Hardin me vanaf de andere kant van de kamer aankijkt. Dat waren persoonlijke gedachten, waarvan het nooit mijn bedoeling is geweest dat een ander ze las, afgezien misschien van mijn docent. Ik ben ontzet vanwege het feit dat Hardin mijn diepste gedachten kent.

'Het was niet de bedoeling dat je die zou lezen. Waarom heb je dat gedaan?' vraag ik. Ik probeer hem niet aan te kijken.

'Het ging allemaal over mij,' zegt hij bij wijze van verdediging.

'Daar gaat het niet om, Hardin.' Mijn maag zit in de knoop en ademhalen kost me moeite. 'Ik had het toen erg moeilijk, en dat waren mijn persoonlijke gedachten, die ik in míjn dagboek opschreef. Het was niet de bedoeling dat jij...'

'Het waren erg goede teksten, Tess. Erg goed. Het deed pijn om te lezen wat je voelde, maar zoals je het verwoordde... Dat was perfect.'

Ik weet dat het als compliment bedoeld is, maar ik schaam me alleen maar meer.

'Hoe zou jij je voelen als ik iets zou lezen waarin je je hart had uitgestort?' Ik schenk geen aandacht aan zijn complimenten. Er flitst een zekere paniek in zijn ogen, en ik houd verbaasd mijn hoofd scheef. 'Wat?'

'Niets,' is alles wat hij hoofdschuddend zegt.

89

∞

Hardin

Nu ik de blik in haar ogen zie, krabbel ik bijna terug, maar ik moet eerlijk zijn en ik wil dat ze weet hoe boeiend ik haar teksten vond. 'Ik heb het zeker tien keer gelezen,' beken ik.

Die grote ogen van haar kijken me niet aan, maar haar lippen wijken uiteen. 'Echt?' vraagt ze.

'Je hoeft je nergens voor te schamen. Ik ben het maar, weet je nog?' Ik glimlach naar haar en ze komt naar me toe.

'Dat weet ik, maar ik klonk waarschijnlijk zo aanstellerig. Ik dacht niet echt na toen ik dat allemaal opschreef.'

Ik leg mijn vingers op haar lippen om haar het zwijgen op te leggen. 'Dat klonk je niet. Het was geweldig.'

'Ik...' Ze probeert onder mijn vinger te spreken, maar ik druk harder.

'Ben je al klaar?' Ik kijk haar lachend aan, en ze knikt. Langzaam haal ik mijn vingers weg. Ze likt haar lippen af. Ik kan mijn blik er niet van afwenden.

‘Ik moet je kussen,’ fluister ik, met mijn gezicht vlak bij het hare. Haar ogen kijken recht in de mijne. Ze slikt even en likt opnieuw haar lippen af.

‘Goed,’ fluistert ze. Met gretige handen pakt ze me vast en wikkelt de stof van mijn shirt rond haar vuisten. Ze trekt me hijgend naar zich toe.

Net voordat onze lippen elkaar kunnen raken, wordt er op de deur van de slaapkamer geklopt. ‘Tessa?’ klinkt Kimberly’s hoge stem aan de andere kant van de deels geopende deur.

‘Stuur haar weg,’ fluister ik, maar Tessa deinst voor me terug.

Eerst die koter, nu dat mens. We kunnen net zo goed Vance ook uitnodigen.

‘We gaan over een paar minuten weg,’ zegt Kimberly zonder binnen te komen.

Heel goed, sodemieter maar snel op.

‘Oké, ik kom zo,’ zegt Tessa, en mijn ergernis neemt toe.

‘Dank je, lieverd,’ zegt Kimberly. Ze loopt weg, een of ander popliedje neuriënd.

‘Ik had verdomme niet eens...’ begin ik, maar wanneer ik Tessa naar me zie kijken, slik ik mijn grove opmerking in. Het was toch niet waar... Ik wilde hier zijn, en niets kon me tegenhouden.

‘Ik moet op Smith gaan passen. Als je hier wilt blijven, mag dat ook.’

‘Nee, ik wil bij jou zijn,’ zeg ik, en ze glimlacht.

God, ik wil haar zo graag zoenen. Ik heb haar zo gemist, en ze zegt dat ze mij ook heeft gemist... Waarom doet ze niet gewoon... Haar handen klemmen zich opnieuw rond de bovenkant van mijn zwarte T-shirt, en ze drukt haar lippen op de mijne. Het voelt alsof iemand me in een stopcontact heeft gestoken, want elke vezel in mijn lichaam knettert en vonkt. Haar tong glijdt duwend en strelend mijn mond in, en ik pak haar heupen vast.

Ik trek haar door de kamer totdat mijn voeten het voeteneinde van het bed raken. Ik ga op het bed liggen en zij valt zachtjes boven op me. Ik neem haar in mijn armen en draai ons om, zodat zij onder me ligt. Haar bloed klopt onder mijn lippen wanneer ik mijn mond over haar nek beweeg en het zachte plekje onder haar oor vind. Gezucht en gekreun is mijn beloning. Langzaam begin ik aan bewegingen waarvan ik weet dat ze een marteling voor haar zijn: ik wrijf met mijn heupen langs de hare en druk haar tegen de matras. Tessa’s vingers gaan naar de verhitte huid onder mijn T-shirt en haar nagels schuren over mijn rug. Net wanneer ik haar oorlelletje tussen mijn lippen neem...

Het beeld van Zed die in haar stoot, duikt in mijn gedachten op, en een paar tellen later sta ik naast het bed.

'Wat is er?' vraagt ze. Haar lippen zijn donkerroze en opgezwollen van mijn tedere aanval.

'N-niets. We kunnen... maar beter naar de woonkamer gaan. Op dat mormel passen,' antwoord ik gejaagd.

'Hardin?' dringt ze aan.

'Tessa, laat maar. Er is niets.' En o ja, ik heb gedroomd dat Zed je al neukend alle hoeken van het bed liet zien, en nu blijf ik daar maar aan denken.

'Goed.' Ze staat op en veegt haar handen af aan de zachte stof van haar pyjama.

Ik doe even mijn ogen dicht en probeer die walgelijke beelden uit mijn gedachten te bannen. Als die ingebeelde lul nog een keer tussenbeide komt, breek ik elk bot in zijn ellendige lijf.

90

∞

Tessa

Na veel te veel kusjes – volgens Smith – vertrekken Kimberly en Vance eindelijk. Ze hebben ons er drie keer aan herinnerd dat we moeten bellen als er iets is, en alle drie de keren hebben Hardin en Smith met hun ogen gerold. Toen Kimberly naar de lijst met telefoonnummers voor noodgevallen op het aanrecht wees, wisselden de twee jongens een blik vol ongeloof uit die ontzettend schattig was.

'Wil je tv-kijken?' vraag ik aan Smith zodra de auto uit het zicht is verdwenen.

Hij zit op de bank en haalt zijn schouders op. Dan kijkt hij op naar Hardin, die op het kind neerkijkt alsof dat een of ander grappig knaagdier is.

'Goed... Wat dacht je van een spelletje? Wil je een spelletje doen?' opper ik wanneer geen van beiden iets zegt.

'Nee,' antwoordt Smith.

'Ik denk dat hij gewoon terug wil naar zijn kamer om verder te gaan met wat hij aan het doen was voordat Kim hem hiernaartoe sleepte,' zegt Hardin, wat hem een instemmend knikje van Smith oplevert.

'Nou... Oké dan. Ga maar naar je kamer, Smith. Hardin en ik blijven hier, voor als je ons nodig hebt. Ik zal dadelijk iets te eten bestellen,' zeg ik tegen hem.

'Kom je ook mee, Hardin?' vraagt Smith zo zacht als hij kan.

'Naar je kamer? Nee, ik blijf hier.'

Zonder een woord te zeggen laat Smith zich van de bank glijden en loopt naar de trap. Ik werp Hardin een kwade blik toe, maar hij haalt zijn schouders op.

'Ga met hem mee,' fluister ik.

'Dat wil ik niet. Ik wil hier bij jou blijven,' zegt hij nuchter. Dat wil ik ook heel graag, maar ik heb met Smith te doen.

'Toe nou.' Ik knik naar het blonde jochie dat langzaam naar boven loopt. 'Hij is eenzaam.'

'Goed dan,' zegt Hardin met een zucht. Mokkend loopt hij naar de trap en volgt Smith naar boven. Ik ben nog steeds een beetje van mijn stuk gebracht door zijn ongewone reactie op onze kus in de slaapkamer. Ik vond het erg goed gaan – heel goed, zelfs – maar hij sprong zo onverwacht van me af dat ik dacht dat hij zich pijn had gedaan. Misschien voelt hij niet langer hetzelfde voor me nu we elkaar een tijdje niet hebben gezien? Misschien vindt hij me niet meer zo aantrekkelijk... in seksueel opzicht. Ik weet dat ik in een hobbezak van een pyjama rondloop, maar daar had hij vroeger nooit problemen mee.

Omdat ik geen redelijke verklaring voor zijn gedrag kan bedenken en me niet van alles in het hoofd wil halen, pak ik het stapeltje folders van afhaalrestaurants dat Kimberly voor ons heeft neergelegd en probeer te beslissen wat we gaan eten. Uiteindelijk kies ik voor pizza. Ik pak mijn telefoon, loop naar het washok om Hardins kleren in de droger te stoppen en ga op het bankje midden in het vertrek zitten. Dan bel ik de pizzalijn en blijf ik zitten kijken naar de machine die zijn rondjes draait.

91

∞

Hardin

Terwijl Smith door zijn slaapkamer drentelt, blijf ik in de deuropening staan en maak in gedachten een lijstje van alle rotzooi die deze koter bezit. Mijn god, wat een verwend nest.

'Wat wil je doen?' Ik loop de kamer in.

'Dat weet ik niet.' Hij staart naar de muur. Zijn blonde haar is zo netjes naar een kant gekamd dat het gewoon eng is.

'Waarom wilde je dan dat ik mee zou gaan?'

'Dat weet ik niet,' herhaalt dat ettertje. Koppig irritant ventje.

'Oké... Nou, dat schiet niet erg op...' Mijn stem sterft weg.

'Kom jij hier nu ook wonen, met je meisje?' flapt Smith er opeens uit.

'Nee, ik blijf een nachtje logeren.' Ik wend mijn blik van hem af.

'Waarom?' Zijn blik is op mij gericht. Dat voel ik gewoon, daarvoor hoef ik niet eens zijn kant op te kijken.

'Omdat ik hier niet wil wonen.' Of eigenlijk wel. Min of meer.

'Waarom niet? Vind je haar niet aardig?' wil hij weten.

'Ik vind haar heel aardig.' Ik moet lachen. 'Ik... ik weet het gewoon niet. Waarom stel je altijd zo veel vragen?'

'Dat weet ik niet,' antwoordt hij simpelweg. Hij trekt een of andere trein onder zijn bed vandaan.

'Heb je geen vrienden met wie je kunt spelen?' vraag ik het jochie.

'Nee.'

Dat lijkt me niet oké. Zo onaardig is hij nu ook weer niet. 'Waarom niet?'

Hij haalt zijn schouders op en trekt twee stukjes rails van elkaar. Dan maken zijn handjes een volgend stuk los en verruilt hij dat voor twee nieuwe stukken rails die hij uit een doos onder het voeteneinde pakt.

'Er zijn op school toch wel kinderen met wie je vrienden kunt worden?'

'Nee.'

'Doen ze daar soms lelijk tegen je? Zitten er klootzakken bij je in de klas?' vraag ik. Ik doe geen moeite mijn taal te kuisen. Vance vloekt als een soldaat, dus zijn zoon heeft vast wel erger gehoord.

'Soms.' Hij buigt de uiteinden van een of andere metalen draad om en bindt er een kleine wagon aan vast. De draad vonkt in zijn handen, maar hij geeft geen krimp. Een paar tellen later begint de trein over de rails te rijden, eerst langzaam maar dan steeds sneller.

'Wat was dat? Wat deed je daar?' vraag ik.

'Zo gaat hij sneller. Anders is hij veel te langzaam.'

'Geen wonder dat je geen vrienden hebt.' Ik begin te lachen, maar dan houd ik me in. Shit. Hij zit daar maar naar zijn trein te staren. 'Dat komt omdat je zo slim bent, bedoel ik. Soms kunnen slimme mensen niet zo goed met anderen omgaan omdat die het niet leuk vinden dat ze zelf minder slim zijn. Neem nou Tessa, die is soms veel te slim, en daar voelen anderen zich niet zo lekker bij.'

'Oké...' Hij draait zijn hoofd om en kijkt me aan, en ik kan een zeker medelijden niet onderdrukken. Ik ben zo slecht in goede raad geven en weet niet eens waarom ik het probeerde.

Ik weet wat het is om zonder vrienden op te groeien. Als kind had ik nooit vrienden, totdat ik in de puberteit kwam en begon te drinken en te blowen en verkeerde vrienden kreeg. Of nee, dat waren geen echte vrienden: ze vonden me alleen maar aardig omdat ik mijn eigen zin deed en ze dat 'cool' vonden. Ze hielden niet van lezen, zoals ik. Ze wilden alleen maar feesten.

Ik was altijd dat kwade jongetje in de hoek met wie niemand wilde praten omdat ze bang voor me waren. Dat is eigenlijk niet echt veranderd...

Maar toen leerde ik Tessa kennen, de enige die echt iets om me geeft. Zij is soms ook bang voor me. Herinneringen aan Kerstmis en de vlekken rode wijn op haar witte vestje komen in me op. Ik neem aan dat Landon op een bepaalde manier ook wel iets om me geeft. Ik voel me bij hem alleen nog steeds niet echt op mijn gemak, en ik ben er vrij zeker van dat hij alleen maar met me omgaat vanwege Tessa. Zo'n invloed heeft ze nu eenmaal op anderen.

Zeker op mij.

92

∞

Tessa

'Vind je je pizza lekker?' vraag ik aan Smith, die tegenover me aan tafel zit.

Hij kijkt met volle mond naar me op en knikt. Hij heeft een mes en vork in zijn handjes waarmee hij zijn eten in kleine stukjes snijdt. Dat verbaast me helemaal niet.

Zodra hij alles heeft opgegeten, staat hij op van de tafel, loopt met zijn bord naar de vaatwasser en zet het erin. 'Ik trek me terug, ik ben klaar om naar bed te gaan,' zegt de kleine wetenschapper.

Hardin schudt geamuseerd zijn hoofd omdat de kleuter zo volwassen klinkt.

Ik sta op en vraag: 'Heb je verder nog iets nodig? Wil je een glas water? Moet ik even meelopen naar je kamer?'

Maar hij zegt nee, pakt zijn dekentje en loopt de trap op.

Ik zie Smith naar boven verdwijnen en ga in de woonkamer op de bank zitten. Nu pas dringt het tot me door dat Hardin in het afgelopen uur nog geen tien woorden tegen me heeft gezegd en op afstand is gebleven. Ik vergelijk zijn gedrag van vanavond onwillekeurig met wat hij eerder deze week tijdens onze telefoongesprekken allemaal heeft gezegd. Zaten we nu ook maar aan de telefoon, en niet zwijgend op de bank.

'Ik moet pissen,' kondigt hij aan. Hij staat op, terwijl ik wat langs de zenders op de flatscreen zap.

Even later komen Kimberly en Christian binnen, samen met een ander stel. Een lange blonde vrouw in een kort goudkleurig jurkje trippelt over de hardhouten vloer. Na één blik op haar torenhoge hakken heb ik al medelijden met haar enkels. Ze wuift even glimlachend naar me en loopt dan achter Kimberly aan de woonkamer in. Hardin verschijnt in de hal, maar maakt geen aanstalten de kamer in te lopen.

'Sasha, dit zijn Tessa en Hardin.' Kimberly is zo vriendelijk om ons voor te stellen.

'Leuk je te leren kennen.' Ik glimlach, maar ik vind het vreselijk dat ik geen beter uitziende pyjama heb aangetrokken.

'Insgelijks,' zegt Sasha, maar haar blik is gericht op Hardin, die heel even terugkijkt maar haar verder niet begroet en in de hal blijft staan.

'Sasha is bevriend met Christians zakenpartner,' legt Kimberly ons uit.

Of nee, dat legt ze míj uit, want Hardin schenkt geen aandacht aan hen. Hij kijkt vanuit de deuropening naar de natuurdocumentaire waarbij ik ben blijven hangen.

'En dit is Max, die met Christian in zaken zit.'

De man, die tot nu toe met Christian stond te lachen en te grappen, komt achter Sasha vandaan, en nu ik hem eindelijk goed kan zien stel ik tot mijn verbazing vast dat dit Kens oude studievriend is, de vader van Lillian.

'Max,' herhaal ik. Ik probeer zo onopvallend mogelijk oogcontact te maken met Hardin.

Dat ontgaat Kimberly niet, en ze kijkt van Max naar mij. 'Jullie hebben elkaar al eens ontmoet?'

'Eén keer maar, in Sand Point,' antwoord ik.

Max kijkt me met een intimiderende blik in zijn donkere ogen aan en lijkt door zijn overheersende uitstraling de hele kamer voor zich op te eisen, maar zijn trekken verzachten een beetje nu hij aan onze eerdere kennismaking wordt herinnerd.

'Ah, ja, jij bent met Hardin Scott... bevriend,' zegt hij, het laatste woord met een glimlach uitsprekend.

'Nou, eigenlijk zijn we...' begint Hardin, die nu eindelijk de woonkamer binnenloopt.

Vol ergernis zie ik dat Sasha elke beweging van Hardin met haar blik volgt. Ze trekt de goudkleurige schouderbandjes van haar jurk recht en likt haar lippen af. Hardin kijkt haar kant op en neemt haar lange maar welgevormde gestalte langzaam in zich op voordat hij zijn aandacht op Max richt.

'We zijn meer dan alleen vrienden,' maakt Hardin zijn zin af voordat Max zijn hand uitsteekt. Ze schudden elkaar snel en ongemakkelijk de hand.

'Ik snap het.' De oudere man glimlacht. 'Nou, ze is bijzonder charmant.'

'Dat is ze zeker,' mompelt Hardin. Ik kan merken dat Max' aanwezigheid hem irriteert.

Kimberly is zoals altijd de perfecte gastvrouw en loopt naar de bar om iets voor haar gasten in te schenken. Ze vraagt beleefd wat we willen drinken terwijl ik mijn best doe om niet naar Sasha te staren, die voor de tweede keer tegen Hardin zegt hoe ze heet. Hij knikt even kortaf en gaat op de bank zitten. Tot mijn teleurstelling laat hij behoorlijk veel ruimte tussen ons vrij. Waarom wil ik hem opeens claimen? Omdat Sasha zo knap is en Hardin naar haar keek, of omdat hij zich eerder vanavond zo vreemd gedroeg?

'Hoe gaat het met Lillian?' Ik probeer niet alleen de ongemakkelijke stilte te verbreken, maar ook de zenuwen en pijnlijke jaloezie in me te bezweren.

'Prima. Ze heeft het druk met haar studie,' antwoordt Max koeltjes.

Kimberly geeft hem een glas met een bruin drankje aan, dat hij binnen een paar tellen al half heeft leeggedronken. Hij kijkt Christian met opgetrokken wenkbrauwen aan. 'Bourbon?'

'Alleen de allerbeste,' antwoordt Christian met een lach.

'Je moet Lillian eens bellen. Je hebt een goede invloed op haar.' Max' blik gaat naar Hardin.

'Ik denk dat ze wel zonder hem kan,' merk ik op. Ik ben nog altijd een beetje jaloers, maar ik ben wel geneigd om Lillian tegenover haar vader te verdedigen. Ik kan me niet aan de indruk onttrekken dat hij op haar seksuele voorkeur zinspeelt, en dat bevalt me helemaal niet.

'O, daarin verschillen we dan van mening.' Hij lacht zijn gebleekte tanden bloot en ik zink weg in de kussens van de bank. Dit gesprek geeft me een ongemakkelijk gevoel. Max is rijk en charmant, maar ik kan de duistere blik in zijn diepbruine ogen en het verborgen venijn in zijn brede lach onmogelijk negeren.

Wat doet hij hier trouwens met Sasha? Hij is getrouwd, en als ik af moet gaan op de lengte van haar jurkje en de manier waarop ze naar hem lacht, zijn ze meer dan alleen maar 'bevriend'.

'Lillian is onze vaste oppas,' komt Kimberly tussenbeide.

'De wereld is klein.' Hardin rolt met zijn ogen om een gebrek aan belangstelling te veinzen, maar ik weet dat hij inwendig kookt van woede.

'Ja, dat zeker.' Max lacht naar Hardin. Zijn Britse accent is sterker dan dat van Hardin of Christian en veel minder prettig om naar te luisteren.

'Tessa, ga naar je kamer,' draagt Hardin me zachtjes op. Uit de blikken die Max en Kimberly hem toewerpen is op te maken dat ook zij hem hebben gehoord.

Nu voel ik me nog ongemakkelijker dan een paar minuten geleden. Ik heb helemaal geen zin om naar mijn kamer te gaan nu de anderen Hardin dat hebben horen zeggen, maar ik ken hem langer dan vandaag en weet dat hij me zal dwingen, al moet hij me hoogstpersoonlijk dragen.

'Ik vind dat ze moet blijven zitten en nog een lekker glaasje wijn moet nemen, of een glas van deze bourbon. Die is lang gerijpt en erg lekker.' Kimberly staat op en loopt naar het barretje. 'Wat mag het zijn?' Ze glimlacht opvallend uitdagend naar Hardin.

Hij kijkt boos terug en perst zijn lippen opeen. Ik schiet bijna in de lach omdat Kimberly Hardin duidelijk laat merken dat ze niet bang voor hem is, maar ik wil ook dolgraag de kamer verlaten. Ik blijf echter zitten omdat Max ons gesprek gadeslaat met een nieuwsgierigheid die opvallender is dan je in een situatie als deze zou verwachten.

'Een glaasje wijn, graag,' zeg ik.

Kimberly knikt, schenkt een glas met een lange steel vol met witte wijn en brengt het naar me toe.

De afstand tussen Hardin en mij lijkt per seconde groter te worden, en ik kan de woede bijna van hem af zien dampen. Ik neem een slokje van de frisse wijn en Max wendt zijn blik eindelijk van me af.

Hardin zit naar de muur te staren. Sinds onze kus is zijn stemming omgeslagen, en dat baart me echt zorgen. Ik had gedacht dat hij opgetogen en blij zou zijn nu hij hier bij me kan zijn, maar ik had vooral verwacht dat hij, zoals altijd, opgewonden van me zou raken.

'Wonen jullie hier in Seattle?' vraagt Sasha aan Hardin.

Ik neem nog een slok wijn. Ik drink de laatste tijd behoorlijk veel.

'Ik niet.' Hij geeft antwoord zonder haar aan te kijken.

'Hm, waar woon je dan?'

'Niet in Seattle.'

In om het even welke andere situatie zou ik hem kwaad aankijken omdat hij zo onbeleefd is, maar nu ben ik blij dat hij haar zo afbekt. Sasha fronst en leunt tegen Max aan. Max kijkt even snel naar mij voordat hij haar van zich af duwt.

Ik weet al dat je vreemdgaat, dus doe niet zo onschuldig.

Sasha zegt niets. Kimberly kijkt naar Christian, blijkbaar in de hoop dat hij het gesprek op een leuker onderwerp kan brengen.

'Nou...' Christian schraapt zijn keel. 'Het was een geweldige opening. Op zo'n grote opkomst had ik niet gerekend.'

'Het was fantastisch, en die band... Ik kan me de naam niet meer herinneren, die laatste...' begint Max.

'Iets met Reford?' oppert Kimberly.

'Nee, dat was het niet, lieverd.' Christian grinnikt. Kimberly loopt naar hem toe en gaat op zijn schoot zitten.

'Wie het ook zijn, we moeten ze voor volgende week weer boeken,' zegt Max.

Binnen een paar minuten zitten ze over zaken te kletsen en verdwijnt Hardin de gang in.

'Sorry, meestal is hij minder onbeleefd,' zegt Kimberly tegen Sasha.

'Nou, nee, maar we zouden het niet anders willen.' Christian begint te lachen, en de anderen lachen met hem mee.

'Ik ga...' begin ik.

'Ga maar.' Kimberly gebaart dat ik mag vertrekken, en ik wuif bij wijze van afscheid kort naar de gasten.

In de logeerkamer loopt Hardin te ijsberen.

'Is er iets mis?' vraag ik hem.

'Nee.'

'Zeker weten? Je doet de hele avond al...'

'Nee, het gaat wel. Ik ben gewoon geïrriteerd.' Hij gaat op de rand van het bed zitten en veegt zijn handen af aan zijn jeans.

Ik vind zijn nieuwe jeans geweldig. Die heb ik eerder in onze – zijn – kast zien hangen. Trish heeft hem die broek met kerst gegeven, maar hij heeft er de pest aan.

'Waarom?' vraag ik. Ik spreek op zachte toon, zodat ze ons in de woonkamer niet kunnen horen.

'Omdat Max een lul is,' zegt Hardin luid. Het kan hem duidelijk niet schelen of iemand hem hoort.

Lachend fluister ik: 'Ja, dat is zo.'

'Toen hij zo onbeleefd tegen je deed, sprong ik bijna uit mijn vel,' zegt hij buiten adem.

'Hij was niet echt onbeleefd tegen míj. Ik denk dat hij tegen iedereen zo doet.' Ik haal mijn schouders op, maar dat gebaar weet Hardin niet echt te kalmeren.

'Nou, hoe dan ook, ik moet die lul niet, en het is irritant dat we maar één avond samen hebben en dat iedereen zo nodig hier moet zitten.' Hardin strijkt zijn haar van zijn voorhoofd en grijpt een kussen om op te gaan liggen.

'Ik weet het.' Ik hoop dat Max en zijn maîtresse er snel vandoor gaan. 'Ik vind het zo naar dat hij vreemdgaat. Ik vond Denise erg aardig.'

'Dat kan me eerlijk gezegd geen zak schelen. Ik moet hem gewoon niet,' zegt Hardin.

Ik ben een beetje verbaasd dat een dergelijk bedrog hem koud laat. 'Heb je niet met haar te doen? Zelfs niet een beetje? Ik weet zeker dat ze niets van Sasha weet.'

Hij maakt een kort gebaar en stopt dan zijn hand onder zijn hoofd. 'Ze weet het vast wel. Max is een klootzak. Zo stom kan ze niet zijn.'

Ik stel me voor dat Max' echtgenote ergens in een villa in de heuvels in een dure jurk en keurig gekapt en opgemaakt zit te wachten totdat haar ontrouwe man thuiskomt. Het is een droevig stemmende gedachte, die me doet hopen dat ook Denise met iemand 'bevriend' is. Ik ben zelf verbaasd dat ik hoop dat ze hem met gelijke munt terugbetaalt, maar haar man is degene die hier in de fout is gegaan. Ik ken haar amper, maar ik gun haar wel haar geluk, al is vreemdgaan misschien niet de beste manier.

'Hoe dan ook, het deugt niet,' houd ik vol.

'Ja, maar zo gaat dat in een huwelijk. Dat is een en al leugen en bedrog.'

'Dat hoeft niet.'

'Negen van de tien keer wel.' Hij haalt zijn schouders op.

Ik vind het vreselijk dat hij zo negatief over het huwelijk denkt. 'Nee, dat is niet zo.' Ik sla mijn armen over elkaar.

'Je wilt echt met mij gaan ruziën over het huwelijk? Alweer? Ik dacht dat we dat gehad hadden,' zegt hij waarschuwend. Hij kijkt me recht aan en haalt diep adem.

Ik wil dit met hem uitvechten en hem duidelijk maken dat hij ongelijk heeft, maar ik weet dat het geen zin heeft. Hardins mening over trouwen stond al vast voordat hij mij leerde kennen.

'Je hebt gelijk, we kunnen het er beter niet over hebben. Zeker niet wanneer je al opgefokt bent.'

'Dat ben ik niet,' zegt hij boos.

'Ook goed.' Ik rol met mijn ogen.

Hij staat op. 'Kijk niet zo naar me,' snauwt hij.

Ik rol opnieuw met mijn ogen, ik kan er niets aan doen.

'Tessa,' zegt hij waarschuwend.

Ik blijf staan en geef geen krimp. Hij heeft geen reden om zo kortaf te doen. Ik kan er niets aan doen dat Max zo'n opgeblazen zak is, en deze keer ben ik niet van plan mijn gedrag aan te passen omdat Hardin Scott toevallig last heeft van een van zijn kenmerkende buien.

'Je bent hier maar voor een nacht, weet je nog?' breng ik hem in herinnering. Ik zie dat zijn harde, ingespannen trekken iets verzachten, maar hij blijft me aankijken alsof hij op ruzie rekent. Nou, niet met mij.

'Je hebt gelijk. Het spijt me,' zegt hij ten slotte met een zucht. Het verbaast me dat hij zo snel van stemming kan veranderen en zichzelf weet te kalmeren. 'Kom eens hier.' Hij spreidt zijn armen, op die typische manier van hem, en ik laat me erin vallen, zoals ik dat heel lang niet meer heb gedaan. Hij zegt niets, hij slaat alleen maar zijn armen om me heen en laat zijn kin boven op mijn hoofd rusten. Zijn geur is overweldigend, zijn ademhaling is sinds zijn driftbui rustiger geworden en hij is zo, zo warm. Een paar tellen later, of misschien zijn het minuten, maakt hij zich van me los en legt hij zijn duim onder mijn kin.

'Het spijt me dat ik zo lullig deed. Ik weet ook niet waarom. Max werkt gewoon op mijn zenuwen, of misschien kwam het door het oppassen, of door die irritante Stacey. Ik weet het ook niet, maar het spijt me.'

'Sasha,' verbeter ik hem met een glimlach.

'Dat is hetzelfde. Een hoer is en blijft een hoer.'

'Hardin!' Ik geef hem een zachte tik tegen zijn borst. Zijn spieren voelen harder aan dan ik me kan herinneren, maar hij gaat dan ook elke dag naar de sportschool... Heel even vraag ik me af hoe hij er onder dat zwarte T-shirt uitziet, en of zijn lichaam er al veel door is veranderd.

'Het is toch zo?' Hij haalt zijn schouders op en strijkt met zijn vingertoppen over de zachte lijn van mijn kaak. 'Het spijt me echt. Ik wil onze tijd samen niet verpesten. Vergeef je het me?'

Zijn wangen worden rood en zijn stem klinkt zo zacht. En zijn vingertoppen die zachtjes over mijn huid gaan, voelen zo lekker. Mijn oogleden vallen trillend dicht wanneer hij met zijn duim de omtrek van mijn lippen volgt.

'Geef eens antwoord,' dringt hij aan.

'Ik vergeef het je altijd, hè?' zeg ik, happend naar adem. Ik leg mijn handen in zijn zij en druk mijn duimen in de naakte huid onder zijn T-shirt. Ik verwacht elk moment zijn lippen op de mijne te voelen, maar wanneer ik naar hem opkijk, zie ik dat zijn uitdrukking terughoudend is geworden. Ik aarzel even, maar vraag dan toch: 'Is er iets mis?'

'Ik heb...' Hij houdt halverwege die zin op. 'Ik heb hoofdpijn.'

'Wil je een aspirientje? Ik kan wel even aan Kim vragen of ze...'

'Nee, dat hoeft niet. Ik moet gewoon even slapen of zo. Het is trouwens al laat.'

Ik word getroffen door een golf van moedeloosheid. Wat is er mis met hem? Waarom wil hij me niet zoenen? Een paar tellen geleden zei hij nog dat hij onze kostbare tijd samen niet wilde verspillen, maar nu wil hij gaan slapen?

Ik laat een zacht en zuchtend 'Oké' horen. Ik ga Hardin niet smeken om wakker te blijven en tijd met mij door te brengen. Ik schaam me toch al omdat hij me heeft afgewezen en heb eerlijk gezegd even een moment voor mezelf nodig, zonder zijn naar munt ruikende adem die langs mijn wangen strijkt, en zonder zijn groene ogen die me zo indringend aankijken en mijn laatste restje gezond verstand laten verdwijnen.

Toch blijf ik nog treuzelen, wachtend totdat hij vraagt of hij bij mij of ik bij hem kan slapen.

Dat vraagt hij niet. 'Nou, dan zie ik je morgen wel, hè?'

'Ja.' Ik loop de kamer uit voordat ik mezelf nog meer voor schut kan zetten en doe de deur van mijn kamer achter me op slot. Dan verander ik, heel meelijwekkend, van gedachten en loop ik terug om de deur van het slot te halen, in de hoop dat hij heel misschien toch naar me toe zal komen.

93

∞

Hardin

Kut.

Kut.

Ik heb mijn woede de hele week grotendeels kunnen beheersen, maar nu wordt dat steeds moeilijker omdat Zed telkens in mijn gedachten opduikt en me tot waanzin drijft. Ik weet dat het compleet gestoord is dat ik zo vaak aan hem denk en ik twijfel er niet aan dat Tessa dat zou beamen als ze de reden voor mijn stress zou kennen. Het gaat echter niet alleen om Zed. Ik werd ook niet goed van Max die zo spottend tegen Tessa deed, van zijn hoer die me zo aan zat te gapen, en van Kimberly die tegen me in durfde te gaan toen ik tegen Tessa zei dat ze naar haar kamer moest gaan. Mijn zelfbeheersing staat onder druk door al die ergernis en mijn zenuwen staan op knappen. Ik weet dat ik me nu alleen kan ontspannen door iets in elkaar te beuken. Of door mezelf in Tessa te begraven. Ik zou nu in haar weg moeten zinken, telkens weer, totdat die godvergeten zon opkomt, als compensatie voor die rotweek die ik zonder haar moest doorbrengen. Maar zelfs dat kan ik niet doen.

Het is echt iets voor mij om vanavond te verkloten, maar het verbaast haar vast niet. Dit soort dingen doe ik namelijk keer op keer.

Ik ga op bed liggen en kijk van de klok naar het plafond en terug. Eindelijk is het twee uur 's nachts. De irritante stemmen in de woonkamer zijn een uur geleden verstomd. Ik was blij toen ik iedereen op slijmerige toon afscheid van elkaar hoorde nemen en daarna Vance en Kim naar boven hoorde lopen.

Ik voel het, aan de andere kant van de gang. Ik voel de kracht die me als een of andere klotemagneet naar Tessa toe probeert te trekken, die wil dat ik haar smeek of ik bij haar mag slapen. Ik negeer de overweldigende spanning en stap mijn bed uit om de schone zwarte korte broek aan te trekken die Tessa keurig opgevouwen op de ladekast heeft gelegd. Ik weet dat Vance ergens in dit enorme huis een fitnessruimte heeft ingericht die ik moet zien te vinden voordat ik helemaal compleet gestoord word.

94

∞

Tessa

Ik kan niet slapen. Ik heb geprobeerd mijn ogen dicht te doen en de wereld buiten te sluiten, ik heb getracht de chaos en puinhoop die mijn liefdesleven is te negeren, maar het lukt me niet. Het gaat niet. Ik kan me niet verzetten tegen de onweerstaanbare krachten die me naar Hardins kamer proberen te lokken en me influisteren dat ik bij hem hoor te zijn. Hij deed zo afstandelijk en ik moet weten waarom. Ik moet weten of zijn gedrag wordt veroorzaakt door iets wat ik heb gedaan of juist niet heb gedaan. Ik moet zeker weten dat het niets te maken heeft met Sasha en haar ultrakorte goudkleurige jurkje, ik moet weten dat Hardin zijn belangstelling voor mij niet heeft verloren.

Ik moet het gewoon weten.

Met tegenzin stap ik uit bed en trek aan het koordje van het licht. Ik wurm het elastiekje van mijn pols en bind mijn haar in een paardenstaart. Zo stilletjes mogelijk loop ik op mijn tenen mijn kamer uit. De deur van de logeerkamer gaat zachtjes krakend open wanneer ik de deurklink aanraak, maar tot mijn verbazing zie ik dat het licht brandt en het bed leeg is. De zwarte lakens en dekens zijn naar de rand van het bed geschoven, maar Hardin is nergens te bekennen.

Mismoedig besef ik dat hij Seattle moet hebben verlaten en naar huis is gegaan. Naar zíjn huis. Ik weet dat het niet lekker liep tussen ons, maar we hadden er toch over kunnen praten? Dan kijk ik om me heen en zie ik tot mijn opluchting dat zijn tas op de vloer ligt. De stapel schone en opgevouwen kleren is door elkaar gegooid, maar ze liggen er in elk geval nog.

Toen Hardin hier een paar uur geleden aankwam, was ik blij met de veranderingen in hem. Hij was liever en rustiger en hij bood zowaar zijn verontschuldigingen aan, zonder dat ik die woorden uit hem moest trekken. Later werd hij weliswaar kil en afstandelijk, maar ik kan niet ontkennen dat hij na een week al is veranderd en dat het blijkbaar een goed idee was om elkaar de ruimte te geven.

Ik loop zachtjes door de gang, op zoek naar Hardin. Het is donker in huis, het enige licht komt van de nachtlampjes die in de vloer van de gang zijn ingebouwd. Het toilet, de woonkamer en de keuken zijn verlaten, en ik hoor geen enkel geluid van boven komen.

Ik hoop hevig dat ik al zoekend niemand wakker maak, en net wanneer ik de deur van de donkere en verlaten bibliotheek achter me dichttrek, zie ik een smal streepje licht onder de deur aan het einde van de lange gang. Dit deel van het huis ken ik nog niet, al heeft Kimberly wel verteld dat hier ergens de thuisbioscoop en de fitnessruimte zijn. Christian schijnt van urenlang trainen te houden.

Ik duw de deur, die niet op slot zit, met gemak open. Heel even ben ik bang dat ik hier misschien Christian in plaats van Hardin aantref; dat zou wel erg gênant zijn.

Alle vier de muren van de kamer zijn van boven tot onder bedekt met spiegels, en van al die grote, intimiderende apparaten die er staan, herken ik alleen de loopband. Voor de achterste wand staat een rek vol gewichten en de vloer is grotendeels met zacht materiaal bekleed. Mijn blik gaat naar de spiegelwanden en mijn ingewanden lijken vloeibaar te worden zodra ik hem zie: Hardin, of eigenlijk vier weerspiegelde Hardins. Zijn bovenlijf is ontbloot en hij maakt agressieve, snelle bewegingen. Zijn handen zijn met dezelfde zwarte tape omwikkeld die ik Christian eerder deze week van zijn vingers zag wikkelen.

Hardin staat met zijn rug naar me toe. Zijn harde spieren spannen zich onder zijn bleke huid wanneer hij zijn voet optilt om een harde trap te geven tegen de grote zwarte zak die aan het plafond hangt. Vervolgens haalt hij uit met zijn vuist, waardoor er een doffe bons klinkt, en herhaalt hij die beweging met zijn andere vuist. Ik zie hem keer op keer tegen de zak stoten en schoppen en kan amper helder denken nu ik hem hier zo zie, kwaad en verhit en bezweet.

Hij trapt eerst met zijn linkerbeen en vervolgens met zijn rechterbeen snel tegen de zak en bewerkt het ding dan met beide vuisten. Gefascineerd kijk ik naar zijn vloeiende bewegingen. Zijn huid glanst van het zweet en zijn borstkas en buik lijken veel gespierder. Hij lijkt simpelweg... breder. Zijn agressieve stoten zijn zo hard dat ik vrees voor de metalen ketting waarmee de zak aan het plafond is opgehangen. Mijn mond wordt droog en mijn gedachten lijken steeds trager te gaan. Ik kan alleen maar kijken naar Hardin, die kwaad grommend met zijn vuisten tegen de zak beukt.

Ik weet niet of hij mijn kreunende zucht hoort of dat hij voelt dat ik er ben, maar opeens houdt hij op. De zak slingert nog wat heen en weer aan de ketting en Hardin steekt een hand uit om hem tegen te houden, maar hij kijkt onafgebroken naar mij.

Ik wil de stilte niet als eerste verbreken, maar hij laat me geen keuze omdat hij me met grote, kwade ogen aan blijft kijken.

'Hoi,' zeg ik, met een schor, klein stemmetje.

Zijn borstkas gaat snel op en neer. 'Hoi,' zegt hij hijgend.

'Wat, eh...' Ik probeer kalm te blijven. 'Wat ben je aan het doen?'

'Ik kon niet slapen.' Hij ademt zwaar. 'Wat doe jíj uit bed?' Hij raapt zijn zwarte T-shirt op van de vloer en veegt zijn gezicht eraan af. Ik slik. Het lukt me niet om mijn blik van zijn bezwete lijf los te maken.

'Eh, ik kon ook niet slapen.' Ik glimlach zwakjes. Ik kijk naar zijn gespierde borstkas. Zijn spieren bewegen in hetzelfde ritme als zijn gejaagde ademhaling.

Hij knikt, maar kijkt me niet recht aan, waardoor ik wel moet vragen: 'Heb ik iets verkeerd gedaan? Want als dat zo is, kunnen we erover praten.'

'Nee, dat heb je niet.'

'Vertel me dan alsjeblieft wat er aan de hand is, Hardin. Ik moet weten wat er mis is,' zeg ik, al mijn moed verzamelend. 'Heb je... Laat maar.' Het kleine beetje zelfvertrouwen dat ik had, glipt weg onder zijn blik.

'Heb ik wat?' Hij gaat op een lang, zwart bankje zitten dat blijkbaar bedoeld is om gewicht te heffen. Hij veegt nogmaals zijn gezicht af met het T-shirt en wikkelt het dan rond zijn hoofd om zijn vochtige massa haar in bedwang te houden.

De geïmproviseerde haarband is zo vertederend en aantrekkelijk dat ik opnieuw naar woorden moet zoeken. 'Ik vraag me alleen af of je... misschien... of je... me niet meer zo aardig vindt als vroeger.' In mijn gedachten klonken die woorden best goed, maar nu ik ze hardop uitspreek, klinkt het als een zielige behoefte aan aandacht.

'Wat?' Hij legt zijn handen op zijn knieën. 'Waar heb je het over?'

'Vind je me nog steeds aantrekkelijk... lichamelijk?' vraag ik. Als hij me eerder vanavond niet had afgewezen, had ik me nu niet zo beschaamd en onzeker gevoeld. En als juffrouw Kort Jurkje niet zo over hem heen had gehangen. Om nog maar te zwijgen over het feit dat zijn blik een hele tijd op haar lichaam bleef rusten...

'Wat... Waarom vraag je dat opeens?' Zijn borstkas gaat nog altijd heftig op en neer, waardoor de mussen die vlak onder zijn sleutelbeen getatoeëerd zijn lijken te fladderen.

'Nou...' Ik zet een paar stappen in zijn richting, maar kom niet te dichtbij. 'Toen we elkaar eerder vanavond... zoenden... hield je opeens op, en sindsdien heb je me amper aangeraakt. Je bent gewoon naar bed gegaan.'

'Denk je echt dat ik je niet langer aantrekkelijk vind?' Hij wil nog iets zeggen, maar doet dan opeens zijn mond dicht en blijft zwijgen.

'Dat is bij me opgekomen, ja,' geef ik toe. Opeens vind ik de beklede vloer zo boeiend dat ik ernaar blijf staren.

'Dat slaat verdomme nergens op,' begint hij. 'Kijk me aan.' Ik kijk hem recht aan, en hij slaakt een diepe zucht voordat hij vervolgt: 'Ik kan me niet voorstellen waarom je dat zou denken, Tessa.' Hij lijkt even over zijn uitspraak na te denken en voegt er dan aan toe: 'Nou ja, ik kan me wel voorstellen dat je dat op grond van mijn gedrag van eerder vanavond dacht, maar het is niet waar. Je kunt verdomme niet verder van de waarheid zitten.'

De pijn in mijn borst zakt langzaam af. 'Wat is er dan aan de hand?'

'Je vindt me vast heel erg gestoord.'

O nee.

'Wat is er? Vertel het me nou,' smeek ik hem. Ik zie dat hij gefrustreerd over de stoppels op zijn kin strijkt, al is dat bewijs van een dag niet scheren amper zichtbaar.

'Luister eerst naar mijn hele verhaal voordat je kwaad wordt, oké?'

Ik knik langzaam, al gaat dat volledig in tegen de paranoïde gedachten die in me opkomen.

'Ik heb gedroomd... Of nou ja, eigenlijk was het een nachtmerrie...'

Ik krijg het benauwd en hoop hevig dat het minder erg is dan het lijkt. Aan de ene kant ben ik opgelucht omdat hij zich druk maakt over een nachtmerrie, en niet over iets wat echt is gebeurd, maar aan de andere kant heb ik medelijden met hem omdat hij de hele week alleen is geweest en de nachtmerries blijkbaar zijn teruggekeerd.

'Ga verder,' moedig ik hem voorzichtig aan.

'Over jou... en Zed.'

O jee. 'Hoe bedoel je?' vraag ik.

'Ik droomde dat hij bij ons... bij mij thuis was. Ik kwam binnen en trof hem met zijn hoofd tussen jouw benen aan. Je riep kreunend zijn naam en...'

'Ja, ja, ik snap het al.' Ik steek een hand op om hem het zwijgen op te leggen.

De gekwelde uitdrukking op zijn gezicht zorgt ervoor dat ik mijn hand nog iets langer omhooghoud, maar dan zegt hij: 'Nee, ik wil je alles vertellen.'

Ik voel me erg opgelaten nu ik hoor wat Zed en ik volgens Hardin in zijn droom met elkaar deden, maar als hij me dit echt wil vertellen – en als dat hem kan helpen het te verwerken – zal ik zonder iets te zeggen naar hem luisteren.

'Hij lag boven op je en neukte met je, in ons bed. Je zei dat je van hem hield.' Hij trekt een gezicht.

Dus al die spanning en dat vreemde, onverklaarbare gedrag dat Hardin sinds zijn komst naar Seattle heeft vertoond, waren het gevolg van een droom over mij en Zed? Dat verklaart in elk geval waarom hij me vroeg om Zed te bellen en zijn bezoek aan Seattle af te zeggen.

Ik kijk naar de door verdriet overmande jongen met zijn groene ogen, die aan de andere kant van de kamer met zijn gezicht in zijn handen zit, en ik voel dat mijn eerdere paranoia en frustratie oplossen als suiker op mijn tong.

95

∞

Hardin

Mijn naam ontsnapt als een zachte ademtocht aan haar lippen en haar tong streelt het woord. Alsof ze in dat ene woord al haar gevoelens voor me samenvat: al die keren dat ik haar heb aangeraakt, al die keren dat ze me heeft laten zien dat ze van me houdt – hoewel ik het diep in mijn hart nog altijd niet kan geloven.

Tessa loopt naar me toe en ik zie de meelevende blik in haar ogen. 'Waarom heb je me dat niet eerder verteld?' vraagt ze.

Ik kijk naar haar op en voel dat de spanning wegebt uit mijn blik, uit mijn borstkas. 'Het spookte maar door mijn hoofd, ik kon die beelden niet stoppen. Hij zat me de hele tijd uit te dagen, hij keek me met zo'n tevreden lachje aan toen hij met jou neukte.'

Tessa drukt snel haar kleine handen tegen haar oren en trekt vol afkeer haar neus op. Dan kijkt ze weer naar me op en laat langzaam haar handen zakken. 'Waarom droomde je dat, denk je?'

'Dat weet ik niet. Waarschijnlijk omdat jij met hem had afgesproken dat hij hier op bezoek zou komen.'

'Ik wist niet wat ik anders moest zeggen, en het was... Het was tussen ons nog altijd een beetje raar,' mompelt ze.

'Ik wil hem niet in je buurt hebben. Ik weet dat het gestoord is, maar dat kan me geen zak schelen. Echt, Zed is voor mij de grens, en zo zal het altijd zijn. Dat zal niet veranderen, hoe vaak ik ook ga kickboksen. En raar of niet, jij bent het voor mij. Niet alleen seksueel, maar in alle opzichten. Het is gewoon een ondraaglijk idee dat jij een emotionele band met hem hebt.'

'Sinds hij me... die avond naar mijn moeders huis heeft gebracht hebben we elkaar niet meer gezien,' brengt ze me in herinnering.

Maar de brandende paniek in me laat zich niet onderdrukken. Ik sla mijn ogen neer en adem diep in en uit, in de hoop dat ik daardoor rustig word.

'Maar...' Ze zet een stap in mijn richting, maar blijft net buiten bereik. 'Als het ervoor kan zorgen dat jij tot rust komt, wil ik best tegen hem zeggen dat hij niet meer langs moet komen.'

Mijn blik gaat naar haar prachtige gezicht. 'Zou je dat willen doen?' Ik had meer verzet verwacht.

'Ja. Ik wil niet dat je er zo onder lijdt.' Ze slaat nerveus haar ogen neer en kijkt me dan weer recht aan.

'Kom eens hier.' Ik steek een in tape gewikkelde hand naar haar uit.

Ze komt zo langzaam naar me toe dat ik me vooroverbuig om haar bij haar arm te grijpen. Mijn hand sluit zich om haar elleboog en trekt haar naar me toe.

Mijn ademhaling is nog altijd niet rustig en de adrenaline stroomt door mijn lijf. Ik wil niets liever dan die stomme boksbal aan gort slaan, maar mijn handen en voeten doen nu al zeer, hoewel ik nog niet eens al mijn woede heb geuit. Er zit me nog altijd iets dwars, er knaagt nog altijd iets aan me, ik heb nog altijd een afkeer van Zed.

Dat wil zeggen, totdat haar lippen de mijne raken. Ze verbaast me door haar tong in mijn mond te steken en haar kleine handen in mijn bezwete haar te begraven en er hard aan te trekken. Ze rukt het T-shirt van mijn hoofd en gooit het op de vloer.

'Tessa...' Ik duw zachtjes tegen haar borst en maak mijn mond los van de hare. Ik ga op het bankje zitten en zie dat ze haar ogen tot spleetjes knijpt.

Ze blijft vlak voor me staan. 'Ik sta niet toe dat je me afwijst vanwege een droom, Hardin. Als je me niet meer wilt, is dat je goed recht, maar lul er dan niet omheen,' zegt ze met opeengeklemde kaken.

Vreemd genoeg wekt haar woede iets in me tot leven en voel ik het bloed rechtstreeks naar mijn pik stromen. Ik verlang al naar deze vrouw sinds de laatste keer dat ik me in haar heb begraven, en nu is ze hier en wil ze mij, en raakt ze gefrustreerd omdat ik niet toesta dat ze pakt wat ze wil hebben.

Een telefoongesprek is niet genoeg. Ik moet haar voelen, maar diep in me speelt zich een strijd af. Terwijl de ongebreidelde energie nog altijd als vuur door mijn aderen stroomt, zeg ik uiteindelijk: 'Ik kan er niets aan doen, Tessa, ik weet dat het niet logisch is...'

'Neuk dan met me,' zegt ze, en mijn mond valt open. 'Neuk met me totdat je die droom kunt vergeten, want je bent hier maar voor één nacht, en ik heb je gemist, maar je bent blijkbaar zo met Zed bezig dat je me niet de aandacht kunt geven die ik nodig heb.'

'De aandacht die je nodig hebt?' Ik klink harder dan mijn bedoeling is, maar dat komt omdat ze er zo ver naast zit. Ze heeft geen idee hoe vaak ik mezelf heb afgetrokken, fantaserend dat zij het was, dat haar stem in mijn oor fluisterde dat ze me nodig heeft, dat ze zo veel van me houdt.

'Ja, Hardin. Ik heb je nodig.'

'Wat wil je nu eigenlijk echt?' vraag ik. Haar blik is hard en maakt me een beetje nerveus.

'Ik wil dat je bij me kunt zijn zonder je druk te maken over Zed. Ik wil dat je me aanraakt en me kust zonder terug te deinzen. Dát is wat ik wil, Hardin.' Fronsend plant ze haar handen in haar zij. 'Ik wil dat jij me aanraakt. Alleen jij,' voegt ze eraan toe. De spanning lijkt wat uit haar weg te vloeien.

Haar geruststellende, vleiende woorden verdrijven langzaam de paranoïde gedachten uit mijn hoofd, waardoor ik begin te beseffen hoe belachelijk dit allemaal is. Ze is van mij, niet van hem. Hij zit nu ergens in zijn eentje en ik ben hier met haar, en ze wil mij. Ik kan mijn blik niet losrukken van haar pruilende lippen, haar boze blik, de zachte welving van haar tieten onder het dunne witte T-shirt. Ze had mijn T-shirt moeten dragen, maar dat is niet het geval. En ook dat komt door mijn eigen koppigheid.

Tessa laat de laatste afstand tussen ons verdwijnen, en mijn enigszins verlegen, maar o zo lekkere vieze meisje kijkt me aan, wachtend op een antwoord. Ze legt haar hand op mijn schouder en duwt me naar achteren, zodat ze op mijn schoot kan gaan zitten.

Opeens kan die klotedroom me geen zak meer schelen, en ook die achterlijke afspraak over elkaar de ruimte geven niet. Het enige wat ik wil, is haar en mij, mij en haar: Tessa en die godverdomde mislukking die Hardin heet.

Haar lippen vinden hun weg naar mijn hals en mijn vingertoppen zinken weg in haar heupen. Het maakt niet uit hoe vaak ik dit moment de afgelopen week in gedachten heb beleefd, geen enkele fantasie kan zich meten met haar tong die een spoor trekt over mijn vochtige sleutelbeen, naar dat verrekte plekje vlak onder mijn oor.

'Doe de deur op slot,' zeg ik wanneer ze haar tanden zachtjes in mijn huid zet en haar heupen tegen me aan duwt. Ik word keihard tegen die bespottelijke pluizige broek van haar en ik moet haar hebben, nú.

Ik negeer de kloppende pijn tussen mijn benen wanneer ze zich van me af laat glijden en snel naar de deur loopt om te doen wat ik vroeg. Zodra ze weer terug is, verspil ik geen seconde: ik trek haar broek naar beneden, gevolgd door haar zwarte slipje, dat rond haar enkels op de vloer valt.

'De afgelopen week was een marteling. Ik bleef maar aan je denken, zoals je nu bent.' Kermend neem ik elk detail van haar halfnaakte lichaam in me op. 'Je bent zo mooi,' zeg ik vol ontzag.

Wanneer ze haar T-shirt over haar hoofd trekt, moet ik me wel naar voren buigen om de welving van haar brede heupen te kussen. Een langzame huivering trekt door haar heen, en ze reikt naar achteren om haar beha los te maken.

God nog aan toe. Ik heb nu al zo vaak de liefde met haar bedreven, maar ik kan me niet herinneren dat ik me ooit zo verhit heb gevoeld. Zelfs op de momenten dat ze me wakker maakte door mijn pik tussen haar lippen te nemen voelde ik me niet zo dierlijk.

Ik reik naar haar en sluit mijn mond om haar ene en mijn hand om haar andere borst. Haar handen klemmen zich rond mijn schouders, zodat ze haar evenwicht kan bewaren wanneer ik mijn lippen op haar zachte huid druk.

'O god,' zegt ze kreunend. Haar nagels dringen in mijn schouder, en ik zuig harder. 'Lager, toe.'

Ze probeert mijn hoofd zachtjes naar beneden te duwen, maar ik bied plagend weerstand met mijn tanden. Ik strijk met mijn vingertoppen langs de onderkant van haar borsten, langzaam en martelend... Dit is haar verdiende loon, dan had ze me maar niet zo verleidelijk moeten plagen.

Haar heupen komen naar voren, en ik laat mijn lichaam verder naar beneden zakken, totdat mijn mond dat opgezwollen, uiterst gevoelige plekje tussen haar dijen kan aanraken. Zachtjes kreunend moedigt ze me aan, en mijn lippen sluiten zich om haar heen, zodat ik genietend al dat vocht kan opzuigen dat zich daar al heeft verzameld. Ze is zo warm en zo ontzettend lekker.

'Aan je vingers had je niet genoeg, hè?' Ik maak mijn mond van haar los om dat tegen haar te kunnen zeggen. Ze haalt diep adem. Haar blauwgrijze ogen volgen elke beweging wanneer ik mijn hoofd buig en met mijn tong een spoor trek over haar schaambeen.

'Kwel me niet zo,' zegt ze kermend. Ze trekt opnieuw aan mijn haar.

'Heb je jezelf deze week na ons gesprek vaker aangeraakt? Totdat je klaarkwam?' vraag ik plagend. Ze kermt en hapt naar adem wanneer ze mijn tong precies daar voelt waar ze me wil voelen.

'Nee.'

'Je liegt,' zeg ik uitdagend. Dat zie ik aan de blos die vanuit haar nek langs haar wangen omhoog kruipt en aan de manier waarop haar blik naar de spiegelwand schiet. Ze heeft zichzelf sinds dat gesprek laten klaarkomen... en de gedachte aan hoe ze daar moet hebben gelegen, met haar benen wijd en haar vingers begraven in haar eigen lichaam, zoekend naar het genot waarmee ik haar als eerste heb laten kennismaken... Ik kreun opnieuw tegen haar verhitte huid.

'Eén keer maar,' liegt ze opnieuw.

'Wat jammer.' Ik maak me helemaal van haar los.

'Drie keer, oké?' geeft Tessa toe, op duidelijk beschaamde toon.

'Waar dacht je aan? Waardoor kwam je klaar?' vraag ik met een tevreden lachje.

'Door de gedachte aan jou. Alleen aan jou.' Haar blik is hoopvol en vraagt om meer.

Haar bekentenis windt me op en laat mijn verlangen om haar te laten genieten alleen maar toenemen. Ik weet dat ik haar met slechts mijn tong binnen een minuut kan laten klaarkomen, maar dat wil ik niet. Na een laatste kus tussen haar dijen laat ik haar los en ga staan. Tessa is helemaal naakt, en de spiegels... Jezus, door die spiegels zie ik haar volmaakte lijf met die heerlijke rondingen wel tien keer om me heen en word ik aan alle kanten omringd door haar zachte huid. Ik trek mijn korte broek en onderbroek naar beneden en wil de tape losmaken die ik rond mijn knokkels heb gewikkeld, maar ze steekt haar hand uit om me tegen te houden.

'Nee, laat zitten,' zegt ze. Een donker verlangen vonkt in haar ogen. Dus ze vindt die tape leuk... of misschien vindt ze het leuk om me te zien trainen... of misschien zijn het die spiegels...

Ik doe wat ze vraagt en druk mijn lichaam tegen het hare. Mijn mond neemt bezit van haar lippen en ik trek haar mee naar de zachte vloer.

Ze strijkt met haar hand over mijn blote borstkas. De kleur van haar ogen verandert in een rokerig grijs. 'Je lijf is veranderd.'

'Ik train nog maar een week.' Ik duw haar naakte lichaam tegen de vloer, zodat ze onder me gevangen ligt.

'Dat kan ik zien...' Ze strijkt zo langzaam met haar tong langs haar volle lippen dat ik me niet kan inhouden en me tegen haar aan druk, zodat ze kan voelen hoe hard ik ben. Ze is zo zacht en zo ontzettend nat dat er maar een kleine beweging nodig is, en dan zal ik in haar zijn.

Op dat moment dringt het tot me door.

'Ik heb geen condoom bij me.' Vloekend begraaf ik mijn gezicht in haar schouder.

Ze kreunt gefrustreerd, maar drukt haar nagels in mijn vlees en trekt me naar zich toe. 'Ik heb je nodig,' zegt ze kermend. Haar tong glijdt langs mijn lippen.

Ik vind haar drijfnatte warmte en vul haar langzaam.

'Maar...' Ik wil haar aan de risico's herinneren, maar haar oogleden vallen trillend dicht, en ik word overspoeld door een lawine aan gevoelens nu ik mijn heupen beweeg en dieper, zo diep als ik kan, in haar wegzink.

'Verdomme, ik heb je zo gemist,' zeg ik kreunend. Zonder de barrière van een condoom voelt ze zo onvoorstelbaar warm en zacht aan dat mijn laatste restje gezond verstand verdwijnt. Ik denk niet langer aan de risico's. Een paar seconden, nog een paar stoten in haar gretig wachtende lichaam, en dan zal ik ophouden.

Ik steek mijn armen achter me uit, zodat ik me kan terugtrekken en dieper in haar kan wegzinken. Ik wil haar zien wanneer ik in en uit haar beweeg. Ze heeft haar hoofd opgeheven van de zachte vloer en kijkt naar de plek waar onze verhitte lichamen bij elkaar komen.

'Kijk in de spiegel,' zeg ik. Nog drie stoten, dan houd ik op... Oké, vier. Ik kan niet ophouden met bewegen, niet nu ze haar hoofd omdraait en in de spiegelwand naar ons beiden kijkt. Haar lichaam ziet er zo zacht en volmaakt uit, en in vergelijking met het mijne, dat onder de zwarte vlekken zit, is ze zo schoon. We zijn de vleesgeworden hartstocht, duivel en engel, en ik ben nog nooit gekker op haar geweest dan nu.

'Ik wist wel dat je graag keek, of je nu in je eentje bent of met mij. Ik wist het wel.'

Haar vingers dringen onder aan mijn rug in mijn vlees. Ze trekt me dichter naar zich toe, en god, ik moet nu echt ophouden, want nu ik hardop over een van haar perverse trekjes heb gesproken, voel ik de druk toenemen, van onder aan mijn ruggengraat tot in mijn lendenen. Ik moet ophouden...

Ik trek me uit haar terug, maar langzaam, zodat we er allebei nog even van kunnen genieten. Haar gekerm houdt al snel op wanneer ik moeiteloos mijn vingers in haar laat glijden. 'Ik laat je nu klaarkomen en daarna breng ik je naar je bed,' beloof ik haar.

Ze glimlacht even verdwaasd voordat ze weer in de spiegel kijkt, naar mij.

'Rustig, schatje, je maakt de anderen nog wakker,' fluister ik. Ik ben zo dol op de geluiden die ze maakt, op de manier waarop ze kreunend mijn naam zegt, maar het laatste wat ik wil, is dat Vance opeens op de deur klopt en onze neukpartij verstoort.

Een paar tellen later voel ik dat ze rond mijn vingers verstijft. Ik knabbel en zuig aan dat gevoelige, opgezwollen plekje en ze trekt aan mijn haar. Ze blijft naar mijn vingers kijken die haar neuken, totdat ze klaarkomt en keer op keer hijgend en zuchtend mijn naam roept.

96

∞

Tessa

Hardin trekt met zijn mond een vochtig spoor over mijn buik en borsten voordat hij eindelijk een zachte kus op mijn slaap plant. Ik blijf naast hem op de vloer liggen en doe mijn best om op adem te komen. In gedachten beleef ik opnieuw de gebeurtenissen die hiertoe hebben geleid. Het was echt mijn bedoeling om een serieus gesprek met hem te voeren over zijn – nee, ons – gebrek aan communicatie, maar nadat ik hem tegen die boksbal tekeer zag gaan, lag ik binnen tien minuten zijn naam te kreunen.

Ik leun op mijn elleboog en kijk op hem neer. 'Ik wil graag iets terugdoen.'

'Ga je gang.' Hij lacht breeduit. Zijn lippen glanzen van mijn vocht.

Ik buig me snel voorover en heb hem al in mijn mond genomen voordat hij naar adem kan happen.

'Jezus,' zegt hij kermend. Door dat sensuele geluid valt mijn mond veel te ver open, en hij glipt over mijn tong naar buiten. Hij duwt zijn heupen omhoog naar mijn lippen en glijdt opnieuw mijn mond in.

'Alsjeblieft, Tess,' zegt hij smekend.

Ik kan mezelf op hem proeven, maar ik merk het amper omdat hij opnieuw mijn naam kreunt.

'Ik houd het niet... O shit, ik houd dit niet lang vol,' zegt hij hijgend. Al snel grijpt hij me bij mijn haar en trekt mijn hoofd naar achteren.

'Ik ga in je mond klaarkomen, en daarna sleep ik je mee naar bed en neuk ik je opnieuw.' Hij strijkt met zijn duim over mijn lippen en ik bijt speels en zachtjes in het kussentje van huid. Zijn hoofd valt achterover en zijn handen grijpen mijn haar nog steviger vast wanneer ik mijn mond aan het werk zet.

Ik voel zijn pik trillen en de spieren in zijn benen verstijven en weet dat zijn orgasme nadert. 'Shit, Tessa... Het is zo lekker, schatje,' zegt hij kreunend wanneer zijn warmte mijn mond vult. Ik neem alles in me op en slik alles door wat hij me geeft. Dan ga ik weer staan en veeg met een vinger mijn lippen af.

'Kleed je aan,' beveelt hij, en hij gooit mijn beha naar me toe.

Terwijl Hardin en ik ons haastig aankleden, zie ik dat hij keer op keer naar me kijkt. Dat is niet echt verbazingwekkend, want ik kijk ook voortdurend naar hem.

'Klaar?' vraagt hij.

Ik knik. Hardin doet het licht uit, sluit de deur achter ons alsof er in die kamer niets bijzonders is gebeurd en gaat me voor door de gang. We lopen in een vriendschappelijke stilte terug door het huis, en dat is een hele verandering in vergelijking met de spanning die er eerder tussen ons hing. Bij mijn kamer aangekomen houdt hij me tegen door voorzichtig mijn elleboog vast te pakken.

'Ik had je eerder over die nachtmerrie moeten vertellen en niet zo'n afstand tussen ons moeten scheppen,' zegt hij. De zwakke nachtlampjes die in de vloer zijn verzonken, werpen net genoeg licht op zijn gezicht om de eerlijkheid en zachtheid in zijn blik te kunnen zien.

'We moeten allebei leren om beter te communiceren.'

'Je toont altijd veel meer begrip dan ik verdien,' fluistert hij. Hij brengt mijn hand naar zijn gezicht en drukt zijn lippen op mijn knokkels. Ik word helemaal week, zo ontroerend is dat gebaar.

Hardin doet de deur open en leidt me, met mijn hand in de zijne, naar het bed.

97

∞

Tessa

Hardins handen zijn nog steeds omwikkeld met de ruwe zwarte tape, maar desondanks voelen ze zo teder aan.

'Hopelijk heb ik je niet te veel uitgeput.' Hij lacht en strijkt met zijn ingetapete knokkels over mijn jukbeen.

'Nee.' De meeste spanning die zich in mijn lichaam had opgebouwd, is dankzij de inspanning van zijn vingers afgezakt, maar het allerminst subtiele, pijnlijke verlangen naar hem plaagt me nog steeds. Dat is altijd zo.

'Dit is toch goed, hè? Ik bedoel, je wilde de ruimte... en dit is niet bepaald ruimte.' Hij slaat zijn armen om me heen en we blijven aarzelend voor het bed staan.

'We hebben nog altijd ruimte nodig, maar nu wil ik dit,' leg ik uit. Ik weet zeker dat Hardin me niet goed kan volgen, want ik snap het zelf niet eens, zeker nu niet, nu hij zo ontzettend aanwezig is en tegenover me staat.

'Ik wil het ook,' zegt hij ademloos. Hij drukt zijn gezicht in mijn hals. 'Dit is goed voor ons... Zo dicht bij elkaar,' fluistert hij. Zijn armen sluiten zich steviger rond mijn lijf en zijn knie drukt me neer op het bed. Zijn lippen zuigen zachtjes aan mijn tintelende huid. Ik voel hem hard worden tegen mijn been; hij is er weer klaar voor, en ik ook.

'Ik heb je zo ontzettend gemist... Ik heb je lichaam gemist,' zegt hij sissend. Hij laat zijn handen onder mijn dunne katoenen T-shirt glijden en trekt het over mijn hoofd. Mijn paardenstaart blijft achter de hals haken, maar Hardin tilt voorzichtig mijn haar op, trekt het elastiekje uit mijn staart en spreidt mijn haar uit over de matras. Zachtjes drukt hij zijn lippen op mijn voorhoofd. Sinds hij me in de fitnessruimte in vervoering heeft gebracht, is zijn stemming veranderd: daar was hij ruw, sexy en overheersend, maar nu is hij weer mijn Hardin, de zachte, vriendelijke man onder die ruwe buitenkant.

'Je hart gaat altijd als een razende tekeer...' Zijn lippen blijven vlak boven de mijne hangen. Hij haalt diep adem en drukt zijn vingers tegen de ader in mijn hals, waar het bloed voelbaar klopt. '... wanneer ik je aanraak, zeker hier...' Zijn vrije hand glijdt over mijn buik en verdwijnt in mijn pyjamabroek.

'Je bent altijd klaar voor me.' Hij kermt en beweegt zijn middelvinger op en neer. Ik voel dat mijn huid vlam vat; het is een gestaag branden, geen plotselinge explosie, maar het past bij zijn tedere aanraking. Hardin trekt zijn hand terug en brengt zijn vinger naar zijn lippen. 'Zo zoet,' zegt hij. Zijn natte tong glijdt langzaam naar buiten en likt zijn vingertop af.

Hij weet precies wat hij met me doet. Hij weet wat voor effect zijn schunnige praat op me heeft, hij weet dat mijn verlangen daardoor wordt aangewakkerd. Dat weet hij, en hij is er heel erg goed in om me vanbinnen te laten branden van verlangen.

98

∞

Hardin

Ik weet precies wat ik haar aandoe. Ik weet dat ze dol is op vieze praatjes, en ze doet niet eens moeite dat te verbergen.

'Je was zo'n braaf meisje,' zeg ik met een ondeugend lachje. Ik hoef haar gloeiende huid niet eens echt aan te raken om haar een verhit gekreun te ontlokken.

'Zeg eens wat je wilt,' fluister ik in haar oor. Ik kan het bloed bijna horen kloppen onder haar huid. Het is heerlijk om haar zo gek te maken.

'Jou,' zegt ze, wanhopig, onduidelijk.

'Maar langzaam. Ik wil dat je het voelt, elk moment dat je niet bij me was.'

Ik trek aan haar pyjama en kijk haar streng aan. Zonder iets te zeggen knikt ze en trekt de broek naar beneden. Dan druk ik mijn duim in haar dunne katoenen slipje en trek dat van haar lijf. Haar ogen zijn groot en donker, haar lippen roze en opgezwollen. Door de kracht van mijn beweging wordt ze tegen me aan gedrukt, en ze slaat allebei haar handen om mijn armen. Haar vingers haken om me heen. 'Condoom,' brengt ze me in herinnering.

Kut, die liggen aan de overkant van de gang, in die kamer waarvan niemand had kunnen verwachten dat ik er zou gaan slapen, niet met Tessa een paar meter verderop. Gek genoeg trof ik bij aankomst het nachtkastje vol condooms aan.

'Pak jij dat maar,' zeg ik plagend, al weet ik dat ik nooit zal toestaan dat ze halfnaakt de gang zal oversteken. Voorzichtig schuif ik mijn handen onder haar rug en haak haar beha los. Ik trek de zwarte bandjes naar beneden en gooi het kledingstuk dan achter ons op de vloer.

'Con...' begint ze opnieuw, maar dan hapt ze hevig naar adem wanneer ik aan haar pas ontblote tepel zuig. Ze is zo gevoelig voor mijn aanraking en ik wil van elke seconde genieten.

'Shh...' Ik breng haar tot zwijgen door in haar gevoelige vlees te bijten, maar al snel kom ik overeind. Ik verspil geen tijd met aankleden. Ik heb mijn boxershort nog aan, maar ook als ik nu naakt zou zijn, zou ik zonder aarzelen de gang oversteken.

Ik loop met vier condooms in mijn hand weer terug de kamer in... Misschien is dat aantal wat ambitieus en overdreven, maar als ik op het gedrag van Tessa af moet gaan, zou het me niet verbazen als we de hele la nodig hebben.

'Ik heb je gemist,' zegt ze met een lief, verlegen lachje. En dan zie ik een flits van gêne in haar ogen omdat ze beseft dat ze die woorden hardop heeft uitgesproken.

'Ik jou ook,' antwoord ik. En dat klinkt net zo afgezaagd als je zou verwachten.

En dan houd ik op met opmerkingen maken die eerder op een wenskaart thuishoren en loop naar het bed. Ze zit rechtop, met haar rug tegen het hoofdeinde en haar benen opgetrokken, en is poedelnaakt. Slechts een roomkleurig satijnen laken, in dezelfde tint als haar roomblanke huid, bedekt de bovenkant van haar dijen.

Die aanblik kost me al mijn zelfbeheersing. Ik moet zo mijn best doen om niet op dat bed te duiken, de lakens van haar af rukken en te nemen wat van mij is. Ik wil dat vanavond... of het is inmiddels vannacht... zonder problemen verloopt, en ik wil niets overhaasten.

Glimlachend kijk ik naar de vrouw op het bed. Ze kijkt met een zachte, warme blik in haar ogen terug. Haar wangen blozen. Wanneer ik naast haar op het bed ga zitten, grijpen gretige handen meteen naar mijn boxershort en trekken hem naar beneden, geholpen door haar voeten. Ze pakt me vast en knijpt zachtjes.

'Jezus,' zeg ik sissend. Er bestaat niets anders dan haar aanraking. Ze begint langzaam pompende bewegingen te maken, draaiend met haar pols. Het is zo ontzettend fijn dat ze precies weet hoe ze me moet aanraken. Ze gaat liggen, zonder het ritme te verstoren, en ik geef haar zwijgend het condoom aan. Ze weet wel wat ze moet doen.

Ze bijt op haar lip en gehoorzaamt. Nu ze de latex over me afwikkelt, vervloek ik in gedachten haar, en mezelf, omdat we nooit echt werk hebben gemaakt van de pil. Het was zo lekker om haar zonder dat laagje ertussen te voelen, en nu ik weet hoe dat is, verlang ik naar meer.

Ze klimt snel boven op me en gaat schrijlings op me zitten. Mijn pik is er klaar voor om naar binnen te glijden.

'Wacht even...' Ik houd haar tegen door haar voorzichtig bij haar middel te pakken en haar naast me op het bed te trekken.

Er verschijnt een niet-begrijpende blik in haar prachtige ogen. 'Wat is er?'

'Niets... Ik wil gewoon eerst nog wat langer zoenen.' Ik leg mijn hand in haar nek en breng haar gezicht dichter bij het mijne. Mijn mond zweeft vlak boven haar lippen, en ik moet mezelf dwingen om het rustig aan te doen. Nu ik haar naakte lichaam tegen me aan voel, neem ik even de tijd om te verwerken dat ze, ondanks alles wat ik haar aandoe, nog steeds bij me is, dat ze er altijd zal zijn, en dat het godverdomme tijd wordt dat ik haar daarvoor beloon. Ik laat mijn gewicht op mijn ene arm steunen, ga boven op haar liggen en duw haar dijen met mijn knie uiteen.

'Ik hou... zo veel van je. Dat weet je toch, hè?' vraag ik, tussen de strelingen van mijn tong tegen de hare door.

Ze knikt, maar een vreselijk moment lang zie ik Zeds gezicht voor me. Zed, die zijn liefde aan Tessa bekent, en Tessa die zijn liefde dankbaar aanvaart. 'Ik hou ook van jou,' kreunde ze in haar slaap. Er trekt langzaam een huivering door me heen, en ik houd heel even op.

Mijn aarzeling ontgaat haar niet. Ze begraaft haar vingers in mijn warrige haar en neemt mijn mond met haar lippen in bezit.

'Kom eens bij me terug,' zegt ze smekend.

Meer heb ik niet nodig.

Alles lijkt te verdwijnen, behalve haar zachte lichaam onder het mijne en de vochtige warmte tussen haar benen waarin ik langzaam verdwijn. Het voelt zo lekker. Het doet er niet toe hoe vaak ik bezit van haar neem, het zal nooit genoeg zijn.

'Ik hou van je.' Ze herhaalt die woorden. Ik schuif mijn arm onder haar, zodat ik onze lijven zo stevig mogelijk tegen elkaar kan drukken. Ik lik mijn droge lippen af en begraaf opnieuw mijn gezicht in haar hals om vieze woordjes in haar oor te fluisteren en om haar te kussen, elke keer wanneer ze mijn naam kreunt.

Ik voel de druk vanuit mijn ruggengraat toenemen, alsof verdomme elke wervel vlam vat. Tessa's nagels dringen in mijn rug, in mijn schouderbladen, alsof ze de woorden die in mijn huid zijn aangebracht wil vastpakken. De woorden die voor haar bestemd zijn, alleen voor haar, en ik zal alles doen wat nodig is om die belofte te houden, voor altijd.

Ik til mijn hoofd op en kijk haar aan. Mijn ene hand ligt nog altijd tegen haar rug, maar de andere glijdt over haar romp omhoog, over haar borsten, en blijft vlak onder haar keel rusten.

'Zeg eens hoe het voelt,' zeg ik met een grom. Ik kan het genot dat door me heen stroomt amper beteugelen. Elke zondige beweging van mijn heupen, elke krachtige stoot in haar afwachtende lichaam – daardoor wordt de macht die ze over me uitoefent alleen maar sterker en intenser.

'Het voelt zo lekker, Hardin... zo ontzettend lekker.' Haar stem klinkt verstikt en hees, en ik slok als de gretige rotzak die ik ben de rest van haar gekreun op. Ik voel dat haar lichaam verstijft en kan niet langer wachten. Zachtjes roep ik haar naam, en dan vul ik het condoom, met langzame, slordige stoten, om vervolgens hijgend naast haar neer te ploffen.

Ik steek mijn hand naar haar uit en trek haar naar me toe. Wanneer ik mijn ogen opendoe, zie ik dat haar zijdezachte huid is bedekt met een dun laagje zweet. Ze heeft haar ogen open en staart naar de plafondventilator.

'Gaat het?' vraag ik. Ik weet dat ik tegen het einde een beetje ruw was, maar ik weet ook dat ze daar doorgaans niet vies van is.

'Ja, natuurlijk.' Ze buigt zich naar me toe en plant een kus op mijn blote bovenlijf voordat ze uit bed stapt. Ik kreun teleurgesteld wanneer ze haar witte T-shirt over haar hoofd trekt en haar lichaam voor mijn blik verbergt.

'Hier is je haarband.' Ze glimlacht, trots op haar flauwe opmerking, en gooit het bezwete T-shirt dat ik eerder om mijn hoofd had gebonden op het bed. Ik rol de stof op en bind die weer om mijn hoofd, gewoon om een reactie uit te lokken.

'Vind je hem niet mooi?' vraag ik.

Ze giechelt. 'Ja, best wel.' Tessa geeft echt een hele show nu ze zich vooroverbuigt om haar zwarte slipje van de vloer op te rapen en het al heupwiegend aantrekt. Nu ze met haar lijf schudt, is het verrukkelijk duidelijk dat ze geen beha draagt.

'Mooi. Dit zit lekkerder.' Ik wijs naar het geval op mijn hoofd.

Ik moet echt nodig mijn haar laten knippen, maar tot nu toe deed Mads dat altijd, een vriendin van Steph met lichtpaars haar. Bij de gedachte aan Steph voel ik dat mijn bloed begint te koken. *Die achterlijke stomme...*

'Aarde aan Hardin!' Tessa's stem doet me uit mijn hatelijke gedachten opschrikken.

Met een ruk hef ik mijn hoofd op. 'Sorry.'

Tessa gaat aangekleed naast me liggen, kruipt tegen me aan en pakt vreemd genoeg de afstandsbediening om de tv aan te zetten en langs de zenders te zappen. Aanvankelijk ben ik zo verdwaasd dat ik van de rust geniet, maar na een paar minuten besef ik dat ze al een paar keer heeft zitten zuchten. Ik zie een frons op haar gezicht, alsof het zoeken naar een leuk programma ongewoon veel inspanning vraagt. 'Wat is er?' vraag ik.

'Niets,' liegt ze.

'Jawel. Zeg het dan,' dring ik aan.

Ze ademt snel uit. 'Niets... Ik ben gewoon...' Haar wangen worden rood. 'Opgefokt.'

'Opgefokt? Na wat wij net hebben gedaan, is opgefokt wel het laatste wat je zou moeten zijn.' Ik leun achterover en kijk haar aan.

'Ik ben niet... Je weet wel... Ik niet,' stamelt ze.

Haar schuchterheid blijft me verbazen. Het ene moment fluistert ze kreunend dat ik haar harder en sneller en dieper moet neuken, maar het volgende moment kan ze niet eens haar zin afmaken.

'Zeg het dan,' herhaal ik.

'Ik ben niet klaargekomen.'

'Wat?' vraag ik met verstikte stem. *Was ik echt zo met mezelf bezig dat ik niet eens heb gemerkt dat zij niet klaarkwam?*

'Je hield op, vlak voordat ik...' legt ze zacht uit.

'Waarom heb je niets gezegd? Kom eens hier.' Ik trek aan haar T-shirt.

'Wat ga je doen?' vraagt ze. De opwinding is hoorbaar in haar stem.

'Shh...' Ik weet niet wat ik wil doen... Ik wil opnieuw de liefde met haar bedrijven, maar ik heb even tijd nodig om op adem te komen.

Wacht even, ik weet het al.

'We gaan iets doen wat we nog maar één keer hebben gedaan.' Ik lach voldaan en zie haar ogen groot worden. 'Want oefening baart kunst, zoals je weet.'

'Wat dan?' Haar opwinding heeft razendsnel plaatsgemaakt voor nervositeit.

Ik leun achterover op mijn ellebogen en gebaar dat ze naar me toe moet komen.

'Ik snap het niet,' zegt ze.

'Kom eens hier, en ga hier op je knieën zitten.' Ik klopt aan weerszijden van mijn hoofd op het bed.

'Wat?'

'Tessa, kom eens op mijn gezicht zitten en doe je benen wijd, dan kan ik je fatsoenlijk laten klaarkomen,' leg ik langzaam en nadrukkelijk uit.

'O,' zegt ze met een hoog stemmetje. Ik zie de aarzeling in haar ogen en steek mijn hand uit om de lamp uit te doen. Ik wil dat ze zich op haar gemak voelt. Ondanks het donker kan ik nog altijd de zachte vormen van haar lichaam, haar volle boezem en de verleidelijke ronding van haar heupen onderscheiden.

Tessa trekt haar slipje uit, volgt mijn instructies op en gaat op haar knieën over me heen zitten.

'Wat een uitzicht,' zeg ik plagend, maar dan zie ik niets meer omdat ze mijn T-shirt over mijn hoofd trekt.

'Nou, dit is nog veel beter.' Ik glimlach tegen haar dijen en ze geeft me bij wijze van antwoord een speels tikje tegen mijn hoofd. 'Ik meen het... Dit is erg opwindend,' voeg ik eraan toe.

Ik hoor haar lachen in het donker en leg mijn handen op haar heupen om haar bewegingen te leiden. Zodra mijn tong haar aanraakt, begint ze uit zichzelf haar heupen te bewegen. Ze trekt aan mijn haar en fluistert mijn naam totdat ze zich volledig verliest in het genot dat ik haar schenk.

99

∞

Tessa

Ik keer langzaam terug naar de werkelijkheid. Dat wil ik niet, maar gelukkig ligt Hardin naast me.

'Hé.' Hij drukt glimlachend een kus op mijn lippen.

Ik lach. Lui, want ik wil me niet bewegen. Mijn lichaam is gevoelig, maar op een goede manier.

'Ik wou dat je morgen niet weg hoefde te gaan,' fluister ik, terwijl ik mijn vingers over een van de getatoeëerde takken laat gaan. De boom is donker, onheilspellend en gedetailleerd. Ik vraag me af of Hardin, als hij die tattoo nu zou laten zetten, weer voor een dode boom zou kiezen. Of zou hij, omdat hij nu gelukkiger is, een paar blaadjes aan de takken laten zitten?

'Ik ook,' antwoordt hij slechts.

Ik kan niet voorkomen dat ik wanhopig klink. 'Blijf dan.'

Hardin spreidt zijn vingers uit op mijn rug en drukt mijn naakte lijf tegen zich aan. 'Ik weet dat je dat alleen maar zegt omdat ik je net meerdere keren heb laten klaarkomen.'

Ik maak een verontwaardigd, geschrokken geluid. 'Dat is niet waar!' Hardins lichaam schudt zachtjes van het ingehouden gegrinnik. 'Dat is echt niet de enige reden... Misschien kunnen we elkaar voortaan in het weekend zien? Kijken hoe dat gaat?'

'Wil je dat ik elk weekend helemaal hiernaartoe kom?'

'Niet elk weekend. Ik kan ook naar jou komen.' Ik houd mijn hoofd scheef en kijk hem echt aan. 'Tot nu toe gaat het allemaal goed.'

'Tessa...' Hij slaakt een zucht. 'Ik heb je al verteld wat ik van dat hele langeafstandsgedoe vind.'

Mijn blik gaat naar het plafond. Op tv schenkt Rachel pastasaus in Monica's handtas.

'Maar je bent wel hier,' zeg ik uitdagend.

Zuchtend trekt hij aan het uiteinde van mijn haar en dwingt me zo hem opnieuw aan te kijken. 'Touché.'

'Denk je niet dat we tot een of ander compromis kunnen komen?'

'Wat heb je te bieden?' vraagt hij zacht. Hij doet heel even zijn ogen dicht en haalt diep adem.

'Dat weet ik niet precies... Daar moet ik even over nadenken,' zeg ik.

Wat heb ik hem eigenlijk te bieden? Het is in het belang van ons allebei dat we nu even afstand van elkaar nemen, anders maken we elkaar helemaal gek. Mijn hart wil dolgraag al die vreselijke dingen vergeten die Hardin en ik in het verleden hebben meegemaakt, maar mijn verstand staat niet toe dat ik mijn laatste restje waardigheid opgeef.

Ik zit in Seattle en jaag in mijn eentje mijn droom na, zonder een eigen woning. Alleen maar omdat Hardin te bezitterig is en we geen van beiden water bij de wijn willen doen, ook niet als het om de onbeduidendste dingen gaat.

'Dat weet ik eigenlijk niet,' zeg ik uiteindelijk wanneer ik niets concreets heb kunnen bedenken.

'Nou, wil je me nog wel zien? In elk geval in het weekend?' vraagt hij. Hij wikkelt mijn haar rond zijn vingers.

'Ja.'

'Elk weekend?'

'Meestal wel, ja.' Ik glimlach.

'Wil je dat we elkaar net als deze week elke dag bellen?'

'Ja.' Ik vond het heerlijk dat Hardin en ik gewoon met elkaar aan de telefoon konden hangen, dat er uren verstreken zonder we het in de gaten hadden.

'Dus dan zal alles net zo zijn als het deze week was. Ik weet het nog niet zo zeker,' zegt hij.

'Waarom niet?' Tot nu toe heeft het voor hem gewerkt, dus waarom heeft hij nu opeens bezwaren?

'Omdat je, als je zonder mij hier in Seattle zit en we dus niet echt samen zijn, iemand anders zou kunnen ontmoeten...'

'Hardin.' Ik leun op mijn elleboog en kijk hem aan. Hij kijkt recht terug, en een lok van mijn ontembare blonde haar valt in zijn gezicht. Zonder het oogcontact te verbreken of zelfs maar te knipperen steekt hij zijn hand uit en strijkt de lok achter mijn oor. 'Ik ben niet van plan om iemand anders te ontmoeten. Het enige wat ik wil, is een zekere onafhankelijkheid en een betere communicatie.'

'Waarom vind je het opeens zo belangrijk om onafhankelijk te zijn?' vraagt hij. Hij strijkt met zijn duim en wijsvinger over mijn oorschelp, waardoor er een rilling over mijn rug loopt. Als hij me wil afleiden, dan lukt dat.

Ondanks zijn tedere aanraking en de brandende blik in zijn jadegroene ogen ga ik verder, in een poging hem duidelijk te maken wat ik bedoel: 'Dit komt niet zomaar uit de lucht vallen. Ik heb het er al eerder met je over gehad. Het is me pas onlangs opgevallen hoe afhankelijk ik van je was, en dat beviel me niet. Zo wil ik niet zijn.'

'Het bevalt mij wel,' zegt hij zacht.

'Dat weet ik, maar mij niet.' Ik doe mijn best om vol zelfvertrouwen te spreken. Aan de ene kant wil ik mezelf een schouderklopje geven, maar ik wil tegelijkertijd met mijn ogen rollen omdat ik weet dat ik niet overtuigend klink.

'Nou, welke rol speel ik bij dat onafhankelijk zijn?'

'Blijf gewoon doen wat je nu doet. Ik wil beslissingen kunnen nemen zonder me af te vragen wat jij ervan vindt, en of je het ermee eens bent.'

'Je vraagt je nu ook niet af of ik het ermee eens ben, anders zou je de helft van wat je nu doet niet eens doen.'

Ik heb geen zin in ruzie. 'Hardin,' zeg ik waarschuwend, 'dit is belangrijk voor me. Ik moet voor mezelf kunnen denken. We zouden partners moeten zijn, elkaars gelijken... De een zou niet meer... macht moeten hebben dan de ander.' Ik zoek wanhopig naar woorden, naar een manier om hem duidelijk te maken wat ik wil... waaraan ik behoefte heb. Dit is deel van wie ik ben, of van wie ik wil zijn. Ik doe mijn best om mezelf te vinden, om te ontdekken wie ik kan zijn, met of zonder Hardin.

'Gelijk aan elkaar? Macht? Jij bent hier degene met meer macht, dat lijkt me wel duidelijk.'

'Het is niet alleen voor mij... Het zou voor jou ook goed zijn. Dat weet je ook wel.'

'Oké, maar wat zegt het over ons dat we alleen normaal met elkaar kunnen omgaan als we niet in dezelfde stad wonen?' vraagt hij, waarmee hij de vinger op de zere plek legt. Dat is precies wat ik me sinds zijn aankomst hier heb afgevraagd.

'Nou, dat zoeken we later wel uit.'

'Het zal wel.' Hij rolt koppig met zijn ogen, maar verzacht zijn reactie door me op mijn voorhoofd te kussen.

'Weet je nog wat ik zei, over het verschil tussen van iemand houden en niet zonder de ander kunnen leven?' vraag ik.

'Dat wil ik eigenlijk nooit meer horen.'

Ik strijk zijn vochtige haar van zijn voorhoofd. 'Jij was degene die het zei,' breng ik hem in herinnering. Mijn vingertoppen volgen de vorm van zijn neus, tot aan zijn opgezwollen lippen aan toe. 'Sindsdien heb ik er zo vaak aan moeten denken.'

Hardin kermt geërgerd. 'Waarom?'

'Omdat je het niet zomaar zei, of wel soms?'

'Ik was kwaad, meer niet. Ik had geen idee wat ik daarmee bedoelde. Ik deed gewoon lullig.'

'Hoe dan ook, ik heb erover nagedacht.' Ik tik hem voorzichtig op zijn neus.

'Nou, je had je de moeite kunnen besparen, want er is geen verschil tussen die twee dingen.' Zijn woorden dalen langzaam tussen ons neer. Zijn toon is bedachtzaam.

'Hoezo?'

Hij lacht even. 'Ik kan niet zonder je en ik hou van je; die twee dingen gaan hand in hand. Als ik zonder je zou kunnen leven, zou ik lang niet zo gek op je zijn, en ik kan duidelijk niet uit je buurt blijven.'

'Zeg dat wel.' Ik onderdruk de giechel die in me opwelt.

Mijn luchtige toon ontgaat hem niet. 'Ik weet dat je het niet over mij hebt... Je brak bijna je nek, zo snel kwam je naar me toe gerend toen ik hier aanbelde.' Hoewel het donker is in de kamer zie ik zijn heldere, brede glimlach, en mijn adem stokt even nu ik zijn ongetemde schoonheid zie. Wanneer hij zo is, natuurlijk en niet op zijn hoede, is hij zo knap.

'Ik wist wel dat je me daarmee zou plagen!' Ik geef een tik tegen zijn blote borst, en zijn hand schiet omhoog om mijn pols vast te grijpen.

'Gaan we weer ruig doen? Je weet hoe dat eerder is afgelopen.' Hij heft zijn hoofd op van de matras, en de warmte verspreidt zich langzaam door mijn lijf, om tussen mijn toch al gevoelige dijen te eindigen.

'Kun je nog een dag langer blijven?' Ik ontwijk zijn opmerkingen over ruig doen. Ik moet weten of ik morgen nog meer tijd met hem kan doorbrengen en we de rest van de ochtend kunnen besteden aan... Nou ja... Ruig doen. 'Alsjeblieft,' voeg ik eraan toe. Ik druk mijn hoofd in de kromming van zijn hals.

'Goed dan,' zegt hij. Ik voel aan de beweging van zijn kaak tegen mijn voorhoofd dat hij lacht. 'Maar alleen als je me opnieuw blinddoekt.'

Met een snelle beweging slaat hij zijn armen om me heen en duwt me onder hem neer, en een paar tellen later verliezen we onszelf opnieuw in elkaar... en nog eens... en nog eens...

100

∞

Hardin

Ik loop de keuken in en zie Kimberly aan de ontbijtbar zitten. Haar gezicht is nog niet opgemaakt en haar haar zit in een staartje. Ik geloof niet dat ik haar ooit eerder zonder een laag plamuur op haar gezicht heb gezien, en ik vraag me even af of ik Vance een plezier moet doen en die troep moet verstoppen, want zonder ziet ze er veel beter uit.

'Kijk eens wie er eindelijk wakker is,' zegt ze opgewekt.

'Ja, ja.' Ik kreun en loop langs haar naar de koffiemachine, die in de hoek van het donkere granieten aanrecht staat.

'Hoe laat ga je naar huis?' vraagt ze, prikkend in een schaaltje sla.

'Ik vertrek morgen pas, als dat goed is. Of wil je dat ik nu ga?' Ik vul een mok met het zwarte brouwsel en draai me naar haar om.

'Natuurlijk mag je blijven.' Ze lacht breeduit. 'Als je maar niet rot doet tegen Tessa.'

'Dat doe ik niet.' Ik rol met mijn ogen, en op hetzelfde moment komt Vance binnen. 'Je moet haar beter aan de lijn houden, of misschien wel muilkorven,' zeg ik tegen hem.

Christian laat een diepe, bulderende lach horen, maar Kimberly steekt haar middelvinger naar me op.

'Wat een goede manieren,' zeg ik plagend.

'Jij hebt ook een opperbest humeur.' Christian lacht ondeugend, en Kimberly kijkt hem boos aan.

Wat heeft dat nu weer te betekenen?

'Ik vraag me af waarom,' vervolgt hij.

Ze geeft hem een por. 'Christian...' zegt ze waarschuwend, maar hij schudt zijn hoofd en steekt een hand op om haar speelse tikken af te weren.

'Misschien wel omdat hij Tessa zo gemist heeft,' oppert Kimberly. Ze kijkt naar Christian, die om het kookeiland heen loopt en een banaan uit de fruitschaal pakt die hij begint te pellen.

Zijn ogen fonkelen van humor. 'Ik heb gehoord dat je van 's nachts sporten een goed humeur krijgt, ja.'

Mijn bloed stolt in mijn aderen. 'Wat zei je?'

'Rustig maar... hij heeft de camera uitgezet voordat het echt spannend werd,' verzekert Kimberly me.

Camera?

O, kut. Natuurlijk heeft die lul een camera in zijn fitnessruimte. Sterker nog, waarschijnlijk is elke kamer in dit huis voorzien van beveiligingscamera's. Hij is altijd meer paranoïde geweest dan je op grond van zijn gehaaide gedrag zou vermoeden.

'Wat heb je allemaal gezien?' vraag ik grommend. Ik doe mijn best om mijn woede in bedwang te houden.

'Niets. Alleen dat Tessa binnenkwam. Hij begreep wel dat hij daarna beter niet meer kon kijken...' Kimberly onderdrukt een lach, en opluchting welt in me op. Ik ging zo op in dat moment, in Tessa, dat ik geen moment aan de mogelijkheid van camera's heb gedacht.

Ik werp Vance een kwade blik toe. 'Waarom keek je überhaupt naar die beelden? Ik vind het een nogal eng idee dat je me hebt zien trainen.'

'Het ging me niet om jou, hoor. Ik keek naar de monitor in de keuken omdat die last had van een storing, en toevallig liepen de beelden uit de fitnessruimte ook binnen.'

'Dat zal wel,' zeg ik langzaam.

'Hardin blijft nog een nachtje. Is dat goed?' vraagt Kim.

'Natuurlijk is dat goed. Ik snap trouwens niet waarom je niet in Seattle komt wonen. Je weet dat ik je meer betaal dan Bolthouse.'

'Dat deed je aanvankelijk niet. Dat was juist het probleem,' breng ik hem met een voldaan lachje in herinnering.

'Omdat je toen nog een eerstejaars was. Je mocht blij zijn dat je zonder bul een betaalde stage kon vinden, laat staan een echte baan.' Hij haalt zijn schouders op.

Ik sla verdedigend mijn armen over elkaar. 'Daar denkt Bolthouse anders over.'

'Daar werken sukkels. Moet ik je eraan herinneren dat de omzet van Vance Publishing in het afgelopen jaar stukken hoger is geweest dan die van Bolthouse? Ik heb mijn bedrijf uitgebreid naar Seattle en wil volgend jaar een kantoor in New York openen.'

'Is er nog een reden dat je zo opschept?' vraag ik.

'Ja. Het punt is dat Vance niet alleen beter en groter is, maar ook nog eens de plek waar zij werkt.' Hij hoeft Tessa's naam niet eens te noemen, ik begrijp zo ook wel wat hij bedoelt. 'Na dit semester ben je klaar met je studie. Neem nu geen impulsieve beslissing die de rest van je carrière negatief kan beïnvloeden voordat die goed en wel is begonnen.' Hij neemt een snelle hap van de banaan in zijn hand.

Ik kijk hem boos aan en probeer een gevat antwoord te bedenken, maar dat lukt me niet. 'Bolthouse zit ook in Londen.'

Hij kijkt me vol spottend ongeloof aan. 'Wie gaat er naar Londen? Jij?' Hij doet geen poging zijn sarcasme te verbergen.

'Misschien. Dat was ik ooit van plan, en misschien ben ik dat nog steeds.'

'Ja, ik ook.' Hij werpt een snelle blik op zijn aanstaande echtgenote. 'Jij zult daar nooit meer gaan wonen, en ik ook niet.'

Kimberly mompelt blozend een antwoord, en ik kom tot de conclusie dat ze het irritantste stelletje zijn dat ik ooit heb meegemaakt. Ze zijn dol op elkaar, dat druipt er aan alle kanten vanaf. Het is irritant en ongemakkelijk.

'Zoals ik al zei.' Christian grinnikt.

'Ik stemde niet met je in,' snauw ik.

'Misschien niet,' komt Kimberly tussenbeide, bijdehante trut die ze is, 'maar je ontkende het ook niet.'

Zonder nog een woord te zeggen loop ik zo ver mogelijk bij Kimberly vandaan. Ik kan mijn koffie, en mijn ballen, maar beter uit haar buurt houden.

101

∞

Tessa

Het is veel te snel ochtend en ik word alleen wakker. Op de andere, lege helft van de matras is de afdruk van Hardins lichaam nog altijd zichtbaar, dus hij is hoogstens een paar minuten eerder opgestaan.

Als op bevel komt hij stilletjes de kamer binnen, met een koffiemok in zijn hand.

'Goedemorgen,' zegt hij, zodra hij ziet dat ik wakker ben.

'Goedemorgen.' Mijn keel is strak en droog. Ik voel dat ik inwendig verstrak bij de gedachte aan Hardin die met hevige stoten in en uit mijn mond beweegt.

'Hoe voel je je?' Hij zet de dampende mok op de ladekast, loopt naar het bed en gaat naast me op de rand van de matras zitten. 'Geef eens antwoord,' voegt hij er kalm aan toe wanneer het antwoord hem te lang duurt.

'Een beetje gevoelig.' Ik strek mijn armen en benen voor me uit. Ja... beslist gevoelig. 'Waar zat je?'

'Ik ben koffie gaan halen en moest Landon bellen om hem te vertellen dat ik vandaag niet naar huis kom,' zegt hij. 'Als je tenminste nog steeds wilt dat ik blijf.'

'Dat wil ik.' Ik knik naar hem. 'Maar waarom moest je dat aan Landon vertellen?'

Hardin haalt zijn hand door zijn haar en kijkt me ingespannen aan, in een poging mijn stemming te peilen. Ik heb het gevoel dat me iets ontgaat.

'Geef eens antwoord,' zeg ik nu op mijn beurt.

'Omdat hij op je vader past.'

'Waarom?' *Sinds wanneer heeft mijn vader een oppas nodig?*

'Omdat je vader probeert nuchter te worden. En ik ben niet zo stom dat ik hem alleen bij mij thuis laat zitten.'

'Omdat je drank in huis hebt?'

'Nee, ik heb alles weggegooid. Houd er maar over op, oké?' Zijn toon is niet langer vriendelijk, maar scherp. Hij is duidelijk gespannen.

'Nee, dat doe ik niet. Is er iets wat ik moet weten? Want ik heb weer het gevoel dat ik ergens buiten word gehouden.' Ik sla mijn armen over elkaar.

Hij haalt overdreven diep adem en doet tegelijkertijd zijn ogen dicht. 'Ja, er is iets wat je niet weet, maar ik moet je smeken om me te vertrouwen, oké?'

'Hoe erg is het?' vraag ik. Ik haal me meteen de vreselijkste dingen in het hoofd.

'Vertrouw me gewoon, goed?'

'Hoezo?'

'Vertrouw er gewoon op dat ik dit allemaal wel regel. Als ik je uiteindelijk vertel wat er aan de hand was, zal het er niet meer toe doen. Je hebt nu al genoeg gezeik aan je hoofd, dus geloof me wat dit betreft gewoon. Laat me dit voor je doen, en laat het los,' dringt hij aan.

De paranoia en paniek die me in dit soort situaties altijd overvallen, wellen in me op, en het scheelt niet veel of ik pak Hardins mobieltje van hem af om Landon te bellen. De uitdrukking op Hardins gezicht houdt me echter tegen. Hij smeekt me om hem wat dit betreft te vertrouwen, en hoe graag ik ook wil weten wat er aan de hand is, ik moet inderdaad toegeven dat ik er niet nog meer problemen bij kan hebben.

'Goed dan.' Ik slaak een zucht.

Hij fronst en houdt zijn hoofd scheef. 'Echt?' Het is duidelijk dat het hem verbaast dat ik zo gemakkelijk toegeef.

'Ja. Als je er echt zeker van bent dat het beter is dat ik niets weet, zal ik mijn best doen om niet te veel over mijn vader te piekeren.'

Hij knikt. 'Het is echt beter.'

Ik geloof hem. Grotendeels.

'Goed.' Met dat woord zet ik er een streep onder en neem ik me voor om mijn bezorgdheid te onderdrukken. Wat dit betreft moet ik Hardin vertrouwen. Dat moet gewoon. Als ik hem nu niet kan vertrouwen, wat voor toekomst hebben we dan samen?

Ik slaak een zucht en Hardin glimlacht om mijn toegeeflijkheid.

102

∞

Tessa

'Het lijkt erop dat ik de bedankjes kan schrijven voor de gasten die de opening van de club gisteravond tot zo'n groot succes hebben gemaakt,' zegt Kimberly met een wrang lachje wanneer ik de keuken binnenloop. Ze zwaait met een envelop naar me. 'Wat gaan jullie vandaag doen?'

Na een blik op de stapel bedankjes die ze al heeft geschreven en de stapel die nog voor haar ligt, vraag ik me af in hoeveel bedrijven Christian heeft geïnvesteerd en of al die mensen die ze moet bedanken zakenpartners zijn. Alleen al de omvang van dit huis doet vermoeden dat hij meer bezigheden heeft dan alleen maar Vance Publishing en een jazzclub.

'Dat weet ik nog niet. Ik hoor het wel als Hardin klaar is met douchen,' zeg ik tegen haar, en ik schuif een stapeltje enveloppen over het granieten aanrecht.

Ik moest Hardin dwingen om in zijn eentje te gaan douchen; hij was nog steeds geïrriteerd omdat ik hem uit de badkamer had verbannen toen ik zelf wilde douchen. Het deed er niet toe hoe vaak ik hem uitlegde dat ik me opgelaten zou voelen als Christian en Kimberly zouden merken dat we onder hun dak samen onder de douche kropen, hij bleef me verongelijkt aankijken en zeggen dat we in de afgelopen twaalf uur wel erger dingen hadden gedaan dan douchen.

Ondanks al zijn gebedel hield ik voet bij stuk. De gebeurtenissen in de fitnessruimte waren het gevolg van ongebreidelde lust en beslist niet gepland. Het doet er niet toe dat we in mijn slaapkamer hebben liggen vrijen, want dat is nu mijn slaapkamer, en ik ben een volwassene die vrijwillig seks heeft met mijn... Wat Hardin nu ook van me is. Douchen geeft me echter een heel ander gevoel.

Koppig als hij is, was Hardin het natuurlijk niet met me eens, en daarom vroeg ik hem of hij een glas water voor me uit de keuken wilde halen. Ik pruilde zo dat hij erin trapte, en zodra hij de kamer had verlaten, draafde ik door de gang naar de badkamer, deed de deur achter me op slot en negeerde zijn geërgerde verzoeken om hem binnen te laten.

'Hij moet je de stad laten zien,' stelt Kimberly voor. 'Misschien bedenkt hij zich en wil hij wel hiernaartoe verhuizen als je hem wat van de cultuur laat opsnuiven.'

Op dit moment ben ik niet echt in de stemming voor een serieus gesprek als dit. 'Eh... Sasha leek me wel aardig,' zeg ik, in een niet bepaald subtiele poging om het gesprek op iets anders te brengen.

Kimberly snuift. 'Sasha? Aardig? Dacht het niet.'

'Ze weet toch dat Max getrouwd is, of niet?'

'Ja, natuurlijk.' Ze likt haar lippen af. 'Maar kan het haar iets schelen? Nee, helemaal niet. Ze is dol op zijn geld en op de dure sieraden die hij haar cadeau doet. Zijn vrouw en dochter laten haar echt volledig koud.' De afkeuring is duidelijk hoorbaar in Kims stem, en ik ben blij dat we het wat dit betreft eens zijn.

'Ik mag Max niet, maar het verbaasde me wel dat hij het lef had om haar mee hiernaartoe te nemen. Ik bedoel, kan het hem niets schelen of Denise en Lillian ervan horen?'

'Ik vermoed dat Denise het al weet. Een vent als Max zal door de jaren heen genoeg andere Sasha's hebben gehad, en die arme Lillian heeft toch al de pest aan haar vader, dus voor haar maakt het niet uit.'

'Wat triest. Denise en Max zijn al sinds hun studententijd met elkaar getrouwd, toch?' Ik weet niet hoeveel Kimberly over Max en zijn gezin weet, maar ze is zo dol op roddelen dat het me zou verbazen als ze niets weet.

'Ja, ze zijn meteen na hun afstuderen getrouwd. Dat schijnt nogal een schandaal geweest te zijn.' Kimberly's ogen lichten op nu ze beseft dat ik deze sappige roddel nog niet ken. 'Blijkbaar had Max met een andere vrouw moeten trouwen, uit een familie die nogal dik met de zijne was. Het was min of meer een zakelijke overeenkomst. De familie van Max is oud geld; ik denk dat Max onder andere daarom zo onuitstaanbaar is. Hij brak Denises hart toen hij haar vertelde dat hij met een ander wilde trouwen.' Kimberly vertelt het allemaal op een toon alsof ze er zelf bij is geweest en het niet van horen zeggen heeft. Of misschien voelt roddelen altijd zo?

Ze neemt een slokje water voordat ze verdergaat. 'Hoe dan ook, nadat Max was afgestudeerd, kwam hij tegen zijn vader in opstand en heeft hij die andere vrouw letterlijk voor het altaar laten staan. Nota bene op zijn trouwdag verscheen hij in zijn nette pak bij het huis van Denise en bleef daar staan wachten totdat ze naar buiten kwam. Diezelfde avond nog gingen ze op zoek naar een dominee, die Denise en Max vlak voor middernacht in de echt verbond. Een paar weken later was ze in verwachting van Lillian.'

Het kost me moeite om me Max voor te stellen als een hevig verliefde jongeman die in zijn nette pak door de straten van Londen rent, op zoek naar de vrouw van wie hij houdt. Dezelfde vrouw die hij nu herhaaldelijk bedriegt door met types als Sasha tussen de lakens te duiken.

'Ik wil niet onbeleefd zijn, maar was Christians...' Ik weet niet hoe ik haar moet noemen. 'De moeder van Smith, bedoel ik, was ze...'

Met een begripvolle glimlach maakt Kimberly een einde aan mijn gestamel. 'Rose verscheen pas jaren later in beeld. Christian hing er altijd een beetje bij toen die anderen twee stelletjes vormden. Toen hij en Ken niet meer met elkaar praatten en Christian naar Amerika was verhuisd... Toen pas leerde hij Rose kennen.'

'Waren ze lang getrouwd?' Ik kijk onderzoekend naar Kimberly's gezicht om te zien of ze zich ongemakkelijk voelt. Ik wil niet onbeleefd zijn, maar ik ben heel erg geboeid door de geschiedenis van dit groepje vrienden. Hopelijk kent Kimberly me inmiddels goed genoeg om te weten dat ik heel erg veel vragen kan stellen.

'Slechts twee jaar. Ze gingen nog maar een paar maanden met elkaar uit toen zij ziek werd.' Haar stem breekt en haar ogen vullen zich met tranen. Ze slikt even. 'Hij is toch met haar getrouwd... Ze is in een rolstoel... door de kerk gereden... Dat wilde haar vader per se doen. Halverwege het middenpad naar het altaar nam Christian het over en duwde haar verder naar voren.' Kimberly begint te snikken, en ook ik veeg de tranen weg die in mijn ogen opwellen.

'Het spijt me,' zegt ze met een zwak glimlachje. 'Ik heb dit verhaal al heel lang niet meer verteld, en ik word er altijd erg emotioneel van.' Ze steekt haar hand uit naar de doos met tissues die op het aanrecht staat en geeft mij er eentje aan. 'Telkens als ik eraan denk, word ik eraan herinnerd dat er achter die gevatte babbel en dat scherpe verstand een ongelooflijk lieve man schuilgaat.'

Ze kijkt naar mij en dan naar de stapel enveloppen. 'Shit, nu zitten er tranen op die kaarten!' roept ze uit, en ze herstelt zich snel.

Ik wil haar nog meer vragen over Rose en Smith, en over Ken en Trish in hun studietijd, maar ik wil haar niet te veel onder druk zetten.

'Hij was dol op Rose, en zij heeft hem genezen, ook in haar laatste dagen. Hij had in zijn hele leven nog maar van één vrouw gehouden, maar Rose wist daar verandering in te brengen.'

Dat maakt me nog meer in de war. Van wie heeft Christian gehouden, en waarvan moest hij genezen?

Kimberly snuit haar neus en kijkt op. Ik draai me om naar de deuropening, waar Hardin ongemakkelijk van Kimberly naar mij en weer terug kijkt en alles wat zich in de keuken afspeelt in zich opneemt.

'Ik kom niet echt op een goed moment,' zegt hij.

Ik moet wel glimlachen als ik besef welke indruk we maken: we zitten ogenschijnlijk zonder reden te snotteren boven twee grote stapels kaarten en enveloppen die het aanrecht vullen.

Hardins haar is nat van de douche en zijn gezicht is gladgeschoren. Hij ziet er in een effen zwart T-shirt en jeans ongelooflijk goed uit. Hij heeft geen schoenen aan, alleen sokken, en hij kijkt nogal zorgelijk wanneer hij gebaart dat ik naar hem toe moet komen.

'Eten jullie vanavond hier mee?' vraagt Kimberly terwijl ik naar Hardin loop.

'Ja,' zeg ik op hetzelfde moment dat Hardin 'Nee' zegt.

Kim lacht en schudt haar hoofd. 'Nou, stuur me maar een berichtje als jullie het eens zijn.'

Een paar minuten later komen Hardin en ik net bij de voordeur aan wanneer Christian opeens met een brede grijns op zijn gezicht uit een zijkamer tevoorschijn komt. 'Het is buiten steenkoud. Moet jij geen jas aan, jongen?'

'Ten eerste heb ik geen jas nodig. Ten tweede moet je me geen "jongen" noemen.' Hardin rolt met zijn ogen.

Christian pakt een zware, marineblauwe lange zeemansjas van de kapstok bij de deur. 'Hier, trek deze maar aan. Dat is een kacheltje op zich.'

'Dacht het niet,' zegt Hardin minachtend, en ik schiet in de lach.

'Stel je niet zo aan. Het is buiten min vijf. Misschien moet je je dame wel warm zien te houden,' zegt Christian plagend, en Hardin kijkt schattend naar mijn dikke paarse trui, paarse jas en de paarse muts waarmee hij me al heeft lopen plagen sinds ik die over mijn oren trok. Ik had hetzelfde aan toen hij me mee uit schaatsen nam, en toen plaagde hij me ook al. Sommige dingen veranderen niet.

'Goed dan,' mompelt Hardin, en hij steekt zijn lange armen in de jas. Het verbaast me niet dat een dergelijke jas hem goed staat; in combinatie met Hardins eigen, simpele look geven de grote bronskleurige knopen op de voorkant van de jas hem iets mannelijks. Met zijn nieuwe jeans, waarop ik behoorlijk gesteld ben geraakt, en zijn effen zwarte T-shirt, zwarte schoenen en nu deze jas ziet hij eruit alsof hij rechtstreeks uit een tijdschrift is geplukt. Het is gewoon niet eerlijk dat hij er zo perfect uitziet zonder dat hij er moeite voor hoeft te doen.

'Wat sta jij me aan te gapen.'

Hardins woorden doen me opschrikken. Dan werpt hij me een voldaan lachje toe en sluit een warme hand rond de mijne.

Op dat moment komt Kimberly met Smith op haar hielen vanuit de woonkamer de hal in en roept: 'Wacht, Smith wil je nog iets vragen.' Ze kijkt haar toekomstige stiefzoontje met een liefhebbende glimlach aan. 'Toe maar, lieverd.'

De blonde jongen kijkt Hardin recht aan. 'Wil je op de foto voor mijn schoolding?'

'Wat?' Hardin trekt een beetje wit weg en kijkt naar mij. Ik weet wat hij ervan vindt om te worden gefotografeerd.

'Hij moet een soort collage maken en wil er ook een foto van jou bij plakken,' zegt Kimberly tegen Hardin. Ik kijk hem ook aan, hem smekend om het jongetje dat duidelijk naar hem opkijkt niet teleur te stellen.

'Eh, dat is goed.' Hardin wiebelt op zijn hakken heen en weer en kijkt Smith aan. 'Mag Tessa ook op de foto?'

Smith haalt zijn schouders op. 'Ja, hoor.'

Ik glimlach naar hem, maar hij lijkt het niet te merken. Hardin werpt me een blik toe die zo veel zegt als 'hij vindt mij aardiger dan jou en ik hoef er niet eens moeite voor te doen', en ik geef hem op weg naar de woonkamer onopvallend een por. Dan trek ik de gebreide muts van mijn hoofd en gebruik het elastiekje rond mijn pols om mijn haar voor de foto in een staart te binden. Hardin ziet er van nature ongekunsteld en knap uit en staat zelfs fronsend perfect op een foto.

'Ik neem wel even snel een foto,' zegt Kimberly.

Hardin gaat dichter naast me staan en slaat lui een arm rond mijn middel. Ik zet mijn beste glimlach op en hij probeert te lachen zonder zijn tanden te laten zien. Ik geef hem een por, en zijn gezicht licht vlak voordat Kimberly de foto neemt heel even op.

'Dank je.' Ik zie dat ze er oprecht blij mee is.

'Kom op, we gaan,' zegt Hardin. Ik knik en zwaai even naar Smith voordat ik achter Hardin aan door de hal naar de voordeur loop.

'Dat was erg aardig van je,' zeg ik tegen hem.

'Het zal wel.' Hij glimlacht en drukt zijn mond op de mijne. Wanneer ik het zachte klikje van een camera hoor en me van hem losmaak, zie ik dat Kimberly weer met de camera voor haar gezicht staat. Hardin begraaft zijn gezicht in mijn haar, en ook daarvan maakt ze een foto.

'Jeetje, zo is het wel genoeg.' Hij kermt en sleept me mee naar buiten. 'Wat hebben ze hier met foto's en video's?' gaat hij verder, terwijl ik de zware deur achter me dichtdoe.

'Video's?' vraag ik.

'Laat maar.'

Een koude wind zwiept om ons heen, en ik schud snel mijn haar naar beneden en trek mijn muts over mijn hoofd.

'We gaan met jouw auto, dan kunnen we meteen de olie laten verversen,' zegt Hardin over de huilende wind heen. Ik graaf in de voorste zakken van mijn jas om mijn sleutels te pakken en wil die aan hem geven, maar hij schudt zijn hoofd en laat zijn sleutels voor mijn neus bungelen. Aan die bos hangt nu een sleutel meer, met een bekend groen streepje.

'Toen je al je cadeaus liet liggen, heb je je sleutel niet meegenomen,' zegt hij.

'O...' Ik denk terug aan het moment waarop ik mijn geliefde spullen heb achtergelaten op het bed dat we ooit deelden. 'Ik wil die spulletjes graag snel terug hebben, als je dat goed vindt.'

Hardin stapt zonder een blik op mij te werpen in de auto en mompelt over zijn schouder: 'Eh, ja, natuurlijk.'

Hij zet de verwarming in de hoogste stand, pakt mijn hand vast en drukt allebei onze handen tegen mijn bovenbeen. Bedachtzaam tekent hij met zijn vingers figuurtjes op mijn pols, op de plek waar ik gewoonlijk mijn armband draag.

'Ik vind het niet leuk dat je die hebt achtergelaten... Je zou hem moeten dragen.' Hij drukt tegen de onderkant van mijn pols.

'Dat weet ik.' Mijn stem is niet meer dan een fluistering. Ik mis die armband elke dag, en mijn e-reader ook. Ik wil ook de brief hebben die hij me heeft geschreven. Ik wil die zo vaak kunnen lezen als ik wil.

'Misschien kun je mijn spullen meebrengen als je volgend weekend langskomt?' vraag ik hoopvol.

'Ja, hoor,' zegt hij, maar hij houdt zijn blik op de weg gericht.

'Waarom gaan we trouwens de olie verversen?' vraag ik aan hem. We hebben eindelijk de lange oprit achter ons gelaten en draaien de straat op.

'Omdat dat nodig is.' Hij wijst naar een stickertje op de voorruit.

'Oké...'

'Wat?' Hij kijkt me boos aan.

'Niets. Het is gewoon een beetje vreemd, dat je de olie in de auto van een ander wilt verversen.'

'Dat doe ik al tijden voor je, waarom verbaast dat je nu opeens?'

Hij heeft gelijk, hij is altijd degene die aan dergelijk onderhoud denkt, en soms denk ik weleens dat hij een tikje paranoïde is en dingen laat repareren of vervangen die nog piekfijn in orde zijn.

'Ik weet het niet. Ik denk dat ik vergeet dat we soms een normaal stel zijn,' geef ik toe. Ik schuif onrustig heen en weer op mijn stoel.

'Leg eens uit.'

'Ik vergeet snel van die kleine, gewone dingen, zoals dat je mijn olie laat verversen, of die keer dat ik je haar mocht vlechten.' Ik glimlach bij de herinnering. 'We lijken altijd wel in een of andere crisis te zitten.'

'Ten eerste...' Hij lacht even zelfingenomen. '... wil ik dat je het nooit meer over dat haar hebt. Je weet heel goed dat ik je dat alleen maar liet doen omdat je me omkocht met een pijpbeurt en koekjes.' Hij geeft me een kneepje in mijn dij en ik voel de warmte opvlammen onder mijn huid. ‘Ten tweede denk ik dat je op een bepaalde manier gelijk hebt. Het zou leuk zijn als je herinneringen aan mij niet werden verpest door mijn voortdurende gewoonte om alles te verzieken.’

‘Dat ligt niet alleen aan jou. We maken allebei fouten,’ verbeter ik hem. Hardins fouten zorgen doorgaans voor meer schade dan die van mij, maar ik ben ook niet bepaald onschuldig. We moeten ophouden elkaar en onszelf voortdurend de schuld te geven en een of andere middenweg zien te vinden – samen. Dat zal niet gebeuren als Hardin zichzelf elke fout die hij in het verleden heeft gemaakt blijft verwijten. Hij moet een manier vinden om zichzelf te vergeven... zodat hij verder kan gaan en degene kan worden die hij echt wil zijn.

‘Jij niet,’ merkt hij op scherpe toon op.

‘We kunnen natuurlijk blijven kibbelen over de vraag wie er wel of geen fouten heeft gemaakt, maar we kunnen ook bespreken wat we vandaag gaan doen nadat de olie is ververst.’

‘Dan ga je een iPhone kopen,’ zegt hij.

‘Hoe vaak moet ik je nog vertellen dat ik geen iPhone wil?’ zeg ik verongelijkt. Ja, mijn telefoon is niet bepaald snel, maar iPhones zijn duur en ingewikkeld, en dat zijn twee dingen die ik op dit moment niet kan gebruiken.

‘Iedereen wil een iPhone. Je bent gewoon een van die mensen die niet mee willen doen met een bepaalde trend.’ Hij kijkt me aan en ik zie ondeugende kuiltjes in zijn wangen verschijnen. ‘Daarom draag je zelfs als studente nog enkellange rokken.’ Hij vult de auto met zijn gelach en vindt zichzelf duidelijk erg grappig.

Ik frons speels vanwege zijn afgezaagde opmerking. ‘Ik kan me nu echt geen iPhone veroorloven. Ik heb mijn geld hard nodig voor huur en boodschappen. Je weet wel, noodzakelijke dingen.’ Ik rol met mijn ogen, maar glimlach wel om mijn woorden te verzachten.

‘Stel je eens voor wat we allemaal zouden kunnen doen als jij ook een iPhone had. Dan konden we op nog veel meer manieren met elkaar communiceren. En je weet dat ik er eentje voor je zou kopen, dus begin nu niet over het geld.’

‘Ik kan me vooral voorstellen dat jij dingen zou doen als mijn toestel traceren, zodat je precies kunt zien waar ik ben,’ zeg ik plagend, zonder in te gaan op zijn overweldigende neiging om van alles voor me te kopen.

‘Nee, we zouden bijvoorbeeld kunnen videochatten.’

'Waarom zouden we dat doen?'

Hij kijkt me aan alsof ik een tweede paar ogen heb gekregen en schudt dan zijn hoofd. 'Stel je eens voor dat je me elke dag op het glanzende scherm van je nieuwe iPhone zou kunnen zien.'

Onmiddellijk komen er beelden van telefoonseks en videochats in mijn gedachten op, compleet met schaamteloze opnamen van Hardin die zichzelf voor de camera betast. *Wat is er mis met me?*

Mijn wangen worden vuurrood, en ik kijk onwillekeurig naar zijn schoot.

Hardin houdt een vinger onder mijn kin en tilt mijn gezicht op, zodat ik hem moet aankijken. 'Je denkt er nu al aan... aan al die lekkere vieze dingen die ik via een iPhone met je zou kunnen doen.'

'Nee, daar denk ik niet aan.' Vastbesloten om geen nieuwe telefoon aan te schaffen besluit ik van onderwerp te veranderen. 'Mijn nieuwe werkplek is fantastisch... met een geweldig uitzicht.'

'O ja?' Hardins toon wordt meteen somber.

'Ja. Het uitzicht vanuit de kantine is nog beter. En de kamer van Trevor heeft...' Ik val stil voordat ik die zin kan afmaken, maar het is al te laat. Hardin kijkt me boos aan en verwacht dat ik verder zal gaan.

'Nee, nee, zeg het eens.'

'De kamer van Trevor heeft het mooiste uitzicht,' zeg ik. Mijn stem klinkt veel zelfverzekerder dan ik me voel.

'Hoe vaak zit je eigenlijk bij hem op zijn kamer, Tessa?' Hardin laat zijn blik even snel op me rusten voordat hij hem weer op de weg richt.

'Deze week al twee keer. We eten tussen de middag samen.'

'Wát?' bijt Hardin me toe. Ik wist dat ik tot na het eten had moeten wachten voordat ik over Trevor begon. Of hem helemaal had moeten verzwijgen.

'Ik lunch meestal samen met hem,' geef ik toe. Het is mijn pech dat we op dat moment moeten remmen voor een verkeerslicht dat op rood staat, zodat ik Hardins boze blik niet kan ontwijken.

'Elke dag?'

'Ja...'

'Is daar een reden voor?'

'Hij is de enige bekende die op dezelfde tijd lunchpauze heeft als ik. Kimberly heeft het zo druk met Christian helpen dat ze niet eens pauze kan nemen.' Ik maak een gebaar om mijn woorden kracht bij te zetten.

'Dan vraag je toch of je op een ander tijdstip mag lunchen.' Het licht springt op groen, maar Hardin geeft pas gas wanneer er achter ons kwaad wordt getoeterd.

'Dat ga ik niet doen. Trevor is een collega, einde verhaal.'

'Nou,' zegt Hardin zwaar ademend, 'ik heb liever niet dat je samen met die lul van een Trevor luncht. Ik kan hem niet uitstaan.'

Lachend breng ik mijn hand naar mijn schoot en leg die boven op die van Hardin. 'Je bent jaloers zonder dat er enige reden voor is. Toevallig is er niemand anders met wie ik kan lunchen, afgezien van twee vrouwen die ook op dat moment pauze hebben. Maar zij doen al de hele week gemeen tegen me.'

Hij kijkt me even van opzij aan en wisselt tegelijkertijd soepel van rijbaan. 'Hoe bedoel je, ze doen gemeen tegen je?'

'Nou, niet echt gemeen. Ik weet het niet. Misschien verbeeld ik het me wel.'

'Wat is er dan gebeurd? Vertel eens,' dringt hij aan.

'Het is niet belangrijk. Ik heb gewoon het gevoel dat ze me niet aardig vinden, om wat voor reden dan ook. Ik zie die twee altijd lachen en fluisteren wanneer ze toevallig mijn kant opkijken. Trevor zei dat ze gek zijn op roddelen, en ik weet zeker dat ik hen iets hoorde zeggen over hoe ik aan mijn baan ben gekomen.'

'Wát?' zegt Hardin verontwaardigd. Zijn knokkels zijn wit omdat hij het stuur zo stevig vastgrijpt.

'Ze maakten een opmerking, zo van "We weten toch wel hoe ze aan dat baantje is gekomen".'

'Heb je iets tegen hen gezegd? Of tegen Christian?'

'Nee, dat wil ik niet. Ik zit er nog maar een week en ik heb geen zin om meteen te gaan klikken. We zitten niet meer op school.'

'Doe niet zo stom. Je moet die wijven duidelijk maken dat ze hun bek moeten houden, anders zeg ik het wel tegen Christian. Hoe heten ze? Misschien ken ik ze wel.'

'Zo belangrijk is het niet.' Ik probeer de lont in het kruitvat te doven die ik zelf heb aangestoken. 'Zulke kattige meiden vind je op elk kantoor. Deze hebben het toevallig op mij gemunt. Ik wil er niet moeilijk over doen, ik wil gewoon niet opvallen en misschien zelfs een paar vrienden maken.'

'Dat gaat echt niet gebeuren als je die twee kutwijven niet tegenhoudt. En ook niet als je de hele dag met die lul van een Trevor rondhangt.' Hij likt zijn lippen af en haalt diep adem.

Ik haal ook adem en kijk hem aan, me afvragend of ik het voor Trevor moet opnemen.

Weet je, hij kan het heen-en-weer krijgen.

'Trevor is toevallig de enige die aardig tegen me is, en ik ken hem al langer. Daarom lunch ik samen met hem.' Ik staar uit het raampje naar mijn lievelingsstad en wacht totdat de bom zal afgaan.

Wanneer Hardin geen antwoord geeft, kijk ik naar hem en zie dat hij zijn laserstraalblik op de weg gericht houdt. 'Ik mis Landon,' voeg ik eraan toe.

'Hij mist jou ook. Hetzelfde geldt voor je vader.'

Ik slaak een zucht. 'Ik wil graag weten hoe het met hem gaat, maar als ik je één vraag stel, volgen er zo nog dertig. Je weet hoe ik ben.' Bezorgdheid welt in me op, maar ik doe mijn best om dat gevoel te negeren.

'Dat weet ik, maar dat is niet de reden dat ik geen antwoord wil geven.'

'Hoe is het met Karen? En je vader? Is het heel erg dat ik die twee meer mis dan mijn eigen ouders?' vraag ik.

'Niet echt, als je bedenkt hoe jouw ouders zijn.' Hij trekt zijn neus op. 'Om je vraag te beantwoorden: het gaat goed met ze, geloof ik. Ik heb er niet echt op gelet.'

'Hopelijk heb ik snel het gevoel dat dit mijn thuis is,' zeg ik zonder nadenken. Ik leun achterover in de leren stoel.

'Wat doe je hier eigenlijk? Tot nu toe schijn je Seattle niet echt leuk te vinden.' Hardin parkeert mijn auto op de parkeerplaats voor een klein gebouw. Op de voorgevel hangt een groot geel bord dat naast een vriendelijke service ook belooft binnen een kwartier olie te verversen.

Ik weet niet wat ik moet antwoorden. Ik durf Hardin niet te vertellen dat mijn verhuizing me aan het twijfelen heeft gebracht. Niet omdat ik hem niet vertrouw, maar omdat ik niet wil dat hij dat als aanleiding ziet om me over te halen Seattle te verlaten. Ik kan nu echt wel wat peptalk gebruiken, maar ik hoor eerlijk gezegd liever stilte dan het 'Ik zei het toch' waarmee Hardin op de proppen zal komen.

'Het is niet dat ik het hier niet leuk vind. Ik ben gewoon nog niet gewend. Ik ben hier nog maar een week, en ik ben aan mijn eigen gewoonten gewend, en aan Landon. En aan jou,' leg ik uit.

'Ik ga in de rij staan, dan zie ik je straks wel binnen,' zegt Hardin zonder op mijn opmerking in te gaan.

Met een knikje stap ik uit. Ik loop snel door de kou naar de kleine werkplaats, waar het in de wachtkamer naar verbrand rubber en oude koffie ruikt. Ik sta net naar een ingelijste foto van een oldtimer te staren wanneer ik Hardins hand onder op mijn rug voel.

'Ze zijn zo klaar.' Hij pakt mijn hand vast en voert me mee naar een stoffige leren bank in het midden van de wachtruimte.

Twintig minuten later loopt hij over de zwart-wit betegelde vloer te ijsberen. Er klinkt een belletje dat aangeeft dat er nog iemand binnenkomt.

'Op het bord buiten staat dat het een kwartier duurt,' snauwt Hardin tegen de jongeman in de overall vol olievlekken.

'Dat klopt.' De ander haalt zijn schouders op. De sigaret die hij achter zijn oor had gestoken, valt op de balie, en hij steekt snel zijn gehandschoende hand uit om hem op te pakken.

'Zit je soms uit je neus te vreten?' gromt Hardin, wiens geduld duidelijk op begint te raken.

'Bijna klaar,' verzekert de monteur hem voordat hij net zo onverwacht weer naar buiten loopt. Ik kan het hem niet kwalijk nemen.

Ik draai me om naar Hardin en sta op. 'Het geeft niet. We hebben geen haast.'

'Hierdoor heb ik minder tijd voor jou. Ik heb nog geen vierentwintig uur met jou, en hij zit mijn tijd te verdoen.'

'Het geeft niet.' Ik loop naar hem toe en blijf voor hem staan. 'We zijn nu toch bij elkaar?' Ik prop mijn handen in de zakken van Christians jas, en hij knijpt zijn lippen opeen om te voorkomen dat zijn frons in een lach verandert.

'Als ze niet binnen tien minuten klaar zijn, betaal ik hier niet voor,' dreigt hij. Ik schud mijn hoofd en druk mijn hoofd tegen zijn borst.

'En jij biedt ook geen excuses aan namens mij.' Hij legt zijn duim onder mijn kin en tilt mijn gezicht op, zodat ik hem moet aankijken. 'Ik weet dat je dat wilt doen.' Hij plant een zachte kus op mijn lippen, en ik merk dat ik meteen naar meer verlang.

De onderwerpen die we in de auto hebben besproken, zijn in het verleden lastig gebleken, maar toch hebben we de hele rit hiernaartoe zonder heftige aanvaringen afgelegd. Dat maakt me opvallend blij, of misschien voel ik me zo omdat Hardin zijn warme armen om me heen slaat, of omdat zijn gebruikelijke muntachtige geur zich vermengt met de aftershave die hij van Christian heeft geleend.

Wat het ook is, ik ben me bewust van het feit dat we de enige twee klanten in deze kleine werkplaats zijn. De genegenheid waarmee Hardin me opnieuw kust, verbaast me, maar deze keer is de druk van zijn lippen heviger en vindt zijn tong de mijne. Ik begraaf mijn handen in zijn haar en trek zachtjes aan de uiteinden, waardoor hij begint te kreunen en mijn middel steviger vastgrijpt. Hij trekt mijn lichaam tegen zich aan, met zijn mond nog steeds op die van mij, totdat het schrille geluid van het belletje klinkt. Ik deins terug en strijk van de zenuwen met mijn hand over mijn muts.

'En klaar,' meldt de monteur van een paar minuten eerder.

'Dat werd tijd,' zegt Hardin bot. Hij trekt zijn portemonnee uit zijn achterzak en kijkt me kwaad aan omdat ik hetzelfde wil doen.

103

∞

Hardin

'Hij zat niet naar me te kijken,' probeert ze me wijs te maken wanneer we eindelijk bij haar auto aankomen, die ik helemaal achter aan op de parkeerplaats van het restaurant heb moeten zetten.

'Hij zat te hijgen boven zijn lasagne. Je zag het kwijl aan zijn kin hangen.' Terwijl ik probeerde te genieten van onze veel te dure pasta met veel te veel saus, zat die vent de hele tijd naar Tessa te gluren.

Even wil ik erop doorgaan, maar dan besluit ik dat niet te doen. Ze heeft het niet eens gemerkt; ze had het zo druk met praten met mij dat de aandacht van die kerel haar helemaal is ontgaan. Haar lach is breed en eerlijk, het geduld waarmee ze luisterde naar mijn geërgerde opmerkingen over de wachttijd voor een tafeltje was bewonderenswaardig, en ze lijkt altijd een manier te vinden om me aan te raken. Een hand op die van mij, haar vingers die zacht mijn arm strelen, haar hand die mijn haar van mijn voorhoofd strijkt – ze raakt me voortdurend aan, en ik voel me verdomme net een klein kind met Kerstmis. Als ik tenminste zou weten hoe kinderen zich met Kerstmis voelen.

Ik zet de verwarming in de auto op de hoogste stand, zodat het snel warmer wordt. Haar neus en wangen zijn schattig rood, en ik moet me wel naar haar toe buigen om mijn koude hand tegen haar trillende lippen te drukken.

'Nou, dan is het jammer dat hij zo veel betaalt voor een bord vol kwijl, hè?' Ze giechelt, en ik buig me voorover om haar flauwe opmerking te smoren met een kus.

'Kom hier,' zeg ik kreunend. Ik pak haar bij de mouwen van haar paarse jas en trek haar op mijn schoot. Ze protesteert niet, integendeel; ze klautert over de middenconsole en nestelt zich op mijn schoot, zonder dat haar mond de mijne ook maar een moment verlaat. Ik laat bezitterig weten dat ze van mij is door haar lichaam zo dicht naar me toe trekken als in dit autootje mogelijk is. Ze hapt naar adem wanneer ik de stoel naar achteren kantel en ze boven op me komt te liggen.

'Mijn lijf is nog steeds niet helemaal hersteld,' zegt ze.

Ik maak me zachtjes van haar los. 'Ik wil je alleen maar zoenen,' zeg ik. Dat is waar. Ik zou geen nee zeggen tegen een potje vrijen in de auto, maar het was niet mijn plan.

'Ik wil het wel,' geeft ze verlegen toe. Ze wendt haar gezicht een beetje af.

'We kunnen naar huis gaan... Naar jouw kamer, bedoel ik...'

'Waarom niet hier?'

'Hallo? Tessa?' Ik beweeg mijn hand voor haar gezicht op en neer. Ze kijkt verwonderd naar me op. 'Heb je Tessa ergens gezien? Want deze hitsige, seksverslaafde vrouw die hier op mijn schoot heen en weer zit te schuiven is Tessa niet,' zeg ik plagend, en eindelijk snapt ze wat ik bedoel.

'Ik ben niet seksverslaafd.' Ze pruilt en steekt haar onderlip naar voren, en ik buig me naar voren en pak die tussen mijn tanden vast. Ze duwt haar heupen tegen de mijne en ik kijk snel naar de parkeerplaats om ons heen. De zon gaat al onder en het bewolkte weer laat het later lijken dan het in werkelijkheid is, maar de parkeerplaats staat bijna helemaal vol, en het laatste wat ik wil, is dat iemand ons betrapt bij neuken in het openbaar.

Ze maakt haar mond los van de mijne en beweegt haar lippen over mijn hals. 'Ik ben gestrest, ik heb je een tijdje niet gezien, en ik hou van je.' Ondanks de verzengende hitte die door de sleuven de auto in wordt geblazen voel ik een rilling over mijn rug lopen. Ze steekt haar hand tussen ons in en grijpt me door mijn jeans heen vast. 'Misschien ben ik inderdaad een tikje hitsig, maar dat komt omdat het bijna... die tijd van de maand is.' Ze fluistert die laatste woorden alsof het een schunnig geheim is.

'O, ik snap het al,' zeg ik lachend. In gedachten bedenk ik schuine grappen waarmee ik haar de hele week zal kunnen plagen, zoals ik altijd doe.

Ze kan mijn gedachten lezen. 'Hou je mond,' zegt ze streng, maar haar hand knijpt zachtjes in mijn pik en haar mond beweegt in mijn hals.

'Hou dan op voordat ik te snel klaarkom. Dat is me al te vaak overkomen sinds ik jou heb leren kennen.'

'Dat klopt.' Ze bijt in mijn vel. Mijn heupen verraden me door omhoog te komen, verlangend naar haar martelende aanraking.

'Kom, dan gaan we naar huis... Als iemand jou zo ziet, boven op mij midden op een parkeerplaats, dan moet ik diegene koud maken.'

Tessa kijkt even bedachtzaam om zich heen, en ik zie dat ze eindelijk beseft waar we eigenlijk zijn. 'Goed dan.' Ze trekt opnieuw een pruillip en gaat weer op haar eigen stoel zitten.

'Dat was vroeger wel anders.' Ik krimp ineen wanneer haar hand zich om me heen sluit en ze opnieuw een kneepje geeft.

Ze lacht heel lief, alsof ze niet net heeft geprobeerd me te ontmannen. 'Rijden, jij.'

'Ik rijd bij elk verkeerslicht door rood, zodat we nog sneller thuis zijn en ik je kan geven wat je nodig hebt,' zeg ik plagend.

Ze rolt met haar ogen en laat haar hoofd tegen het raampje rusten.

Tegen de tijd dat we bij het volgende rode verkeerslicht aankomen, is ze in een diepe slaap verzonken. Ik raak haar even aan om er zeker van te zijn dat ze het warm genoeg heeft. Er staan zo veel zweetdruppels op haar voorhoofd dat ik de verwarming meteen uitzet. Ik besluit met een omweg terug naar het huis van Vance te rijden omdat ik zo geniet van de geluidjes die ze in haar slaap maakt.

Ik schud haar zachtjes bij haar schouder om haar wakker te maken. 'Tessa, we zijn er.'

Haar ogen vliegen open. Ze knippert snel om te bepalen waar ze is. 'Is het al zo laat?' vraagt ze met een blik op het klokje op het dashboard.

'Het was druk onderweg,' zeg ik.

De waarheid luidt dat ik de halve stad door ben gereden, op zoek naar wat ze nu zo fascinerend aan deze plek vindt. Het was zinloos. Ik heb niks bijzonders gezien, maar dat komt misschien omdat het zo koud is. Of omdat er voortdurend files staan. Of omdat de brug die zo'n file veroorzaakt steeds openstaat. Het enige wat ik begreep, was het meisje dat naast me in de auto lag te slapen. Er zijn weliswaar honderden gebouwen die de skyline vormen en hem verlichten, maar zij is het enige wat deze stad de moeite waard maakt.

'Ik ben zo moe... Volgens mij heb ik veel te veel gegeten.' Ze lacht half en duwt me opzij wanneer ik aanbied om haar naar haar kamer te dragen.

Ze waggelt als een zombie door het huis van Vance, en zodra haar hoofd het kussen raakt, is ze weer onder zeil. Ik kleed haar voorzichtig uit en trekt het dekbed over haar halfnaakte lijf. Daarna leg ik mijn T-shirt naast haar hoofd, in de hoop dat ze het zal aantrekken zodra ze wakker wordt.

Ik kijk naar haar. Haar lippen wijken een klein stukje uiteen, en ze heeft haar armen om een van mijn armen geslagen alsof het een zacht kussen is, en geen harde arm. Dat kan niet echt lekker liggen, maar ze is diep in slaap en houdt me vast alsof ze bang is dat ik zal verdwijnen.

Ik denk dat ik, als ik het de rest van de week niet verkloot, voortaan elk weekend met dit soort momenten zal worden beloond, en dat is voorlopig genoeg. In elk geval totdat ze inziet dat ik werkelijk bereid ben om voor haar te veranderen.

'Hoe vaak blijf je me nog bellen?' blaf ik tegen degene aan de andere kant van de lijn. Mijn mobieltje heeft de hele nacht en ochtend liggen zoemen, en telkens verscheen de naam van mijn moeder op het scherm. Tessa wordt er voortdurend wakker van en maakt mij daardoor ook wakker. Ik had toch durven zweren dat ik het stomme ding op MUTE had gezet.

'Je had moeten opnemen! Ik heb je iets belangrijks te vertellen.' Haar stem klinkt zacht. Ik kan me niet herinneren wanneer ik haar voor het laatst heb gesproken.

'Nou, laat maar horen,' zeg ik kreunend. Ik buig me zonder nadenken opzij om de lamp aan te doen, maar het licht is te fel voor dit vroege uur, dus ik trek weer aan het touwtje en dompel de kamer opnieuw in duisternis.

'Het zit zo...' Ze haalt diep adem. 'Mike en ik gaan trouwen.' Ze slaakt een opgetogen kreetje en ik moet mijn mobieltje van me af houden om te voorkomen dat ik doof word.

'Goed...' zeg ik, in de verwachting dat er meer volgt.

'Ben je niet verbaasd?' vraagt ze, duidelijk teleurgesteld over mijn reactie.

'Hij heeft tegen me gezegd dat hij je wilde vragen en ik nam aan dat je ja zou zeggen. Dan kan ik toch niet verbaasd zijn?'

'Hij heeft het er met jou over gehad?'

'Ja.' Ik kijk naar de donkere, rechthoekige vormen van de foto's die aan de muur hangen.

'Nou, wat vind je ervan?'

'Doet dat er iets toe?' vraag ik.

'Ja, natuurlijk doet dat er iets toe, Hardin.' Mijn moeder slaakt een zucht en ik ga rechtop zitten. Tessa beweegt in haar slaap en steekt een hand naar me uit.

'Het maakt me niets uit. Ik was een beetje verbaasd, maar ik heb er verder niets mee te maken,' fluister ik. Ik haak mijn benen rond Tessa's gladde benen.

'Ik vraag je niet om toestemming. Ik wilde gewoon weten wat je ervan dacht. En het heeft te maken met waarom ik je al de hele morgen probeer te bellen.'

'Ik vind het prima. En waar heeft het mee te maken?'

'Zoals je weet, leek het Mike een goed idee om het huis te verkopen.'

'En?'

'Nou, we hebben het verkocht. De nieuwe eigenaren trekken er volgende maand in, na de bruiloft.'

'Jullie gaan zo snel al trouwen?' Ik wrijf met mijn vingers over mijn slapen. Ik wist dat ik zo vroeg niet had moeten opnemen.

'We wilden tot volgend jaar wachten, maar we worden er geen van beiden jonger op, en nu de zoon van Mike gaat studeren, is het eigenlijk wel een goed moment. Over een paar maanden is het weliswaar mooier weer, maar we wilden niet wachten. Je komt toch ook, hè? En je brengt Tessa mee?'

'Wanneer ga je nu trouwen, volgende maand? Of over twee weken?' Zo vroeg in de ochtend doen mijn hersens het verdomme nog niet.

'Over twee weken!' zegt ze opgetogen.

'Ik denk niet dat ik...' Mijn stem sterft weg. Het is niet zo dat ik niet wil deelnemen aan de feestelijkheden rond het verklaren van eeuwige trouw en dat soort gezeik, maar ik heb geen zin om helemaal naar Engeland te gaan, en ik weet dat Tessa op zo'n korte termijn niet eens mee zal gaan, zeker niet nu onze relatie zo onduidelijk is.

'Waarom niet? Ik wil het haar zelf wel vragen, maar...'

'Nee, dat doe je niet,' val ik haar in de rede, maar zodra ik besef hoe onaardig dat klinkt, voeg ik eraan toe: 'Ze heeft niet eens een paspoort.' Ik bedoel het als smoes, maar het is wel waar.

'Met een versnelde aanvraagprocedure kan ze dat binnen twee weken hebben.'

Ik slaak een zucht. 'Ik weet het niet, mam. Ik moet er even over nadenken. Het is verdomme zeven uur 's morgens.' Ik kerm, hang op en besef dan pas dat ik haar niet eens heb gefeliciteerd. Kut. Nou ja, daar heeft ze vast niet op gerekend.

Verderop in de keuken hoor ik iemand in de kastjes rommelen. Verdomme. Ik trek het dikke dekbed over mijn hoofd om de geluiden van de deurtjes en het irritante gepiep van de vaatwasser te dempen, maar de herrie houdt aan. De kakofonie is nog bezig wanneer ik desondanks toch in slaap val.

104

∞

Hardin

Het is even na achten, en ik kan door de woonkamer heen de keuken in kijken, waar Tessa helemaal aangekleed met Kimberly zit te ontbijten.

Kut, het is al maandag. Zij moet werken en ik moet terug naar huis en aan de studie. Ik mis de colleges van vandaag, maar dat kan me niet schelen. Ik studeer over twee maanden toch af.

'Maak je hem nog wakker?' vraagt Kimberly aan Tessa op het moment dat ik de keuken binnenloop.

'Ik ben al wakker,' zeg ik kermend, nog steeds duf van de slaap. Ik heb vannacht beter geslapen dan ik deze week tot nu toe heb gedaan. Tijdens mijn eerste nacht hier hebben we bijna geen oog dichtgedaan.

'Hoi.' Tessa's lach verlicht de hele kamer, en Kimberly is zo vriendelijk om van haar hoge kruk te glijden en ons alleen te laten. Dat is een nieuw record; doorgaans blijft ze langer hangen en haalt daarmee het bloed onder mijn nagels vandaan.

'Hoe lang ben je al wakker?' vraag ik aan Tessa.

'Twee uur. Christian zei dat ik een uurtje later op mijn werk mocht komen omdat jij nog niet wakker was.'

'Je had me eerder wakker moeten maken.' Mijn blik glijdt begerig over haar lijf. Ze draagt een donkerrode button-downblouse, ingestopt in een strak, zwart rokje tot op de knie. De stof sluit zo strak om haar heupen dat ik zin heb om haar over die kruk te leggen, haar rok tot boven haar slipje – wie weet is het van kant – omhoog te trekken en haar hier ter plekke te nemen.

'Wat?' Ze doet me opschrikken uit mijn gedachten.

De voordeur valt dicht. Ik ben blij dat we eindelijk alleen zijn in dit grote huis.

'Niets,' lieg ik. Ik loop naar de halfvolle koffiepot. 'Je zou denken dat die rijke stinkerds wel een espressomachine zouden hebben.'

Tessa moet lachen om mijn opmerking. 'Ik ben blij van niet. Ik heb een hekel aan die dingen.' Ze plant haar ellebogen op het keukeneiland en haar haar valt rond haar gezicht.

'Ik ook.' Ik kijk om me heen naar de ruime keuken en dan naar de borsten van Tessa. 'Hoe laat ga je weg?'

Ze slaat haar armen over elkaar en ontneemt me zo het zicht op haar boezem. 'Over twintig minuten.'

'Verdomme.' Ik slaak een zucht en we brengen allebei op hetzelfde moment onze mok naar onze lippen. 'Je had me wakker moeten maken. Bel Vance en zeg dat je vrij neemt.'

'Nee!' Ze blaast op de dampende koffie in haar mok.

'Ja.'

'Nee,' zegt ze op ferme toon. 'Ik ga mijn persoonlijke relatie met hem niet op die manier misbruiken.' Haar woordkeuze wekt een zekere ergernis bij me op.

'Je hebt geen "persoonlijke relatie" met hem. Je mag hier logeren omdat Kimberly een vriendin van je is, en dat komt weer doordat ik je ooit aan Vance heb voorgesteld,' breng ik haar in herinnering, me er goed van bewust dat ze het vreselijk vindt als ik dit soort dingen zeg.

Ze rolt op een dramatische manier met haar blauwgrijze ogen en wil langs me heen lopen, maar ik grijp haar bij haar elleboog om haar tegen te houden.

Ik trek haar tegen mijn borst en druk mijn lippen tegen haar keel. 'Waar denk jij dat je naartoe gaat?'

'Naar mijn kamer om mijn tas te pakken,' zegt ze, maar de manier waarop ze ademhaalt, is volledig in tegenspraak met haar koele toon en nog koelere blik.

'Zeg dat je meer tijd nodig hebt,' zeg ik nadrukkelijk. Mijn lippen raken amper de blozende huid onder aan haar hals. Ze doet net alsof mijn aanraking haar niets doet, maar ik weet wel beter. Ik ken haar lichaam beter dan zijzelf.

'Nee.' Ze doet niet eens echt een poging om zich los te maken; net genoeg om te kunnen zeggen dat ze het heeft geprobeerd. 'Ik wil geen misbruik van hem maken. Ze laten me hier al gratis logeren.'

Ik wil van geen wijken weten. 'Dan bel ik hem wel,' zeg ik. Hij heeft haar vandaag niet nodig op kantoor. Hij heeft al drie dagen per week de beschikking over haar. Ik heb haar harder nodig dan Vance Publishing.

'Hardin...' Ze pakt mijn hand vast voordat ik mijn mobieltje uit mijn zak heb kunnen pakken. 'Ik bel Kim wel.' Ze fronst even, en ik ben verbaasd en erg blij dat ze zo snel toegeeft.

105

∞

Tessa

'Kim. Hoi, met Tessa. Ik wil...'

'Blijf maar thuis,' valt ze me in de rede. 'Ik heb al tegen Christian gezegd dat je vandaag waarschijnlijk niet op kantoor komt.'

'Het spijt me dat ik het vraag. Ik...'

'Tessa, het geeft niet. We snappen het wel.' Ze klinkt zo oprecht dat ik moet glimlachen, ondanks de ergernis die Hardin bij me heeft opgewekt. Het is fijn om een vriendin te hebben, zeker omdat de pijn van Stephs verraad nog altijd zwaar op me drukt. Ik kijk mijn tijdelijke kamer rond en herinner mezelf eraan dat Steph op uren rijden van hier zit, dat ik niet meer op die campus woon, dat ik niet langer in de buurt hoef te zijn van de vrienden die ik tijdens mijn eerste semester heb gemaakt en die helemaal geen vrienden bleken te zijn. Dit is nu mijn leven. In Seattle hoor ik thuis, en ik hoef Steph nooit meer te zien.

'Heel erg bedankt,' zeg ik tegen haar.

'Je hoeft me niet te bedanken. Vergeet alleen niet dat er overal in huis camera's hangen.' Kimberly lacht. 'Maar dat zal je na het incident in de fitnessruimte nog wel weten.'

Mijn blik schiet naar Hardin, die de slaapkamer binnenloopt.

Zijn verwachtingsvolle grijns en de donkerblauwe jeans die laag op zijn heupen hangt, leiden me zo af van wat Kimberly zegt dat ik mijn best moet doen om me te herinneren wat ze een paar tellen geleden zei.

De fitnessruimte? O god. Mijn hart lijkt even stil te staan. Hardin komt naar me toe.

'Eh, ja,' mompel ik. Ik steek mijn hand op om Hardin duidelijk te maken dat hij niet dichterbij moet komen.

'Veel plezier.' Kimberly hangt op.

'Er hangen camera's in de fitnessruimte! Ze hebben ons gezien!' roep ik in paniek.

Hardin haalt achteloos zijn schouders op. 'Ze hebben ze uitgezet voordat er echt iets te zien was.'

'Hardin! Ze weten dat we... Je weet wel, in hun fitnessruimte!' Ik wapper met mijn handen. 'Ik schaam me dood!' Ik sla mijn handen voor mijn gezicht, maar Hardin trekt ze snel weg.

'Ze hebben niets gezien. Ik heb het er al met hen over gehad. Rustig aan! Je kent me toch? Ik zou helemaal gek worden als een andere man jou zo zou zien.'

Ik ontspan me een beetje. Hij heeft gelijk, maar toch voel ik me ontzettend opgelaten. Ze hebben weliswaar de camera uitgezet, maar ze weten heel goed wat we hebben gedaan.

Maar wacht even, ze kunnen wel zeggen dat ze die hebben uitgezet, maar wie weet hebben ze alleen maar de andere kant opgekeken en is alles toch gewoon opgenomen. Dat gaat tegenwoordig immers allemaal digitaal...

'Die beelden... Die hebben ze toch niet opgeslagen?' Ik moet het wel vragen. Mijn vingers strijken over het kruisje dat op Hardins hand is getatoeëerd.

Hardin slaat zijn ogen neer en kijkt me verdedigend aan. 'Hoe bedoel je?'

Ik moet denken aan Hardins... oude hobby's. 'Zo bedoelde ik het niet,' zeg ik snel. Misschien iets te snel.

'Zeker weten?' vraagt hij. Ik zie dat zijn trekken verharden en dat er een schuldige blik in zijn ogen verschijnt. 'Ik bedoel, hoe kun je weten waar ik me druk over maak als je je er niet eerst zelf druk over hebt gemaakt?'

'Niet doen,' zeg ik nadrukkelijk. Ik maak de afstand tussen ons kleiner.

'Wat moet ik niet doen?' vraagt hij.

Op dit moment kan ik zijn gedachten lezen en zie ik dat hij opnieuw die vreselijke dingen beleeft die hij heeft gedaan. 'Niet doen. Je moet er niet aan denken.'

'Daar kan ik niets aan doen.' Hij strijkt langzaam en tegelijkertijd gespannen met zijn hand over zijn gezicht. 'Dacht je dat echt? Dat ik van die opnamen wist, en dat ik hem ernaar liet kijken?'

'Wat? Nee! Dat zou ik nooit denken,' zeg ik eerlijk. 'Ik dacht alleen maar aan wat... aan wat er eerder is gebeurd. Het deed me er gewoon aan denken, maar ik weet dat je mij dat nooit zou aandoen.' Ik sluit mijn vingers om de versleten hals van zijn zwarte T-shirt. 'Ik weet dat je nooit een opname van mij aan anderen zou laten zien.' Ik kijk hem recht in zijn ogen en wil dolgraag dat hij me gelooft.

'Als iemand jou dat ooit zou aandoen...' Hij zwijgt een tijd en haalt dan diep adem. 'Ik weet niet wat ik dan zou doen. Ook niet als het Vance was,' geeft hij op grimmige toon toe.

Ik heb hem in het afgelopen half jaar zo goed leren kennen dat ik weet dat hij kookt van woede. Ik ga op mijn tenen staan, zodat ik hem recht in zijn ogen kan kijken. 'Dat gebeurt niet.'

'Maar er is al iets ergs gebeurd, vorige week, met Steph en Dan.' Er trekt een rilling door hem heen.

Ik zoek wanhopig naar de juiste woorden die hem uit zijn duistere gedachten weg moeten trekken. 'Er is niets gebeurd.' Het is ironisch dat ik nu degene ben die hem geruststelt terwijl ik het slachtoffer van de verschrikkingen was. Zo is onze relatie nu eenmaal, en Hardin moet zichzelf geen verwijten maken voor dingen waaraan hij niets kan doen, zoals wat zijn moeder of mij is overkomen.

'Als hij je had...'

Die woorden roepen flarden van vage herinneringen aan die avond op, herinneringen aan Dans vingers die over mijn dij glijden, aan Steph die aan mijn jurk trekt.

'Ik wil het niet hebben over wat er had kunnen gebeuren.' Ik leun tegen hem aan en voel dat hij zijn armen om mijn middel slaat. Hij houdt me tegen zich aan, me beschermend tegen de slechte herinneringen en niet-bestaande dreigementen.

'We hebben het er amper over gehad.' Hij trekt een ontstemd gezicht.

'Dat wil ik niet. We hebben er bij mijn moeder thuis lang genoeg over gesproken, en ik heb er geen zin in om dat op mijn onverwachte vrije dag weer te doen.' Ik toon hem mijn breedste glimlach en probeer de stemming luchtiger te maken.

'Ik zou het nooit kunnen verdragen als iemand je pijn zou doen. Ik vind het zo'n vreselijk idee dat hij zich aan je wilde vergrijpen. Daar krijg ik moordneigingen van, zo'n rood waas voor mijn ogen. Daar kan ik niet mee omgaan.' Hardins kwade uitdrukking wordt niet zachter, maar juist indringender. Hij kijkt me met een fonkelende blik in zijn groene ogen aan, en zijn ruwe vingers klemmen zich strakker rond mijn heupen.

'Laten we het er dan niet meer over hebben. Ik wil dat je het probeert te vergeten. Dat doe ik ook.' Ik strijk met mijn vingers over zijn rug en smeek hem voorzichtig om alles uit zijn gedachten te bannen. We hebben er geen van beiden iets aan als we hierover blijven piekeren. Het was vreselijk, het was walgelijk, maar ik laat mijn leven er niet door beheersen. 'Ik hou van je. Ik hou zo ontzettend veel van je.'

Zijn mond vangt de mijne, en ik klem mijn vingers rond zijn armen, zodat ik hem naar me toe kan trekken.

Tussen mijn zuchten door zeg ik: 'Concentreer je op mij, Hardin, alleen op mij...'

Ik word onderbroken omdat zijn mond opnieuw op de mijne drukt en me in bezit neemt, waardoor hij me laat voelen dat het alleen om mij gaat, en om hem. Zijn harde tong baant zich een weg tussen mijn lippen door en masseert de mijne. Hardins vingertoppen dringen nog dieper in mijn heupen, en ik kerm wanneer zijn handen van mijn buik naar mijn borst gaan. Zijn handen sluiten zich om mijn borsten, en ik druk me steviger tegen hem aan, zodat mijn borsten zijn handen vullen.

'Laat me zien dat er niemand anders is,' fluistert hij in mijn mond.

Ik weet precies wat hij wil, wat hij nodig heeft, en ik laat me voor hem op mijn knieën vallen. Snel maak ik de knoop van zijn jeans los, maar de rits blijkt lastiger. Heel even overweeg ik de metalen tandjes uit elkaar te trekken en zijn broek kapot te maken, maar hij ziet er zo goed uit in deze strakke blauwe jeans dat ik dat niet over mijn hart kan verkrijgen. Mijn vingertoppen glijden langzaam over het zachte dons tussen zijn navel en de tailleband van zijn boxer.

Hij kreunt ongeduldig. 'Plaag me niet,' smeekt hij. 'Toe.'

Ik knik even en trek zijn boxershort naar beneden, die rond zijn kuiten boven op zijn jeans blijft rusten. Hardin kreunt nogmaals, maar deze keer harder, dierlijker. Ik neem hem in mijn mond. De langzame, kietelende bewegingen van mijn tong vertellen hem wat ik wil zeggen en welke gedachten ik in zijn achterdochtige geest wil prenten: dat deze daden van genot heel iets anders zijn dan waartoe zij me probeerden te dwingen.

Ik hou van hem. Ik weet dat dit misschien niet de gezondste manier is om met zijn woede om te gaan, maar mijn verlangen naar hem is nu sterker dan mijn morele kompas, dat op dit moment zelfvoldaan met een zelfhulpboek voor mijn neus staat te zwaaien.

'Ik vind het zo opwindend dat ik de enige man ben die je ooit in je mond hebt gehad,' zegt hij kermend, terwijl ik mijn hand gebruik voor wat mijn mond niet kan doen. 'Die lippen hebben alleen mij geproefd.' Een snelle beweging van zijn heupen laat me bijna kokhalzen, maar hij steekt zijn hand uit om met zijn duim mijn voorhoofd te strelen. 'Kijk me aan,' beveelt hij.

En ik gehoorzaam maar al te graag. Ik vind dit net zo lekker als hij. Dat is altijd al zo geweest. Ik vind het zo fijn om te zien dat zijn oogleden bij een beweging van mijn tong trillend dichtvallen. Ik vind het heerlijk dat hij kreunt en kermt wanneer ik harder zuig.

'Jezus, je weet precies wat...' Hij legt zijn hoofd in zijn nek en ik voel dat de spieren in zijn benen zich spannen onder mijn hand, die hem heeft vastgegrepen om te voorkomen dat ik mijn evenwicht verlies. 'Ik ben de enige man voor wie je ooit op je knieën zult gaan...'

Ik knijp mijn dijen tegen elkaar om iets van de spanning te verminderen die zijn grove woorden bij me oproepen. Hardin leunt met een hand tegen de muur wanneer mijn mond hem dichter naar zijn hoogtepunt brengt. Ik blijf hem aankijken en weet dat hij er helemaal van gek van wordt wanneer hij mij dit ziet doen. Zijn andere hand gaat van de bovenkant van mijn hoofd naar mijn mond, en hij strijkt met zijn duim over mijn bovenlip. Hij beweegt steeds sneller in en uit mijn mond.

'God, Tess.' Zijn lichaam verstijft. Nu hij bijna zover is, zegt hij hoe lekker dit voelt, hoeveel hij van me houdt. Ik neem hem helemaal in me op en kreun wanneer hij mijn mond vult en ik zijn warmte op mijn tong voel. Ik blijf zuigen en neem elke druppel van zijn ontlading op. Hij blijft zachtjes met zijn duim over mijn wang strijken.

Ik leun tegen hem aan, genietend van zijn tederheid, en hij helpt me voorzichtig overeind. Zodra ik naast hem sta, neemt hij me in zijn armen met een intiem gebaar dat me bijna te veel wordt.

'Het spijt me dat ik erover begon,' fluistert hij in mijn haar.

'Stil,' fluister ik terug. Ik wil niet meer denken aan dat sombere gesprek van een paar minuten geleden.

'Ga op je buik op het bed liggen,' zegt Hardin, en het duurt een paar tellen voordat zijn woorden tot me doordringen. Hij geeft me niet eens de kans om te antwoorden, maar duwt me zachtjes op de rand van de matras en grijpt me dan bij mijn dijen. Hij schuift mijn rok tot over mijn billen omhoog.

Ik verlang zo naar hem dat het bijna pijn doet. Het is een pijn die alleen hij kan verzachten. Ik wil mijn schoenen uitschoppen, maar hij drukt zijn hand tegen mijn rug.

'Nee, laat die aan,' zegt hij grommend.

Ik kreun wanneer mijn slipje opzij wordt getrokken en hij een vinger in me laat glijden. Hij komt dichterbij. Zijn benen raken net niet de mijne en zijn pik strijkt zacht en plagend langs de achterkant van mijn dijen.

'Zo zacht, schatje. Zo warm.' Hij steekt nog een vinger in me, en ik kreun. Ik laat mijn hele gewicht op mijn ellebogen op de matras rusten en ik krom mijn rug wanneer hij een ritme vindt en dieper in me dringt. Zijn lange vingers bewegen in en uit.

'Je klinkt zo geil, Tess,' zegt hij verlekkerd. Hij laat de ruimte tussen onze lichamen verdwijnen, zodat ik zijn harde pik tegen me aan voel drukken.

'Hardin, toe.' Ik kreun. Ik heb hem nodig, nu. Binnen een paar tellen vult hij me zoals alleen hij dat kan, zoals alleen hij dat ooit zal doen. Ik verlang hevig naar hem, maar dat is niets vergeleken bij de overweldigende, verzengende liefde die ik voor hem voel, die ervoor zorgt dat ik niet langer helder kan denken en die ik, zo weet ik diep in mijn hart – diep in dat deel van me dat alleen hij en ik kennen – nooit voor iemand anders dan hem zal voelen.

Later liggen we in bed en zegt Hardin op zeurderige toon: 'Ik heb geen zin om weg te gaan,' en drukt hij met een erg onkarakteristiek gebaar zijn hoofd tegen mijn schouder. Hij slaat zijn armen en benen om me heen. Zijn dikke haar prikt tegen mijn huid. Ik probeer het met mijn hand te temmen, maar er is gewoon te veel van.

'Ik moet naar de kapper,' zegt hij, alsof hij mijn gedachten kan lezen.

'Ik vind het leuk zitten.' Zachtjes trek ik aan de vochtige lokken.

'Je zou het nooit zeggen als je dat niet vond,' zegt hij, me uit mijn tent lokkend. Hij heeft gelijk, maar dat komt alleen maar omdat ik me geen kapsel kan voorstellen dat hem niet goed zou staan. Toch vind ik zijn haar op deze lengte geweldig.

'Je telefoon gaat weer,' merk ik op.

Hij heft zijn hoofd op en kijkt me met een boze blik aan.

'Misschien is er wel iets met mijn vader. Ik doe heel erg mijn best om nu niet in de stress te schieten en ik wil je heel graag vertrouwen, dus neem alsjeblieft op,' flap ik eruit.

'Als er iets met je vader is, kan Landon dat ook oplossen, Tessa.'

'Hardin, weet je wel hoe moeilijk het voor me is om...'

'Tessa,' zegt hij om me het zwijgen op te leggen, maar hij staat toch op om zijn trillende toestel van het bureau te pakken.

'Kijk dan, het is mijn moeder.' Hij houdt zijn mobieltje omhoog, zodat ik TRISH op het scherm zie staan. Ik zou graag willen dat hij naar me luistert en haar als MAM opslaat, maar dat wil hij niet.

'Neem op! Misschien is het wel een noodgeval.' Ik stap uit bed en probeer de telefoon uit zijn handen te trekken.

'Welnee, ze valt me al de hele ochtend lastig.' Hardin houdt het toestel heel kinderachtig hoog boven zijn hoofd.

'Waarom?' Ik zie dat hij zijn mobieltje uitzet.

'Niks belangrijks. Je weet hoe irritant ze kan doen.'

'Ze is niet irritant,' verdedig ik Trish. Ze is erg lief en ik vind dat ze een geweldig gevoel voor humor heeft. Iets waarvan haar zoon wel wat meer kan gebruiken.

'Je bent al net zo irritant als zij. Ik wist wel dat je dat zou zeggen.' Hij lacht. Zijn lange vingers strijken mijn haar weg achter mijn oren.

Ik kijk hem zogenaamd kwaad aan. 'Je bent vandaag wel erg charmant. Afgezien van zo-even, toen je me irritant noemde.' Ik klaag niet, maar gezien ons verleden ben ik bang dat zijn gedrag na dit heerlijke weekend zal omslaan.

'Heb je liever dat ik een rotzak ben?' Hij trekt een wenkbrauw op.

Ik glimlach, genietend van zijn speelse gedrag, hoe kort dat ook duurt.

106

∞

Hardin

Alsof die lange rit door de ijskoude regen nog niet erg genoeg was, word ik bij thuiskomst getrakteerd op de aanblik van Tessa's vader die in mijn kleren uitgestrekt op de bank ligt. Mijn katoenen pyjamabroek en T-shirt zitten hem veel te strak. Ik voel de bagel die Tessa me vanmorgen heeft voorgeschoteld door mijn slokdarm omhoogkomen, klaar om op de betonnen vloer te worden uitgebraakt.

'Hoe is het met Tessie?' vraagt Richard me zodra ik binnenkom.

'Waarom heb je weer mijn kleren aan?' vraag ik geërgerd. Ik verwacht niet echt een antwoord, maar weet wel dat ik het zal krijgen.

'Ik heb maar één shirt, dat wat jij me hebt gegeven, en ik krijg die stank er niet uit.' Hij staat op.

'Waar is Landon?'

'In de keuken.' De stem van mijn stiefbroer draagt zo ver dat ik hem hier in de woonkamer kan horen. Even later komt hij binnen, met een theedoek in zijn handen. Druppels schuim vallen om hem heen op de vloer. Ik kijk hem streng aan omdat hij Richard niet heeft opgedragen de afwas te doen.

'Hoe is het met haar?' vraagt hij.

'Goed. Jeetje, voor het geval iemand het zich afvraagt: met mij gaat het ook goed,' zeg ik verongelijkt.

De woning is veel schoner dan voor mijn vertrek. De stapels afgekeurde manuscripten die ik weg wilde gooien, zijn verdwenen; hetzelfde geldt voor de toren van lege waterflesjes die ik op de salontafel had gebouwd, en zelfs de stofvlokken die ik voor mijn ogen zag groeien, vullen niet langer de hoeken van het tv-kastje.

'Wat is hier in vredesnaam gebeurd?' vraag ik aan die twee. Mijn geduld raakt nu al op, en ik ben nog maar een paar minuten thuis.

'Hoe bedoel je? Je wilt weten waarom we met schoonmaken...' begint Landon, maar ik val hem in de rede: 'Waar zijn mijn spullen?' Ik loop door de kamer heen en weer. 'Heb ik gezegd dat jullie aan mijn spullen mochten komen?' Ik knijp in de brug van mijn neus en haal diep adem om mijn plotseling opwellende woede te kunnen beheersen. Waarom maken ze verdomme schoon zonder eerst met mij te overleggen?

Ik kijk van de een naar de ander en been dan naar de slaapkamer.

'Nou, die heeft een slechte bui,' hoor ik Richard opmerken wanneer ik bij de deur aankom.

'Moet je niet op letten... Hij mist haar, meer niet,' zegt Landon snel.

Ik smijt de deur zo hard als ik kan achter me dicht, als alternatief voor een opgestoken middelvinger.

Landon heeft gelijk. Dat weet ik. Dat voelde ik toen ik die rotstad verliet en van haar wegreed. Naarmate de afstand tussen ons groeide, voelde ik al mijn spieren en pezen verder verstijven. Bij elke kilometer werd het gapende gat in me groter. Een gat dat alleen zij kan vullen.

Ik wist mijn woede nog enigszins te kanaliseren door iedere klootzak die ik onderweg tegenkwam de huid vol te schelden, maar ik weet dat het effect tijdelijk is. Ik had een paar uur langer in Seattle moeten blijven, ik had haar over moeten halen om een week vrij te nemen en met mij mee naar huis te gaan. Eigenlijk had ik haar geen keuze moeten geven, zeker niet als je bedenkt hoe ze was gekleed.

Hoe verder ik in mijn eigen gedachten verstrikt raak, hoe duidelijker ik haar halfnaakte lijf voor me zie. Ze zag er zo sexy uit, met dat rokje tot aan haar middel omhooggeschoven. Terwijl ik me keer op keer in haar begroef, beloofde ze me dat ze mij tijdens de lange week die voor ons ligt niet zal vergeten en zei ze dat ze van me hield.

Hoe meer ik denk aan de manier waarop ze me zoende, telkens weer, hoe onrustiger ik word.

Mijn verlangen naar haar is sterker dan ooit. Het is een mengeling van lust en liefde – of nee, mijn behoefte gaat dieper dan lust. Het is ongelooflijk; de verbondenheid die ik tijdens het vrijen voel, de geluidjes die ze maakt, de wetenschap dat ik de enige man ben die haar ooit dat gevoel heeft gegeven. Ik hou verdomme van haar en zij houdt van mij, punt uit.

'Hoi,' zeg ik. Ik heb haar aan de lijn voordat ik zelfs maar besefte dat ik haar nummer koos.

'Hoi. Is er iets?' vraagt ze.

'Nee.' Ik kijk om me heen. Ook hier is opgeruimd. 'Ja.'

'Wat is er? Ben je al thuis?'

Nee, dit is mijn thuis niet. Jij bent er niet. 'Ja, en Landon en die pa van je werken me ontzettend op mijn zenuwen.'

Ze grinnikt. 'Je bent nog maar, wat is het, tien minuten thuis. Wat hebben ze nu weer gedaan?'

'Het hele huis schoongemaakt en al mijn spullen ergens anders neergelegd. Ik kan niets vinden.' Ik wilde dat er een vuil shirt op de vloer lag dat ik een schop kon geven.

'Wat zoek je dan?' vraagt ze, maar ik hoor nog een stem op de achtergrond.

Het kost me al mijn zelfbeheersing om niet te vragen wie dat is. 'Niets,' geef ik toe. 'Maar als ik iets zou willen vinden, zou het me niet lukken.'

Ze lacht. 'Dus je bent kwaad omdat ze hebben schoongemaakt en je niets kunt vinden waar je niet eens naar zoekt?'

'Ja,' zeg ik met een lach. Ik ben gewoon een groot kind, en dat weet ik. Dat weet ze ook, maar in plaats van me streng toe te spreken begint ze te giechelen.

'Je kunt maar beter even naar de sportschool gaan.'

'Ik kan beter terug naar Seattle rijden om jou eens een lekkere beurt te geven. Opnieuw,' kaats ik terug. Wanneer ze naar adem hapt, voel ik dat geluid binnen in me, waardoor mijn verlangen naar haar alleen maar heviger wordt.

'Eh, ja,' fluistert ze.

'Wie is er bij je?' Langer dan veertig seconden kon ik me niet inhouden. Toch een vooruitgang.

'Trevor en Kim,' antwoordt ze langzaam.

'Dat meen je niet.' Die klote-Trevor is altijd bij haar in de buurt. Hij begint lastiger te worden dan Zed, en dat wil godverdomme wat zeggen.

'Hardin...'

Ik merk dat ze zich niet op haar gemak voelt maar er in hun bijzijn niets over wil zeggen. 'The-re-sa.'

'Ik ga even naar mijn kamer,' zegt ze beleefd tegen de anderen.

Ik luister naar haar ademhaling en merk dat ik steeds ongeduldiger word. 'Wat moet Trevor verdomme bij jou thuis?' Ik klink gestoorder dan mijn bedoeling is.

'Dit is niet míjn huis,' brengt ze me in herinnering.

'Ja, nou, je logeert er wel, en...'

Ze onderbreekt me. 'Je kunt maar beter naar de sportschool gaan. Je bent duidelijk nogal opgefokt.' Ik hoor de bezorgdheid in haar stem, en de stilte die volgt, bewijst dat ze dat inderdaad is. 'Toe, Hardin.'

Tegen haar kan ik geen nee zeggen. 'Ik bel je wel als ik terug ben,' zeg ik, en ik hang op.

Ik kan niet ontkennen dat ik Trevors irritante ideale-schoonzoonsmoelwerk voor me zie wanneer ik twee uur lang tegen de zwarte boksbal schop, sla, schop en sla. Maar ik kan evenmin zeggen dat het helpt. Niet echt. Ik ben nog altijd... opgefokt. Ik weet niet eens waaraan ik me zo erger, afgezien van het feit dat Tessa niet hier is en ik niet daar ben.

Godskolere, dit wordt een lange week.

Terug in mijn auto zie ik dat Tessa me een berichtje heeft gestuurd. Ik had niet gedacht dat ik zo lang zou sporten, maar ik had het blijkbaar nodig.

IK PROBEER WAKKER TE BLIJVEN MAAR BEN UITGEPUT ;-) schrijft ze. Ik ben blij dat het buiten inmiddels donker is, zodat niemand de stompzinnige grijns hoeft te zien die haar flauwe opmerking bij me opwekt. Ze is zo schattig, en ze doet niet eens haar best.

Ik negeer bijna een berichtje van Landon die me eraan herinnert dat ik nog boodschappen moet doen. Ik heb geen boodschappen meer voor mezelf gedaan sinds... Al een eeuwigheid niet meer. Toen ik nog in het dispuutshuis woonde, at ik gewoon wat anderen toevallig hadden gekocht. Maar Tessa zal het niet goed vinden als ik niet fatsoenlijk voor mezelf zorg, en Landon is zo iemand die niet aarzelt om te klikken...

Ik merk dat ik voor de boodschappen naar Target rijd in plaats van naar Conner's. Blijkbaar heeft Tessa ook vanaf een afstand invloed op me. Ze komt net zo vaak bij Conner's als bij Target, ook al kan ze urenlang bezig zijn om mij uit te leggen waarom Target zo veel beter is dan al die andere winkels. Dat doet ze zelfs als we nota bene in Conner's staan. Het is bloedirritant, maar ik heb geleerd om op de juiste momenten te knikken, zodat ze denkt dat ik luister en het met haar eens ben.

Net wanneer ik een doos Frosted Flakes in een boodschappenkarretje gooi, zie ik een bos rood haar aan het einde van het gangpad. Nog voordat ze zich omdraait, weet ik dat het Steph is. Die hoerige lieslaarzen met de rode veters verraden haar van ver.

Snel neem ik de mogelijkheden door. Een: ik loop naar haar toe en maak haar duidelijk dat ze een achterlijke...

Ze draait zich naar me om voordat ik over de tweede mogelijkheid kan nadenken, die waarschijnlijk mijn voorkeur had gehad.

'Hardin! Wacht!' hoor ik Steph luid roepen wanneer ik me op mijn hakken omdraai en het karretje midden in het gangpad laat staan. Ik heb zo-even weliswaar als een bezetene gesport, maar ik kan me tegenover haar niet inhouden. Echt niet.

Ik hoor het zware bonzen van haar laarzen op de gladde vloer en weet dat ze me achtervolgt, hoewel ik toch duidelijk heb gemaakt dat ik niks van haar wil weten.

'Wacht nou!' roept ze. Ze loopt zo dicht achter me dat ze tegen me aan botst en valt wanneer ik stil blijft staan.

Ik draai me om en kijk haar kwaad aan. 'Wat moet jij verdomme van me?'

Snel krabbelt ze overeind. Ik zie dat de stoffige vloer sporen heeft achtergelaten op haar zwarte jurkje.

'Ik dacht dat je in Seattle zat.'

'Ja, maar nu even niet,' lieg ik. Ik weet niet eens waarom ik die indruk probeer te wekken, maar het is nu te laat om mijn woorden terug te nemen.

'Ik weet dat je de pest aan me hebt,' begint ze.

'Dat is de eerste slimme conclusie die je in tijden hebt getrokken,' bijt ik haar toe, en dan kijk ik haar eens goed aan. Je kunt haar groene ogen bijna niet zien door al die dikke zwarte lijnen eromheen. Ze ziet er verschrikkelijk uit.

'Ik heb geen zin in jouw gezeik,' zeg ik waarschuwend.

'Dat heb je nooit.' Ze glimlacht.

Ik bal mijn vuisten naast mijn zijden. 'Ik heb je helemaal niks te zeggen, en je weet hoe ik ben als ik niet wil worden lastiggevallen.'

'Bedreig je me nu? Echt?' Ze steekt haar armen omhoog en laat ze dan weer zakken. Ik zeg niets, maar beelden van een bijna bewusteloze Tessa dringen mijn gedachten binnen. Ik moet hier weg, weg van Steph. Ik zou haar nooit iets aandoen, maar ik kan dingen tegen haar zeggen die pijnlijker zijn dan zij zich kan voorstellen. Het is een van mijn vele talenten.

'Ze is niet goed voor je.' Steph heeft echt het lef om dat te zeggen.

Ik moet wel lachen omdat die trut zo zeker van haar zaak klinkt. 'Je bent toch niet zo stom dat je dit gesprek echt wilt voeren?'

Wat Steph ook is, aan zelfvertrouwen heeft het haar nooit ontbroken. Ze is zo vol van zichzelf. 'Je weet dat ik gelijk heb. Je hebt niet genoeg aan haar, en jij zult nooit genoeg voor haar zijn.' De warmte in me verandert in kokende woede wanneer ze vervolgt: 'Je gaat je vroeg of laat ergeren aan dat preutse gedrag, en dat weet je zelf ook wel. Waarschijnlijk ben je het nu al zat.'

'Preuts?' Ik laat een blaffende lach horen. Ze kent duidelijk niet de Tessa die zich voor de spiegel laat neuken of mijn vingers berijdt totdat ze mijn naam schreeuwt.

Steph knikt. 'En vroeg of laat heeft zij genoeg van haar "foute jongen"-periode en dan trouwt ze met een of andere bankier of zo. Je bent toch niet zo stom dat je denkt jullie een toekomst hebben? Je weet hoe ze met Noah was, die slappe lul met zijn vesten. Ze waren het schoolvoorbeeld van mensen die voor elkaar bestemd waren, en dat weet je. Daar kun je niet tegenop.'

'Ja, en? Wil je hier nu mee zeggen dat jij en ik een betere combinatie zijn?' Mijn stem klinkt veel minder streng dan mijn bedoeling was. Ze weet feilloos mijn grootste onzekerheden te vinden, en ik moet mijn best doen om niet te bezwijken.

Ze rolt met die wasberenogen van haar. 'Nee, natuurlijk niet. Ik weet dat je mij niet wilt, dat is altijd zo geweest. Maar ik geef wel om je. Ik weet dat je me niet wílt geloven, ik weet dat je me het liefste de nek om wilt draaien omdat ik je heilige maagd erin probeerde te luizen, maar diep in dat donkere hart van je weet je dat ik gelijk heb.'

Ik bijt op de binnenkant van mijn wang nu ik de bijnaam hoor die mijn zogenaamde vrienden al heel snel voor Tessa hadden bedacht.

'Diep in je hart weet je dat het niet gaat werken. Ze is te chic voor je. Jij zit onder de tattoos, en vroeg of laat heeft ze er genoeg van dat ze zich altijd maar opgelaten voelt als mensen jullie samen zien.'

'Ze voelt zich niet opgelaten als mensen ons samen zien.' Ik doe een stap in de richting van het roodharige takkewijf.

'Jawel, en dat weet je. Dat heeft ze zelfs tegen mij gezegd toen jullie pas met elkaar gingen. Ik weet zeker dat dat nog zo is.' Ze glimlacht. Haar neusring fonkelt onder de lampen, en ik krimp ineen bij de herinnering aan haar handen die me aanraken en me laten klaarkomen.

Ik slik de gal weg en zeg: 'Je probeert me gek te maken, want dat is het enige wat je kunt, maar ik trap er niet in.' Ik duw haar opzij.

Ze laat een kraaiend lachje horen. 'Als jij goed genoeg voor haar bent, waarom ging ze dan zo veel met Zed om? Je weet wat iedereen daarover zei.'

Ik blijf als aan de grond genageld staan. Ik weet nog dat Tessa thuiskwam van die lunch met Steph. Ze was die dag zo overstuur omdat

Steph Molly had meegebracht en die meiden beweerden dat er werd gezegd dat ze met Zed had geneukt. Ik was toen zo kwaad geworden dat ik Molly belde om te zeggen dat ze Tessa en mij verdomme niet uit elkaar moest drijven. Steph heeft de boodschap duidelijk niet begrepen, hoewel zij degene was over wie ik me al die tijd zorgen had moeten maken.

'Jij hebt die roddels verzonnen,' zeg ik beschuldigend.

'Nee... dat heeft de huisgenoot van Zed gedaan. Die hoorde dat ze Zeds naam kreunde en dat ze zo hard tekeergingen dat het bed tegen de muur bonkte. Hij kon er niet van slapen. Irritant, hè?' Stephs gemene lachje berooft me bijna van mijn allerlaatste restje zelfbeheersing. En daar had ik al zo weinig van sinds ik Tessa in Seattle heb achtergelaten.

Ik moet nu weglopen, denk ik. Ik moet nu weglopen.

'Zed zei wel dat ze lekker strak is, en blijkbaar doet ze iets... Ik weet het niet, iets met haar heupen of zo. O, en die sproet... Je weet wel welke ik bedoel.' Ze tikt met haar zwarte nagels tegen haar kin.

Ik kan er niet meer tegen.

'Hou je kop!' Ik druk mijn handen tegen mijn oren. 'Hou godverdomme je harses!' schreeuw ik door het gangpad.

Steph deinst terug, maar de grijns verdwijnt niet van haar gezicht. 'Je moet zelf maar weten of je het gelooft.' Ze haalt haar schouders op. 'Het maakt mij niet uit, maar je weet dat het zonde van je tijd is. Zij is zonde van je tijd.'

Ze lacht spottend, en op dat moment raken mijn vuisten het metalen rek.

107

∞

Hardin

In een waas zie ik de dozen uit de rekken vallen en op de vloer belanden. Ik sla opnieuw tegen het metaal en zie een grote rode vlek verschijnen. De adrenaline schiet door mijn lijf, de huid op mijn knokkels barst open en ik voel de inmiddels bekende stekende pijn. Het is bijna geruststellend dat ik mijn woede nog steeds durf te uiten op de manier waaraan ik vroeger de voorkeur gaf. Ik hoef me niet in te houden. Ik hoef niet lang na te denken over wat ik doe. Ik kan me overgeven aan mijn woede, ik kan die vrijlaten en me erdoor mee laten trekken.

'Wat ben jij aan het doen? Kan er iemand komen helpen!' roept een vrouw.

Ik hef met een ruk mijn hoofd op en kijk haar kant op. Ze doet een stap naar achteren, naar de open ruimte aan het einde van het gangpad, en ik zie dat een klein blond meisje zich aan haar rok vastklampt. De blik in de opengesperde ogen van de vrouw is vervuld van angst en waakzaamheid.

Het meisje kijkt me met haar helderblauwe ogen aan. Ik kan niet wegkijken. Bij elke kwade zucht die mijn lijf verlaat, verdwijnt er iets van de onschuld in haar blik. Ik kijk de andere kant op, naar de bende die ik heb gemaakt. Binnen een tel maakt mijn woede plaats voor teleurstelling, en ik besef dat ik hier midden in Target de boel sta te slopen. Als de politie aankomt voordat ik de benen heb kunnen nemen, ben ik zwaar de lul.

Na een laatste blik op het meisje in haar enkellange jurk en glanzende schoenen ren ik door het gangpad naar de voorkant van de winkel. Ik ren van het ene pad naar het andere om de chaos om me heen te vermijden en zo veel mogelijk uit het zicht te blijven.

Ik kan niet helder denken. Er is geen enkele gedachte die logisch is.

Tessa heeft niet met Zed geneukt.

Dat is niet zo.

Dat kan niet.

Als dat zo was, zou ik het weten. Dan had iemand het me verteld.

Dan had zíj het me verteld. Ze is de enige die nooit tegen me zou liegen, dat weet ik.

Ik ren naar buiten en voel de meedogenloze winterse kou op mijn huid. Mijn blik hecht zich vast aan mijn auto, die achter op de parkeerplaats staat, godzijdank aan het oog onttrokken door de duisternis van de avond.

'Kut!' roep ik zodra ik naast mijn auto sta. Mijn schoen raakt de bumper, maar mijn frustratie neemt alleen maar toe wanneer ik het krakende geluid van metaal hoor.

'Ze heeft het alleen met mij gedaan!' zeg ik hardop, en dan spring ik in mijn auto.

Net wanneer ik de sleutel in het contact steek, komen er twee politieauto's met gillende sirenes en flitsende zwaailichten de parkeerplaats op. Ik rij zo langzaam mogelijk het parkeervak uit om te voorkomen dat ik de aandacht trek. Ze parkeren op het trottoir en rennen naar binnen met een snelheid alsof er een moord is gepleegd.

Zodra ik de parkeerplaats heb verlaten, stroomt er opluchting door me heen. Als ik in Target was aangehouden, was Tessa helemaal door het lint gegaan.

Tessa... en Zed.

Ik weet wel beter dan dat gezeik van Steph te geloven. Ze liegt, Tessa heeft niet met Zed geneukt. Dat weet ik gewoon. Ik weet dat ik de enige ben die ooit in haar is geweest, de enige die haar ooit heeft laten klaarkomen. Hij niet.

Helemaal niemand, verdomme. Alleen ik.

Ik schud mijn hoofd om het beeld van die twee uit mijn gedachten te verdrijven. Het beeld van haar vingers rond zijn armen terwijl hij in haar stoot. Verdomme, niet weer.

Ik kan letterlijk niet helder denken. Ik zie een rood waas. Ik had Steph naar haar keel moeten vliegen en...

Nee, die gedachte duw ik weg. Ze heeft me precies gekregen waar ze me wilde hebben, en dat maakt me nog kwader. Ze wist precies wat ze deed toen ze Zeds naam noemde; ze probeerde me uit mijn tent te lokken, ze wilde dat ik over de rooie zou gaan, en dat is gelukt. Ze wist dat ze de pin uit de granaat trok en is daarna gewoon weggelopen. Maar ik ben geen granaat. Ik moet me kunnen beheersen.

Ik bel Tessa meteen, maar ze neemt niet op. Haar telefoon gaat over... en over... en over. Ze zei dat ze wilde gaan slapen, maar ik weet heel goed dat ze haar toestel dan op de trilstand zet en dat ze daar altijd wakker van wordt.

'Kom op, Tess, neem eens op,' zeg ik kermend, en dan smijt ik mijn mobieltje naast me op de passagiersstoel. Ik moet zo ver mogelijk bij Target vandaan zien te komen, voordat de politie de beelden van de camera's op de parkeerplaats bekijkt en mijn nummerbord ziet of zo.

Het verkeer op de snelweg is een nachtmerrie. Ik probeer telkens Tessa te bereiken. Als ze me niet binnen een uur terugbelt, bel ik Christian.

Ik had nog een nacht in Seattle moeten blijven. Of nee, ik had daar verdomme ook naartoe moeten verhuizen. Al die redenen waarom ik dat niet wilde, betekenen nu niets meer. Al die angsten die ik had, en die ik nog steeds heb, worden alleen maar gevoed door de afstand tussen haar woonplaats en de mijne.

Diep in je hart weet je dat het niet gaat werken.

Jij zit onder de tattoos, en vroeg of laat heeft ze er genoeg van dat ze zich altijd maar opgelaten voelt als mensen jullie samen zien.

Vroeg of laat heeft zij genoeg van haar "foute jongen"-periode en dan trouwt ze met een of andere bankier of zo.

De stem van Steph weerklinkt in mijn hoofd. Ik word gek, ik word letterlijk gek hier. Ik heb de hele week zo mijn best gedaan, maar nu is dat allemaal zinloos. De twee dagen die ik met Tessa heb doorgebracht zijn nu verpest door dat rotwijf.

Is dit het allemaal waard? Heeft het zin om het telkens weer te proberen? Moet ik mezelf altijd inhouden, om te voorkomen dat ik iets stoms doe of zeg? En als ik dit volhoud en echt weet te veranderen, zal ze dan nog steeds van me houden, of ziet ze me dan als een of ander voltooid project voor haar college psychologie?

Zal er na al die tijd nog wel iets van me over zijn om van te houden? Zal ik dezelfde persoon zijn op wie ze verliefd werd, of probeert ze me te veranderen in haar ideale man, en krijgt ze vroeg of laat genoeg van hem?

Probeert ze me in hem te veranderen? In... Noah?

Daar kun je niet tegenop... Steph heeft gelijk. Ik kan niet tegen Noah op, of tegen de probleemloze relatie die hij met Tessa had. Ze hoefde zich nooit ergens zorgen over te maken toen ze met hem samen was. Zij vormden een goed stel. Goed en probleemloos.

Hij is niet beschadigd, niet zoals ik dat ben.

Ik weet nog dat ik urenlang op mijn kamer zat te wachten totdat Steph me vertelde dat Tessa weer terug was na een uitstapje met Noah. Ik probeerde zo veel als ik kon tussen hen in te komen, en gek genoeg werkte dat. Ze koos mij, en niet hem, de jongen van wie ze tijdens haar jeugd al hield.

Ik word misselijk bij de gedachte aan Tessa die tegen Noah zegt dat ze van hem houdt.

Een foute jongen... Ik ben toch meer voor Tessa dan dat? Dat kan niet anders. Ik heb meer dan genoeg meiden gepakt die alleen maar hun vader de stuipen op het lijf wilden jagen, maar Tessa is niet zo. Dat blijkt wel uit alles wat ze van me heeft geslikt.

Mijn gedachten zijn gejaagd en onsamenhangend, en ik kan ze niet bijhouden.

Waarom laat ik Steph zo mijn hoofd binnendringen? Ik had alles wat die trut zei moeten negeren. Maar dat heb ik niet gedaan, en nu kan ik haar woorden niet meer vergeten. Ik veeg mijn bloederige, opengehaalde knokkels af aan mijn blauwe jeans en parkeer de auto.

Dan kijk ik op en zie ik dat ik op de parkeerplaats van Blind Bob ben beland. Ik ben helemaal hiernaartoe gereden, zonder er echt bij na te denken. Ik kan maar beter niet naar binnen gaan... maar ik kan mezelf niet tegenhouden.

En achter de bar zie ik een oude... vriendin. Carly. Carly, met een minimum aan kleding en rode lippenstift.

'Kijk eens aan.' Ze lacht naar me.

'Zeg maar niks,' zeg ik kermend. Ik laat me op de kruk recht voor haar zakken.

'O nee.' Ze schudt haar hoofd, zodat haar blonde paardenstaart heen en weer zwiept. 'De laatste keer dat ik jou iets inschonk, eindigde het in een groot drama, en ik ben niet van plan dat vanavond te herhalen. Daar heb ik de tijd noch het geduld voor.'

De vorige keer dat ik hier was, werd ik zo stomdronken dat Carly me dwong de nacht op haar bank door te brengen, wat vervolgens tot een groot misverstand leidde met Tessa, die daardoor die dag een auto-ongeluk kreeg. Ik doe niets anders dan haar keurige leven verwoesten met mijn gedrag.

'Het is jouw werk om mij iets in te schenken als ik daarom vraag.' Ik wijs naar de fles met donkere whisky op de plank achter haar.

'Daar hangt een bordje dat het tegendeel bewijst.' Ze plant haar ellebogen op de bar, en ik leun achterover op mijn kruk om de ruimte tussen ons zo groot mogelijk te maken.

Aan de wand hangt inderdaad een bordje met WE BEHOUDEN ONS HET RECHT VOOR KLANTEN NIET TE BEDIENEN, en daar moet ik wel om lachen.

'Niet te veel ijs, het mag niet te slap worden.' Ik negeer het feit dat ze met haar ogen rolt, maar ze komt wel overeind en pakt een leeg glas.

Een dikke stroom van de donkere drank vult mijn glas. In gedachten hoor ik telkens weer de stem van Steph. Er is maar één manier waarop ik me van haar beschuldigingen en leugens kan bevrijden.

Carly's stem wekt me uit mijn verdoofde toestand. 'Ze probeert je te bellen.'

Ik sla mijn ogen neer en zie de foto die ik die ochtend van een slapende Tessa heb gemaakt op de display van mijn mobieltje knipperen.

'Kut.' Automatisch duw ik het glas opzij, waardoor de pas ingeschonken inhoud over de rand klotst. Ik negeer Carly's schrille gevloek en loop net zo snel naar buiten als ik naar binnen ben gelopen.

Buiten veeg ik met mijn duim over het schermpje. 'Tess.'

'Hardin!' zegt ze geschrokken. 'Is alles in orde?'

'Ik heb je zo vaak gebeld.' Ik slaak een zucht van opluchting nu ik haar stem door de kleine speaker hoor.

'Dat weet ik. Sorry. Ik lag te slapen. Gaat het? Waar ben je?'

'Bij Blind Bob,' geef ik toe. Het heeft geen zin om te liegen, want ze weet altijd achter de waarheid te komen.

'O...' Haar stem is niet meer dan een fluistering.

'Ik heb een borrel besteld.' Nu kan ik net zo goed alles vertellen.

'Eentje maar?'

'Ja, en voordat ik eraan kon beginnen, belde jij.' Ik weet niet goed wat voor gevoel dat me geeft. Haar stem is mijn reddingsboei, maar ik voel ook dat ik terug naar binnen word gelokt.

'Dat is goed,' zegt ze. 'Ga je daar nu weg?'

'Ja, nu meteen.' Ik open het portier van mijn auto en stap in.

Een paar tellen later vraagt Tessa: 'Waarom ben je daarnaartoe gegaan? Het is niet erg, hoor... Ik vraag het me gewoon af.'

'Ik kwam Steph tegen.'

Ze hapt naar adem. 'Wat is er gebeurd? Heb je... Is er iets gebeurd?'

'Ik heb haar geen pijn gedaan, als je dat soms bedoelt.' Ik zet de motor aan, maar rijd niet weg. Ik wil met Tessa praten zonder door het verkeer te worden afgeleid. 'Ze zei dingen tegen me die me echt... Die helemaal verkeerd vielen. Ik kreeg midden in Target een driftbui.'

'Gaat het? Wacht eens, ik dacht dat je de pest had aan Target.'

'Ja, want dat is nu echt het belangrijkste...' begin ik.

'Sorry, ik ben nog niet helemaal wakker.' Ik hoor de lach in haar stem, maar die maakt snel plaats voor bezorgdheid. 'Gaat het? Wat zei ze?'

'Dat je met Zed hebt geneukt,' zeg ik tegen haar. Ik wil niet zeggen wat ze verder nog heeft gezegd, dat Tessa en ik niet geschikt zijn voor elkaar.

'Wát? Je weet dat dat niet zo is. Hardin, ik zweer het je, er is niets gebeurd wat jij nog niet weet...'

Ik tik met mijn vinger tegen de voorruit en kijk naar de vingerafdrukken die ik achterlaat. 'Volgens haar heeft zijn huisgenoot jullie gehoord.'

'Dat geloof je toch niet? Je kunt haar niet geloven. Hardin, je kent me toch. Je weet dat ik het je zou vertellen als een ander me had aangeraakt...' Haar stem breekt en ik voel een steek van pijn in mijn borst.

'Stil maar.' Ik had dit eerder de kop in moeten drukken. Ik had moeten zeggen dat ik weet dat het een leugen is, maar omdat ik nu eenmaal een egoïstische klootzak ben, wilde ik het haar horen zeggen.

'Wat zei ze verder nog?' Ze is inmiddels in tranen.

'Allerlei onzin. Over jou en Zed. En ze mikte op alle angsten en onzekerheden die ik over jou en mij heb.'

'Ben je daarom naar die kroeg gegaan?' Tessa veroordeelt me niet, maar toont een begrip dat ik niet had verwacht.

'Ik denk het wel.' Ik slaak een zucht. 'Ze weet dingen. Over jouw lijf... Dingen die alleen ik zou moeten weten.' Er loopt een rilling over mijn rug.

'We deelden een kamer. Ze heeft ik weet niet hoe vaak gezien dat ik me omkleedde, en bovendien was zij degene die me die avond heeft uitgekleed,' zegt ze snotterend.

Er golft opnieuw woede door me heen. De gedachte dat Tessa niet staat was zich te verzetten tegen Steph, die haar met geweld probeerde uit te kleden...

'Niet huilen, alsjeblieft niet. Daar kan ik niet tegen, niet wanneer je zo ver weg bent,' zeg ik smekend.

Nu ik Tessa's zachte stem hoor, lijken de woorden van Steph zo onwaar, en de gekte, die vreselijke gekte die me een paar minuten geleden in zijn greep had, is verdwenen.

'Laten we het over iets anders hebben terwijl ik naar huis rijd.' Ik zet de auto in de versnelling en zet Tessa op handsfree.

'Goed...' zegt ze, en ze denkt even na. 'Eh, Kimberly en Chris vroegen of ik zin had om dit weekend mee te gaan naar de club.'

'Je gaat niet.'

'Misschien mag ik even mijn zin afmaken,' zegt ze streng. 'Omdat ik wist dat jij dan waarschijnlijk hier zou zijn, en omdat jij toch niet mee wil, hebben we besloten dat we woensdagavond gaan.'

'Wat voor soort club is er nu op woensdagavond open?' Ik kijk in mijn achteruitkijkspiegel en beantwoord mijn eigen vraag. 'Ik ga mee,' zeg ik.

'Waarom? Je houdt niet van dat soort dingen, weet je nog?'

Ik rol met mijn ogen. 'Ik ga dit weekend met je mee. Ik wil niet dat je op woensdag gaat.'

'Ik ga wel op woensdag. We kunnen dit weekend nog een keer gaan, als je dat wilt, maar ik heb al tegen Kimberly gezegd dat ik ga, en ik zie geen reden om dat af te blazen.'

'Ik heb liever dat je niet gaat,' zeg ik knarsetandend. Ik ben al gespannen, en ze maakt het nog erger. 'Ik kan woensdag ook komen,' bied ik aan, in een poging redelijk te zijn.

'Je hoeft niet helemaal op woensdag hiernaartoe te rijden als je dit weekend ook al komt.'

'Wil je soms niet samen met mij worden gezien?' Die woorden rollen van mijn lippen voordat ik besef wat ik zeg.

'Wat?' Ik hoor dat ze de lamp aandoet. 'Waarom zeg je dat nu weer? Je weet dat dat niet zo is. Je moet niet geloven wat Steph zegt. Want daar gaat dit om, hè?'

Ik rijd de parkeerplaats thuis op en parkeer de auto voordat ik antwoord geef. Tessa wacht zwijgend op een uitleg. Ten slotte slaak ik een zucht. 'Nee. Ik weet het niet.'

'We moeten leren hoe we samen kunnen strijden, en niet tegen elkaar. Het moet niet Steph tegen jou tegen mij zijn. We moeten dit samen aanpakken,' gaat ze verder.

'Dat bedoelde ik niet...'

Ze heeft gelijk. Ze heeft verdomme altijd gelijk. 'Ik kom op woensdag en blijf tot zondag.'

'Ik moet naar college. Ik moet werken.'

'Het klinkt alsof je niet wilt dat ik kom.' Nu mijn zelfvertrouwen het nulpunt heeft bereikt, steekt mijn paranoia de kop op.

'Natuurlijk wil ik dat wel. Dat weet je.'

Ik geniet van die woorden. Jezus, wat mis ik haar.

'Ben je al thuis?' vraagt Tessa, net wanneer ik de motor uitzet.

'Ja, ik sta op de parkeerplaats.'

'Ik mis je.'

De droefheid in haar stem doet me verstijven. 'Ik mis je ook, schatje. Het spijt me, maar ik word gek zonder jou, Tess.'

'Ik ook.' Ze slaakt een zucht, waardoor ik opnieuw mijn excuses wil aanbieden.

'Ik ben zo stom geweest. Ik had meteen met je mee moeten gaan naar Seattle.'

Aan de andere kant van de lijn klinkt gekuch. 'Wat?'

'Je hebt me wel gehoord. Ik zeg het niet nog eens.'

'Oké.' Ze houdt pas op met kuchen wanneer ik in de lift sta. 'Ik dacht al dat ik je niet goed had verstaan.'

'Maar goed, wat wil je dat ik met Steph en Dan doe?' verander ik van onderwerp.

'Wat kun je doen?' vraagt ze zacht.

'Daar wil je het antwoord niet op horen.'

'In dat geval: niets. Laat hen maar.'

'Ze gaat ongetwijfeld rondbazuinen wat er vanavond is gebeurd en ze blijft ook vast over jou en Zed roddelen.'

'Ik woon daar niet meer. Het is mij om het even,' zegt Tessa. Ze doet haar best om me te overtuigen, maar ik weet dat een gerucht als dit haar kwetst, ook al zal ze dat nooit toegeven.

'Ik wil het niet laten rusten,' zeg ik.

'Ik wil niet dat je hierdoor in de problemen komt.'

'Goed,' zeg ik, en dan wensen we elkaar welterusten. Ze zal het toch nooit eens zijn met mijn ideeën over hoe ik Steph wil tegenhouden, dus ga ik er verder niet op in. Ik maak de voordeur open en zie dat Richard uitgestrekt op de bank ligt te pitten. De stem van Jerry Springer schalt door het hele huis. Ik zet de tv uit en loop meteen door naar mijn slaapkamer.

108

∞

Hardin

Ik ben de hele ochtend al doodmoe. Ik kan me niet eens herinneren dat ik naar mijn eerste college ben gelopen, en ik vraag me af waarom ik de moeite neem.

Ik loop langs het bestuursgebouw en zie Nate en Logan onder aan de trap staan. Ik trek mijn capuchon omhoog en loop zonder een woord te zeggen verder. Ik moet hier echt zo snel mogelijk weg.

Dan neem ik in een fractie van een seconde een besluit en draai me om. Ik loop de trap op naar de ingang van het gebouw. De secretaresse van mijn vader begroet me met de ongeloofwaardigste glimlach die ik in tijden heb gezien.

‘Kan ik u helpen?’

‘Ik kom voor Ken Scott.’

‘Hebt u een afspraak?’ vraagt ze vriendelijk, maar dat mens weet heel goed dat dat niet zo is. Ze weet ook donders goed wie ik ben.

‘Het is wel duidelijk van niet, hè? Is hij er, of niet?’ Ik wijs naar de dikke houten deur voor me. Het middenpaneel is van melkglas, dus ik kan niet goed zien of hij binnen zit.

‘Ja, maar hij zit op dit moment in een telefonische vergadering. Als u even plaatsneemt, zal ik...’

Ik loop langs haar bureau naar de deur. Mijn vader draait zich naar me om wanneer ik binnenkom en steekt een vinger omhoog ten teken dat ik stil moet zijn.

Omdat ik nu eenmaal beleefd ben, rol ik slechts met mijn ogen en ga in de stoel voor zijn bureau zitten.

Een minuutje later legt mijn vader de hoorn op de haak. Hij staat op om me te begroeten. ‘Jou had ik hier niet verwacht.’

‘Ik ook niet,’ geef ik toe.

‘Is er iets mis?’ Hij kijkt naar de gesloten deur achter me en dan weer naar mij.

‘Ik heb een vraag.’ Ik laat mijn handen op zijn roodbruine kersenhouten bureau rusten en kijk naar hem op. Aan de donkere stoppels op zijn gezicht is te zien dat hij zich al een paar dagen niet heeft geschoren, en zijn witte overhemd is rond de manchetten gekreukt. Ik geloof niet dat ik hem sinds ik naar Amerika ben gekomen ooit een gekreukt hemd heb zien dragen. Dit is de man die in een nette trui en een geperste broek aan het ontbijt verschijnt.

‘Ik luister,’ zegt mijn vader.

De spanning tussen ons is tastbaar, maar desondanks kost het me moeite om me te herinneren dat ik ooit een diepe haat jegens deze man heb gekoesterd. Ik weet niet wat ik nu van hem vind. Ik geloof niet dat ik het hem ooit helemaal zal kunnen vergeven, maar het kost gewoon te veel energie om altijd maar aan die woede vast te houden. We zullen nooit zo’n relatie hebben als hij met mijn stiefbroer heeft, maar het is wel fijn te weten dat hij doorgaans zijn best zal doen om me te helpen als ik hem dat vraag. Meestal brengt zijn hulp me geen steek verder, maar ik waardeer de moeite, min of meer.

‘Hoe moeilijk is het om me over te plaatsen naar de campus in Seattle?’

Zijn wenkbrauwen schieten omhoog. 'Wil je dat echt?'

'Ja. En ik wil geen oordeel. Ik wil een antwoord.' Ik maak duidelijk dat mijn plotselinge ommezwaai niet ter discussie staat.

Hij kijkt me bedachtzaam aan en zegt dan: 'Nou, in dat geval zal je pas later kunnen afstuderen. Je kunt beter tot het einde van het semester hier blijven. Tegen de tijd dat je een overstap hebt aangevraagd en je hebt ingeschreven en naar Seattle bent verhuisd... Logistiek gezien is het zonde van de moeite en de tijd.'

Ik leun achterover tegen de leuning van de leren stoel en kijk hem aan. 'Kun je er niet voor zorgen dat het sneller gaat?'

'Ja, maar dan nog zou je pas later kunnen afstuderen.'

'Dus ik ben in feite gedwongen om hier te blijven.'

'Dat hoeft niet.' Hij wrijft over de stoppels op zijn kin. 'Het is alleen wel verstandiger, zeker nu de eindstreep in zicht is.'

'Ik kom toch niet naar de officiële uitreiking,' breng ik hem in herinnering.

'Ik had gehoopt dat je van gedachten zou veranderen.' Mijn vader slaakt een zucht en ik wend mijn blik af.

'Nou, het is geen verplichting, dus...'

'Het is een erg belangrijke dag voor je. De laatste drie jaar van je leven...'

'Het kan me geen zak schelen. Ik heb geen zin om te gaan. Ze mogen mijn bul opsturen. Ik ga niet. Einde verhaal.' Mijn blik dwaalt naar de ingelijste diploma's die achter hem aan de donkerbruine wanden van zijn kamer hangen. De certificaten en onderscheidingen in hun witte lijstjes zijn een bewijs van wat hij heeft bereikt, en ik zie aan de trotse blik die hij erop werpt dat ze meer voor hem betekenen dan ik ooit voor hem zal kunnen betekenen.

'Dat vind ik spijtig om te horen.' Hij blijft naar de lijstjes staren. 'Ik zal het niet opnieuw vragen.' Mijn vader fronst.

'Waarom wil je zo graag dat ik ga?' waag ik te vragen.

De vijandigheid tussen ons is terug, en de lucht voelt zwaarder aan, maar terwijl de seconden in stilte doortikken, wordt mijn vaders uitdrukking stukken milder.

'Omdat...' Hij slaakt een diepe zucht. 'Omdat ik ooit, lang geleden, niet zeker wist hoe...' Weer een stilte. 'Hoe het jou zou vergaan.'

'Hoe bedoel je?'

'Weet je zeker dat je het daar nu over wilt hebben?' Zijn blik gaat naar mijn ontvelde knokkels en de bloedvlekken op mijn jeans. Ik weet wat hij echt wil zeggen: ben je geestelijk wel stabiel genoeg om het er nu over te hebben?

Ik wist wel dat ik iets anders had moeten aantrekken, maar daar had ik vanmorgen geen zin in. Ik ben letterlijk mijn bed uitgerold en daarna naar de campus gereden.

'Ik wil het weten,' antwoord ik ernstig.

Hij knikt. 'Er was een tijd waarin ik dacht dat je niet eens je eindexamen zou halen. Vanwege al die problemen die je je altijd op de hals haalde.'

In mijn herinnering doemen flarden op van vechtpartijen in kroegen, inbraken in kruidenierszaken, halfnaakte huilende meisjes, klagende buren en een heel erg teleurgestelde moeder. 'Dat weet ik,' beaam ik. 'En eigenlijk haal ik me nog steeds van alles op de hals.'

Mijn vader werpt me een blik toe die me duidelijk maakt dat hij het niet kan waarderen dat ik zo'n achteloze opmerking maak over iets waarvan hij letterlijk wakker heeft gelegen. 'Niet meer zo vaak,' zegt hij. 'Niet sinds... je haar kent,' voegt hij er op zachte toon aan toe.

'Ze is meestal de oorzaak van mijn problemen.' Ik wrijf in mijn nek, wetend dat ik uit diezelfde nek zit te lullen.

'Dat zou ik niet willen zeggen.' Hij knijpt zijn bruine ogen tot spleetjes. Zijn vingers spelen met zijn bovenste knoopje. We blijven allebei even zwijgend zitten, niet goed wetend wat we moeten zeggen. 'Ik voel me zo schuldig, Hardin. Als je je middelbare school niet had afgemaakt en niet was gaan studeren, weet ik niet wat ik zou hebben gedaan.'

'Dan had je niets gedaan. Dan had jij hier je perfecte leventje geleid,' zeg ik kortaf.

Hij krimpt ineen alsof ik hem heb geslagen. 'Dat is niet waar. Ik wilde alleen maar het beste voor je. Ik weet dat ik dat niet altijd heb laten merken, maar je toekomst is erg belangrijk voor me.'

'Heb je er daarom voor gezorgd dat WCU me aannam?' Ik heb nooit eerder iets gezegd over het feit dat ik weet dat ik dankzij hem een plaats op deze universiteit heb gekregen. Ik weet dat het zo is gegaan. Op de middelbare school heb ik namelijk geen sodemieter uitgevoerd, en dat bleek ook wel uit mijn cijfers.

'Ja. En omdat je moeder je niet meer aankon. Ik heb je hiernaartoe gehaald om je beter te leren kennen. Je bent niet dezelfde jongen die ik toen achterliet.'

'Als je me had willen leren kennen, had je moeten blijven. En minder vaak dronken moeten zijn.' Fragmenten van de herinneringen die ik heb geprobeerd te verdringen, komen in me op. 'Je bent weggegaan, en ik kreeg nooit de kans om een gewone jongen te zijn.'

Al die jaren geleden vroeg ik me weleens af hoe het zou zijn om als een gelukkig kind in een hecht, liefhebbend gezin op te groeien. Mijn moeder werkte van 's morgens vroeg tot 's avonds laat en ik zat in mijn eentje thuis urenlang naar de smoezelige muren te staren. Ik maakte voor mezelf iets te eten klaar dat de naam 'eetbaar' amper verdiende en stelde me voor dat ik aan tafel zat met mensen die van me hielden. Ze zouden naar me lachen en me vragen hoe mijn dag was geweest. Wanneer ik op school bij een vechtpartij betrokken raakte, wenste ik soms dat ik een vader had die troostend over mijn rug streek, of me desnoods op mijn kop gaf omdat ik had gevochten.

Toen ik ouder werd, ging het allemaal een stuk gemakkelijker. Als tiener had ik door dat ik anderen kon kwetsen, en dat vereenvoudigde mijn leven behoorlijk. Ik kon wraak nemen op de moeder die me alleen had gelaten omdat ze moest werken door haar bij haar voornaam aan te spreken en haar nooit te vertellen dat ik van haar hield.

Ik kon wraak nemen op mijn vader door helemaal niet meer met hem te praten. Ik had maar één doel: iedereen net zo'n rotgevoel geven als ik had. Pas dan zou ik er echt bij horen. Ik gebruikte seks en leugens om meisjes te kwetsen, dat was een spelletje voor me. Dat liep helemaal uit de klauwen toen een vriendin van mijn moeder iets te vaak mijn gezelschap opzocht: haar huwelijk liep op de klippen, haar waardigheid was aangetast, en mijn moeder was er kapot van dat haar veertienjarige zoon tot zoiets in staat was.

Ken kijkt alsof hij het eindelijk snapt, alsof hij precies weet wat ik denk. 'Dat weet ik, en het spijt me dat je dat soort dingen hebt moeten meemaken. Het was mijn schuld.'

'Ik wil het er niet meer over hebben.' Ik duw de stoel naar achteren en sta op.

Mijn vader blijft zitten, en ik kan er niets aan doen, maar ik voel me machtig nu ik zo boven hem uitsteek. Ik voel me in alle opzichten... groter dan hij. Hij wordt achtervolgd door schuldgevoel en spijt, en ik leer mijn gevoelens eindelijk te aanvaarden.

'Er is zo veel gebeurd dat je niet kunt begrijpen. Ik wou dat ik het je kon vertellen, maar dat zou niets veranderen.'

'Ik zei dat ik het er niet meer over wilde hebben. Dit is al een rotdag, en ik wil het niet erger maken. Ik snap het al, je hebt er spijt van dat je ons in de steek hebt gelaten en zo. Ik ben er al overheen,' lieg ik. Hij knikt. Het is niet helemaal een leugen. Ik kan er beter mee omgaan dan vroeger.

Bij de deur aangekomen moet ik opeens aan iets denken, en ik draai me naar hem om. 'Mijn moeder gaat trouwen. Wist je dat?' vraag ik uit nieuwsgierigheid.

Aan zijn verwonderde blik en gefronste wenkbrauwen is te zien dat hij er geen flauw idee van had.

'Met Mike. Je weet wel, die naast haar woont.'

'O.' Hij fronst.

'Over twee weken.'

'Dan al?'

'Ja.' Ik knik. 'Is dat een probleem?'

'Nee, helemaal niet. Ik ben alleen verbaasd, meer niet.'

'Ja, ik ook.' Ik leun met mijn schouder tegen de deurpost en zie mijn vaders uitdrukking van nukkig in opgelucht veranderen.

'Ga je ernaartoe?'

'Nee.'

Ken staat op, loopt om zijn grote bureau heen en blijft voor me staan. Ik moet bekennen dat ik me een beetje geïntimideerd voel. Natuurlijk niet door hem, maar door de openlijke emotie in zijn blik. 'Je moet gaan, Hardin. Als je dat niet doet, doe je haar zo'n pijn. Zeker omdat ze weet dat je wel op de bruiloft van Karen en mij bent geweest.'

'Ja, nou, we weten allebei waarom ik daar was. Ik had geen keuze, en die bruiloft vond niet aan de andere kant van de wereld plaats.'

'Dat had net zo goed wel het geval kunnen zijn, want we hebben elkaar daar niet eens echt gesproken. Je moet gaan. Weet Tessa er eigenlijk van?'

'Nee, en jij gaat het haar ook niet vertellen. En ook niet aan Landon. Die kan toch al nooit zijn mond houden.'

'Is er een reden waarom je het voor haar verzwijgt?' vraagt hij. Aan zijn stem kan ik horen dat hij me veroordeelt.

'Dat doe ik niet. Ik wil gewoon niet dat ze zich zorgen maakt over het feit dat ze niet kan gaan. Ze heeft geen paspoort. Ze is zelfs nog nooit buiten Washington geweest.'

'Je weet dat ze ernaartoe zou willen. Tessa is dol op Engeland.'

'Ze is er nog nooit geweest!' Ik verhef mijn stem en haal diep adem in een poging te kalmeren. Hij doet net alsof ze zijn dochter is, alsof hij haar beter kent dan ik, en daar word ik helemaal gestoord van.

'Ik zal niets zeggen.' Hij steekt zijn handen in een bezwerend gebaar omhoog.

Ik ben blij dat hij er niet over blijft zeuren. Ik heb al genoeg gepraat, ik ben doodop. Ik heb na mijn telefoontje met Tessa amper een oog dichtgedaan. Mijn nachtmerries kwamen in volle hevigheid terug, en nadat ik voor de derde keer kokhalzend wakker was geworden, dwong ik mezelf wakker te blijven.

'Je moet binnenkort maar eens bij Karen langsgaan. Ze vroeg gisteravond nog naar je,' zegt hij vlak voordat ik zijn kamer verlaat.

'Eh, ja,' mompel ik, en dan doe ik de deur achter me dicht.

109

∞

Tessa

Tijdens college leunt de jongen die volgens mij een toekomst als politicus heeft naar voren en fluistert tegen me: 'Op wie heb jij tijdens de laatste verkiezingen gestemd?'

Ik voel me in de buurt van mijn nieuwe studiegenoot niet helemaal op mijn gemak. Hij is iets te charmant, en zijn nette kleren en bruine huid leiden heel erg af. Hij is niet aantrekkelijk op de manier zoals Hardin dat is, maar hij is zeker aantrekkelijk, en dat weet hij.

'Op niemand,' antwoord ik. 'Ik was nog niet oud genoeg om te mogen stemmen.'

Hij lacht. 'Ja, vast.'

Ik heb niet echt zin om met hem te praten, maar de docent heeft ons een paar minuten geleden de opdracht gegeven iets voor onszelf te doen omdat hij een telefoontje moest plegen. Ik ben blij wanneer de klok tien uur aangeeft en we kunnen vertrekken.

De toekomstige politicus slaagt er bij het verlaten van het lokaal niet echt in een gesprek over koetjes en kalfjes met me te voeren, en na een paar seconden verontschuldigt hij zich en loopt de andere kant op.

Ik ben al de hele morgen afgeleid. Ik blijf maar denken aan wat Steph tegen Hardin kan hebben gezegd en wat hem zo van streek heeft gemaakt. Ik weet dat hij de roddels over Zed en mij geloofde, maar ze moet nog veel meer hebben gezegd wat hem zo dwarszit dat hij het niet tegen mij wil herhalen.

Ik heb zo de pest aan Steph. Ik haat haar vanwege alles wat ze me heeft aangedaan, vanwege alles wat ze tegen Hardin heeft gezegd om hem te kwetsen – door in feite mij tegen hem te gebruiken. Tegen de tijd dat ik het lokaal binnen kom waar kunstgeschiedenis wordt gegeven heb ik in gedachten wel tien manieren bedacht om die vreselijke meid naar een andere wereld te helpen.

Ik ga naast Michael zitten, de jongen met het blauwe haar die ik tijdens mijn eerste college heb leren kennen, en zit de rest van het uur om zijn grappen te lachen. Het is zeker een goede afleiding van mijn moordzuchtige gedachten.

Wanneer ik aan het einde van de dag in mijn auto wil stappen, begint mijn mobieltje te trillen. Ik verwacht dat het Hardin is, maar zie dat dat niet het geval is. Er zijn drie berichten voor me, waarvan twee net zijn binnengekomen.

Ik besluit dat van mijn moeder als eerste te openen: BEL ME. WE MOETEN PRATEN.

Dan volgt dat van Zed. Ik haal diep adem voordat ik op de toets met het envelopje druk. IK ZIT VAN DO. TOT ZA. IN SEATTLE. LAAT ME WETEN WANNEER JE TIJD HEBT :)

Ik wrijf over mijn slapen, dolblij dat ik Kimberly's bericht tot het laatst heb bewaard. Wat zij te zeggen heeft, kan nooit zo stressvol zijn als een gesprek met mijn moeder of tegen Zed zeggen dat ik op mijn aanbod terug ben gekomen. WIST JE AL DAT JE LIEFJE VOLGEND WEEKEND NAAR LONDEN GAAT?

Te vroeg gejuicht.

Londen? Wat moet Hardin in Engeland? Gaat hij na zijn afstuderen dan toch verhuizen? Ik lees haar berichtje nogmaals...

Volgend weekend!

Ik laat mijn voorhoofd op het stuur van mijn auto rusten en doe mijn ogen dicht. Mijn eerste ingeving is hem bellen en vragen waarom hij dit voor mij heeft verzwegen, maar ik houd me in omdat ik weet dat ik beter geen conclusies kan trekken voordat ik met hem heb gesproken. Er is een kansje, weliswaar klein, dat Kimberly zich vergist en dat hij volgend weekend niet naar Engeland gaat.

Ik krijg het benauwd bij de gedachte dat hij daar nog altijd naartoe wil verhuizen en probeer mezelf ervan te overtuigen dat ik voldoende ben om hem hier te houden.

110

∞

Hardin

Het lijkt eeuwen geleden dat ik hier ben geweest. Ik rijd al een uur lang rond en neem in gedachten de mogelijke gevolgen door van mijn besluit om hiernaartoe te komen. Nadat ik in mijn hoofd een lijstje heb gemaakt van de voor- en nadelen – en dat soort dingen doe ik nooit – sluit ik mijn auto af en stap de koude middaglucht in.

Ik neem aan dat hij thuis is; zo niet, dan heb ik een hele middag verspild en zal mijn ergernis nog verder toenemen. Ik kijk op de parkeerplaats om me heen en zie zijn auto vooraan staan. Het bruine appartementencomplex ligt een stukje van de straat vandaan, en een roestige trap leidt naar de eerste verdieping, waar hij woont. Elke keer wanneer mijn voet een van de metalen treden raakt, bedenk ik een nieuwe reden voor mijn komst.

Net wanneer ik voor de deur van appartement C sta, begint mijn mobieltje in mijn achterzak te trillen. Het is Tessa of mijn moeder, en ik wil geen van beiden op dit moment spreken. Als ik nu met Tessa praat, zal ik mijn plan niet doorzetten. En mijn moeder zal me alleen maar op de zenuwen werken met haar geklets over de bruiloft.

Ik klop aan. Binnen een paar tellen doet Zed open, slechts gekleed in een joggingbroek en op blote voeten. Ik zie dat de ingewikkelde tattoo van klokken en radertjes op zijn buik groter is geworden. Blijkbaar heeft hij er stukken bij laten zetten nadat hij met mijn meisje probeerde te neuken.

Zed zegt geen hallo, maar kijkt me vanuit de deuropening aan met een uitdrukking die een mengeling is van duidelijke schrik en argwaan.

'We moeten praten,' zeg ik ten slotte. Ik duw hem opzij, zodat ik naar binnen kan lopen.

'Moet ik de politie bellen?' vraagt hij op dat droge toontje van hem.

Ik ga op de versleten leren bank zitten en kijk naar hem op. 'Dat ligt eraan. Werk je mee of niet?'

Op zijn kaken en rond zijn mondhoeken groeien donkere haartjes. Het lijkt maanden geleden dat ik hem bij Tessa's moeder thuis heb gezien, maar het is slechts een dag of tien terug.

Hij slaakt een zucht en leunt aan de andere kant van zijn kleine woonkamer tegen de muur. 'Nou, zeg het maar.'

'Je snapt dat het om Tessa gaat.'

'Dat dacht ik al, ja.' Hij slaat fronsend zijn getatoeëerde armen over elkaar.

'Je gaat niet naar Seattle.'

Hij trekt zijn zware wenkbrauwen op en glimlacht dan. 'Dat ga ik wel. Het is al geregeld.'

Wat moet hij verdomme in Seattle? Hij maakt dit veel moeilijker dan het hoeft te zijn, en ik heb er zo langzamerhand spijt van dat ik eerder dacht dat dit gesprek op een normale manier zou eindigen, en niet met hem op een brancard.

'Het gaat hierom...' In een poging kalm te blijven haal ik diep adem en houd me aan mijn plan. 'Je gaat niet naar Seattle.'

'Ik ga daar mijn vrienden opzoeken,' zegt hij uitdagend.

'Gelul. Ik weet precies wat je daar gaat doen,' snauw ik terug.

'Ik ga een paar vrienden in Seattle opzoeken, maar voor het geval je het je afvraagt: ja, ze heeft me uitgenodigd.'

Die woorden zijn amper van zijn lippen gerold of ik schiet overeind. 'Ga niet te ver. Ik probeer me te gedragen. Je hebt geen enkele reden om haar op te zoeken. Ze is van mij.'

Hij trekt een wenkbrauw op. 'Hoor je wel hoe dat klinkt? Ze is je bezit niet.'

'Het kan me geen zak schelen hoe het klinkt. Het is waar.' Ik zet nog een stap in zijn richting. De stemming tussen ons is veranderd van gespannen in ronduit woest. We proberen haar allebei op te eisen en ik bind niet in.

'Als ze van jou is, waarom zit je dan niet bij haar in Seattle?' wil hij weten.

'Omdat ik na dit semester afstudeer, daarom.' Waarom geef ik eigenlijk antwoord op zijn vragen? Ik kwam hier om hem iets duidelijk te maken, niet om te luisteren en 'het gesprek aan te gaan', zoals een docent van me het altijd noemde. Ik laat hem echt niet de rollen omdraaien. 'Het is niet belangrijk of ik daar wel of niet ben. Als jij daar bent, ga je haar niet opzoeken.'

'Dat moet ze zelf maar beslissen, vind je ook niet?'

'Als ik dat vond, was ik hier niet, hè?' Ik bal mijn vuisten naast mijn zij en ruk mijn blik los van hem. Op de salontafel ligt een stapel studieboeken. 'Waarom laat je haar niet gewoon met rust? Doe je dit omdat ik...'

'Nee,' onderbreekt hij me snel. 'Daar heeft het niets mee te maken. Ik geef om Tessa, net als jij. Maar in tegenstelling tot jou behandel ik haar op een manier die ze verdient.'

'Je weet helemaal niet hoe ik haar behandel,' zeg ik grommend.

'Ja, dat weet ik wel. Hoe vaak is ze niet huilend naar mij toe gekomen omdat jij weer eens iets had gezegd of gedaan? Te vaak.' Hij wijst naar me. 'Het enige wat je doet, is haar kwetsen, en dat weet je.'

'Ten eerste ken je haar niet eens, en vind je het ten tweede niet een beetje zielig om te blijven verlangen naar iemand die je nooit kunt krijgen? Hoe vaak hebben we dit gesprek al gevoerd, en over hoeveel meisjes?'

Hij kijkt me aandachtig aan en ziet hoe kwaad ik ben, maar hij gaat niet in op mijn opmerking over zijn verleden met meisjes. 'Nee.' Zijn tong schiet naar buiten en bevochtigt zijn lippen. 'Het is niet zielig. Het is geniaal. Ik blijf gewoon rustig afwachten totdat jij op een dag echt te ver gaat bij Tessa, want dat is onvermijdelijk. En als je het dan voorgoed verkloot, ben ik er voor haar.'

'Wat ben jij een gore...' Ik doe een stap naar achteren om zo veel mogelijk afstand te creëren tussen zijn lijf en dat van mij, want anders ram ik zijn kop dwars door de muur. 'Wat is er dan voor nodig? Moet ze je zelf vertellen dat ze je niet in haar buurt wil hebben? Ik dacht dat ze dat al had gedaan, maar hier ben je dan...'

'Jij bent degene die nu bij mij thuis is.'

'Jezus, Zed!' roep ik uit. 'Waarom kun je niet gewoon ophouden? Je weet verdomme wat ze voor me betekent, en toch probeer je altijd tussen ons in te komen. Zoek maar een ander speeltje. Er lopen op de campus genoeg sletten rond.'

'Sletten?' herhaalt hij spottend.

'Je weet dat ik daar Tessa niet mee bedoel,' zeg ik grommend. Het kost me moeite om niet naar hem uit te halen.

'Als ze echt zo veel voor je betekent, had je je niet als zo'n ontzettende klootzak gedragen. Weet ze dat je met Molly hebt geneukt terwijl je ook achter haar aan zat?'

'Ja. Dat heb ik haar verteld.'

'En dat vond ze niet erg?' Zijn stem is het tegengestelde van de mijne. Hij is zo beheerst en kalm, terwijl ik mijn best doe om niet over te koken van woede.

'Ze weet dat het niets voorstelde, en het gebeurde vlak voordat we echt een relatie kregen.' Ik kijk hem kwaad aan en probeer me te concentreren. 'Maar ik ben hier niet om mijn relatie te bespreken.'

'Oké, waarom ben je hier dan wel?'

Hij is zo'n arrogante klootzak.

'Om je te vertellen dat je haar in Seattle niet gaat opzoeken. Ik had gedacht dat we dit op een...' Ik zoek even naar de juiste woorden. '... op een beschaafde manier konden oplossen.'

'Beschaafd? Sorry hoor, maar ik kan moeilijk geloven dat je hier met beschaafde bedoelingen bent,' zegt hij minachtend, terwijl hij naar de bult op zijn neus wijst.

Ik doe heel even mijn ogen dicht en denk aan zijn neus die begon te bloeden toen ik zijn kop tegen het metaal ramde. Door de herinnering aan dat geluid stroomt er alleen maar meer adrenaline door mijn lijf. 'Voor mijn doen is dit beschaafd! Ik ben gekomen om te praten, niet om te vechten. Maar als je niet uit haar buurt blijft, heb ik geen andere keuze.' Ik plant mijn benen iets verder uit elkaar.

'Dan wat?' vraagt Zed.

'Wat?'

'Dan wat? We hebben het hier vaker over gehad. Je kunt me niet voortdurend blijven aanvliegen, dan word je vroeg of laat opgepakt. En als het nog eens gebeurt, doe ik wel aangifte.'

Daar heeft hij een punt. En dat maakt me nog kwader. Ik vind het vreselijk dat ik er niets tegen kan beginnen, behalve hem letterlijk ombrengen, en dat is geen optie. Voorlopig niet, tenminste.

Ik haal een paar keer diep adem en probeer mijn spieren te ontspannen. Ik moet mijn laatste kaart op tafel leggen. Dat doe ik liever niet, maar hij laat me geen keuze. 'Ik hoopte eigenlijk dat we tot een overeenkomst kunnen komen,' zeg ik.

Hij houdt zo arrogant als hij kan zijn hoofd scheef. 'Wat voor overeenkomst? Weer een weddenschap?'

'Je gaat wel erg ver...' zeg ik knarsetandend. 'Zeg wat ervoor nodig is om ervoor te zorgen dat je haar met rust laat. Wat kan ik doen om je uit haar buurt te houden? Zeg het, dan krijg je het.'

Zed staart me aan en knippert snel met zijn ogen, alsof ik twee hoofden heb.

'Nou, toe dan. Iedere man heeft zijn prijs,' mompel ik droogjes. Ik ben woedend omdat ik met iemand als hem moet onderhandelen, maar ik kan niets anders meer doen.

'Laat me nog één keer met haar afspreken,' stelt hij voor. 'Ik ben donderdag in Seattle.'

'Nee. Geen sprake van.' Is hij helemaal van de pot gerukt?

'Ik vraag je niet om toestemming. Ik probeer het acceptabel voor je te maken.'

'Daar komt niets van in. Jullie hebben geen reden om elkaar te zien. Ze is niet beschikbaar voor jou, of voor welke man dan ook, en dat zal ze ook nooit zijn.'

'Daar gaan we weer. Altijd even bezitterig.' Hij rolt met zijn ogen, en ik vraag me af wat Tessa zou zeggen als ze deze kant van hem kon zien, de enige kant die ik ken. Wat zou ik als man voorstellen als ik niet bezitterig zou zijn, als ik haar zomaar met een ander zou delen?

Ik bijt op mijn tong terwijl Zed naar het plafond staart alsof hij over zijn volgende woorden nadenkt. Dit is gewoon gelul, dit is echt gelul. Mijn hoofd tolt. Ik begin me serieus af te vragen hoe lang ik me nog kan beheersen.

Ten slotte kijkt Zed me aan. Er glijdt een voldaan lachje over zijn gezicht. Dan zegt hij eenvoudigweg: 'Je auto.'

Mijn mond valt open van zo veel lef, en ik schiet zonder het te willen in de lach. 'Sodemieter op!' Ik zet twee stappen in zijn richting. 'Je krijgt mijn auto niet. Wat ben jij voor achterlijke gek?' Ik steek mijn handen omhoog.

'Nou, sorry, maar in dat geval denk ik niet dat we tot een overeenkomst kunnen komen.' Zijn ogen glinsteren tussen zijn dikke wimpers, en hij strijkt met zijn vingers over zijn baardstoppels.

De beelden uit mijn nachtmerrie komen in mijn gedachten op: ik zie dat hij in haar dringt, dat hij haar laat klaarkomen...

Ik schud mijn hoofd om ze te verdrijven.

Dan vis ik mijn sleutels uit mijn zak en gooi ze op de salontafel tussen ons in.

Hij buigt zich met open mond voorover om ze op te pakken. 'Je meent het?' Hij kijkt aandachtig naar de sleutels en draait ze een paar keer om in zijn handen voordat hij mij weer aankijkt. 'Ik nam je in de maling, hoor.'

Hij gooit de sleutels naar me toe, maar omdat ik ze niet op tijd vang, vallen ze naast de neus van mijn schoen op de vloer.

Ik kijk hem kwaad aan. 'Je laat me niet veel keuze.'

'Ooit waren we vrienden, weet je nog?' merkt Zed op.

Ik zeg niets terwijl we allebei denken aan hoe het ooit was, voor al dit gezeik, voordat dingen me echt iets konden schelen... voordat zij in mijn leven kwam. Zijn blik schiet heen en weer en zijn schouders zijn na die vraag al even gespannen als de sfeer in de kamer.

Het valt niet mee om me die tijd te herinneren. 'Dat weet ik niet meer. Ik was te vaak dronken.'

'Dat is niet waar, en dat weet je!' roept hij uit. 'Je hield op met drinken nadat...'

'Ik ben hier niet om gezellig herinneringen op te halen. Blijf je op afstand of niet?' Ik kijk hem aan. Hij ziet er nu anders uit, harder.

Hij haalt zijn schouders op. 'Goed, hoor.'

Dat ging iets te gemakkelijk... 'Ik meen het.'

'Ik ook.' Hij maakt een handgebaar in mijn richting.

'Dat betekent dat je helemaal geen contact met haar mag hebben. Helemaal niet,' breng ik hem in herinnering.

'Dan vraagt ze zich vast af wat er aan de hand is. Ik heb haar eerder vandaag een berichtje gestuurd.'

Daar ga ik expres niet op in. 'Zeg dat je geen vrienden meer wilt zijn.'

'Dan kwets ik haar, en dat wil ik niet,' zegt hij.

'Het kan me geen zak schelen of je haar kwetst. Je moet haar duidelijk maken dat je niet langer als een hondje achter haar aan zult lopen.' De kalmte die ik heel even voelde, is verdwenen, en mijn woede welt weer op. Ik word helemaal gek van de gedachte dat Tessa misschien gekwetst zal zijn omdat Zed geen vrienden meer wil zijn.

Ik loop naar de deur, wetend dat ik het geen vijf minuten langer zal volhouden in deze bedompte woning. Ik ben er verdomme hartstikke trots op dat ik zo lang samen met Zed in één ruimte heb kunnen zijn, zeker na al die keren dat hij zich met mijn relatie moest bemoeien.

Ik leg net mijn hand op de verroeste deurknop wanneer hij zegt: 'Ik zal doen wat ik moet doen, maar dat zal niets veranderen aan hoe dit afloopt.'

'Je hebt gelijk. Dat zal het niet,' zeg ik instemmend, al weet ik dat hij precies het tegenovergestelde bedoelt van wat ik bedoel.

Voordat die gore lul nog iets kan zeggen, loop ik zo snel mogelijk naar buiten en de trap af.

Tegen de tijd dat ik de oprit van mijn vader op draai, heb ik Tessa nog steeds niet kunnen bereiken. Ik krijg telkens weer de voicemail. Ik heb zelfs Christian gebeld, maar ook hij neemt niet op en belt niet terug.

Tessa is vast heel kwaad op me omdat ik naar Zed ben gegaan; ze voelt iets voor hem wat ik nooit helemaal heb kunnen begrijpen of verdragen. Na vandaag hoop ik dat ik me nooit meer druk over hem hoef te maken. Tenzij ze hem blijft opzoeken...

Nee. Ik mag niet aan haar twijfelen. Ik weet dat Steph tegen me heeft gelogen, en die leugens zijn binnengedrongen in al die scheuren van onzekerheid in de muur die ik rond mezelf heb opgetrokken. Als Zed echt met Tessa had geneukt, had hij me dat vanmiddag wel onder de neus gewreven.

Ik loop zonder te kloppen het huis van mijn vader binnen en kijk beneden of ik Karen en Landon ergens zie. Karen staat in de keuken met een garde in een pan op het fornuis te roeren. Ze draait zich om en begroet me met een hartelijke glimlach, maar de blik in haar ogen is vermoeid en geplaagd. Een ongewoon schuldgevoel neemt bezit van me omdat ik moet denken aan de bloempotten die ik tijdens mijn driftbui in de kas kapot heb gemaakt.

'Hoi, Hardin. Zoek je Landon?' vraagt ze. Ze legt de garde op een bordje en veegt haar handen af aan de zoom van haar schort met aardbeiendessin.

'Dat... weet ik eigenlijk niet,' geef ik toe. Wat doe ik hier eigenlijk?

Wat heb ik toch een zielig leven als ik uitgerekend in dit huis troost moet komen zoeken. Ik weet hoe dat komt, en wel door de herinneringen die ik hier samen met Tessa heb opgebouwd.

'Hij zit boven met Dakota aan de telefoon.'

Karens toon brengt me om de een of andere reden van mijn stuk. 'Is...' Ik kan niet goed met anderen omgaan, behalve dan met Tessa, en ik ben zeker niet goed in het omgaan met andermans emoties. 'Heeft hij een rotdag of zo?' vraag ik, maar dat klinkt behoorlijk lullig.

'Ik denk het wel. Volgens mij heeft hij het de laatste tijd moeilijk. Hij heeft niets tegen me gezegd, maar hij lijkt nogal van streek.'

'Ja...' zeg ik, al heb ik niets aan mijn stiefbroer gemerkt. Aan de andere kant, ik had het zo druk met hem overhalen op Richard te passen dat ik geen tijd had om op zijn stemming te letten.

'Wanneer gaat hij ook alweer naar New York?'

'Over drie weken.' Ze probeert niet te laten merken hoe erg ze dat vindt, maar het lukt haar niet.

'O.' Ik voel me steeds ongemakkelijker. 'Nou, ik ga maar eens...'

'Wil je niet blijven eten?' vraagt ze gretig.

'Eh, nee, dat hoeft niet.'

Dat gesprek met mijn vader van vanmorgen, mijn bezoek aan Zed, en nu dit ongemakkelijke gedoe met Karen: het wordt me allemaal te veel. Ik wil niet horen dat er inderdaad iets met Landon is, want ik weet dat ik het uitgerekend vandaag niet trek als hij emotioneel gaat lopen doen of zo. Ik heb al genoeg aan mijn hoofd met die afkickende verslaafde en dat lege bed bij mij thuis.

111

∞

Tessa

Wanneer ik uit college kom, zit Kimberly in de keuken op me te wachten. De twee wijnglazen die voor haar staan – eentje vol en eentje leeg – maken me duidelijk dat ze uit mijn uitgebleven antwoord heeft kunnen opmaken dat ik inderdaad niet wist dat Hardin naar Engeland gaat.

Ik laat mijn tas op de vloer vallen en ga op de kruk naast haar zitten. Ze glimlacht meelevend naar me. 'Dag, meid.'

Ik draai met een dramatisch gebaar mijn hoofd naar haar om. 'Hoi.'

'Je wist het niet?' Haar blonde haar is vandaag uiterst deskundig in de krul gezet en valt perfect op haar schouders. Haar zwarte, ronde oorbellen glanzen in het felle licht.

'Nee. En zeg maar niets.' Ik slaak een zucht en steek mijn hand uit naar het volle glas wijn.

Lachend pakt ze de fles om het lege glas vol te schenken dat eigenlijk voor mij was bedoeld. 'Christian zei dat Hardin Trish nog geen definitief antwoord heeft gegeven. Ik had eigenlijk niets moeten zeggen zolang ik het niet zeker wist, maar ik had zo'n vermoeden dat hij de bruiloft niet met jou had besproken.'

Ik moet de witte wijn snel doorslikken om te voorkomen dat ik die uitspuug van schrik. 'Bruiloft?' Snel neem ik nog een slok, zodat ik niets hoef te zeggen. Opeens komt er een vreselijke gedachte bij me op: Hardin gaat toch niet naar Engeland om te trouwen? Doen ze in Engeland nog steeds aan gearrangeerde huwelijken?

Nee, dat doen ze niet, dat weet ik toch. Toch blijft die vreselijke gedachte me kwellen totdat Kimberly weer iets zegt. Ben ik nu al dronken?

'Zijn moeder gaat trouwen. Ze heeft Christian vanmorgen gebeld om ons uit te nodigen.'

Ik kijk snel naar het donkere graniet. 'Dat is nieuw voor me.'

Hardins moeder gaat over twee weken trouwen, maar hij heeft niets tegen me gezegd. Dan herinner ik me opeens dat hij eerder zo vreemd tegen me deed. 'Daarom heeft ze hem zo vaak gebeld!'

Kimberly kijkt me met grote, vragende ogen aan en neemt nog een slok wijn.

'Wat moet ik nu doen?' vraag ik. 'Doen alsof ik van niets weet? Hardin en ik communiceren de laatste tijd een stuk beter...' Mijn stem sterft weg. De verbetering is nog maar net zichtbaar, maar de afgelopen week was echt geweldig in vergelijking met vroeger. In de afgelopen zeven dagen lijken we meer vooruitgang te hebben geboekt dan in de afgelopen zeven maanden en konden we zelfs onderwerpen bespreken die vroeger tot fikse ruzies zouden hebben geleid. Nu word ik echter opeens teruggevoerd naar het verleden, toen hij nog dingen voor me geheimhield.

Hij weet inmiddels toch wel dat ik het altijd ontdek als hij iets verborgen houdt?

'Heb je zin om te gaan?' vraagt ze.

'Ik ben niet uitgenodigd, maar ook als dat wel zo was, kon ik toch niet gaan.' Ik laat mijn kin in mijn hand rusten.

Kimberly schuift haar kruk opzij en pakt de randen van de mijne vast, zodat ze me naar zich toe kan draaien. 'Ik vroeg of je zin hebt om te gaan, niet of je kunt,' zegt ze. Haar adem ruikt een beetje naar wijn.

'Het zou geweldig zijn, maar...'

'Ga dan! Desnoods als mijn gast. Ik weet zeker dat Hardins moeder het geweldig zou vinden als je zou komen. Volgens Christian is ze dol op je.'

Hoewel ik nog steeds boos ben omdat Hardin dit voor me geheim heeft gehouden, weten die woorden me op te beuren. Ik vind Trish ook erg aardig.

'Ik kan niet. Ik heb geen paspoort,' zeg ik. Bovendien heb ik geen geld voor een vliegticket, zeker niet op zo'n korte termijn.

Ze wuift mijn bezwaren weg. 'Daar zijn versnelde procedures voor.'

'Ik weet het niet...' Bij de gedachte aan Engeland wil ik het liefst meteen naar mijn computer rennen om uit te zoeken hoe ik het snelst aan een paspoort kan komen. Bij de gedachte aan Hardin, die dit voor me verborgen heeft gehouden, blijf ik echter als verstijfd op mijn kruk zitten.

'Je moet niet zo twijfelen. Trish zou het heerlijk vinden als je komt, en Hardin moet eens leren wat een relatie precies inhoudt.' Ze neemt een slokje wijn. Haar gestifte lippen laten een dieprode afdruk achter op de rand van het glas.

Ik twijfel er niet aan dat hij een goede reden heeft om zijn mond te houden. Hoogstwaarschijnlijk wil hij niet dat ik meega naar Engeland. Ik weet dat zijn verleden hem achtervolgt en twijfel er niet aan dat de spoken uit zijn Londense verleden ons allebei kunnen vinden.

'Zo werkt dat niet bij Hardin,' zeg ik. 'Als je hem tot iets dwingt, zet hij zijn hakken in het zand.'

'In dat geval...' Ze tikt zachtjes met haar voet, gestoken in een rode schoen met een hoge hak, tegen de mijne. 'In dat geval moet jij je hakken misschien nog dieper in het zand zetten.'

Ik besluit om later, buiten het bereik van haar onderzoekende blik, over haar advies na te denken. 'Hardin houdt niet van bruiloften.'

'Iedereen houdt van bruiloften.'

'Hardin niet. Hij heeft er een hartgrondige hekel aan, en aan het hele idee van trouwen,' zeg ik tegen haar, en het ontgaat me niet dat haar ogen groot worden en ze haar glas voorzichtig neerzet.

'Dus... Maar... Ik bedoel...' Ze knippert met haar ogen. 'Ik weet niet wat ik moet zeggen, en dat wil wat zeggen!' Kimberley barst in lachen uit.

Ik moet wel meelachen. 'Ja, zeg dat wel.'

Ondanks mijn sombere humeur voel ik me opgebeurd door Kimberly's aanstekelijke lach. Dat vind ik zo leuk aan haar. Goed, ze kan af en toe verschrikkelijk nieuwsgierig zijn, en ik voel me niet altijd op mijn gemak wanneer ze het over Hardin heeft, maar ik kan haar openheid en eerlijkheid enorm waarderen. Ze is een open boek en zegt altijd waar het op staat. In tegenstelling tot veel van de mensen die ik de laatste tijd heb leren kennen, zit ze niet vol slinkse trucjes.

'Dus wat nu? Jullie blijven eeuwig daten?' vraagt ze.

'Dat zei ik ook al.' Ik begin onwillekeurig te giechelen. Misschien komt het door mijn inmiddels lege glas wijn, of door het feit dat ik de afgelopen week niet meer heb gedacht aan het feit dat Hardin niets permanents wil... Ik weet het niet, maar lachen met Kimberly voelt goed.

'En jullie kinderen? Je vindt het niet erg als die buitenechtelijk zijn?'

'Kinderen!' Ik lach opnieuw. 'Hij wil geen kinderen.'

'Dit wordt steeds beter.' Ze rolt met haar ogen, pakt haar glas en drinkt het leeg.

'Dat zegt hij nu, maar ik hoop...' Ik maak mijn zin niet af. Dat zou te wanhopig klinken.

Kimberly knipoogt. 'Ah, ik snap het al,' zegt ze veelbetekenend, en ik ben blij dat ze van onderwerp verandert en begint over Carine, onze roodharige collega die een oogje op Trevor heeft. En wanneer ze een mogelijke seksuele ontmoeting tussen die twee beschrijft als kijken naar twee kreeften die onhandig tegen elkaar aan botsen, lig ik dubbel van het lachen.

Tegen de tijd dat ik weer op mijn kamer zit, is het na negenen. Ik had expres mijn mobieltje uitgezet, zodat ik een paar uur lang ongestoord met Kimberly kon kletsen. Ik heb haar verteld dat Hardin morgen in plaats van vrijdag naar Seattle wil komen. Ze schoot in de lach en merkte op dat hij nooit lang weg kan blijven.

Ik heb net gedoucht, waardoor mijn haar nog vochtig is, en ik neem de tijd om mijn kantooroutfit voor morgen uit te zoeken. Ik ben tijd aan het rekken, en dat weet ik. Als ik nu mijn mobieltje aanzet, is er een bericht van Hardin, dat weet ik zeker, en dan zal ik hem naar de bruiloft moeten vragen. Of juist niet? In een ideale wereld zou ik er een achteloze opmerking over maken en zou Hardin me uitnodigen om mee te gaan, met het excuus dat hij dat niet eerder heeft gedaan omdat hij op het juiste moment wachtte. Maar de wereld is verre van ideaal en ik word steeds nerveuzer. Hij houdt nu dingen voor me geheim vanwege de leugens die Steph hem heeft verteld, en dat doet pijn. Ik haat haar. Ik hou zo veel van Hardin en wil gewoon dat hij inziet dat zij daar niets aan kan veranderen. Dat niemand daar iets aan kan veranderen.

Aarzelend pak ik mijn mobieltje uit mijn zak en zet het aan. Ik moet mijn moeder terugbellen en ik moet Zed een antwoord sturen, maar ik wil eerst Hardin spreken. Het schermpje vult zich met meldingen en het icoontje met het envelopje knippert. Heel veel tekstberichten, allemaal van Hardin. Ik bel hem terug voordat ik ze allemaal heb kunnen lezen.

Hij neemt meteen op. 'Jezus, Tessa!'

'Heb je me geprobeerd te bellen?' vraag ik bedeesd. Ik klink zo onschuldig als ik maar kan, in de hoop dat dat hem kalmeert.

'Of ik je heb geprobeerd te bellen? Dat meen je niet, hè? Ik probeer je al drie uur lang onafgebroken te bellen,' zei hij snuivend. 'Ik heb zelfs Christian gebeld.'

'Wat?' vraag ik, maar omdat ik hem niet nog kwader wil maken, voeg ik er snel aan toe: 'Ik heb met Kim zitten kletsen.'

'Waar?' vraagt hij onmiddellijk.

'Hier, thuis,' zeg ik. Ik vouw ondertussen mijn vieze kleren op en leg ze in de wasmand. Voordat ik naar bed ga, moet ik nog wel een wasje draaien.

'Nou, als je weer eens hoognodig met...' Hij laat een gefrustreerde kreun horen en begint dan opnieuw, op zachtere toon: 'Misschien kun je de volgende keer even een berichtje sturen of zo voordat je je telefoon uitzet.' Hij slaakt een diepe zucht en voegt eraan toe: 'Je weet hoe ik ben.'

Ik waardeer de verandering in toon en het feit dat hij ophield voordat hij kon zeggen wat hij aanvankelijk wilde zeggen. Dat hoor ik liever niet. Helaas is de milde roes van de wijn zo goed als verdwenen en ga ik gebukt onder de wetenschap dat Hardin van plan is naar Engeland te gaan.

'Hoe was jouw dag?' vraag ik, in de hoop dat hij, als ik hem de gelegenheid geef, over de bruiloft zal beginnen.

Hij slaakt een zucht. 'Die was... nou ja, lang.'

'Die van mij ook.' Ik weet niet wat ik moet zeggen zonder het hem op de man af te vragen. 'Zed heeft me vandaag een berichtje gestuurd.'

'O ja?' Hardins stem is kalm, maar ik hoor een spoortje van de barsheid die me normaal gesproken onzeker zou hebben gemaakt.

'Ja, vanmiddag. Hij zei dat hij donderdag in Seattle zit.'

'En wat heb je hem geantwoord?'

'Nog niets.'

'Waarom vertel je me dit?' vraagt Hardin.

'Omdat ik wil dat we open tegen elkaar zijn. Geen geheimen meer. Dat we niets voor elkaar verborgen houden.' Ik benadruk die laatste woorden, in de hoop dat ik hem tot openheid kan verleiden.

'Nou... goed dat je het hebt verteld. Dat vind ik fijn,' zegt hij. En verder niets.

Dat meent hij niet.

'Ja, nou... Is er verder nog iets wat jij mij wilt vertellen?' vraag ik, me nog steeds vastklampend aan de hoop dat hij net zo eerlijk zal zijn.

'Eh, ik heb vandaag met mijn vader gesproken.'

'O ja? Waarover?' Godzijdank. Ik wist wel dat hij zou bijdraaien.

'Een overplaatsing naar Seattle.'

'Echt!' Het was niet mijn bedoeling, maar dat woord komt er bijna als een enthousiast gilletje uit.

Aan de andere kant van de lijn klinkt Hardins diepe lach. 'Ja, maar hij zei dat ik dan pas later kan afstuderen en dat het dus zo laat in het semester niet zo handig is.'

'O.' Ik voel dat ik een pruillip trek. Ik aarzel even en vraag dan: 'En meteen daarna?'

'Ja, dat kan.'

'Ja, dat kan? Dat is alles? Zo gemakkelijk is het?' Mijn blijdschap overheerst alles. Ik wou dat hij hier was, dan zou ik hem nu bij zijn T-shirt grijpen en hem heel hard zoenen.

Dan zegt hij: 'Ja, waarom zou ik het onvermijdelijke uitstellen?'

Mijn glimlach verdwijnt. 'Je doet alsof naar Seattle verhuizen een of andere gevangenisstraf is.'

Hij zegt niets.

'Hardin?'

'Zo zie ik het niet. Ik erger me alleen aan hoe alles is gelopen. We hebben zo veel tijd verspild, en dat vind ik vervelend.'

'Dat snap ik,' zeg ik. Zijn woorden zijn onbehouwen, maar hij bedoelt dat hij me heeft gemist. Mijn hoofd tolt nog altijd omdat hij eindelijk heeft gezegd dat hij voor mij naar Seattle wil verhuizen. We hebben hier al maanden ruzie over, en nu geeft hij opeens toe, zonder zich te verzetten. 'Dus het wordt Seattle? Zeker weten?' vraag ik.

'Ja. Ik ben wel aan een nieuwe start toe. Dat kan net zo goed in Seattle zijn.'

Opgetogen flap ik eruit: 'Dus niet in Engeland?' Zijn laatste kans om over de bruiloft te beginnen.

'Nee, niet in Engeland.'

Ik heb de grote slag om Seattle al gewonnen, dus wanneer de irritatie over de bruiloft weer de kop opsteekt, besluit ik hem niet verder onder druk te zetten. Hoe dat ook afloopt, ik krijg in elk geval wat ik wil: Hardin in Seattle, bij mij.

112

∞

Tessa

Wanneer de volgende ochtend de wekker gaat, ben ik doodop. Ik heb amper een oog dichtgedaan. Ik heb urenlang liggen woelen en viel telkens bijna in slaap, maar uiteindelijk lukte dat toch niet.

Ik weet niet of het kwam door de opwinding over het feit dat Hardin eindelijk naar Seattle wil verhuizen, of door de gedachte aan het gesprek over Engeland dat we vroeg of laat moeten voeren, maar wat het ook was, ik kon de slaap niet vatten, en nu zie ik er verschrikkelijk uit. De kringen onder mijn ogen zijn minder gemakkelijk met concealer te verbergen dan de cosmeticafabrikanten ons willen doen geloven, en mijn slordige haar doet vermoeden dat ik mijn vinger in het stopcontact heb gestoken. Blijkbaar kon mijn vreugde over zijn aanstaande verhuizing mijn ongerustheid over wat hij heeft verzwegen niet helemaal wegnemen.

Ik zeg ja tegen de lift die Kimberly me aanbiedt en heb daardoor een paar minuten langer de tijd om een extra laagje mascara aan te brengen terwijl zij als een bezetene heen en weer schiet tussen de rijbanen op de snelweg. Ze doet me aan Hardin denken, die vloekt ook tegen alle automobilisten en claxonneert vaker dan voor een weldenkend mens gepast is.

Hardin heeft niet gezegd of hij nog van plan is om vandaag naar Seattle te komen. Toen ik het hem gisteravond vroeg, vlak voordat we ophingen, zei hij dat hij het me vanochtend zou laten weten. Het is nu bijna negen uur en ik heb nog niets van hem gehoord. Ik kan het gevoel dat er iets met hem is niet van me afschudden, en dat moeten we oplossen, anders zal het tot meer problemen leiden. Ik weet dat Steph hem behoorlijk van streek heeft gemaakt, dat merk ik aan de manier waarop hij alles wat ik zeg in twijfel trekt. Hij houdt opnieuw dingen voor me verborgen, en ik ben doodsbang voor de moeilijkheden die dat kan veroorzaken.

'Misschien moet jij dit weekend maar naar hem toe gaan,' merkt Kimberly op tussen het schelden op een vrachtwagen en een Mini door.

'Is het zo duidelijk dat ik aan hem denk?' Ik til mijn wang op van het koude raampje.

'Ja, je bent een open boek.'

'Het spijt me dat ik zo zit te somberen.' Ik zucht.

Het is eigenlijk niet zo'n slecht idee om dit weekend terug te gaan. Ik mis Landon heel erg, en het zou leuk zijn om mijn vader weer te zien.

'Somber ben je zeker.' Ze lacht naar me. 'Maar daar is een oplossing voor: koffie en rode lippenstift.'

Ik knik instemmend. Ze neemt de afrit, maakt midden op een drukke kruising een bocht van honderdtachtig graden en zegt: 'Ik weet hier in de buurt een leuk koffietentje.'

Tegen het middaguur is mijn sombere bui verdwenen, maar ik heb nog steeds niets van Hardin gehoord. Ik heb hem twee berichtjes gestuurd, maar hield mezelf tegen voordat ik hem kon bellen. Trevor zit aan een leeg tafeltje in de kantine op me te wachten, met twee bordjes pasta voor zijn neus.

'Ze hebben mijn bestelling per ongeluk twee keer gebracht, dus ik kan je in elk geval vandaag voor een magnetronmaaltijd behoeden.' Glimlachend schuift hij een pakje met plastic bestek naar me toe.

De pasta smaakt al even lekker als hij ruikt en de overheerlijke tomatensaus herinnert me eraan dat ik vanmorgen niet eens heb ontbeten. Mijn eerste hap ontlokt me een gelukzalig kreunend geluidje dat me doet blozen.

'Lekker, hè?' Trevor kijkt me stralend aan en veegt met zijn duim een druppel saus uit zijn mondhoek. Dan brengt hij zijn duim naar zijn mond, en ik stel vast dat zo'n onnadenkend gebaar erg vreemd staat bij een man in pak.

'Mmm...' Ik kan eigenlijk niets zeggen omdat ik het te druk heb met pasta in mijn mond proppen.

‘Dat doet me deugd...’ Trevor wendt zijn diepblauwe ogen af van de mijne en schuift heen en weer op zijn stoel.

‘Is alles oké?’ vraag ik.

‘Ja... Ik... Nou... er is iets wat ik met je wil bespreken.’

Ik vraag me af of er echt een fout met zijn bestelling is gemaakt. ‘Goed...’ antwoord ik, in de hoop dat dit niet al te ongemakkelijk zal worden.

‘Het is een beetje ongemakkelijk.’

Fantastisch. ‘Zeg het maar.’ Ik glimlach bemoedigend.

‘Nou... Het zit dus zo.’ Hij zwijgt even en strijkt met zijn vingertop over een van zijn zilveren manchetknopen. ‘Carine heeft me gevraagd of ik met haar mee wil naar Krystals bruiloft.’

Ik maak van de gelegenheid gebruik om een flinke hap pasta te nemen, zodat ik niet meteen antwoord hoef te geven. Ik weet niet goed waarom hij me dit vertelt of wat ik moet zeggen. Ik knik om aan te geven dat hij verder moet gaan en probeer niet te denken aan de grappige manier waarop Kimberly Carine en Trevor gisteren beschreef.

‘En ik vroeg me af of er een reden is om nee tegen haar te zeggen,’ zegt Trevor. Hij kijkt me aan, duidelijk wachtend op een antwoord.

Ik verslik me bijna en maak hem daardoor aan het schrikken, maar wanneer hij me bezorgd aankijkt, steek ik een vinger omhoog en kauw ik even goed voordat ik slik. ‘Ik zou niets kunnen bedenken.’

Ik hoop dat daarmee de kous af is. Maar wanneer hij verdergaat met ‘Ik bedoel dus...’ kan ik alleen maar hopen dat hij op wonderbaarlijke wijze inziet wat hij bedoelt en die zin zonder verdere uitleg laat wegsterven.

Vergeet het maar.

‘Ik weet dat jij en Hardin een beetje een los-vastrelatie hebben, en ik weet ook dat dit een van die momenten is waarop het niet echt “aan” is, dus voordat ik ja tegen haar zeg, wil ik zeker weten dat ik niet verder word afgeleid.’

Ik weet niet goed wat ik moet zeggen en vraag zachtjes: ‘Afgeleid?’

Ik voel me helemaal niet op mijn gemak, maar Trevor is zo aardig en zijn wangen zijn zo dieprood geworden dat ik een overweldigende behoefte voel om hem gerust te stellen.

‘Sinds je hier bent komen werken, heb je me voortdurend afgeleid,’ zegt hij snel. ‘Dat bedoel ik niet negatief; ik bedoel gewoon dat ik rustig heb afgewacht en niet iets met een ander wil beginnen voordat duidelijk is hoe het tussen ons zit.’

Ik heb mijn eigen meneer Collins hier voor me zitten – en een erg knap exemplaar, mag ik wel zeggen – en ik voel me net zo opgelaten als Elizabeth Bennet in *Pride and Prejudice.*

'Trevor, het spijt me, ik...'

'Ik snap het al.' De oprechte blik in zijn ogen wordt me bijna te veel. 'Ik snap het. Ik wilde het gewoon zeker weten.' Hij prikt in zijn pasta en voegt eraan toe: 'Ik denk dat de vorige afwijzingen niet genoeg waren.' Hij lacht zacht en nerveus.

Ik knik begrijpend. 'Ze mag zich gelukkig prijzen met jou als date voor een bruiloft,' zeg ik, in de hoop dat hij zich daardoor iets minder opgelaten voelt. Ik had hem niet met meneer Collins mogen vergelijken, hij is lang niet zo opdringerig of lastig. Ik neem een flinke slok water en hoop dat we er nu mee klaar zijn.

'Dank je,' zegt hij, maar dan voegt hij er met een lachje aan toe: 'Misschien kan Hardin nu ophouden me "die klote-Trevor" te noemen.'

Ik moet mijn hand voor mijn mond houden om te voorkomen dat ik het water weer uitspuug. Ik slik het snel door en zeg: 'Ik wist niet dat je dat wist!' Mijn ontzette lach schalt door de kleine ruimte.

'Het was me niet ontgaan.' Trevors ogen lachen, en ik ben zo blij dat we hier als vrienden om kunnen lachen, zonder misverstanden.

Mijn geluk is van korte duur. Trevor kijkt naar de deuropening, en de glimlach verdwijnt van zijn gezicht. Ik draai me om en volg zijn blik.

'Wat ruikt het hier lekker!' zegt de ene roddeltante tegen de andere. Het is niet fraai dat ik zo'n hekel aan die twee heb, maar ik kan er niets aan doen.

'Kom, dan gaan we,' fluistert Trevor met een blik op de kleinste van de twee.

Ik kijk hem verwonderd aan, maar sta wel op en gooi de lege verpakking in de prullenpak.

'Je ziet er vandaag erg goed uit, Tessa,' zegt de langste van de twee. Ik kan haar gezicht niet zien, maar ik weet zeker dat ze me in de maling neemt. Ik loop erbij als een lijk.

'Eh, dank je.'

'Wat is de wereld toch klein, hè? Werkt Hardin nog altijd voor Bolthouse?'

Mijn tas glijdt van mijn schouder. Ik tast snel naar het leren hengsel voordat hij op de grond valt. Ze kent Hardin?

'Ja, nog steeds.' Ik recht mijn rug om zo de indruk te wekken dat het noemen van zijn naam me helemaal niet van mijn stuk heeft gebracht.

'Doe hem de groeten van mij, oké?' Ze lacht spottend, draait zich op haar hakken om en loopt weg, gevolgd door haar nare vriendin.

'Wat was dat in vredesnaam?' vraag ik aan Trevor, nadat ik heb gekeken of ze ons niet in de gang staan af te luisteren. 'Had je ooit gedacht dat ze dat tegen me zouden zeggen?'

'Nee, maar het verbaast me niet. Ik heb die twee over je horen praten.'

'Wat? Ze kennen me niet eens.'

Trevor voelt zich duidelijk niet op zijn gemak. Hij is van alle mensen die ik ooit heb ontmoet echt het meest een open boek. 'Het ging niet echt over jou...'

'Ze hadden het over Hardin, hè?' vraag ik.

Met een knikje bevestigt hij mijn vermoeden.

'Wat zeiden ze precies?'

Trevor stopt de punt van zijn knalrode stropdas weg in zijn overhemd. 'Dat... dat zeg ik liever niet. Dat moet je maar aan hem vragen.'

Trevors aarzeling doet me vermoeden dat Hardin met een van hen naar bed is geweest, of misschien wel met allebei. Ik huiver bij de gedachte. Ze zijn niet veel ouder dan ik, een jaar of vijfentwintig, en ik moet toegeven dat ze allebei erg knap zijn. Als je tenminste van dat overdreven opgemaakte zonnebanktype houdt.

Het is een lange weg terug naar mijn kamer, en ik merk dat de jaloezie aan me knaagt. Als ik Hardin niet naar die vrouwen vraag, drijf ik mezelf nog tot waanzin.

Zodra ik op mijn kamer zit, bel ik hem. Ik moet weten of hij vanavond hiernaartoe komt en ik wil worden gerustgesteld.

Voordat ik Hardin in mijn lijst met contacten kan opzoeken, flitst de naam van Zed op het schermpje. Ik krimp even ineen, maar dan besluit ik het ijzer te smeden nu het heet is.

'Hoi,' zeg ik. Maar ik klink niet goed: te opgetogen, te gemaakt

'Hoi Tessa, hoe gaat het?' vraagt Zed. Het lijkt zo lang geleden dat ik zijn vlotte stem voor het laatst heb gehoord, maar dat is niet zo.

'Het... gaat.' Ik druk mijn voorhoofd tegen het koele blad van mijn bureau.

'Dat klinkt niet goed.'

'Het gaat wel. Ik heb alleen veel aan mijn hoofd.'

'Nou, daarom bel ik je ook. Ik weet dat ik zei dat ik morgen in de stad zou zijn, maar mijn plannen zijn veranderd.'

‘O ja?’ Ik word overspoeld door een golf van opluchting en kijk op naar het plafond. Pas nu ik mijn adem laat ontsnappen, besef ik dat ik die had ingehouden. ‘Nou, dat is goed. Je kunt ook een volgende keer...’

‘Nee, ik bedoel dat ik nu in de stad ben,’ zegt hij, en mijn hartslag gaat meteen twee keer zo snel. ‘Ik ben gisteravond aangekomen, na een zware rit. Ik zit nu een paar straten bij je werk vandaan. Ik wil je daar verder niet storen, maar misschien kunnen we na je werk samen een hapje gaan eten of zo?’

‘Eh...’ Ik kijk op de klok. Het is kwart over twee en Hardin heeft nog steeds niet op mijn berichtjes geantwoord. ‘Ik weet niet of dat verstandig is. Hardin komt vanavond ook nog langs,’ geef ik toe.

Eerst Trevor, nu Zed. Heeft die extra mascara die ik vanmorgen heb opgedaan magische krachten of zo?

‘Zeker weten?’ vraagt Zed.

‘Ik weet het niet.’ Ik bonk vrij dramatisch met mijn hoofd tegen mijn bureau. Het is niet hard genoeg om mezelf te verwonden, maar wel zo hard dat ik weet dat Zed het aan de andere kant van de lijn kan horen.

‘Gewoon een hapje eten, meer niet. Daarna kun je doen wat je wilt,’ zegt hij vleiend. ‘Het zal toch leuk zijn om een bekend gezicht te zien?’

Ik kan me zijn glimlach zo goed voorstellen. Ik ben gek op die lach.

En daarom vraag ik: ‘Ik ben vandaag met iemand meegereden en heb dus geen auto. Kun je me om vijf uur ophalen?’ En wanneer we het eens worden, ben ik zowel opgetogen als doodsbenauwd.

113

∞

Tessa

Om vijf voor vijf probeer ik Hardin te bellen, maar hij neemt niet op. Waar hangt hij toch de hele dag uit? Het is mogelijk dat hij op weg is naar Seattle om mij te verrassen, maar die kans lijkt me eerlijk gezegd klein. Sinds ik ja heb gezegd tegen een etentje met Zed word ik geplaagd door twijfel. Ik weet dat Hardin het niet kan uitstaan dat we bevriend zijn. Hij vindt dat zo erg dat hij er in zijn dromen door wordt achtervolgd, en nu gooi ik alleen maar olie op het vuur.

Ik neem niet de moeite om mijn haar of make-up bij te werken, maar stap meteen in de lift die me naar de lobby brengt. Ik negeer Kimberly's kritische blikken. Misschien had ik haar beter niet over mijn plannen kunnen vertellen. Aan de andere kant van de dikke ruit zie ik Zeds auto staan, en ik merk dat ik een zekere opwinding voel omdat ik weer een bekend gezicht zal zien. Ik had liever gehad dat het Hardin was, maar Hardin is niet hier. En Zed wel.

Zodra ik naar buiten loop, stapt Zed uit zijn auto om me te begroeten. Ik loop naar hem toe en zie zijn lach steeds breder worden. Hij heeft zijn baard laten staan. In zijn zwarte jeans en grijze shirt met lange mouwen ziet hij er zoals altijd knap uit, terwijl ik net een vogelverschrikker ben.

'Hoi.' Hij glimlacht en spreidt zijn armen voor een omhelzing.

Ik weet niet goed wat ik moet doen, maar ik wil zo graag een knuffel dat ik in zijn armen kruip.

'Dat is een tijdje geleden,' zegt hij in mijn haar.

Ik knik instemmend en vraag: 'Hoe gaat het?' Ik maak me los uit zijn omhelzing.

Hij slaakt een zucht. 'Het was gisteren een lange rit hiernaartoe, maar gelukkig had ik goede muziek bij me.'

Hij opent het portier voor me en ik stap snel in. Buiten is het koud, maar zijn auto is warm en ruikt naar hem.

'Waarom besloot je eerder te komen?' vraag ik terwijl Zed zich aarzelend tussen het overige verkeer voegt.

'Ik... ben gewoon van gedachten veranderd, meer niet.' Zijn blik schiet heen en weer tussen de achteruitkijkspiegel en de zijspiegels.

'Het verkeer in deze stad is nogal intimiderend,' zeg ik.

'Zeg dat wel.' Hij glimlacht, zijn blik geconcentreerd op de weg gericht.

'Weet je al waar je wilt gaan eten? Ik ken de stad nog niet echt goed en heb geen idee waar de beste restaurantjes zijn.'

Ik kijk op mijn telefoon. Nog steeds geen antwoord van Hardin. Ik raadpleeg mijn app met eettentjes, en na een paar minuten kiezen Zed en ik voor een Mongools grillrestaurant.

Ik kies voor kip met groenten en kijk met open mond naar de chef-kok die alles voor onze neus klaarmaakt. Ik heb nog nooit in een restaurant als dit gegeten, tot genoegen van Zed. We zitten tegenover elkaar achter in de kleine ruimte en zeggen allebei zo weinig dat het ongemakkelijk wordt.

'Is er iets mis?' Ik prik in mijn eten.

Zeds blik is zacht en bezorgd. 'Ik weet niet eens of ik het wel moet zeggen... Je hebt al genoeg aan je hoofd, en ik wil je avond niet verpesten.'

'Wees maar niet bang. Wat is er?' Ik zet me in gedachten schrap voor de onvermijdelijke klap.

'Hardin is gisteren bij me langsgekomen.'

'Wat?' Ik kan mijn verbazing niet verbergen. Waarom zou Hardin dat doen? En als het echt waar is, waarom is Zed dan nog ongeschonden en met al zijn ledematen intact? 'Wat moest hij?' vraag ik.

'Me vertellen dat ik bij jou uit de buurt moet blijven,' zegt hij meteen.

Toen ik Hardin gisteravond vertelde dat Zed me een berichtje had gestuurd, reageerde hij zo onverschillig. 'Hoe laat was dat?' vraag ik. Hopelijk nadat we hadden afgesproken om niets voor elkaar te verzwijgen.

''s Middags, rond een uur of drie.'

Ik slaak een geërgerde zucht. Soms kent Hardin echt geen grenzen, en zijn lijst met overtredingen wordt met de seconde langer.

Ik wrijf over mijn slapen. Mijn eetlust is verdwenen. 'Wat zei hij precies?'

'Dat ik uit je buurt moet blijven. Het maakt niet uit hoe, en het doet er niet toe of ik je daardoor kwets. Hij was zo kalm dat ik er bijna bang van werd.' Hij rijgt een stukje broccoli aan zijn vork en stopt het in zijn mond.

'En je bent toch gekomen?'

'Ja.'

Ik ben die door testosteron gevoede strijd tussen die twee inmiddels goed zat en slaag er maar niet in vanaf de zijlijn de vrede te bewaren. 'Waarom?'

Zijn goudbruine ogen kijken me recht aan. 'Omdat die dreigementen van hem bij mij niet meer werken. Hij kan me niet vertellen met wie ik wel of geen vrienden kan zijn. Ik hoop dat jij er net zo over denkt.'

Ik vind het ontzettend irritant dat Hardin met Zed is gaan praten, maar ik vind het nog irritanter dat hij dat voor me heeft verzwegen. Hij wilde dat Zed me zou kwetsen door een einde aan onze vriendschap te maken en heeft ook nog eens zijn eigen rol daarin voor me verborgen houden.

‘Het zint mij ook niet dat Hardin wil bepalen met wie ik wel of geen vrienden ben.’ Zodra die woorden mijn mond hebben verlaten, verschijnt er een triomfantelijke blik in Zeds ogen, maar dat zint me evenmin. ‘Maar ik denk ook dat hij goede redenen heeft om te zeggen dat wij twee beter geen vrienden kunnen zijn. Vind je ook niet?’

Zed schudt vriendelijk zijn hoofd. ‘Ja en nee. Ik wil mijn gevoelens niet voor je verborgen houden, maar je weet ook dat ik je nergens toe zal dwingen. Ik heb je verteld dat ik genoegen neem met wat je me kunt geven, en als dat niet meer dan vriendschap is, dan is dat voor mij genoeg.’

‘Ik weet dat je me nooit ergens toe zult dwingen.’ Ik ga met opzet op slechts een deel van zijn opmerking in. Dat zou Zed inderdaad nooit doen, maar het stoort me dat hij zo over Hardin praat.

‘Kun je over hem hetzelfde zeggen?’ vraagt Zed uitdagend. Hij kijkt me indringend aan.

Mijn neiging om Hardin te verdedigen is zo sterk dat ik zeg: ‘Nee, dat kan ik niet. Ik weet hoe hij is, maar zo is hij nu eenmaal.’

‘Je neemt het altijd meteen voor hem op. Dat snap ik niet.’

‘Dat hoeft ook niet,’ zeg ik bars.

‘O nee?’ zegt Zed zacht. Hij fronst.

‘Nee.’ Ik recht mijn rug en maak me zo lang mogelijk.

‘Het stoort je niet dat hij zo bezitterig is? Hij bepaalt met wie je vrienden kunt zijn...’

‘Het stoort me wel, maar...’

‘Je staat het toe.’

‘Ben je helemaal naar Seattle gekomen om me eraan te herinneren dat Hardin zo bazig is?’

Zed wil iets zeggen, maar doet zijn mond weer dicht.

‘Wat?’ dring ik aan.

‘Hij doet alsof je zijn bezit bent, en ik maak me zorgen over je. Je komt zo gestrest over.’

Ik slaak verslagen een zucht. Ik ben gestrest, veel te gestrest, maar een ruzie met Zed zal niet veel helpen. Daardoor neemt mijn frustratie alleen maar toe. ‘Ik ga geen excuses voor hem bedenken, maar je weet niet hoe onze relatie in elkaar zit. Je ziet niet hoe hij me behandelt als we alleen zijn. Je begrijpt hem niet zo goed als ik.’ Ik schuif mijn bord opzij en zie dat het stelletje aan de tafel naast ons naar ons zit te kijken. Op gedempte toon vervolg ik: ‘Ik wil geen ruzie met je, Zed. Ik ben doodop en wil graag een paar onbezorgde uren met je doorbrengen.'

Hij leunt achterover. 'Dat was best wel lullig van me, hè?' zegt hij met een droevige blik. 'Het spijt me, Tessa. Ik kan de lange autorit wel de schuld geven... maar dat is geen excuus. Het spijt me.'

'Het geeft niet. Ik wilde je niet afsnauwen. Ik weet niet wat ik heb.' Ik kan elk moment ongesteld worden. Misschien ben ik daarom wel zo prikkelbaar.

'Het is mijn schuld.' Hij steekt zijn hand uit en geeft de mijne een kneepje.

De spanning tussen ons neemt toe. Ik blijf maar aan Hardin denken, maar omdat ik de stemming niet wil bederven vraag ik: 'Gaat verder alles goed?'

Zed begint aan verhalen over zijn familie en over hoe warm het tijdens zijn laatste bezoek aan Florida was. Het gesprek verloopt weer op een normale, ontspannen manier, en de spanning verdwijnt. Ik kan weer wat eten.

Wanneer we naar de auto lopen, vraagt Zed: 'Wat ga je vanavond doen?'

'Naar de jazzclub van Christian. Die is net geopend.'

'Christian?' vraagt Zed.

'O, mijn baas. Ik logeer bij hem.'

Hij trekt zijn wenkbrauwen op. 'Je logeert bij je baas?'

'Ja, maar hij is een oude studiegenoot van Hardins vader en hij kent Ken en Karen al heel lang,' leg ik uit. Ik had niet beseft dat Zed verder niets van mijn leven hier weet. Hij heeft me weliswaar opgehaald van het verlovingsfeestje van Christian en Kimberly, maar hij kent die twee verder niet.

'O, dus zo ben je aan die betaalde stage gekomen?'

Oeps. 'Ja,' geef ik toe.

'Nou ja, dat is wel te gek voor je.'

'Dank je.' Ik kijk uit het raampje en haal mijn mobieltje uit mijn tas. Nog altijd niets. 'Wat ga jij in Seattle doen?' vraag ik tijdens mijn uitleg over hoe hij naar het huis van Christian moet rijden. Ik heb het adres op mijn telefoon ingetikt, maar het scherm blijft hangen en het toestel valt twee keer uit voordat het eindelijk wil meewerken.

'Dat weet ik nog niet. Ik moet eens kijken wat mijn vrienden van plan zijn. Misschien kunnen we later vanavond iets afspreken? Of voordat ik zaterdag weer vertrek?'

'Dat zou leuk zijn. Ik laat het je nog wel weten,' zeg ik.

'Wanneer komt Hardin?' De giftige ondertoon in zijn vraag ontgaat me niet.

Ik kijk weer naar het schermpje, deze keer uit gewoonte. 'Geen idee. Misschien vanavond.'

'Zijn jullie weer bij elkaar? Ik weet dat we het er niet meer over zouden hebben, maar ik snap er niks van.'

'Ik ook niet,' geef ik toe. 'We geven elkaar de laatste tijd wat ruimte.'

'En dat werkt?'

'Ja.' Tot een paar dagen geleden, toen Hardin opeens dingen voor me ging verzwijgen.

'Dat is mooi.'

Ik moet weten wat hij denkt. Ik kan aan zijn blik zien dat er van alles door zijn hoofd gaat. 'Wat?'

'Niets. Dat wil je niet weten.'

'Jawel.' Ik weet dat ik er spijt van zal krijgen, maar daar wordt mijn nieuwsgierigheid niet minder om.

'Ik zie dat niet zo, van die ruimte. Jij logeert in Seattle bij een vriend van zijn familie die ook nog eens je baas is. Dat betekent dat hij je zelfs van een afstand nog de baas is en probeert de paar vrienden die je hebt weg te jagen. Bovendien komt hij ook nog naar Seattle om je op te zoeken. Dat klinkt niet echt als elkaar de ruimte geven.'

Zo had ik het nog niet bekeken. Wilde Hardin daarom voorkomen dat ik een eigen woning huurde? Kwam het hem goed uit dat ik in Seattle nog altijd onder het waakzame oog van de vrienden van zijn familie zou leven?

Ik schud mijn hoofd om die gedachte te verdrijven. 'Het werkt voor ons. Jij vindt het misschien niet logisch, maar voor ons werkt het. Ik weet...'

'Hij wilde me omkopen. Me iets geven als ik zou beloven jou nooit meer te zien,' onderbreekt Zed me.

'Wat?'

'Ja. Hij heeft me eerst bedreigd en zei toen dat ik hem een aanbod moest doen. Hij zei dat ik maar een andere slet moest zoeken. Er lopen volgens hem genoeg sletten rond op de campus.'

Slet?

Zed haalt nonchalant zijn schouders op. 'Hij zei dat niemand anders jou ooit kan krijgen. Hij leek er vreselijk trots op te zijn dat je nog altijd bij hem bent, zelfs nadat hij je had verteld dat hij met Molly naar bed was geweest toen jullie al iets met elkaar hadden.'

Die opmerking over Hardin en Molly doet pijn, en dat weet Zed ook wel. Daarom zei hij het.

'Dat ligt achter ons. Ik wil het niet over Hardin en Molly hebben,' zeg ik knarsetandend.

'Ik wil gewoon dat je weet met wie je te maken hebt. Als jij er niet bij bent, is hij heel anders.'

'Dat is niet erg,' zeg ik. 'Je kent hem niet.' Tot mijn opluchting rijden we inmiddels door de buitenwijken en zullen we over een paar minuten bij het huis van Christian aankomen. Hoe eerder deze rit voorbij is, hoe beter.

'Jij kent hem ook niet,' zegt hij. 'Je bent vooral bezig ruzie met hem te maken.'

'Wat wil je nu eigenlijk, Zed?' vraag ik. Ik vind het niet prettig dat het gesprek deze richting is ingeslagen, maar ik weet niet hoe ik het terug moet brengen naar neutraal terrein.

'Niets. Ik had alleen gehoopt dat je na al die tijd en na al die ellende die hij je heeft aangedaan eindelijk zou inzien hoe het echt zit.'

Er komt een gedachte bij me op. 'Heb je hem verteld dat je naar Seattle ging?'

'Nee.'

'Je vecht niet helemaal eerlijk,' wijs ik hem terecht.

'Hij ook niet.' Hij slaakt een zucht en probeert wanhopig om zijn stem niet te verheffen. 'Hoor eens, ik weet dat je hem tot je laatste snik zult verdedigen, maar je kunt het me niet kwalijk nemen dat ik wil wat hij heeft. Ik wil degene zijn die je verdedigt, ik wil degene zijn die je vertrouwt, ook al kun je dat beter niet doen. Ik zal er altijd voor je zijn. Hij niet.' Hij strijkt met zijn hand over zijn baard en haalt nog eens diep adem. 'Ik vecht niet eerlijk, maar hij ook niet. Dat heeft hij van het begin af aan al niet gedaan. Soms ben ik geneigd te geloven dat hij alleen maar iets voor je voelt omdat hij weet dat ik iets voor je voel.'

Dit is dus de reden waarom Zed en ik nooit vrienden zullen kunnen zijn. Hij is heel aardig en vol begrip, maar het kan niet werken. Hij heeft het niet opgegeven, en ik denk dat dat op een bepaalde manier vleiend is, maar ik kan hem niet geven wat hij van me wil en ik wil niet elke keer dat ik hem zie tekst en uitleg hoeven geven over mijn relatie met Hardin. Hij is er voor me, dat is waar, maar alleen omdat ik hem dat toesta.

'Ik weet niet of ik nog genoeg over heb wat ik je kan geven,' zeg ik. 'Zelfs niet als goede vriendin.'

Zed kijkt me onbewogen aan. 'Dat komt omdat hij je heeft leeggezogen.'

Ik zeg niets en staar uit het raampje naar de dennen langs de weg. Ik vecht tegen de tranen en de opwellende spanning en hoor Zed mompelen: 'Ik wil niet dat deze avond zo eindigt. Nu wil je me waarschijnlijk nooit meer zien.'

Ik wijs uit het raampje. 'Daar is de oprit.'

In een gespannen stilte rijden we naar het grote huis. Ik kijk even naar Zed en zie dat hij met grote ogen naar de villa van Christian zit te staren.

'Dat is zelfs nog groter dan dat andere huis waar ik je eerder heb opgehaald,' merkt hij op, in een poging de spanning te verminderen.

In een poging hetzelfde te doen vertel ik hem over de fitnessruimte en de ruime keuken, en dat Christian van alles in huis met zijn iPhone kan bedienen.

En dan stokt mijn adem.

Achter Kimberly's gestroomlijnde Audi staat de auto van Hardin. Zed ziet die op hetzelfde moment als ik, maar het lijkt hem koud te laten. Ik voel echter dat ik lijkbleek word. 'Ik kan maar beter naar binnen gaan,' zeg ik.

Zed zet zijn auto stil en zegt: 'Nogmaals: het spijt me, Tessa. Loop alsjeblieft niet naar binnen terwijl je nog boos op me bent. Je hebt al genoeg aan je hoofd, dat moet ik niet nog erger maken.'

Hij biedt aan om mee naar binnen te lopen, maar ik sla het aanbod af. Ik weet dat Hardin ontzettend kwaad zal zijn, maar ik ben degene die verantwoordelijk is voor deze rotzooi en het is aan mij om het op te lossen.

Ik merk dat ik langzamer ga lopen wanneer ik de deur nader, maar ik versnel mijn pas niet. Ik probeer te bedenken wat ik moet zeggen, of juist niet, en of ik boos moet zijn op Hardin of mijn excuses moet aanbieden omdat ik met Zed heb afgesproken, maar voordat ik iets kan beslissen, zwaait de deur open.

Hardin komt naar buiten in zijn donkerblauwe jeans en een effen zwart T-shirt. Ik heb hem twee dagen geleden nog gezien, maar toch begint mijn hart sneller te kloppen en verlang ik ernaar dicht bij hem te zijn. Ik heb hem in die twee dagen zo gemist.

Zijn gezicht is verstrakt en zijn ijzige blik volgt Zeds auto die uit het zicht verdwijnt.

'Hardin, ik...'

'Ga naar binnen,' zegt hij streng.

'Ga me nu niet...' begin ik, maar hij zegt: 'Kom binnen, het is koud.' Hardins ogen vonken, en door de hitte die ik daarin zie, besluit ik de discussie nu niet aan te gaan. Hij verbaast me door zachtjes zijn hand op mijn rug te leggen en me naar binnen te leiden. Kimberly en Smith doen in de woonkamer een of ander kaartspelletje, maar Hardin voert me zonder iets te zeggen mee naar mijn slaapkamer.

Daar doet hij kalm de deur achter ons dicht en draait die op slot. Dan kijkt hij op me neer en vraagt: 'Waarom?'

Mijn hart barst bijna uit mijn borstkas. 'Hardin, er is niets gebeurd. Echt niet. Hij zei dat zijn plannen waren veranderd, en daar was ik blij om omdat ik dacht dat hij helemaal niet zou komen, maar toen bleek hij al in de stad te zijn en wilde hij ergens iets gaan eten.' Ik haal mijn schouders op, deels om mezelf te kalmeren. 'Ik wist niet hoe ik nee moest zeggen.'

'Dat weet je nooit,' bijt hij me toe. Zijn blik laat me geen moment los.

'Ik weet dat je gisteren naar hem toe bent gegaan. Waarom heb je niets gezegd?'

'Omdat je dat niet hoefde te weten.' Zijn ademhaling is gejaagd. Hij kan zich amper inhouden.

'Het is niet aan jou om te bepalen wat ik wel en niet hoef te weten,' zeg ik uitdagend. 'Je kunt niet zomaar dingen voor me verborgen houden. Ik weet ook dat je moeder gaat trouwen!' flap ik eruit.

'Ik wist wel hoe je zou reageren.' Hij steekt zijn handen met een verdedigend gebaar omhoog.

Ik rol met mijn ogen en been naar hem toe. 'Gelul.'

Hij geeft geen krimp. De aderen op zijn armen zijn zichtbaar onder de paar stukken bleke huid die niet met tattoos zijn bedekt, als vage streepjes blauw tussen zwarte inkt. Zijn vuisten zijn gebald. 'Eén ding tegelijk.'

'Ik bepaal zelf wel met wie ik vrienden wil zijn, en jij moet eens ophouden met van alles achter mijn rug om te doen en je te gedragen als een klein kind dat zijn zin niet krijgt,' zeg ik waarschuwend.

'Je zei dat je uit zijn buurt zou blijven.'

'Dat weet ik. En nadat ik hem vandaag heb gesproken, heb ik besloten dat ik geen vrienden met hem meer wil zijn. Dat heeft niets met jou te maken.'

Ik zie dat hij enigszins verbaasd is, maar zijn blik blijft even intens. 'Waarmee dan wel?'

Ik wend een tikje beschaamd mijn blik af. 'Ik weet dat hij bij jou bepaalde agressieve gevoelens opwekt en ik wil het jou niet moeilijk maken. Ik weet hoeveel pijn het me zou doen als ik jou met Molly zou zien... of met welke meid dan ook. Dat betekent trouwens niet dat je kunt bepalen wie mijn vrienden zijn. Ik wil alleen niet liegen en doen alsof het mij koud zou laten als het andersom zou zijn.'

Hij slaat zijn armen over elkaar en ademt hoorbaar uit. 'Waarom nu? Heeft hij iets gedaan waardoor je van gedachten bent veranderd?'

'Hij heeft helemaal niets gedaan. Ik had het alleen veel eerder moeten inzien. We horen elkaars gelijken te zijn. De een moet niet meer macht hebben dan de ander.'

Aan de glans in zijn groene ogen kan ik zien dat hij nog iets wil zeggen, maar hij knikt alleen maar. 'Kom eens hier.' Hij opent op zijn vertrouwde manier zijn armen voor me en ik kruip snel tegen hem aan.

'Hoe wist je dat ik bij hem was?' Ik druk mijn wang tegen zijn borst. Zijn muntachtige geur dringt mijn neus binnen en verdrijft elke gedachte aan Zed.

'Van Kimberly,' zegt hij in mijn haar.

Ik frons. 'Die moet echt leren haar mond te houden.'

'Dus je had het me anders niet verteld?' Hij legt een duim onder mijn kin en dwingt me naar hem op te kijken.

'Jawel, maar dat had ik graag zelf willen doen.' Ik denk dat ik Kimberly dankbaar moet zijn voor haar eerlijkheid; het is nogal hypocriet om te willen dat ze wel eerlijk is tegen mij en niet tegen Hardin. 'Waarom ben je ons niet komen zoeken?' vraag ik. Ik neem aan dat hij dat wilde doen zodra hij hoorde dat ik bij Zed zat.

'Omdat jij al vaker hebt gezegd dat je het zat bent om eindeloos in dezelfde kringetjes te blijven ronddraaien,' zegt hij fluisterend, recht in mijn ogen kijkend. 'Dus ik wilde daaraan ontsnappen.'

Mijn hart zwelt op nu ik dit eerlijke, bedachtzame antwoord hoor. Hij doet echt zijn best, en dat betekent zo veel voor me.

'Ik ben nog altijd boos,' voegt hij eraan toe.

'Dat weet ik.' Ik raak met mijn vingertoppen zijn wang aan. Zijn armen sluiten zich steviger om me heen. 'Ik ben ook kwaad. Je hebt niets over die bruiloft gezegd en ik wil weten waarom niet.'

'Niet vanavond,' zegt hij waarschuwend.

'Ja, wel vanavond. Je hebt jouw zegje gedaan, over Zed, en nu is het mijn beurt.'

'Tessa...' Zijn lippen vormen een harde lijn.

'Hardin...'

'Ik word helemaal gek van je!' Hij laat me los en begint te ijsberen, zodat er een ondraaglijke afstand tussen ons ontstaat.

'Ik ook van jou!' kaats ik terug. Ik loop naar hem toe.

'Ik wil het nu niet over die rottige bruiloft hebben. Ik ben al woedend en heb moeite om me te beheersen. Maak het niet nog erger, oké?'

'Oké!' zeg ik luid, maar ik bind in. Niet omdat ik bang ben voor wat hij zal zeggen, maar omdat ik weet dat Hardin met zijn woede alleen maar de onrust en pijn maskeert die ik bij hem heb opgewekt door mijn tweeënhalf uur met Zed.

114

∞

Tessa

Ik trek de la van mijn kast open en haal er een schoon slipje en een bijpassende beha uit. 'Ik ga even douchen. Kimberly wil om acht uur vertrekken, en het is al zeven uur,' zeg ik tegen Hardin, die met zijn ellebogen op zijn knieën op de rand van het bed zit.

'Je gaat dus wel?' vraagt hij minachtend.

'Ja, dat zei ik toch al? Dat was juist de reden dat jij hiernaartoe bent gekomen, zodat ik niet alleen hoef te gaan.'

'Dat was niet de enige reden,' zegt hij verdedigend. Ik trek vragend een wenkbrauw op, en hij rolt met zijn ogen. 'Ik zei niet dat het geen reden was, maar het is niet de enige.'

'Je wilt toch wel mee?' vraag ik. Ik houd mijn lingerie suggestief omhoog.

Dat levert me een spottend lachje op. 'Nee, maar als jij gaat, ga ik ook.'

Ik lach breeduit, maar hij loopt niet achter me aan de kamer uit. Dat verbaast me en stelt me teleur. Ik weet echt niet hoe het nu tussen ons zit. Ik weet dat hij kwaad is vanwege Zed, en ik ben van streek omdat hij opnieuw van alles voor me verborgen houdt, maar ik ben ook blij dat hij er is en wil geen tijd verspillen met ruziemaken.

Ik heb geen tijd om mijn haar te wassen en wikkel een handdoek om mijn hoofd om te voorkomen dat het nat wordt. Het warme water masseert mijn gespannen schouders en rug, maar mijn gedachten blijven onrustig. Ik moet echt zorgen dat ik binnen een uur een beter humeur krijg, zeker omdat ik er niet aan twijfel dat Hardin de hele avond gaat zitten mokken. Ik wil gewoon een leuke tijd hebben met Kimberly en Christian en heb geen zin in ongemakkelijke stiltes of ruzies. Ik wil dat we met elkaar kunnen opschieten en dat we allebei een goed humeur hebben. Sinds mijn verhuizing hiernaartoe heb ik nog niet van het nachtleven kunnen proeven, maar daar ga ik vanavond verandering in brengen. Ik voel me nog steeds schuldig vanwege Zed, maar ik ben blij dat mijn irritatie en irrationele gedachten van me afglijden en samen met het warme water en de schuimende zeep door de afvoer verdwijnen.

Zodra ik de kraan dichtdraai, klopt Hardin op de deur. Ik wikkel een handdoek om me heen en haal even diep adem voordat ik antwoord geef. 'Ik ben over tien minuten klaar. Ik moet mijn haar nog doen.' Maar dan kijk ik in de spiegel en zie ik dat Hardin achter me staat.

Hij tuurt met samengeknepen ogen naar de pluizige bos op mijn hoofd. 'Wat moet je eraan doen dan?'

'Het is nu zo wild.' Ik lach. 'Ik ben zo klaar.'

'Trek je dát aan?' Hij kijkt naar de ongemakkelijke zwarte jurk die ik aan het douchegordijn heb gehangen om de kreukels eruit te stomen. De laatste keer dat ik die heb gedragen, was tijdens dat 'familie-uitje' dat uitliep op een vreselijke avond... of zeg maar week.

'Ja, volgens Kimberly is er een dresscode.'

'Wat voor dresscode?' Hardin kijkt naar zijn bevlekte jeans en zwarte T-shirt.

Ik haal mijn schouders op en glimlach in mezelf wanneer ik me probeer voor te stellen dat Kimberly Hardin beveelt zich om te kleden.

'Ik houd dit aan,' zegt hij tegen me, en ik haal opnieuw mijn schouders op.

Terwijl ik me opmaak en mijn haar doe, kijkt Hardin me in de spiegel onafgebroken aan. Door de damp van de douche is mijn haar zo gaan krullen dat ik het met geen mogelijkheid in model krijg, maar mijn make-up ziet er in elk geval goed uit. Een redelijke ruil voor een mislukt kapsel.

'Blijf je tot zondag?' vraag ik. Ik doe mijn ondergoed aan en trek de jurk over mijn hoofd. Voordat we aan de avond beginnen, wil ik zeker weten dat de spanning tussen ons is verdwenen, zodat we niet aan een stuk door zullen kibbelen.

'Ja, hoezo?' antwoordt Hardin koeltjes.

'Ik zat erover te denken om de vrijdag hier in Seattle door te brengen en daarna met jou mee terug te rijden, zodat ik Landon en Karen kan zien. En je vader natuurlijk.'

'En jouw vader?'

'O ja...' Ik was even vergeten dat mijn vader bij Hardin logeert. 'Ik doe heel erg mijn best om daar niet aan te denken. In elk geval niet totdat jij me er meer over hebt verteld.'

'Ik weet niet of het zo'n goed idee is...'

'Waarom niet?' vraag ik. Ik mis Landon heel erg.

Hardin wrijft in zijn nek. 'Ik weet het niet... Al dat gedoe met Steph en Zed...'

'Hardin, ik ga echt niet naar Zed, en tenzij Steph opeens bij jou thuis of bij je vader voor de deur staat, hoef ik haar ook niet te zien.'

'Toch lijkt het me geen goed idee.'

'Je moet eens wat relaxter doen.' Ik slaak een zucht en steek mijn haar op.

'Relaxter?' zegt hij minachtend, alsof dat idee nooit bij hem is opgekomen.

'Ja, relaxter. Je kunt niet alles in de hand houden.'

Zijn hoofd vliegt omhoog. 'Ik kan niet alles in de hand houden? En dat zeg jij, de eeuwige planner?'

Ik lach. 'Bij wijze van spreken. Ik stem ermee in om Zed niet meer te zien omdat ik weet dat dat fout is, maar je kunt me niet bij een compleet stadje vandaan houden omdat je bang bent dat ik hem of een of andere nare griet zal zien.'

'Ben je nu klaar?' vraagt Hardin, leunend tegen de wasbak.

'Met dit gesprek of met mijn haar?' Ik lach spottend naar hem.

'Je bent irritant.' Hij glimlacht en geeft me een tik op mijn billen wanneer ik om hem heen loop om de badkamer te verlaten.

Ik ben blij dat hij in elk geval een beetje speels is. Dat belooft veel voor vanavond.

Wanneer we door de gang naar mijn kamer lopen, horen we Christian vanuit de woonkamer roepen: 'Hardin, ben je er nog? Kom je naar wat jazz luisteren? Ik weet dat het geen heavy metal is, maar...'

Ik kan de rest niet verstaan omdat ik zo in de lach schiet. Ik geef Hardin een duwtje en zeg: 'Ga maar naar hem toe. Ik kom zo.'

Terug op mijn kamer pak ik mijn tas en kijk op mijn mobieltje. Ik moet mijn moeder binnenkort bellen; dat blijf ik maar uitstellen, en zij blijft maar bellen. Er is ook een berichtje van Zed.

WEES NIET BOOS VANWEGE EERDER VANAVOND. IK WAS EEN LUL EN DAT WAS NIET MIJN BEDOELING. SORRY.

Ik wis het berichtje en stop de telefoon in mijn tas. Er moet nu een einde komen aan mijn vriendschap met Zed. Ik heb hem te lang aan het lijntje gehouden, en elke keer wanneer ik afscheid van hem neem, gebeurt er toch weer iets waardoor ik naar hem toe trek en het allemaal nog erger wordt. Hardin en ik hebben al genoeg problemen. Ik vind het niet prettig dat Hardin me verbiedt met Zed om te gaan, maar ik kan niet ontkennen dat ik hypocriet ben: ik zou immers ook niet willen dat Hardin bevriend is met Molly en tijd met haar alleen doorbrengt. Alleen al de gedachte maakt me misselijk. Zed heeft overduidelijk laten weten wat hij voor me voelt, en het is niet eerlijk als ik met hem om blijf gaan en hem stilletjes blijf aanmoedigen. Zed is aardig voor me geweest, zeker toen ik hem nodig had, maar ik vind het vervelend dat ik hem altijd een verklaring over mijn relatie schuldig lijk te zijn.

Fantaserend over een fijne avond uit met mijn vriendje loop ik de trap af... en zie tot mijn verbazing dat Hardin midden in de woonkamer staat en met een geërgerd gebaar zijn handen door zijn haar haalt.

'Dacht het niet!' zegt hij minachtend. Hij wendt zich van Christian af.

'Het doet er niet toe of je de eigenaar kent, een jeans vol bloedvlekken en een smerig T-shirt zijn geen gepaste kledij voor de club.' Christian duwt een kledingstuk van zwarte stof tegen Hardins borst.

'Dan ga ik niet,' zegt Hardin pruilend. Hij pakt het kledingstuk niet aan, zodat het voor Christians voeten op de vloer valt.

'Stel je niet aan en trek dat overhemd aan.'

'Als ik dat doe, houd ik wel mijn jeans aan,' zegt Hardin in een poging tot onderhandelen. Hij kijkt mij aan, vragend om steun.

'Heb je ook kleren bij je waar geen bloedvlekken op zitten?' Christian bukt zich glimlachend om het overhemd op te rapen.

'Je hebt je zwarte jeans nog, Hardin,' merk ik sussend op.

'Goed, geef me dat klotehemd maar.' Hardin grist het uit Christians handen en beent de gang in, zijn middelvinger opgestoken naar mijn baas.

'Misschien kun je meteen je haar knippen,' roept Christian hem plagend achterna, en ik schiet in de lach.

'O, laat die arme jongen toch met rust. Ik houd hem niet tegen als hij je een blauw oog slaat,' grapt Kimberly.

'Ja... ja...' Christian neemt haar in zijn armen en zoent haar op de mond.

Ik wend me net af wanneer de bel gaat.

'Dat zal Lillian zijn!' Kimberly maakt zich los uit Christians omhelzing.

Hardin komt net de woonkamer in wanneer Lillian naar binnen loopt. 'Wat moet zij hier?' vraagt hij grommend. Hij heeft het zwarte button-downoverhemd aangetrokken. Het staat hem best goed.

'Doe niet zo gemeen. Ze komt op Smith passen en ze is een vriendin van je, weet je nog?' zeg ik. Mijn allereerste indruk van Lillian was niet goed, maar later draaide ik bij.

'Nee, dat is ze niet.'

'Tessa! Hardin!' roept Lillian uit. Haar blauwe ogen stralen en haar glimlach is breed. Ik ben blij dat ze niet dezelfde jurk draagt als ik, zoals tijdens onze eerste ontmoeting in het restaurant in Sand Point.

'Hoi.' Ik glimlach terug. Hardin knikt kort.

'Je ziet er goed uit.' Ze bekijkt me van top tot teen.

'Dank je. Jij ook.' Ze draagt een eenvoudig vestje en een kaki broek.

'Zijn jullie klaar?' vraagt Hardin klaaglijk.

'Ook leuk jou weer eens te zien, Hardin.' Lillian rolt met haar ogen. Hij draait een beetje bij en glimlacht halfslachtig.

Ondertussen dart Kimberly door de woonkamer. Ze trekt haar schoenen aan en kijkt in de grote spiegel boven de bank of haar make-up goed zit. 'Smith is boven. We komen uiterlijk om twaalf uur thuis.'

'Klaar, liefje?' vraagt Christian. Ze knikt instemmend. Hij spreidt zijn armen en wijst naar de deur.

'We gaan wel met onze eigen auto,' meldt Hardin.

'Waarom? We hebben een chauffeur geregeld,' zegt Christian.

'Ik wil mijn eigen auto bij de hand hebben, voor het geval ik eerder weg wil.'

Christian haalt zijn schouders op. 'Ook goed.'

Op weg naar buiten kan ik Hardins overhemd wat beter bekijken. Het lijkt erg op de kleren die hij doorgaans draagt wanneer hij gedwongen is iets nets aan te doen. Het enige verschil is dat dit hemd een vaag, amper zichtbaar dierenmotiefje heeft...

'Niks zeggen,' waarschuwt Hardin als antwoord op mijn blik.

'Nee, hoor.' Ik bijt op mijn lip.

Hij zucht. 'Het is afzichtelijk.'

Ik blijf giechelen totdat we bij de auto aankomen.

De jazzclub is centraal gelegen in de binnenstad van Seattle. Het is druk op straat; het lijkt wel zaterdagavond in plaats van een gewone woensdag. We blijven in Hardins auto zitten wachten totdat een gestroomlijnde zwarte sedan naast ons parkeert en Kimberly en Christian uitstappen.

'Die lul heeft geld te veel,' zegt Hardin. Hij knijpt me even in mijn dij voordat we uitstappen.

De kale portier begroet ons met een snelle glimlach en tilt het fluwelen koord uit de metalen houder om ons door te laten. Een paar tellen later gaat Kimberly ons voor in de donkere club om ons van alles te laten zien en gaat Christian zijn eigen gangetje. Grote grijze rotsblokken doen dienst als tafeltjes, omringd door groepjes zwarte banken met witte kussens. De enige kleur in de club komt van de boeketten rode rozen op de rotsblokken. De zachte muziek is tegelijkertijd rustgevend en prikkelend.

'Chic.' Hardin rolt met zijn ogen. Hij ziet er in het zwakke licht ontzettend knap uit. Het gedessineerde overhemd van Christian en de zwarte jeans zijn goed voor een dodelijke aanval op mijn libido.

'Mooi, hè?' Kimberly draait zich stralend om.

'Ja, ja,' antwoordt Hardin. Zodra we in de buurt van de bezette tafeltjes komen, slaat Hardin een arm rond mijn heupen en trekt hij me dichter naar zich toe.

'Christian zit in het vip-gedeelte, dat hebben we voor onszelf,' zegt Kimberly.

We lopen door tot achter in de club, waar achter een opengetrokken gordijn van satijn een bescheiden ruimte schuilgaat. Zwarte gordijnen fungeren als wanden waarlangs vier banken staan opgesteld, met in het midden een groot rotsblok waarop flessen alcohol, een schaal ijs en allerlei borrelhapjes staan.

Ik ben zo afgeleid dat het me bijna ontgaat dat Max tegenover Christian op een van de banken zit.

Geweldig. Max werkt me behoorlijk op de zenuwen, en ik weet dat Hardin hem ook niet moet. Hardin houdt me iets steviger vast en werpt een boze blik op Christian.

Kimberly glimlacht. Ze is altijd de perfecte gastvrouw. 'Leuk dat je er bent, Max.'

Max grijnst. 'Insgelijks, liefje.' Hij pakt haar hand en brengt die naar zijn lippen.

'Pardon,' zegt een vrouwenstem achter me. Hardin en ik gaan opzij voor Sasha, die dankzij haar indrukwekkende lengte en haar piepkleine witte jurkje de hele ruimte voor zich lijkt op te eisen.

'Geweldig.' Hardin zegt hardop wat ik zo-even dacht. Hij lijkt net zo blij met haar als ik met Max.

'Sasha.' Kimberly probeert de indruk te wekken dat ze blij is de andere vrouw te zien, maar daar slaagt ze niet echt in. Voor iemand die zo open en eerlijk is als Kim is het bijzonder moeilijk haar emoties te verbergen.

Sasha schenkt haar een warme glimlach en gaat naast Max op de bank zitten. Zijn donkere ogen kijken me even recht aan, alsof hij mij toestemming vraagt om naast zijn maîtresse te mogen zitten. Ik wend mijn blik af en laat me door Hardin meevoeren naar de bank recht tegenover hen. Kimberly gaat bij Christian op schoot zitten en leunt voorover om een fles champagne te pakken.

'Wat vind je van de club, Theresa?' vraagt Max met zijn sterke accent.

'Eh.' Ik ben even van mijn stuk gebracht omdat hij me met mijn volledige naam aanspreekt. 'L-leuk.'

'Willen jullie een glas champagne?' biedt Kimberly aan.

Hardin antwoordt voor mij. 'Voor mij niet, maar Tessa wil wel.'

Ik leun tegen zijn schouder. 'Als jij niet drinkt, kan ik dat beter ook niet doen.'

'Toe maar. Ik vind het niet erg. Ik heb gewoon geen trek.'

Ik glimlach naar Kim. 'Dank je, maar doe maar niet.'

Hardin pakt fronsend een vol glas van het tafeltje. 'Neem maar wat. Je hebt een lange dag gehad.'

'Je wilt gewoon dat ik drink om te voorkomen dat ik vragen ga stellen,' fluister ik. Ik rol met mijn ogen.

'Nee.' Hij glimlacht geamuseerd. 'Ik wil gewoon dat je het leuk hebt. Dat wilde jij toch ook?'

'Ik hoef niet te drinken om het leuk te hebben.' Ik kijk even om me heen en zie dat niemand naar ons gesprek zit te luisteren.

'Dat heb ik nooit beweerd. Ik wil alleen maar zeggen dat de champagne die je vriendin je net aanbood waarschijnlijk meer kost dan de kleren die jij en ik aan ons lijf hebben.' Zijn vingertoppen dansen over mijn nek. 'Waarom zou je er niet van genieten?'

'Daar zit wat in.' Ik leun opnieuw tegen hem aan, en hij geeft me het glas met de lange steel aan. 'Maar ik drink maar één glas,' zeg ik.

Een half uur later heb ik mijn tweede glas op. Ik overweeg een derde te nemen in de hoop dat ik me dan niet zo ongemakkelijk zal voelen in de nabijheid van Sasha, die in de kleine ruimte heen en weer paradeert. Ze beweert dat ze wil dansen, maar als dat echt zo was, zou ze wel naar de dansvloer verderop in de club lopen.

Aandachtshoer.

Ik sla mijn hand voor mijn mond, bang ik dat het hardop zei.

'Wat?' vraagt Hardin. Ik kan merken dat hij zich verveelt. Heel erg. Dat zie ik aan de manier waarop hij naar het zwarte gordijn staart en zijn hand lui over mijn rug op en neer laat gaan.

Ik schud bij wijze van antwoord zwijgend mijn hoofd. Ik zou dit soort dingen niet mogen denken, niet over een vrouw die ik niet eens ken. Het enige wat ik van haar weet, is dat ze met een getrouwde man naar bed gaat...

Dat is waarschijnlijk genoeg. Ik heb een hekel aan haar, daar kan ik niks aan doen.

'Kunnen we nu gaan?' fluistert Hardin in mijn nek. Hij legt zijn andere hand op mijn dij.

'Nog even,' zeg ik tegen hem. Ik verveel me niet echt, maar ik breng liever wat tijd samen met Hardin door dan dat ik Sasha of haar bijna zichtbare ondergoed probeer te negeren.

'Tessa, kom je dansen?' stelt Kimberly voor. Hardin verstijft.

Ik denk terug aan de laatste keer dat ik met Kimberly in een nachtclub was. Toen heb ik met een andere jongen gedanst om Hardin dwars te zitten, ook al zat die mijlenver weg. Ik was toen zo verdrietig en leed zo onder mijn gebroken hart dat ik amper helder kon denken. Dat eindigde met een enorm misverstand toen Hardin naar mijn hotelkamer kwam en Trevor in elkaar dreigde te slaan, maar het had veel erger kunnen aflopen.

'Ik ben niet zo'n danser, weet je nog?' zeg ik.

‘Kom nu even mee.’ Ze glimlacht. ‘Je ziet eruit alsof je elk moment in slaap kunt vallen.’

‘Goed dan.’ Ik sta op. ‘Kom je ook?’ vraag ik aan Hardin, maar hij schudt zijn hoofd.

‘We zijn zo terug,’ verzekert Kimberly hem.

Hij kijkt niet al te blij terwijl ze me meesleurt, maar hij houdt haar niet tegen. Op deze manier probeert hij me duidelijk te maken dat hij kan veranderen, en dat vind ik zo heerlijk.

‘Raak haar niet kwijt, want dan hoef je niet meer terug te komen,’ zegt hij.

Kimberly barst in lachen uit en sleept me mee naar de dansvloer van de drukke club.

115

∞

Hardin

Max staat op en komt naar me toe. ‘Waar denk je dat ze Theresa mee naartoe neemt?’

‘Tessa,’ verbeter ik hem. Hoe weet die lul eigenlijk dat ze Theresa heet? Goed, het is misschien overduidelijk dat dat haar volledige naam is, maar ik vind het niet prettig dat hij haar zo noemt.

‘Tessa.’ Glimlachend neemt hij een flinke slok van zijn champagne. ‘Het is een erg leuk meisje.’

Ik pak de fles met water van de tafel en negeer zijn vragen. Ik heb geen zin om met die vent te praten. Ik had met Tessa en Kimberly mee moeten gaan. Ik wilde Tessa laten zien dat ik niet zo bezitterig ben, maar dit krijg je er nu van. Voor je het weet, zit je naast een lul van een vent in een club waar ze kutmuziek draaien.

‘Ik ben zo terug, ik moet even de band verwelkomen,’ deelt Christian ons mede. Hij steekt zijn mobieltje in de zak van zijn nette broek en loopt weg. Max staat op en loopt achter hem aan, maar pas nadat hij zijn date heeft opgedragen lol te maken en meer champagne te drinken.

Ze laten me hier toch niet echt alleen met dat mokkel?

'Toen waren er nog maar twee,' zegt die Stacey Hoe-heet-ze tegen me.

Ja, dat hebben ze inderdaad gedaan.

'Mm...' Ik schiet het plastic dopje van de fles water weg over de stenen tafel.

'Wat vind je ervan? Volgens Max is het sinds de opening elke avond volle bak.' Ze glimlacht naar me. Ik doe net alsof ik niets zie wanneer ze aan de zoom van haar jurkje trekt om meer decolleté te laten zien, of liever gezegd het gebrek daaraan.

'Ze zijn pas een paar dagen open. Natuurlijk zit de tent vol.'

'Hoe dan ook, het is hier leuk.' Ze slaat haar benen opnieuw over elkaar.

Hoe wanhopig kan een griet zijn? Ik weet niet eens zeker of ze me probeert te versieren of dat dit een automatisme is.

Ze leunt over de tafel tussen ons in. 'Zin om te dansen? Hier is genoeg ruimte.' Ze strijkt met haar lange nagels over mijn mouw en ik krimp ineen.

'Ben je besodemieterd?' Ik schuif naar de andere kant van de bank. Vorig jaar om deze tijd had ik die wanhopige griet nog meegesleept naar de plee om haar daar eens even lekker te pakken, maar nu maakt alleen al die gedachte me kotsmisselijk.

'Wat? Ik vroeg alleen maar of je wilde dansen.'

'Dans maar met dat getrouwde vriendje van je,' bijt ik haar toe. Ik schuif het gordijn open, zoekend naar Tessa.

'Je moet me niet veroordelen. Je kent me niet eens.'

'Ik weet genoeg.'

'Ja, nou, ik weet ook het nodige over jou, dus ik zou maar oppassen als ik jou was.'

'O ja?' Ik lach.

Ze kijkt me met samengeknepen ogen aan en probeert me zo ongetwijfeld schrik aan te jagen. 'Ja.'

'Als je echt het nodige over me weet, zou je ook weten dat je me beter niet kunt bedreigen,' zeg ik waarschuwend.

Ze heft haar glas champagne op in een groetend gebaar. 'Je bent precies zoals ze zeggen...'

Dat is het teken om te gaan. Ik schuif het gordijn verder open en ga op zoek naar Tessa. Ik wil naar huis.

Wat zeggen ze allemaal over me? En wie denkt zij wel dat ze is? Christian mag blij zijn dat ik Tessa een fijne avond heb beloofd, want anders zou Max heel wat uit te leggen hebben over die praatzieke snol van hem.

Ik loop door de club, op zoek naar Tessa's fonkelende jurkje en Kimberly's lichtblonde haar. Gelukkig is dit niet het soort club waar iedereen op de dansvloer staat en wordt mijn zoektocht aanzienlijk vergemakkelijkt doordat de meeste gasten aan een tafeltje zitten. Ten slotte zie ik hen bij de bar staan, in gesprek met Christian, Max en nog een andere man. Tessa staat met haar rug naar me toe, maar ik kan zien dat ze nerveus is. Een paar tellen later komt er nog een man bij het groepje staan, en ik besef dat ik hem ken.

'Hardin, daar ben je.' Kimberly steekt haar hand uit en wil die op mijn schouder leggen, maar ik duik weg en loop naar Tessa toe. Ze draait zich naar me om en kijkt me met een bezorgde blik in haar blauwgrijze ogen aan. Ik kijk naar de gast.

'Hardin, je kent meneer Soto toch ook?' zegt ze met een beleefde glimlach.

Verdomme, dat meent ze niet. Is echt iedereen naar Seattle gekomen?

'Jonah,' verbetert hij haar. Hij steekt zijn hand naar me uit.

Ik ben zo van mijn stuk gebracht dat ik niet eens weiger die te schudden.

116

∞

Hardin

Tessa's docent glimlacht en laat zijn blik vrijwel ongemerkt over haar heen glijden, maar mij ontgaat dat niet.

'Leuk je weer eens te zien,' zegt hij. Ik weet niet of hij mij of Tessa bedoelt. Hij wiegt zo sterk op de maat van de muziek heen en weer dat ik niet kan zeggen tot wie hij zich richt.

'Meneer Soto woont inmiddels in Seattle,' zegt Tessa tegen me.

'Wat toevallig,' zeg ik binnensmonds, maar Tessa hoort het toch en geeft me zachtjes een por.

Ik sla mijn arm rond haar middel. Jonahs blik schiet even naar de plek waar ik mijn arm laat rusten en kijkt haar dan weer recht aan. Ja, ze is bezet, lul.

'Ik heb een paar maanden geleden op een baan hier in Seattle gesolliciteerd en ben aangenomen, dus ik woon sinds een paar weken hier. Mijn band was ook aan een nieuwe uitdaging toe,' zegt hij op een toon alsof we dit allemaal heel belangrijk moeten vinden.

'De Reckless Few spelen hier vanavond, en als het aan ons ligt niet voor de laatste keer,' schept Christian op.

Jonah slaat even glimlachend zijn ogen neer. 'Ook niet als het aan ons ligt,' zegt hij. Hij kijkt op, drinkt in een teug zijn glas leeg en zegt: 'Nou, we moeten zo op.'

'Laat je door ons niet tegenhouden.' Christian geeft Soto een klopje op zijn rug.

De docent glimlacht een laatste keer naar Tessa voordat hij door de drukte naar het podium loopt.

'Het is zo'n goede band, wacht maar totdat je die gasten hoort!' Vance klapt een keer in zijn handen en slaat dan zijn armen om Kimberly heen om haar naar een tafeltje voor het podium te leiden.

Tessa kijkt me zenuwachtig aan. 'Je mag wel iets aardiger tegen hem zijn. Vergeet niet dat hij een goed woordje voor je heeft gedaan toen ze je dreigden weg te sturen, weet je nog?'

'Nee, daar kan ik me niets van herinneren. Ik weet alleen dat hij je erg aardig vindt en gek genoeg ook opeens in Seattle woont, waar hij lesgeeft aan jouw universiteit.'

'Je hoorde toch wat hij zei? Hij heeft maanden geleden al gesolliciteerd... en hij vindt me niet "erg aardig".'

'O jawel.'

'Dat denk je van iedereen,' merkt ze op. Ze is toch niet zo naïef om te denken dat deze vent goede bedoelingen heeft?

'Zullen we een lijstje maken? We hebben Zed, klote-Trevor, en natuurlijk die lul van een ober... Ben ik nog iemand vergeten? We kunnen je glibberige docent er nu ook aan toevoegen. Hij bekeek je net alsof je een lekker hapje bent.' Ik kijk naar het podium. Daar loopt die lul zogenaamd ontspannen rond, maar o, wat vindt hij zichzelf belangrijk.

'Zed is de enige op je lijstje die telt. Trevor is gewoon aardig en heeft alleen maar goede bedoelingen. Ik zal Robert waarschijnlijk nooit meer zien en Soto is echt geen stalker.'

Er is één woordje dat me niet bepaald lekker zit.

'"Waarschijnlijk"?'

'Ik zal hem natuurlijk nooit meer zien. Ik ben met jou, weet je nog?' Ze stopt haar hand tussen de mijne, en ik ontspan me. Ik moet dat nummer van die ober maar doorspoelen of verbranden, gewoon voor de zekerheid.

'Maar ik denk wel dat die klootzak een stalker is.' Ik knik naar de lul in zijn leren jack op het podium. Misschien moet ik eens met mijn vader gaan praten en navragen of die gast te vertrouwen is. Tessa zou een leeuw nog met fluwelen handschoentjes aanpakken. Ze ziet gewoon altijd het beste in anderen.

Dat blijkt nu ook wel, nu ze me stralend aankijkt, glimlachend vanwege al die champagne die ze heeft gedronken. Dat ze hier nog samen met me is, na al die ellende die ik haar heb aangedaan...

'Ik dacht dat dit een jazzclub was, maar zijn band is eerder...' Tessa's woorden leiden me af van de eindeloze lijst van mannen die naar haar aandacht hengelen.

'Kut?' merk ik op.

Ze geeft me een tik op mijn arm. 'Nee, ze lijken eerder op... Een beetje op de Fray.'

'De Fray? Nu moet je niet je favoriete band gaan beledigen.' De band van haar docent is gewoon ruk.

Ze duwt met haar schouder tegen mijn arm. 'En jouw favoriete band.'

'Niet echt.'

'Doe nu niet alsof je ze niet goed vindt. Ik weet dat het wel zo is.' Ze geeft me een kneepje in mijn hand, en ik schud mijn hoofd. Ik wil het niet echt ontkennen, maar ik ga het ook niet toegeven.

Terwijl ik sta te wachten totdat die godvergeten band eindelijk klaar is om te beginnen, laat ik mijn blik heen en weer gaan tussen de muur en Tessa's tieten.

'Zullen we gaan?' vraag ik.

'Eén liedje.' Tessa's wangen zijn rood en haar ogen zijn groot en glanzend. Ze neemt nog een slok. Ze strijkt met haar handen over haar jurkje en trekt het tegelijkertijd omhoog en omlaag.

'Mag ik dan op zijn minst gaan zitten?' Ik knik naar het rijtje lege krukken aan de bar.

Ik pak Tessa bij de hand en trek haar mee naar de bar. Ik ga op de achterste kruk zitten, die het dichtste bij de muur staat, uit de buurt van de andere bezoekers.

‘Wat kan ik voor jullie inschenken?’ vraagt een jongeman met een sikje en een zogenaamd Italiaans accent.

‘Een champagne en een water,’ zeg ik. Tessa komt tussen mijn benen in staan en ik leg een hand op haar onderrug. De pailletten op haar jurk voelen ruw aan onder mijn handpalm.

‘Champagne is alleen per fles verkrijgbaar.’ De barkeeper glimlacht verontschuldigend, alsof hij zeker weet dat ik me geen fles van die klote-champagne kan veroorloven.

‘Een fles is prima,’ zegt de stem van Vance naast me. De barkeeper knikt en kijkt even van hem naar mij.

‘Gekoeld voor de dame, graag,’ merk ik brutaal op.

De jongen knikt weer en gaat ervandoor om een fles te halen. Sukkel.

‘Je hoeft geen babysitter te spelen, hoor,’ zeg ik tegen Vance. Tessa kijkt me boos aan, maar ik negeer haar.

Hij rolt met zijn ogen. Sarcastische lul. ‘Ik pas niet op jou, hoor.’

‘Ja, ja,’ zeg ik. Iemand roept hem, en hij klopt me op mijn schouder voordat hij wegloopt.

Een paar tellen later trekt de barkeeper een fles champagne open en schenkt een glas bubbels voor Tessa in. Ze bedankt hem beleefd, en hij antwoordt met een glimlach die nog nepper is dan zijn accent. Ik word niet goed van zijn zogenaamde coole gedrag.

Ze brengt het glas naar haar lippen en laat haar rug tegen mijn borst rusten. ‘Dit is zo lekker.’

Op dat moment lopen er twee mannen langs die haar een snelle blik toewerpen. Ik weet dat dat haar niet ontgaat omdat ze dichter tegen me aan kruipt en haar hoofd op mijn schouder laat rusten.

‘Daar is Sasha,’ zegt ze. Ze moet hard praten omdat Soto de Stalker net bezig is zijn gitaar te stemmen. De lange blondine kijkt om zich heen, blijkbaar op zoek naar haar vriendje of naar een andere gast die ze kan pakken.

‘Ja, en?’ Ik pak haar voorzichtig bij haar elleboog en draai haar naar me om.

‘Ik mag haar niet,’ zegt ze zacht.

‘Niemand mag haar.’

‘Jij ook niet?’ vraagt ze.

Is ze gek geworden? ‘Waarom zou ik haar mogen?’

‘Ik weet het niet.’ Haar blik gaat naar mijn mond. ‘Omdat ze knap is.’

‘Ja, en?’

'Ik weet het niet. Laat maar.' Ze schudt haar hoofd om de afgunst te verdrijven die duidelijk op haar gezicht te lezen is.

'Ben je jaloers, Tessa?'

'Nee.' Ze trekt een pruillip.

'Dat hoeft niet.' Ik spreid mijn benen iets verder en trek haar tegen me aan. 'Zij is niet wat ik wil.' Ik kijk naar haar bijna geheel ontblote borsten. 'Ik wil jou.' Ik strijk met mijn wijsvinger langs de rand van haar decolleté, alsof we niet in een overvolle club staan.

'Alleen maar vanwege mijn tieten.' Ze fluistert dat laatste woord.

'Natuurlijk.' Ik grinnik plagend.

'Ik wist het wel.' Tessa probeert beledigd te doen, maar ze glimlacht over de rand van haar glas naar me.

'Oké, nu dat duidelijk is, kun je me die tieten laten neuken,' zeg ik, veel te luid.

Ze spuugt van schrik haar champagne uit, over mijn overhemd en jeans. 'Sorry!' zegt ze met een hoog stemmetje. Ze pakt een servetje uit het bakje op de bar en begint dat afzichtelijke hemd droog te deppen. Dan wil ze verdergaan met mijn kruis.

Ik pak haar pols vast en trek het servetje uit haar handen. 'Dat zou ik niet doen.'

'O.' Haar blos kruipt langs haar hals omhoog.

Een van de bandleden pakt de microfoon en kondigt de band aan, en ik doe mijn best om niet te kotsen wanneer de aanval op mijn trommelvliezen wordt ingezet. Tessa blijft liedje na liedje aandachtig kijken en luisteren. Ik zorg ervoor dat haar glas gevuld blijft.

Ik ben blij dat we hier zo zitten, of nou, ik zit. Zij staat tussen mijn benen, met haar rug naar me toe, maar ik kan haar gezicht zien wanneer ik tegen de bar achter me leun. Het zachte rode licht hier, de champagne, Tessa die... alles laat stralen. Ik moet wel naar haar kijken, naar mijn meisje dat glimlachend naar de band kijkt. Ik kan niet eens jaloers zijn, want ze is gewoon zo mooi.

Ze draait zich om, alsof ze mijn gedachten kan lezen, en glimlacht gretig. Ik vind het heerlijk om haar zo te zien, zo zorgeloos... en jong. Ik moet ervoor zorgen dat ze zich vaker zo voelt.

'Ze zijn goed, hè?' Ze beweegt haar hoofd op de maat van de langzame maar intense muziek.

Ik haal mijn schouders op. 'Nee.' Ze zijn niet slecht, maar het is zeker niet goed.

'Jawel,' zegt ze op overdreven toon, en ze draait zich weer om. Een paar tellen later beweegt ze haar heupen op de maat van de zeurderige stem van de leadzanger. *Shit.*

Ik leg een hand op haar heup en ze drukt zich, al dansend, tegen me aan. Het ritme wordt sneller en ook Tessa beweegt sneller. *Shit shit.*

We hebben al het nodige gedaan... Ik heb al het nodige gedaan, maar ik heb nog nooit op deze manier met iemand gedanst. Er zijn meiden geweest, onder wie een stripper, die me een lapdance hebben gegeven, maar niet op deze manier. Dit is langzaam en bedwelmend... en ontzettend geil. Mijn andere hand gaat naar haar andere heup, en ze draait zich half om, zodat ze haar glas op de bar kan zetten. Ze werpt me een verleidelijke glimlach toe en kijkt dan weer naar het podium. Nu haar handen leeg zijn, kan ze haar vingers door mijn haar halen en haar andere hand op de mijne leggen.

'Niet ophouden,' zeg ik smekend.

'Zeker weten?' Ze trekt aan mijn haar, bij de wortels.

Het is moeilijk te geloven dat dit verleidelijke meisje in haar korte zwarte jurkje dat met haar heupen staat te draaien en aan mijn haar staat te trekken hetzelfde meisje is dat zich in haar champagne verslikt wanneer ik zeg dat ik haar tussen haar borsten wil neuken. Ze weet me zo op te winden.

'Jezus, ja,' zeg ik hijgend. Ik leg mijn hand achter in haar nek en breng haar oor naar mijn mond. 'Beweeg tegen me aan...' Ik geef een kneepje in haar heupen. 'Dichterbij.'

En dat doet ze. Ik ben blij dat ik zo lang ben dat ik op mijn kruk kan blijven zitten en ze me met haar billen op precies de juiste plek kan raken. Precies op die plek die het meeste naar haar verlangt.

Ik maak mijn aandacht heel even van haar los en kijk om me heen. Ik wil niet dat iemand anders haar zo ziet dansen.

'Je bent zo ontzettend sexy,' zeg ik tegen haar oorschelp. 'Door zo te dansen, in het openbaar... alleen voor mij.' Ik weet zeker dat ik haar over de muziek heen kan horen kreunen, en meer kan ik niet verdragen. Ik draai haar om en laat mijn hand onder haar jurkje glijden.

'Hardin,' zegt ze kreunend wanneer ik haar slipje opzijschuif.

'Niemand kijkt naar ons. En al keken ze wel onze kant op, dan zagen ze nog niets,' stel ik haar gerust. Ik zou dit nooit doen als ik dacht dat iemand ons kon zien.

'Je vond het wel lekker om zo'n showtje te geven, hè?' zeg ik. Ze kan het niet ontkennen. Ze is drijfnat.

Ze geeft geen antwoord, maar laat haar hoofd op mijn schouder rusten en trekt aan de zoom van mijn overhemd. Haar vuist balt zich rond de stof, net zoals ze altijd onze lakens vastgrijpt. Ik beweeg mijn vingers in en uit haar en probeer de indringende melodie van het nummer te volgen. Bijna meteen verstijven haar benen en komt ze bijna klaar door mijn vingers. Ze maakt een kermend geluidje dat duidelijk maakt hoe groot het genot is dat ik haar schenk. Ze buigt zich verder voorover en zuigt aan de huid onder aan mijn hals. Ze duwt haar heupen tegen me aan en beweegt die in een regelmatig ritme, terwijl mijn vingers pompende bewegingen maken in haar natte poesje. Haar gekreun wordt overstemd door de muziek en de stemmen om ons heen, en haar nagels rijten bijna de huid van mijn buik open.

'Ik kom,' zegt ze kermend in mijn nek.

'Dat weet ik, schatje. Kom maar klaar, voor mij. Hier, Tessa. Kom,' haal ik haar vleiend over.

Ze knikt en zet haar tanden in de pees in mijn nek. Ik voel mijn pik kloppen en tegen de voorkant van mijn jeans duwen. Tijdens haar orgasme laat ze haar hele gewicht op me rusten, maar ik houd haar overeind. Ze hijgt, blozend en stralend onder de lampen, en kijkt naar me op.

'Auto of toiletten?' vraagt ze.

Ik breng mijn vingers naar mijn lippen en lik haar zoetheid op. 'Auto,' zeg ik snel, en ze drinkt haar glas champagne leeg. Vance kan ervoor betalen; ik heb nu geen tijd om die barkeeper te zoeken.

Tessa pakt me bij mijn hand en trekt me naar de deur. Ze is zo gretig, en ik ben zo hard als ik weet niet wat vanwege dat verleidelijke gedoe bij de bar.

'Is dat...' Tessa blijft vlak bij de ingang als verstijfd staan. Een bos zwart haar steekt in woeste pieken boven de menigte uit. Het is dat zij het ook heeft gezien, want anders zou ik denken dat mijn paranoia me voor de gek houdt.

'Wat moet hij verdomme hier? Heb je hem verteld dat je hier zou zijn?' sis ik. Ik heb me de hele avond kunnen beheersen, en nu komt die lul alles saboteren.

'Nee! Natuurlijk niet!' roept Tessa verdedigend uit. Aan haar grote ogen zie ik dat ze het meent.

Zed krijgt ons in het oog en fronst uitdagend. En natuurlijk komt hij naar ons toe. Zo'n type is hij wel.

'Wat moet jij hier?' vraag ik zodra hij voor ons staat.

'Hetzelfde als jij.' Hij rolt met zijn schouders en kijkt Tessa aan. Ik vecht tegen de neiging om haar jurk recht te trekken en zijn tanden uit zijn bek te slaan.

'Hoe wist je dat zij hier was?' vraag ik aan hem.

Tessa trekt aan mijn arm en kijkt van Zed naar mij.

'Dat wist ik niet. Ik ben hier voor de band,' zegt hij. Een man die net zo'n gebruinde huid heeft als Zed komt bij ons staan.

'Jullie kunnen maar beter gaan,' zeg ik tegen het tweetal.

'Hardin, toe,' smeekt Tessa achter me.

'Niet doen,' fluister ik tegen haar. Ik heb zo genoeg van Zed en van zijn gezeik.

'Hé...' De man komt tussen ons in staan. 'Kom, we kunnen nog net even hallo zeggen voordat de band aan de volgende set begint.'

'Jullie kennen Soto?' vraagt Tessa. Jezus, Tessa.

'Ja,' zegt de vreemde man.

Ik zie dat ze zich afvraagt waar ze elkaar van kennen, maar daar hebben we nu geen tijd voor. Ik wil haar uit de buurt van Zed hebben en pak haar bij haar arm om haar mee te trekken naar de uitgang.

'Tot ziens,' zegt Zed, die Tessa zijn beste ik-ben-een-verdwaald-hondje-hou-alsjeblieft-van-me-want-ik-ben-zo-zielig-blik toewerpt voordat hij achter de andere man aan naar het podium loopt.

Ik ren naar buiten, de kou in, met Tessa op mijn hielen. 'Ik wist echt niet dat hij zou komen,' zegt ze. 'Ik zweer het.'

Ik doe het rechterportier voor haar open. 'Dat weet ik, dat weet ik,' zeg ik, in de hoop dat ze erover op zal houden. Ik doe mijn best om me te beheersen en niet terug naar binnen te rennen. 'Laat maar. Alsjeblieft. Ik wil de avond niet verpesten.' Ik loop naar de andere kant van de auto en stap ook in.

'Goed,' zegt ze knikkend.

'Dank je.' Ik slaak een zucht. Ik steek de sleutel in het contactslot, maar Tessa legt een hand op mijn wang en dwingt me haar aan te kijken.

'Ik vind het echt heel fijn dat je vanavond zo je best hebt gedaan. Ik weet dat het moeilijk voor je was, maar het betekent heel veel voor me.'

Ik glimlach tegen haar handpalm nu ik haar lof hoor.

'Goed.'

'Ik meen het. Ik hou van je, Hardin. Zo veel.'

Ik zeg dat ik ook van haar houd, maar dan klautert ze over de console en laat zich op mijn schoot zakken. Haar handen maken snel mijn jeans los en trekken die net ver genoeg naar beneden... Ze drukt haar mond in mijn hals en trekt zo hard aan mijn overhemd dat de twee bovenste knopen losschieten. Ik schuif haar jurkje omhoog, zodat haar lijf wordt ontbloot, en ze steekt haar vingers in mijn achterzakken om het condoom te pakken dat ik voor de zekerheid en vol goede hoop heb meegenomen.

'Ik wil niemand anders, voor altijd,' stelt ze me gerust. Ze doet het condoom om, en ik grijp haar bij haar heupen en til haar op. In de krappe auto voelt het veel intiemer wanneer ze zich op me laat zakken. Ik vul haar helemaal, ik neem bezit van haar, en een laag, sissend geluid ontsnapt aan mijn lippen. Ze bedekt mijn mond met de hare en slokt mijn gekreun op. Haar heupen bewegen langzaam, net als in de club.

'Het voelt nu zo lekker diep,' zeg ik. Ik grijp haar knotje vast en trek voorzichtig, zodat ze me wel aan moet kijken.

'Zo fijn,' beaamt ze kermend. Ze neemt me helemaal in zich op, elke centimeter. Een van haar handen glijdt door mijn haar, de andere rust onder aan mijn hals. Ze is nu zo godvergeten sexy, nu alcohol zich vermengt met adrenaline en ze wordt verteerd door honger en verlangen – verlangen naar mij, naar mijn lichaam, naar die onbeheerste hartstochtelijke band die alleen wij hebben. Dit kan ze bij niemand anders vinden, en ik ook niet. In haar vind ik alles wat ik nodig heb, en ze mag me nooit verlaten.

'Jezus, ik hou van je,' zeg ik hijgend tegen haar mond. Ze trekt aan mijn haar, haar vingers sluiten zich om mijn hals. Die lichte druk voelt fijn aan en maakt me helemaal gek.

'Ik hou van je,' zegt ze ademloos. Ik hef mijn heupen op en stoot nog harder in haar. Ik kijk haar aan en voel dat ze op een heerlijke manier haar spieren spant. Het genot neemt langzaam bezit van me, van onder uit mijn rug, en ik voel dat Tessa verstijft nu ik bij elke stoot mijn heupen verder ophef.

Ze moet aan de pil gaan. Ik wil haar helemaal voelen.

'Ik wil je zonder condoom voelen...' zeg ik in haar hals.

'Niet ophouden,' moedigt ze me aan. Ze vindt het fijn als ik dit soort dingen zeg.

'Ik wil dat je me in je voelt klaarkomen...' Ik zuig aan de zilte huid op haar sleutelbeen en proef het laagje zweet dat zich daar heeft afgezet.

'Dat zal je lekker vinden, hè? Dat ik je op die manier laat weten dat je van mij bent?' Alleen al de gedachte duwt me over de rand.

'Ik ben bijna...' Ze kreunt, en met een laatste ruk aan mijn haar beleven we allebei ons hoogtepunt, hijgend en kreunend en vunzig. En samen.

Ik help haar van mijn schoot en draai het raampje naar beneden. Zij trekt haar jurkje recht.

'Wat ga je...' vraagt ze, en dan gooi ik het condoom uit het raampje. 'Nee, niet doen!' zegt ze. 'Stel dat Christian dat ziet?'

Ik lach ondeugend. 'Dat is vast niet het enige condoom dat hij hier zal vinden.'

Ze probeert mijn rits dicht te krijgen en me verder aan te kleden, zodat ik weer kan rijden. 'Misschien wel niet.' Ze trekt haar neus op en kijkt uit het raampje. Ik zet de auto in de versnelling.

'Het ruikt hier naar seks,' voegt ze eraan toe, en ze schiet in de lach.

Ik knik en hoor haar op weg naar het huis van Vance mee neuriën met elk liedje dat op de radio te horen is. Ik wil haar ermee plagen, maar het klinkt eigenlijk best lief, zeker omdat ik eerst naar die rotmuziek heb moeten luisteren.

Best lief? Straks neem ik ook haar taalgebruik nog over.

'Na vanavond ben ik toe aan een trommelvliestransplantatie,' merk ik op. Ze steekt als een klein kind haar tong naar me uit en begint nog harder te neuriën.

Ik pak haar hand wanneer we over de oprit naar de voordeur lopen en zie aan de manier waarop ze beweegt dat de champagne nog lang niet is uitgewerkt.

'En als we nu de deur niet open krijgen?' vraagt ze giechelend

'De oppas is er,' breng ik haar in herinnering.

'O ja, Lillian...' Ze glimlacht. 'Die is zo aardig.'

Ik lach om haar dronken manier van doen. 'Ik dacht dat je haar niet mocht.'

'Nu wel. Nu ik weet dat ze niks voor je voelt.'

Ik raak haar lippen aan. 'Niet pruilen. Ze lijkt erg veel op je... alleen irritanter.'

'Pardon?' Ze hikt even. 'Het was niet aardig van je om me jaloers te maken.'

'Het werkte wel, hè?' antwoord ik tevreden. We komen bij de voordeur aan en ik trek Tessa's jurk recht. Ze kijkt me aan en rolt met haar ogen.

Lillian staat op van de bank zodra ze ons binnen ziet komen. 'Hoe was het?'

'Zo leuk! De band was geweldig.' Tessa straalt.

'Ze is bezopen,' zeg ik tegen Lillian.

Ze lacht. 'Ja, ik zie het.' Na een korte stilte vervolgt ze: 'Smith ligt te slapen. Hij heeft vanavond bijna een gesprek met me gevoerd.'

'Mooi zo,' zeg ik. Ik leid Tessa naar de gang en mijn dronken vriendin zwaait naar Lillian. 'Leuk je weer eens te zien!'

Ik weet niet of ik tegen Lillian moet zeggen dat ze nu weg kan gaan of moet wachten totdat Vance thuis is, en dus zeg ik maar niks. Bovendien kan ze zich over die kleine robot ontfermen, mocht hij wakker worden.

Ik doe de deur van de kamer achter ons dicht. Tessa laat zich meteen op bed vallen. 'Kun je deze uittrekken?' Ze wijst op haar jurk. 'Hij kriebelt heel erg.'

'Ja, maar dan moet je wel overeind komen.' Ik help haar uit haar jurk, waarvoor ze me bedankt met een zoen op de punt van mijn neus. Het is een simpel gebaar, maar het overvalt me zo dat ik naar haar glimlach.

'Ik ben zo blij dat je hier bij me bent,' zegt ze.

'O ja?'

Ze maakt knikkend de laatste knoopjes van Christians overhemd los en trekt het van mijn lijf. Natuurlijk vouwt ze het netjes op voordat ze ermee naar de wasmand loopt. Ik zal nooit begrijpen waarom ze ook vuile kleren opvouwt, maar ik ben er inmiddels aan gewend.

'Ja. Seattle is niet zo geweldig als ik dacht,' geeft ze eindelijk toe.

Ga dan met mij mee terug, wil ik zeggen, maar ik vraag: 'Waarom niet?'

'Dat weet ik niet. Het is gewoon zo.' Ze fronst even.

Ik merk tot mijn verbazing dat ik helemaal niet wil weten hoe vervelend ze het hier vindt. Landon en ik hadden al het vermoeden dat het haar minder goed beviel dan ze had gehoopt, maar ik hoor er liever niets meer over. Misschien moet ik haar morgen mee uit eten nemen om haar op te beuren. Voor nu besluit ik van onderwerp te veranderen.

'Je zou naar Engeland kunnen verhuizen,' opper ik.

Ze kijkt me boos aan. Haar wangen zijn rood en haar blik is wazig van de champagne. 'Je wilt me niet eens meenemen naar een bruiloft, maar je wilt wel dat ik verhuis,' merkt ze gevat op.

'Daar hebben we het later nog wel over,' zeg ik, in de hoop dat ze dat onderwerp zal laten rusten.

'Ja, ja, dat zeg je altijd.' Ze wil op het bed gaan zitten, maar stapt te ver opzij en valt op de grond. Ze barst in lachen uit.

'Jezus, Tessa.' Ik pak haar hand vast en help haar overeind. Mijn hart bonst achter mijn ribben.

'Het gaat wel.' Lachend gaat ze op het bed zitten en trekt me mee.

'Ik heb je te veel champagne laten drinken.'

'Inderdaad.' Glimlachend duwt ze tegen mijn schouders, totdat ik plat op het bed lig.

'Gaat het wel? Ben je niet misselijk?'

Ze laat haar hoofd op mijn borst rusten. 'Hou eens op, je bent mijn moeder niet. Het gaat prima.'

Ik moet op mijn tong bijten om te voorkomen dat ik een gevatte opmerking maak.

'Wat wil je nu doen?' vraagt ze zacht.

'Wat?'

'Ik verveel me.' Ze krabbelt overeind en staart me met een woeste blik aan.

'Wat wil jij doen, zatlap?'

'Aan je haar trekken.' Ze lacht breed en bijt op een heerlijke manier op haar onderlip.

117

∞

Hardin

'Kun je niet slapen?' Christian doet het licht aan en komt de keuken in.

'Tessa wilde wat water hebben,' zeg ik tegen hem. Ik wil de koelkast dichtdoen, maar hij houdt me tegen.

'Kim ook. Te veel champagne,' zegt hij.

Ik ben doodop door Tessa's onophoudelijke gegiechel en niet te stillen honger naar genot. Ik ben er zeker van dat ze misselijk zal worden als ze niet snel wat water drinkt. Even denk ik aan hoe ze er vanavond bij lag, op haar rug, met haar benen gespreid, terwijl ik haar met mijn vingers en mond naar een orgasme bracht. En ze was zoals altijd geweldig toen ze mijn pik bereed en ik opnieuw een condoom vulde.

'Ja, met Tessa gaat het ook niet best.' Ik onderdruk een glimlach bij de herinnering aan Tessa die naast het bed viel.

'En... volgende week naar Engeland?' verandert hij van onderwerp.

'Nee, ik ga niet.'

'Je moeder gaat trouwen.'

'Ja, en? Niet voor de eerste keer, en vast ook niet voor de laatste keer,' zeg ik.

Het zou een understatement zijn om te zeggen dat ik stomverbaasd ben als hij zijn hand uitsteekt en de fles water uit mijn hand slaat.

'Jezus, man!' roep ik uit. Ik buk me om de fles op te rapen en zie dat Vance me met een indringende blik aankijkt.

'Je hebt niet het recht om zo over je moeder te praten.'

'Wat kan jou dat nou schelen? Ik heb geen zin om te gaan. Ik ga niet.'

'Geef me eens een reden. Een echte,' daagt hij me uit.

Wat heeft die gast? 'Ik hoef niemand een reden te geven. Ik heb gewoon geen zin in zo'n stomme bruiloft. Ik heb er dit jaar al eentje meegemaakt, en dat was genoeg.'

'Goed. Dan vind je het vast niet erg als Tessa wel gaat en Kim gezelschap houdt. Ik ben al bezig met een paspoort voor haar.'

Ik laat de fles op de vloer vallen en laat hem deze keer liggen.

'Wat?' Ik staar hem aan. Hij neemt me in de zeik. Dat kan niet anders.

Hij leunt tegen het kookeiland en slaat zijn armen over elkaar. 'Zodra ik over de bruiloft hoorde, heb ik een versnelde aanvraag ingediend. Op mijn kosten, natuurlijk. Ze hoeft alleen maar even naar het gemeentehuis om te tekenen en een pasfoto te laten maken, maar de rest is allemaal geregeld.'

Ik begin te koken van woede en krijg het bloedheet. 'Waarom in godsnaam? Is dat wel legaal?' Alsof het mij een zak kan schelen wat wel en niet legaal is...

'Omdat ik wist dat jij een koppige klootzak bent die alleen gaat als zij gaat. Je moeder wil graag dat je komt en was al bang dat je zou weigeren.'

'Terecht. Denk je echt dat je Tessa kunt gebruiken om mij verdomme naar Engeland te lokken? Je kunt de tyfus krijgen, en mijn moeder ook.' Ik doe opnieuw zijn koelkast open om een fles water te pakken, gewoon om hem te stangen, maar hij schopt de deur dicht.

'Hoor eens, ik weet dat je een rotleven hebt gehad, oké? Dat snap ik. Echt. Maar je praat niet tegen mij zoals je tegen je ouders praat.'

'Dan moet je je verdomme niet met mijn leven bemoeien.'

'Ik bemoei me niet met jouw leven, maar je weet net zo goed als ik dat Tessa die bruiloft niet wil missen, en je weet ook dat je je een ontzettende lul zult voelen als je verhindert dat ze gaat, simpelweg omdat je dat niet wilt. Je kunt je net zo goed over je woede jegens mij heen zetten en me bedanken omdat ik de zaken gemakkelijker voor je heb gemaakt.'

Ik staar hem even aan en laat zijn woorden tot me doordringen. Hij heeft in zekere zin gelijk: ik voel me nu al rot omdat ik niet naar de bruiloft ga, en dat komt omdat ik weet hoe graag Tessa wil gaan. Het zit me dwars dat ze erover zit te mokken.

'Ik zal je stilte maar als een bedankje beschouwen.' Vance trekt een zelfvoldaan gezicht.

Ik rol met mijn ogen. 'Ik heb geen zin in gezeur.'

'Wat, over de bruiloft?'

'Ja. Hoe kan ik haar meenemen naar een bruiloft die haar diep zal ontroeren en haar er vervolgens aan zal herinneren dat er voor haar nooit zo'n dag zal aanbreken?'

Christian tikt met zijn vingers tegen zijn kin. 'Ik snap het al.' Zijn glimlach wordt breder. 'Dus daar gaat het om, hè? Je wilt haar niet op ideeën brengen.'

'Die ideeën heeft ze al. Ze zit er vol mee. Dat is juist het probleem.'

'Waarom is dat een probleem? Je wilt niet met haar trouwen?' Ik weet dat hij me plaagt, maar ik ben blij dat hij me mijn grove opmerkingen van zo-even niet kwalijk neemt. Daarom mag ik die Vance wel. Hij is minder lichtgeraakt dan mijn vader.

'Nee, trouwen zit er echt niet in, maar zij is zo'n vrouw die daar al over begint als je nog maar een maand aan het daten bent. Ze heeft het letterlijk uitgemaakt omdat ik zei dat ik nooit met haar zal trouwen. Soms doet ze zo geschift.'

Vance grinnikt en neemt een slok van het water dat voor zijn Kimberly is bedoeld. Ik weet dat ik een einde aan dit gesprek moet maken omdat Tessa ook op haar water zit te wachten. We staan al te lang te praten en het wordt me allemaal iets te persoonlijk.

'Wees maar blij dat ze je wil hebben. Je bent niet echt de gemakkelijkste. Dat weet zij als geen ander.'

Ik wil hem vragen wat hij eigenlijk van mijn relatie weet, maar dan herinner ik me dat hij verloofd is met het nieuwsgierigste aagje van heel Seattle. Of nee, van de hele staat. Misschien wel van het hele land...

'Heb ik gelijk?' onderbreekt hij mijn gedachten over dat lastige mens van hem.

'Ja, maar dan nog. Het is gekkenwerk om aan trouwen te denken. Ze is nog niet eens twintig.'

'En dat komt van de man die elke minuut in haar buurt wil zijn?'

'Lul,' bijt ik hem toe.

'Het is waar.'

'Daarom ben je nog wel een lul.'

'Misschien, maar ik vind het wel vermakelijk dat je niet met haar wilt trouwen en wel uit je vel springt bij de gedachte haar te verliezen.'

'Wat bedoel je daar nu weer mee?' Ik geloof niet dat ik het antwoord op die vraag wil horen, maar het is nu te laat.

Vance kijkt me recht aan. 'Die ongerustheid van je... Die komt vooral naar boven wanneer je bang bent dat ze je zal verlaten of wanneer een andere man aandacht aan haar besteedt.'

'Wie zegt dat ik...'

Maar die koppige zak negeert mijn woorden en vervolgt: 'Weet je wat daartegen goed helpt?'

'Nou?'

'Een ring.' Hij steekt zijn hand omhoog en tikt tegen de vinger waaraan hij straks een trouwring zal dragen.

'O, shit, ze heeft jou ook aangestoken. Wat heeft ze gedaan, je betaald?' Bij die gedachte moet ik lachen. Het is niet eens zo vergezocht als je bedenkt hoe geobsedeerd Tessa door trouwen is.

'Nee, sukkel.' Hij gooit het dopje van de fles water naar me toe. 'Het is gewoon zo. Je kunt wel tegen haar zeggen dat ze van jou is, maar dat zijn niet meer dan woorden, een staaltje opschepperij tegenover andere mannen die haar willen – en geloof me, daar zijn er genoeg van. Als Tessa echt je vrouw zou zijn, is het duidelijk. Dan is ze echt van jou. Beter kun je het niet krijgen, zeker niet als je zo paranoïde bent als jij en ik.'

Tegen de tijd dat hij uitgesproken is, heb ik een droge mond en wil ik niets liever dan wegrennen uit die veel te lichte keuken van hem. 'Wat een gelul,' zeg ik in een opwelling.

Hij loopt naar een keukenkastje en trekt het open. 'Heb je *Sex and the City* weleens gezien?'

'Nee.'

'*Sex in the City, Sex and the City*, zoiets was het.'

'Nee, nee en nee,' antwoord ik.

'Kim vreet die serie en heeft alle seizoenen op dvd.' Christian maakt een pak koekjes open.

Het is twee uur 's nachts en Tessa zit op me te wachten, maar ik sta hier over een of andere tv-show te lullen. 'Ja, en?'

'In een van de afleveringen zeggen die vrouwen dat je in je hele leven maar twee grote liefdes tegenkomt...'

'Dit duurt me echt te lang.' Ik draai me om. 'Tessa wacht op me.'

'Dat weet ik... dat weet ik. Ik ben zo klaar. Ik zal het op de mannelijkste manier voor je omschrijven.'

Ik draai me om en zie dat hij me verwachtingsvol aankijkt, en dus knik ik aarzelend.

'Dus ze zeggen dat je in je leven maar twee grote liefdes tegenkomt. Mijn punt is... Nou ja, dat ben ik vergeten. Maar ik weet wel dat Tessa jouw grote liefde is.'

Ik snap er geen zak van. 'Je had het over twee?'

'Ja, nou, voor jou geldt dat je zelf die andere bent.' Hij snuift. 'Dat leek me wel duidelijk.'

Ik trek een wenkbrauw op. 'En die van jou? Dat mens met haar grote mond en de moeder van Smith?'

'Pas op...' zegt hij waarschuwend.

'Sorry. Kimberly en Rose.' Ik rol weer met mijn ogen. 'Dat waren ze? Dan hoop ik maar dat die wijven uit die serie het mis hadden.'

'Eh, ja. Dat waren de m-mijne,' stottert hij. Er schiet een emotie over zijn gezicht, maar die is verdwenen voordat ik die kan benoemen.

Ik wijs met de fles water naar hem en zeg: 'Nou, nu je iets absoluut níét duidelijk hebt gemaakt, ga ik naar bed.'

'Ja...' Hij oogt een beetje opgelaten. 'Ik weet ook niet waar ik het over had. Ik heb vanavond te veel gedronken.'

'Ja... Oké.' Ik laat hem alleen in de keuken achter. Ik snap nog steeds niet wat dat te betekenen had, maar het is erg vreemd om de grote Christian Vance naar woorden te zien zoeken.

Tessa ligt op haar zij te slapen, met haar handen onder haar wang en haar knieën opgetrokken tegen haar buik.

Ik doe het licht uit en zet de fles water op het nachtkastje voordat ik naast haar in bed kruip. Haar naakte lichaam voelt warm aan, en ik huiver even wanneer de aanraking van mijn vingertoppen haar kippenvel bezorgt. Het is geruststellend dat mijn aanraking zelfs in haar slaap iets in haar losmaakt.

'Hoi,' fluistert ze slaperig.

Ik schrik even op van haar stem, maar dan druk ik mijn gezicht in haar nek en trek haar naar me toe. 'We gaan volgend weekend naar Engeland,' zeg ik tegen haar.

Ze draait snel haar hoofd om en kijkt me aan. Er schijnt net genoeg maanlicht de donkere kamer in om de geschokte uitdrukking op haar gezicht te kunnen zien. 'Wat?'

'Engeland. Volgend weekend. Jij en ik.'

'Maar...'

'Nee. Je gaat. En ik wil dat je gaat, dus ga niet tegen me in.'

'Je hoeft niet...'

'Theresa. Hou op.' Ik druk mijn hand tegen haar mond, en ze bijt zachtjes in de huid van mijn handpalm. 'Als ik nu mijn hand weghaal, zul je dan braaf zijn en niet tegen me ingaan?' vraag ik plagend, terugdenkend aan haar eerdere beschuldiging dat ik me als haar bazige moeder gedroeg.

Ze knikt en ik trek mijn hand terug. Ze komt overeind, steunend op haar ellebogen, en kijkt me aan. Het is erg moeilijk een gesprek met haar te voeren als ze naakt is, en op oorlogspad.

'Maar ik heb geen paspoort!' roept ze uit.

Ik onderdruk een glimlach. Ik wist wel dat ze nog niet klaar was.

'Dat wordt geregeld. We bespreken de rest morgen wel.'

'Maar...'

'Theresa...'

'Twee keer "Theresa" in een minuut? O, o.' Ze lacht.

'Jij krijgt nooit meer champagne.' Ik strijk haar slordige haar uit haar gezicht en volg de vorm van haar onderlip met mijn duim.

'Je klaagde anders niet toen ik...'

Ik maak een einde aan haar dronken gebabbel door mijn lippen op de hare te drukken. Ik hou zo veel van haar, zo ontzettend veel dat de gedachte haar te verliezen me doodsbang maakt.

Wil ik haar – mijn mogelijke toekomst, mijn enige kans op een fatsoenlijk leven – echt blootstellen aan mijn verdorven verleden?

118

∞

Tessa

Wanneer ik wakker word, ligt Hardin niet over me heen gedrapeerd, en zelfs wanneer ik mijn ogen weer dichtdoe, is het te licht in de kamer. Ik knijp mijn ogen dicht en vraag kermend hoe laat het is.

Mijn hoofd bonst en mijn lichaam deint op en neer, hoewel ik toch echt in bed lig.

'Twaalf uur,' zegt Hardins diepe stem vanaf de andere kant van de kamer.

'Twaalf uur? Dan heb ik mijn eerste twee colleges gemist.' Ik wil overeind komen, maar mijn hoofd tolt te veel. Ik laat me kermend terug op de matras vallen.

'Dat geeft niet. Ga maar weer slapen.'

'Nee! Ik mag niet nog meer colleges missen, Hardin. Ik ben hier nog maar net en wil niet meteen zo veel verzuimen.' Ik raak in paniek. 'Nu raak ik heel erg achter.'

'Het komt wel goed,' zegt Hardin schouderophalend. Hij loopt door de kamer naar het bed toe. 'Je hebt je opdrachten vast al af.'

Hij kent me veel te goed. 'Daar gaat het niet om. Ik heb colleges gemist, dat maakt een slechte indruk.'

'Op wie?' vraagt Hardin. Nu weet ik zeker dat hij de spot met me drijft.

'Op mijn docenten en mijn studiegenoten.'

'Tessa, ik hou van je, maar kom op zeg, het kan je medestudenten geen zak schelen of je er bent of niet. Ze merken het waarschijnlijk niet eens. Je docenten natuurlijk wel, maar dat komt omdat je altijd loopt te slijmen en die lui het fijn vinden als hun ego zo wordt gestreeld. Maar het laat de andere studenten echt siberisch, en als dat niet zo zou zijn, wat dan nog? Hun mening doet er niet toe.'

'Nee, dat zal wel niet.' Ik doe mijn ogen dicht en probeer het van zijn kant te bekijken, maar ik vind het vreselijk om te laat te komen en colleges te missen en de halve dag te verslapen. 'Ik loop niet te slijmen,' voeg ik eraan toe.

‘Hoe voel je je nu?’

Ik voel de matras bewegen, en wanneer ik mijn ogen opendoe, zie ik hem naast me liggen.

‘Alsof ik gisteren te veel heb gedronken.’ Alsof mijn hoofd elk moment uit elkaar kan barsten.

‘Dat is ook zo.’ Hij knikt een paar keer ernstig. ‘Hoe is het met je kont?’ Hij grijpt me bij mijn billen en ik krimp ineen.

‘We hebben toch niet...’ Zo dronken was ik toch niet?

‘Nee.’ Hij masseert grinnikend mijn huid en kijkt me recht aan. ‘Nog niet.’

Ik slik.

‘Alleen als je het echt wilt. Maar je begint in een behoorlijk seksbeest te veranderen, dus ik neem aan dat dat het volgende op de lijst is.’

Ik, een seksbeest?

‘Kijk niet zo angstig, het was maar een idee.’ Hij glimlacht naar me.

Ik weet niet wat ik van dat idee vind... en tegen dit soort gesprekken ben ik nu echt niet opgewassen.

Mijn nieuwsgierigheid is echter sterker. ‘Heb je...’ Ik weet niet hoe ik dit moet vragen. Dit is een van de weinige dingen waar we het nooit over hebben gehad – de vieze woordjes die hij in het heetst van de strijd zegt, tellen niet. ‘Heb je dat weleens gedaan?’ Ik kijk hem onderzoekend aan.

‘Nee, eerlijk gezegd niet.’

‘O.’ Ik ben me te zeer bewust van zijn vingers die op mijn naakte huid tikken, precies op de plek waar mijn slipje zou eindigen, als ik dat had gedragen. Nu ik weet dat Hardin dat nooit heeft gedaan, vind ik het idee veel aantrekkelijker.

‘Waar denk je aan? Ik zie die radertjes in je hoofd bewegen.’ Hij wrijft met zijn neus langs de mijne, en ik glimlach onder zijn blik.

‘Ik vind het een fijn idee dat je dat... nog nooit hebt gedaan.’

‘Hoezo?’ Hij trekt zijn wenkbrauwen op.

Ik verberg mijn gezicht voor hem. ‘Dat weet ik niet.’ Opeens ben ik verlegen. Ik wil niet onzeker klinken of een ruzie beginnen. Ik heb al een kater.

‘Vertel het me,’ zegt hij zacht en dwingend.

‘Dat weet ik niet. Het zou gewoon leuk zijn als het je eerste keer zou zijn.’

Hij laat zijn gewicht op een elleboog rusten en kijkt op me neer. ‘Hoe bedoel je dat?’

'Ik bedoel dat je al heel veel dingen hebt gedaan... Je weet wel, op seksueel gebied,' leg ik op zachte toon uit. 'En ik heb je geen nieuwe ervaringen bezorgd.'

Hij kijkt me aandachtig aan, alsof hij bang is antwoord te geven. 'Dat heb je wel.'

'Nietes.' Ik pruil weer.

'Echt wel. Lul niet zo'n onzin.' Zijn stem klinkt bijna grommend. Hij fronst diep.

'Snauw niet zo naar me. Hoe denk je dat het voor mij voelt? Dat je het niet alleen met mij hebt gedaan?' zeg ik. Daar denk ik minder vaak aan dan vroeger, maar als ik het wel doe, voel ik weer die pijn.

Hij krimpt even in elkaar en trekt me voorzichtig aan mijn armen overeind. 'Kom eens hier.' Hij tilt me op zijn schoot. Zijn warme lichaam voelt warm en uitnodigend tegen mijn naakte huid.

'Zo had ik het nog niet bekeken,' zegt hij tegen mijn schouder. Ik huiver. 'Als je het al met een ander had gedaan, was ik nu niet hier bij je geweest.'

Ik hef met een ruk mijn hoofd op. 'Pardon?'

'Je hebt me wel gehoord.' Hij zoent me op mijn schouder.

'Dat is ook niet erg aardig.' Ik ben eraan gewend dat hij bot kan zijn, maar dit verbaast me. Dit kan hij niet menen.

'Ik heb nooit beweerd dat ik aardig ben.'

Ik schuif op zijn schoot heen en weer en schenk geen aandacht aan de grom die diep uit zijn keel opwelt. 'Meen je dat echt?'

'Ja.' Hij knikt.

'Dus je wilt beweren dat je nooit met me was gaan daten als ik geen maagd was geweest?' Dit is geen onderwerp dat we vaak bespreken, en ik vraag me nerveus af waar het gesprek zal eindigen.

Hij kijkt me met half toegeknepen ogen aandachtig aan en mompelt dan: 'Inderdaad. En ik wilde sowieso al niet met je daten, weet je nog?' Hij lacht, maar ik frons.

Ik zet mijn voeten op de vloer, klaar om me van zijn schoot te duwen, maar hij houdt me vast. 'Niet mokken,' zegt hij vleiend. Hij wil zijn lippen op de mijne drukken, maar ik draai snel mijn hoofd om.

Ik kijk hem kwaad aan. 'Misschien had je dan beter maar helemaal niet met me kunnen daten.' Ik ben zo gekwetst dat ik besluit olie op het vuur te gooien en op de explosie te wachten. 'Misschien had je er een einde aan moeten maken toen je de weddenschap had gewonnen.'

Ik staar hem in zijn groene ogen, wachtend op een reactie. Die komt niet. Hij gooit lachend zijn hoofd in zijn nek en vult de kamer met mijn favoriete geluid.

'Stel je niet zo aan,' zegt Hardin. Hij drukt me dichter tegen zich aan en pakt allebei mijn polsen met zijn ene hand vast om te voorkomen dat ik van zijn schoot glijd. 'Dat ik aanvankelijk niet met je wilde daten wil niet zeggen dat ik er nu niet blij mee ben.'

'Daardoor voel ik me niet echt beter. Je wilt dus zeggen dat je niet met me samen had willen zijn als ik eerder met een ander naar bed was geweest? Dus als ik het met Noah had gedaan, had je me niet gemoeten?'

Hij krimpt ineen. 'Nee. Dan hadden we niet... in die situatie gezeten... als je geen maagd was geweest.' Nu let hij op zijn woorden. Goed zo.

'"In die situatie"', herhaal ik, nog steeds geïrriteerd. De woorden klinken harder dan mijn bedoeling is.

'Ja, situatie.' Hij draait zich met een ruk om, duwt me tegen de matras en laat zijn lichaam boven op het mijne zakken. Hij drukt mijn polsen boven mijn hoofd tegen het bed en duwt met zijn knieën mijn dijen uit elkaar. 'Ik zou het niet kunnen verdragen als een andere man je al eerder had aangeraakt. Dat is idioot, ik weet het, maar het is verdomme de waarheid, of je die nu wilt horen of niet.'

Zijn adem verlaat in hete pufjes zijn mond en voelt warm tegen mijn gezicht. Heel even vergeet ik waarom ik me aan hem erger. Hij is eerlijk, dat moet ik toegeven, maar die dubbele moraal is ontzettend irritant.

'Het zal wel.'

'Het zal wel.' Hij grinnikt en verstevigt zijn greep rond mijn pols. Hij spant de spieren in zijn lendenen en duwt zijn in boxer gehulde lijf tegen mijn bovenbenen. 'Stel je niet aan, je weet hoe ik ben.'

Ik voel me heel erg kwetsbaar, maar zijn bazige gedrag windt me meer op dan zou moeten.

Hij vervolgt: 'En je weet dat ik je allemaal nieuwe ervaringen heb bezorgd. Ik had nooit van iemand gehouden, in romantisch opzicht, en ook niet echt van mijn familie...' Even verschijnt er een wazige blik in zijn ogen, waarschijnlijk vanwege een pijnlijke herinnering, maar dan kijkt hij me snel weer aan. 'En ik had ook nog nooit met iemand samengewoond. Het kon me nooit een zak schelen of ik iemand zou kwijtraken of niet, maar ik zou het niet overleven als ik jou zou verliezen. Dat is een nieuwe ervaring.' Zijn lippen raken de mijne bijna aan. 'Is dat genoeg aan nieuwe ervaringen?'

Ik knik en hij glimlacht. Als ik mijn hoofd een centimeter verder ophef, zullen mijn lippen de zijne raken. Hij lijkt mijn gedachten te kunnen lezen en trekt zijn hoofd een klein stukje terug. 'En begin niet opnieuw over die weddenschap,' zegt hij dreigend. Hij wrijft tegen me aan. Een verraderlijk gekreun ontsnapt aan zijn lippen en zijn blik wordt donker. 'Begrepen?'

'Ja, hoor.' Ik rol uitdagend met mijn ogen.

Hij laat mijn polsen los, strijkt met zijn hand over mijn lichaam en knijpt even zacht in mijn heup. 'Wat ben je vandaag vervelend.' Hij tekent rondjes op mijn heup en laat zijn gewicht zwaarder op me rusten.

Ik voel me ook vervelend, ik heb een kater en last van mijn hormonen. 'En jij bent een lul, dus we staan gelijk,' kaats ik terug.

Hij bijt op de binnenkant van zijn wang en laat dan zijn hoofd zakken. Zijn warme lippen planten een rij zoenen op mijn kaaklijn, waardoor de vonken rechtstreeks naar mijn lendenen schieten. Ik sla mijn benen rond zijn middel en laat de kleine ruimte tussen onze lichamen verdwijnen.

'Jij bent de enige van wie ik ooit heb gehouden,' brengt hij me in herinnering, waarmee hij de pijn van zijn eerdere uitspraken iets verzacht. Zijn lippen vinden het plekje onder aan mijn keel en een van zijn handen sluit zich rond mijn borst. Met de andere houdt hij zijn lichaam overeind. 'Ik zal altijd alleen maar van jou houden.'

Ik zeg niets. Ik wil dit moment niet verpesten. Ik vind het zo fijn wanneer hij voor zijn gevoelens voor mij uitkomt, en nu ben ik opeens in staat om dit allemaal in een nieuw licht te zien. Steph, Molly en die halve campus van WCU mag dan met Hardin hebben zitten vozen, maar niemand, geen van die meiden, kon hem ooit 'Ik hou van je' laten zeggen. Ze hebben nooit het voorrecht gekend om hem zo te kennen als ik hem ken, en dat zal ook nooit gebeuren. Ze hebben geen idee hoe geweldig en slim de echte Hardin is. Ze horen hem niet lachen zoals ik hem hoor lachen, met zijn ogen bijna dicht en kuiltjes in zijn wangen. Ze zullen nooit iets horen over wat er echt in zijn leven is gebeurd, ze zullen hem nooit met zo veel overtuiging horen zeggen dat hij meer van hen houdt dan van het leven zelf. En om die reden heb ik met hen te doen.

'Jij bent ook de enige van wie ik ooit heb gehouden,' zeg ik op mijn beurt. De liefde die ik voor Noah voelde, was de liefde die je voor familie voelt. Dat weet ik nu. Van Hardin hou ik op een andere, veel intensere manier, en diep in mijn hart weet ik dat ik nooit meer zoiets voor een ander zal voelen.

Ik voel dat Hardins hand naar zijn boxershort gaat en die naar beneden trekt. Ik haak mijn voeten rond het kledingstuk en trek mee. Met een tedere beweging glijdt hij in me, een kreet slakend als hij mijn gladheid voelt.

'Zeg dat nog eens,' smeekt hij.

'Jij bent de enige van wie ik ooit heb gehouden,' herhaal ik.

'Godsamme, Tess, ik hou zo veel van je.' De woorden zijn als een ruwe biecht die knarsetandend wordt uitgesproken.

'Ik zal altijd alleen maar van jou houden,' beloof ik. Ik hoop met heel mijn hart dat we een manier zullen vinden om onze problemen op te lossen, want ik weet dat ik net de waarheid heb gesproken. Hij zal altijd de enige zijn. Zelfs als het ons uit elkaar mocht drijven.

Hardins diepe stoten vullen me en maken me tot de zijne. Met zijn warme, natte mond bijt en zuigt hij op de huid van mijn hals. 'Ik kan elke centimeter van je voelen... Je bent zo warm...' zegt hij kreunend, waardoor ik besef dat hij geen condoom om heeft gedaan. Zelfs in deze euforische trance gaat er een alarm af in mijn hoofd, maar ik knipper met mijn ogen om het gevoel te verdrijven en geniet van Hardins sterke spieren die zich spannen onder mijn handen, die ik over zijn brede schouders en getatoeëerde armen laat gaan.

'Je moet een condoom omdoen,' zeg ik, hoewel ik het hem niet bepaald gemakkelijker maak door mijn benen rond zijn middel te slaan en hem dieper in me te trekken. De spieren van mijn buik spannen zich, steeds meer...

'Kan... niet... ophouden...' Hij versnelt het tempo, en ik weet dat ik in tweeën zal breken als hij nu ophoudt.

'Dan niet.' We zijn allebei stapelgek, we kunnen niet helder denken, maar ik blijf hem maar aanmoedigen door met mijn nagels over zijn rug te gaan.

'Kom klaar, Tessa,' beveelt hij me, alsof ik een keuze heb. Ik voel mijn orgasme naderen en ben even bang dat ik flauw zal vallen wanneer ik voel dat hij met zijn tanden over mijn borst schraapt om zijn stempel op me te drukken. Hij zegt opnieuw kreunend mijn naam en verklaart zijn liefde voor me, en dan verstijft hij en trekt zich uit me terug om klaar te komen op de blote huid van mijn buik. Ik kijk vol ontzag hoe hij zichzelf aanraakt en me, zonder het oogcontact ook maar een moment te verbreken, op de meest bezitterige manier tot de zijne maakt.

Hij laat zich boven op me vallen, bevend en buiten adem. We blijven stil liggen en hoeven geen van beiden iets te zeggen om te weten wat de ander denkt.

'Waar wil je naartoe?' vraag ik. Ik wil het bed niet verlaten, maar Hardin heeft aangeboden om samen met mij Seattle te verkennen, en ik denk niet dat dat snel nog eens zal gebeuren.

'Kan me geen zak schelen. Zullen we gaan winkelen?' Hij kijkt me onderzoekend aan. 'Moet je winkelen? Wil je dat?'

'Ik heb niet echt iets nodig...' antwoord ik, maar wanneer ik opkijk en zie hoe nerveus hij naast me ligt, verander ik van gedachten. 'Ja hoor, dat is goed.'

Hij doet zo zijn best. Al die simpele dingen die stelletjes gewoonlijk doen, geven Hardin een ongemakkelijk gevoel. Ik kijk hem glimlachend aan en denk aan de avond dat hij me mee uit schaatsen nam, gewoon om te laten merken dat hij een gewoon vriendje kon zijn.

Dat was zo leuk, hij was toen zo charmant en speels. Net zoals hij in de afgelopen anderhalve week is geweest. En ik wil geen 'gewoon' vriendje, ik wil Hardin, met zijn grove humor en zijn nukkige buien, die me af en toe mee uit neemt en me zo veel zelfvertrouwen schenkt dat de goede momenten uit onze relatie me de dieptepunten doen vergeten.

'Mooi.' Hij schuift ongemakkelijk heen en weer.

'Ik moet alleen even mijn tanden poetsen en mijn haar in een staartje doen.'

'En misschien wat kleren aantrekken.' Hardin legt zijn hand op de gevoelige plek tussen mijn dijen. Hij heeft al een van zijn shirts gebruikt om me schoon te vegen, net zoals hij vroeger altijd deed.

'Ja. En misschien moet ik even gaan douchen.' Ik slik, me afvragend of Hardin en ik het nog eens zullen doen voordat we de deur uitgaan. Eerlijk gezegd weet ik niet of dat lichamelijk mogelijk is.

Ik stap uit bed en krimp even in elkaar. Ik wist dat ik elk moment ongesteld kan worden, maar waarom moet het juist nu? Al zal het een voordeel zijn dat het dan weer over is voordat we naar Engeland vertrekken.

Engeland... Dat is zo'n onwerkelijk idee.

'Wat?' Hardin kijkt me vragend aan.

'Ik... Het is die tijd van de maand...' Ik wend mijn blik af omdat ik weet dat hij de hele maand op botte grappen heeft kunnen oefenen.

'Tijd?' Hij trekt een plagend gezicht en kijkt naar zijn kale pols, alsof hij daar een horloge draagt.

'Mond dicht,' zeg ik kermend. Ik klem mijn dijen tegen elkaar zodat ik me kan haasten en net genoeg kleren kan aantrekken om naar de badkamer te lopen.

'Kijk nou toch eens. Een kater en een grote mond,' zegt hij pesterig.

'Je maakt erg slechte grappen.' Ik trek zijn T-shirt over mijn hoofd en zie een trage glimlach op zijn gezicht verschijnen omdat ik opnieuw zijn kleren draag.

'Vreselijk, hè?' Zijn groene ogen fonkelen van de pret. 'Zo erg dat je er de rode vlag voor wilt uithangen?'

Ik loop snel de kamer uit en hoor hem in zichzelf lachen.

119

∞

Hardin

'Ik wist niet eens dat jullie thuis waren. Ik dacht dat Tessa vandaag college had,' zegt Kimberly wanneer ik de keuken binnenloop. Wat moet zij hier?

'Ze voelde zich niet lekker,' antwoord ik. 'Hoor jij niet op je werk te zitten? Of is lekker thuisblijven een van de voordelen van met de baas neuken?'

'Eerlijk gezegd voel ik me ook niet lekker, en jij bent een lul.' Ze gooit een prop papier in mijn richting, maar mist haar doel.

'Jij en Tessa moeten echt leren hoe je met champagne omgaat,' zeg ik tegen haar.

Ze steekt haar middelvinger naar me op.

De magnetron piept. Ze haalt er een plastic schaaltje uit met iets wat nog het meeste op kattenvoer lijkt en ook zo ruikt, en gaat ermee aan het keukeneiland zitten. Ze schuift de ene hap na de andere naar binnen. Ik knijp mijn neus dicht.

'Dat stinkt naar stront,' merk ik op.

'Waar is Tessa? Die kan je wel de mond snoeren.'

'Ik zou er niet te veel op rekenen.' Ik lach. Op een bepaalde manier ben ik gesteld geraakt op die gevatte verloofde van Vance. Ze kan wel tegen een stootje en is vaak zo vervelend dat ik genoeg munitie tegen haar kan verzamelen.

'Waar zou je niet op rekenen?' Tessa komt de keuken in, gekleed in een sweater, een strakke jeans en die pantoffelachtige gevallen die volgens haar toch echt schoenen zijn. In mijn ogen zijn het niet meer dan stukken veel te dure stof rond een reep karton die zogenaamd voor het goede doel worden verkocht. Dat mensen zo dom zijn om daar in te trappen. Daar is zij het natuurlijk niet mee eens, dus ik heb geleerd om die mening voor me te houden.

'Niks.' Ik stop mijn handen in mijn zakken om te voorkomen dat ik die voldaan kijkende Kimberly van haar kruk duw.

'Hij heeft een grote mond. Daar zijn we wel aan gewend.' Kim neemt nog een hapje van dat kattenvoer.

'Laat maar, ze is irritant,' zeg ik, zo hard dat Kim het kan horen.

'Doe eens aardig,' zegt Tessa streng tegen me. Ik pak haar hand en trek haar mee naar buiten.

In de auto stopt Tessa een handvol tampons in het dashboardkastje en word ik aan iets herinnerd. 'Je moet aan de pil gaan,' zeg ik. Ik heb de laatste tijd niet echt goed opgepast, en nu ik haar zonder condoom heb gevoeld, is er geen weg terug.

'Dat weet ik. Ik wil telkens een afspraak bij de dokter maken, maar dat valt niet mee als je alleen maar een studentenverzekering hebt.'

'Ja, ja.'

'Misschien lukt het later deze week. Ik wil niet te lang wachten, want je hebt de laatste tijd niet goed opgepast,' zegt ze.

'Wat? Alleen ik?' zeg ik, maar ik probeer niet in paniek te raken. 'Jij bent degene die me telkens overvalt, waardoor ik niet echt kan nadenken.'

'O, toe nou!' Ze giechelt en laat haar hoofd tegen de hoofdsteun rusten.

'Hé, als jij je leven door een kind wilt laten verpesten, ga je je gang maar, maar je hoeft niet op mij te rekenen.' Ik geef een kneepje in haar dij en zie haar fronsen. 'Wat?'

'Niets,' liegt ze. Haar glimlach is nep.

'Wat is er? Zeg het dan.'

'We zouden het niet meer over kinderen hebben, weet je nog?'

'Ja, en dat vind ik nog steeds. Dus hou op met treuzelen en bel een dokter, dan hoeven we er ons geen zorgen meer over te maken.'

'Ik ga meteen de kliniek bellen. Alles om te voorkomen dat jouw toekomst in gevaar komt,' merkt ze op vlakke toon op.

Ik heb haar van streek gemaakt, maar er is gewoon geen vriendelijke manier om haar duidelijk te maken dat ze echt aan de pil moet als ze van plan is meerdere keren per dag met me te neuken.

Een paar telefoontjes later zegt ze: 'Ik heb voor maandag een afspraak.'

'Mooi.' Ik haal even mijn hand door mijn haar en leg die dan weer op haar bovenbeen.

Ik zet de radio aan en rijd aan de hand van de routebeschrijving op mijn telefoon naar het dichtstbijzijnde winkelcentrum.

Na één rondje door het winkelcentrum verveel ik me al kapot en heb ik het helemaal gehad met Seattle. Tessa is de enige die me nog kan vermaken. Ook wanneer ze niets zegt, kan ik aan haar uitdrukking zien wat ze denkt. Ik kijk hoe zij de mensen bekijkt die haastig langs de winkels lopen. Ze fronst wanneer een kwade moeder een kind midden in een winkel een pak voor zijn broek geeft, en ik neem haar mee naar buiten voordat ze zich ermee kan bemoeien. We eten tussen de middag iets in een rustige pizzatent, en Tessa praat tijdens het eten aan een stuk door over een nieuwe reeks boeken die ze wil gaan lezen. Dat verbaast en boeit me omdat ik weet hoe kritisch ze over eigentijdse romans is.

'Ik ga ze downloaden zodra je me mijn e-reader hebt teruggegeven.' Ze veegt haar mond af met een servetje. 'Ik wil ook heel graag mijn armband terug. En de brief.'

Ik moet mijn best doen om niet in paniek te raken en prop bijna een hele punt pizza in mijn mond, zodat ik geen antwoord kan geven. Ik kan haar niet vertellen wat er met die brief is gebeurd en ben dolblij wanneer ze over iets anders begint.

Aan het einde van de dag valt Tessa in de auto in slaap. Dat doet ze de laatste tijd wel vaker, en ik vind het geweldig. Net als de vorige keer rijd ik via een omweg naar huis.

Tessa's wekker heeft me niet wakker gemaakt, en zij ook niet. Ik ben helemaal niet blij dat ik haar vanmorgen niet meer heb gezien voordat ze vertrok, zeker niet omdat ze de hele dag weg zal blijven. Ik kijk op de klok aan de muur en zie dat het bijna twaalf uur is. Dat betekent dat ze in elk geval bijna middagpauze heeft.

Ik kleed me snel aan en rijd naar het nieuwe kantoor van Vance Publishing. Het is een raar idee dat ik daar samen met haar had kunnen werken en elke dag samen met haar naar kantoor had kunnen rijden, en 's avonds weer naar huis... Dan hadden we kunnen samenwonen.

Ruimte, Hardin, ze heeft ruimte nodig, zeg ik tegen mezelf, maar ik moet lachen om dat idee. We geven elkaar niet echt de ruimte. Hoogstens een dag of drie per week. Wat we vooral doen, is het onszelf door de lange reistijd en de afstand alleen maar moeilijker maken.

Eenmaal binnen stel ik vast dat het kantoor in Seattle bespottelijk luxe is en veel groter dan dat rottige kantoortje waar ik heb gewerkt. Niet dat ik zo'n krap hokje mis, dat niet, maar het is hier wel erg chic. Vance zou het nooit goed vinden als ik thuis zou werken. Brent, mijn baas bij Bolthouse, was degene die voorstelde dat ik mijn werk voor hem thuis in mijn eigen woonkamer zou doen, om 'de vrede te bewaren'. Dat werkt voor mij perfect, zeker nu Tessa in Seattle zit en die overgevoelige neuroten op kantoor het nakijken hebben.

Het verbaast me dat ik niet verdwaal in dit godvergeten doolhof.

Bij de receptie kijkt Kimberly me stralend aan vanachter haar bureau. 'Goedemiddag. Hoe kan ik je helpen?' zegt ze nadrukkelijk, waarmee ze laat zien dat ze wel degelijk professioneel kan zijn.

'Waar is Tessa?'

'Op haar kamer.' Ze laat het masker vallen.

'En die is...' Ik leun tegen de muur en wacht totdat ze me naar Tessa brengt.

'Verderop in de gang. Haar naam staat op het bordje naast de deur.' Ze kijkt weer naar het beeldscherm en negeert mij. Onbeleefde trut.

Waar betaalt Vance haar eigenlijk voor? Het is hem blijkbaar heel wat waard om haar te kunnen neuken wanneer hij maar wil en haar overdag onder handbereik te hebben. Ik schud mijn hoofd om de gedachte aan die twee te verdrijven.

'Bedankt voor je hulp,' zeg ik nukkig. Ik loop de lange, smalle gang in.

Ik doe zonder eerst te kloppen de deur van Tessa's kamer open. Er is niemand. Ik haal mijn mobieltje uit mijn zak en bel haar. Een paar tellen later hoor ik iets rammelen en zie ik haar telefoon trillen op haar bureau. Jezus, waar zit ze?

Ik loop weer de gang op en bedenk me dat Zed in de stad is. Een rood waas verschijnt voor mijn ogen. Als die klootzak...

'Hardin Scott?' vraagt een vrouwenstem achter me. Ik draai me om en loop een ruimte in die aan een kleine kantine doet denken.

Ik draai me daar nogmaals om en zie een bekend gezicht. 'Eh... Hoi?' Ik herken haar wel, maar weet niet meer waar ik haar eerder heb gezien. Pas wanneer ik de vrouw naast haar zie, valt het kwartje. Het is niet waar. Waarom haalt het universum zo'n zieke grap met me uit? Ik heb er meteen de pest in.

Tabitha kijkt me lachend aan. 'Kijk eens wie we daar hebben...'

Opeens begrijp ik waarom Tessa klaagde over twee trutten op haar werk.

Beleefd zijn lijkt me niet nodig. 'Jij bent degene die op Tessa zit te katten, hè?' Als ik had geweten dat Tabitha was overgeplaatst naar Seattle had ik meteen geraden dat zij het betreffende kutwijf was. Toen ik nog voor Vance werkte, stond ze al om haar gedrag bekend, en ik denk niet dat ze haar leven heeft gebeterd.

'Wie, ik?' Ze gooit haar haar over haar schouder en glimlacht.

Ze ziet er... anders uit. Onnatuurlijk. En dat mens dat als een hondje achter haar aan loopt, heeft dezelfde oranje kleur... Misschien moeten ze eens rustig aan doen met die zonnebank.

'Zeik niet zo. Laat haar met rust. Ze probeert aan het leven in een nieuwe stad te wennen, en dat gaan jullie niet voor haar verpesten.'

'Ik heb niets gedaan! Het was maar een grapje.'

Opeens moet ik denken aan die dag dat ze me op het toilet heeft gepijpt, en ik slik snel het onaangename gevoel weg waarmee die ongewenste herinnering gepaard gaat.

'Doe het niet nog eens,' zeg ik waarschuwend. 'Ik meen het. Je mag niet meer met haar praten.'

'Jij bent nog altijd het zonnetje in huis, merk ik. Goed, ik zal haar met rust laten. Ik wil niet dat je tegen meneer Vance gaat lopen klikken en ervoor zorgt dat ik word ontslagen, net als Sam...'

'Daar kon ik niets aan doen.'

'Jawel!' fluistert ze op dramatische toon. 'Zodra haar vriend ontdekte wat jullie twee uitspookten... Wat je had gedaan... Ze werd nog diezelfde week om onverklaarbare redenen ontslagen.' Tabitha was gemakkelijk, veel te gemakkelijk, en Samantha ook. Zodra ik ontdekte wie het vriendje van Samantha was, werd ze aantrekkelijk voor me, maar zodra ik tussen haar benen lag, was dat voorbij. Dat spelletje leverde me het nodige gezeik op waaraan ik liever niet word herinnerd, en ik wil al helemaal niet dat Tessa hier op de een of andere manier bij betrokken raakt.

'Je weet niet eens wat er allemaal is gebeurd, dus je kunt maar beter je mond houden. Laat Tessa met rust, dan hoef je niet voor je baan te vrezen.' Eerlijk gezegd had ik weinig te maken met het ontslag van Samantha, maar het was al moeilijk genoeg voor me dat ze bij Vance werkte. Ze studeerde nog en werkte parttime, als manusje-van-alles.

'Als je over de verwende duvel spreekt,' merkt het hondje op. Ze knikt naar de deuropening van de kleine kantine.

Tessa komt stralend en lachend binnen. Met op haar hielen, gekleed in zijn onvermijdelijke jasje-dasje, een eveneens lachende en stralende Trevor.

Die sukkel krijgt mij als eerste in het oog en pakt Tessa bij haar arm om haar op mij te wijzen. Ik moet me tot het uiterste beheersen om te voorkomen dat ik hem aanvlieg. Zodra ze me ziet staan, begint ze nog meer te stralen en komt ze met een brede glimlach op haar gezicht naar me toe. Pas wanneer ze vlak voor me staat, valt haar oog op Tabitha.

'Hoi,' zegt ze, opeens onzeker en nerveus.

'Dag, Tabitha.' Ik geef dat verwaande mokkel een teken dat ze kan vertrekken. Ze fluistert iets tegen haar vriendin en loopt dan samen met haar de kamer uit.

'Dag, Trevor,' zeg ik zo zacht dat alleen Tessa het kan horen.

'Hou op!' Ze geeft me op die plagende manier van haar een tikje op mijn arm.

'Hallo, Hardin,' zegt Trevor, beleefd als altijd. Zijn arm trilt even langs zijn zij, alsof hij niet goed weet of hij mij de hand moet schudden of niet. Ik hoop maar van niet. Ik zou zijn aangeboden hand weigeren.

'Hoi,' zeg ik kortaf.

'Wat doe jij hier?' vraagt Tessa. Ze kijkt even de gang in, naar de vrouwen die net zijn weggelopen. Ik weet wat ze echt wil vragen, namelijk 'waar ken je die twee van, en wat zeiden ze?'

'Tabitha zal niet langer voor problemen zorgen.'

Haar mond valt open en haar ogen worden groot. 'Wat heb je gedaan?'

Ik haal mijn schouders op. 'Niets. Ik heb gewoon gezegd wat ze moet doen: oprotten.'

Tessa kijkt glimlachend die lul van een Trevor aan, en hij gaat aan een van de tafeltjes zitten en probeert niet naar ons te kijken. Ik vind zijn ongemak nogal vermakelijk.

'Heb je al iets gegeten?' vraag ik. Ze schudt haar hoofd. 'Dan gaan we iets te eten regelen.' Ik werp de luistervink een vernietigende blik toe en loop met Tessa de gang op.

'Hiernaast hebben ze erg lekkere taco's,' zegt ze.

Dat is niet zo. De taco's vallen heel erg tegen, maar ze eet haar hele bord leeg en ook nog een deel van dat van mij. Daarna legt ze blozend uit dat ze vanwege haar hormonen zo'n trek heeft en dreigt een tampon in mijn keel 'te rammen' als ik het waag een grapje over haar ongesteldheid te maken. Ik lach alleen maar.

'Ik wil vanavond met je mee terug om mijn spullen op te halen.' Ze neemt een slok water om de pittige salsa weg te spoelen.

'We gaan volgende week naar Engeland. Is dat niet genoeg gereis?' vraag ik in een poging haar plannen te dwarsbomen.

'Nee, ik wil Landon zien. Ik mis hem heel erg.'

Ik voel een steek van misplaatste jaloezie, maar negeer het gevoel. Hij is haar enige vriend, op die irritante Kimberly na.

'Die is er ook nog wel als we uit Engeland terugkomen...'

'Hardin, toe nou.' Ze kijkt naar me op, maar vraagt niet om mijn toestemming, zoals ze soms doet. Deze keer vraagt ze of ik wil meewerken, en aan de vonk in haar ogen zie ik dat ze Landon gaat opzoeken, of ik dat nu goed vind of niet.

'Oké. Dat moet dan maar,' zeg ik mokkend.

Dit kan niet goed gaan. Ik kijk haar over de tafel heen aan, en ze lacht trots. Ik weet niet of ze trots is op zichzelf omdat ze deze discussie heeft gewonnen of op mij omdat ik toegeef, maar ze ziet er zo mooi uit. Ontspannen.

'Ik vind het fijn dat je vandaag langskwam.' Buiten in de drukke straat pakt ze mijn hand vast. Waarom zijn er zo veel mensen in Seattle?

'O ja?' Dat vermoedde ik al, maar ik heb me ook bezorgd afgevraagd of ze misschien kwaad zou zijn omdat ik zomaar opeens voor haar neus stond. Niet dat dat me iets had kunnen schelen, maar toch.

'Ja.' Ze kijkt knipperend naar me op en blijft midden in de drukte staan. 'Ik heb bijna...' Haar stem sterft weg.

'Je hebt bijna wat?' Ik voorkom dat ze doorloopt en druk haar naast een juwelierswinkel tegen de muur. Het licht van de zon wordt weerkaatst door de knoeperds van diamanten op de ringen in de etalage, en ik voer haar een paar meter verder langs de bakstenen muur om te voorkomen dat ik word verblind.

'Het is best gek.' Ze bijt op haar onderlip en staart naar het trottoir. 'Maar ik heb voor het eerst in maanden weer het gevoel dat ik kan ademhalen.'

'Is dat goed of...' begin ik. Ik leg mijn vingers onder haar kin en hef haar hoofd op, zodat ze me wel moet aankijken.

'Ja, dat is goed. Ik heb voor het eerst het gevoel dat het allemaal in orde zal komen. Zo goed als het nu is, is het tussen ons nog nooit geweest. Ik weet dat het allemaal nog erg vers is, maar het is een goed teken dat we nog maar een paar keer ruzie hebben gehad en alles meteen hebben uitgepraat. Ik ben trots op ons.'

Ik moet lachen om haar opmerking, want we vliegen elkaar nog altijd voortdurend in de haren, maar ze heeft gelijk: we hebben geleerd om dingen uit te praten. En ik geniet wel van ons gebekvecht, en zij volgens mij ook. We zijn allebei heel anders – het verschil tussen ons had niet groter kunnen zijn – en het zou ontzettend saai zijn als we het altijd met elkaar eens zouden zijn. Ik zou het niet volhouden als zij niet voortdurend de behoefte zou voelen om me terecht te wijzen of te zeuren over de troep die ik maak. Ze is bloedirritant, maar ik zou niets aan haar willen veranderen. Behalve misschien haar behoefte om in Seattle te wonen.

'"Goed" wordt behoorlijk overschat, schatje.' Om mijn woorden kracht bij te zetten, til ik haar aan haar benen op, sla haar dijen rond mijn middel en begin haar te kussen, gewoon tegen een muur in een van de drukste straten van Seattle.

120

∞

Tessa

'Hoe ver is het nog?' klaagt Hardin vanaf de passagiersstoel.

'Nog geen vijf minuten. We reden net langs Conner's.' Hij weet heel goed hoe ver het nog naar mijn oude woning is, maar hij kan het gewoon niet laten om te mopperen. Hij heeft het grootste deel van de rit achter het stuur gezeten, totdat ik hem wist over te halen om mij het laatste stuk te laten rijden. Hij had een pauze nodig, zijn ogen vielen bijna dicht. Mijn gelijk werd bewezen toen hij zijn arm over de console naar me uitstak, me vastpakte en vrijwel onmiddellijk in slaap viel.

'Landon is er nog, hè? Je hebt hem gesproken?' vraag ik. Ik kijk heel erg uit naar het weerzien met mijn beste vriend. Het is veel te lang geleden dat we elkaar hebben gezien, en ik mis zijn vriendelijke, wijze woorden en zijn eeuwige lach.

'Voor de tiende keer: ja,' antwoordt Hardin, duidelijk geërgerd. Hij is de hele reis al onrustig, al zal hij dat nooit toegeven. Hij doet net alsof de lange rit hem dwarszit, maar ik vermoed dat er meer aan de hand is. Ik weet niet zeker wat, maar daar kom ik nog wel achter.

Ik parkeer de auto voor het gebouw dat ik kortgeleden nog mijn thuis noemde en voel dat mijn maag zich omdraait. De zenuwen steken de kop op.

'Het komt wel goed,' stelt Hardin me tot mijn verbazing gerust wanneer we naar binnen lopen.

De kleine lift die ons naar boven brengt, voelt zo vreemd aan. Het lijkt alsof er veel meer tijd is verstreken dan slechts drie weken. Hardin blijft mijn hand vasthouden totdat we voor de deur van de woning staan. Hij steekt de sleutel in het slot en maakt de deur open.

Landon springt op van de bank en komt naar ons toe. Ik ken hem nu zeven maanden, maar ik heb nog nooit zo'n brede glimlach op zijn gezicht gezien. Hij slaat zijn armen om me heen voor een omhelzing, en door zijn warme welkom besef ik des te meer dat ik hem vreselijk heb gemist. Voordat ik mezelf kan inhouden, druk ik mijn gezicht tegen de borst van mijn vriend en begin te snikken.

Ik snap zelf ook niet waarom ik zo moet huilen. Ik word nogal emotioneel van zijn hartelijke reactie op mijn terugkeer.

'Telt je ouwe pa ook nog mee?' hoor ik mijn vader vragen.

Landon wil zich van me losmaken, maar Hardin zegt 'Momentje' en knikt naar Landon. Hij begrijpt blijkbaar hoe ik me voel.

Ik kruip opnieuw tegen Landon aan en voel zijn armen om me heen. 'Ik heb je zo gemist,' zeg ik tegen hem.

Zijn schouders ontspannen zichtbaar, en eindelijk laat hij me los. Wanneer ik naar mijn vader loop om hem te omhelzen, blijft Landon vlak naast ons staan. Op zijn gezicht is zijn vertrouwde stralende lach te zien. Ik kijk naar mijn vader en besef dat hij vast wist dat ik zou komen, want hij draagt zo te zien Landons kleren, die hem iets te strak zitten, en heeft zich geschoren.

'Kijk jou toch eens!' roep ik uit. 'Waar is je baard?'

Hij laat een luide lach horen en pakt me steviger vast. 'Geen baard meer voor mij,' zegt hij.

'Hoe was de reis?' vraagt Landon. Hij stopt zijn handen in de zakken van zijn marineblauwe broek.

'Klote,' zegt Hardin, op hetzelfde moment dat ik 'Goed, hoor' zeg.

Landon en mijn vader moeten allebei lachen. Hardin kijkt geërgerd, en ik ben gewoon blij dat ik hier ben... bij mijn beste vriend en het familielid met wie ik het nauwste contact heb. En dat doet me eraan denken dat ik mijn moeder moet bellen. Ik blijf het maar uitstellen.

'Ik zet je tas in de slaapkamer,' kondigt Hardin aan. Ik zie hem met afhangende schouders in de kamer verdwijnen die we ooit met elkaar hebben gedeeld en wil achter hem aan lopen, maar ik doe het niet.

'Ik heb je zo gemist, Tessie. Hoe is het in Seattle?' vraagt mijn vader. Het is zo vreemd om hem in een overhemd en nette broek van Landon te zien, en met geschoren kaken. Hij ziet er compleet anders uit. Maar de wallen onder zijn ogen zijn wat dikker geworden en het ontgaat me niet dat zijn handen lichtjes trillen.

'Ik moet nog altijd wennen, maar het gaat goed,' zeg ik.

Mijn vader glimlacht. 'Dat is fijn om te horen.' Hij gaat op de bank zitten.

Landon komt naar me toe en draait zijn rug naar mijn vader toe, alsof hij ons gesprek voor onszelf wil houden. 'Het lijkt wel of je maanden weg bent geweest.' Hij kijkt me recht aan.

Hij ziet er ook moe uit... Misschien omdat hij hier op mijn vader heeft gepast? Ik weet het niet, maar daar kom ik nog wel achter.

'Ja, dat zeker. De tijd lijkt in Seattle heel anders te verstrijken... Hoe gaat het hier? Ik heb je amper gesproken.' Ik heb Landon minder vaak gebeld dan zou moeten, maar hij heeft het vast heel druk gehad nu hij in zijn laatste semester aan Washington Central zit. Als drie weken al zo zwaar zijn, hoe moet ik het dan redden wanneer hij naar New York verhuist?

'Ik wist wel dat je het druk zou hebben. Druk is goed,' zegt hij. Zijn blik schiet naar de muur en ik zucht. Waarom heb ik het gevoel dat ik iets voor de hand liggends mis?

'Zeker weten?' Ik kijk van mijn beste vriend naar mijn vader en terug. Landon ziet er zo moe uit.

'Ja, we praten later wel bij,' zijn de woorden waarmee hij mijn zorgen wegwuift. 'Nu moet je me alles over Seattle vertellen!' De zwakke glans in zijn ogen verandert in een stralende, blije gloed.

'Het gaat goed...' Mijn stem sterft weg. Hij fronst bezorgd. 'Nee, echt, het gaat goed. Zeker nu Hardin me vaker komt opzoeken.'

'Ah, dat is dus de ruimte die jullie elkaar geven?' zegt hij plagend. Hij geeft me een duwtje tegen mijn schouder. 'Jullie hebben echt heel rare ideeën over uit elkaar gaan.'

Ik rol met mijn ogen, bij wijze van instemming, maar zeg: 'Ik vond het heel fijn dat hij langskwam. Ik snap nog altijd niet hoe het zit tussen ons, maar Seattle voelt meer als de stad van mijn dromen als Hardin er ook is.'

'Blij dat te horen.' Landon glimlacht en kijkt naar Hardin, die net komt aanlopen en naast me gaat staan.

Ik kijk om me heen en zeg tegen hen alle drie: 'Het ziet er hier veel beter uit dan ik had verwacht.'

'Terwijl Hardin in Seattle zat, hebben we schoongemaakt,' zegt mijn vader.

Ik schiet in de lach omdat ik moet denken aan Hardins opmerking dat ze aan zijn spullen hadden gezeten.

Ik kijk om naar de keurig opgeruimde hal en denk terug aan de eerste keer dat ik hier met Hardin naar binnen liep. Ik was meteen dol op de ouderwetse sfeer, met dat zichtbare metselwerk, en ik was erg onder de indruk van de boekenplanken die vrijwel de hele wand bedekten. De betonnen vloer gaf de woning een fraai en geheel eigen uitstraling. Ik kon bijna niet geloven dat Hardin erin was geslaagd een huis te vinden dat in zo veel opzichten echt bij ons paste: niet luxe, maar wel mooi en handig ingedeeld. Hij was bang dat ik het niet leuk zou vinden en ik was bang dat we te hard van stapel liepen, maar al snel bleek dat mijn bezorgdheid gegrond was. Hardin had deze woning gebruikt om me in de val te lokken. Hij dacht dat ik hierdoor bij hem zou blijven, ook nadat ik erachter was gekomen dat ik de inzet was van een weddenschap tussen zijn vrienden en hem. Ik bleef inderdaad bij hem, en dat is niet iets waar ik trots op ben, al zou ik er niets aan willen veranderen.

Ondanks de herinneringen aan onze eerste gelukkige dagen hier kan ik het onrustige gevoel diep in mijn binnenste niet van me afschudden.

Ik voel me hier nu een vreemde. De bakstenen muur is te vaak door bebloede knokkels bevlekt, de boeken op de planken waren te vaak getuige van ruzies. Hun pagina's zijn te vaak besmeurd door de tranen die na die ruzies zijn vergoten, en de herinnering aan Hardin die op zijn knieën voor me op de vloer zit, is zo levendig dat hij net zo goed een afdruk in het beton had kunnen achterlaten. Deze plek is me minder dierbaar dan vroeger, want nu hangen hier herinneringen aan verdriet en verraad; niet alleen dat van Hardin, maar ook dat van Steph.

'Wat is er?' vraagt Hardin bij het zien van mijn melancholieke uitdrukking.

'Niets, hoor,' zeg ik. Ik wil de onaangename herinneringen afschudden en vooral genieten van het feit dat ik na die weken in Seattle weer herenigd ben met Landon en mijn vader.

'Dat geloof ik niet,' zegt Hardin, maar hij gaat er verder niet op in en loopt naar de keuken. Even later hoor ik hem roepen: 'Is er nog iets te eten in huis?'

'Daar gaan we weer. Het was hier zo rustig en vredig,' fluistert mijn vader tegen Landon, en ze lachen vriendschappelijk. Ik ben zo blij dat ik Landon heb en dat ik steeds beter met mijn vader kan opschieten, al kennen Hardin en Landon hem inmiddels beter dan ik.

'Ik ben zo terug,' zeg ik. Ik wil mijn dikke sweater uittrekken. Het is binnen veel te warm en mijn longen snakken naar wat frisse lucht. En ik wil Hardins brief nog eens doorlezen; dat is wat ik het allerliefste doe. Die betekent zo veel voor me, daarin drukt hij zijn liefde en hartstocht uit zoals hij dat in een gesprek nooit zou kunnen. Ik heb de brief zo vaak gelezen dat ik de inhoud uit mijn hoofd ken, maar ik voel de behoefte om het papier opnieuw aan te raken. Zodra ik die vaak aangeraakte velletjes weer in mijn hand houd, zal alle onrust die ik voel worden verdreven door zijn weloverwogen woorden en zal ik opnieuw kunnen ademhalen en van het weekend hier kunnen genieten.

Ik kijk boven op de ladekast, in de lade en op het bureau. Mijn handen schuiven tevergeefs paperclips en pennen opzij. Waar heeft hij die brief gelaten?

Ik tref mijn e-reader en armband boven op mijn schrift voor religies aan, maar de brief is nergens te vinden. Ik leg de armband terug op het bureau en loop naar de kast om de schoenendoos te doorzoeken waarin Hardin de papieren van zijn werk bewaart. Ik til het deksel op en zie dat de doos leeg is, op een enkel velletje papier na, maar dat is helaas niet de brief. Het papier is van boven tot onder bedekt met Hardins handschrift, en als ik me niet zo'n zorgen zou maken over mijn brief zou ik de tekst doorlezen. Het is vreemd dat alleen dit vel hier ligt. Ik doe het deksel terug op de doos en zet hem weer achter in de kast, me voornemend het later nog eens te bekijken.

Ik loop terug naar de ladekast, me afvragend of ik de brief misschien over het hoofd heb gezien. Stel dat Hardin hem heeft weggegooid?

Nee, dat zou hij nooit doen. Hij weet hoeveel die brief voor me betekent. Ik pak nogmaals mijn oude dagboek, houd het ondersteboven en schud ermee, in de hoop dat de brief eruit zal vallen. Ik begin in paniek te raken, maar dan valt mijn oog op iets wits. Een stukje papier dat uit mijn dagboek valt en naar beneden dwarrelt. Ik kan het nog net oprapen voordat het op de vloer belandt.

Ik herken de woorden meteen. Die staan immers op mijn netvlies gebrand. Het is slechts een halve zin, bijna te klein om te lezen, maar die woorden... Dit is duidelijk het handschrift van Hardin. Mijn hart bonst. Ik staar naar het stukje papier en raak langzaam doordrongen van het besef dat hij die brief heeft geprobeerd te vernietigen. Ik begin te huilen. Het reepje valt uit mijn trillende vingers opnieuw op de vloer. Mijn hart is gebroken, en ik vraag me af hoeveel een hart eigenlijk kan verdragen.

121

∞

Hardin

'Je kunt gaan,' zijn de woorden waarmee ik Landon ontsla van zijn verplichtingen als oppas.

'Niks daarvan, ze is er net,' antwoordt hij uitdagend. Ik denk dat hij een van de redenen is, of misschien wel de enige, dat ze met me mee wilde gaan.

'Goed,' zeg ik nukkig, en ik laat mijn stem dalen. 'Hoe was hij toen ik er niet was?'

'Het ging goed. Hij zat minder te trillen en heeft gistermorgen voor het laatst overgegeven.'

'Stomme junk.' Ik haal mijn handen door mijn haar. 'Shit.'

'Rustig maar, het komt allemaal wel goed,' verzekert mijn stiefbroer me.

Ik negeer zijn wijze woorden en laat hem in de keuken achter. Op zoek naar Tessa loop ik naar de slaapkamer, en bij de deuropening aangekomen hoor ik een gedempte snik. Snel loop ik naar binnen. Ze zit met beide handen voor haar mond geslagen. Haar blauwgrijze ogen zijn rood van het huilen en haar blik is op de vloer gericht. Ik hoef niet eens de kamer in te lopen om te zien waar ze naar kijkt. Verdomme.

Verdómme.

'Tess?' Ik had een plan willen bedenken voor het probleem dat ik heb veroorzaakt toen ik die brief in stukken scheurde, maar daar heb ik nog geen tijd voor gehad. Ik wilde de overgebleven snippers aan elkaar plakken... of het in elk geval aan Tessa vertellen voordat ze erachter zou komen. Nu is het te laat.

'Tess, het spijt me zo!' De woorden rollen van mijn lippen zoals de tranen over haar vlekkerige wangen rollen.

'Wat heb je...' begint ze snikkend, maar ze is niet in staat haar zin af te maken. Mijn hart bonst in mijn borstkas. Heel even vraag ik me af wie van ons tweeën meer pijn heeft.

'Na je vertrek was ik zo kwaad,' leg ik uit. Ik loop naar haar toe, maar ze deinst terug. Ik kan het haar niet kwalijk nemen. 'Ik dacht er niet echt bij na. En die brief lag hier op het bed.'

Ze zegt niets en wendt haar blik niet af.

'Het spijt me! Ik zweer het!' zeg ik gehaast.

'Ik...' zegt ze met verstikte stem. Ze veegt woest over haar wangen. 'Ik... Geef me even de tijd, oké?' Haar ogen vallen dicht en een paar tranen ontsnappen aan haar trillende oogleden.

Ik wil haar een minuutje geven, zoals ze van me vraagt, maar ik ben bang dat dat het nog erger zal maken. Misschien wil ze me dan helemaal niet meer zien. Dat is egoïstisch van me, dat weet ik.

'Ik blijf hier,' zeg ik. Ze houdt beide handen tegen haar mond gedrukt, maar ik hoor toch haar verstikte gejammer. Het geluid snijdt als een mes door me heen.

'Alsjeblieft,' smeekt ze, met een stem vol pijn. Ik wist dat ze gekwetst zou zijn als ze zou merken dat ik die brief had verscheurd, maar ik had niet gedacht dat het mij zo'n pijn zou doen.

'Nee, ik blijf hier.' Ik laat haar hier niet alleen huilen vanwege de fouten die ik heb gemaakt. Dat is al te vaak onder dit dak gebeurd.

Ze wendt haar blik af en gaat op het voeteneinde van het bed zitten, met haar bevende handen in elkaar gevouwen op haar schoot en haar ogen halfdicht. Haar lippen trillen, maar ze probeert zichzelf te kalmeren. Ik laat me op mijn knieën voor haar op de vloer vallen en sla mijn armen om haar heen, hoewel ze tegen mijn borst duwt.

Na een paar vergeefse pogingen om me weg te duwen staakt ze haar pogingen en laat ze zich door me troosten.

'Het spijt me zo, schatje,' herhaal ik. Ik geloof niet dat ik die woorden ooit zo oprecht heb uitgesproken.

'Ik hield zo van die brief,' zegt ze, snikkend tegen mijn schouder. 'Die betekende zo veel voor me.'

'Dat weet ik. Het spijt me zo.' Ik probeer mezelf niet eens te verdedigen, zo'n stomme zak ben ik. Ik weet wat die brief voor haar betekende. Ik duw haar zachtjes naar achteren, neem haar met tranen besmeurde gezicht tussen mijn handen en laat mijn stem dalen. 'Ik weet niet wat ik moet zeggen, afgezien dan van "Het spijt me".'

Eindelijk doet ze haar mond open en zegt ze iets. 'Ik wil niet zeggen dat het niet erg is, want dat is het wel...' Haar ogen zijn roodomrand en nu al opgezwollen van het huilen.

'Dat weet ik.' Ik laat mijn hoofd zakken en trek mijn handen terug.

Dan voel ik haar vingers onder mijn kin. Ze dwingt me haar aan te kijken, zoals ik dat zo vaak bij haar doe.

'Ik vind het zo erg... Ik vind het vreselijk,' zegt ze. 'Maar ik kan er niets aan veranderen. Ik wil hier niet het hele weekend zitten huilen en ik wil zeker niet dat jij jezelf van alles kwalijk gaat nemen.' Ze doet heel erg haar best om zichzelf moed in te spreken en de indruk te wekken dat het niet zo'n ramp is. Maar ik weet wel beter.

Pas nu ik uitadem, merk ik dat ik mijn adem heb ingehouden. 'Ik zal het goedmaken, op een of andere manier.' Wanneer ze geen antwoord geeft, dring ik aan: 'Oké?'

Ze veegt haar ogen droog. Haar make-up vlekt onder haar vingertoppen. Ik voel me ongemakkelijk omdat ze niets zegt. Ik heb liever dat ze tegen me schreeuwt dan dat ze zo zit te huilen.

'Tess, zeg alsjeblieft iets tegen me. Wil je dat ik je terug naar Seattle breng?' Dat zou ik nooit doen, ook niet als ze ja zou zeggen, maar ik bied het zonder nadenken aan.

'Nee.' Ze schudt haar hoofd. 'Het gaat wel.'

Met een zucht staat ze op en loopt om me heen naar de badkamer. Ik sta ook op en loop achter haar aan. Ze doet de deur van de badkamer dicht, en ik loop naar de slaapkamer om haar tasje te pakken. Ik ken haar, ze wil die zwarte vegen onder haar ogen wegwerken.

Ik klop op de badkamerdeur. Ze doet hem een klein stukje open, en de kier is net breed genoeg om haar tasje naar binnen te duwen. 'Dank je,' zegt ze met een klein stemmetje. Ze klinkt verslagen.

Haar weekend is nog maar net begonnen, maar ik heb het nu al verpest.

'Mijn moeder en jouw vader vragen of je morgen samen met Tessa langskomt,' roept Landon vanaf de andere kant van de gang.

'Ja, en?'

'Ik zeg het alleen maar. Mijn moeder mist Tessa.'

'Dan moet ze maar een andere keer met haar afspreken.' Totdat ik opeens besef dat dit Tessa van die stomme brief kan afleiden. 'Weet je wat? We komen wel langs,' zeg ik voordat hij nog iets kan zeggen. 'Ik breng haar morgen wel.'

Mijn stiefbroer houdt zijn hoofd scheef. 'Zit ze nu te huilen?'

'Ze... Dat gaat je niks aan,' snauw ik.

'Je bent nog geen twintig minuten thuis of ze heeft zich al in de badkamer opgesloten.' Hij slaat zijn armen over elkaar.

'Dit is niet het juiste moment om ruzie met me te gaan maken, Landon,' zeg ik grommend. 'Ik heb het al helemaal gehad, en het laatste waaraan ik behoefte heb, is dat jij je met dingen gaat bemoeien die je geen zak aangaan.'

Hij rolt met zijn ogen op een manier die me heel erg aan Tessa doet denken. 'O, dus ik mag me alleen met dingen bemoeien als het jou goed uitkomt?'

Wat is zijn probleem, en waarom blijf ik hem eigenlijk mijn stiefbroer noemen? 'Sodemieter op.'

'Het is haar allemaal al te veel, dus laten we ophouden voordat ze naar buiten komt.' Hij doet zijn best om me te overtuigen.

'Goed hoor, maar dan moet jij niet zo uit je nek lullen,' zeg ik.

Voordat hij antwoord kan geven, gaat de deur van de badkamer open en schuifelt Tessa de gang op. Ze ziet er weer wat kalmer maar erg vermoeid uit. 'Wat is er?' vraagt ze met een bezorgd gezicht.

'Niets. Landon gaat pizza bestellen en we gaan de avond als één grote gezellige familie doorbrengen.' Ik kijk Landon even aan. 'Ja toch?'

'Ja,' beaamt hij, maar ik weet dat hij dat omwille van Tessa zegt. Ik mis die dagen waarin Landon nog geen grote mond tegen me had. Die zijn tegenwoordig dun gezaaid, want hij is in de loop van de maanden steeds mondiger geworden. Of misschien ben ik wel zwakker geworden... Ik weet het niet, maar de verandering bevalt me niet.

Tessa slaakt een zachte zucht. Ik wil dat ze glimlacht, ik wil weten dat ze dit kan verwerken. Dus ik zeg: 'Ik neem je morgen mee naar mijn vaders huis. Misschien heeft Karen nog recepten en dat soort zooi voor je?'

Haar ogen lichten op, en eindelijk lacht ze. 'Recepten en dat soort zooi?' Ze bijt op haar mondhoek om te voorkomen dat ze echt gaat lachen. De druk op mijn borst neemt af.

'Ja, dat soort zooi.' Ik glimlach naar haar en neem haar mee naar de woonkamer, waar we ons kunnen opmaken voor de gruwelijke taak om Richard en Landon te vermaken.

Richard ligt uitgestrekt op de bank. Landon zit in de stoel. Tessa en ik zitten op de vloer.

'Kun je me nog een punt aangeven?' vraagt Richard voor de derde keer sinds we naar deze vreselijke film zijn gaan kijken. Ik kijk naar Tessa en Landon, maar die gaan natuurlijk helemaal op in de affaire die Meg Ryan en Tom Hanks via e-mail hebben aangeknoopt. Als dit een moderne film was geweest, waren ze al na één mailtje met elkaar het bed ingedoken, maar nu duurt het tot de laatste scène voordat ze ook maar gaan zoenen. Jezus, tegenwoordig zouden ze elkaar alleen maar bij de gebruikersnaam kennen die ze voor hun dating-app gebruikten. Is dat deprimerend of niet?

'Hier.' Ik schuif de doos met pizza naar Richard toe. Hij heeft al de hele bank in beslag genomen en zeikt ook nog eens elke tien minuten om een stuk van die kutpizza.

'Je moeder moest bij het slot altijd huilen.' Richard steekt een hand uit en knijpt Tessa in haar schouder. Ik moet me inhouden om niet tussen hen in te gaan zitten en zijn hand weg te slaan. Als ze enig idee zou hebben wat haar vader de afgelopen week heeft doorgemaakt – als ze had gezien hoe hij van dat afkicken moest kotsen en stuiptrekken – dan had ze nu zijn hand weggeduwd en was ze haar schouder met desinfecterende zeep gaan schrobben.

'O ja?' Tessa kijkt met glanzende ogen naar haar vader op.

'Ja, ik weet nog dat jullie er altijd naar keken als hij op tv was. Vaak rond de feestdagen.'

'Was dat...' Maar ik houd me in voordat die vreselijke woorden mijn mond kunnen verlaten.

'Wat?' vraagt Tessa.

'Was, eh, die hond er al eerder?' vraag ik stompzinnig.

Het slaat nergens op, maar omdat Tessa nu eenmaal Tessa is, begint ze aan een heel verhaal over de slotscène van de film en die hond, Barkley of Brinkley – weet ik veel hoe dat kreng heet – die essentieel blijkt te zijn voor het succes van de film.

Bla, bla, bla...

Een klop op de deur maakt een einde aan Tessa's uitleg. Landon staat op om open te doen.

'Ik ga wel.' Ik duw hem opzij. Ik woon verdomme hier.

Ik neem niet de moeite om door het spionnetje te kijken, maar zodra ik de deur open, wens ik dat ik dat wel had gedaan.

'Waar is-ie?' vraagt die vieze stinkjunk.

Ik loop de gang op en doe de deur achter me dicht. Tessa hoeft hier niks van mee te krijgen. 'Wat moet jij verdomme hier?' vraag ik sissend.

'Ik kom gewoon mijn maat opzoeken, meer niet.' Chads tanden zijn nog bruiner dan eerst en zijn baard zit vastgekoekt aan zijn huid. Hij kan hoogstens ergens in de dertig zijn, maar hij heeft het smoel van een vent van tegen de vijftig. Rond zijn vuile pols zit het horloge dat ik hem heb gegeven.

'Hij komt niet naar buiten en je krijgt van niemand iets, dus ik kan je aanraden om op te rotten voordat ik je kop tegen die stang ram,' zeg ik nuchter. Ik wijs naar de metalen stang die de brandblusser op de gang afschermt.

Hij stelt zijn blik scherp op me. Ik zet een stap in zijn richting. 'Ik zou mijn geduld niet op de proef stellen als ik jou was. Niet vanavond,' zeg ik waarschuwend.

Hij doet zijn mond open. Op hetzelfde moment gaat de deur van mijn woning achter me open. Godverdomme.

'Wat is hier aan de hand?' Tessa komt naast me staan.

Ik trek haar in een opwelling terug, maar ze vraagt het nogmaals. 'Niks. Chad hier ging net weg.' Ik kijk Chad indringend aan. Hij kan maar beter zorgen dat hij nu opsodemietert, want...

Tessa knijpt haar ogen samen en kijkt naar het glimmende voorwerp rond Chads magere pols. 'Is dat jouw horloge?'

'Wat? Nee,' begin ik te liegen, maar ze weet het al. Ze is echt niet zo stom om te denken dat het toeval is dat deze godvergeten junk hetzelfde dure horloge heeft als ik.

'Hardin...' Ze kijkt me boos aan. 'Wat is er gebeurd? Ben je met hem bevriend of zo?' Ze slaat haar armen over elkaar en doet een stap naar achteren.

'Nee!' roep ik bijna. Is dat de conclusie die ze hieruit trekt?

Ik weet niet goed wat ik moet doen, mezelf verdedigen door haar vader te verlinken of de zoveelste leugen verzinnen. 'Ik ben niet met hem bevriend. Hij gaat nu weg.' Ik kijk Chad nogmaals waarschuwend aan.

Deze keer krijgt hij de hint mee en loopt hij verder de gang in. Misschien is Landon toch de enige die niet langer bang voor me is. Misschien ben ik het niet helemaal kwijt.

'Wie is daar?' Richard komt de gang op.

'Die man... Chad,' zegt Tessa op duidelijk verwonderde toon.

'O...' Richard trekt wit weg en kijkt me hulpeloos aan.

'Ik moet weten wat er aan de hand is.' Tessa raakt steeds verder van streek. Ik had haar niet terug moeten laten komen. Dat zag ik al aan haar gezicht zodra ze hier binnenstapte.

'Landon!' Ze roept haar beste vriend en ik kijk haar vader aan. Landon zal haar alles vertellen, die zal niet tegen haar liegen zoals ik zo vaak heb gedaan.

'Hij kreeg nog geld van je vader, en daarom heb ik hem dat horloge gegeven. Bij wijze van betaling,' zeg ik.

Ze hapt naar adem en draait zich om naar Richard.

'Hij kreeg nog geld van je? Waarvoor? Dat horloge was een cadeau van Hardins vader!' roept ze uit.

Goed... dit was niet bepaald de reactie waarop ik had gerekend. Ze heeft meer aandacht voor dat stomme horloge dan voor het feit dat haar vader een of andere engerd geld schuldig was.

'Het spijt me, Tessie. Ik had geen geld, en Hardin...'

Voordat ik besef wat er gebeurt, is ze al op weg naar de lift. Jezus!

In paniek ren ik haar achterna, maar vlak voordat ik bij haar aankom, glipt ze de metalen kooi in. Op elk ander moment schuiven de deuren akelig traag dicht, maar natuurlijk sluiten ze nu, nu ze aan me ontsnapt, razendsnel.

'Verdomme, Tessa!' Ik beuk met mijn vuist tegen het metaal. Ik kijk om en zie dat Landon en Richard me allebei met een wezenloos gezicht aan staan te staren. Bedankt voor de hulp, sukkels.

Ik ren snel door de gang naar de trap en ren met twee treden tegelijk naar beneden. In de hal kijk ik om me heen, zoekend naar Tessa. Ze is nergens te zien en ik raak in paniek. Misschien heeft Chad wel vrienden bij zich... Ze kunnen Tessa aanspreken, haar pijn doen...

Het belletje van de lift weerklinkt, de deuren schuiven open en Tessa stapt de hal in. Haar uitdrukking is uiterst vastberaden, totdat ze mij ziet staan.

'Ben je helemaal gestoord?' roep ik tegen haar. Mijn stem schalt door de hal.

'Hij gaat dat horloge teruggeven, Hardin!' roept ze terug. Ze beent naar de glazen deuren, maar ik sla een arm om haar middel en trek haar tegen mijn borst.

'Laat me los!' Ze maait met haar armen, maar ik wil van geen wijken weten.

'Je kunt niet zomaar achter hem aan rennen. Wat dacht je wel niet?'

Ze blijft zich verzetten.

'Als je je nu niet koest houdt, draag ik je letterlijk terug naar boven,' zeg ik. 'Luister naar me.'

'Hij mag dat horloge niet houden, Hardin! Dat heb je van je vader gekregen, en dat betekende heel veel voor hem en voor jou...'

'Dat kutding kan me geen zak schelen,' zeg ik.

'Jawel. Dat zal je nooit toegeven, maar dat is wel zo. Dat weet ik gewoon.' Haar ogen springen vol tranen.

God, dit weekend is echt een ramp.

'Nietwaar...'

Of wel?

Ze verzet zich niet langer en komt enigszins tot rust. Ik voer haar langzaam mee terug naar de lift en maak tot haar ongenoegen een einde aan haar jacht op de dealer.

'Het is niet eerlijk dat hij jouw horloge krijgt omdat mijn vader toevallig een rekening heeft openstaan in een of andere kroeg. Hoeveel moet je wel niet drinken om een kroeg zo veel geld schuldig te zijn?' Haar woede vlamt op. In zekere zin is dat vermakelijk, maar ik voel me ook rot omdat ik haar de waarheid moet vertellen.

'Het was geen drank, Tess.' Ik zie dat ze haar hoofd scheef houdt en naar van alles om haar heen kijkt, behalve naar mij.

‘Hardin, ik ken mijn vader, ik weet dat hij drinkt... Je hoeft het niet mooier te maken dan het is.’ Haar borstkas gaat in een ongezond tempo op en neer.

‘Tessa, Tessa. Doe eens rustig.’

‘Vertel me dan wat er aan de hand is, Hardin!’

Ik weet niet wat ik moet zeggen. Het spijt me. Het spijt me dat ik haar niet kon beschermen tegen die waardeloze vader van haar, net zoals ik mijn moeder niet kon beschermen tegen het geweld van de mijne. En dus doe ik iets wat erg ongewoon voor me is: ik kies ervoor eerlijk te zijn. ‘Het was geen drank. Hij is aan de drugs.’

Aanvankelijk lijkt Tessa helemaal niet te reageren, maar dan schudt ze haar hoofd en zegt: ‘Nee, dat is niet zo... Hij is niet aan de drugs.’

Ze stapt snel de lift in en drukt op het knopje voor onze verdieping. Ik spring snel achter haar aan de lift in, waarna ze voor zich uit staart naar de deuren die dichtschuiven.

122

∞

Tessa

Hardin en ik lopen terug naar binnen. De lucht voelt bedompt en de sfeer is ongemakkelijk.

‘Gaat het?’ vraagt Landon. Hardin doet de deur achter ons dicht.

‘Ja,’ is het enige wat ik zeg. Het is een leugen.

Ik ben in de war, gekwetst, boos en moe. We zijn hier nog maar een paar uur, maar ik heb nu al zin om terug te gaan naar Seattle. Tijdens die stilzwijgende wandeling van de lift terug naar de woning is elke gedachte aan hier wonen verdwenen.

‘Tessie... Dit was echt niet mijn bedoeling.’ Mijn vader loopt achter me aan naar de keuken. Ik moet een glas water drinken. Ik heb hoofdpijn.

‘Ik wil het er niet over hebben.’ Ik draai de kraan open en vul mijn glas.

‘Ik denk dat we erover moeten praten...’

'Toe nou...' Ik draai me naar hem om. Ik wil niet praten. Ik heb geen zin om de vreselijke waarheid te horen, en ook geen goedbedoelde leugen. Ik wil gewoon terug naar het punt waarop ik blij was dat ik langzaam een relatie kon opbouwen met de vader die ik als kind niet heb gekend. Ik weet dat Hardin geen reden heeft om over mijn vaders verslaving te liegen, maar misschien vergist hij zich.

'Tessie...' smeekt mijn vader.

'Ze zei dat ze het er niet over wil hebben,' zegt Hardin, die opeens in de keuken staat. Hij loopt naar ons toe en gaat tussen mijn vader en mij in staan. Deze keer ben ik blij dat hij zich ermee bemoeit, maar ik ben ook bezorgd omdat hij zo gejaagd en moeizaam ademhaalt. Tot mijn opluchting slaakt mijn vader een verslagen zucht en loopt de keuken uit. Hardin en ik blijven samen achter.

'Dank je.' Ik laat me tegen het aanrecht vallen en neem nog een slok lauwwarm kraanwater.

Er verschijnt een bezorgde frons op Hardins gezicht, en hij doet geen poging zijn ongerustheid te verbergen. Hij drukt zijn vingers tegen zijn slapen en leunt tegen de muur tegenover me. 'Ik had je niet mee moeten nemen. Ik wist wel dat dit zou gebeuren.'

'Het geeft niet.'

'Dat zeg je altijd.'

'Omdat ik moeilijk anders kan. Als ik me van elke ramp iets zou aantrekken, wordt het nooit wat.' De adrenaline die zo-even nog door mijn lijf gierde, is nu verdwenen, samen met de hoop dat ik, voor deze ene keer, eindelijk eens een weekend zonder problemen zou meemaken. Ik heb er geen spijt van dat ik mee ben gegaan, want ik wilde Landon graag zien en mijn brief, e-reader en armband ophalen. Dat van die brief doet nog steeds pijn; het slaat nergens op dat zo'n ding zo belangrijk voor me is, maar het is nu eenmaal zo. Dat was de eerste keer dat Hardin heel open tegen me was – hij hield niets verborgen, hij deed niet geheimzinnig over zijn verleden, hij legde al zijn kaarten op tafel – en ik hoefde hem geen bekentenissen te ontfutselen. Het idee dat hij dat allemaal had opgeschreven, de bevende handen waarmee hij me de brief aangaf, dat zal ik nooit vergeten. Ik ben niet echt kwaad op hem. Ik had liever gezien dat hij de brief niet had verscheurd, maar ik ken zijn buien. Ik ben zelf degene die de brief heeft laten liggen, hoewel ik had kunnen weten dat hij dit zou doen. Ik moet er niet langer over piekeren, hoeveel pijn de gedachte ook doet.

'Ik vind het vreselijk voor je dat het zo moet gaan,' zegt Hardin zacht.

'Ik ook.' Ik zucht. Bij het zien van zijn gekwelde uitdrukking voeg ik eraan toe: 'Jij kunt er niks aan doen.'

'Jawel.' Hij haalt met een geplaagd gebaar zijn handen door zijn haar. 'Ik heb die verrekte brief verscheurd, ik heb je hiernaartoe gereden, ik dacht dat ik je vaders verslaving voor je verborgen kon houden. Ik heb die lul van een Chad dat horloge gegeven in de hoop dat hij zich nooit meer zou laten zien, maar dat was dus niet zo.'

Ik kijk naar Hardin, die altijd zo gestrest is, en ik wil hem een knuffel geven. Hij heeft iets van zichzelf weggegeven. Hij beweert weliswaar dat het horloge geen betekenis voor hem had, maar hij gaf het wel weg om mijn vader te helpen. O, wat hou ik toch van hem.

'Ik ben zo blij dat ik jou heb,' zeg ik tegen hem.

Hij recht zijn schouders en heft zijn hoofd op om me aan te kijken. 'Ik snap niet waarom. Ik haal je leven alleen maar overhoop.'

'Nee, dat is net zo goed mijn schuld,' verzeker ik hem. Ik wou dat hij positiever over zichzelf dacht en zichzelf kon zien zoals ik hem zie. 'En van het volkomen onverschillige universum.'

'Je liegt.' Hij kijkt me verwachtingsvol aan. 'Maar ik wil het graag geloven.'

Ik staar even zwijgend naar de muur. Mijn hersens draaien op volle toeren.

'Maar ik ben nog wel steeds kwaad omdat je zomaar achter hem aan rende,' zegt Hardin bestraffend. Dat kan ik hem niet kwalijk nemen. Slim was anders, maar ik wist dat hij me achterna zou komen als ik zou proberen om Chad in te halen en het horloge terug te vragen. Waar zat ik met mijn verstand?

Ik dacht dat het horloge het begin symboliseerde van een betere verstandhouding tussen Hardin en zijn vader. Hardin beweerde dat hij een hekel aan dat ding had en het niet wilde dragen omdat het zo opzichtig was, maar hij heeft nooit gemerkt dat ik hem op onze slaapkamer vaak naar het geopende doosje heb zien staren. Een keer hield hij het zelfs in zijn hand toen ik langsliep en bekeek hij het aandachtig, alsof hij bang was dat hij zich eraan zou branden. Alsof hij dacht dat het hem beter kon maken. Toen hij het achteloos teruggooide in de veel te grote zwarte doos, was zijn uitdrukking moeilijk te ontcijferen.

'De adrenaline was even de baas.' Ik haal mijn schouders op en probeer te verbergen dat ik moet rillen bij de gedachte dat ik die vreselijke vent echt had ingehaald.

De eerste keer dat ik hem zag, had ik al een naar gevoel, maar ik had nooit gedacht dat hij terug zou komen. Ik had allerlei ideeën over wat hier aan de hand zou kunnen zijn, maar daar hoorden griezels die in drugs dealden en in horloges werden betaald niet bij. Dat bedoelde Hardin blijkbaar toen hij zei dat hij voor mij zou zorgen en dat ik me nergens druk over hoefde te maken. En als ik zo-even niet naar buiten was gerend, had ik nooit geweten hoe het zat. Dan had ik minder negatief over mijn vader gedacht.

'Nou, die adrenaline van je is verre van gezond. Blijkbaar krijgen je hersens daardoor geen zuurstof meer.' Hardin snuift en kijkt naar de koelkast naast me.

'Kunnen we met de volgende film beginnen?' roept mijn vader vanuit de woonkamer.

Ik kijk Hardin geschrokken aan, maar hij antwoordt namens mij.

'Zo meteen,' roept hij op barse toon.

Hardin kijkt op me neer. Zijn lengte en geërgerde uitdrukking geven me het gevoel dat ik heel klein ben. 'Als je niet wilt, hoef je niet terug naar de woonkamer te gaan en met die twee te praten. Ze moeten allebei hun mond erover houden.'

Ik vind het idee om samen met mijn vader naar een film te kijken niet bepaald aantrekkelijk, maar ik wil de sfeer niet bederven. Ik wil evenmin dat Landon er nu al vandoor gaat.

'Dat weet ik.' Ik zucht.

'Je ontkent het nu, en dat snap ik best, maar vroeg of laat moet je de waarheid onder ogen zien.'

Zijn woorden zijn hard, maar de blik waarmee hij me aankijkt, is meelevend. Ik voel de warmte wanneer hij met zijn vingertoppen over mijn armen strijkt.

'Dan liever later.' Ik kijk hem smekend aan.

Hij knikt. Hij is het er niet mee eens, maar hij accepteert mijn ontkenning. Voorlopig.

'Ga maar naar binnen. Ik kom zo.' Hij knikt in de richting van de woonkamer.

'Goed. Wil jij wat popcorn maken?' Ik kijk hem glimlachend aan en probeer te verbergen dat mijn hart als een bezetene tegen mijn ribben bonkt en het zweet in mijn handen staat.

'Nu ga je wel erg ver...' Een speelse glimlach verschijnt rond zijn mondhoeken. Hij duwt me de keuken uit. 'Ga dan.'

In de slecht verlichte woonkamer zit mijn vader op zijn vaste plek op de bank en staat Landon tegen de bakstenen muur geleund. Mijn vaders handen rusten in zijn schoot. Hij zit aan de huid op zijn vingertoppen te peuteren, een gewoonte die ik als kind ook had, totdat mijn moeder me dwong ermee te stoppen. Nu weet ik van wie ik het heb.

Mijn vader kijkt op van zijn schoot en kijkt me met zijn donkere ogen aan. Er loopt een rilling over mijn rug. Ik weet niet of het door het licht komt of dat mijn verbeelding me parten speelt, maar zijn ogen zijn bijna zwart, en daar word ik misselijk van. Is hij echt aan de drugs? En zo ja, wat gebruikt hij, en hoeveel? Mijn kennis van drugs is beperkt tot de paar afleveringen van *Intervention* die ik samen met Hardin heb gezien. Ik kromp ineen en hield mijn handen voor mijn ogen toen de verslaafden een naald in hun arm staken of de schuimende vloeistof van een lepel rookten. Ik kon het niet verdragen dat ze zichzelf, en iedereen om hen heen, zoiets aandeden. Hardin had daarentegen geen greintje medelijden met die 'klotejunkies'.

Is mijn vader ook zo?

'Ik snap het best als je wilt dat ik vertrek...' Mijn vaders stem klinkt zacht, zwak en gekweld. Mijn hart doet pijn.

'Nee, het geeft niet.' Ik slik en ga op de vloer zitten wachten totdat Hardin bij ons komt zitten. Ik hoor het zachte ploppen van de maïskorrels. De woning vult zich nu al met de geur van popcorn.

'Als je iets wilt weten, zal ik het je...'

'Nee, het is goed zo,' verzeker ik mijn vader glimlachend.

Een paar minuten later beent Hardin woonkamer in, met in zijn ene hand een schaal popcorn en in zijn andere mijn glas water. Hij gaat zonder iets te zeggen naast me op de grond zitten en zet de schaal op mijn schoot.

'Een beetje aangebrand, maar wel eetbaar,' merkt hij zacht op. Zijn blik gaat meteen naar de tv, en ik weet dat hij heel wat gedachten voor zich houdt. Ik knijp hem in zijn hand om hem daarvoor te bedanken. Ik denk niet dat ik vanavond nog meer kan verdragen.

De popcorn is lekker vet. Hardin trekt een gezicht wanneer ik mijn vader en Landon ook wat aanbied. Ik vermoed dat ze daarom nee zeggen.

'Wat is dit nu weer voor rotfilm?' vraagt Hardin.

'*Sleepless in Seattle*,' antwoord ik lachend.

Hij rolt met zijn ogen. 'Nee! Dat is gewoon een oudere versie van waar we net naar hebben zitten kijken!'

Ik kan er niets aan doen, maar ik vind dat grappig. 'Het is zo'n leuke film.'

'Het zal wel.' Hij kijkt me aan, maar niet zo lang als gewoonlijk, en veegt zijn vette vingers af aan zijn trui. Ik krimp ineen en neem me voor die trui morgen iets langer in de week te zetten voordat ik hem in de wasmachine gooi.

'Is er iets? Zo erg is die film niet,' fluister ik tegen hem. Mijn vader eet het laatste stuk pizza op en Landon is weer in de leunstoel gaan zitten.

'Nee.' Hij kijkt me nog altijd niet aan. Ik wil niets over zijn vreemde gedrag zeggen. Iedereen is toch al van slag door wat er vanavond is gebeurd.

De film leidt me lang genoeg af van mezelf en mijn nare gedachten om met Landon en mijn vader mee te lachen. Hardin staart naar het scherm, met opnieuw opgetrokken schouders en gedachten die duidelijk mijlenver weg zijn. Ik wil hem dolgraag vragen wat er mis is, zodat ik er iets aan kan doen, maar ik weet dat ik hem beter met rust kan laten. Ik ga op mijn knieën zitten en kruip tegen hem aan, met een arm om zijn slanke lijf geslagen. Hij verbaast me door me tegen zich aan te drukken en een zachte zoen op mijn hoofd te planten.

'Ik hou van je,' fluistert hij. Ik denk bijna dat ik stemmen hoor die er niet zijn, maar dan kijk ik in zijn verwachtingsvolle groene ogen

'Ik ook van jou,' antwoord ik zacht. Ik kijk hem een paar tellen lang aan, gewoon omdat hij zo knap is. Hij maakt me stapelgek, en ik hem ook, maar hij houdt van me, en zijn kalme gedrag van vanavond bewijst dat eens te meer. Het doet er niet toe dat hij zichzelf daartoe moet dwingen, hij doet in elk geval zijn best. Dat biedt me een zekere troost, en de zekerheid dat hij ook in de zwaarste storm nog mijn anker kan zijn. Ooit was ik bang dat hij me mee onder water zou trekken, maar nu zou het me niet meer kunnen schelen als hij dat doet.

Ik glijd van schrik van Hardins schoot wanneer er luid op de deur wordt geklopt. Blijkbaar was ik half in slaap bij hem op schoot geëindigd, en nu maakt hij zijn armen van me los en laat hij me voorzichtig op de vloer zakken, zodat hij kan opstaan. Ik kijk hem aan, zoekend naar sporen van woede of schrik, maar zie... bezorgdheid?

'Jij blijft hier,' zegt hij tegen me. Ik knik instemmend. Ik heb geen zin om Chad weer onder ogen te komen.

'We moeten de politie bellen, anders blijft hij komen.' Ik vraag me af hoe deze plek in een paar weken zo heeft kunnen veranderen. De paniek welt opnieuw in me op, maar wanneer ik naar mijn vader en Landon kijk om te zien hoe zij op de indringer reageren, zie ik dat ze allebei zijn ingedommeld. Het tv-scherm toont het menu van de betaalzender. We zijn blijkbaar allemaal zonder het te merken in slaap gevallen.

'Nee,' hoor ik Hardin zeggen. Ik ga op mijn knieën zitten en zie hem bij de deur staan. Stel dat Chad niet alleen is? Stel dat hij Hardin iets wil aandoen? Ik sta op en loop naar de bank om mijn vader wakker te maken.

Het harde geluid van hakken op de harde vloer dringt amper tot me door, dus wanneer ik omkijk en mijn moeder zie staan, met haar strakke rode jurk, rode lippenstift en haar haar in de krul, ben ik geschokt. Op haar knappe gezicht verschijnt een diepe frons wanneer haar ogen, die steeds donkerder worden, mij vinden.

'Hoe kom jij...' begin ik. Ik kijk naar Hardin. Hij is kalm... bijna verwachtingsvol...

Hij staat toe dat ze verder naar binnen stormt en naar me toe beent.

'Heb jíj haar gebeld?' vraag ik met een hoog stemmetje. Nu vallen de puzzelstukjes op hun plaats. Hij wendt zijn blik af. Hoe heeft hij dat kunnen doen? Hij weet toch hoe mijn moeder is? Waarom betrekt hij haar hier in vredesnaam bij?

'Je belt me nooit terug, Theresa,' bijt ze me toe. 'En nu zie ik dat je vader hier is! Hier, bij jou thuis, terwijl hij aan de drugs is!' Ze beent ook langs mij en gaat recht op haar doel af. Haar vuurrode, keurig gevijlde nagels haken in mijn vaders arm, en ze trekt zijn slapende lijf van de bank. Hij tuimelt op de vloer.

'Sta op, Richard!' zegt ze met luide stem.

Ik krimp in elkaar wanneer ik haar harde toon hoor.

Mijn vader krabbelt snel overeind tot een zittende houding en plant zijn handen op de vloer om overeind te blijven. Hij kijkt de vrouw voor hem hoofdschuddend en met grote ogen aan. Ik zie hem snel knipperen en overeind komen.

'Carol?' Zijn stem is nog zachter dan de mijne.

'Hoe durf je!' Ze beweegt haar vinger voor zijn gezicht heen en weer. Hij deinst terug voor haar en botst tegen de bank, waardoor hij achterovervalt. Hij ziet er doodsbang uit. Ik kan het hem niet kwalijk nemen.

Landon beweegt in zijn stoel en doet zijn ogen open. Zijn uitdrukking is net als die van mijn vader: niet-begrijpend en angstig.

'Theresa, ga naar de slaapkamer,' beveelt mijn moeder.

Wat? ‘Nee, geen sprake van,’ antwoord ik. Waarom heeft Hardin haar gebeld? Dat was helemaal niet nodig. Ik kan mijn vader zelf wel aan.

‘Ze is geen kind meer, Carol,’ zegt mijn vader.

Mijn moeders wangen worden bol en haar borst zwelt op. Ik weet wat er nu komt. ‘Doe nu niet of je haar kent! Je hebt totaal geen recht van spreken!’

‘Ik probeer de verloren tijd in te halen...’ Mijn vader weet zich aardig staande te houden voor een man die net is gewekt door zijn boze ex die in zijn gezicht stond te schreeuwen. Ik weet niet wat ik van het hele tafereel moet denken. De stem van mijn vader heeft iets vertrouwds; ik hoor iets bekends wanneer hij al sprekend naar mijn moeder loopt en een zelfvertrouwen laat zien dat ik herken. Ik weet alleen niet waarvan.

‘Verloren tijd? Daar krijg je de kans niet toe! En ik heb begrepen dat je aan de drugs bent?’

‘Niet meer!’ schreeuwt hij tegen haar. Ik wil wegduiken achter Hardin, maar ik weet niet eens aan welke kant hij staat. Landon kijkt naar mij, Hardin kijkt naar mijn vader en moeder.

‘Ga je mee?’ vraagt Landon geluidloos vanaf de andere kant van de kamer. Ik schud ontkennend mijn hoofd, maar probeer hem met mijn blik duidelijk te maken dat ik zijn aanbod waardeer.

‘Niet meer?’ Mijn moeder heeft vast haar zwaarste hakken aangetrokken, want haar voetstappen klinken heel erg luid.

‘Nee, niet meer! Hoor eens, ik ben ook niet perfect, oké?’ Hij haalt zijn handen door zijn korte haar.

Ik verstijf. Het is een gebaar dat me akelig bekend voorkomt.

‘Niet perfect! Ha!’ Ze lacht breeduit. Haar witte tanden glanzen in de schemerige kamer. Ik wil een lamp aandoen, maar ik kan me niet verroeren. Ik weet niet wat ik hiervan moet denken, ik weet niet hoe ik me moet voelen nu mijn ouders midden in de woonkamer tegen elkaar staan te schreeuwen. Deze woning is vervloekt, dat kan niet anders. ‘Ik kan leven met iemand die niet perfect is, maar aan de drugs zijn en je dochter blootstellen aan dezelfde ellende, dat accepteer ik niet!’

‘Ik stel haar nergens bloot aan! Ik doe mijn best om het goed te maken. Voor haar... en voor jou!’

‘Nee, dat doe je niet. Door terug te komen maak je haar alleen maar meer in de war. Ze heeft haar leven al genoeg verpest!’

‘Dat heeft ze niet,’ komt Hardin tussenbeide.

Mijn moeder werpt hem een venijnige blik toe en wendt zich dan weer tot mijn vader. 'Dit is jouw schuld, Richard! Dit is allemaal jouw schuld! Als jij er niet was geweest, had Tessa nu niet zo'n schadelijke relatie met deze jongen gehad!' Ze gebaart naar Hardin. Ik wist dat het slechts een kwestie van tijd zou zijn voordat ze haar pijlen op hem zou richten. 'Er is nooit een man in haar leven geweest die haar kon laten zien hoe je een vrouw moet behandelen. Daarom hokt ze nu met hem. Ze zijn niet eens getrouwd, en god mag weten wat hij allemaal uitspookt! Waarschijnlijk gebruikt hij samen met jou!'

Ik voel dat mijn bloed begint te koken en dat de behoefte om Hardin te verdedigen in alle hevigheid naar boven komt. 'Zeg dat niet over Hardin! Hij heeft zich over mijn vader ontfermd en heeft hem een dak boven zijn hoofd gegeven. Anders had hij op straat rondgezworven!' Ik vind het niet prettig dat ik net zoals mijn moeder klink.

Hardin loopt door de kamer en komt naast me staan. Ik weet dat hij me zo wil waarschuwen om me er niet mee te bemoeien.

'Het is waar, Carol. Hij is een goed mens, en hij houdt meer van haar dan ik ooit een man van een vrouw heb zien houden,' doet mijn vader een duit in het zakje.

Mijn moeder balt haar vuisten. Haar perfect opgemaakte gezicht wordt vuurrood. 'Waag het niet hem te verdedigen! Dit...' Ze zwaait met haar gebalde vuist. 'Dit is allemaal zijn schuld! Ze zou in Seattle moeten zitten en daar een leven moet opbouwen, een geschikte man moeten zoeken...'

Ik hoor haar amper omdat het bloed in mijn oren suist. Tegelijkertijd heb ik met Landon te doen, die zich wijselijk heeft teruggetrokken in de slaapkamer, en ook met Hardin, die door mijn moeder weer als de zondebok wordt bestempeld.

'Ze woont toch ook in Seattle? Ze is nu alleen even bij haar vader op bezoek. Ik heb je dat al aan de telefoon verteld.' Hardins stem klinkt door de chaos heen. Ik ril wanneer ik hoor hoeveel moeite het hem kost om zich te beheersen. De haartjes op mijn armen gaan overeind staan.

'Denk nu niet dat we vrienden zijn omdat je me toevallig hebt gebeld,' bijt ze hem toe. Hardin trekt me aan mijn arm terug en ik kijk verwonderd naar hem op. Pas nu hij me tegenhoudt, merk ik dat ik in haar richting liep.

'Zoals altijd sta je weer met je oordeel klaar. Jij zult nooit veranderen, je bent nog altijd dezelfde vrouw als al die jaren geleden.' Mijn vader schudt afkeurend zijn hoofd. Ik ben blij dat hij aan de kant van Hardin staat.

'Ik sta met mijn oordeel klaar? Weet je wel dat deze knaap voor wie je het nu opneemt met je dochter het bed in is gedoken om een weddenschap met vrienden te kunnen winnen?' Mijn moeders stem klinkt kil. Zelfvoldaan, zou je kunnen zeggen.

Alle lucht lijkt uit de kamer te worden weggezogen. Ik hap naar adem.

'Ja, echt waar! Hij liep op de campus op te scheppen over zijn verovering. Dus waag het niet om hem tegenover mij te verdedigen,' sist ze. Mijn vader heeft grote ogen opgezet. Ik zie dat de storm zich in hem samenpakt nu hij zijn blik op Hardin richt.

'Wat? Is dat echt waar?' Ook mijn vader lijkt naar adem te happen.

'Dat doet er niet toe! Dat hebben we achter ons gelaten,' zeg ik tegen hem.

'Dus zie je wel, ze heeft iemand gezocht en gevonden die net zo is als jij. Laten we met heel ons hart hopen dat hij haar niet zwanger maakt en haar vervolgens in de steek laat als het tegenvalt.'

Ik kan dit niet langer aanhoren. Ik kan niet toestaan dat Hardin door mijn beide ouders door het slijk wordt gehaald. Dit is een ramp.

'Om nog maar te zwijgen over het feit dat een man haar drie weken geleden bewusteloos bij mij thuis afleverde omdat zijn...' Mijn moeder wijst naar Hardin. 'Omdat zíjn vrienden iets in haar drankje hadden gedaan en haar bijna hadden verkracht!'

Het doet pijn om aan die avond te worden herinnerd, maar ik vind het nog het allerergste dat mijn moeder Hardin daarvan de schuld geeft. Wat er toen is gebeurd, was niet zijn schuld. Dat weet ze.

'Klootzak!' zegt mijn vader knarsetandend.

'Niet doen,' waarschuwt Hardin hem op kalme toon. Ik hoop met heel mijn hart dat hij zal luisteren.

'Ik ben er gewoon ingetrapt! Ik dacht dat je alleen maar een slechte naam, een zooitje tattoos en een lastig karakter had! Dat kan ik wel aan. Maar je hebt mijn dochter gebruikt!' Mijn vader stuift naar Hardin toe, en ik ga voor hem staan.

Ik doe mijn mond open voordat ik goed heb kunnen nadenken. 'Hou op, jullie allebei!' roep ik. 'Als jullie elkaar vanwege het verleden in de haren willen vliegen, zal ik jullie niet tegenhouden, maar laat Hardin erbuiten! Hij heeft je met een reden gebeld, moeder, maar toch geef je hem van alles en nog wat de schuld. Dit is zijn huis, niet dat van jullie. Gedraag je, of rot op!' Mijn ogen branden en willen het liefste warme tranen vergieten, maar ik geef er niet aan toe.

Mijn moeder en vader aarzelen allebei. Ze kijken eerst mij en dan elkaar aan. 'Los het op of ga weg. Wij wachten wel in de slaapkamer.' Ik pak Hardins hand vast en probeer hem met me mee te trekken.

Hij aarzelt even, maar gebruikt zijn lange benen dan om voor me te gaan staan en me mee te voeren naar de gang, met mijn hand in de zijne. Hij houdt me zo stevig vast dat het bijna pijn doet, maar ik zeg niets. Ik ben nog steeds zo geschokt omdat mijn moeder hier opeens voor de deur stond dat een pijnlijke hand mijn laatste zorg is.

Ik doe de deur achter ons dicht, zodat het geluid van de schreeuwende stemmen van mijn ouders wordt gedempt. Opeens voel ik me opnieuw negen en ren ik door mijn moeders achtertuin naar mijn veilige plek, de kleine kas. Ik bleef het geschreeuw altijd horen, ook al deed Noah nog zo zijn best om het onaangename geluid te overstemmen.

'Ik wou dat je haar niet had gebeld.' Ik ruk me los uit mijn herinneringen en kijk op naar Hardin. Landon zit aan het bureau en doet heel erg zijn best om niet naar ons te kijken.

'Je had haar nodig. Je leefde in ontkenning.' Zijn stem klinkt ruw.

'Ze heeft het alleen maar erger gemaakt door hem te vertellen wat je hebt gedaan.'

'Op dat moment leek het verstandig om haar te bellen. Ik probeerde je te helpen.'

Aan de blik in zijn ogen kan ik zien dat hij dat echt dacht. 'Dat weet ik,' zeg ik met een zucht. Ik wou dat hij eerst met mij had overlegd, maar ik weet dat hij dacht dat hij deed wat juist was.

'Het maakt niet uit wat ik doe, of wat ik niet doe.' Hij schudt zijn hoofd en laat zich op het bed vallen. Met een gekwelde blik kijkt hij naar me op en zegt: 'We zullen altijd aan die klerezooi worden herinnerd. Dat weet je ook wel, hè?'

Hij begint zich af te sluiten. Dat zie ik niet alleen voor mijn ogen gebeuren, ik voel het ook diep vanbinnen.

'Nee, dat is niet zo.' Dat is tot op zekere hoogte zo: als iedereen van de weddenschap weet, zal het vroeg of laat oud nieuws zijn. Ik huiver bij de gedachte dat Kimberly en Christian ervan horen, maar verder kent iedereen in ons kringetje nu de vernederende waarheid.

'Jawel! Dat weet je ook wel!' Hardin verheft zijn stem en begint te ijsberen. 'Het gaat nooit meer weg. Elke keer wanneer we denken dat het is vergeten, rakelt iemand het wel weer op en word je eraan herinnerd dat ik een waardeloze klootzak ben!'

Voordat ik hem kan tegenhouden, laat hij zijn vuist met zo veel kracht op het bureaublad neerkomen dat de splinters in het rond vliegen. Landon springt verschrikt op.

'Niet doen! Laat je door haar niet gek maken, toe!' Ik grijp hem bij zijn zwarte trui en probeer te voorkomen dat hij het beschadigde hout opnieuw aanvalt. Hij wendt zich met een ruk af, maar ik laat niet los. Ik pak allebei zijn mouwen vast en hij draait zich om, kokend van woede.

'Word je niet doodmoe van dit gezeik? Word je niet doodmoe van dat eeuwige geruzie? Laat me gewoon gaan, dan zou je leven heel wat gemakkelijker zijn.' Hardins woorden zijn afgemeten en luid. Elke lettergreep raakt me tot in het diepst van mijn ziel. Dit doet hij altijd, hij probeert zichzelf altijd kapot te maken. Deze keer zal ik dat niet toestaan.

'Hou op! Je weet dat ik geen zin heb in gemakkelijk en liefdeloos.' Ik neem zijn gezicht tussen mijn beide handen en dwing hem me aan te kijken.

'En nu luisteren jullie allebei eens naar mij,' komt Landon tussenbeide. Hardin schenkt geen aandacht aan hem, maar blijft boos naar mij kijken. Mijn beste vriend, Hardins stiefbroer, loopt naar ons toe en gaat vlak bij ons staan.

'Jullie kunnen dit niet nog eens doen. Hardin, hou eens op je zo veel van anderen aan te trekken. De mening van Tessa is de enige die ertoe doet. Laat haar stem de enige zijn die je in gedachten hoort,' zegt hij tegen ons.

Het is alsof de donkere wallen onder Hardins ogen zichtbaar kleiner worden nu hij die woorden tot zich laat doordringen. 'En Tess...' Landon slaakt een zucht. 'Je hoeft je niet schuldig te voelen en Hardin ervan te overtuigen dat je bij hem wilt zijn. Dat je ondanks alles bij hem bent gebleven, is al voldoende bewijs.'

Daar zit iets in, maar ik weet niet of Hardin dat in al zijn woede en pijn zal inzien.

'Tessa heeft nu jouw troost nodig. Haar ouders staan in de woonkamer tegen elkaar te schreeuwen, dus wees er voor haar. Het gaat nu even niet om jou,' zegt Landon tegen zijn stiefbroer. Zijn woorden lijken iets los te maken in Hardin, want die knikt, drukt zijn voorhoofd tegen het mijne en komt langzaam weer op adem.

'Het spijt me...' fluistert hij.

'Ik ga nu naar huis.' Landon maakt zijn blik van ons los, duidelijk niet op zijn gemak door dit vertoon van genegenheid. 'Ik zal tegen mijn moeder zeggen dat je later nog wel langskomt.'

Ik maak me los van Hardin en sla mijn armen om Landons nek. 'Bedankt voor alles. Ik ben blij dat je er was,' zeg ik tegen zijn borst. Zijn armen sluiten zich om me heen, en deze keer trekt Hardin me niet weg. Nadat ik me van Landon heb losgemaakt, loopt hij de kamer uit en kijk ik naar Hardin. Die kijkt onderzoekend naar zijn bloederige knokkels. Die aanblik begon net tot het verleden te behoren, maar nu druppelt er weer vers bloed op de vloer.

'Over wat Landon zei.' Hardin veegt zijn bebloede hand af aan de zoom van zijn trui. 'Dat jouw stem de enige moet zijn die ik in mijn gedachten hoor. Dat vind ik een fijn idee.' Hij kijkt me opnieuw aan, deze keer met een gekwelde blik. 'Dat wil ik zo ontzettend graag. Ik kan hen maar niet van me afschudden... Steph, Zed, en nu jouw moeder en vader.'

'We komen er wel uit,' beloof ik hem.

'Theresa!' klinkt mijn moeders stem aan de andere kant van de deur. Ik was zo verdiept in Hardin dat ik niet eens heb gemerkt dat het lawaai in de woonkamer is verstomd. 'Theresa, ik kom binnen.'

Bij dat laatste woord zwaait de deur open. Ik ga achter Hardin staan. Er begint zich een patroon te ontwikkelen.

'We moeten dit bespreken, van a tot z.' Ze kijkt Hardin en mij indringend aan. Hardin draait zijn hoofd om en kijkt naar mij, met een wenkbrauw vragend opgetrokken.

'Ik geloof niet dat we veel te bespreken hebben,' zeg ik vanachter mijn schild.

'We hebben genoeg te bespreken. Het spijt me dat ik me vanavond zo heb gedragen. Ik verloor mijn zelfbeheersing toen ik na al die jaren je vader zag. Geef me alsjeblieft de kans het uit te leggen.' Het klinkt zo vreemd om mijn moeder 'alsjeblieft' te horen zeggen.

Hardin doet een stap opzij, zodat ze mij kan zien. 'Ik ga even mijn handen wassen.' Hij steekt zijn bebloede knuist omhoog en loopt voordat ik hem kan tegenhouden de kamer uit.

'Ga zitten. Ik heb je heel wat te vertellen.' Mijn moeder strijkt haar jurk glad en duwt haar dikke, golvende blonde haar naar één kant voordat ze op de rand van het bed gaat zitten.

123

∞

Hardin

Het koude kraanwater stroomt over mijn opengereten huid. Ik staar in de wasbak en zie het roodgekleurde vocht door de afvoer verdwijnen.

Alweer? Ik heb dit weer gedaan? Natuurlijk. Het was slechts een kwestie van tijd.

Ik laat de deur van de badkamer openstaan, zodat ik snel de gang op kan rennen als ik iemand hoor schreeuwen. Ik heb geen flauw benul wat ik eigenlijk dacht toen ik die trut belde. Zo mag ik haar niet noemen, maar... ze is gewoon een trut, dus noem ik haar zo. Alleen niet waar Tessa bij is. Toen ik haar belde, kon ik alleen maar denken aan Tessa's lege uitdrukking en haar naïeve opmerkingen, aan het feit dat ze maar bleef zeggen dat hij niet aan de drugs was, alsof het daardoor de waarheid zou worden. Ik wist dat ze op dat moment op knappen stond, en om een of andere stomme reden dacht ik dat haar moeder haar misschien zou kunnen helpen.

Dit is dus de reden waarom ik nooit anderen help. Ik heb er geen ervaring mee. Ik ben behoorlijk goed in dingen verkloten, maar niet in rechtzetten.

Vanuit mijn ooghoeken zie ik iets in de spiegel bewegen, en wanneer ik opkijk, zie ik dat Richards weerspiegeling me aankijkt. Hij leunt tegen het smalle deurkozijn en trekt een bezorgd gezicht.

'Ja? Krijg ik jou nu ook nog op mijn dak?' vraag ik op vlakke toon.

Zuchtend strijkt hij met zijn handen over zijn gladgeschoren gezicht. 'Nee, deze keer niet.'

Ik maakt een minachtend geluidje en zou bijna willen dat hij me aanvliegt. Ik ben opgefokt genoeg voor een lekkere matpartij.

'Waarom hebben jullie me niets over die weddenschap verteld?' vraagt Richard.

Dat meent hij niet.

'Waarom zou ik? En je bent toch niet zo stom om te denken dat Tessa haar vader – de vader die ze jaren niet heeft gezien – dat soort dingen gaat vertellen?' Ik draai de kraan dicht en pak een handdoek, die ik tegen mijn knokkels druk. Het bloeden is grotendeels gestopt. Ik moet eens leren van hand te wisselen en voortaan met mijn rechtervuist te slaan.

'Ik weet het niet... Ik begrijp het gewoon niet meer, ik dacht dat jullie een gevalletje waren van twee tegenpolen die elkaar aantrekken, maar nu...'

'Ik vraag niet om jouw goedkeuring. Die heb ik ook niet nodig.' Ik loop haastig langs hem de gang op. Ik pak de schaal met aangebrande popcorn die nog altijd op de vloer staat.

Laat haar stem de enige zijn die je in gedachten hoort. De woorden van Landon klinken na in mijn hoofd. Ik wou dat het zo simpel was, en misschien zal het ooit zo zijn... Ik hoop het maar.

'Dat weet ik. Ik wil het gewoon begrijpen. Als haar vader voel ik me verplicht je een pak rammel te geven.' Hij schudt zijn hoofd.

'Oké,' zeg ik. Ik wil hem eraan herinneren dat hij in de afgelopen negen jaar niet echt een vader voor haar is geweest.

'Tessa lijkt heel erg op Carol, toen die nog jong was.' Hij loopt achter me aan naar de keuken.

Ik voel zo'n walging dat ik bijna de schaal laat vallen. 'Nee, dat kan niet waar zijn.'

Dat kan echt niet. Vroeger dacht ik inderdaad dat Tessa net zo was als dat vinnige, preutse mens, maar nu ik haar beter ken, weet ik dat het verschil niet groter had kunnen zijn. Het komt beslist door haar moeder dat Tessa zo haar best doet om perfect te zijn, maar in andere opzichten lijkt ze helemaal niet op haar.

'Dat is zo. Ze was iets minder aardig, maar ze is niet altijd zo'n...' Hij valt stil en pakt een fles water uit mijn koelkast.

'Zo'n takkewijf?' maak ik zijn zin af. Zijn blik schiet naar de lege gang, alsof hij bang is dat ze elk moment binnen kan komen om hem eens flink aan te pakken. Niet dat ik dat erg zou vinden...

'Ze liep altijd te lachen... Die lach van haar, dat was me wat. Alle mannen wilden haar, maar ze was van mij.' Hij lacht bij de herinnering. Ik zit hier helemaal niet op te wachten... Ik ben zijn therapeut niet. Tessa's moeder is zeker niet lelijk, maar ze is gewoon een zeikwijf dat eens een lesje moet leren. Of misschien wel een goede beurt moet hebben...

'Goed...' Ik snap niet waar hij naartoe wil.

'Ze had toen zo'n ambitie en zo'n levenslust. Wat helemaal niet goed uitkwam, want Tessa's oma was net zo'n type als Carol, maar dan nog erger.' Hij lacht bij de gedachte, maar ik krimp in elkaar. 'Haar ouders hadden een hekel aan me. Echt de pest aan me. En dat staken ze niet onder stoelen of banken. Ze wilden dat ze met een beurshandelaar trouwde, of met een advocaat... Als het maar niet met mij was. Ik had ook een hekel aan hen. Mogen ze rusten in vrede.' Hij kijkt naar het plafond. Ik weet dat het gestoord is, maar ik ben blij dat Tessa's grootouders er niet meer zijn. Nu kunnen ze me in elk geval niet meer veroordelen.

'Nou, dan hadden jullie maar beter niet kunnen trouwen.' Ik doe de klep dicht van de afvalemmer waarin ik net het restje popcorn heb weggegooid en plant mijn ellebogen op het aanrecht. Ik erger me aan Richard en zijn achterlijke gewoonten, die Tessa van streek maken. Ik wil hem een trap onder zijn reet geven en hem weer de straat op schoppen, maar inmiddels is hij een soort meubelstuk geworden. Hij is net een oude bank die best wel begint te stinken en altijd kraakt wanneer je erop gaat zitten, en die niet eens lekker zit, maar die je om een of andere reden niet kunt weggooien. Dat is Richard.

Zijn gezicht betrekt. 'We waren niet getrouwd,' zegt hij zacht.

Ik houd niet-begrijpend mijn hoofd scheef. Wat? Tessa zei toch dat...

'Dat weet Tessa niet. Dat weet niemand. We zijn nooit voor de wet getrouwd. Er was een bruiloft om haar ouders tevreden te stellen, maar we hebben de papieren nooit in orde gemaakt. Dat wilde ik niet.'

'Maar waarom niet?' Al is een belangrijkere vraag misschien: wat kan mij dat schelen? Een paar minuten geleden stelde ik me nog voor dat ik Richard met zijn kop tegen de muur ramde, en nu sta ik als een of andere tiener met hem te roddelen. Ik zou aan de deur van de slaapkamer moeten luisteren om er zeker van te zijn dat Tessa's moeder haar niet probeert over te halen mij te verlaten.

'Omdat het huwelijk niets voor mij was.' Hij krabt op zijn hoofd. 'Of dat dacht ik tenminste. We deden alles als een getrouwd stel, ze nam zelfs mijn naam aan. Ik weet niet goed wat dat te betekenen had. Misschien dacht ze dat ik daardoor zou bijdraaien of zo, maar niemand wist welke offers ze bracht omdat ik zo egoïstisch was.'

Ik vraag me af wat Tessa zou zeggen als ze dit zou horen... Ze is zo bezeten van het idee te trouwen. Zou dit haar bezetenheid verminderen of juist aanwakkeren?

'In de loop der tijd kreeg ze genoeg van mijn gedrag. We hadden altijd ruzie, en ik kan je dit vertellen, die vrouw weet niet van ophouden. Maar ik pikte het. Zodra ze zich niet meer tegen me verzette, wist ik dat het voorbij was. Ik zag het vuur langzaam in haar doven.'

Ik zie aan zijn blik dat hij niet langer hier bij me is, maar in het verleden.

'Ze zat elke avond met het eten op me te wachten, keurig aangekleed, haar haar gedaan. Tessa ook. En dan kwam ik binnen en klaagde dat de randjes van de lasagne waren aangebrand. De helft van de tijd was ik al voordat ik een hap kon nemen onder zeil, en elke avond eindigde met ruzie... Ik kan me er niet eens veel van herinneren.' Hij huivert zichtbaar.

Het idee van een piepjonge Tessa die netjes aangekleed en opgetogen aan tafel op haar vader zit te wachten, om vervolgens door hem te worden teleurgesteld, is te veel voor me. Ik kan die vent wel wurgen.

'Ik wil er niets meer over horen,' zeg ik waarschuwend.

'Dan houd ik er nu over op.' De schaamte is duidelijk zichtbaar op zijn gezicht. 'Ik wilde je gewoon duidelijk maken dat Carol niet altijd zo is geweest. Dat komt door mij. Ik heb haar veranderd in de bittere, kwade vrouw die ze vandaag de dag is. En je wilt toch niet dat de geschiedenis zich herhaalt, of wel soms?'

124

∞

Tessa

Mijn moeder en ik blijven allebei zwijgend zitten. Mijn gedachten draaien op volle toeren en mijn hart bonst als een bezetene, maar zij strijkt kalm en beheerst een lok dik blond haar achter haar oor. Zij is niet overweldigd, zoals ik.

'Waarom heb je je vader hier uitgenodigd? Na al die jaren. Ik begrijp best dat je hem vaker wilt zien, maar ik snap niet dat je hem hier laat logeren,' zegt ze ten slotte.

'Ik laat hem hier niet logeren. Ik woon hier niet eens meer. Hardin laat hem blijven, uit de goedheid van zijn hart. Maar dat begreep je verkeerd, en je moest zo nodig tegen hem tekeergaan.' Ik probeer niet te verbergen dat ik haar gedrag verachtelijk vind.

Mijn moeder – en vrijwel iedereen op de wereld – zal Hardin nooit begrijpen en niet snappen waarom ik van hem hou. Dat geeft ook niet. Dat wil ik ook niet.

'Hij heeft jou gebeld omdat hij dacht dat je me misschien kon steunen.' Ik slaak een zucht en probeer te bedenken welke kant ik het gesprek op kan sturen voordat ze als een bulldozer over me heen dendert, zoals ze altijd doet.

Mijn moeder kijkt met een sombere blik in haar ogen naar de vloer. 'Waarom ga je tegen iedereen in en blijf je die jongen verdedigen, ook na wat hij je heeft aangedaan? Hij heeft het je zo moeilijk gemaakt, Tessa.'

'Hij is het waard om te verdedigen, moeder. Daarom.'

'Maar...'

'Dat is zo. En ik blijf dit niet tegen je zeggen. Ik heb je al eerder verteld dat je hem maar moet accepteren, en als je dat niet kunt, wil ik je niet meer zien. Wie mij wil, krijgt Hardin erbij, of ze dat nu leuk vinden of niet.'

'Zo dacht ik ooit ook over je vader.'

Ik probeer niet ineen te krimpen wanneer ze haar hand uitsteekt en het haar op mijn voorhoofd gladstrijkt.

'Hardin is heel anders dan mijn vader.'

Een lachje ontsnapt aan haar gestifte lippen. 'O nee. Hij lijkt op hem. Heel erg veel.'

'Als je dat soort dingen blijft zeggen, kun je beter weggaan.'

'Rustig maar.' Ze blijft me over mijn haar strijken. Aan de ene kant erger ik me aan dat kleinerende gebaar, maar aan de andere kant wekt het troostende herinneringen bij me op.

'Ik moet je iets vertellen,' zegt ze.

Die uitspraak maakt me nieuwsgierig, maar ik weet niet goed wat ik ervan moet denken. Het kan interessant zijn, want tijdens mijn jeugd vertelde ze zelden iets over mijn vader.

'Je kunt me toch niet van mening laten veranderen over Hardin,' zeg ik.

Haar mondhoeken krullen een stukje omhoog. 'Je vader en ik zijn nooit getrouwd.'

'Wat?' Ik schiet overeind en ga op mijn knieën zitten. Wat bedoelt ze daarmee? Ze waren wel getrouwd. Ik heb de foto's gezien. Mijn moeder droeg een prachtige kanten jurk, hoewel ze al een bol buikje had, en mijn vader droeg een pak dat veel te groot was en als een aardappelzak om hem heen hing. Ik keek vroeger altijd zo graag in die albums. Mijn moeders gezicht straalde en mijn vader keek naar haar alsof er niemand anders op de wereld bestond. Ik weet nog dat mijn moeder me op een dag betrapte en vreselijk boos werd. Daarna verstopte ze de fotoalbums en heb ik ze nooit meer gezien.

'Het is echt zo.' Ze slaakt een zucht. Ik kan merken dat deze bekentenis vernederend voor haar is. Haar handen trillen. 'Er was wel een bruiloft, maar je vader wilde niet trouwen. Dat wist ik, en ik wist ook dat hij me eerder zou hebben verlaten als ik niet in verwachting was geraakt. Je grootouders probeerden hem tot een huwelijk te dwingen. Weet je, je vader en ik konden nooit echt goed met elkaar opschieten. Van het begin af aan al niet. Aanvankelijk was dat spannend, zelfs opwindend...' In haar blauwe ogen verschijnt een blik die laat zien dat ze in haar herinneringen opgaat. 'Maar je zult vroeg of laat wel merken dat er een grens zit aan wat een mens kan verdragen. In de loop der jaren bleef hij steeds vaker weg van huis en bleef ik hopen dat hij op een dag thuis zou komen met een bos rozen in zijn handen in plaats van stinkend naar drank.' Ze leunt achterover en slaat haar armen over elkaar. De armbanden die ze eigenlijk niet kan betalen, sieren haar polsen. Ze heeft zo'n behoefte om er verzorgd uit te zien.

Mijn moeders bekentenis heeft me met stomheid geslagen. Ze zegt doorgaans niet veel, zeker niet over mijn vader. Opeens voel ik zo'n medeleven voor deze vrouw dat de tranen me in de ogen springen.

'Niet doen,' zegt ze streng, en dan gaat ze verder: 'Vrouwen hopen altijd dat ze hun man kunnen veranderen, maar dat is niet meer dan valse hoop. Ik wil niet dat je dezelfde fouten maakt als ik. Ik wil dat er voor jou meer is in het leven.'

Ik word misselijk.

'Daarom heb ik je zo opgevoed, om ervoor te zorgen dat je ons kleine stadje kon verlaten en ergens anders een leven kon opbouwen.'

'Ik heb niet...' begin ik mezelf te verdedigen, maar ze steekt een hand op om me tot stilte te manen. 'We hebben ook mooie momenten gekend, Theresa. Je vader was grappig en charmant en...' Ze glimlacht. 'Hij deed zijn best om de juiste man voor me te zijn, maar zijn ware aard was sterker. Hij begon zich te ergeren aan mij en aan het leven dat we leidden. Hij zocht troost in de drank, en daarna was het nooit meer hetzelfde. Dat kun je je vast nog wel herinneren.' Ze klinkt gekweld. Ik hoor de kwetsbaarheid in haar stem en zie dezelfde kwetsbaarheid in haar blik, maar ze herstelt zich snel. Mijn moeder heeft nooit iets van zwakheid moeten hebben. Weer denk ik aan het geschreeuw, aan het gegooi met borden en zelfs aan de incidentele blauwe plekken op haar armen, 'van het tuinieren'. Mijn maag draait zich om.

'Kun je me echt eerlijk zeggen dat je een toekomst met deze jongen denkt te hebben?' vraagt ze. De stilte rekt zich uit.

Ik kan geen antwoord geven. Ik weet welke toekomst ik voor Hardin en mij wil. Of hij me die wil geven, is een andere vraag.

'Zo was het niet altijd, Theresa.' Ze bet de huid onder haar ogen met haar wijsvingers. 'Ik was altijd gek op het leven. Ik keek uit naar de toekomst... en kijk me nu eens. Je vindt me vast een vreselijk mens omdat ik me zo met je leven bemoei, maar ik doe wat nodig is om te voorkomen dat je dezelfde fouten maakt. Ik wil niet dat jij zoiets meemaakt...'

Het kost me moeite om me een jonge, blije Carol voor te stellen die uitkijkt naar een nieuwe dag. Ik kan de keren dat ik die vrouw in de afgelopen vijf jaar hardop heb horen lachen op de vingers van een hand tellen.

'Dat is niet hetzelfde, mam.' Ik dwing mezelf die woorden uit te spreken.

'Theresa, je kunt niet ontkennen dat er overeenkomsten zijn.'

'Een paar, ja,' geef ik toe, meer aan mezelf dan aan haar, 'maar ik geloof niet dat de geschiedenis zich herhaalt. Hardin is al heel erg veranderd.'

'Waarom zou je zo veel moeite doen voor een jongen die je blijkbaar moet veranderen?' vraagt ze kalm. Ze kijkt de slaapkamer rond die ooit ook van mij was.

'Ik heb hem niet veranderd, dat heeft hij zelf gedaan. Hij is nog altijd dezelfde man. Alle eigenschappen die ik zo fijn vind, heeft hij nog. Hij heeft alleen geleerd om op een betere manier met de dingen om te gaan en is daardoor een betere versie van zichzelf geworden.'

'Ik zag dat zijn hand bloedde,' merkt ze op.

Ik haal mijn schouders op. 'Hij is opvliegend.' Heel erg, maar ik sta niet toe dat ze hem afkraakt. Ze moet begrijpen dat ik aan zijn kant sta en dat ze van nu af aan met mij te maken krijgt als ze kritiek op hem heeft.

'Je vader ook.'

Ik sta op. 'Hardin zou me nooit opzettelijk pijn doen. Hij heeft zijn fouten, moeder, maar die heb jij ook. En ik ook.' Verbaasd over mijn eigen moed sla ik mijn armen over elkaar en beantwoord ik haar boze blik.

'Het is meer dan opvliegendheid... Wat hij je heeft aangedaan. Hij heeft je vernederd. Je moest naar een andere campus overstappen.'

Ik heb niet de energie om tegen haar in te gaan, zeker niet omdat haar woorden waar zijn. Ik wilde altijd al naar Seattle verhuizen, maar mijn nare ervaringen in mijn eerste jaar gaven me het zetje dat ik nodig had.

'Hij zit onder de tattoos... al heeft hij gelukkig wel een paar van die vreselijke piercings verwijderd.' De walging tekent zich af op haar gezicht.

'Jij bent ook niet volmaakt, moeder,' zeg ik weer. 'Die parels om je hals verbergen de littekens, net zoals Hardins tattoos die van hem verbergen.'

De blik van mijn moeder glijdt over me heen, en ik zie dat ze over mijn woorden nadenkt. Het is eindelijk zover; ik lijk eindelijk een doorbraak te hebben geforceerd.

'Het spijt me dat mijn vader je dat heeft aangedaan, echt, maar Hardin is mijn vader niet.' Ik ga weer naast haar zitten en durf mijn hand op de hare te leggen. Haar huid voelt koud aan, maar tot mijn verbazing trekt ze haar hand niet weg. 'En ik ben jou niet,' voeg ik er zo vriendelijk mogelijk aan toe.

'Als je je niet van hem losmaakt, eindig je net zoals ik.'

Ik trek mijn hand terug en haal diep adem om kalm te blijven. 'Je hoeft mijn relatie niet goed te keuren, maar je moet die wel respecteren. Als je dat niet kunt, zullen jij en ik nooit een goede verstandhouding kunnen hebben.' Het kost me moeite om zelfverzekerd te klinken.

Langzaam schudt ze haar hoofd. Ik weet dat ze had gedacht dat ik het met haar eens zou zijn en zou beamen dat het nooit wat kan worden tussen Hardin en mij. Ze had het mis.

'Je kunt me niet op die manier voor het blok zetten.'

'Dat kan ik wel. Ik heb alle steun nodig die ik kan krijgen en ik heb geen zin meer om het tegen de halve wereld op te nemen.'

'Als je denkt dat je dat in je eentje moet doen, is het misschien tijd om van kant te wisselen.' Ze trekt beschuldigend haar wenkbrauw op.

Ik sta weer op. 'Ik ga niet in mijn eentje de strijd aan, dus houd daarmee op,' zeg ik afgemeten. Ik probeer mijn geduld te bewaren, maar mijn zelfbeheersing staat steeds verder onder druk naarmate de avond vordert.

'Ik zal hem nooit aardig vinden,' bekent mijn moeder, en ik weet dat ze dat meent.

'Dat hoeft ook niet, maar ik wil niet dat je nare dingen over ons zegt, ook niet tegen mijn vader. Je had hem nooit over die weddenschap mogen vertellen. Je had het recht niet.'

'Je vader moest weten wat hij had veroorzaakt.'

Ze snapt het niet! Ze begrijpt er nog altijd niets van. Het voelt alsof mijn hoofd elk moment uit elkaar kan barsten. De pijn in mijn nek neemt toe. 'Hardin doet zijn uiterste best voor me, maar hij heeft nooit een andere situatie gekend,' leg ik uit.

Ze zegt niets. Ze kijkt me niet eens aan.

'Dus dit is het dan? Je hebt je keuze gemaakt?' vraag ik.

Ze staart me zonder iets te zeggen aan, en ik zie aan haar geloken ogen dat de gedachten door haar hoofd schieten. Haar wangen zijn lijkbleek geworden, hoewel ze haar gezicht voor haar aankomst hier met blusher moet hebben bepoederd. Ten slotte mompelt ze: 'Ik zal mijn best doen om je relatie te respecteren. Echt waar.'

'Dank je,' zeg ik, al weet ik niet goed wat ik moet denken van dit... bestand tussen mij en mijn moeder. Ik ben niet zo naïef dat ik geloof dat ze haar belofte meteen zal nakomen, maar het voelt wel fijn dat een van die molenstenen nu van mijn nek is getild.

'Wat ga je met je vader doen?'

We gaan allebei staan. Ze torent dankzij haar hakken van een centimeter of tien boven me uit.

'Dat weet ik niet.' Ik was te veel afgeleid door Hardin om aan mijn vader te denken.

'Je moet hem vragen te vertrekken. Het is niet goed als hij hier rondhangt en je gedachten vergiftigt met leugens.'

'Dat heeft hij niet gedaan,' zeg ik op felle toon. Elke keer wanneer we vooruitgang lijken te boeken geeft ze me met die hoge hakken van haar een trap na.

'Jawel! Hij heeft hier vreemden mee naartoe genomen die hem geld afhandig wilden maken. Dat heeft Hardin me verteld.'

Waarom zou hij dat doen? Ik snap dat hij bezorgd is, maar mijn moeder kan die situatie niet echt verbeteren. 'Ik schop hem echt niet het huis uit. Dit is niet eens mijn huis, en hij kan nergens naartoe.'

Mijn moeder sluit even haar ogen en schudt voor minstens de tiende keer in twintig minuten haar hoofd. 'Houd eens op met mensen beter proberen te maken, Theresa. Als je dat je hele leven blijft doen, houd je uiteindelijk geen energie meer over, nog los van de vraag of het je zou lukken.'

'Tessa?' hoor ik Hardin buiten op de gang roepen. Voordat ik antwoord kan geven, doet hij de deur open. Hij kijkt me onderzoekend aan om zich ervan te vergewissen dat het goed met me gaat.

'Gaat het?' vraagt hij, zonder enige aandacht aan mijn moeder te schenken.

'Ja.' Ik loop naar hem toe, maar houd rekening met mijn moeder en omhels hem niet. Het arme mens heeft net twintig jaar aan herinneringen moeten verwerken.

'Ik wilde net opstappen.' Mijn moeder strijkt haar jurk glad, houdt op bij de zoom en herhaalt de beweging, met een frons op haar gezicht.

'Mooi,' zegt Hardin bot, klaar om het voor me op te nemen.

Ik kijk naar hem op en vraag hem zonder woorden of hij zich wil inhouden. Hij rolt met zijn ogen, maar zegt niets wanneer mijn moeder met grote stappen langs ons loopt, de gang in. Het irritante getik van haar hakken bezorgt me zo langzamerhand een fikse hoofdpijn.

Ik pak zijn hand en loop zwijgend de kamer uit. Mijn vader wil iets tegen mijn moeder zeggen, maar ze wuift hem weg.

'Had je geen jas aan?' luidt zijn onverwachte vraag aan haar.

Ze mompelt 'Nee', duidelijk net zo verbaasd als ik, en kijkt dan naar mij. 'Ik bel je morgen. Neem je deze keer wel op?' Het is een vraag, geen bevel. Dat is in elk geval een vooruitgang.

'Ja.' Ik knik.

Ze neemt geen afscheid. Dat wist ik wel.

'Dat mens maakt me stapelgek!' roept mijn vader zodra de deur achter haar dichtvalt. Hij steekt met een geërgerd gebaar zijn handen omhoog.

'We gaan naar bed. Als er nog iemand aanklopt, doe dan niet open,' zegt Hardin grommend. Hij trekt me mee terug naar de slaapkamer.

Ik ben zo moe dat ik bijna niet meer op mijn benen kan staan.

'Wat zei ze allemaal?' Hardin trekt zijn trui over zijn hoofd en gooit die naar me toe. Ik zie een flits van onzekerheid over zijn gezicht schieten terwijl hij wacht totdat ik het kledingstuk heb opgeraapt.

Hoewel zijn zwarte trui vol vet- en bloedvlekken zit, trek ik maar al te graag mijn eigen blouse en beha uit en doe zijn trui aan. Ik adem zijn vertrouwde geur in en voel dat die me kalmeert. 'Meer dan ze tot nu toe in mijn hele leven heeft gezegd,' zeg ik. Ik moet er nog altijd van bijkomen.

'Ben je erdoor van gedachten veranderd?' In zijn blik zie ik angst en paniek. Ik vermoed dat mijn vader een soortgelijk gesprek met hem moet hebben gevoerd en vraag me af of mijn vader net zo'n wrok jegens mijn moeder koestert of dat hij gelooft dat hij verantwoordelijk is voor alle ellende in hun levens.

'Nee.' Ik trek mijn wijde broek uit en leg die op de stoel.

'Zeker weten? Ben je niet bang dat wij hun fouten...' begint Hardin.

'Nee. Dat gaat niet gebeuren. Wij zijn anders,' zeg ik. Ik wil niet dat hij dat soort dingen gaat denken. Niet vanavond.

Hij lijkt niet overtuigd, maar ik dwing mezelf aan andere dingen te denken.

'Wat wil je dat ik met je vader doe? Hem de straat op sturen?' vraagt hij. Hij gaat op het bed zitten, met zijn rug tegen het hoofdeinde. Ik raap zijn vuile jeans en sokken op. Hij vouwt zijn armen achter zijn hoofd, waardoor zijn gespierde, getatoeëerde lichaam beter zichtbaar is.

'Nee, doe dat alsjeblieft niet.' Ik kruip op het bed, en hij trekt me op zijn schoot.

'Dat zal ik niet doen,' belooft hij. 'Vanavond in elk geval niet.'

Ik kijk naar hem op en verwacht een glimlach, maar die komt niet. 'Ik snap er helemaal niks van,' zeg ik kermend tegen zijn borst.

'Ik kan je wel afleiden.' Hij heft zijn heupen op, waardoor ik naar voren tuimel. Ik moet mijn handen op zijn blote borst planten om te voorkomen dat ik wegrol.

Ik rol met mijn ogen. 'Natuurlijk. Op die manier los jij elk probleem op.'

Hij lacht ondeugend. 'Daar heb jij toch geen bezwaar tegen?'

Voordat ik kan antwoorden, heeft hij mijn kin tussen zijn lange, gekneusde vingers genomen en merk ik dat ik met mijn heupen tegen hem aan wrijf. Ik ben me vaag bewust van het feit dat ik ongesteld ben, maar Hardin vindt dat niet erg.

'Je hebt je slaap nodig, schatje. Het zou verkeerd zijn om nu met je te neuken,' zegt hij zacht.

Ik trek een onbeschaamd pruilend gezicht. 'Nee, hoor.' Ik laat mijn handen over zijn buik naar beneden glijden.

'O nee.' Hij houdt me tegen.

Ik heb afleiding nodig, en Hardin kan die bieden. 'Jij bent begonnen,' jammer ik. Ik klink wanhopig omdat ik wanhopig ben.

'Dat weet ik, en het spijt me. Ik zal het morgen in de auto goedmaken.' Zijn vingers glijden onder de trui en beginnen onduidelijke figuurtjes op mijn blote rug te tekenen. 'En als je braaf bent, neem ik je misschien wel op het bureau bij mijn vader thuis. Dat vind je toch lekker?' zegt hij in mijn oor.

Mijn ademhaling stokt even. Ik geef hem een speelse tik en hij lacht. Zijn lach biedt bijna even veel afleiding als seks. Bijna.

'En is het niet beter om er vanavond geen rotzooi van te maken? Je vader is hier. Als hij het bloed op de lakens ziet, gaat hij nog denken dat ik je een kopje kleiner heb gemaakt.' Hij bijt op zijn wang.

'Niet doen,' zeg ik waarschuwend. Ik heb nu geen zin in opmerkingen over het feit dat ik ongesteld ben.

'Toe, schatje, doe niet zo lelijk.' Hij knijpt me in mijn kont, wat me een kreetje ontlokt. Ik glijd verder zijn schoot op. 'Maak je niet dik.'

'Dat grapje heb je vaker gemaakt.' Ik glimlach.

'Sorry dat ik niet origineel ben, maar jij klaagt altijd dat je je dikker voelt als de rode vlag uithangt.'

Ik kerm en probeer van zijn schoot te glijden, maar hij houdt me tegen en drukt zijn gezicht in mijn hals.

'Je bent een vieze vent,' zeg ik.

'Beter dan een vieze oude opoe.' Hij lacht en drukt zijn lippen op de mijne.

Ik rol met mijn ogen. 'Hoe is het nu met je handen?' Ik pak voorzichtig zijn pols vast. Zijn middelvinger is er het ergste aan toe, met een diepe snee van kootje tot kootje. 'Als dit er morgen niet beter uitziet, moet je ermee naar de dokter.'

'Het stelt niks voor.'

'En met dit ook.' Ik strijk met mijn wijsvinger over de opengehaalde huid van zijn ringvinger.

'Niet zo zeuren, vrouw, ga slapen,' bromt hij.

Ik knik instemmend en dommel in bij het geluid van zijn stem die klaagt over het feit dat mijn vader alweer aan zijn Frosted Flakes heeft gezeten.

125

∞

Tessa

Ik heb twee uur lang in bed liggen wachten totdat Hardin wakker wordt en geef het ten slotte op. Ik neem een douche, kleed me aan en maak de keuken schoon. Nadat ik twee pijnstillers tegen de hoofdpijn en buikkrampen heb genomen, loop ik terug naar de slaapkamer om hem wakker te maken.

Ik schud voorzichtig aan zijn arm en fluister zijn naam. Het heeft geen zin.

'Hardin, word eens wakker.' Ik pak zijn schouder steviger vast en deins bijna terug omdat ik opeens mijn moeder voor me zie die mijn vaders slapende lichaam van de bank probeert te trekken. De hele ochtend heb ik al geprobeerd om gedachten aan haar en haar emotionele geschiedenisles van gisteravond te verdringen. Mijn vader ligt nog te slapen. Ik vermoed dat de opschudding van gisteravond hem ook doodmoe heeft gemaakt.

'Nee,' bromt Hardin slaperig.

'Als je nu niet opstaat, ga ik alleen naar het huis van je vader.' Ik trek mijn platte schoenen aan. Ik heb de nodige Toms, maar ik kies het vaakst voor de lichtbruine gehaakte. Hardin vindt het 'afzichtelijke mocassins', maar ik vind dat ze lekker zitten.

Kermend rolt hij op zijn buik en drukt zich op zijn ellebogen op. Hij draait zijn hoofd naar me toe, met zijn ogen nog altijd dicht. 'Nee, dat doe je niet.'

Ik wist dat hij dat idee niks zou vinden, en daarom gebruik ik het ook om hem uit bed te krijgen.

'Sta dan op. Ik heb al gedoucht en zo.' Ik wil graag naar Landons huis en hem, Ken en Karen weer zien. Het lijkt eeuwen geleden dat ik die lieve vrouw in dat schort met aardbeiendessin, dat ze vrijwel altijd draagt, voor het laatst heb gezien.

'Verdomme.' Hardin trekt een pruillip en doet een oog open. Ik onderdruk een lach nu ik de luie uitdrukking op zijn gezicht zie. Ik ben ook moe, ik ben geestelijk en lichamelijk zelfs uitgeput, maar het idee dat we vandaag ergens anders naartoe kunnen, stemt me stukken vrolijker.

'Kom eerst eens hier.' Hij doet nog een oog open en steekt zijn handen naar me uit. Zodra ik naast hem op het bed lig, laat hij zijn zware lichaam op me zakken en omsluit me met zijn warmte. Hij wrijft met opzet zijn hardheid tegen me aan en beweegt zijn heupen totdat hij precies in het plekje tussen mijn dijen past. Zijn ochtenderectie voelt als een ware kwelling.

'Goedemorgen.' Hij is nu klaarwakker, en ik schiet in de lach. Hij beweegt zijn heupen in een trage cirkel, en deze keer probeer ik onder hem uit te wriemelen. Hij moet ook lachen, maar smoort ons gelach al snel met een kus. Zijn tong vindt de mijne en begint die langzaam te liefkozen, als een teken van voornemens die volledig in tegenspraak zijn met de ruwe bewegingen van zijn heupen.

'Heb je een kruisraket in?' fluistert hij, me opnieuw kussend. Zijn handen gaan naar mijn borsten en mijn hart klopt zo hevig dat ik zijn slaperige stem bijna niet kan verstaan.

'Ja.' Ik knik en krimp niet eens zo erg ineen nu ik die vreselijke term hoor waaraan ik gewend ben geraakt. Hij trekt zich terug en laat zijn blik langzaam over mijn gezicht gaan. Zijn tong bevochtigt zijn onderlip.

Vanuit de keuken zweeft het geluid van kastjes die open- en dichtgaan door de gang, gevolgd door een luide boer en het geraas van pannen die op de vloer vallen.

Hardin rolt met zijn ogen. 'Geweldig.' Hij kijkt op me neer. 'Nou, ik had voor vertrek met je willen neuken, maar nu het zonnetje in huis wakker is...'

Hij rolt van me af, staat op en trekt de deken van het bed. 'Ik ga even douchen.' Hij kijkt fronsend naar de deur.

Vijf minuten later ben ik net bezig het bed op te maken wanneer hij weer binnenkomt. Het enige wat hij draagt, is een witte handdoek die hij rond zijn middel heeft gewikkeld. Ik ruk mijn blik los van zijn prachtige getatoeëerde lijf en kijk naar zijn gezicht. Hij loopt naar de ladekast, haalt er een van die kenmerkende zwarte T-shirts uit en trekt het aan, gevolgd door een boxershort.

'Gisteravond was verdomme een echte ramp.' Hij kijkt naar de gewonde hand waarmee hij zijn jeans dichtknoopt.

'Ja.' Ik slaak een zucht en hoop een verder gesprek over mijn ouders te kunnen vermijden.

'Kom, dan gaan we.' Hij pakt zijn sleutels en mobieltje van de ladekast en propt die in zijn zakken. Dan strijkt hij zijn natte haar van zijn voorhoofd en doet de deur van de slaapkamer open. 'En?' vraagt hij ongeduldig wanneer ik niet meteen opspring. Waar is de speelse Hardin van een paar minuten geleden gebleven? Als hij zo nukkig blijft, zou vandaag weleens net zo erg kunnen worden als gisteren.

Zonder een woord te zeggen loop ik achter hem aan de gang in. De deur van de badkamer is dicht en ik hoor water stromen. Ik heb geen zin om te wachten totdat mijn vader klaar is met douchen, maar ik wil ook niet zomaar vertrekken zonder hem te vertellen waar we naartoe gaan, voor het geval hij nog iets nodig heeft. Wat doet hij eigenlijk als wij er niet zijn? Zit hij de hele dag aan drugs te denken? Nodigt hij mensen uit?

Ik ban die laatste gedachte uit mijn hoofd. Als dat zo was, zou Hardin het wel weten, en in dat geval zou mijn vader hier echt niet meer logeren.

Tijdens de rit naar het huis van Ken en Karen zegt Hardin niets. Het enige wat me duidelijk maakt dat deze dag niet op een ramp zal uitlopen, is het gebaar waarmee hij zijn hand op mijn dij legt.

Hardin klopt zoals altijd niet eens aan voordat we naar binnen lopen. Binnen ruikt het naar zoete ahornsiroop, en we volgen die geur naar de keuken. Karen staat bij de oven, met een spatel in haar hand, en maakt met haar andere hand drukke gebaren. Op een van de krukken bij het kookeiland zit een vrouw die ik niet ken. Het enige wat ik van haar zie totdat ze zich omdraait om te zien wat Karens aandacht trekt, is haar lange bruine haar.

'Tessa, Hardin!' kirt Karen bijna van blijdschap. Ze legt de spatel voorzichtig op het aanrecht en rent naar me toe om haar armen om me heen te slaan. 'Wat een tijd geleden!' roept ze uit. Ze houdt me een stukje bij zich vandaan en drukt me dan weer tegen zich aan. Haar warme welkom is precies wat ik nodig heb, zeker na gisteravond.

'Het waren maar drie weken, Karen,' merkt Hardin bot op.

Haar glimlach vervaagt, en ze strijkt haar haar achter haar oor.

Ik kijk naar het gebak dat om haar heen staat. 'Wat ben je aan het maken?' vraag ik, om haar af te leiden van het nukkige humeur van haar stiefzoon.

'Koekjes met ahornsiroop, cupcakes met ahornsiroop, ahornsiroopbrokken en ahornsiroopmuffins.' Karen trekt me voorzichtig mee. Hardin blijft met een diepe frons in de hoek staan.

Ik schenk geen aandacht aan hem en kijk weer naar de jonge vrouw. Ik weet niet goed of ik mezelf moet voorstellen.

'O!' Het valt Karen ook op. 'Het spijt me, ik had jullie meteen aan elkaar moeten voorstellen.' Ze gebaart naar de vrouw. 'Dit is Sophia. Haar ouders wonen verderop in de straat.'

Sophia steekt glimlachend haar hand naar me uit. 'Leuk je te leren kennen,' zegt ze met een glimlach. Ze is knap, heel erg knap. Haar ogen zijn helder en haar lach is warm; ze is ouder dan ik, maar kan niet ouder zijn dan een jaar of vijfentwintig.

'Ik ben Tessa. Ik ben een vriendin van Landon,' zeg ik.

Hardin kucht ergens achter me, duidelijk niet blij met mijn woordkeuze. Ik neem aan dat Sophia Landon kent, en aangezien Hardin en ik... Nou ja, het lijkt me op dit moment gewoon eenvoudiger om me zo aan haar voor te stellen.

'Ik heb Landon nog niet ontmoet,' zegt Sophia. Haar stem is zacht en vriendelijk. Ik mag haar meteen.

'O?' Ik nam aan dat ze hem kende omdat haar ouders verderop in de straat wonen.

'Sophia heeft net haar opleiding aan het Culinary Institute of America in New York voltooid,' zegt Karen vol trots, en Sophia lacht. Ik kan het haar niet kwalijk nemen: als ik was opgeleid aan de beste gastronomische opleiding van het land zou ik me ook door anderen laten prijzen. Als ik dat zelf al niet deed, bedoel ik.

'Ik ben bij mijn ouders op bezoek en kwam Karen toevallig tegen... toen die wat siroop ging kopen.' Ze lacht breeduit en kijkt even naar de grote hoeveelheid baksels.

'O, en dit is Hardin.' Ik wil de mokkende vent in de hoek niet overslaan.

Ze lacht ook naar hem. 'Ook leuk om jou te leren kennen.'

Hij kijkt het arme mens niet eens aan, maar zegt kortaf: 'Het zal wel.'

Ik haal verontschuldigend lachend mijn schouders op en vraag aan Karen: 'Waar is Landon?'

Haar blik schiet even naar Hardin en dan weer naar mij voordat ze antwoordt: 'Boven. Hij voelt zich niet zo lekker.'

Zenuwen wellen in me op. Er is iets mis met mijn beste vriend, dat weet ik gewoon.

'Ik ga wel even bij hem kijken.' Hardin draait zich om.

'Wacht, dan ga ik mee,' zeg ik. Als er echt iets met Landon is, is een lastige Hardin wel het laatste waaraan hij behoefte heeft.

'Nee.' Hardin schudt zijn hoofd. 'Ik ga wel. Eet maar wat cupcakes of zo,' bromt hij. Voordat ik de kans krijg om te antwoorden, loopt hij met twee treden tegelijk de trap op.

Karen en Sophia kijken hem na. 'Hardin is Kens zoon,' legt Karen uit. Ondanks zijn vervelende gedrag lacht ze toch trots wanneer ze zijn naam noemt.

Sophia knikt begrijpend. 'Hij kijkt me erg aardig,' liegt ze, en we barsten alle drie in lachen uit.

126

∞

Hardin

Ik doe de deur van Landons kamer open en zie tot mijn en waarschijnlijk ook zijn opluchting dat hij niet zit te rukken. Hij zit in de luie stoel bij de muur, met een leerboek op zijn schoot. Dat had ik kunnen weten.

'Wat moet jij hier?' vraagt hij met hese stem.

'Je wist dat we zouden komen.' Ik ben zo vrij om op de rand van zijn bed te gaan zitten.

'In mijn kamer, bedoel ik,' verduidelijkt hij.

Daar wil ik geen antwoord op geven. Sterker nog, ik weet niet eens wat ik hier doe. Ik wil in elk geval niet beneden blijven zitten met drie vrouwen die niets beters te doen hebben dan elkaar in de gaten houden.

'Je ziet er verschrikkelijk uit,' merk ik op.

'Dank je.' Hij kijkt weer naar zijn boek.

'Wat is er met je? Waarom zit je hier te somberen?' Ik kijk zijn gewoonlijk zo nette kamer rond en stel vast dat het best een troep is. Volgens de maatstaven van hem en Tessa dan, niet volgens de mijne.

'Ik zit niet te somberen.'

'Als er iets is, kun je het best tegen me zeggen. Ik ben best wel goed in begrip tonen.' Ik hoop hem met humor te kunnen opvrolijken.

Hij slaat het boek dicht en kijkt me aan. 'Waarom zou ik iets tegen jou zeggen? Zodat je me in de zeik kunt nemen?'

'Nee, dat zou ik niet doen,' zeg ik, hoewel de kans groot is dat ik dat wel zou doen. Ik had er eigenlijk op gerekend dat hij me een of ander zielig verhaal over een slecht cijfer of iets dergelijks zou vertellen, zodat ik mijn frustraties op hem zou kunnen botvieren, maar nu hij hier zo zielig voor me zit, is het opeens een stuk minder aantrekkelijk om hem te plagen.

'Vertel het me gewoon. Misschien kan ik toch iets voor je betekenen,' bied ik aan. Ik heb geen flauw idee waarom ik dat net zei. We weten allebei dat anderen helpen niet echt mijn ding is. Kijk maar naar die teringzooi van gisteravond. Richards woorden spoken al de hele ochtend door mijn hoofd.

'Me helpen?' Landon kijkt me met open mond aan, vol argwaan over mijn aanbod.

'Toe, ik hoef het toch niet uit je te slaan?' Ik ga op zijn bed liggen en kijk naar de bladen van de plafondventilator. Was het maar alvast zomer, dan kon ik nu genieten van een verkoelend briesje.

Ik hoor hem zachtjes grinniken, gevolgd door het geluid van het boek dat hij op het bureau naast hem legt. 'Dakota en ik hebben er een punt achter gezet,' zegt hij zwakjes.

Ik schiet overeind. 'Wát?' Dat was wel het laatste wat ik had verwacht.

'Ja, we hebben ons best gedaan om het te laten werken...' Hij fronst. Zijn ogen worden vochtig.

Als hij nu gaat zitten janken, ben ik ervandoor. 'O...' zeg ik. Ik wend mijn blik af.

'Ik denk dat ze het al een tijdje uit wilde maken.'

Ik kijk hem nogmaals aan, maar wil niet te veel op zijn droevige gezicht letten. Hij lijkt nu echt heel erg op een puppy. Ik moet niet veel van puppy's hebben, maar misschien is hij een uitzondering... Opeens voel ik een bepaalde vijandigheid jegens die meid met die krullen.

'Waarom denk je dat?' vraag ik.

Hij haalt zijn schouders op. 'Dat weet ik niet. Ze zei niet meteen dat ze het wilde uitmaken, maar... Het is gewoon... Ze had het de laatste tijd zo druk, en ze belde nooit terug. Naarmate het moment waarop ik zou verhuizen dichterbij kwam, werd zij steeds afstandelijker.'

'Ze neukt vast met een ander,' flap ik eruit.

Hij krimpt in elkaar. 'Nee, zo is ze niet,' zegt hij verdedigend.

Misschien had ik dat niet moeten zeggen. 'Sorry.' Ik haal mijn schouders op.

'Zo'n soort meisje is ze helemaal niet,' zegt hij tegen me.

Tessa ook niet, maar ik liet haar wel beven en mijn naam kreunen toen ze nog met Noah was... al houd ik dat nu wijselijk voor mezelf.

'Als jij het zegt,' zeg ik vriendelijk.

'We gingen al zo lang met elkaar dat ik me niet eens meer kan herinneren hoe het was voordat ik verkering met haar kreeg.' Zijn zachte stem klinkt zo verdrietig dat ik het er een beetje benauwd van krijg. Dat is een vreemd gevoel.

'Ik snap wat je bedoelt,' zeg ik. Het leven vóór Tessa was niets anders dan dronken herinneringen en duisternis, en zo zal het na haar ook zijn.

'Ja, maar jij hoeft je in elk geval niet druk te maken over hoe het zou zijn als het ooit uit zou raken.'

'Waarom ben je daar zo zeker van?' vraag ik. Ik besef dat ik de aandacht hiermee op mezelf richt, maar ik wil het weten.

'Ik kan me gewoon niet voorstellen dat er iets is wat jullie uit elkaar kan halen. Dat is tot nu toe ook niet gebeurd,' zegt Landon op een toon alsof dit een volkomen voor de hand liggend antwoord is. Voor hem misschien wel. Was het voor mij ook maar zo eenvoudig.

'En nu? Ga je nog naar New York? Je zou over... wat is het, een week of twee moeten vertrekken?'

'Ja. En ik heb geen idee. Ik heb zo hard gewerkt om te worden toegelaten op NYU, en ik heb me al opgegeven voor de zomercursus. Het is zo zonde als ik niet ga, maar het lijkt ook zo zinloos om wel te gaan.' Hij wrijft met zijn vingers over zijn slapen. 'Ik weet niet wat ik moet doen.'

'Ik zou niet gaan,' zeg ik. 'Het kan heel erg ongemakkelijk worden.'

'Het is een grote stad. We zouden elkaar nooit tegenkomen. En bovendien zijn we nog altijd vrienden.'

'O ja, "vrienden blijven".' Ik rol zonder het te willen met mijn ogen. 'Waarom heb je niets tegen Tessa gezegd?' vraag ik. Ze zal dit zo erg voor hem vinden.

'Tess heeft...' begint hij, maar ik onderbreek hem met 'Tessa.'

'Ze heeft al genoeg aan haar hoofd. Ik wil niet dat ze zich druk maakt over mij.'

'Wil je dat ik dit voor haar verzwijg?' vraag ik. Aan zijn schuldbewuste uitdrukking zie ik dat hij dat wel wil.

‘Voorlopig. Totdat ze haar zaken wat beter op een rijtje heeft. Ze is de laatste tijd zo gestrest dat ik bang ben dat het haar op een dag te veel wordt.’ Zijn bezorgdheid over mijn meisje is een beetje irritant, maar ik besluit er niets over te zeggen.

Ik maak een kermend geluid. ‘Als ze erachter komt dat ik dit voor haar heb verzwegen, vermoordt ze me.’ Maar ik wil het haar niet vertellen. Hij heeft gelijk, ze heeft al genoeg aan haar hoofd, en dat is voor negentig procent mijn schuld.

‘Er is nog iets...’ zegt hij.

Natuurlijk.

‘Mijn moeder...’ begint hij, maar een zachte klop op de deur brengt hem tot zwijgen.

‘Landon? Hardin?’ zegt Tessa aan de andere kant.

‘Kom binnen,’ roept Landon. Hij kijkt me de hele tijd smekend aan, hopend dat ik mijn belofte om niets te zeggen niet zal verbreken.

‘Ik weet het,’ verzeker ik hem. De deur gaat open en Tessa komt binnen met een bord in haar handen, omringd door de zoete geur van siroop.

‘Karen wil graag dat jullie deze even proeven.’ Ze zet het bord op het bureau en kijkt naar mij, om zich vervolgens met een glimlach tot Landon te richten. ‘Probeer die ahornbrokken het eerst. Sophia heeft ons geleerd hoe je die moet glazuren... Kijk die bloempjes eens.’ Haar kleine vinger wijst op de stukjes wit glazuur op de bruine korst. ‘Ze heeft ons laten zien hoe je die maakt. Ze is erg aardig.’

‘Wie?’ vraagt Landon met opgetrokken wenkbrauwen.

‘Sophia. Ze is net weg, haar ouders wonen verderop in de straat. Je moeder heeft haar echt ik weet niet hoeveel baktips ontfutseld.’ Tessa steekt glimlachend een stuk gebak in haar mond. Ik wist wel dat ze die meid aardig zou vinden. Zodra ik doorhad dat die drie over gebak zouden gaan kletsen, moest ik ervandoor.

‘O.’ Landon haalt zijn schouders op en pakt een brokje. Tessa steekt me aarzelend het bord toe, maar ik schud mijn hoofd. Ze laat haar schouders zakken, maar zegt niets.

‘Geef me maar een stukje,’ mompel ik, in de hoop dat haar frons dan verdwijnt. Ik gedraag me al de hele ochtend superlullig. Ze klaart op en geeft me er eentje aan. De zogenaamde bloemetjes bovenop lijken net gele klodders snot. ‘Jij hebt deze zeker geglazuurd,’ zeg ik plagend. Ik trek haar aan haar pols op mijn schoot.

'Die was om te oefenen!' zegt ze. Ze steekt verdedigend haar kin omhoog. Ik merk dat mijn plotseling veranderde stemming haar in de war brengt. Mij eigenlijk ook.

'Natuurlijk, schatje.' Ik lach.

Ze pruilt. 'Ik ben geen chef-kok, oké?'

Ik kijk naar Landon, die met zijn mond vol cupcake naar de vloer zit te staren. Ik veeg het glazuur met mijn vinger van mijn shirt, en voordat Tessa me kan tegenhouden, smeer ik het vreselijke gele goedje op haar neus.

'Hardin!' Ze probeert het weg te vegen, maar ik pak haar handen vast. De cupcakes vallen op de vloer.

'O toe nou!' Landon kijkt ons hoofdschuddend aan. 'Mijn kamer is al een puinhoop!'

Ik negeer hem en blijf het glazuur van Tessa's opgetrokken neus likken.

'Ik help je wel met opruimen!' Ze lacht wanneer ik haar wang lik.

'Weet je, ik mis die tijd toen jullie niet eens in mijn bijzijn elkaars hand wilden vasthouden,' zegt Landon klaaglijk. Hij buigt zich voorover en pakt de stukjes cupcake van de vloer.

Ik mis die tijd zeker niet en hoop dat voor Tessa hetzelfde geldt.

'Wat vond je van die ahornsiroopbrokken, Hardin?' vraagt Karen. Ze haalt een hammetje uit de oven en laat het op een snijplank glijden.

'Ging wel.' Ik haal mijn schouders op en ga aan tafel zitten. Tessa, die op de stoel naast me zit, werpt me een boze blik toe, waardoor ik vervolg: 'Ze waren lekker.' Dat levert me een glimlach van mijn meisje op. Eindelijk kom ik erachter dat kleine dingen haar aan het lachen kunnen maken. Idioot, maar zo werkt het wel, dus ik ga erin mee.

Mijn vader kijkt me aan. 'Is alles al klaar voor de grote dag?' Hij pakt zijn glas water en neemt een slok. Hij ziet er veel beter uit dan tijdens ons gesprek van vorige week op zijn kamer.

'Geen idee. Ik doe er niet aan mee, weet je nog?' Hopelijk weet hij dat nog. Hij hoopt vast dat ik van gedachten ben veranderd.

'Hoe bedoel je, je doet er niet aan mee?' komt Tessa tussenbeide. Karen kijkt op van de ham die ze aan het snijden is.

Godskolere. 'Ik kom niet naar de uitreiking, ik laat mijn bul opsturen,' antwoord ik bars. Dit wordt niet zo'n gesprek waarin ze de kans krijgt om me van gedachten te laten veranderen.

'Waarom niet?' wil Tessa weten. Mijn vader trekt een tevreden gezicht. Dit was dus zijn bedoeling. Ik had het kunnen weten.

'Omdat ik er geen zin in heb.' Ik kijk naar Landon, om steun vragend, maar hij kijkt de andere kant op. Ons gesprek van daarnet heeft dus niet veel geholpen, hij is nog altijd team-Tessa. 'Hoor eens, hou er maar over op. Ik ga er niet naartoe en ik ben niet om te praten,' zeg ik tegen haar, zo luid dat ze me allemaal kunnen horen en er geen misverstanden kunnen ontstaan.

'We hebben het er later wel over,' zegt ze dreigend en blozend.

Ja hoor, Tess, dat zal wel.

Karen komt aangelopen met de ham op een serveerschaal. Ze kijkt trots naar haar werk, en ik denk dat ze daar alle reden toe heeft. Het ruikt in elk geval lekker. Ik vraag me af of ze hier ook ahornsiroop in heeft verwerkt.

'Je moeder zei dat je naar Engeland komt,' zegt mijn vader. Hij vindt het blijkbaar niet vervelend om dit in het bijzijn van Karen te bespreken, maar ik denk dat ze al lang genoeg bij elkaar zijn om zoiets aan te durven.

'Ja.' Ik antwoord met een enkel woord en neem een hap van de ham om aan te geven dat het gesprek wat mij betreft voorbij is.

'Jij gaat ook, hè Tessa?' vraagt hij aan haar.

'Ja. Ik wacht nog op mijn paspoort, maar dan ga ik.'

Door de glimlach op haar gezicht zakt mijn ergernis een klein beetje af.

'Het zal een geweldige ervaring zijn. Je hebt me al verteld dat je erg veel van Engeland houdt, maar ik wil je waarschuwen. Het Londen van vandaag de dag is heel anders dan het Londen uit al die romans die je hebt gelezen.' Hij grijnst naar haar, en ze schiet in de lach.

'Bedankt voor de waarschuwing. Ik ben me ervan bewust dat de mist van Dickens eigenlijk smog was.'

Tessa past zo goed bij mijn vader en zijn nieuwe gezin, veel beter dan ik. Zonder haar zou ik hier niet eens zitten.

'Zorg ervoor dat Hardin je meeneemt naar Chawton. Dat is nog geen twee uur rijden van Hampstead, waar Trish woont,' stelt mijn vader voor.

Dat was ik toch al van plan, maar bedankt voor de suggestie.

'Dat zou ik enig vinden.' Tessa kijkt me aan en geeft me onder de tafel een kneepje in mijn dij. Ik weet dat ze wil dat ik tijdens het eten gezellig doe, maar mijn vader maakt het me wel erg lastig. 'Ik heb veel over Hampstead gehoord,' voegt ze eraan toe.

'Die buurt is in de loop der jaren sterk veranderd. Het is niet meer het knusse rustige dorpje van vroeger. De prijzen van onroerend goed zijn de lucht in geschoten,' zegt hij tegen haar. Alsof de prijs van onroerend goed in mijn geboorteplaats haar iets kan schelen.

'Er is heel veel te zien. Hoe lang blijven jullie?' vraagt hij.

'Drie dagen,' antwoordt Tessa. Ik ben niet van plan om haar veel te laten zien, op Chawton na. Ik ben van plan haar het hele weekend op te sluiten, zodat het weekend niet wordt verpest door spoken uit mijn verleden.

'Ik zat te denken...' Mijn vader drukt een linnen servet tegen zijn mond. 'Ik heb vanmorgen wat in het rond gebeld en een goede kliniek voor je vader gevonden.'

Tessa's vork valt uit haar hand en klettert op haar bord. Landon, Karen en mijn vader kijken haar allemaal aan, wachtend op haar antwoord.

'Wat?' Ik verbreek de stilte, zodat zij het niet hoeft te doen.

'Ik heb een erg goede kliniek gevonden. Ze bieden een programma van drie maanden voor verslaafden...'

Naast me maakt Tessa een kermend geluidje. Het is zo zacht dat verder niemand het hoort, maar ik voel het in mijn hele lijf. Hoe durft hij hier tijdens het eten over te beginnen, waar iedereen bij is!

'... de beste in Washington, maar als je wilt, kunnen we ook ergens anders kijken.' Zijn stem klinkt zacht en helemaal niet veroordelend, maar haar wangen worden rood van schaamte. Ik heb zin om mijn vaders kop van zijn lijf te rukken.

'Dit is niet het juiste moment,' zeg ik waarschuwend.

Tessa schrikt op van mijn barse toon. 'Het geeft niet, Hardin,' zegt ze. Ze kijkt me smekend aan. 'Ik ben een beetje van mijn stuk gebracht,' zegt ze beleefd.

'Nee, Tessa, het geeft wel.' Ik wend me tot Ken. 'Hoe weet je eigenlijk dat haar vader een junk is?'

Tessa krimpt opnieuw in elkaar. Ik ben zo kwaad op hem dat ik alle borden in dit huis kapot wil gooien.

'Landon en ik hebben het er gisteravond over gehad, en het leek ons allebei een goed idee om Tessa's vader te helpen. Het is voor verslaafden erg moeilijk om helemaal alleen af te kicken,' zegt hij.

'Ja, daar weet jij alles van, hè?' De woorden verlaten mijn mond voordat ik er goed en wel over heb nagedacht.

Ze hebben echter niet het beoogde effect op mijn vader, die heel even zwijgt en er verder niet op ingaat. Ik kijk naar zijn vrouw en zie het verdriet in haar ogen. 'Ja, als alcoholist die droog staat, weet ik daar alles van,' beaamt hij.

'Hoe duur is het?' vraag ik aan hem. Ik verdien genoeg om in mijn eigen levensonderhoud te voorzien, en dat van Tessa, maar een afkickkliniek? Die zijn takkeduur.

'Dat regel ik wel,' antwoordt mijn vader kalm.

'Dacht het niet.' Ik wil opstaan, maar Tessa houdt mijn arm stevig vast. Ik ga weer zitten. 'Jij gaat dat niet betalen.'

'Hardin, dat wil ik graag.'

'Misschien moeten jullie dit onder vier ogen bespreken,' oppert Landon. Wat hij eigenlijk bedoelt, is: jullie moeten dit niet in het bijzijn van Tessa uitvechten.

Ze laat mijn arm los, en op hetzelfde moment staat mijn vader op, en ik ook. Tessa kijkt niet op van haar bord wanneer we naar de woonkamer lopen.

'Het spijt me,' hoor ik Landon zeggen voordat ik mijn vader kokend van woede tegen de muur druk, maar hij duwt me met meer kracht van zich af dan ik had verwacht.

'Waarom begin je hier in godsnaam tijdens het eten over? Waar iedereen bij is? Waarom heb je het niet eerst met mij besproken?' roep ik tegen hem. Ik bal mijn vuisten.

'Ik vind dat Tessa hier ook iets over te zeggen heeft, en ik wist wel dat jij niet zou willen dat ik het betaal.' Zijn stem is, in tegenstelling tot die van mij, erg kalm. Ik ben zo ontzettend pissig en mijn bloed kookt. Ik denk aan al die andere keren dat ik woedend van de eettafel ben weggelopen. Je zou het een echte traditie van de familie Scott kunnen noemen.

'Je hebt helemaal gelijk. Dat wil ik niet. Je hoeft voor ons niet met geld te smijten. We hebben jouw geld niet nodig.'

'Dat was ook niet mijn bedoeling. Ik wil jullie alleen maar helpen.'

'Wat heb ik eraan als die waardeloze pa van haar gaat afkicken?' vraag ik, maar ik ken het antwoord al.

Hij slaakt een zucht. 'Als het goed gaat met hem, gaat het ook goed met haar. En zij is de enige die jou kan helpen. Dat weet ik, en dat weet jij.'

Ik slaak een diepe zucht en ga niet eens tegen hem in, want deze keer heeft hij gelijk. Ik heb gewoon een paar minuten nodig om te kalmeren, om in te zien wat redelijk is.

127

∞

Tessa

Tot mijn grote opluchting komen Hardin en Ken zonder bloedneuzen of blauwe ogen terug de keuken in.

Ken gaat weer zitten en legt zijn servet op zijn schoot. 'Het spijt me dat ik er tijdens het eten over begon. Dat was bijzonder ongepast.'

'Het geeft niet. Ik wil je nog bedanken voor je aanbod.' Ik dwing mezelf te glimlachen. Ik meen het, maar ik kan zijn aanbod echt niet aannemen.

'We hebben het er later nog wel over,' fluistert Hardin in mijn oor.

Ik knik. Karen staat op en begint de tafel af te ruimen. Ik heb mijn eten amper aangeraakt. Nu mijn vaders... probleem ter sprake is gekomen, heb ik geen trek meer.

Hardin schuift zijn stoel dichter naar die van mij. 'Eet dan in elk geval een toetje,' zegt hij.

Maar ik heb weer last van buikkrampen. De pijnstillers zijn uitgewerkt en de buik- en hoofdpijn zijn in alle hevigheid teruggekeerd. 'Dat zal ik proberen,' zeg ik.

Karen zet een dienblad vol met haar ahornsiroopgebak op tafel. Ik pak een cupcakeje. Hardin pakt een van de brokken en kijkt naar het perfecte bloemetje van glazuur bovenop.

'Die heb ik gemaakt,' lieg ik.

Hij glimlacht naar me en schudt zijn hoofd.

'Ik wilde dat we hier konden blijven,' zeg ik wanneer hij op de klok kijkt. Dat doet me onwillekeurig denken aan het horloge waarmee hij mijn vaders dealer heeft betaald. Is afkicken echt de beste keuze voor mijn vader? Zou hij ja zeggen tegen dat aanbod?

'Jij bent degene die zo nodig naar Seattle moest verhuizen,' moppert hij.

'Ik bedoelde hier, vanavond,' verduidelijk ik, in de hoop dat hij begrijpt wat ik bedoel.

'O nee... Ik blijf hier niet.'

'Dat wil ik wel,' zeg ik pruilend.

'Tessa, we gaan naar huis... Naar mijn huis, waar je vader logeert.'

Ik frons. Dat is precies de reden waarom ik daar niet naartoe wil. Ik heb tijd nodig om na te denken en op adem te komen, en dat gaat hier veel beter, ook al begint Ken tijdens het eten over afkicken. Dit huis is altijd al een toevluchtsoord voor me geweest, maar zeker nu, nu Hardins woning als een ware kwelling voelt.

'O.' Ik peuter aan het randje van mijn cupcake.

Ten slotte slaakt Hardin een verslagen zucht. 'Goed, dan blijven we hier.'

Ik wist wel dat ik mijn zin zou krijgen.

De rest van de tijd aan tafel is minder ongemakkelijk, maar Landon is voor zijn doen veel te stil. Ik neem me voor hem te vragen wat er mis is zodra ik Karen met afruimen heb geholpen.

'Ik vind het jammer dat ik jullie niet zo vaak meer zie.' Karen doet de klep van de vaatwasser dicht en draait zich naar me om, haar handen afvegend aan een handdoek.

'Dat vind ik ook.' Ik leun achterover tegen het aanrecht.

'Dat vind ik fijn om te horen. Je bent als een dochter voor me geworden, en ik wil dat je dat weet.' Karens onderlip trilt en haar ogen glanzen opvallend onder de felle lampen van de keuken.

'Gaat het?' vraag ik. Ik loop naar de vrouw toe om wie ik zo veel ben gaan geven.

'Ja, hoor.' Ze glimlacht. 'Het spijt me, ik ben de laatste tijd nogal emotioneel.' Ze herstelt zich en glimlacht zelfverzekerd.

'Klaar om naar bed te gaan?' Hardin komt de keuken binnen en pakt op weg naar mij een ahornbrok van de schaal. Ik wist wel dat hij ze lekkerder vond dan hij aanvankelijk liet merken.

'Ga maar, en let niet op mij.' Karen slaat haar armen om me heen en plant een hartelijke kus op mijn wang, en dan pakt Hardin me vast en sleurt me bijna de keuken uit.

Zuchtend loop ik de trap op. Er is iets mis. 'Ik maak me zorgen over haar, en over Landon,' zeg ik.

'Het gaat heus wel goed met ze,' zegt Hardin, die me voorgaat naar de deur van zijn slaapkamer. De deur van Landons kamer is dicht en ik zie geen licht door de kier vallen. 'Hij ligt al te pitten.'

Ik loop Hardins kamer in en voel me meteen op mijn gemak. Alles hier heet me welkom, van de erker tot het nieuwe bureau en de stoel die een vervanging vormen voor de meubels die Hardin tijdens zijn laatste bezoek kapot heeft gemaakt. Sindsdien ben ik nog een paar keer in dit huis geweest, maar toen lette ik niet echt op. Nu wel, nu wil ik elk detail in me opzuigen.

'Wat?' Hardins stem laat me opschrikken uit mijn gedachten.

Ik kijk om me heen en denk aan de eerste keer toen we hier samen waren. 'Ik haal gewoon herinneringen op.' Ik trek mijn schoenen uit.

Hij grijnst. 'Herinneringen?' Hij trekt razendsnel zijn zwarte T-shirt uit en gooit het naar me toe, waardoor de herinneringen nog sterker worden. 'Vertel eens wat meer.' Hij gaat verder met zijn jeans, die als een slordige hoop op de vloer belandt.

'Nou...' Ik kijk vol lome bewondering naar zijn getatoeëerde lijf. Hij steekt zijn armen omhoog en rekt zich uit. 'Ik dacht aan de eerste keer toen ik hier samen met jou was.' Dat was ook de allereerste keer dat Hardin in deze kamer heeft geslapen.

'Wat was daarmee?'

'Niks bijzonders.' Ik haal mijn schouders op en kleed me onder zijn aandachtige blik uit. Ik vouw mijn jeans en shirt op voordat ik zijn zwarte T-shirt over mijn hoofd trek.

'Doe die beha uit.' Hardin trekt een wenkbrauw op. Zijn toon is streng en zijn ogen zijn diepgroen.

Ik doe mijn beha uit en klim naast hem op het bed.

'Goed, vertel me nu eens waaraan je moest denken.' Hij pakt me bij mijn middel en laat zijn hand op mijn heup rusten. Ik ga op mijn zij liggen, zo dicht mogelijk tegen hem aan. Zijn vingertoppen raken de rand van mijn kanten slipje aan, en er trekt een huivering langs mijn ruggengraat die al snel bezit neemt van mijn hele lichaam.

'Ik dacht aan die avond toen Landon me belde.' Ik kijk naar hem op en probeer zijn reactie te peilen. 'Toen jij hier alles overhoop haalde.' Ik frons bij de herinnering aan die omvergetrokken servieskast en aan de vloer die bezaaid lag met de scherven van al die porseleinen borden die hij aan stukken had gesmeten.

'Ja, dat weet ik nog,' antwoordt hij zacht. Hij strijkt met zijn andere hand over mijn blote huid en pakt een lok van mijn haar vast. Langzaam wikkelt hij die rond zijn vingers. Zijn blik laat me geen moment los.

‘Ik was bang,’ geef ik toe. ‘Niet voor jou, maar voor wat je kon gaan zeggen.’

Hij fronst. ‘En je angst was gerechtvaardigd, hè?’

‘Ja, ik denk het wel,’ antwoord ik. ‘Maar je hebt je harde woorden meer dan goedgemaakt.’

Hij grinnikt en maakt eindelijk zijn blik van me los. ‘Ja, maar de volgende dag gedroeg ik me weer verschrikkelijk.’

Ik weet waar hij naartoe wil en probeer rechtop te gaan zitten, maar hij drukt met zijn hand op mijn heup en houdt me zo op mijn plaats.

Voordat ik iets kan zeggen, zegt hij: ‘Ik hield toen al van je.’

‘Ja?’

Hij knikt en pakt mijn heup nog steviger vast. ‘Ja.’

‘Hoe wist je dat dan?’ vraag ik zacht. Hardin heeft eerder verteld dat hij toen al wist dat hij van me hield, maar hij is er nooit dieper op ingegaan. Misschien nu wel.

‘Ik wist het gewoon. En ik weet trouwens waar je mee bezig bent.’ Hij glimlacht stralend.

‘Waarmee dan?’ Ik leg mijn hand op zijn buik, midden op de nachtvlinder die daar in inkt is aangebracht.

‘Je steekt je neus in andermans zaken.’ Hij wikkelt de lok haar waarmee hij eerder zat te spelen steviger om zijn vuist en trekt er speels aan.

‘Ik dacht dat ik degene was die aan haren trok.’ Ik giechel om mijn eigen uitspraak, en hij lacht mee.

‘Dat ben je ook.’ Hij laat mijn haar los, heel even, maar grijpt dan veel meer van mijn blonde lokken vast. Hij trekt mijn hoofd aan mijn haar naar achteren, zodat ik hem wel moet aankijken.

‘Het is al veel te lang geleden.’ Hij buigt zijn hoofd en dwingt me langzaam rechtop te gaan zitten. Met zijn neus volgt hij de lijn van mijn kaak en hals. ‘Sinds je me vanmorgen zo zat te plagen heb ik al een stijve,’ fluistert hij, het bewijs tussen mijn dijen drukkend. De warmte van zijn adem op mijn huid is bijna niet te verdragen. Ik spartel heen en weer, niet alleen door zijn intense blik, maar ook door wat hij zegt.

‘Daar ga jij iets aan doen, hè?’ Het is niet echt een vraag, meer een bevel.

Hij trekt mijn hoofd aan mijn haar op en neer, zodat ik ja knik. Ik wil hem verbeteren en zeggen dat hij degene is die mij vanochtend heeft geplaagd, maar ik zeg niets. Ik geniet hier veel te veel van. Zonder een woord te zeggen laat Hardin mijn haar en mijn heup los. Hij gaat op zijn knieën zitten en trekt met koude handen mijn T-shirt omhoog zodat mijn buik en borsten worden ontbloot. Zijn gretige vingers reiken naar mijn borsten en zijn tong dringt in mijn mond. Ik sta meteen in vuur en vlam. Alle stress van de afgelopen vierentwintig uur valt van me af nu Hardin al mijn zintuigen prikkelt.

'Rechtop, tegen het hoofdeinde,' beveelt hij, nadat hij het shirt over mijn hoofd heeft getrokken. Ik doe wat hij zegt en laat mijn lichaam zakken totdat mijn schouders tegen het midden van het grote, donkergrijze hoofdeinde rusten. Hardin trekt zijn boxershort naar beneden en tilt een voor een zijn knieën op om het ding uit te kunnen trekken.

'Lager, schatje.'

Ik laat me een stukje zakken en hij knikt goedkeurend. Dan schuift hij op zijn knieën over het bed naar me toe en gaat recht voor me zitten. Mijn tong glijdt mijn mond uit, verlangend om zijn huid te proeven. Mijn kaak ontspant en Hardin sluit zijn vuist rond zijn erectie. Ik kijk vol ontzag toe wanneer hij die met langzame, pompende bewegingen naar mijn lippen brengt. Ik doe mijn mond verder open en Hardin strijkt met zijn duim over mijn onderlip om mijn mond een klein beetje verder te kunnen openen voordat zijn duim wordt... vervangen. Hij dringt langzaam mijn mond binnen en geniet er duidelijk van om mijn tong over elke centimeter van hem te voelen glijden.

'Verdomme,' kreunt hij boven me. Ik kijk op en zie dat hij me met fonkelende ogen aankijkt. Hij grijpt met zijn ene hand het hoofdeinde vast om te voorkomen dat hij zijn evenwicht verliest wanneer hij zich terugtrekt en opnieuw mijn mond in glijdt.

'Meer,' zegt hij hijgend. Ik grijp zijn billen vast en trek hem dichter tegen me aan. Mijn mond sluit zich om hem heen, en ik neem hem langzaam in me op. Ik geniet hier net zo van als hij. Hij voelt als zijde op mijn tong, en zijn gejaagde ademhaling en de lage toon waarop hij mijn naam zegt, vertellen me hoe lekker hij dit vindt. Ik zie dat zijn buikspieren samentrekken en verstijven, en ik weet wat er volgt.

Het is alsof hij mijn gedachten kan lezen, want hij zegt kreunend: 'Ik kom bijna klaar.' Zijn bewegingen worden sneller en harder. Ik druk mijn dijen tegen elkaar om iets van de spanning weg te nemen en zuig harder. Tot mijn verbazing trekt hij zich terug uit mijn mond en komt hij klaar over mijn blote borsten. Hij zegt nogmaals kreunend mijn naam en leunt dan uitgeput naar voren, met zijn voorhoofd tegen het hoofdeinde. Ik wacht geduldig totdat hij weer op adem is gekomen en naast me is gaan zitten.

Hij steekt zijn hand uit en wrijft het goedje tot mijn ontzetting verder uit over mijn borst. Hij kijkt er even naar en kijkt mij dan recht aan.

'Allemaal van mij.' Hij grijnst brutaal en plant een zachte zoen op mijn open mond.

'Ik...' Ik staar naar mijn kleverige borsten.

'Je vindt het lekker.' Hij lacht en ik ontken het niet. 'Het staat je goed.' Uit de blik die hij op mijn glanzende huid werpt kan ik opmaken dat hij dat echt denkt.

'Je bent een viezerik,' is het enige wat ik kan bedenken.

'O ja? Jij ook.' Hij knikt naar mijn borsten, grijpt me bij mijn heupen en trekt me van het bed.

Ik slaak een gilletje en hij drukt snel een hand tegen mijn mond. 'Stil nou, we hebben geen zin in publiek wanneer ik je op het bureau pak, of wel soms?'

128

∞

Hardin

De geur van koffie dringt mijn neusgaten binnen en ik steek mijn hand uit naar Tessa omdat ik weet dat ze dichtbij moet zijn. Wanneer ik niets voel, doe ik mijn ogen open. Er staan twee koppen koffie op de ladekast en Tessa is bezig haar tas in te pakken.

'Hoe laat is het?' vraag ik, in de hoop dat het nog vroeg is.

'Bijna twaalf uur,' antwoord ze.

Shit. Ik heb de halve dag liggen pitten.

'Ik heb alles ingepakt en ik heb ook al ontbeten. We kunnen zo dadelijk lunchen,' zegt ze glimlachend. Ze heeft ook gedoucht en is al aangekleed. Ze draagt opnieuw die jeans, die strakke.

Ik dwing mezelf uit bed te komen en probeer me in te houden. Het liefste was ik nu naar haar uitgevallen omdat ze me niet wakker heeft gemaakt. 'Goed,' antwoord ik, en ik wil mijn broek van de vloer rapen. Alleen ligt die niet meer op de vloer.

'Hier.' Tessa geeft me mijn jeans aan, die natuurlijk is opgevouwen.

'Gaat het?' Ze moet mijn vijandigheid hebben gevoeld.

'Ja, hoor.'

'Hardin,' dringt ze aan. Dat had ik kunnen weten.

'Het gaat prima. Dit weekend is gewoon te snel gegaan.'

Haar glimlach weet mijn ijzige stemming te ontdooien. 'Ja, dat zeker,' beaamt ze.

Ik heb zo de pest aan dat apart wonen. Ik haat het.

'We hoeven het alleen maar tot donderdag vol te houden,' zegt ze, in een poging de afstand minder groot te maken.

'Wat heeft Karen voor de lunch klaargemaakt?' verander ik van onderwerp. 'Niets met ahornsiroop, hoop ik.'

Ze schiet in de lach. 'Nee, geen siroop.'

Landon zit aan tafel te mokken wanneer we de eetkamer binnenlopen. Op hetzelfde moment komt Karen binnen met een dienblad vol broodjes. Tessa gaat naast hem zitten en vraagt hoe het gaat.

'Het gaat wel, hoor, ik voel me alleen niet zo lekker,' zegt hij.

Ik had nooit gedacht dat hij tegen haar zou liegen.

'Weet je het zeker? Het is namelijk niks voor jou...'

'Tessa...' Hij steekt een hand uit, en echt, als hij het waagt om haar... 'Het gaat echt wel.' Hij glimlacht en laat zijn hand zakken. Ik steek snel mijn hand uit naar de hare en leg die in mijn schoot, met de mijne eroverheen.

Het gesprek aan tafel is zo saai dat ik er niet aan meedoe. Al snel is het tijd om Tessa terug te brengen naar Seattle. Ik word er wederom aan herinnerd dat ik een achterlijke idioot ben omdat ik niet met haar mee ben verhuisd.

'Ik zie je nog wel voordat je vertrekt, hè?' vraagt Tessa. Haar ogen vullen zich met tranen wanneer Landon haar bij wijze van afscheid een knuffel geeft. Ik kijk de andere kant op.

'Ja, natuurlijk. Misschien kan ik je een keer komen opzoeken wanneer jij weer terug bent van je bezoek aan de koningin?' grapt hij, waarmee hij haar aan het lachen maakt. Ik vind het fijn dat hij een poging doet om haar op te vrolijken, zeker omdat ik weet dat ik degene ben die de wind van voren zal krijgen zodra ze erachter komt dat hij en Dakota het hebben uitgemaakt en ik dat voor haar verborgen heb gehouden.

Tien minuten later moet ik Tessa bijna het huis uit slepen. Karen is veel verdrietiger dan je van een weldenkend mens zou verwachten en zegt tegen Tessa dat ze van haar houdt, wat behoorlijk gestoord is.

'Is het heel erg dat ik me bij jou familie meer op mijn gemak voel dan bij mijn eigen familie?' vraagt Tessa wanneer we ongeveer een kwartier onderweg zijn en al die tijd niets hebben gezegd.

'Ja.'

Ze kijkt me even boos aan, en ik rol met mijn ogen omdat ze zogenaamd kwaad is. 'Onze families zijn allebei geschift,' zeg ik. Ze knikt en zegt verder niets meer.

Hoe dichter we bij Seattle komen, hoe sterker mijn onrust wordt. Ik wil niet weer een hele week van haar gescheiden zijn. Vier dagen zonder Tessa voelt godverdomme als een heel leven.

Zodra ik terug ben, ga ik meteen naar de sportschool.

129

∞

Tessa

Op maandagmorgen ben ik een half uur te vroeg voor mijn afspraak en neem ik plaats in een van de in massa geproduceerde, blauwgeruite stoelen in de wachtkamer die bijna helemaal vol zit. Overal zitten huilende kinderen en hoestende vrouwen. Ik wil afleiding zoeken in een tijdschrift, maar het enige blad dat ik kan vinden, is iets over ouderschap en staat vol met advertenties voor luiers en 'revolutionaire' tips over borstvoeding.

'Young? Theresa Young?' Een oudere vrouw leest op luide toon mijn naam voor van een klembord. Ik sta snel op en loop om een peuter heen die met een speelgoedautootje in zijn hand op de vloer zit. Het autootje rolt over mijn schoen heen en het kind begint te lachen. Ik kijk glimlachend op hem neer en word beloond met een aanbiddelijk lachje.

'Hoe ver ben je?' vraagt een vrouw van wie ik vermoed dat ze de moeder van het jochie is. Haar blik gaat naar mijn buik, waarop ik als vanzelf een hand leg.

Een ongemakkelijk lachje ontsnapt me. 'O! Nee, ik ben niet...'

'Sorry!' Ze wordt rood. 'Ik nam aan van wel, al zie je er niet zo uit... Ik dacht gewoon...'

Ik voel me iets beter nu blijkt dat ze zich net zo opgelaten voelt als ik. Vragen hoe ver een vrouw is, is nooit verstandig, en al helemaal niet als je niet weet of ze zwanger is. De vrouw schiet in de lach. 'Nou, dan weet je dit alvast voor als het ooit zover is: ben je eenmaal moeder, dan flap je er van alles uit.'

Ik wil er niet eens aan denken. Ik heb geen tijd om over de toekomst na te denken die, als ik met Hardin wil samenleven, altijd kinderloos zal blijven. Ik zal nooit een aanbiddelijke peuter hebben die met een autotje over mijn schoen rijdt of op mijn schoot klautert. Ik draai me na een laatste blik op het kind om en loop met een beleefde glimlach naar de verpleegkundige.

Ze geeft me een bekertje dat ik in het toilet op de gang mag vullen, zodat ze een zwangerschapstest kunnen doen. Hoewel ik ongesteld ben, maakt die gedachte me toch zenuwachtig. Hardin en ik hebben de laatste tijd helemaal niet opgelet, en het laatste waaraan we behoefte hebben, is een ongeplande zwangerschap. Dat zou voor hem echt de druppel zijn en mijn leven volledig op zijn kop zetten.

Wanneer ik de volle beker teruggeef aan de verpleegkundige neemt ze me mee naar een lege kamer waar ze mijn bloeddruk meet. 'Ontspan je maar, lieverd,' beveelt ze daarna op vriendelijke toon, en ik doe wat me wordt gezegd. Nadat ze mijn temperatuur heeft gemeten verdwijnt ze, en een paar minuten later wordt er op de deur geklopt. Een keurig uitziende man van middelbare leeftijd met grotendeels grijs haar komt binnen. Hij zet een bril met dikke glazen af en steekt me zijn hand toe.

'Ik ben dokter West. Aangenaam kennis te maken, Theresa,' zegt hij vriendelijk. Ik had op een vrouwelijke arts gehoopt, maar hij lijkt me wel aardig, al had ik liever een iets minder knappe arts gehad. Dat had de toch al onaangename ervaring ongetwijfeld iets gemakkelijker voor me gemaakt.

Dokter West stelt heel veel vragen waarvan de meeste me een vreselijk opgelaten gevoel geven. Ik kan niet anders dan bekennen dat Hardin en ik meer dan eens onveilig hebben gevreeën en moet tijdens die bekentenis mijn best doen om mijn blik niet af te wenden. Halverwege de gênante ervaring komt de verpleegkundige binnen en legt een vel papier op het bureau. Dokter West kijkt er even naar, en totdat hij weer het woord neemt, houd ik mijn adem in.

Hij schenkt me een warme glimlach. 'Nou, je bent niet zwanger, dus we kunnen beginnen.'

Ik laat adem ontsnappen waarvan ik niet eens had beseft dat ik die inhield.

Hij somt een hele rij voorbehoedmiddelen op, die deels volkomen onbekend voor me zijn, en uiteindelijk kiezen we voor de prikpil.

'Voordat ik je een injectie geef, wil ik een inwendig onderzoek doen. Vind je dat goed?'

Ik knik en slik mijn zenuwen weg. Ik weet niet waarom ik me zo ongemakkelijk voel. Hij is gewoon een arts en ik ben een volwassen vrouw. Ik had deze afspraak na mijn menstruatie moeten plannen. Toen ik belde voor een afspraak, had ik niet eens aan het inwendig onderzoek gedacht. Ik wilde gewoon van Hardins gezeur af zijn.

'We zijn bijna klaar,' meldt dokter West. Het onderzoek verloopt snel en is gelukkig lang niet zo gênant als ik had verwacht.

Hij kijkt op, met een diepe frons op zijn voorhoofd. 'Heb je ooit eerder een inwendig onderzoek laten doen?'

'Nee, ik geloof het niet,' zeg ik zacht. Ik weet zeker van niet, maar door de zenuwen weet ik niet goed wat ik moet zeggen. Mijn blik gaat naar het scherm voor hem. Hij beweegt het apparaat vlak boven mijn bekken heen en weer.

'Mmm,' mompelt hij in zichzelf. Mijn ongerustheid neemt toe. Had de test soms ongelijk en ben ik wel zwanger? Paniek welt in me op. Ik ben te jong, ik ben nog lang niet klaar met mijn studie, Hardin en ik weten niet waar we aan toe zijn...

'Ik maak me een klein beetje zorgen over je baarmoedermond die is verkort,' merkt hij ten slotte op. 'Er is op dit moment geen reden tot onrust, maar ik wil graag dat je een nieuwe afspraak maakt voor verder onderzoek.'

'Geen reden tot onrust?' Mijn mond wordt droog, mijn maag draait zich om en het zweet breekt me uit. 'Wat betekent dat?'

'Tot nu toe niets... Maar ik wil het graag zeker weten,' zegt hij, op allerminst overtuigende toon.

Ik kom overeind en trek mijn kleren naar beneden. 'Wat zou het kunnen betekenen?'

'Nou...' Dokter West duwt zijn bril met de dikke glazen omhoog op zijn neus. 'In het ergste geval dat je onvruchtbaar bent, maar om dat met zekerheid te kunnen zeggen, is er echt meer onderzoek nodig. Maar ik zie geen cysten,' zegt hij met een gebaar naar het scherm, 'en dat is meestal een goed teken.'

Het voelt alsof mijn hart naar de koude stenen vloer zakt. 'Hoe... hoe groot is de kans dat ik onvruchtbaar ben?' Ik hoor mijn eigen stem niet eens, en ook niet mijn eigen gedachten.

'Dat kan ik niet zeggen. Dit is geen diagnose. Ik zei "in het ergste geval", maar pieker er niet over totdat we nader onderzoek hebben verricht. Ik wil je vandaag de injectie geven, wat bloed afnemen, en dan een vervolgafspraak maken.' Na een korte stilte voegt hij eraan toe: 'Goed?'

Ik knik, niet in staat iets te zeggen. Hij zei weliswaar dat het geen diagnose was, maar zo voelde het wel. Ik voel het akelige gekriebel langs mijn ruggengraat dat altijd het eerste teken is dat ik me vreselijk veel zorgen maak. In de stille kamer is alleen het bonzen van mijn hart te horen. Ik weet dat ik veel te paniekerig reageer, maar het kan me niet schelen.

'Dit komt heel vaak voor. Maak je maar niet druk. We gaan het verder uitzoeken, het komt wel goed,' zegt hij tamelijk stijfjes. Hij loopt de kamer uit, zodat ik in mijn eentje met het wrede, nare resultaat achterblijf. Hij kan niet weten of het goed komt, want zekerheden bestaan niet, maar hij is er vrij onbewogen onder. Waarom kan ik mijn onrust niet van me afschudden?

De injectie wordt me toegediend door de verpleegkundige, die opeens in een soort moederkloek is veranderd en vertelt over haar kleinkinderen die zo dol zijn op zelfgebakken koekjes. Ik zeg vrijwel niets, net genoeg om niet onbeleefd te zijn. Ik ben misselijk.

Ze geeft een uitgebreide uitleg over mijn nieuwe voorbehoedmiddel en bespreekt de voor- en nadelen die ik ook al van dokter West heb gehoord. Ik vind het heerlijk dat ik niet meer ongesteld zal worden al kijk ik er niet naar uit om een paar kilo aan te komen. Waarschijnlijk is het een eerlijke ruil.

Ze zegt dat de prikpil meteen werkt omdat ik nu ongesteld ben, maar raadt me wel aan om de komende drie dagen nog veilig te vrijen. Vervolgens herinnert ze me eraan dat dit anticonceptiemiddel alleen voorkomt dat ik zwanger word en me niet beschermt tegen een soa.

Nadat ik een afspraak heb gemaakt voor het gevreesde vervolgonderzoek ga ik meteen door naar het centrum van de stad om pasfoto's te laten maken en de aanvraag voor mijn paspoort af te ronden. Natuurlijk heeft meneer Vance voor alles betaald. Ik krimp ineen bij de gedachte dat zo veel mensen om me heen het niet erg vinden om zo veel geld aan me uit te geven.

Iedere vrouw die ik buiten op straat zie, lijkt zwanger te zijn of een kind in haar armen te hebben. Ik had die arts niet om meer informatie moeten vragen, want nu ga ik me de komende drie weken – want zo lang duurt het tot aan de volgende afspraak – natuurlijk van alles in het hoofd halen. Drie weken waarin ik mezelf helemaal gek kan maken, drie weken om me druk te maken over de vraag of ik eigenlijk wel zwanger kan worden. Ik weet waarom die twijfel zo pijnlijk is; ik had gedacht dat ik vrede had met het idee dat ik nooit kinderen zal krijgen. Ik kan nog niets tegen Hardin zeggen, niet zolang ik het niet zeker weet. Al zal hij zeker niet van mening veranderen.

Terug in de auto stuur ik een berichtje aan Hardin om te zeggen dat de afspraak goed is verlopen, en daarna rijd ik terug naar het huis van Christian en Kimberly. Wanneer ik daar aankom, heb ik mezelf ervan weten te overtuigen dat ik de rest van de week niet meer aan dit onderwerp hoef te denken. Dokter West heeft immers ook gezegd dat ik me geen zorgen hoef te maken. Het lege gevoel in mijn binnenste vertelt een heel ander verhaal, maar ik besluit het te negeren. Ik ga naar Engeland. Voor de eerste keer van mijn leven zal ik de staat Washington verlaten, en dat is heel erg spannend. Ik ben zenuwachtig, maar het is o zo spannend.

130

∞

Hardin

Tessa ziet eruit alsof ze elk moment kan flauwvallen. Ze loopt nogmaals haar lijstje na, met haar pen tussen haar tanden geklemd. Blijkbaar heeft het vooruitzicht van een reis naar de andere kant van de wereld haar nog neurotischer gemaakt dan ze al was.

‘Weet je zeker dat je alles hebt?’ vraag ik op sarcastische toon.

‘Wat? Ja,’ zegt ze verontwaardigd, waarna ze voor de tiende keer sinds we op het vliegveld zijn aangekomen in haar handbagage kijkt.

‘Als we nu niet naar binnen gaan, missen we onze vlucht,’ zeg ik waarschuwend.

'Dat weet ik.' Ze kijkt naar me op, nog altijd door die tas woelend. Ze is gek. Ze is ontzettend schattig, maar ook stapelgek. 'Weet je zeker dat je je auto hier wilt achterlaten?' vraagt ze.

'Ja. Het is namelijk een parkeerplaats. Daar kun je parkeren.' Ik wijs naar het bord boven ons hoofd dat aangeeft dat dit het terrein voor langparkeerders is en zeg: 'Voor auto's die wel even alleen kunnen zijn.'

Tessa staart me met een nietszeggend gezicht aan, alsof ik helemaal niets heb gezegd.

'Geef je spullen maar hier,' zeg ik. Ik trek die vreselijke tas, die toch al veel te zwaar voor haar is, van haar schouder. Ze heeft er zo'n beetje haar hele hebben en houwen in gepropt.

'Dan pak ik de koffer.' Ze reikt naar het handvat van de rolkoffer.

'Nee, het gaat wel. En rustig maar, het komt allemaal wel goed,' verzeker ik haar.

Ik zal nooit vergeten hoe druk ze vanmorgen deed. Ze bleef onze kleren opvouwen en heeft de koffer ik weet niet hoeveel keer opnieuw ingepakt voordat ze tevreden was. Ik heb er verder niets over gezegd omdat ik weet dat ze niet aan dit soort dingen gewend is. En hoewel ze me misschien wel op de zenuwen werkt, vind ik het ook spannend. Het is spannend dat ik haar kan meenemen op haar eerste reis naar het buitenland en dat ik straks zie dat haar blauwgrijze ogen nog groter worden wanneer we tussen de wolken vliegen. Om die reden heb ik ervoor gezorgd dat ze een zitplaats bij het raampje heeft.

'Klaar?' vraag ik. De schuifdeuren gaan automatisch open, alsof ze ons begroeten.

'Nee.' Ze glimlacht nerveus, en ik voer haar mee de drukke vertrekhal in.

'Je gaat toch niet flauwvallen, hè?' fluister ik tegen Tessa, die heel erg bleek ziet. Ik pak een van haar trillende handen van haar schoot en geef die een geruststellend kneepje. Ze glimlacht even naar me, en dat is een aangename verandering ten opzichte van de frons die vanaf de ticketcontrole tot aan hier haar gezicht ontsierde.

De medewerker die haar bagage controleerde, probeerde haar te versieren: ik herkende die stompzinnige grijns op zijn smoel toen ze naar hem glimlachte. Ik heb dezelfde stompzinnige grijns. Ik had het volste recht om tegen hem te zeggen dat hij moest oprotten, maar natuurlijk was ze het niet met me eens, en daarom loopt ze al te fronsen sinds ze me bij de bagagecontrole vandaan sleepte. Ik had nog net de kans om mijn middelvinger naar die lul op te steken. 'Wees maar blij dat hij zo kippig was,' mompelde ze, telkens over haar schouder kijkend.

Haar stemming werd nog slechter toen ik erop aandrong dat ze haar vestje dichtknoopte. Die oude vent naast me is gewoon een viezerik, en Tessa mag blij zijn dat ze bij het raampje zit, zodat ik haar tegen hem kan beschermen. Maar ze is natuurlijk heel erg koppig en weigert haar vestje dicht te knopen en dus kan de hele wereld haar tieten zien. Oké, zo laag uitgesneden is haar blouse nu ook weer niet, maar als ze zich vooroverbuigt, kijk je recht in haar beha. Ze heeft al mijn protesten genegeerd en gezegd dat ik niet de baas over haar moet spelen. Dat probeer ik ook niet te doen. Ik wil alleen niet dat andere mannen kwijlend naar haar nogal opvallende borsten gaan zitten staren.

'Nee, het gaat wel,' antwoordt ze nu, maar haar ogen vertellen een ander verhaal.

'We kunnen nu elk moment opstijgen.' Ik kijk op naar de stewardess die door het gangpad loopt en voor de derde keer de bagagevakken boven onze hoofden controleert. Die zitten allemaal goed dicht, mens, laten we nu maar vertrekken voordat ik een overspannen Tessa naar buiten moet dragen. Al zou uitstel me eerlijk gezegd wel goed uitkomen.

'Dit is je laatste kans om uit te stappen. Je kunt geen geld terugvragen, maar ik zal de tickets wel op je rekening zetten.' Ik strijk een losse lok haar achter haar oor, en ze laat me de flauwste glimlach zien die ik ooit heb gezien. Ze is nog altijd boos op me, maar door de zenuwen is ze nu wel milder gestemd.

'Hardin,' zegt ze zacht en klaaglijk. Ze laat haar hoofd tegen het raam rusten en doet haar ogen dicht. Ik vind het vreselijk dat ze zo nerveus is, want daar krijg ik ook de zenuwen van, en ik was al gespannen vanwege deze reis. Ik steek mijn hand uit en trek het luikje voor haar raam naar beneden. Misschien helpt dat.

'Hoe lang duurt het nog?' vraag ik kortaf aan de stewardess die nu onze stoelen passeert.

Haar blik gaat even van Tessa naar mij, en ze trekt vrij arrogant haar wenkbrauwen op. 'Een paar minuten.' Ze dwingt zichzelf tot een glimlach omdat dat nu eenmaal bij haar werk hoort. De man naast me beweegt ongemakkelijk heen en weer en ik wilde dat ik een extra ticket had gekocht, zodat ik niet naast zo'n irritante lul had hoeven zitten. Hij ruikt naar oude tabak.

'Het duurt nu al...' begin ik, maar dan legt Tessa haar hand op die van mij. Ze heeft haar ogen weer opengedaan en smeekt me met haar blik om niet moeilijk te gaan doen. Ik haal diep adem en doe even mijn ogen dicht om tot rust te komen.

'Goed,' zeg ik. Ik wend me af van de stewardess, die doorloopt.

'Dank je,' zegt Tessa bijna geluidloos. Ze laat haar hoofd niet meer tegen het raampje rusten, maar tegen mijn arm. Ik geef haar een klopje op haar dij en geef aan dat ze naar voren moet buigen, zodat ik een arm om haar heen kan slaan. Ze kruipt tegen me aan en slaakt een tevreden zucht wanneer ik mijn greep verstevig. Wat een heerlijk geluid is dat toch.

Het vliegtuig taxiet langzaam naar de startbaan en Tessa knijpt haar ogen stijf dicht.

Tegen de tijd dat we in de lucht zijn, heeft ze het luikje opengedaan en kijkt ze vol verwondering naar de steeds kleiner wordende wereld onder ons. 'Dit is fantastisch.' Ze lacht breeduit. De kleur is weer terug op haar gezicht. Ze straalt van opwinding en dat is heel erg aanstekelijk. Ik vecht tegen mijn lach, maar dat is onmogelijk, zeker wanneer ze zegt dat 'alles zo klein' is.

'Zie je wel, dat viel best mee. We zijn nog niet neergestort,' merk ik luid op.

Her en der beginnen passagiers die me hebben gehoord te mompelen en geërgerd te kuchen, maar dat kan me geen reet schelen. Tessa begrijpt mijn gevoel voor humor in elk geval wel en rolt even met haar ogen voordat ze me een speelse por geeft. 'Stil nou,' zegt ze waarschuwend, en ik grinnik.

Een uur of drie later begint ze rusteloos te worden. Dat had ik wel kunnen voorspellen. We hebben naar een vreselijk slecht filmpje van de luchtvaartmaatschappij gekeken en al twee keer door het tijdschrift vol cadeau-ideeën gebladerd. Inmiddels zijn we het erover eens dat een hondenmand in de vorm van een tv geen tweeduizend dollar hoeft te kosten.

'Het gaan nog negen lange uren worden,' zeg ik tegen haar.

'Nu nog maar zes,' verbetert ze me. Haar vingers volgen de vorm van de tattoo boven mijn pols, die van het hart en het teken voor oneindig.

'Nog maar zes,' herhaal ik. 'Ga even een dutje doen.'

'Dat lukt me niet.'

'Waarom niet?'

Ze kijkt naar me op. 'Wat denk je dat mijn vader nu aan het doen is? Ik bedoel, ik weet dat Landon vorige keer op hem heeft gepast toen jij er niet was, maar nu zijn we drie dagen weg.'

Shit. 'Het komt wel goed.' Hij zal het niet leuk vinden, maar hij komt er wel overheen en zal ons later dankbaar zijn.

'Ik ben blij dat we nee hebben gezegd tegen dat aanbod van je vader,' zegt ze.

Kut. 'Waarom?' vraag ik met verstikte stem, haar onderzoekend aankijkend.

'Die afkickkliniek is veel te duur.'

'Ja, en?'

'Ik zou me er niet lekker bij voelen als jouw vader zo veel geld uitgaf aan mijn vader. Het is niet zijn verantwoordelijkheid, en we weten niet eens zeker...'

'Hij is verslaafd aan drugs, Tessa.' Ik weet dat ze daar niet aan wil, maar het is waar. 'En waarom zou mijn vader niet betalen?'

Zodra we geland zijn, moet ik Landon bellen om te vragen hoe het met het 'gesprek' is gegaan. Ik hoop met heel mijn hart dat haar lul van een pa ja heeft gezegd, maar ik voel me schuldig omdat we haar er niet bij hebben betrokken. Ik heb hier urenlang over nagedacht terwijl ik in de sportschool een boksbal stond te bewerken, maar uiteindelijk bleek de oplossing heel eenvoudig. Of Richard gaat op kosten van mijn pa afkicken, of hij verdwijnt voor altijd uit Tessa's leven. Ik sta niet toe dat zijn verslaving haar probleem wordt. Ik bezorg haar al genoeg problemen, daar hoeft hij niet nog meer stress aan toe te voegen. Ik heb Landon de opdracht gegeven om Richard te vertellen wat zijn opties zijn. Als Landon dat doet, is de kans dat het uit de hand loopt veel kleiner dan wanneer ik me ermee bemoei. Het zint me helemaal niet dat mijn vader nu degene is die Tessa's vader helpt, maar ik kan onmogelijk nee zeggen tegen zijn aanbod om alles te betalen. Dat wil ik wel, maar dat kan ik me niet veroorloven.

'Ik weet het niet.' Ze slaakt een zucht en kijkt weer naar buiten. 'Ik moet erover nadenken.'

'Nou...' begin ik, maar ze fronst bij het horen van mijn toon.

'Wat heb je uitgespookt?' Ze knijpt haar ogen halfdicht en wendt zich van me af, maar ze kan niet aan me ontsnappen en moet totdat we landen naast me blijven zitten.

'We hebben het er later nog wel over.' Ik kijk even naar de man naast me. Ze zouden die stoelen echt breder moeten maken. Als de leuning tussen Tessa en mij niet omhoog was geklapt, had ik zo'n beetje bij die kerel op schoot gezeten.

Ze spert haar ogen open. 'Je hebt hem naar een kliniek gestuurd, hè?' Haar toon is indringend, maar ze fluistert om te voorkomen dat andere passagiers haar horen.

'Ik heb je vader helemaal nergens naartoe gestuurd.' Dat is waar. Ik weet helemaal niet of hij ja heeft gezegd.

'Maar je hebt het wel geprobeerd?'

'Misschien,' geef ik toe.

Ze schudt ongelovig haar hoofd en laat haar hoofd tegen de hoofdsteun rusten, voor zich uit starend.

'Ben je boos op me?' vraag ik.

Ze schenkt me geen aandacht.

'Theresa...' zeg ik, zo luid dat mijn woorden het gewenste effect hebben. Haar ogen vliegen open en ze kijkt me aan.

'Ik ben niet boos,' fluistert ze. 'Het verbaast me alleen, en ik weet nog niet goed wat ik ervan vind, oké?'

'Oké.' Ze reageert veel rustiger dan ik had verwacht.

'Ik kan er gewoon niet tegen wanneer je dingen voor me verborgen houdt. Jij doet dat, mijn moeder doet dat... Ik ben geen klein kind meer. Ik kan het leven heus wel aan, of denken jullie soms van niet?'

Ik houd me in en zeg niet het eerste wat in me opkomt. Ik word hier steeds beter in. 'Dat kun je zeker,' beaam ik op kalme toon, 'maar daarom wil ik nog wel voorkomen dat jij je druk gaat maken over van alles en nog wat.'

Haar blik verzacht. Ze knikt even. 'Dat snap ik, maar je moet niet langer dingen voor me geheimhouden. Als het om jou, Landon of mijn vader gaat, dan wil ik het weten. Ik kom er vroeg of laat toch wel achter. Waarom zou je het onvermijdelijke uitstellen?' vraagt ze.

'Goed,' zeg ik, zonder uit te wijden. 'Van nu af aan zal ik niet langer allerlei gezeik voor je geheimhouden.' Ik zeg niet dat dat ook voor dingen uit het verleden geldt. Ik bedoel ermee dat ik dat vanaf dit moment niet meer zal doen.

Er glijdt een emotie over haar gezicht die ik niet kan benoemen. Het lijkt wel schuldgevoel. 'Tenzij het iets is wat ik beter niet kan weten,' voegt ze er zacht aan toe.

Goed...

'Over wat voor soort dingen hebben we het dan?' vraag ik.

'Ook over dingen die jij beter niet kunt weten. Zoals bijvoorbeeld het feit dat mijn gynaecoloog een man is,' meldt ze.

'Wat?' Het is nooit bij me opgekomen dat Tessa's dokter een man zou kunnen zijn.

'Zie je wel, dat had je beter niet kunnen weten.' Ze probeert niet eens haar bijdehante lachje te verbergen. Ze wist wel dat ik kwaad en jaloers zou worden.

'Je gaat een nieuwe dokter zoeken.'

Ze schudt langzaam haar hoofd om aan te geven dat daarvan geen sprake kan zijn. Ik buig me voorover en fluister in haar oor: 'Je hebt geluk dat de toiletten aan boord te klein zijn om te neuken.' Haar ademhaling stokt even, en ze klemt meteen haar dijen tegen elkaar. Ik vind het heerlijk om te zien dat ze onmiddellijk op mijn vieze praatjes reageert en dat mijn strategie om haar, en mezelf, af te leiden werkt.

'Ik zou je tegen de deur drukken en je tegen de muur pakken.' Ik schuif mijn hand omhoog over haar dij. 'Ik zou een hand voor je mond houden om te voorkomen dat iedereen je kon horen schreeuwen.'

Ze hapt naar adem.

'Het zou zo lekker zijn, met jouw benen om me heen en je handen die aan mijn haar trekken.'

Haar ogen worden groot, haar pupillen ook, en waarom zijn die toiletten zo godverdomde klein? Je kunt daar niets eens je armen uitsteken zonder de wanden te raken. Als je meer dan duizend dollar voor een retourtje betaalt, mag je toch wel verwachten dat je tijdens de lange vlucht je meid op het toilet een beurt kunt geven.

'Je kunt je benen wel tegen elkaar drukken, maar daarmee gaat dat gevoel niet weg,' fluister ik in haar oor. Ik klap haar tafeltje naar beneden, zodat ik ongezien mijn hand tussen haar dijen kan stoppen. 'Daar kan alleen ik iets aan doen.' Ze trekt een gezicht alsof alleen al mijn woorden haar kunnen laten klaarkomen. 'Wat zal de rest van de vlucht ongemakkelijk zijn, met een doorweekt slipje.' Ik druk een kus onder haar oor en plaag haar nog iets meer met mijn tong.

De man naast me kucht.

'Is er iets?' vraag ik hem. Het kan me geen zak schelen of hij me heeft gehoord. Hij schudt snel zijn hoofd en richt zijn aandacht weer op de e-reader in zijn hand. Ik buig me voorover, zodat ik de eerste alinea op het zwak verlichte schermpje kan lezen, en ik zie de naam 'Holden' staan. Dat maakt me meteen aan het lachen. Alleen pretentieuze mannen van middelbare leeftijd en bebaarde hipsters lezen graag *The Catcher in the Rye.* Wat is er in godsnaam zo leuk aan een bevoorrechte stalkende tiener? Niets.

'Zal ik verdergaan?' Ik richt me weer tot Tessa, die nu zit te hijgen.

'Nee.' Ze klapt het tafeltje omhoog en maakt zo een einde aan mijn lol.

'Nog maar vijf uur te gaan.' Ik lach naar haar en probeer te negeren dat ik een enorme stijve krijg van de gedachte aan hoe nat ze nu moet zijn.

'Je bent een lul,' fluistert ze. Die glimlach waarop ik zo gek ben, speelt rond haar lippen.

'En je bent gek op me,' kaats ik terug, waardoor die lach nog breder wordt.

Heathrow was niet zo erg als in mijn herinnering. We konden vrij snel onze bagage ophalen. Tessa zei niet veel, en haar hand in de mijne was de bevestiging van het feit dat ze zich niet al te druk maakte over de afkickkliniek. De huurauto stond al voor ons klaar, en ik zag dat Tessa meteen naar de verkeerde kant van het voertuig liep.

Tegen de tijd dat we in Hampstead aankomen, is ze al in slaap gevallen. Ze probeerde wakker te blijven en naar buiten te kijken, maar ze kon haar ogen niet openhouden. De buurt ziet er net zo uit als tijdens mijn laatste bezoek, en waarom ook niet? Het is nog maar een paar maanden geleden dat ik hier was. Om de een of andere reden had ik het gevoel dat er, zodra ik met Tessa naast me langs het bord met die plaatsnaam zou rijden, opeens een andere buurt zou verschijnen.

Ik rijd langs de historische gebouwen en bezienswaardigheden en kom aan bij de gewone woonhuizen van de wijk. In tegenstelling tot wat veel mensen denken, woont niet iedereen in Hampstead in een kast van een villa en bulken niet alle inwoners van het geld. Dat is duidelijk te zien wanneer ik de met grind bedekte oprit naast mijn moeders huis op rijdt. Het oude huis ziet eruit alsof het elk moment kan instorten, en ik ben blij dat er op het gazon een bordje met VERKOCHT staat. Het huis van haar aanstaande man, een paar panden verder, is er veel beter aan toe dan deze bouwval en ongeveer twee keer zo groot.

'Tessa.' Ik wek haar uit haar diepe slaap. Ze heeft ongetwijfeld het hele raampje onder gekwijld.

Een paar tellen nadat mijn koplampen naar binnen hebben geschenen doet mijn moeder de voordeur open en komt als een gek naar buiten rennen. Tessa doet haar ogen open en kijkt naar mijn moeder, die inmiddels aan het handvat van het portier aan Tessa's kant staat te trekken. Waarom komt iedereen altijd het eerste op haar af?

'Tessa! Hardin!' Mijn moeders stem klinkt hoog en opgewonden. Tessa maakt haar gordel los en stapt uit. De twee vrouwen omhelzen en begroeten elkaar terwijl ik de bagage uit de kofferbak til.

'Ik ben zo blij dat jullie er zijn.' Mijn moeder veegt glimlachend een traan weg. Dit gaat een erg lang weekend worden.

'Wij ook,' antwoordt Tessa in mijn plaats. Ze laat zich door mijn moeder naar binnen trekken, het kleine huis in.

'Ik houd niet van thee, dus dit wordt geen typisch Engels welkom, maar ik heb koffie gezet. Ik weet dat jullie daar dol op zijn,' zegt mijn moeder enthousiast.

Tessa bedankt haar lachend. Mijn moeder blijft op afstand van mij en wil me blijkbaar tijdens het weekend van haar bruiloft niet te veel op de zenuwen werken. De twee vrouwen verdwijnen in de keuken en ik loop met de bagage naar mijn oude slaapkamer. Ik hoor hun gelach door het huis zweven en probeer mezelf wijs te maken dat er dit weekend geen rampen zullen gebeuren. Alles komt helemaal goed.

De kamer is leeg, op mijn oude brede bed en een ladekast na. Het behang is van de muren getrokken, waardoor er hier en daar lelijke strepen lijm zichtbaar zijn. Mijn moeder probeert het huis duidelijk in orde te maken voor de nieuwe eigenaar, maar deze aanblik geeft me een wat ongemakkelijk gevoel.

131

∞

Tessa

'Ik kan niet geloven dat jullie er allebei zijn,' zegt Trish tegen me. Ze geeft me een kop koffie aan – zwart, zoals ik het graag drink – en ik lach naar haar omdat ze zo attent is. Ze is een mooie vrouw, met stralende ogen en een al even stralende lach, en ze draagt vandaag een donkerblauw joggingpak.

'Ik ben zo blij dat we er zijn,' zeg ik tegen haar. Ik kijk even op het klokje van de oven. Het is bijna tien uur 's avonds. De lange vlucht en het tijdsverschil hebben me in de war gebracht.

'Ik ook. Zonder jou zou hij hier niet zijn, dat weet ik.' Ze legt haar hand op die van mij. Ik glimlach omdat ik niet goed weet wat ik moet zeggen. Ze merkt dat ik me niet op mijn gemak voel en verandert van onderwerp.

'Hoe was de vlucht? Heeft Hardin zich een beetje gedragen?' Haar lach is vriendelijk, en ik heb niet het hart om haar te vertellen dat haar zoon tijdens de bagagecontrole en de halve vlucht de tiran heeft uitgehangen.

'Ja, hoor.' Ik neem een slokje van de dampende koffie. Op dat moment komt Hardin de keuken in. Het huis is oud en klein, met te veel muren die je insluiten. De bruine verhuisdozen staan hoog opgestapeld in de hoeken, maar toch voel ik me op een vreemde manier thuis in Hardins ouderlijk huis. Wanneer hij zich bukt om onder de gewelfde boog door te lopen die naar de keuken voert, zie ik aan zijn gezicht dat hij er heel anders over denkt. Deze muren bevatten voor hem te veel herinneringen, en daardoor is mijn indruk van deze plek meteen een stuk minder positief.

'Hoe zit het met dat behang?' vraagt hij.

'Ik wilde het weghalen en de muur schilderen voordat ik het huis zou overdragen, maar de nieuwe eigenaren willen de boel afbreken. Ze gaan hier een nieuw huis bouwen,' legt zijn moeder uit. Dat vind ik wel een fijn idee, dat dit wordt afgebroken.

'Mooi. Het is toch al een bouwval,' mompelt hij. Hij neemt een slok uit mijn mok. 'Ben je moe?' vraagt hij aan me.

'Nee, hoor,' zeg ik, en dat meen ik. Ik geniet van de humor en het gezelschap van Trish. Ik ben moe, maar ik heb nog meer dan genoeg tijd om een dutje te doen. Het is nog vrij vroeg.

'Ik zit nu hiernaast bij Mike, maar ik nam aan dat jullie daar niet wilden logeren.'

'Natuurlijk niet,' zegt Hardin. Ik pak mijn mok terug en smeek hem zonder iets te zeggen om aardig te zijn tegen zijn moeder.

'Maar goed.' Trish negeert zijn opmerking. 'Ik wil morgen iets met haar ondernemen, dus ik hoop dat je jezelf kunt vermaken.'

Het duurt even voordat ik begrijp dat ze het over mij heeft.

'Iets ondernemen? Wat dan?' Hardin is hier zo te zien helemaal niet blij mee.

'Gewoon, wat dingetjes voor de bruiloft regelen. Ik heb een afspraak gemaakt bij de schoonheidsspecialiste en ik wil graag dat Tessa er bij is wanneer ik voor de laatste keer mijn trouwjurk ga passen.'

'Wat leuk,' zeg ik, op het moment dat Hardin 'Hoe lang moet dat allemaal gaan duren?' vraagt.

'Een middagje, langer niet,' verzekert Trish haar zoon. 'Als je tenminste zin hebt om mee te gaan, Tessa. Het hoeft niet, maar het lijkt me zo leuk om iets samen te doen.'

'Mij ook.' Ik lach naar haar. Hardin gaat er niet tegen in. Dat is maar goed ook, want hij zou het toch nooit winnen.

'Fijn dat je mee wilt.' Ze glimlacht ook. 'Mijn vriendin Susan zal samen met ons lunchen. Ze wil je graag leren kennen. Ze heeft al zo veel over je gehoord dat ze niet eens kan geloven dat je echt bestaat...'

Hardin onderbreekt met een kuchje het verhaal van zijn moeder. 'Susan Kingsley?' Hij kijkt even naar Trish. Zijn schouders zijn gespannen en zijn stem beeft.

'Ja... Nou, ze heet nu anders, ze is opnieuw getrouwd.' Trish kijkt hem aan met een blik die me het gevoel geeft dat ik getuige ben van een gesprek dat niet voor mijn oren is bestemd. Hardin kijkt van zijn moeder naar de muur, draait zich dan om en laat ons alleen in de keuken.

'Ik ga naar bed. Als jullie me nodig hebben, kunnen jullie me hiernaast bij Mike vinden.' Trish klinkt nu een stuk minder opgetogen en eerder vermoeid. Ze buigt zich voorover en geeft me een snelle zoen op mijn wang voordat ze door de achterdeur naar buiten loopt.

Ik blijf een paar minuten in mijn eentje in de keuken achter. Ik drink tegen beter weten in mijn koffie op, spoel de mok om en loop dan naar boven om Hardin te zoeken. Aan beide kanten van de smalle overloop bladdert het behang van de muren, en onwillekeurig vergelijk ik dit huis met het prachtige onderkomen van Ken. De verschillen zijn onmiskenbaar.

'Hardin?' roep ik. De deuren zijn allemaal dicht, en ik durf ze niet goed te openen zonder te weten wat ik erachter zal aantreffen.

'Tweede deur,' roept hij terug. Ik volg het geluid van zijn stem naar de tweede deur op de overloop en probeer die open te duwen, maar de deur klemt zo dat ik er een trap tegen moet geven om hem open te krijgen.

Hardin zit op de rand van het bed, met zijn hoofd in zijn handen. Hij kijkt op en ik loop naar hem toe.

'Wat is er?' Ik haal mijn vingers door zijn warrige haar.

'Ik had je hier niet mee naartoe moeten nemen,' zegt hij tot mijn grote verbazing.

'Waarom niet?' Ik ga naast hem op het bed zitten, met een tiental centimeters tussenruimte tussen hem en mij.

Hij slaakt een zucht. 'Gewoon. Daarom niet.' Hij gaat op zijn rug liggen, met zijn arm over zijn gezicht, zodat ik zijn uitdrukking niet kan zien.

'Hardin...'

'Ik ben moe, Tessa. Ga slapen.' Zijn stem klinkt gedempt omdat hij zijn arm voor zijn mond houdt, en ik begrijp dat hij zo een einde aan het gesprek wil maken.

'Ga je je niet uitkleden?' vraag ik. Ik wil in zijn shirt slapen.

'Nee.' Hij draait zich op zijn buik en doet het licht uit.

132

∞

Tessa

Om negen uur klinkt de wekfunctie van mijn telefoon en moet ik mezelf dwingen om het bed uit te komen. Ik heb amper een oog dichtgedaan. Ik bleef maar woelen, en toen ik voor het laatst keek hoe laat het was, was het drie uur 's nachts. Ik kon toen niet eens zeggen of ik al had geslapen of dat ik de hele tijd wakker had gelegen.

Hardin slaapt nog, met zijn handen op zijn buik. Hij heeft me vannacht niet een keer in zijn armen genomen. Het enige contact tussen ons was de hand die hij even naar me uitstak om er zeker van te zijn dat ik naast hem lag, maar hij legde die al snel weer op zijn buik. Het verbaast me niet echt dat zijn stemming zo is omgeslagen. Ik weet dat hij geen zin had om naar de bruiloft te gaan, maar hij is meer van streek dan ik had verwacht. En hij wil er niet over praten. Ik wil hem dolgraag vragen waarom hij in vredesnaam wil dat ik naar Engeland verhuis als hij niet eens wil dat ik hier een weekend doorbreng.

Ik raak zijn voorhoofd aan en strijk zijn haar weg. Dan raak ik de stoppels op zijn kaak aan. Zijn oogleden trillen. Ik trek snel mijn hand weg en sta op. Ik wil hem laten slapen omdat hij ook niet bepaald rustig heeft geslapen, maar helaas weet ik niet wat hem plaagt. Waarom deed hij opeens zo afwijzend? In die brief die hij me heeft geschreven – en later heeft vernietigd – heeft hij zijn hart gelucht, en ik heb al die vreselijke fouten die hij heeft gemaakt verwerkt en achter me kunnen laten. Niets van wat hij in zijn verleden heeft gedaan, kan onze toekomst schaden. Dat moet hij weten. Als hij dat niet begrijpt, kan het nooit iets worden tussen ons.

De badkamer is niet moeilijk te vinden en ik wacht geduldig totdat het water dat uit de kraan stroomt niet langer bruin is. De douche maakt veel lawaai en de waterdruk is bijna pijnlijk hoog, maar doet wonderen voor de gespannen spieren in mijn rug en schouders.

Ik trek jeans en een roomwit hemdje aan en aarzel even voordat ik er een kanten topje met bloemetjesdessin over aantrek. Dat heeft geen knopen, dus Hardin kan niet eisen dat ik het dichtknoop, en hij mag blij zijn dat ik niet alleen in een topje rondloop. Het is inmiddels lente, en in Londen voelt het ook zo.

Trish heeft me niet verteld hoe laat ze vandaag iets wil ondernemen, dus ik loop naar beneden en zet een pot koffie. Een uur later loop ik naar boven om mijn e-reader te pakken. Hardin ligt op zijn rug, met een diepe frons op zijn gezicht. Zonder hem te storen loop ik snel de kamer uit en ga beneden aan de keukentafel zitten. Een paar uur later komt Trish tot mijn opluchting door de achterdeur naar binnen. Ze heeft haar bruine haar naar achteren gedaan in een laag knotje, net als ik, en ze draagt, zoals te verwachten was, een joggingpak.

'Ik hoopte al dat je wakker zou zijn. Ik wilde je na de lange dag van gisteren laten uitslapen.' Ze glimlacht. 'Ben je er klaar voor?'

Ik werp een laatste blik op de smalle trap, in de hoop dat Hardin naar beneden komt om me glimlachend een afscheidszoen te geven, maar dat gebeurt niet. Ik pak mijn handtas en loop achter Trish aan door de achterdeur naar buiten.

133

∞

Hardin

Ik reik naar Tessa, maar ze ligt niet naast me in bed. Ik weet niet hoe laat het is, maar de zon zelf lijkt me te willen wekken, zo fel schijnt hij door de ramen zonder gordijnen naar binnen. Ik heb vreselijk slecht geslapen. Tessa lag de hele tijd te woelen en te draaien en ik was het grootste deel van de nacht bezig haar rusteloos bewegende lijf te ontwijken. Ik moet tot rust zien te komen voordat ik dit hele weekend voor haar verpest, maar ik kan mijn paranoia niet afschudden. Niet nu ik hoorde dat mijn moeder het lef had om Susan Kingsley uit te nodigen voor een lunch met haar en Tessa.

Ik neem niet de moeite om andere kleren aan te trekken, maar ik poets wel mijn tanden en maak mijn haar vochtig. Tessa heeft al gedoucht: haar toilettas ligt netjes op het plankje van het verder lege badkamerkastje.

In de keuken tref ik een halfvolle en nog warme pot koffie aan. Op het aanrecht staat een omgespoelde mok. Tessa en mijn moeder zijn zeker al weg; ik had iets moeten zeggen om te voorkomen dat ze zouden gaan. Waarom heb ik dat niet gedaan? Deze dag kan op twee manieren verlopen: Susan gedraagt zich als een enorm kutwijf en verpest het voor Tessa, of ze houdt haar mond en alles loopt goed af.

Wat moet ik in vredesnaam doen als mijn moeder en Tessa de godganse dag samen op pad zijn? Ik kan hen natuurlijk gaan zoeken, dat moet niet al te moeilijk zijn, maar dat zou mijn moeder van streek maken, en per slot van rekening is morgen haar grote dag. Ik heb Tess beloofd dat ik me dit weekend fatsoenlijk zou gedragen, en hoewel ik die belofte al heb verbroken, hoef ik het niet nog erger te maken.

134

∞

Tessa

'Je haar ziet er zo mooi uit.' Trish reikt met een gemanicuurde hand over tafel en raakt mijn haar aan.

'Dank je. Ik begin eraan te wennen.' Glimlachend kijk ik naar de spiegel die achter onze tafel hangt. In de schoonheidssalon werd met ontzetting gereageerd op mijn bekentenis dat ik nog nooit mijn haar had geverfd. Nadat ze even op me hadden ingepraat, stemde ik ermee in om het een tintje donkerder te verven, maar alleen bij de wortels. Nu is het lichtbruin, uitlopend in mijn eigen natuurlijke blond bij de punten. Je ziet het bijna niet en de kleur is veel natuurlijker dan ik had verwacht. De verf is uitwasbaar, dus over een week of vier is alle kleur eruit. Ik ben nog niet toe aan een langdurige verandering, maar bij elke blik in de spiegel ben ik blijer met wat ik zie.

De vrouw heeft ook wonderen met mijn wenkbrauwen verricht en die tot perfecte boogjes geëpileerd. De nagels van mijn handen en voeten zijn donkerrood gelakt. Ik heb nee gezegd tegen Trish' aanbod voor een *brazilian*; ik heb er al vaker over gedacht om dat te doen, maar het zou raar zijn om dat samen met Hardins moeder te doen, en ik houd het voorlopig wel bij scheren. Wanneer we terug naar de auto lopen, plaagt Trish me met mijn slappe schoenen, net zoals haar zoon dat zo vaak doet, en ik moet op mijn tong bijten om niet iets te zeggen over de joggingpakken waarin zij altijd rondloopt.

Tijdens de rit kijk ik de hele tijd uit het raampje naar elk huis, elk gebouw, elke winkel en elke voorbijganger die we passeren.

'Daar zijn we dan,' zegt Trish een paar minuten later. Ze parkeert haar auto op een overdekte parkeerplaats tussen twee gebouwen. Ik loop achter haar aan naar de ingang van het kleine gebouw.

Het valt me op dat het hele bakstenen gebouw is bedekt met mos, en die aanblik wekt mijn innerlijke Landon omdat ik aan hobbits moet denken. Landon zou precies hetzelfde zeggen als hij hier was, en dan zouden we samen in de lach schieten omdat Hardin verongelijkt zou mopperen over de films, die de hele visie van J.R.R. Tolkien verkeerd hebben weergegeven. Waarop Landon zoals altijd zou opmerken dat Hardin de films stiekem best leuk vindt en Hardin zijn middelvinger naar Landon zou opsteken. Ik vraag me af hoe het zou zijn als Hardin, Landon en ik allemaal bij elkaar in de buurt zouden wonen, misschien met Landon en Dakota in hetzelfde gebouw in Seattle als Hardin en ik. Dan zou een van de weinige mensen die om me geeft in elk geval niet over een paar weken naar de andere kant van het land hoeven te verhuizen.

'Het is best lekker weer. Wil je op het terras zitten?' Trish wijst naar de metalen tafeltjes die buiten staan.

'Dat is goed.' Ik loop achter haar aan naar het laatste tafeltje van de rij.

De ober komt een kan water en twee glazen brengen. Zelfs het water ziet er in Engeland beter uit: de kan zit vol ijsblokjes en keurig gesneden schijfjes citroen.

Trish kijkt onderzoekend naar het trottoir. 'We wachten nog op iemand... Ze kan elk moment hier zijn... O, daar is ze al!'

Ik draai me om en zie een lange brunette die met gehaaste passen de straat oversteekt en naar ons zwaait. Het is een wonder dat iemand met zo'n lange rok en zulke hoge hakken zo snel kan lopen.

'Susan!' Trish begint te stralen nu ze de andere vrouw ons tafeltje ziet naderen.

'Trish, lieverd, hoe is het?' Susan buigt zich voorover, kust Trish op beide wangen en wendt zich dan tot mij. Ik voel me een tikje ongemakkelijk omdat ik niet weet hoe ik moet reageren en glimlach opgelaten.

Susan heeft diepblauwe ogen die een prachtig contrast vormen met haar bleke huid en donkere haar. Voordat ik heb kunnen beslissen of ik haar ook moet zoenen, trekt ze zich terug. 'Jij bent vast Theresa. Ik heb zo veel goeds over je gehoord.' Ze glimlacht en verbaast me door mijn beide handen vast te pakken en die een zacht kneepje te geven. Ze glimlacht nogmaals en gaat dan op de stoel naast me zitten.

'Het is erg leuk om u te leren kennen.' Ik lach terug. Ik heb geen flauw idee wat ik van haar moet denken. Het zit me dwars dat Hardin gisteren zo vreemd reageerde toen hij haar naam hoorde, maar ze lijkt me heel vriendelijk.

'Zitten jullie al lang te wachten?' Ze draait zich om en hangt haar handtas over de rugleuning van haar stoel.

'Nee, we zijn er net. We hebben de hele ochtend bij de schoonheidsspecialiste gezeten.' Trish gooit haar glanzende bruine haar over haar schouder.

'Dat merk ik. Jullie ruiken naar een grote bos bloemen.' Susan lacht. Haar accent klinkt fraai en is veel sterker dan dat van Hardin en Trish.

Ondanks Hardins nukkige bui van gisteravond ben ik nu al dol op Engeland, en in het bijzonder op dit buurtje. Voordat we hiernaartoe kwamen, had ik al het nodige op internet opgezocht, maar de foto's doen geen recht aan de ouderwetse schoonheid van dit gebied. Ik kijk vol verwondering om me heen en verbaas me over het feit dat een simpele straat vol kinderkopjes, omzoomd door cafés en winkeltjes, zo betoverend en fascinerend kan zijn.

'Ben je er klaar voor om je trouwjurk voor de laatste keer te passen?' vraagt Susan aan Trish. Ik blijf naar de omgeving kijken en luister niet echt naar wat de vrouwen met elkaar bespreken. Mijn aandacht wordt getrokken door het schilderachtige gebouw aan de overkant van de straat, waar de bibliotheek is gevestigd. Ze hebben daar ongetwijfeld een fraaie collectie.

'Ja, en als ik er deze keer niet in pas, moet ik de winkel maar aanklagen,' zegt Trish lachend. Ik kijk naar de vrouwen en dwing mezelf om op te houden met naar de gebouwen te staren. Dat moet maar wachten totdat Hardin me een fatsoenlijke rondleiding kan geven.

'Nou, dan moet ik me dat maar aantrekken, aangezien het mijn winkel is.' Susans lach is diep en erg charmant.

Ik kijk naar de mooie vrouw, besef dat ik voor haar op mijn hoede moet zijn, en laat mijn fantasie de vrije loop. Is Hardin met haar naar bed geweest? Hij heeft zich weleens laten ontvallen dat hij het met oudere vrouwen heeft gedaan – nogal vaak zelfs – maar ik heb hem er nooit over laten uitweiden. Is Susan, met haar grote blauwe ogen en lange bruine haar, een van die vrouwen? Ik huiver bij de gedachte en hoop maar van niet.

Ik negeer de steek van jaloezie en dwing mezelf te genieten van het overheerlijke broodje dat de ober zojuist voor me heeft neergezet.

'En, Theresa, vertel eens wat meer over jezelf.' Susan prikt een blaadje sla aan haar vork en brengt het naar haar gestifte lippen.

'Zeg maar Tessa,' begin ik nerveus. 'Ik zit in het eerste jaar van mijn studie aan Washington Central en ben net naar Seattle verhuisd.' Ik kijk even naar Trish, die om een of andere reden zit te fronsen. Hardin heeft haar blijkbaar niet verteld dat ik verhuisd ben, of misschien heeft hij dat wel gedaan en vindt ze het niet leuk dat hij niet is mee verhuisd.

'Ik heb gehoord dat Seattle een erg leuke stad is. Ik ben nog nooit in

Amerika geweest...' Susan trekt even haar neus op. 'Maar mijn man heeft beloofd me deze zomer mee te nemen.'

'Dan mogen jullie Seattle niet overslaan... Het is er mooi,' zeg ik nogal stompzinnig. Ik zit hier in een straatje dat uit een prentenboek lijkt te komen en beweer dat een stad in Amerika mooi is. Susan vindt het er vast vreselijk. Nu word ik echt nerveus. Met trillende handen haal ik mijn mobieltje uit mijn tas om een berichtje aan Hardin te sturen. Gewoon een simpel IK MIS JE.

Tijdens de rest van de lunch gaat het gesprek over de bruiloft, en ik merk dat ik Susan steeds aardiger ga vinden. Ze is afgelopen zomer voor de tweede keer getrouwd, met een bruiloft die ze helemaal zelf had gepland, en ze heeft geen kinderen, alleen een neefje en een nichtje. Ze is de eigenares van de bruidszaak waar Trish haar bruidsjurk heeft gekocht; het is een van vijf zaken in dit deel van de stad. Haar man bezit en runt drie van de populairste pubs in deze buurt, die allemaal op nog geen tien kilometer afstand van elkaar liggen.

We gaan te voet naar Susans winkel, die op een paar straten van het restaurant ligt. De zon schijnt en het is warm. Zelfs de lucht lijkt hier frisser dan in Washington. Hardin heeft mijn berichtje nog steeds niet beantwoord, maar daar had ik ook niet op gerekend.

'Champagne?' biedt Susan aan zodra we over de drempel stappen. De winkel is klein, maar erg mooi ingericht, in een ouderwetse, charmante stijl met accenten in zwart en wit.

'O nee, niet voor mij,' zeg ik met een glimlach.

Trish zegt wel ja en belooft me dat ze maar één glas neemt. Ik wil bijna zeggen dat ze zo veel moet nemen als ze wil en plezier moet maken, maar dan bedenk ik dat ik nog niet in Engeland durf te rijden. Het voelt al gek genoeg op de passagiersstoel. Ik kijk naar Trish die staat te lachen met Susan en stel vast dat Trish en Hardin helemaal niet zo veel op elkaar lijken. Zij is heel levendig en spontaan, en Hardin is zo... Nou ja, hij is Hardin. Ik weet dat ze niet echt een goede band hebben, maar ik hoop dat dit bezoek daar verandering in gaat brengen. Geen grote veranderingen, dat is te veel gevraagd, maar hopelijk is Hardin op de trouwdag iets aardiger tegen zijn moeder.

'Ik ben zo terug, ga maar even lekker zitten.' Trish verdwijnt in de paskamer en trekt het gordijn dicht. Ik ga op de witte stoffen bank zitten en hoor haar mopperen tegen Susan omdat haar vel tussen de rits komt. Misschien lijkt Hardin toch meer op haar dan ik dacht.

'Pardon.' Een vrouwenstem onderbreekt mijn gedachten. Ik kijk op, recht in de blauwe ogen van een hoogzwangere vrouw.

'Is Susan misschien aanwezig?' Ze kijkt onderzoekend om zich heen.

'Ja, ze is daar.' Ik wijs naar het gordijn van de paskamer waarin Trish een paar minuten geleden met haar trouwjurk is verdwenen.

'Bedankt.' Ze lacht en slaakt een opgeluchte zucht. 'Als ze ernaar vraagt: ik was hier om twee uur al.'

Ik kijk naar het naamkaartje op haar witte blouse met lange mouwen, waarop NATALIE staat, en vermoed dat ze hier als verkoopster werkt.

Ik kijk even op de klok. Het is vijf over twee. 'Ik zal niets zeggen,' beloof ik.

Het gordijn gaat open en Trish komt in een schitterende trouwjurk naar buiten. Ze ziet er prachtig uit in de eenvoudig gesneden japon met kapmouwtjes.

'Wauw,' zeggen Natalie en ik tegelijk.

Trish loopt naar de manshoge spiegel en veegt een paar tranen weg.

'Dat doet ze elke keer wanneer ze komt passen. Dit is al de derde keer,' merkt Natalie glimlachend op. Ik zie de tranen in haar ogen opwellen en voel dat mij hetzelfde overkomt. Ze legt haar hand op haar buik.

'Ze is zo mooi. Mike mag zich gelukkig prijzen.' Ik glimlach naar Hardins moeder. Ze kijkt nog steeds naar haar eigen spiegelbeeld, en dat kan ik haar niet kwalijk nemen.

'Ken je Trish?' vraagt de jonge vrouw op beleefde toon.

'Ja.' Ik kijk haar aan. 'Ik ben...' Hardin en ik moeten echt even overleggen over hoe we onszelf aan de mensen hier gaan voorstellen. 'Ik ben met haar zoon,' zeg ik, en ze zet grote ogen op.

'Natalie.' Susans stem schalt door de kleine winkel. Trish kijkt snel van Natalie naar mij en trekt wit weg. Volgens mij mis ik iets. Ik kijk weer naar Natalie, naar haar diepblauwe ogen, haar bruine haar en haar bleke huid.

O god. Natalie! Dé Natalie. De Natalie die het kleine beetje geweten plaagt dat Hardin bezit. De Natalie die hij met huid en haar heeft opgegeten en weer heeft uitgekotst.

'Je bent Natalie,' zeg ik begrijpend.

Ze knikt en blijft me aankijken, ook wanneer Trish naar ons toe loopt.

'Ja.' Aan haar gezicht is te zien dat ze zich afvraagt hoeveel ik van haar weet en dat ze geen idee heeft wat ze moet zeggen. 'Jij bent... Je... Tessa,' zegt ze. Ik zie dat bij haar het kwartje valt.

'Ik ben...' begin ik met verstikte stem. Ik heb geen idee wat ik moet zeggen. Hardin heeft me verteld dat ze nu gelukkig is, dat ze het hem heeft vergeven en een nieuw leven heeft opgebouwd. Ik voel een golf van medeleven voor haar en weet ten slotte 'Het spijt me...' uit te brengen.

'Kom Trish, dan nemen we nog wat champagne.' Susan pakt Trish bij haar arm en voert haar mee. Trish kijkt over haar schouder naar Natalie en mij totdat ze in haar trouwjurk naar een ruimte achterin is verdwenen.

'Wat spijt je?' Natalies ogen glanzen onder de felle lampen. Ik kan me het meisje dat nu voor me zit niet samen met Hardin voorstellen. Ze is zo mooi en onopgesmukt, zo anders dan de andere meiden uit zijn verleden die ik heb leren kennen.

Er rolt een nerveus lachje van mijn lippen. 'Dat weet ik niet...' Wat spijt me eigenlijk? vraag ik me af. 'Wat hij... jou heeft aangedaan.'

'Dat wéét je?' De verbazing is duidelijk hoorbaar in haar stem. Ze blijft me aankijken, zich afvragend wie ik eigenlijk ben.

'Ja,' zeg ik. Ik voel me opeens heel erg opgelaten en voel de dringende behoefte om het uit te leggen. 'En Hardin... Hij is veranderd. Hij heeft heel erg veel spijt van wat hij je heeft aangedaan,' zeg ik. Dat kan het verleden niet uitwissen, maar ik wil dat ze weet dat de Hardin die ik ken niet dezelfde Hardin is die zij heeft gekend.

'Ik kwam hem onlangs nog tegen,' brengt ze me in herinnering. 'Hij was... Ik weet het niet, hij leek zo... leeg toen ik hem op straat zag lopen. Gaat het nu beter met hem?'

Ik verwacht een veroordelende blik in haar bewolkte blauwe ogen te zien, maar daar is geen spoor van te bekennen.

'Ja, het gaat veel beter.' Ik probeer niet naar haar buik te kijken. Ze tilt haar hand op, en ik zie een gouden ring rond haar vinger. Ik ben blij dat ze nu een veel beter leven heeft.

'Hij heeft heel veel nare dingen op zijn geweten, en ik weet dat ik hiermee eigenlijk te ver ga...' Ik slik en probeer mijn zelfvertrouwen niet te verliezen, 'maar het was heel belangrijk voor hem dat jij hem hebt vergeven. Dat betekende zo veel voor hem... Bedankt dat je de kracht hebt gevonden om dat te doen.'

Om eerlijk te zijn vermoed ik dat Hardin minder spijt heeft dan hij zou moeten hebben, maar haar vergiffenis heeft wel een deel van de muur afgebroken die hij tussen zichzelf en de rest van de wereld had opgetrokken, en ik weet dat dat hem enige vrede heeft gegeven.

'Je houdt blijkbaar wel erg veel van hem,' zegt ze zacht, nadat er een lange stilte tussen ons is gevallen.

'Ja, heel erg veel.' Ik kijk haar recht aan. Op een bepaalde, ongewone manier hebben deze vrouw, die zo door Hardin is gekwetst, en ik een band, een krachtige band. Ik kan me niet voorstellen hoe vernederd en gekwetst zij zich moet hebben gevoeld. Ze is niet alleen in de steek gelaten door Hardin, maar ook door haar familie. In het begin was ik net zoals zij. Ik was een spelletje voor hem, totdat hij verliefd op me werd. Dat is het verschil tussen deze lieve zwangere vrouw en mij. Hij houdt van mij, en hij was niet in staat van haar te houden.

Ik kan de vreselijke gedachte die in me opkomt niet tegenhouden: stel dat hij wel van haar had gehouden, dan zou ik nu niet met hem samen zijn. Ik ben dankbaar dat hij voor haar minder voelde dan voor mij, al is dat erg egoïstisch.

'Is hij goed voor je?' vraagt ze me tot mijn verbazing.

'Meestal wel...' Dat antwoord is zo verkeerd dat ik wel moet glimlachen. 'Hij begint het te leren.' Nu klink ik een stuk zekerder.

'Nou, dat is het beste waarop ik kan hopen.' Ze glimlacht ook.

'Hoe bedoel je?'

'Ik heb gebeden dat Hardin vrede zou vinden, en blijkbaar is dat gelukt.' Haar lach wordt breder, en ze raakt opnieuw haar buik aan. 'Iedereen verdient een tweede kans, vind je niet? Zeker de grootste zondaars.'

Ze doet me versteld staan. Ik weet niet of ik zo had gereageerd als Hardin mij zoiets had aangedaan, zonder zich er zelfs maar voor te verontschuldigen. Ik had waarschijnlijk gewenst dat hij dood zou neervallen, maar deze vrouw vol mededogen wenst niets minder dan het beste voor hem.

'Ja, dat vind ik ook,' beaam ik, hoewel ik niet begrijp dat ze zo vergevingsgezind kan zijn.

'Je denkt vast dat ik stapelgek ben,' vervolgt Natalie lachend, 'maar als ik Hardin niet had gekend, had ik Elijah ook nooit leren kennen, en dan had ik nu niet op het punt gestaan om te bevallen van onze eerste zoon.'

Er komt een gedachte bij me op die me doet huiveren. Voor Natalie was Hardin als een hindernis, een obstakel op haar weg naar het leven dat ze verdiende. Ik wil niet dat Hardin ook voor mij een obstakel wordt, een pijnlijke herinnering, iemand die ik zal moeten vergeven en wiens daden ik moet verwerken. Ik wil dat Hardin mijn Elijah is, met wie ik nog lang en gelukkig zal leven.

Mijn angst maakt plaats voor verdriet wanneer ze mijn hand pakt en die op haar buik legt. Zo'n bolle buik zal ik waarschijnlijk nooit hebben en zo'n gouden ring zal ik waarschijnlijk nooit dragen. Ik schrik van de beweging die ik onder mijn hand voel, en Natalie schiet in de lach.

'Hij is nogal druk bezig daarbinnen. Ik wou dat hij er al uit was.' Ze lacht opnieuw, en onwillekeurig leg ik mijn hand weer terug op haar buik. De baby geeft nog een schopje, en ik lach met haar mee. Ik kan er niets aan doen, het is aanstekelijk.

'Wanneer ben je uitgerekend?' vraag ik, nog altijd geboeid door het gefladder onder mijn hand.

'Twee dagen geleden. Het is een koppig kind, hoor. Ik ben vandaag komen werken in de hoop dat de weeën daardoor worden opgewekt.'

Ze spreekt vol tederheid over haar ongeboren kind. Zal ik dit ooit ervaren? Zal mijn gezicht ooit zo stralen, zal mijn stem ooit zo teder klinken? Zal ik ooit een baby in mijn buik voelen schoppen? Ik dwing mezelf mijn zelfmedelijden weg te slikken. Niets is zeker. Nog niet.

Dokter West zei dat er niets zeker is, maar je kunt er wel vergif op innemen dat Hardin geen vader wil worden, zegt het stemmetje in mijn gedachten spottend.

'Gaat het?' Natalies vraag doet me opschrikken uit mijn gedachten.

'Ja, sorry. Ik zat een beetje te dagdromen,' lieg ik. Ik trek mijn hand weg van haar buik.

'Ik ben heel blij dat ik je heb leren kennen,' zegt ze. Op hetzelfde moment komen Susan en Trish weer uit de ruimte achter de winkel tevoorschijn. Susan heeft een sluier en een boeketje in haar hand. Ik kijk even op de klok. Het is half drie. Ik heb zo lang met Natalie zitten praten dat Trish de tijd had om haar glas te legen. Ze bloost ervan.

'Nog vijf minuten, dan ben ik klaar. O, en misschien laat ik jou wel rijden!' zegt Trish lachend.

Ik krimp in elkaar bij de gedachte, maar besef dan dat het alternatief, Hardin bellen, nog erger is.

'Het beste, en nogmaals gefeliciteerd,' zeg ik op weg naar buiten tegen Natalie. Ik heb de jurk van Trish, die vlak achter me loopt, in mijn handen.

'Jij ook het beste, Tessa,' zegt Natalie glimlachend.

De deur valt achter ons dicht. 'Ik kan hem ook wel dragen, als het te zwaar is,' zegt Trish zodra we buiten staan. 'Ik haal de auto wel. Ik heb maar één glas gedronken, dus ik kan nog rijden.'

'Het gaat wel,' zeg ik, al vind ik het een doodeng idee om in haar auto te rijden.

'Nee, echt.' Ze haalt de sleutels uit de zak van haar jasje. 'Ik rijd wel.'

135

∞

Hardin

Ik heb wel honderd keer door het huis heen en weer gelopen, ik heb al twee keer een ommetje door deze klotebuurt gemaakt en ik heb zelfs Landon gebeld. Inmiddels vlieg ik tegen de muren op, en Tessa belt maar niet terug. Waar zitten ze in vredesnaam?

Ik kijk op mijn telefoon. Het is na drieën. Hoe lang kan dat schoonheidsgedoe duren?

De adrenaline vliegt door mijn lijf wanneer ik een auto op het grind van de oprit hoor knarsen. Ik loop naar het raam aan de voorkant en zie dat het mijn moeders auto is. Tessa stapt als eerste uit en loopt naar de kofferbak, waar ze een grote witte tas uit haalt. Ze ziet er anders uit.

'Ik heb hem al!' roept ze naar mijn moeder wanneer ik de voordeur opendoe. Ik loop snel naar buiten en pak die stomme jurk uit haar handen.

Haar haar... Wat heeft ze met haar haar gedaan?

'Ik ben even naar hiernaast, naar Mike!' roept mijn moeder tegen ons.

'Wat heb je in godsnaam met je haar gedaan?' Ik zeg hardop wat ik denk. Tessa fronst, en ik zie dat haar sprankelende blik dof wordt.

Shit.

'Ik vraag het maar... Het ziet er mooi uit,' zeg ik tegen haar. Ik kijk nog eens goed. Het ziet er ook mooi uit. Ze ziet er altijd mooi uit.

'Ik heb het laten verven... Vind je het niet mooi?' Ze loopt achter me aan naar binnen. Ik zet de tas op de grond.

'Voorzichtig, dat is je moeders trouwjurk!' roept ze uit. Ze tilt de tas van de vloer. Haar haar glanst meer dan gewoonlijk en haar wenkbrauwen zien er ook anders uit. Vrouwen knutselen echt veel te veel aan zichzelf om indruk op kerels te maken, maar die zien dat toch niet.

'Ik heb geen problemen met je haar, maar het verbaasde me alleen,' zeg ik tegen haar. En dat meen ik. Het is niet eens zo veel anders dan het kapsel waarmee ze vanmorgen het huis verliet. Bovenop is het iets donkerder, maar verder is het hetzelfde.

'Mooi, want het is mijn haar, en ik doe ermee wat ik wil.' Ze slaat haar armen over elkaar.

Een lach rolt van mijn lippen.

'Wat?' Ze trekt een boos gezicht. Ze meent het.

'Niets. Ik vind het gewoon nogal vermakelijk, jouw hele "ik ben een sterke vrouw"-gedoe.' Ik blijf lachen.

'Nou, ik ben blij dat je het grappig vindt, want ik ga er niets aan veranderen,' zegt ze uitdagend.

'Goed, hoor.' Ik pak de mouw van haar trui vast en trek haar naar me toe, haar decolleté negerend. Ik heb het vermoeden dat dit niet het juiste moment is om haar eraan te herinneren dat ik haar borsten kan zien.

'Ik meen het. Ik heb genoeg van dat holenmensgedrag.' Haar frons maakt plaats voor een klein lachje wanneer ze aan mijn borst frunnikt.

'Rustig maar. Wat heeft mijn moeder met je uitgespookt?' Ik druk mijn lippen op haar voorhoofd en voel een enorme opluchting omdat ze het niet over Susan of Natalie heeft gehad. Ik heb liever dat ze me uitscheldt vanwege mijn kritiek op haar haar dan vanwege mijn verleden.

'Niets. Je zei iets lelijks over mijn haar, dus het leek me een goed moment om je eraan te herinneren dat er hier het een en ander is veranderd.' Ze bijt op haar wang om een lach te onderdrukken. Het is o zo schattig wanneer ze me plaagt.

'Goed dan, geen holenmens meer.' Ik rol met mijn ogen, en ze maakt zich van me los. 'Ik meen het. Ik snap het best.' Ik pak haar weer vast.

'Ik heb je vandaag gemist.' Ze slaakt een zucht tegen mijn borst, en ik sla mijn armen weer om haar heen.

'O ja?' vraag ik, hopend op een bevestiging. Ze heeft me nog helemaal niet aan mijn verleden herinnerd. Misschien komt het toch allemaal goed en zal dit weekend voorspoedig verlopen.

'Ja, zeker toen ik een massage kreeg. Eduardo's handen waren nog groter dan die van jou.' Tessa giechelt. Haar gegiechel verandert in hoog gegil wanneer ik haar over mijn schouder hijs en naar de trap loop. Ik weet heel zeker dat ze niet door een man is gemasseerd, want als dat echt zo was, zou ze het me niet vertellen en er zeker niet om lachen.

Ik kan de holenmens in me heus wel negeren. Tenzij er natuurlijk sprake is van een echte bedreiging. Of nee, laat dat 'tenzij' maar zitten. Dit is Tessa, er is altijd wel iemand die haar van me weg probeert te kapen.

Ik ben net halverwege de trap wanneer de achterdeur krakend opengaat en ik mijn moeder onze namen hoor roepen. Ik kerm en Tessa spartelt en smeekt me haar neer te zetten. Ik gehoorzaam alleen maar omdat ik haar de hele dag niet heb gezien en omdat mijn moeder heel vervelend zal doen als ik klef ga zitten doen waar zij en de buurman bij zijn.

'We komen al!' roept Tessa zodra ze weer op haar voeten staat.

'Nou, eigenlijk niet.' Ik druk een kus op haar mondhoek.

'Jij misschien niet.' Ze trekt suggestief haar wenkbrauwen op, en ik geef haar een pets op haar billen wanneer ze naar beneden rent.

Er is een last van me af gevallen. Ik heb me gisteravond als een lul gedragen, en daar was helemaal geen reden toe. Mijn moeder zou Tessa nooit met opzet met Natalie laten kennismaken. Waarom maakte ik me zo druk?

'Wat willen jullie vanavond eten? Ik zat erover te denken om met ons vieren naar Zara te gaan.' Mijn moeder wendt zich net tot haar aanstaande wanneer we de woonkamer binnenlopen. Tessa knikt, al heeft ze geen flauw idee wat Zara is.

'Ik vind Zara helemaal niks. Daar is het altijd veel te druk, en ze hebben vast niets wat Tessa lekker vindt,' mompel ik. Tessa zou alles eten om de lieve vrede te bewaren, maar ik wil niet dat ze voor de eerste keer van haar leven lever of gepureerd lam proeft in een situatie waarin ze uit beleefdheid zal doen alsof dat het lekkerste is wat ze ooit heeft gegeten.

'Blues Kitchen dan?' stelt Mike voor.

Ik heb verdomme helemaal geen zin om uit eten te gaan. 'Te luidruchtig.' Ik laat mijn ellebogen op het aanrecht rusten en peuter aan het losgeraakte formica.

'Nou, kies jij dan maar wat,' zegt mijn moeder een tikje geïrriteerd. Ik weet dat ze haar geduld dreigt te verliezen, maar ik ben hier toch, of niet soms?

Ik kijk op de klok en knik. Het is nog maar vijf uur. We hoeven pas over een uur weg. 'Ik ben boven,' zeg ik.

'We vertrekken over tien minuten. Je weet hoe lastig je hier altijd je auto kwijt kunt,' zegt mijn moeder.

Fantastisch. Ik loop snel de woonkamer uit en hoor dat Tessa achter me aan loopt.

'Hé.' Op de gang pakt ze mijn mouw vast.

Ik draai me naar haar om.

'Wat?' zeg ik. Ik probeer ondanks mijn ergernis zo vriendelijk mogelijk te klinken.

'Wat is er met je? Als je iets dwarszit, dan moet je het zeggen. Dan kunnen we het oplossen,' zegt ze met een nerveus lachje.

'Hoe was je lunch?' Ik moet het wel vragen, zeker omdat ze er nog niet over is begonnen.

Ze begrijpt het meteen. 'O...' Ze slaat haar ogen neer, maar ik leg mijn duim onder haar kin en dwing haar me aan te kijken. 'Leuk.'

'Waar hebben jullie het over gehad?' vraag ik. Het was dus niet zo erg als ik had gevreesd, maar ik merk dat ze er liever niet over wil praten.

'Ik heb haar gesproken... Natalie. Ik heb haar gesproken.'

Het bloed stolt in mijn aderen. Ik buig mijn knieën een klein beetje, zodat ik haar recht kan aankijken. 'En?'

'Ze is erg aardig,' zegt Tessa. Ik wacht op een frons, of op een blik die woede verraadt, maar er komt niets.

'"Aardig"?' herhaal ik, volkomen van mijn stuk gebracht door haar antwoord.

'Ja, ze was zo vriendelijk... en hoogzwanger.' Tessa glimlacht.

'En Susan?' vraag ik aarzelend.

'Susan was ook erg aardig en grappig.'

Maar... Susan heeft de pest aan me, vanwege alles wat ik haar nichtje heb aangedaan. 'Dus het was wel oké?'

'Ja, Hardin. Ik heb een erg leuke dag gehad. Ik heb je gemist, maar het was leuk.' Ze pakt me bij mijn shirt en trekt me naar zich toe. Ze ziet er zo mooi uit in de schemerige gang. 'Maak je geen zorgen. Het is allemaal oké,' verklaart ze.

Ik laat mijn hoofd boven op het hare rusten. Ze slaat haar armen stevig rond mijn middel.

Ze troost me? Tessa troost me, verzekert me dat alles in orde komt, en dat doet ze nadat ze het meisje heeft gesproken dat ik bijna kapot heb gemaakt. Ze zegt dat het allemaal oké is... Is dat ook zo?

'Dat is het nooit,' fluister ik, bijna hopend dat ze het niet zal horen.

Als ze het wel heeft gehoord, kiest ze ervoor om niets te zeggen.

'Ik wil niet met die twee uit eten,' luidt de bekentenis waarmee ik de stilte tussen ons verbreek. Ik wil Tessa mee naar boven nemen en mezelf in haar verliezen, ik wil al die ellende vergeten die me de hele dag heeft gekweld. Ik wil al die demonen en herinneringen verdrijven en me op haar richten. Ik wil dat haar stem de enige is die ik in mijn gedachten hoor, en dat lukt me alleen door me in haar te begraven.

'We moeten wel. Je moeder gaat dit weekend trouwen. We hoeven niet lang te blijven.' Ze gaat op haar tenen staan, zodat ze me op mijn wang kan kussen, en laat haar lippen even naar mijn kaak gaan.

'Wat een vooruitzicht,' mompel ik sarcastisch.

'Kom mee.' Tessa voert me mee terug naar de woonkamer. Ze houdt mijn hand vast, maar ik laat haar los zodra we bij mijn moeder en Mike aankomen.

Ik slaak een zucht. 'Oké, laten we een hapje gaan eten.'

Uit eten gaan is al even vermoeiend als ik had verwacht. Mijn moeder houdt Tessa bezig door haar de oren van het hoofd te kletsen met verhalen over bruiloften en de bescheiden gastenlijst. Mijn moeder heeft niet veel familie meer; een verre neef komt op de bruiloft, maar de ouders van mijn moeder zijn al jaren dood. Mike zegt tijdens het eten niet veel, en ik ook niet, maar hij lijkt zich minder te vervelen dan ik. Hij kijkt mijn moeder aan met een adorerende blik. Misselijkmakend, maar op de een of andere manier ook geruststellend. Het is duidelijk dat hij van haar houdt, dus waarschijnlijk is het allemaal niet zo erg.

'Jij bent mijn enige kans op een kleinkind, Tessa,' zegt mijn moeder plagend wanneer Mike de rekening betaalt. Tessa verslikt zich in haar water en ik klop haar op de rug. Ze hoest een paar keer en verontschuldigt zich, maar zodra ze zich herstelt, kijkt ze met grote ogen beschaamd in het rond. Ze reageert misschien wat overdreven, maar ik weet zeker dat ze van haar stuk was gebracht door die ongepaste opmerking van mijn moeder.

Mijn moeder merkt dat ik kwaad ben en zegt: 'Ik plaag alleen maar. Ik weet dat jullie nog jong zijn.' Ze steekt heel kinderachtig haar tong naar me uit.

Jong? Het doet er verdomme niet toe hoe oud of jong we zijn, ze moet dat soort dingen gewoon niet tegen Tessa zeggen. We zijn het er al over eens: geen koters. Het wordt er echt niet beter op als mijn moeder

Tessa een of ander schuldgevoel gaat aanpraten. Daar komt alleen maar ruzie van. Onze meeste ruzies gaan over trouwen en kinderen krijgen. En ik wil geen van beide, nooit. Ik wil Tessa, elke dag weer, voor de rest van mijn leven, maar ik wil niet met haar trouwen. Ik moet even denken aan de waarschuwing die Richard me laatst gaf, maar die gedachte verdring ik.

Na het eten kust mijn moeder Mike welterusten en vertrekt hij naar zijn huis verderop in de straat. Ze houdt zich aan die achterlijke traditie dat de bruidegom de bruid voor hun huwelijksnacht niet mag zien. Blijkbaar is ze vergeten dat dit niet haar eerste keer is en dat stom bijgeloof niet telt als je voor de tweede keer gaat trouwen.

Ik wil Tessa dolgraag in mijn oude bed nemen, maar ik kan het niet met haar doen met mijn moeder in hetzelfde huis. In deze bouwval hoor je alles van elkaar. Ik kan het gewoon horen als mijn moeder zich in de kamer naast die van mij omdraait op haar krakende matras.

'Ik had een hotelkamer moeten boeken,' zeg ik klagend wanneer Tessa zich uitkleedt. Sliep ze maar in een parka of zo, dan hoefde ik niet de hele tijd dat halfnaakte lijf te zien. Ze trekt mijn T-shirt over haar hoofd. Ik moet wel naar de omtrek van haar tieten onder die stof staren. En naar haar volle lippen, en haar weelderige dijen waar de onderkant van mijn shirt omheen spant omdat het bij haar veel strakker zit. Dat staat haar goed, maar als het wijder zou vallen, zou ik er niet zo opgewonden van worden en zou de nacht zeker niet zo lang duren.

'Kom eens hier, schatje.' Ik steek mijn armen naar haar uit, en ze legt haar hoofd op mijn borst. Ik wil tegen haar zeggen dat ik het geweldig vind dat ze zo goed op de situatie met Natalie heeft gereageerd, maar ik kan de juiste woorden niet vinden. Ik denk dat ze het wel weet; ze wist immers dat ik doodsbang was dat er iets tussen ons zou komen.

Binnen een paar minuten slaapt ze al, dicht tegen me aan, en nu ik mijn vingers door haar haren haal, komen de woorden vanzelf.

'Je bent alles voor me,' zeg ik.

Ik word badend in het zweet wakker. Tessa ligt nog steeds dicht tegen me aan, en ik kan amper ademhalen omdat de lucht zo bedompt aanvoelt. Het is veel te warm. Mijn moeder heeft vast de verwarming opgedraaid, maar dat hoeft helemaal niet nu het lente is. Ik haak Tessa's armen los van mijn lichaam en strijk haar haar, dat klam is van het zweet, van haar voorhoofd. Dan loop ik naar beneden om de thermostaat laag te zetten.

Ik slaap nog half wanneer ik de keuken binnenloop, maar wat ik daar zie, doet me aan de grond genageld staan. Ik wrijf in mijn ogen en knipper zelfs even om het vertekende beeld te verdrijven dat ik voor me zie.

Maar het is er nog... Zíj zijn er nog, hoe vaak ik ook knipper.

Mijn moeder zit boven op het aanrecht, met haar dijen gespreid. Een man staat tussen haar benen, met zijn armen rond haar middel. Ze heeft haar handen in zijn blonde haar begraven en zijn mond bedekt die van haar, of haar mond die van hem – ik weet het verdomme ook niet. Wat ik wel weet, is dat dit Mike niet is.

Het is die godvergeten Christian Vance.

136

∞

Hardin

Wat? Wat gebeurt er? Dit is een van de zeldzame keren in mijn leven dat ik volkomen sprakeloos ben. Mijn moeders handen gaan van zijn haar naar zijn kaak, en ze drukt haar mond steviger tegen de zijne.

Ik moet een geluidje hebben gemaakt – waarschijnlijk hapte ik naar adem, weet ik het – want haar ogen vliegen open, en ze duwt Vance meteen van zich af. Hij draait snel zijn hoofd om en kijkt me met grote ogen aan. Dan stapt hij bij het aanrecht vandaan. Waarom hebben ze me niet naar beneden horen komen? Waarom is hij hier, in deze keuken?

Wat is er verdomme aan de hand?

'Hardin!' roept mijn moeder uit met een stem die schril klinkt van schrik. Ze springt van het aanrecht.

'Hardin, ik kan...' begint Vance, maar ik steek mijn hand op ten teken dat hij stil moet zijn. Mijn mond en hersens proberen met elkaar samen te werken en hier op de een of andere manier wijs uit te worden.

'Hoe...' zeg ik, maar de woorden in mijn gedachten vormen niet echt een eenheid. 'Hoe...' zeg ik nogmaals. Mijn voeten bewegen naar achteren. Ik wil hier zo snel mogelijk weg, maar ik wil ook een uitleg horen.

Ik kijk van de een naar de ander en probeer de twee mensen voor me in verband te brengen met de twee die ik dacht te kennen. Dat lukt me niet. Ik snap er geen zak van.

Mijn hielen raken de traptreden en mijn moeder komt naar me toe. 'Het is niet...' begint ze.

Ik ben blij dat mijn schrik plaatsmaakt voor de vertrouwde, opvlammende woede die door me heen golft en elk spoor van kwetsbaarheid dat ik zo-even nog voelde uitwist. Met woede kan ik omgaan. Daar geniet ik van. Van een geschrokken, verbijsterde stilte moet ik niets hebben.

Voordat ik goed en wel besef wat ik doe, loop ik naar hem toe. Mijn moeder deinst terug en Vance gaat voor haar staan. Wat?

'Jezus, wat mankeert je?' onderbreek ik haar. Ik schenk geen aandacht aan de egoïstische tranen die in haar ogen opwellen. 'Je gaat morgen trouwen!'

'En jij,' zeg ik woedend tegen mijn voormalige baas, 'jij bent godverdomme verloofd, maar je staat wel op het punt om mijn moeder op haar eigen aanrecht te naaien!' Ik steek mijn hand uit en laat die hard neerkomen op het beschadigde aanrechtblad. Het geluid van krakend hout windt me op, en ik wil meer.

'Hardin!' gilt mijn moeder.

'Schreeuw niet tegen me!' Ik gil nog net niet terug. Boven me hoor ik voetstappen schuifelen, een teken dat onze stemmen Tessa hebben gewekt. Ik weet dat ze nu naar me toe zal komen.

'Zo moet je niet tegen je moeder praten.' Vance praat niet hard, maar de dreiging in zijn stem is overduidelijk.

'Jij hebt me niet te zeggen wat ik wel en niet kan doen! Je bent niet... Jezus, wat ben je eigenlijk?' Mijn nagels dringen in mijn handpalmen en mijn woede neemt nog verder toe. Ik kan elk moment ontploffen.

'Ik ben...' begint hij, maar mijn moeder pakt hem bij zijn schouder en trekt hem terug.

'Christian, niet doen,' zegt ze smekend.

'Hardin?' roept Tessa vanaf de trap. Een paar tellen later komt ze de keuken in. Ze kijkt om zich heen, eerst naar de onverwachte gast en dan naar mij. Ze komt naast me staan en zegt heel zacht: 'Is alles in orde?' Haar kleine hand sluit zich rond mijn arm.

'Het kan niet beter! Echt niet!' Ik trek mijn arm uit haar greep en wapper met mijn hand. 'Al moet je je vriendin Kimberly misschien maar eens vertellen dat haar verloofde met mijn moeder staat te vozen.'

Tessa's ogen rollen bijna uit hun kassen, maar ze zegt niets. Ik wens dat ze boven was gebleven, maar als ik haar was geweest, had ik dat ook niet gedaan.

'Waar is je lieftallige Kimberly? Zit die soms in een hotel in de buurt, samen met je zoontje?' vraag ik aan Vance. Mijn woorden druipen van het sarcasme. Ik mag Kimberly niet, want ze is veel te nieuwsgierig en bemoeit zich overal mee, maar ze houdt van Vance en ik had de indruk dat hij net zo veel van haar hield. Blijkbaar had ik het mis. Als hij van haar hield, was dit nooit gebeurd.

'Hardin, laten we allemaal kalm blijven.' Mijn moeder heeft de schouder van Vance losgelaten en probeert de lont in het kruitvat te doven.

'Kalm?' zeg ik vol minachting. Dat is niet te geloven. 'Je gaat morgen trouwen en ik tref je hier midden in de nacht als een hoer op je aanrecht aan.'

Zodra ik die woorden heb uitgesproken duikt hij boven op me. Vance stort zich met zijn hele lijf op me en werkt me tegen de grond. Mijn hoofd raakt de tegelvloer van de keuken.

'Christian!' hoor ik mijn moeder schreeuwen. Hij gebruikt zijn gewicht om me tegen de vloer gedrukt te houden, maar ik weet mijn handen uit zijn greep te bevrijden. Zodra zijn vuist mijn neus raakt, stroomt de adrenaline door me heen en neemt bezit van me. Ik zie alleen nog maar een rood waas voor mijn ogen.

137

∞

Tessa

Droom ik? Laat dit alsjeblieft een nachtmerrie zijn... Want wat er nu gebeurt, kan niet echt zijn.

Christian ligt boven op Hardin en ik hoor een vreselijk geluid wanneer zijn vuist de neus van Hardin raakt. Het doet pijn aan mijn oren en maakt me erg nerveus. Hardin balt zijn vuist en slaat met zo veel kracht tegen Christians kaak dat Christians greep verslapt.

Een paar tellen later rolt Hardin onder Christian vandaan, grijpt hem bij zijn schouders en duwt hem tegen de vloer. Ik houd niet meer bij hoeveel klappen ze elkaar geven en kan onmogelijk vaststellen wie er aan de winnende hand is.

'Hou ze tegen!' schreeuw ik tegen Trish. Ik wil niets liever dan tussenbeide komen, maar ik ben bang dat hij misschien te kwaad is en zijn zelfbeheersing heeft verloren. Ik wil niet dat hij per ongeluk iets doet waarvan hij later vreselijk veel spijt zal hebben.

'Hardin!' Trish pakt Hardin bij zijn blote schouders en probeert hem weg te trekken, maar de mannen merken niet eens dat ze er is.

Om de chaos compleet te maken, gaat opeens de achterdeur open en komt Mike in paniek naar binnen. O god. 'Trish? Wat gebeurt...' Zijn ogen knipperen niet-begrijpend achter zijn dikke brillenglazen.

Nog geen tel later mengt hij zich in het gevecht door achter Hardin te gaan staan en hem bij zijn armen vast te pakken. Mike is een beer van een vent die Hardin moeiteloos optilt en tegen de muur duwt. Christian krabbelt overeind, maar Trish duwt hem snel tegen de andere muur. Hardin is woedend en staat te trillen op zijn benen, zo zwaar ademend dat ik vrees voor zijn gezondheid. Ik ren naar hem toe. Ik weet niet wat ik kan doen, maar ik wil bij hem zijn.

'Wat is hier verdomme aan de hand?' Mikes stem klinkt zo bazig dat hij alle aandacht naar zich toe trekt.

Het gaat allemaal zo snel: de angst in de bruine ogen van Trish, de bloeduitstortingen op Christians gezicht, de dieprode straal bloed die van Hardins neus naar zijn mond loopt... Het is allemaal te veel.

'Vraag dat maar aan die twee!' roept Hardin. Rode bloeddruppeltjes spatten op zijn borst. Hij gebaart naar de bange Trish en de woedende Christian.

'Hardin,' zeg ik voorzichtig. 'Kom mee naar boven.' Ik wil zijn hand pakken en probeer mijn eigen emoties te beheersen. Ik sta te trillen op mijn benen en voel de warme tranen over mijn wangen stromen, maar het gaat nu niet om mij.

'Nee!' Hij rukt zich van me los. 'Zeg het tegen hem! Zeg tegen hem wat jullie verdomme aan het doen waren!' Hardin probeert zich weer op Christian te storten, maar Mike gaat snel tussen hen in staan. Ik doe heel even mijn ogen dicht en hoop met heel mijn hart dat Hardin hem niet zal aanvliegen.

Het is net alsof ik weer op mijn oude studentenkamer sta, tussen Hardin en Noah in, toen Hardin me zover probeerde te krijgen dat ik tegen de jongen die ik al mijn halve leven kende zou bekennen dat ik hem ontrouw was geweest. Het gezicht dat Noah toen trok, was niet half zo hartverscheurend als Mikes uitdrukking nu is. Het begint hem duidelijk te dagen, en verwarring en verdriet strijden om de voorrang.

'Hardin, doe dit alsjeblieft niet,' zeg ik smekend. 'Hardin,' zeg ik nogmaals. Ik smeek hem om deze man niet in verlegenheid te brengen. Trish moet het hem zelf vertellen, op haar eigen manier, en niet ten overstaan van een heel publiek. Dat is niet juist.

'Krijg de tyfus! Jullie kunnen allemaal doodvallen!' krijst Hardin. Hij laat zijn vuisten zo hard op het goedkope aanrecht neerkomen dat het hout versplintert.

'Mike vindt het vast niet erg als jullie morgen van de zaal gebruikmaken,' voegt hij er op lage toon aan toe. Zijn stem klinkt opzettelijk afgemeten en wreed. 'Hij zegt vast wel ja, hij heeft immers toch al een fortuin in deze grap gestoken.' Hij lacht schamper.

Ik voel een koude rilling over mijn rug lopen en staar naar de vloer. Wanneer hij zo doet, kan niemand hem tegenhouden. Dat probeert ook niemand. Iedereen luistert zwijgend naar Hardin.

'Wat zijn jullie een fraai stel. De verloofde ex van een dronkenlap en zijn trouwe beste vriend,' zegt hij minachtend. 'Het spijt me, Mike, maar je bent vijf minuten te laat voor de voorstelling. Je hebt het gedeelte gemist waar jouw aanstaande haar tong in zijn keel stak.'

Christian probeert Hardin opnieuw vast te grijpen, maar Trish komt tussenbeide. Hardin en Christian blijven als panters naar elkaar loeren.

Ik zie een geheel nieuwe kant van Christian. Hij is niet langer speels of gevat, maar straalt een bijna tastbare woede uit. De Christian die Kimberly bij haar middel pakt en fluistert dat ze zo mooi is, is nergens te bekennen.

'Je moet eens leren wat respect te tonen...' begint Christian knarsetandend.

'Respect? En dat zeg jij, die voortdurend beweert dat het huwelijk zo geweldig is maar ondertussen vreemdgaat met mijn moeder?'

Ik snap er niks van. Christian en Trish? Trish en Christian? Dat slaat nergens op. Ik weet dat ze al jaren met elkaar bevriend zijn en Hardin heeft me verteld dat Christian zich na het vertrek van Ken over Trish en hem heeft ontfermd en onderdak heeft geboden. Maar een verhouding?

Ik had nooit gedacht dat Trish daar het type voor was. En Christian leek altijd zo stapelgek op Kimberly. Kimberly... Ik voel een steek van pijn; ze houdt zo veel van hem. Ze is druk bezig de bruiloft van haar dromen te plannen, met de man van haar dromen, maar nu wordt wel duidelijk dat ze hem helemaal niet kent. Ze zal er kapot van zijn. Ze heeft samen met Christian en zijn zoon een heel leven opgebouwd. Het doet er niet toe wat ik doe, maar ik moet voorkomen dat Hardin dit aan haar vertelt. Ik sta niet toe dat hij haar vernedert en bespot, zoals hij daarnet met Mike deed.

'Zo is het niet!' Christian is al even woedend als Hardin. Zijn groene ogen vonken van woede, en ik weet dat hij niets liever wil dan zijn handen rond Hardins nek leggen.

Mike zegt niets, maar kijkt alleen maar naar zijn verloofde en haar met tranen besmeurde wangen.

'Het spijt me zo, dit had nooit mogen gebeuren. Ik weet niet...' Trish uit een hartverscheurende snik, en ik wend mijn blik af.

Mike schudt zijn hoofd, haar excuus duidelijk verwerpend, en loopt zonder iets te zeggen door de kleine keuken naar buiten. De deur valt met een klap achter hem dicht. Trish laat zich op haar knieën vallen en slaat haar handen voor haar gezicht om haar kreten te smoren.

Christians schouders zakken naar beneden nu zijn woede heel even plaatsmaakt voor bezorgdheid. Hij laat zich naast haar op zijn knieën zakken en neemt haar in zijn armen. Naast me hoor ik Hardin weer sneller ademhalen. Ik zie dat hij zijn vuisten balt en ga voor hem staan, met mijn handen op zijn wangen. Mijn maag draait zich om nu ik al het bloed op zijn kin zie. Op zijn lippen zitten rode spatten... Zo veel bloed.

'Niet doen,' zegt hij waarschuwend. Hij duwt mijn handen weg. Hij staart naar zijn moeder, die achter me in Christians armen zit. Die twee lijken te zijn vergeten dat wij er zijn, of misschien kan het hun niets schelen. Ik weet het ook niet.

'Hardin, toe nou,' zeg ik. Ik breng mijn trillende handen opnieuw naar zijn gezicht.

Eindelijk kijkt hij me aan. Ik zie het schuldgevoel in zijn blik.

'Kom alsjeblieft mee naar boven,' zeg ik smekend. Hij blijft me aankijken, en ik moet mijn best doen om te blijven terugkijken, maar ik zie zijn woede langzaam afzakken.

'Haal me hier weg,' zegt hij stamelend. 'Haal me weg van die twee.'

Ik laat mijn handen zakken en pak zijn arm vast om hem de keuken uit te leiden, maar onder aan de trap blijft Hardin staan.

'Nee... Ik wil weg uit dit huis,' zegt hij.

'Goed,' stem ik snel in. Dat wil ik ook. 'Ik pak onze spullen wel. Wacht jij maar in de auto,' stel ik voor.

'Nee, als ik...' Hij hoeft zijn zin niet af te maken. Ik weet precies wat er gebeurt als ik hem alleen laat met zijn moeder en Christian.

'Kom dan mee naar boven. Het hoeft niet lang te duren,' beloof ik hem. Ik doe mijn best om kalm te blijven, om sterk te zijn voor hem, en tot nu toe lukt dat.

Hij loopt achter me aan de trap op en over de overloop naar de kleine slaapkamer. Haastig prop ik onze spullen in onze tassen. Er is geen tijd om alles netjes in te pakken. Ik schrik en onderdruk een gilletje wanneer Hardin de ladekast omgooit en het zware meubelstuk met een luide bons op de vloer valt. Hardin hurkt neer en trekt de eerste lege la eruit. Nadat hij die opzij heeft gesmeten, pakt hij de volgende. Als ik hem hier niet snel weghaal, maakt hij alles in deze kamer kapot.

Net wanneer hij de laatste la tegen de muur smijt, sla ik mijn armen rond zijn lichaam. 'Kom mee naar de badkamer.' Ik loop met hem over de overloop en doe de deur achter ons dicht. Ik pak een handdoek van het rek, draai de kraan open en zeg dat hij op de wc-bril moet gaan zitten. Hij zwijgt ijzig en ik wil niet te ver gaan.

Hij zegt niets en krimpt niet eens in elkaar wanneer ik de warme handdoek over zijn wang haal en het bloed van zijn neus, zijn lippen en zijn kin veeg.

'Er is niets gebroken,' zeg ik zacht na een kort onderzoekje van zijn neus. Zijn gespleten onderlip zwelt nu al op, maar bloedt niet langer. Mijn gedachten zijn een chaos; ik blijf de beelden voor me zien van die twee kwade mannen die elkaar aanvallen.

Hij geeft geen antwoord.

Wanneer ik het meeste bloed heb afgeveegd spoel ik de bevlekte handdoek uit en laat hem in de wastafel liggen. 'Ik ga onze tassen pakken. Blijf hier,' zeg ik, in de hoop dat hij zal luisteren.

Ik loop snel naar de slaapkamer om onze twee tassen te pakken en de koffer open te ritsen. Hardin heeft alleen een kort sportbroekje aan, en geen hemd of sokken, en ik loop in zijn T-shirt rond. Zodra ik het geschreeuw hoorde, ben ik halfnaakt naar beneden gerend. Ik had geen idee wat ik beneden zou aantreffen, maar een Christian en Trish die seks hadden in de keuken behoorde zeker niet tot wat ik verwachtte.

Hardin zegt niets wanneer ik een schoon T-shirt over zijn hoofd trek en zijn blote voeten in een paar sokken steek. Zelf trek ik een trui en jeans aan, maar verder maak ik me niet druk om mijn uiterlijk. Ik spoel mijn handen af en probeer het bloed onder mijn nagels vandaan te schrobben.

Zwijgend lopen we naar beneden, en Hardin neemt de twee tassen van me over. Hij sist even van pijn wanneer hij het hengsel van mijn tas over zijn schouder hangt, en ik krimp ineen bij de gedachte aan de blauwe plek onder zijn shirt.

Ik hoor Trish snikken en Christian haar op lage toon troosten wanneer we naar buiten lopen. Bij de huurauto aangekomen draait Hardin zich nog eens om en kijkt naar het huis. Ik zie dat zijn gezicht vertrekt.

'Ik rijd wel.' Ik pak de sleutels, maar hij trekt die snel uit mijn handen.

'Nee, ik rijd,' zegt hij. Ik ga niet tegen hem in.

Ik wil vragen waar we naartoe gaan, maar ik wil het hem nu niet lastig maken. Hij is er niet helemaal bij en ik moet voorzichtig zijn. Ik leg mijn hand op die van hem en ben blij dat hij niet voor me terugdeinst.

Zwijgend rijden we door de buurt. De minuten lijken wel uren, en bij elke kilometer neemt de spanning toe. Ik kijk uit het raampje en herken de straten waar ik eerder vandaag nog was. Daar is Susans winkel. De tranen springen in mijn ogen bij de herinnering aan Trish, die in haar trouwjurk en met tranen in haar ogen in de spiegel keek. Hoe kon ze dit doen? Ze zou morgen gaan trouwen, dan doe je zoiets toch niet?

Hardins stem brengt me met een ruk terug naar het heden. 'Wat een kutzooi.'

'Ik snap er niks van.' Ik geef hem een zacht kneepje in zijn hand.

'Mijn hele leven is een grote kutzooi,' zegt hij, met een stem die is ontdaan van emotie.

'Ik weet het,' zeg ik instemmend. Ik ben het helemaal niet met hem eens, maar dit is niet het juiste moment om tegen hem in te gaan.

Hardin gaat langzamer rijden en draait de parkeerplaats van een klein hotel op. 'We blijven vannacht hier en gaan morgen weg,' zegt hij. Hij staart door de voorruit voor zich uit. 'Ik weet niet of je als we weer thuis zijn nog een baan en een dak boven je hoofd hebt,' vervolgt hij, en dan stapt hij uit.

Ik maakte me zo druk over Hardin en de vechtpartij in de keuken dat ik gewoon vergat dat de man met wie Hardin op de vuist ging niet alleen mijn baas is, maar ook de man die me bij hem thuis laat logeren.

'Kom je nog?' vraagt Hardin.

Ik geef geen antwoord, maar stap uit en loop zwijgend met hem mee naar het hotel.

138

∞

Tessa

De man achter de balie geeft Hardin glimlachend de sleutel van onze kamer, maar Hardin beantwoordt de lach niet. Ik doe mijn best om dat goed te maken, maar het komt gekunsteld en ongemakkelijk over, en de receptionist wendt snel zijn blik af.

Zwijgend lopen we naar onze kamer. De gang is lang en smal, en de roomwitte wanden hangen vol met religieuze schilderijen, onder andere van een knappe engel die voor een maagd knielt en twee geliefden die elkaar omhelzen. Ik huiver wanneer mijn blik op het laatste schilderij valt en de zwarte ogen van Lucifer me vanaf de plek vlak naast onze kamerdeur aankijken. Ik blijf in die lege ogen staren wanneer ik achter Hardin aan naar binnen loop en het licht in de donkere kamer aandoe. Hij gooit mijn tas op de fauteuil in de hoek en zet de koffer vlak bij de deur, waar ik ben blijven staan.

'Ik ga douchen,' zegt hij zacht. Zonder om te kijken loopt hij naar de badkamer en doet de deur dicht.

Ik wil achter hem aan lopen, maar ik twijfel. Ik wil hem niet onder druk zetten of hem meer van streek maken dan hij al is, maar ik wil ook weten of het goed met hem gaat. Ik wil niet dat hij in zijn verdriet gaat zitten zwelgen. In elk geval niet alleen.

Ik trek eerst mijn schoenen uit, gevolgd door mijn jeans en Hardins T-shirt, en loop ten slotte in mijn blootje naar de kleine badkamer. Ik doe de deur open, maar hij kijkt niet om. Het hokje is al gevuld met de damp die van het warme water slaat, en Hardins naakte lijf is omgeven door een waas van stoom. De zwarte inkt van zijn tattoos is zichtbaar in de nevel en lokt me naar hem toe.

Ik stap over de kleren op de vloer en blijf een centimeter of dertig achter hem staan.

'Je moet niet...' begint Hardin op vlakke toon, maar ik onderbreek hem: 'Dat weet ik.' Ik weet dat hij kwaad is, dat hij pijn heeft, en dat hij opnieuw wegkruipt achter de muur die ik met zo veel moeite heb afgebroken. Hij weet zijn woede voorbeeldig te beheersen, maar ik kan

Trish en Christian wel vermoorden omdat ze hem hiertoe hebben gedreven.

Ik schud die gedachte van me af, verbaasd dat er zo'n duistere emotie in me opkomt.

Zonder een woord te zeggen trekt hij het douchegordijn open en stapt onder de waterstraal. Ik haal diep adem, raap al mijn moed bijeen en stap achter hem aan onder de douche. Het water is zo heet dat het bijna niet te verdragen is, en ik kruip weg achter Hardin om aan de druppels te ontkomen. Hij moet hebben gemerkt dat ik het water te heet vind, want hij draait de thermostaatkraan een stukje dicht.

Ik pak het flesje douchegel, doe wat op een washandje en breng dat voorzichtig naar Hardins rug. Hij krimpt in elkaar en stapt naar voren, maar ik doe hetzelfde.

'Je hoeft niets tegen me te zeggen, maar ik weet dat ik er nu voor je moet zijn.' Mijn stem is niet meer dan een fluistering en komt amper boven het geluid van Hardins zware ademhaling en het stromende water uit.

Hij blijft doodstil staan terwijl ik het washandje over de letters op zijn huid haal. Mijn tatoeage.

Hardin draait zich naar me om en staat toe dat ik nu zijn borstkas was. Zijn ogen volgen elke beweging van het washandje. De woede dampt voelbaar van hem af en vermengt zich met de wolken warme waterdamp, en zijn brandende blik is op mij gericht. Hij ziet eruit alsof hij elk moment uit elkaar kan knappen. Voordat ik met mijn ogen kan knipperen, legt hij allebei zijn handen tegen mijn kaken, aan weerszijden van mijn hals. Zijn mond komt wanhopig in botsing met de mijne, en mijn lippen wijken onwillekeurig uiteen door het ruwe contact. Er is niets teders aan zijn aanraking, niets zachts. Mijn tong ontmoet die van hem, en ik neem zijn onderlip tussen mijn tanden en trek er zachtjes aan, zonder zijn wondje te raken. Hij kreunt en drukt me tegen de natte tegels.

Ik hoor mezelf kermen wanneer zijn mond zich losmaakt van mijn lippen, maar hij vindt me al snel weer en drukt ruwe zoenen in mijn hals en op mijn borst. Dan sluiten zijn handen zich rond mijn borsten en kneden zijn gewonde, gekneusde vingers mijn huid en beweegt zijn mond al likkend, zuigend en bijtend over me heen. Ik druk mijn hoofd achterover tegen de tegels en begraaf mijn vingers in zijn haar, zodat ik eraan kan trekken. Ik weet hoe lekker hij dat vindt.

Zonder waarschuwing laat hij zijn lichaam nog verder zakken en gaat hij op zijn knieën onder de waterstraal zitten. Heel even komt er een vage herinnering bij me op, maar dan raakt hij me opnieuw aan en weet ik niet meer wat ik dacht.

139

∞

Hardin

Tessa haakt haar vingers in mijn haar en trekt mijn mond naar haar blozende, nu al opgezwollen huid. Nu ik haar aanraak en op deze manier proef, verdwijnt al het andere uit mijn gedachten.

Ze schreeuwt het uit wanneer mijn tong haar likt en ze trekt harder aan mijn haarwortels. Haar heupen komen los van de wand en vinden mijn mond, smekend om meer.

Veel te snel ga ik weer rechtop staan en pak een van haar benen vast, zodat ik dat rond mijn middel kan haken. Dan volgt het andere. Ze kreunt wanneer ik haar optil en langzaam in haar binnendring.

'Shiiiiit...' Ik rek het woord uit en laat het bijna als gesis klinken. Ik ben overweldigd door de warmte, door de natheid, door het heerlijke gevoel dat ik eindelijk ervaar nu er niet langer een condoom tussen ons zit.

Haar ogen draaien weg wanneer ik dieper stoot, me terugtrek en haar opnieuw vul. Ik moet me bedwingen om niet harder te rammen, om haar niet zo hard te neuken dat ik alles om ons heen vergeet. In plaats daarvan beweeg ik langzaam en zijn alleen mijn mond en mijn handen ruw op haar huid. Haar armen verstrakken rond mijn schouders en mijn lippen hechten zich vast aan de huid vlak boven haar volle borst. Ik proef het bloed dat naar boven komt onder mijn tong en trek me net op tijd terug om de vage roze afdruk te zien die ik daar heb achtergelaten.

Haar blik schiet tussen ons in naar hetzelfde plekje. Ze kijkt me niet boos aan en fronst zelfs niet omdat ik met mijn lippen een blauwe plek heb achtergelaten. Het enige wat ze doet, is op haar lip bijten en met een bijna vertederde blik naar de afdruk staren. Ze haalt haar vingers over mijn rug en ik druk haar harder tegen de tegelwand. Mijn vingers dringen in het vlees van haar dijen en laten afdrukken achter in haar huid, en ik stoot in haar, telkens weer haar naam zeggend.

Ze slaat haar benen strakker om mijn middel. Ik stoot en trek me terug, in en uit, en breng ons allebei dichter bij ons orgasme.

'Hardin,' zegt ze zachtjes kreunend. Haar ademhaling is onregelmatig nu ze om me heen klaarkomt. Het besef dat ik in haar kan klaarkomen, zonder me zorgen te hoeven maken, geeft me het laatste zetje. Ik spuit in haar en roep haar naam.

'Ik hou van je.' Ik plant een kus op haar slaap en druk mijn voorhoofd tegen het hare om op adem te komen.

'Ik hou van je,' zegt ze hijgend, met haar ogen dicht. Ik blijf in haar, genietend van het gevoel van huid tegen huid.

Het water dat over mijn rug stroomt, wordt langzaam koud. We zullen nog maar een paar minuten van het warme water kunnen genieten. De gedachte aan een koude douche in het holst van de nacht is voldoende om haar voorzichtig overeind te helpen. Ik trek me uit haar terug en kijk zonder schaamte naar het bewijs van mijn orgasme dat langs haar dijen loopt. God, die aanblik was het zeven maanden wachten wel waard.

Ik wil haar bedanken, ik wil tegen haar zeggen dat ik van haar houd en dat ze me uit de duisternis heeft getrokken – niet alleen vannacht, maar sinds dat moment waarop ze me overrompelde met die eerste kus, in mijn oude kamer in het studentenhuis – maar ik kan de juiste woorden niet vinden.

Ik draai de warme kraan weer helemaal open en staar naar de muur. Dan voel ik de zachte washand op mijn rug en gaat ze verder met waarmee ze zo-even bezig was en slaak ik een zucht van opluchting.

Ik draai me naar haar om. Ze brengt het washandje naar mijn hals en ik zeg niets. Mijn woede is nog niet helemaal verdwenen en sluimert en suddert ergens op de achtergrond, maar ze heeft de scherpe randjes eraf gehaald zoals alleen zij dat kan.

140

∞

Tessa

'Mijn moeder is zo gestoord,' zegt Hardin na een stilte die minuten heeft geduurd. Het geluid is zo plotseling dat ik mijn hoofd met een ruk optil, maar ik herstel me snel en blijf hem wassen. 'Het lijkt godverdomme wel iets uit Tolstoj,' zegt hij.

In gedachten neem ik de werken van Tolstoj door en beland bij *De Kreutzersonate*. Ondanks de warme douche huiver ik.

'Kreutzer?' vraag ik, in de hoop dat ik het verkeerd heb verstaan of dat hij en ik dat duistere verhaal niet goed hebben begrepen.

'Dat, ja.' Hij trekt zich opnieuw in zichzelf terug.

'Ik weet niet of ik deze situatie zou willen vergelijken met zoiets... sombers,' merk ik zacht op. Dat verhaal is vervuld van bloed, jaloezie en woede, en ik hoop dat deze waargebeurde geschiedenis een beter einde kent.

'Niet helemaal, maar deels wel,' zegt hij, op een toon alsof hij mijn gedachten kan lezen.

Ik laat de verhaallijn door mijn hoofd gaan en probeer een verband te zien met de verhouding van Hardins moeder, maar het enige wat ik zie, heeft te maken met Hardin zelf en zijn ideeën over het huwelijk. Daardoor moet ik opnieuw huiveren.

'Ik was niet van plan ooit te trouwen, en dat ben ik nog steeds niet, dus nee, het verandert niets,' zegt hij op kille toon.

Ik negeer de pijn in mijn borst en richt mijn aandacht op hem. 'Oké.' Ik strijk met het washandje over zijn ene arm en daarna over de andere. Dan kijk ik naar hem op en zie dat hij zijn ogen heel even dichtdoet.

'Welk verhaal denk je dat wij kunnen vertellen?' vraagt hij. Hij pakt het washandje uit mijn hand.

'Dat weet ik niet,' antwoord ik eerlijk. Ik wil dolgraag het antwoord op die vraag weten.

'Ik ook niet.' Hij giet nog wat douchegel op het washandje en haalt het over mijn borst.

'Kunnen we niet ons eigen verhaal bedenken?' Ik kijk naar de geplaagde blik in zijn ogen.

'Dat denk ik niet. Je weet dat dit op twee manieren kan eindigen,' zegt hij schouderophalend.

Ik weet dat hij gekwetst is en ik weet dat hij boos is, maar ik wil niet dat de fouten van Trish gevolgen hebben voor onze relatie en ik zie aan Hardins groene ogen dat hij vergelijkingen staat te maken.

Ik probeer het gesprek over een andere boeg te gooien. 'Wat zit je hieraan eigenlijk het meeste dwars? De bruiloft van morgen... Of nee, eigenlijk vandaag,' verbeter ik mezelf. Het is bijna vier uur 's nachts en de bruiloft begint om twee uur 's middags. Of die had dan moeten beginnen. Wat is er gebeurd nadat we het huis hebben verlaten? Is Mike teruggekomen om met Trish te praten, of hebben Christian en Trish afgemaakt waaraan ze waren begonnen?

'Dat weet ik niet.' Met een zucht haalt hij het washandje over mijn buik en mijn heupen. 'Die bruiloft kan me geen zak schelen. Ik heb gewoon het idee dat ze allebei ontzettende leugenaars zijn.'

'Het spijt me,' zeg ik tegen hem.

'Dat zou mijn moeder moeten zeggen. Zij is degene die dat klotehuis heeft verkocht en op de avond voor haar trouwdag vreemd is gegaan.' Nu zijn woede toeneemt, wordt zijn aanraking steeds ruwer.

Ik zeg niets, maar trek het washandje uit zijn handen en hang het op het rekje achter me.

'En Vance... Je moet toch wel een ontzettende gore lul zijn als je het aanlegt met de ex van je beste vriend. Mijn vader en Christian Vance kennen elkaar al sinds hun kindertijd.' Hardins toon is bitter, zelfs dreigend. 'Ik zou mijn vader moeten bellen om te vragen of hij weet dat ze zo'n achterbakse hoer...'

Voordat hij zijn botte zin kan afmaken, steek ik mijn hand uit en leg die op zijn mond. 'Ze is nog altijd je moeder,' breng ik hem op zachte toon in herinnering. Ik weet dat hij kwaad is, maar hij moet haar niet uitschelden.

Ik haal mijn hand weg, zodat hij weer iets kan zeggen. 'Het kan me geen reet schelen dat ze mijn moeder is, en Vance kan ook de tyfus krijgen. En hij is straks degene die er het meeste spijt van zal hebben, want als ik Kimberly vertel wat ik weet en jij je baan opzegt, is hij echt goed de lul,' verklaart Hardin zelfvoldaan, alsof dit de beste vorm van wraak is.

'Je gaat dit niet aan Kimberly vertellen.' Ik kijk hem smekend aan. 'Als Christian het haar niet zelf vertelt, zal ik het doen, maar ik sta niet toe dat je haar bespot of in verlegenheid brengt. Ik begrijp dat je kwaad bent op je moeder en op Christian, maar Kimberly is hier de onschuldige partij, en ik wil niet dat ze wordt gekwetst,' zeg ik ferm.

'Goed. Maar je neemt wel ontslag.' Hij draait zich om en begint de shampoo uit zijn haar te spoelen.

Met een zucht reik ik naar de fles shampoo in zijn hand, maar hij wil die niet loslaten.

'Ik meen het. Je werkt niet langer voor hem.'

Ik begrijp zijn woede, maar dit is niet het juiste moment om het over mijn werk te hebben. 'Dat bespreken we later wel,' zeg ik. Ik weet eindelijk de fles te pakken te krijgen. Het water wordt met de minuut kouder en ik wil graag nog even mijn haar wassen.

'Nee!' Hij rukt de fles uit mijn handen. Ik probeer zo kalm en vriendelijk mogelijk te blijven, maar hij maakt het me wel erg lastig.

'Ik kan niet zomaar met mijn stage ophouden. Zo simpel is het niet. Ik moet de universiteit op de hoogte stellen, het nodige papierwerk invullen en een doortimmerde uitleg geven van wat er is gebeurd. Vervolgens moet ik halverwege het semester extra colleges volgen, ter compensatie van de studiepunten die ik verlies als ik met de stage stop, en aangezien het nu te laat is om een beurs aan te vragen, zou ik die uit eigen zak moeten betalen. Ik kan er niet zomaar mee ophouden. Ik bedenk wel iets, maar geef me even de tijd.' Ik staak mijn pogingen om mijn haar te wassen.

'Tessa, het kan me echt geen sodemieter schelen of jij wel of geen papierwerk moet invullen. Dit gaat om mijn familie,' zegt hij.

Ik voel me meteen schuldig. Daar heeft hij gelijk in, of niet soms? Ik kijk schuldbewust naar zijn gesprongen lip en gekneusde neus. 'Ik weet het, en het spijt me. Ik moet gewoon eerst een nieuwe stage vinden, dat is alles wat ik vraag.' Waarom vraag ik dat? 'Dat is alles, bedoel ik... Dat is alles... Ik heb wat tijd nodig. Ik moet om te beginnen al een hotelkamer gaan zoeken...' Bij de gedachte dat ik zonder huis, zonder baan en zonder vriendin zit, raak ik lichtelijk in paniek.

'Je zult geen nieuwe stage kunnen vinden, in elk geval geen betaalde,' brengt hij me bars in herinnering. Dat wist ik al, maar ik wilde graag geloven dat ik nog een kansje had.

'Ik weet niet wat ik ga doen, maar ik heb even tijd nodig. Dit is zo'n gedoe.' Ik stap onder de douche vandaan en pak een handdoek.

'Nou, veel tijd heb je niet. Je kunt beter uit Seattle weggaan en weer bij mij gaan wonen.'

Ik blijf als aan de grond genageld staan. 'Weer daar gaan wonen?' Het idee alleen al maakt me misselijk. 'Dat dacht ik niet. Na afgelopen weekend heb ik niet eens zin om op bezoek te komen, laat staan daar weer te gaan wonen. Daar komt niets van in.' Ik wikkel de handdoek rond mijn natte lijf en loop de badkamer uit.

Ik pak mijn telefoon en raak in paniek wanneer ik zie dat ik vijf gesprekken en twee berichten heb gemist. Allemaal van Christian. De berichtjes zijn verzoeken of Hardin hem alsjeblieft meteen wil bellen.

'Hardin,' roep ik naar hem.

'Wat?' snauwt hij. Ik rol met mijn ogen en slik mijn ergernis in. 'Christian heeft gebeld. Een keer of zes, zeven.'

Hij komt de badkamer uit, met een handdoek rond zijn middel gewikkeld. 'Ja, en?'

'Stel dat er iets met je moeder is? Wil je hem niet terugbellen om te vragen of alles in orde is?' vraag ik. 'Of zal ik...'

'Nee. Ze kunnen allebei de tering krijgen. Je belt niet.'

'Hardin, ik denk echt dat...'

'Nee,' onderbreekt hij me opnieuw.

'Ik heb hem al een berichtje gestuurd, om te vragen of alles goed is met je moeder,' beken ik.

Hij trekt een gezicht. 'Natuurlijk heb je dat.'

'Ik weet dat je kwaad bent, maar leef je niet op mij uit. Ik probeer er voor je te zijn, maar je moet me niet voortdurend afsnauwen. Dit is niet mijn schuld.'

'Het spijt me.' Hij haalt zijn handen door zijn natte haar. 'Laten we allebei onze telefoon uitzetten en proberen te slapen.' Zijn stem klinkt nu kalmer en zijn blik is veel zachter. 'Mijn shirt zit onder de vlekken.' Hij raapt het bebloede kledingstuk van de vloer. 'En ik heb geen idee waar ik mijn andere heb gelaten.'

'Ik kijk wel even in de koffer.'

'Dank je.' Hij slaakt een zucht. Ik ben blij dat hij zo veel troost vindt in het feit dat ik zijn kleren draag, zelfs tijdens een vreselijke nacht als deze. Ik pak het shirt dat hij eerder vandaag heeft gedragen en geeft hem een schone boxershort aan om in te slapen voordat ik de rest van de kleren in de koffer opnieuw opvouw.

'Zodra we wakker zijn, ga ik onze vlucht omboeken. Ik kan me nu niet concentreren.' Hij blijft even op de rand van het bed zitten voordat hij gaat liggen.

'Ik doe het wel,' bied ik aan. Ik haal zijn laptop uit de koffer.

'Dank je,' mompelt hij, al half in slaap.

Een paar seconden later mompelt hij: 'Ik wou dat ik je kon meenemen naar een plek ver weg.'

Mijn handen rusten nog altijd op het toetsenbord, en ik wacht totdat hij nog iets zal zeggen, maar er klinkt slechts een zacht gesnurk.

Ik ga naar de website van de luchtvaartmaatschappij, maar op dat moment begint mijn telefoon, die op tafel ligt, te trillen. Christians naam verschijnt op het scherm. Ik negeer het, maar een paar seconden later belt hij opnieuw. Ik pak de sleutel van onze kamer en loop naar de gang om het gesprek aan te nemen.

Ik probeer te fluisteren. 'Hallo.'

'Tessa? Hoe is het met hem?' Hij klinkt in paniek.

'Het.. Het gaat wel. Zijn neus is opgezwollen en blauw en zijn lip is gesprongen. En hij heeft her en der wat blauwe plekken en schrammen.' Ik doe geen poging mijn vijandigheid te verbergen.

'Verdomme,' zegt hij zacht. 'Het spijt me dat het zover moest komen.'

'Mij ook,' snauw ik tegen mijn baas. Ik probeer niet te kijken naar het afzichtelijke schilderij dat vlak voor mijn neus hangt.

'Ik moet met hem praten. Ik weet dat hij kwaad en in de war is, maar ik moet hem het een en ander uitleggen.'

'Hij wil je niet spreken. En daar heeft hij een goede reden toe. Hij vertrouwde je, en je weet dat hij anderen niet snel vertrouwt.' Ik laat mijn stem zakken. 'Je bent verloofd met een geweldige vrouw en Trish had morgen moeten trouwen.'

'Ze gaat nog altijd trouwen,' zegt hij aan de andere kant van de lijn.

'Wat?' Ik loop verder de gang op en blijf staan voor een afbeelding van een knielende engel. Hoe langer ik ernaar kijk, hoe somberder het schilderij wordt. Achter de engel staat een tweede engel, die een bijna doorzichtig lijf heeft en een tweesnijdende dolk in zijn hand houdt waarmee hij de andere engel wil neersteken. Een jonge vrouw met bruin haar kijkt naar hem met een onheilspellende lach op haar gezicht, alsof ze wacht totdat hij de knielende engel zal aanvallen. De uitdrukking van de tweede engel is verwrongen en zijn lijf lijkt uit een en al hoekige vlakken te bestaan. Ik wend mijn blik af en richt me op de stem aan de andere kant van de lijn.

'De bruiloft gaat door. Mike houdt van Trish en zij houdt van hem. Ondanks mijn vergissing gaan ze morgen gewoon met elkaar trouwen.'

Hij spreekt die woorden met moeite uit.

Ik wil hem zo veel vragen, maar ik kan het niet. Hij is mijn baas en heeft een verhouding met Hardins moeder. Het is niet aan mij om vragen te stellen.

'Ik weet wat je van me moet denken, Tessa, maar ik kan het uitleggen. Dan begrijp je het wel.'

'Hardin wil dat ik onze vlucht omboek en dat we morgen teruggaan,' zeg ik tegen hem.

'Dat kan hij niet doen, niet zonder eerst afscheid te nemen van zijn moeder. Dat zou haar zo'n pijn doen.'

'Ik denk niet dat het goed is, voor niemand, als hij met haar in dezelfde ruimte is,' waarschuw ik hem. Ik loop terug naar de kamer en blijf vlak voor de deur staan.

'Ik begrijp dat je hem wilt beschermen, en het doet me deugd dat je het zo voor hem opneemt. Maar Trish heeft het al moeilijk genoeg gehad in het leven, en het wordt tijd dat ze geluk kent. Ik verwacht niet dat hij naar de bruiloft komt, maar probeer hem in elk geval over te halen om afscheid van haar te nemen. God mag weten hoe lang het duurt voordat hij weer naar Engeland komt.' Christian slaakt een zucht.

'Ik weet het niet.' Ik strijk met mijn vingers over de bronskleurige lijst van het schilderij van Lucifer. 'Ik zal mijn best doen, maar ik kan niets beloven. Ik ga hem niet dwingen.'

'Dat begrijp ik. Dank je.' De opluchting in zijn stem is overduidelijk.

'Christian?' zeg ik voordat ik ophang.

'Ja, Tessa?'

'Ga je het aan Kimberly vertellen?' Met ingehouden adem wacht ik op het antwoord op die bijzonder ongepaste vraag.

'Ja, natuurlijk,' antwoordt hij zacht. Zijn accent is sterk en duidelijk. 'Ik hou meer van haar dan...'

'Goed.' Ik wil het begrijpen, maar ik kan alleen maar denken aan Kimberly die in hun keuken zit en lachend haar hoofd in haar nek gooit, terwijl Christian haar vol verwondering en met een sprankelende blik aankijkt, alsof ze de enige vrouw op de hele wereld is. Kijkt hij ook zo naar Trish?

'Dank je. Laat het me weten als ik iets voor je kan doen. Nogmaals, het spijt me dat je hiervan getuige moest zijn, en ik hoop dat je mening over mij niet honderdtachtig graden is gedraaid,' zegt hij voordat hij ophangt.

Ik werp een laatste blik op het vreselijke monster aan de muur en loop terug de hotelkamer in.

141

∞

Hardin

'Waar zit je?' Zijn kwade stem schalt door de gang en is tot in de keuken te horen. De voordeur valt met een klap dicht en ik spring overeind van de keukenstoel, met mijn boek in mijn hand. Mijn schouder stoot tegen de fles op tafel, zodat die op de vloer in scherven uiteenvalt. De bruine drank verspreidt zich over de vloer, en ik weet dat ik dit moet opruimen voordat hij kan zien wat ik heb gedaan.

'Trish! Ik weet dat je thuis bent!' schreeuwt hij opnieuw. Zijn stem klinkt nu dichterbij. Ik trek met mijn kleine handen de theedoek van het fornuis en gooi die over de natte plek.

'Waar is je moeder?'

Ik deins terug wanneer ik het geluid van zijn stem hoor. 'Die... die is er niet.' Ik ga staan.

'Jezus, wat heb je nou weer uitgevreten?' roept hij. Hij duwt me opzij en ziet wat er is gebeurd. Ik wilde de fles niet omgooien. Ik wist dat hij dan kwaad zou worden.

'Die fles whisky was ouder dan jij,' zegt hij. Ik kijk op naar zijn rode gezicht. Hij wankelt. 'Je hebt godverdomme mijn fles kapotgegooid.' Mijn vaders stem klinkt traag. Zo klinkt hij de laatste tijd wel vaker als hij thuiskomt.

Ik deins met kleine stapjes terug. Als ik de trap kan bereiken, kan ik ontsnappen. Hij is zo dronken dat hij me toch niet kan volgen. De vorige keer is hij van de trap gevallen.

'Wat is dat?' Zijn kwade blik valt op mijn boek.

Ik druk het boek dichter tegen mijn borst. Nee. Niet dit ook.

'Kom eens hier, jongen.' Hij begint rondjes om me heen te lopen.

'Niet doen,' zeg ik smekend, maar hij rukt mijn lievelingsboek uit mijn handen. Volgens juffrouw Johnson kan ik erg goed lezen, veel beter dan de andere kinderen in mijn klas.

'Je hebt mijn fles stukgemaakt, dus nu ga ik iets van jou stukmaken.' Hij glimlacht. Ik deins opnieuw terug wanneer hij het boek doormidden scheurt en de pagina's lostrekt. Ik druk mijn handen tegen mijn oren en zie Gatsby en Daisy in een werveling van witte vellen door de kamer dwarrelen. Hij vangt een paar pagina's op en scheurt die in kleine stukjes.

Ik ben geen klein kind meer. Ik mag niet huilen. Het is maar een boek. Het is maar een boek. Mijn ogen branden, maar ik ben geen klein kind dus ik ga niet huilen.

'Je bent net zoals hij, weet je dat? Met die stomme kutboeken van je,' zegt hij met dubbele tong.

Net als wie? Jay Gatsby? Hij leest niet zo veel als ik.

'Ze denkt dat ik achterlijk ben, maar dat is niet zo.' Hij grijpt de rugleuning van de stoel vast om te voorkomen dat hij omvalt. 'Ik weet wat ze heeft gedaan.' Opeens verstrakt zijn gezicht. Ik ben bang dat mijn vader gaat huilen.

'Ruim die rotzooi op,' zegt hij kreunend. Hij geeft een schop tegen de rug van het boek en laat me alleen in de keuken achter.

'Hardin! Hardin, wakker worden!' Een stem haalt me weg uit mijn moeders keuken. 'Hardin, het is maar een droom. Word alsjeblieft wakker.'

Mijn ogen schieten open, en ik kijk recht in een stel bezorgde ogen. Boven mijn hoofd zie ik een plafond dat ik niet ken. Het duurt even voordat ik besef dat ik helemaal niet in mijn moeders keuken ben. Er is geen omgevallen fles en er is geen verscheurd boek.

'Het spijt me dat ik je hier alleen heb gelaten. Ik wilde alleen maar een ontbijtje halen en dacht niet...' Haar stem sterft weg. Ze snikt en slaat een arm rond mijn bezwete rug.

'Stil maar...' Ik strijk haar over haar haar. 'Het gaat wel.' Ik knipper een paar keer met mijn ogen.

'Wil je erover praten?' vraagt ze zacht.

'Nee, ik kan het me niet eens meer herinneren. Niet echt,' zeg ik tegen haar. De droom is vaag geworden en wordt bij elke streling van haar hand over mijn naakte schouderbladen onduidelijker.

Ik laat me een paar minuten vasthouden en maak me dan van haar los. 'Ik heb ontbijt voor je gehaald,' zegt ze. Ze veegt haar neus af aan de mouw van mijn trui die ze heeft aangetrokken. 'Sorry.' Ze glimlacht verlegen en houdt de met snot bedekte mouw omhoog.

Ik schiet onwillekeurig in de lach. Mijn nachtmerrie is vergeten. 'Er hebben wel ergere dingen op die trui gezeten,' breng ik haar in herinnering, in een poging haar aan het lachen te maken. Mijn gedachten dwalen af naar die keer toen ze me heeft afgetrokken terwijl ik die trui droeg. Dat werd een behoorlijke smeerboel.

Ze bloost en ik reik naar het dienblad met eten dat naast haar staat. Ze heeft het gevuld met verschillende soorten brood, fruit, kaas en zelfs een doosje Frosted Flakes.

'Daar heb ik met een oud mens om moeten vechten.' Ze knikt lachend naar het doosje.

'Dat geloof ik niet,' zeg ik plagend.

Ze steekt een druif in haar mond. 'Echt wel,' beweert ze. De stemming is sinds onze aankomst in het holst van de nacht aanzienlijk verbeterd. 'Heb je onze vlucht nog omgeboekt?' vraag ik. Ik stort me op de Frosted Flakes en neem niet eens de moeite om ze in het schaaltje te gieten dat ze heeft meegebracht.

'Daar wilde ik het nog met je over hebben.' Ze laat haar stem zakken. Ze heeft de vlucht niet omgeboekt. Ik slaak een zucht en wacht totdat ze verdergaat. 'Ik heb vannacht... of nou ja, eerder vanmorgen... met Christian gesproken.'

'Wat? Waarom? Ik zei toch dat...' Ik sta op.

'Dat weet ik, maar luister even naar me,' zegt ze smekend.

'Goed.' Ik ga op het bed zitten en wacht op een uitleg.

'Hij zei dat het hem heel erg spijt en dat hij het aan jou wil uitleggen. Ik snap het best als je dat niet wilt. Als je nooit meer met hen wilt praten, niet met Christian en niet met je moeder, dan boek ik nu meteen onze vlucht om. Ik wilde je alleen de keuze bieden. Ik weet dat hij een vriend van je is...' Haar ogen vullen zich opnieuw met tranen.

'Dat is hij niet,' verzeker ik haar.

'Wil je dat ik de vlucht omboek?' vraagt ze.

'Ja,' zeg ik tegen haar. Ze fronst en buigt zich voorover om mijn laptop van het kastje naast het bed te pakken. 'Wat zei hij nog meer?' vraag ik aarzelend. Het doet er niet toe, maar ik ben toch nieuwsgierig.

'De bruiloft gaat door,' weet ze te melden.

Wát?

'En hij zei dat hij Kimberly alles gaat vertellen en dat hij heel erg veel van haar houdt.' Tessa's onderlip begint te trillen nu ze de naam van haar bedrogen vriendin noemt.

'Dan is Mike ook een domme lul, zeg. Misschien past hij dan toch goed bij haar.'

'Ik weet niet waarom hij het haar zo snel heeft vergeven, maar het is nu eenmaal zo.' Tessa zwijgt en kijkt me even nadenkend aan, alsof ze mijn stemming wil peilen. 'Christian vroeg of je in elk geval nog afscheid van je moeder wilt nemen voordat we vertrekken. Hij weet dat je niet naar de bruiloft komt, maar hij wil wel dat je afscheid komt nemen.' De woorden rollen snel van haar lippen.

'O nee. Echt niet. Ik ga me aankleden en dan zijn we weg uit dit stinkhol.' Ik gebaar naar de veel te dure hotelkamer.

'Goed,' zegt ze instemmend.

Dat ging gemakkelijk. Veel te gemakkelijk. 'Hoe bedoel je, "goed"?' vraag ik.

'Niets. Gewoon, dat is goed. Ik snap het best als je je moeder geen gedag wilt zeggen.' Ze haalt haar schouders op en strijkt haar warrige haar achter haar oren.

'Echt waar?'

'Ja.' Ze lacht zwakjes. 'Ik weet dat ik soms streng voor je ben, maar ik zal je hierin steunen. Je hebt helemaal gelijk.'

'Goed,' zeg ik, behoorlijk opgelucht. Ik had verwacht dat ze tegen me in zou gaan en me zelfs zou dwingen om naar de trouwerij te gaan. 'Ik wil dolgraag terug naar huis.' Ik wrijf met mijn vingers over mijn slapen.

'Ja, ik ook,' zegt Tessa zwakjes.

Waar moet ze in vredesnaam gaan wonen? Ze kan na wat er hier is gebeurd niet zomaar terug naar het huis van Vance, maar ze wil ook niet opnieuw bij mij intrekken. Ik weet niet wat ze gaat doen, maar ik weet wel dat ik Vance zijn kop het liefst van zijn lijf wil rukken omdat hij onze terugkeer zo ingewikkeld maakt.

Ik wou dat ik haar een baantje bij Bolthouse kon bezorgen, maar dat gaat niet. Ze is nog niet eens tweedejaars, en stageplaatsen bij uitgeverijen zijn dun gezaaid, zelfs voor afgestudeerden. Ze zal echt geen andere stageplaats vinden, zeker niet in Seattle, en zeker niet voordat ze verder is met haar studie of zelfs is afgestudeerd.

Ik pak de laptop uit haar handen en boek onze vlucht om. Ik had hier niet naartoe moeten komen. Vance heeft me overgehaald om Tessa mee te nemen, en nu verpest hij het nota bene zelf.

'Ik moet nog wat spulletjes uit de badkamer pakken, en daarna kunnen we gaan,' zegt Tessa, die mijn vieze kleren in het bovenste vakje van de koffer stopt. Een verslagen frons tekent zich af op haar gezicht en haar wenkbrauwen kruipen dicht tegen elkaar. Ik wil die bezorgde rimpel ertussen wegstrelen. Ik vind het vreselijk dat haar schouders zo afhangen en weet dat dat komt omdat ze gebukt gaat onder mijn zorgen. Ik hou van Tessa en hou van haar betrokkenheid, maar ik had liever gezien dat ze zich mijn problemen wat minder aantrok. Die zijn mijn verantwoordelijkheid.

'Gaat het?' vraag ik.

Ze kijkt naar me op met de minst overtuigende glimlach die ik ooit heb gezien. 'Ja. Met jou ook?' luidt haar wedervraag. Haar frons wordt dieper.

'Alleen als het met jou goed gaat. Tessa. Je hoeft je over mij niet druk te maken.'

'Dat doe ik niet,' liegt ze.

'Tess...' Ik loop naar haar toe, blijf vlak voor haar staan en pak het shirt uit haar handen dat ik haar in de afgelopen twee minuten minstens tien keer heb zien opvouwen. 'Het gaat wel, oké? Ik ben nog steeds pissig, maar ik weet dat jij bang bent dat ik zal ontploffen. Dat gebeurt niet.' Ik kijk naar mijn gewonde handen. 'Of in elk geval niet weer,' verbeter ik mezelf lachend.

'Dat weet ik. Maar je hebt je woede zo goed leren beheersen, en ik wil niet dat je die vooruitgang in gevaar brengt.'

'Dat weet ik.' Ik haal mijn hand door mijn haar en probeer helder te denken, zonder kwaad te worden.

'Ik ben al heel erg trots op je, vanwege de manier waarop je de situatie hebt aangepakt. Christian was degene die jou aanviel,' zegt ze.

'Kom eens hier.' Ik steek mijn armen naar haar uit en ze vlijt zich tegen me aan, met haar gezicht tegen mijn borst. 'Als hij dat niet had gedaan, waren we ook wel vechtend geëindigd. Dan had ik de eerste klap wel uitgedeeld,' zeg ik tegen haar. Mijn handen glijden onder de zoom van haar shirt.

Ze krimpt even ineen wanneer ze mijn koude handen op de warme huid van haar rug voelt. 'Dat weet ik,' zegt ze.

'Als je toch tot woensdag vrij hebt, kunnen we wel bij mijn vader blijven...'

Haar trillende telefoon onderbreekt me.

We kijken allebei naar de tafel. 'Ik neem niet op,' zegt ze.

Ik laat Tessa los en pak het toestel. Na een blik op het schermpje haal ik diep adem en neem op. 'Hou verdomme op met Tessa lastigvallen. Als je me wilt spreken, kun je mij bellen. Betrek haar niet bij dit gezeik,' zeg ik nog voordat hij hallo kan zeggen.

'Ik heb je gebeld, maar je telefoon staat uit,' zegt Christian.

'En waarom denk je dat dat is?' zeg ik minachtend. 'Als ik je wil spreken, dan bel ik je wel, maar aangezien ik dat niet doe, moet je me met rust laten.'

'Hardin, ik weet dat je kwaad bent, maar we moeten dit uitpraten.'

'Er valt niets uit te praten!' roep ik. Tessa kijkt me met een bezorgde blik aan en ik doe mijn uiterste best om mijn woede te beteugelen.

'Jawel. We moeten heel veel bespreken. Een kwartier, meer vraag ik niet van je.' Hij klinkt smekend.

'Waarom zou ik met jou praten?'

'Omdat ik weet dat je je verraden voelt en ik me wil verantwoorden. Je bent belangrijk voor me, en voor je moeder,' zegt hij.

'Dus nu vormen jullie samen een of ander front tegen me? Rot toch op.' Mijn handen trillen.

'Je kunt wel doen alsof het je allemaal geen zak kan schelen, maar uit je woede blijkt het tegendeel.'

Ik trek de telefoon weg van mijn oor en moet mijn best doen om hem niet tegen de muur te smijten.

'Een kwartier,' zegt hij nogmaals. 'De bruiloft is pas over een paar uur. De mannen komen voor de lunch bij elkaar in Gabriel's. Kun je daarnaartoe komen?'

Ik druk de telefoon opnieuw tegen mijn oor. 'Je wilt me in een kroeg spreken? Ben je nu helemaal gek geworden?' Een borrel klinkt goed... Het scherpe branden van warme whisky op mijn tong...

'Nee, niet voor een drankje, maar voor een gesprek. Een openbare gelegenheid lijkt me het beste, om voor de hand liggende redenen.' Hij zucht. 'Maar we kunnen ook ergens anders afspreken.'

'Nee, Gabriel's is prima,' stem ik in. Tessa zet grote ogen op en houdt haar hoofd een beetje scheef, duidelijk verbaasd over mijn plotselinge stemmingswisseling. Ik ga niet met hem praten omdat ik zo met hem begaan ben, maar uit pure nieuwsgierigheid. Hij beweert dat hij dit allemaal kan uitleggen, en dat wil ik graag horen. Anders zal mijn amper bestaande relatie met mijn moeder helemaal niet meer bestaan.

'Goed...' Ik kan merken dat hij niet had verwacht dat ik ja zou zeggen. 'Het is nu twaalf uur. Ik zie je daar om één uur.'

'Ja, hoor,' zeg ik kortaf. Volgens mij kan dit gesprek alleen in een fikse ruzie eindigen.

'Je moet Tessa op weg naar Gabriel's maar bij de ingang van het park afzetten; daar zitten Kim en Smith. Kimberly kan nu wel een vriendin gebruiken.'

Ik heb zin om te lachen nu ik hoor hoe beschaamd hij klinkt. Wat is het toch een lul.

'Tessa gaat met mij mee,' zeg ik.

'Wil je haar echt blootstellen aan een situatie die... wederom gewelddadig zou kunnen worden?' vraagt hij.

Ja. Ja, dat wil ik. Nee, dat wil ik niet. Ik wil haar niet uit het oog verliezen, maar ze heeft me al meer dan genoeg geweld zien uitoefenen.

'Dat zeg je alleen maar omdat je wilt dat zij jouw verloofde gaat troosten die nu in de put zit omdat jij bent vreemdgegaan,' grom ik.

'Nee.' Vance zwijgt even. 'Ik wil je graag alleen spreken, en ik denk niet dat het verstandig is als onze vriendinnen erbij zijn.'

'Goed, dan zie ik je over een uur.' Ik verbreek de verbinding en kijk Tessa aan. 'Hij wil dat jij Kim gezelschap houdt terwijl wij met elkaar praten.'

'Weet ze het?' vraagt ze zacht.

'Ik vermoed van wel.'

'Weet je zeker dat je hem wilt spreken? Ik wil niet dat je je ertoe verplicht voelt.'

'Wat vind jij?' vraag ik.

Ze denkt even na en knikt dan. 'Ja, ik denk dat je het moet doen.'

'Dan doe ik het.' Ik begin te ijsberen.

Tessa staat op van het bed en slaat haar armen om mijn middel. 'Ik hou zo veel van je,' zegt ze tegen mijn blote borst.

'Ik hou van je.' Ik zal er nooit genoeg van krijgen om haar dat te horen zeggen.

Ik verslik me bijna wanneer ze uit de badkamer komt. 'Jezus.' In drie stappen ben ik bij haar.

'Zie ik er goed uit?' Ze draait langzaam een rondje.

'Eh, ja.' Ik verslik me bijna opnieuw. Goed? Is ze blind of zo? De witte jurk die ze naar de bruiloft van mijn vader droeg, staat haar nu nog beter dan toen.

'Ik krijg de rits bijna niet dicht.' Ze glimlacht beschaamd, draait zich om en tilt haar haar op. 'Kun jij dat voor me doen?'

Ik vind het zo heerlijk dat ik haar naakte lijf al zo vaak heb gezien, maar dat ze nog altijd begint te blozen en iets van haar onschuld weet te behouden. Ik heb haar niet helemaal bedorven.

'Ben je van gedachten veranderd? Ik wil niet dat je je ongemakkelijk voelt.' Tessa's stem klinkt zacht.

'Nee, ik ga wel. Ik hoef alleen maar een kwartier lang naar zijn gelul te luisteren, meer niet.' Ik slaak een zucht. Het enige wat ik nu wil, is naar die verrekte luchthaven vertrekken, maar toen ik het gezicht zag dat ze trok toen ze onze koffer opnieuw inpakte, wist ik dat ik dit moest doen. Niet alleen voor haar, maar ook voor mezelf.

'Naast jou zie ik eruit als een zwerver,' zeg ik.

Ze glimlacht en laat haar blik over mijn gezicht en mijn lijf gaan. 'Toe nou!' Ze lacht.

Ik kijk naar mijn zwarte shirt en gescheurde jeans. 'Je had je kunnen scheren,' merkt ze op. Ik kan merken dat ze nerveus is en de stemming probeert te verlichten. Ik ben helemaal niet nerveus. Ik wil gewoon dat dit zo snel mogelijk voorbij is.

'Dit vind je toch lekker?' Ik pak haar hand en wrijf die over de stoppels. 'Zeker tussen je benen.' Ik breng haar hand naar mijn mond en kus haar vingertoppen. Ze rukt haar hand los wanneer ik mijn lippen rond haar wijsvinger sluit en geeft me een tik tegen mijn borst.

'Jij weet niet van ophouden,' zegt ze zogenaamd verwijtend, en heel even denk ik niet meer aan al dat gedoe.

'Nee, en ik houd ook nooit op.' Ik sla mijn armen om haar heen en knijp met beide handen in haar billen, waardoor ze een gilletje slaakt.

De rit naar het park is zenuwslopend. Tessa zit naast me aan haar nagels te peuteren en uit het raampje te kijken.

'En als hij het haar nu niet heeft verteld? Moet ik dat dan doen?' zegt ze ten slotte wanneer ik door de poort rijd. Ondanks haar bezorgdheid kijkt ze met grote ogen naar het schitterende park. 'Wauw.' Ze klinkt veel jonger dan ze is.

'Ik wist wel dat je het hier mooi zou vinden,' zeg ik.

'Het is prachtig. Niet te geloven dat er midden in Londen zo'n mooie groene plek te vinden is.' Ze kijkt met open mond naar het landschap om ons heen, een van de weinige plekken in de stad die niet zijn verpest door luchtvervuiling en kantoortorens.

'Daar is ze...' Ik rijd langzaam naar de blonde vrouw die op een bankje zit. Smith zit een meter of acht verder op een ander bankje met een speelgoedtreintje op zijn schoot. Dat joch is zo raar.

'Als je iets nodig hebt, moet je me bellen. Ik weet je wel te vinden,' belooft Tessa voordat ze uitstapt.

'Ik jou ook.' Ik trek haar naar me toe voor een kus. 'Ik meen het. Als er iets is, moet je me meteen bellen,' zeg ik tegen haar.

'Ik maak me meer zorgen over jou,' fluistert ze tegen mijn lippen.

'Het komt wel goed. En nu ga je die vriendin van je vertellen wat voor een enorme lul haar verloofde is.' Ik zoen haar opnieuw.

Ze fronst even, maar zegt niets. En dan stapt ze uit en loopt ze over het gras naar Kimberly toe.

142

∞

Tessa

Ik loop over het gras naar Kimberly toe en probeer te bedenken wat ik tegen haar moet zeggen. Ik ben zo bang dat ze niet weet wat er gisteravond is gebeurd en wil niet degene zijn die het haar vertelt. Dat is Christians taak. Maar als ze echt niet weet wat er aan de hand is, kan ik denk ik niet lang de schijn ophouden.

De vraag of ze het weet, wordt beantwoord zodra ze zich naar me omdraait en me aankijkt. Haar ogen bevinden zich weliswaar in de schaduw, maar ik zie dat ze opgezwollen en verdrietig zijn.

'Ik vind het zo erg voor je,' zeg ik. Ik ga naast haar op het bankje zitten en ze slaat haar armen om me heen.

'Ik zou moeten janken, maar ik geloof dat ik geen tranen meer heb.' Ze probeert te glimlachen, maar haar ogen lachen niet mee.

'Ik weet niet wat ik moet zeggen,' beken ik. Ik kijk naar Smith, die zo ver weg zit dat hij ons gelukkig niet kan horen.

'Nou, je kunt beginnen met me te helpen een dubbele moord te plannen.' Kimberly pakt haar schouderlange haar met een hand vast en duwt het opzij.

'Dat zal wel lukken.' Ik lach aarzelend. Was ik maar half zo sterk als Kimberly.

'Mooi.' Ze geeft me lachend een kneepje in mijn hand. 'Je ziet er vandaag echt goed uit,' zegt ze.

'Dank je. Jij ziet er ook mooi uit,' zeg ik. De zon breekt door de wolken en laat haar lichtblauwe jurk, die is bestikt met kralen, fonkelen in het felle licht.

'Ga je naar de bruiloft?' vraagt ze.

'Nee, ik wilde er gewoon beter uitzien dan ik me voel,' antwoord ik. 'En jij?'

'Ik ga wel.' Ze slaakt een zucht. 'Ik weet niet wat ik daarna ga doen, maar ik wil Smith niet in de war brengen. Het is een slim jochie, en ik wil niet dat hij merkt dat er iets mis is.' Ze kijkt even naar de kleine wetenschapper en zijn trein.

'Bovendien neemt Max die snol van een Sasha mee, en ik zit er echt niet op te wachten dat zij over me gaat lopen roddelen.'

'Max is hier met Sasha? En Denise en Lillian dan?' Het bedrog van Max kent echt geen grenzen.

'Dat zei ik dus ook al! Ze is echt compleet schaamteloos. Met een getrouwde man naar een bruiloft in Engeland gaan. Ik zou haar eigenlijk in elkaar moeten rammen. Misschien raak ik dan wat van mijn woede kwijt.' Kimberly is zo gestrest dat je de spanning bijna van haar af ziet dampen. Ik kan me geen voorstelling maken van de pijn die ze nu voelt en heb enorme bewondering voor haar omdat ze niet instort.

'Ben je... Ik wil niet nieuwsgierig zijn, maar...'

'Tessa, ik ben zelf ook altijd nieuwsgierig, dus mag jij dat ook zijn,' zegt ze met een hartelijke glimlach.

'Ben je van plan om bij hem te blijven? Je hoeft geen antwoord te geven als je niet wilt.'

'Dat wil ik wel. Ik wil erover praten, want als ik dat niet doe kan ik vast niet zo kwaad blijven als ik nu ben,' zegt ze tandenknarsend. 'Ik weet nog niet wat ik ga doen. Ik hou van hem, Tessa.' Ze kijkt weer naar Smith. 'En ik hou ook van die kleine daar, ook al zegt hij maar een keer per week iets tegen me.' Ze lacht zwakjes. 'Ik wilde dat ik kon zeggen dat ik verbaasd ben, maar dat zou een leugen zijn.'

'Hoezo?' vraag ik zonder nadenken.

'Die twee hebben een verleden, en wel zo'n verleden dat ik niet weet of ik daar ooit mee zal kunnen concurreren.' Haar stem klinkt zo gekwetst dat ik mijn tranen moet wegknipperen.

'Verleden?'

'Ja. Ik ga je iets vertellen wat ik van Christian voor me moet houden totdat hij de kans krijgt om het aan Hardin te vertellen, maar ik vind dat je het moet weten...'

143

∞

Hardin

Gabriel's is een chic uitziend café midden in het duurste deel van Hampstead. Natuurlijk heeft hij deze plek uitgekozen. Ik parkeer mijn huurauto en loop naar de ingang. Binnen is het benauwd. Ik kijk om me heen en zie Vance, Mike, Max en die blonde griet aan een rond tafeltje in de hoek zitten. Wat moet zij hier? En belangrijker: waarom zit Mike naast de man die nog geen twaalf uur geleden op het punt stond zijn verloofde eens goed te pakken?

Ze dragen verdomme allemaal een stropdas, behalve ik. Ik hoop dat ik het vuil aan mijn schoenen mee naar binnen heb gelopen. Een serveerster probeert me aan te spreken wanneer ik langsloop, maar ik wimpel haar af.

'Hardin, fijn je te zien.' Max staat als eerste op en steekt me zijn hand toe. Ik negeer hem.

'Je wilde praten. Kom op,' snauw ik tegen Vance wanneer ik naast het tafeltje sta. Hij brengt zijn glas, dat tot de rand met sterkedrank is gevuld, naar zijn lippen en neemt een flinke slok voordat hij gaat staan.

Mike blijft naar de tafel kijken. Ik moet me tot het uiterste beheersen om niet tegen hem te zeggen dat hij ontzettend stom is. Hij is altijd een rustige man geweest, de betrouwbare buur van wie mijn moeder altijd wel melk of eieren kon lenen.

'Hoe is je vakantie tot nu toe?' klinkt de hoge stem van Sasha.

Ik kijk haar aan, stomverbaasd dat ze op dit moment iets tegen me wil zeggen.

'Waar is je vrouw?' vraag ik aan Max. De glimlach verdwijnt van haar overdreven opgemaakte gezicht. Ze begint haar lege martiniglas in haar hand rond te draaien.

'Hardin...' zegt Vance dreigend, in een poging me de mond te snoeren.

'Hou je bek,' bijt ik hem toe. Hij staat op. 'Ik ben er vrij zeker van dat zijn vrouw en dochter hem missen nu hij hier met een of andere slettebak...'

'Zo is het wel genoeg.' Hij pakt me voorzichtig bij mijn arm en probeert me van het tafeltje weg te trekken.

Ik ruk mijn arm los uit zijn greep. 'Blijf met je gore poten van me af.'

Sasha's schrille 'Hé!' dringt door mijn waas van woede heen. 'Zo praat je toch niet tegen je vader?'

Wat een domme snol is het toch ook. Mijn vader zit in Washington. 'Wat?'

Haar glimlach wordt breder. 'Je hebt me wel gehoord. Je zou je ouwe met wat meer respect moeten behandelen.'

'Sasha!' Max grijpt haar met zo veel kracht bij haar arm dat hij haar bijna overeind trekt.

'O, heb ik soms iets gezegd wat ik niet had mogen zeggen?' Haar lach schalt door de bar. Domme doos.

Verbaasd kijk ik naar Mike, die spierwit is geworden. Hij ziet eruit alsof hij elk moment kan flauwvallen. Dan kijk ik naar Vance, die al even bleek ziet en nerveus van de ene voet op de andere wipt.

Waarom doen ze zo dramatisch over een of andere stomme opmerking van die griet?

'Je houdt nú je mond.' Max trekt de vrouw overeind en sleept haar bijna het café door.

'Ze had niet...' Vance haalt een hand door zijn haar. 'Ik wilde...' Hij balt zijn vuisten naast zijn zij.

Ze had niet wát? Niet een of andere stomme opmerking over mijn vader moeten maken terwijl mijn vader aan de andere kant van de wereld...

Ik kijk naar de hevig geschrokken man voor me, wiens groene ogen vonken en die zijn handen met een gejaagd gebaar door zijn haar haalt...

Het duurt even voordat ik besef dat mijn handen precies hetzelfde doen.

Dankwoord

∞

Ik kan gewoon niet geloven dat dit alweer het dankwoord van mijn derde boek is! De tijd is echt omgevlogen, maar ik ben zo dankbaar dat ik dit mocht meemaken, al is het een gekkenhuis. Er zijn heel veel mensen die ik moet bedanken, en ik zal proberen om niemand over te slaan.

Allereerst dank aan mijn lezers en mijn fans op internet. Jullie blijven me verbazen met jullie steun en liefde. Jullie komen in groten getale naar mijn presentaties, jullie laten me via Twitter delen in jullie belevenissen, jullie geven om me en jullie zijn mijn virtuele maatjes door dik en dun. Ik heb het gevoel dat onze band sterker is dan de gebruikelijke band tussen auteur en lezer en dat we meer dan dat zijn. Misschien wel meer dan vrienden. We zijn familie, en ik kan jullie niet vaak genoeg bedanken omdat jullie er altijd voor me zijn, en voor elkaar. We hebben nog één boek te gaan in deze reeks, en ik hoop dat jullie nog steeds het gevoel hebben dat het jullie boek is en er trots op zijn. Ik hou zo vreselijk veel van jullie, jullie betekenen zo veel voor me.

Ook dank aan Adam Wilson, mijn redacteur bij Gallery. Adam, je bent een ware superheld. We hebben samen zo veel werk verzet om deze boeken zo snel mogelijk te kunnen uitbrengen, maar dankzij jou was dat een fluitje van een cent. Je hebt me, door middel van je opmerkingen en je grappen, geleerd hoe ik een betere schrijver moet zijn, en je snapt mijn gevoel voor humor. In het begin was ik nog een beetje bang voor de 'grote boze' redacteur, maar een betere had ik me niet kunnen wensen. Dank je!

Ashleigh Gardner, je bent een erg goede vriendin van me geworden. Ik heb dit al vaker gezegd, maar jij bent het soort vrouw tegen wie ik opkijk. Je bent sterk en onverschrokken, maar ook lief en maf. Je raadt me altijd de beste boeken aan, je neemt me mee naar de gekste restaurantjes en je geeft me niet het gevoel dat ik dom ben wanneer ik om een vork vraag voor mijn ceviche of wanneer ik iets niet snap (ook als het om dingen gaat die je niet kunt eten, ha ha). Ik koester een grote bewondering voor je en ben zo blij voor je dat je onlangs getrouwd bent. Ik wil je voor alles bedanken.

Candice Faktor, toen we elkaar leerden kennen, hadden we zo veel met elkaar gemeen dat het gewoon eng was. Ik wist meteen dat jij en Amy mijn soort mensen waren, en ik was zo blij dat je een geweldige vrouw bleek te zijn. Ik vind het leuk dat je altijd met zo veel passie praat over alles wat je belangrijk vindt; in dat opzicht lijken we ook op elkaar. Je bent altijd zo eerlijk en nuchter, en ik ben blij dat ik met je mag werken en je tot mijn vrienden mag rekenen.

Nazia Khan, heel erg bedankt dat je me hebt geleerd hoe ik moet spreken in het openbaar en hoe ik moet voorkomen dat ik een potje maak van een interview. Jij maakt alles altijd veel leuker en wordt niet eens zo heel erg boos wanneer ik mensen mijn e-mailadres geef zonder eerst met jou te overleggen (ha ha). Jij bent ook een goede vriendin van me geworden, en ik ben zo blij dat we samen naar de uitreiking van de American Music Awards gaan. Bedankt voor alles!

Ook dank aan Caitlin, Zoe, Nick, Danielle, Kevin (jullie allebei), Tarun, Rich en iedereen bij Wattpad. Jullie vormen gewoon het allerbeste team dat je kunt bedenken. Ik weet dat jullie je niet bij Wattpad hebben aangemeld met het idee dat jullie zo veel konden betekenen voor deze boeken en voor mij, en ik wil jullie bedanken omdat jullie me in de familie hebben opgenomen en me met van alles hebben geholpen, of het nu met de boeken samenhing of niet. Ik kijk zo uit naar wat de toekomst ons gaat bieden! Jullie zijn creatiever, dapperder en leuker dan welke groep dan ook, en ik geef heel veel om jullie. Bedankt voor alle grappige momenten, voor de foto's van Nick, voor de wijn, voor de geweldige huizenjacht in de regen en voor de enorme bergen lekkers die er bij elk bezoek weer voor me klaarstaan.

Allen en Ivan, zonder Wattpad had ik me nooit zo kunnen ontwikkelen, dus ik wil jullie bedanken omdat jullie een van de belangrijkste dingen uit mijn leven hebben bedacht. Ik weet dat veel anderen er ook zo over denken.

Kristin Dwyer, bedankt dat je me aan het lachen heb gemaakt en me voortdurend 'gast' noemt. Ik ben blij dat je met me wilt werken en zo veel tijd in me wilt steken. Ik ben dol op jou en op je gevoel voor humor. Je werkt altijd zo hard en herinnert me eraan dat er na vervelende dingen altijd weer iets goeds komt. Bedankt voor alles!

Dank aan iedereen bij Gallery die mij welkom heeft geheten. Ik begon als overdreven fan maar gewoon met schrijven, zonder dat ik enig idee had van wat ik deed, maar ik vond en vind het geweldig! Ik waardeer alles wat jullie voor dit project hebben gedaan, en ik wil iedereen bedanken, van de afdeling verkoop tot de productie. Bedankt, Jen Bergstrom en Louise Burke, dat jullie ervoor zorgden dat Adam me een contract aanbood. Martin Karlow, ik weet dat je keihard hebt gewerkt en wil je daarvoor bedanken. Steve Breslin, jij bent, volgens Adam, 'degene die deze trein nog een beetje op de rails houdt!'

Christina en Lo, jullie zijn geweldige mentors en vrienden, en ik ben dol op jullie!

En dank aan alle Tessa's en Hardins op de wereld, die fanatiek liefhebben en al doende leren.

Dank aan mijn vrienden en familieleden die me hebben gesteund sinds ik tussen neus en lippen door meldde dat ik, zonder dat ze het wisten, vier boeken had geschreven. Ik hou van jullie allemaal.

En ten slotte dank aan misschien wel de belangrijkste persoon van iedereen, mijn Jordan. Je bent alles voor me, en ik kan je niet vaak genoeg bedanken omdat je in het afgelopen jaar, maar ook daarvoor, zo'n rots in de branding voor me bent geweest. We hebben zo geboft dat we elkaar al zo jong hebben leren kennen, en samen met jou groot worden was het beste avontuur dat ik kan bedenken. Je maakt me aan het lachen en haalt me het bloed onder de nagels vandaan (of nee, dat valt wel mee, ik zou echt niet zonder je kunnen). Ik hou van je.

Lees ook

ISBN 978-90-225-7295-5

ISBN 978-90-225-7296-2

ISBN 978-90-225-7383-9